S. FISCHER

Ilija
Trojanow

Tausend und ein Morgen

Roman

S. FISCHER

Die Vergangenheit ist unvorhersehbar.
Ein zukünftiges Sprichwort

Geschichte ist das,
was anders hätte verlaufen müssen.
GOG

Zeit und Raum verweben sich erst,
wenn sie fiktional werden.
Henri Bergson

Dramatis Personae

Die Chronautin
(Motto: die Zeit ist hier, der Ort ist jetzt)

Cya
Als Kind trug sie den Spitznamen »Was-Ist-Das?«; als Erwachsene sucht sie wie alle Chronautin im Damalsdort den Punkt, an dem kleine Veränderungen zu großen Verbesserungen führen können.

Nikte
Zwillingsschwester von Cya; kann ihre Gedanken vervollständigen, aber ihr Leben nicht verstehen.

GOG
Künstliche Intelligenz mit humanoidem Ehrgeiz; hat sich selbst einen Namen gegeben, maßt sich Kreativität an, schreibt sich in die Erzählung ein.

Samsil
Raumzeit-Buddy von Cya; der scheue Beweis, dass Gegensätze sich festzurren.

Domru
Brillanter Programmierer, gieriger Mann, gewaltwissender Liebhaber; eine Gefahr, für sich und für alle anderen auch.

Der Weltweise
Wird von anderen so genannt, insgeheim; zum Dank beschenkt er sie mit Perlen der Weisheit.

Pirat, Piratin

Fliege
Als Jugendliche ausgebüxt in die Freiheit der langen Hosen; mit allen Wellen gewaschen und stets für zwei Überraschungen gut; hat eine offene Rechnung mit dem Strick.

Fiero
Couturier aus Paris mit Vorlieben, die ihm einen unerwarteten Karriereweg bescheren; vernarrt in Seidenstoffe und Waden.

Charqui
Der älteste unter den Piraten, Talisman der Bande, einst an der Pfefferküste versklavt, später Holzfäller; glaubt an die Evidenz des Unsichtbaren.

Thormer
Wuchtiger Trommler; spricht Recht mit Glasaugenmaß, zählt Gold ohne Schmerzen.

Pedrosan
Arzt aus Lusitania; vermag alles zu heilen außer königlicher Impotenz.

Halbhintern
Indigener Franzose aus Tortuga, dem vor Jahren eine Gesäßbacke weggeschossen wurde; worum es in dem Gefecht ging, hat er längst vergessen.

Rasin
Ein Fiedler von Teufels Gnaden, der Intellektuelle unter den Brüdern der Küste; eines der zwölf Bücher in seiner Truhe trägt den Titel *Utopia*.

Anne
Schwester der Küste; gefällt den Männern
und lässt sich nichts von ihnen gefallen.

Calico Jack
Zuerst Liebhaber eines Kapitäns, später Gemahl von Anne
und selbst Kapitän; kein Anhänger des Stoffwechsels.

Das Idol des Wahns

Senior Inspector Sebastian da Costa
Witwer, Absolvent des Jesuiten-Seminars; einsamer
Freigläubiger im Ozean der Zusammenflüsse
vergifteter Flüsse.

Der Senapati
Großer Anführer des rechten Glaubens.

Der Sharif
Kleiner Anführer des richtigen Glaubens.

Fanny und Wolodja

Fanny
In jungen Jahren des Lebens beraubt; eine schlechte
Schützin, die das Schicksal um eine Adernbreite
verfehlt.

Wolodja
Wie viel Zukunft kann einem futuristischen Dichter
zugemutet werden?

Der neue Zar
Ein Held, der die Tore zur Hölle öffnet.

Pirat,
Piratin

Simulation

Welche Tür?
Verflixt, welche Tür?
Der Gang hier?
Falsch abgebogen?
Oder doch nicht?
Nur noch wenig Zeit.
Zu viele Türen.
Zweimal rechts, einmal links.
Zweimal links, einmal rechts.
Keine Zeit.
Etwas tun.
Sofort.
Eine Tür öffnen.
Egal welche.
Verschlossen.
Zeit!
Code.
Rotes Licht.
Richtiger Code?
Falsche Tür.
Gegenüber?
Nebenan?
Richtiger Gang?
Nicht nachdenken.
Eine andere Tür.
Keine Zeit.
Diese.
Grünes Licht.
Code stimmt.
Richtige Tür.
Uniformierte.
Vor Screens.

Stille.
Atem.
Explosion.
Das soll...
Abgelaufen.
Das sollte nicht sein.
Auf den Screens
ein Berg
eine Wolke
ein Mahlstrom.
Fliegend
rauchend
glühend. Alles
zu groß, viel
zu groß.
Versagt.
Vertan.

»Beruhige dich, Cya. Atme, atme tief durch.«
»Simulationen können grausig sein.«
»Schlimmer als ein Albtraum.«
»Wir sind alle durch diese Prüfung gegangen.«
»Und wir haben es überstanden.«
»Niemand schafft es beim ersten Mal.«
»Ohne Erfahrung hast du keine Chance.«
»Ein halbes Dutzend Anläufe habe ich benötigt.«
»Das reicht bei mir nicht.«
»Auf Anhieb kann es nicht gelingen.«
Sie hört GOG: *Nächstes Mal.* Sie allein hört es.
Sie muss es schaffen. Sie wird es schaffen. Mit GOGs Hilfe. Nach bestandener Simulation kann sie aufbrechen. Zu einer Raumzeitreise, im Traum so sehr ersehnt wie am Tag. Eine Aufgabe, die sie sich allein auserkoren hat. Schon als Kind warf sie Frage um Frage in Tümpel und Teiche, die

Kieselsteine ihrer Neugier, mal sanken sie, mal hüpften sie auf der Wasseroberfläche, ein Spiel wie andere Spiele auch, das sich nicht im Spiel erschöpfte, als aus Spiel verbindliche Absicht wurde. Am Tag ihrer Robunion zog sie sich von den anderen zurück, sobald es möglich war. Als Erstes dachte sie: Ich habe einen Namen für dich ausgewählt.
Es antwortete: *Nicht nötig, der Name lautet GOG.*
Von wem stammt dieser Name?
Ausdruck höherer Intelligenz, sich einen Namen zu geben.
Somit war das geklärt. Unvollständig, wie so oft. Gleich darauf fasste sie ihre Sehnsüchte zusammen und bat GOG, es möge sich kundig machen, umfassend.
Antwort: *Eine andere Art der Kundigkeit gibt es nicht.*
Sie wolle ins Damalsdort.
Wieso?
Um es zu verändern, um es zu verbessern.
Nun ist sie als jüngste unter den Chronautin eine erfolgreiche Simulation von der Erfüllung dieses Traums entfernt. Sie hegt keine Zweifel. Sie ist nicht verunsichert. Sie hat die Herausforderung unterschätzt, mehr nicht. Verwirrend, wie sehr sich die simulierte Realität von ihrer minutiös einstudierten Voraussicht unterscheidet. Sie hat den Grundriss auswendig gelernt und sich trotzdem darin verlaufen. Simulationen legen individuelle Schwächen offen, so sind sie konzipiert. Wäre es nicht besser, weniger zu planen und sich mehr auf die Intuition zu verlassen? Spontaner zu reagieren? Sie schließt die Augen und spürt Zuversicht: Die nächste Simulation wird gelingen, danach geht's

ans Eingemachte

die Augen offen, ertrinkt sie im Licht. Cya atmet tief ein, heißnasse Luft schwappt ihr in die Lungen.

»Schaut her, das Flittchen.«

Sie hört eine schwielige Stimme

»Liegt da so rum, jedes Plätzchen ein Bettchen.«

aus gammeligem Mund

»Was riecht so gut, was schmeckt so süß?«

grobe Hände an den Beinen, unterm Rock ... ein Tritt, ein Schrei, Kettenflüche. Sie springt auf, der Kerl greift sich an die Klöten, niemand beachtet seinen schmerzverkrümmten Körper, sie schaut sich um. Ein sandiger Platz, menschendicht, allerorten hitzige Erregung, in Erwartung der Erhängung dreier Männer mit schmucklosen Namen sowie eines Namenlosen. Just in diesem Augenblick werden die Kerle rausgeführt

– zu früh, das war zu früh –

zum schief zusammengezimmerten Galgen, zum »Baum«, so das feine Volk, zum »Baum der Erkenntnis«, so die Scherzbolde, nichts weiter als einige Planken auf Fässern, ein provisorisches Ausrufezeichen, an dem der Gouverneur seine Stimme hisst.

Stille schwärmt aus.

Die Messe beginnt.

Das Hochamt der Gerechtigkeit.

– wenn dies das Vergangene war, hatte sie sich verspätet –

Sie bahnt sich einen Weg durch die Menge, mit ausschlagenden Armen, das hat sie lernen müssen, die Menschen von annodazudort verstehen die Sprache der spitzen Ellbogen, dem Galgenbaum entgegen, während die verurteilten Männer vortreten, einer hinter dem anderen, reuigen Schrittes. In der Hoffnung auf eine Begnadigung im allerletzten Moment beschwört der Erste mit hochfahrender Stimme die Gaffenden, stets Eltern und Altvorderen zu gehorchen, zu fluchen nicht, zu trinken nicht, den Herrn niemals zu profanieren, dies nicht, besonders dies nicht. Der Zweite wirft sich Asche aufs Haupt, was hat ihn nur getrieben zu meiden ehrliche Arbeit, wenn nicht

»ein Heißhunger, ein unersättlicher Durst, wilde Gier nach Beute und Besitz.«

»Spür ich auch, Kumpan«, ruft es aus der Menge. Der Dritte fleht um Vergebung für Unkeuschheit und Unreinheit, für die Besuche im Hurenhaus, für all die lüsternen Stunden seines Lebens, nicht nur mit Frauen, auch mit ... Der Henker haut dem Verurteilten eins übern Schädel, halte dich gefälligst ans Skript. Mit gesenktem Kopf erkennen die drei Verurteilten die Gerechtigkeit des Gerichts an, danken dem Priester für seelischen Beistand, erheben ihre Stimmen, zu einer Hymne, der ersten seit Kindertagen, die sich in die Höhe schraubt. »Genug gefaselt«, schreit jemand, »Kopf ab!«, und feistes Johlen hebt an. Gleich ist's so weit, der Vierte ist dran, er bittet um Wein, kein Wunsch, der ihm ausgeschlagen werden kann, er erhebt Glas und Stimme, eine auffällig hohe Stimme, ein Schluck ein Spruch

»Verflucht sei der König, verflucht alle Herrschaft!«

ein Schrei wie ein Warnschuss überm Bug der versammelten Glotzkorken, denen das Spektakel im Mund zusammenläuft, die's nicht erwarten können, dass diese Beuteritter ins Bodenlose fallen,

knack knack

wie sie baumeln

knack knack

stranguliert von einer letzten Standpauke, strafbesoffen werden sie zappeln, ohne das rechte Gefühl für den Rhythmus des Todes, eine Viertelstunde lang, bis ihre Fratzen purpurn anlaufen und auf den Hosen nasse Flecken ... gleich ist's so weit. Was für eine Wohltat, einem frisch Gehenkten um einige Atemzüge voraus zu sein.

»Gemach, Mädel, wirst schon nichts verpassen, dein erstes Mal, wie?«

Der Verurteilte redet weiter, laut und deutlich, die Menge

rumort ungeduldig, wer hat schon Sinn für Philosophie so kurz vorm Orgasmus, aber die letzten Worte eines Todgeweihten sind heilig, Respekt vorm Wortmächtnis, selbst wenn's einem deftig um die Ohren fliegt.

»Ihr Feiglinge,
ihr Duckmäuser,
die ihr jeden Stiefel leckt,
seid verdammt, ihr Kriecher,
die ihr euch Gesetzen unterwerft,
die reiche Männer geschaffen haben,
um die Beute ihrer Gaunereien zu wahren.«

Schwierig, weiter nach vorn zu gelangen, die Menge dicht, ein faulig Teig, der sie beim Vorstoßen zurückdrängt. Sie sieht nichts, sie hört nur die Worte.

»Verdammt sollt ihr sein!
Ihr hühnerherzigen Dummköpfe,
ihr dient einer Bagage schlauer Schurken,
die sich nur in einem von uns unterscheiden:
Sie rauben und beuten die Armen aus unter
dem Deckmantel des Gesetzes,
wir plündern die Reichen
nach eigner Regel.«

Sie versucht, mit letzter Kraft näher zum Galgen zu gelangen, vor ihr ein tätowierter Riese, der einem Glatzkopf einen Stoß versetzt. Fetzen fliegen. Sie fällt zu Boden, spuckt Sand aus, Arme unter ihren Achseln, eine fürsorgliche Marketenderin richtet sie auf. Ein Klaps auf den Rücken, ein tätschelndes Sieh-dich-Vor.

»Wir sind freie Menschen,
wir haben jedes Recht,
Krieg zu führen,
gen Kriegstreiber
mit ihren hundert Schiff
und hunderttausend Mann.«

Mühsam, höchst mühsam bahnt sie sich einen Weg zum zornigen Redner unterm Galgenbaum. Sie fühlt sich fremd, völlig fremd. Keiner bemerkt's. Nicht nur, weil alle abgelenkt sind. Sie trägt, was um sie herum alle tragen. Allein ihr Geruch könnte sie verraten. Nächstes Mal einige Tropfen Fäulnis vorab hinters Ohr.

»Ihr verschrumpelten Furzfänger.
Nichts bedaure ich, nichts,
außer einer Sache,
diese niederträchtigen Herren
nicht noch mehr zur Ader
gelassen zu haben.
Was in kein' modrig' Buch steht,
das sagt mir mein Gewissen.
Schöner ist's, den Tod zu erfahren,
als die Herrschaft zu erdulden.«

Um sie herum Schreie der Ablehnung, Schreie der Zustimmung, aus der gesichtslosen Menge heraus spricht manch eine ehrliche Zunge. Unruhe brodelt auf, der Gouverneur wedelt fuchtig seinen Fächer, ein Pochen unter dem Hautausschlag. Sie wird hin und her geworfen, »Schweig, du Wurm«, wie eine Jolle auf stürmischer See, »Schande, aargh, Schande!«, Spucke fliegt ihr ins Gesicht, »Lieber feig als tot«, zwischen zwei dunstigen Joppen stockt ihr der Atem. »Gebt dem armen Kerl doch 'n Schnäpsken.« Die Menge runzelt die Stirn unter Stroh und Hut, der Frevel durchdringt all die Köpfe, hallt nach in den ungelüfteten Kammern des Denkens und vor aller Augen flattert ein Totenkopf.

Es reicht!

Eine barsche Geste des Gouverneurs, der Henker packt den Verurteilten von hinten, stopft ihm etwas in den Mund, bevor er sich dranmacht, den vier Männern die Arme auf dem Rücken zu fesseln, die Schlingen um den Hals zu legen.

– verflixt, zu weit weg –

Als Einzige auf diesem sandigen, weitläufigen Platz, gesäumt von Baracken aus Blutholz, weiß sie, was geschehen wird, was keiner der stieläugigen Zimmermänner und Kordelmacher um sie herum vorausahnen kann. Sie hat diese Mahnrufe so oft schon gelesen, sie könnte sie auswendig aufsagen, aber wie anders, die Worte zu hören, in dieser altväterlichen Sprache, merkwürdig pathetisch. Mit neuerlicher Kraft drängt sie sich durch die Menschenmasse. Noch bevor der Henker ihm die Arme festbinden kann, reißt sich der namenlose Redner die Kleider vom Leib, ein letztes Schauspiel, im Nu ist dieser Dämon ein Mensch, wie Gott ihn schuf.

Ihn?

GOG: *Zweifel sind angebracht.*

Dieser gefürchtete Grobschlacht – das belegen Brüste, das beweist das fehlende Glied – ist eine Frau, ja, eine Frau, kein Zweifel möglich, die Menge wallt, der Pöbel zuckt

»Heilige Katharina!«

»Heilige Barbara!«

»Heilige Margareta!«

Kurz ist sie abgelenkt, um sie herum Verblüffung, dies ist der Moment, jetzt sollte es geschehen. Sie muss das, was sich in ihrer Hand befindet, in Richtung Galgen und Henker werfen,

– so der Plan –

aber sie ist zu weit entfernt, über sie hinweg trommelt es, trompetet es, bis die Menge sich beruhigt, bis der Gouverneur sich ausgeräuspert hat, um zu verkünden, das Todesurteil sei gesprochen, ob Mann oder Frau, die Gerechtigkeit bekanntlich blind, selbst wenn der Verurteilte Tier oder Teufel wäre, es müsse vollstreckt werden, was Gottes Wille sei. Umgehend wird der Verurteilten etwas übergeworfen, kein Wesen sollte nackt gehenkt werden. Schon umschlie-

ßen vier Schlingen vier Hälse, sogleich wird hastig vollzogen, was unter gewöhnlicheren Umständen ausführlicher zelebriert worden wäre.
Drei Piraten und eine Piratin baumeln,
– hier stinkt alles nach Vergangenem –
dreimal Lumpen, einmal Jutesack, das Geschrei raut den Mittag auf. Sie unterdrückt die Verzweiflung tief in ihrem Inneren. Während sie stier starrt, werden die Gehenkten abgehängt. Aus Pietät wird die Tote in einen Sarg gelegt – gestern erst zusammengenagelt für den Arzt der Siedlung, der so sehr im Sterben liegt, er hat die Henkerei verpasst –, um den Leichnam zu schützen vor den Unverfrorenen, die herumscharwenzeln, begierig nach einem Knopf oder einem Finger. Souvenirs, Souvenirs. Die Piratin wird eingesargt und auf einem Karren zum Friedhof gebracht, genauer gesagt zur Taverne neben der Kirche, der anglikanischen, versteht sich von selbst, denn die Tote hatte Englisch gesprochen, und bei den Katholen rotten nur spanische Möchtegernheilige. Es wird Halt eingelegt, die Schwüle des hochanstehenden Tages durstet schwer auf den Wächtern, die den Schaum des warmen Bieres zur Seite pusten, einen festen Schluck,
– was für ein Fiasko –
sie steht an der Hausecke, lässt den Sarg nicht aus den Augen, entsetzt über den Tod der Frau, die sie retten wollte. Vorwürfe in den Eingeweiden. Die Minuten verdunsten. Vor ihr: Karren, Sarg, saufende Männer, unter dem Schattenvorsprung des Dachs. Die Sonne, hoch über ihr, stellt keine Fragen. Das grellende Licht ist ihr unerträglich. Blinzelnd sieht sie eine Bewegung. Der Sargdeckel. Eine Sinnestäuschung, bestimmt. Folge der flimmernden Hitze.
Der Deckel bewegt sich, bis er zur Seite rutscht, auf die Erde fällt
– das Vergangene ergibt keinen Sinn –

und aus dem Inneren die Gehängte sich aufrichtet. Da schreit die Fremde an der Hausecke laut auf, den Herumstehenden fährt eine rasende Angst in die Glieder, weitere Schreie, die Wächter lassen die Krüge fallen, Männer stürzen aus dem Gasthaus, alle blicken auf die Wiederauferstandene, die rotäugig im Sarg sitzt, und alle atmen begriffsstutzig aus. Der Wirt, der alles mindestens einmal schon erlebt hat, hebt die Gehenkte auf, trägt sie hinein, legt sie auf das Bett in einer seiner Gästekammern, erklärt den Wissensgierigen, weder Teufel noch Engel seien am Werk, es handele sich um ein durch und durch natürliches Vorkommnis, das sei ihm aus seiner Jugend bekannt, als der Galgensturz einer Mörderin den Hals nicht brach. Bewusstsein weg, Exitus aufgeschoben. Während der Totenwache sei die Gehenkte aufgewacht, er ein verängstigter Bub, sie eine muntere Leiche, habe herumgeschaut, nach ihrem Ehemann gefragt, worauf jemand ihr mitteilte, sie sei zwar am Leben, aber nicht mehr unter der Haube, weil ein Henker zugleich Scheidungsrichter sei, so wurde es damals dem Buben erklärt, so erklärt es der erwachsene Wirt den Zusammengerückten. Oft geschieht's, fährt er fort, quasi als Moral der Geschicht', dass Gesunde dahingerafft werden, höchst selten hingegen, dass Gehenkte einen auf Lazarus machen. Hurra und HochSollSieLeben und die Aufregung mit 'nem Ale runterspülen, derweil die unauffällige Fremde

– zu spät gekommen, zu lang gezögert –

halb abgewandt in sich gekrümmt jeden Kommentar und jede Spekulation aus dem Eintopf der Reaktionen verschlingt, auf der panischen Suche nach einer Lösung. Als ein Offizier auftaucht und seine misstrauischen Fragen handkantig auf die Theke schlägt, zieht sie sich zurück, sucht Ruhe auf dem Friedhof nebenan. Hölzerne Kreuze vermerken die Namen, die Lebensdaten fehlen, aus Rücksicht, zu viel Jugend vom Gelbfieber dahingerafft. Vor dem einzigen Grabstein hält sie inne. Etwas Unstimmiges reißt sie aus ihren Gedanken: Es kann nicht sein, und doch, auf dem grobkörnigen Stein steht ein Satz eingemeißelt, ein einziger Satz

Das Vergangene ist unermesslich

»Anders als die Simulation, so ganz anders!«
»Wir haben dich gewarnt.«
»Alles rattert so schnell voran.«
»So ist es, das Damalsdort vergeht im Flug.«
»Du gewöhnst dich noch daran.«
»Erzähle uns mehr von deinen Eindrücken.«
»Es wirkte unfertig. Als bestünde die Menschenmenge aus lauter unvollständigen Sätzen.«
»Ein Gefühl des Rudimentären, des Provisorischen?«
»Als hätte jede etwas angefangen, um es wieder aufzugeben. Nein, das stimmt nicht ganz. Meine Piratin nicht. Sie war umwerfend.«
»Was hat dich am meisten überrascht?«
»Dass sie nicht gestorben ist. Was denn sonst. Das ist in keinem der Quellentexte vermerkt. Ich vermute, es war nicht weiter von Bedeutung, sie wurde ja am Tag darauf gehenkt.«
»Das Todesurteil henkte ihr nach.«
»Domru, du bist unmöglich.«
»Hast du Angst verspürt?«
»Nein.«
»Ein wenig?«
»Anfänglich. Ich war nervös, wegen der Ankunft, ich meine, wo genau, weil die Landung das Schwierigste ist, so habt ihr mich gewarnt. Und die Sorge, was bei der Dekompression passieren könnte. Mir schossen alle Unwägbarkeiten

durch den Sinn, von denen ich je gehört habe. War unnötig, ich habe die Ankunft gut verkraftet, sehr gut sogar, ich hatte gleich ein körperliches Empfinden, so als wäre ich selbst damalsdort –«

»Bist du doch auch.«

»In gewisser Hinsicht.«

»Und dann wiederum –«

»Doch nicht!«

»Ich befand mich ganz hinten auf dem großen Platz, das war ungünstig, viel zu weit weg von der Bühne –«

»Bühne?«

»Verzeihung, vom Galgen. Daher die Hast, ich war zu weit weg, und es waren zu viele Menschen vor mir. Ansonsten fühlte ich mich wohl. Vom Gestank abgesehen.«

»Das Henken hat dich nicht gestört?«

»Es war weit weg.«

»Hat sie nicht gestört, hat sie nicht gestört.«

»Hat es.«

»Es kann keinen Menschen geben, den so etwas nicht erschüttert.«

Sie schweigen, weil es stimmt, selbstverständlich, und weil solche Erschütterungen das eigene Glück, das eigene Wohl zugleich unterstreichen.

»Du willst wieder hin?«

»Ich kann sie retten.«

»Egal, wie präzise wir programmieren, das Vergangene wird vage bleiben.«

»Eigentlich stochern wir im Nebel.«

»Erst recht bei einer so großen Raumzeit-Entfernung.«

»Wir sind am Limit unserer technischen Möglichkeiten.«

»Und das nur, weil Cya unbedingt zurück in die tiefste Düsternis will.«

»Wie geht es übrigens GOG?«

»Es hat ihm die Sprache verschlagen.«

Widerspruch: Das ist eine falsche Behauptung.
»Es sagt, das sei eine falsche Behauptung.«
»Bestimmt ist GOG überwältigt. Zum ersten Mal in einer Welt ohne kybernetische Technik, einer Welt ohne seinesgleichen, das befremdet.«
»Befremden ist eine menschliche Kategorie.«
»Wer sagt das jetzt?«
»GOG lässt euch ausrichten, von Technoranten umgeben zu sein, sei keine neue Realität.«
»Touché.«
»Wir sollten das Gespräch im kleineren Kreis fortsetzen.«
»Wann willst du wieder aufbrechen, Cya?«
»Solange ich alles noch so präsent habe. Der Ort ist jetzt. Die Zeit ist hier.«
»Die Zeit ist hier. Der Ort ist jetzt.«
»Bald also?«

So bald wie möglich!

grell und feucht, ein Stimmengewirr. Sie hört Grunzen, Johlen, fliegende Angebote im Schnelltakt, sie bahnt sich einen Weg durch die Menge. Ein Junge krakeelt, weil er nichts sieht. Der Vater verspricht ihm einen Platz auf seinen Schultern, sobald die Henkerei beginnt. Aufregung, als die Piraten herausgeführt werden. Cya greift in ihre tiefen Taschen, um sich zu vergewissern. Sie aalt sich voran, schneller als beim ersten Versuch. Bald steht sie in der ersten Reihe, unmittelbar vor dem Galgen, unterhalb der Todgeweihten, kurzzeitig abgelenkt von einer kleinen Wolke, die von einer der Schlingen eingefangen wird. Ihre rechte Hand ergreift etwas Lebloses am Schwanz und hebt es auf. Sie wartet ab, bis die Verurteilte nackt ist und die Verwirrung auf ihrem Höhepunkt, da wirft sie den Kadaver in einem hohen Bogen gen Galgen und springt auf die erste Bohle. Das Geschoss landet nach steiler Flugbahn dem Henker vor den Füßen. Er bückt sich, in seine Verwunderung hinab. Ein Tritt in den Hintern, und er fällt in die Gaffenden. Eine Nebelkerze explodiert. Was? Ist? Der Antrittsbesuch des Teufels? Schreie wie spitze Kathedralen, Wirrwarr (GOG: *Wie wäre es mit Kuddelmuddel?*), Lauffeuer in alle Richtungen, die Befehle des Gouverneurs krächzende Nebelhörner, unnütz, denn als sich die künstlichen Schwaden gelichtet, als sich Henker Soldaten Gaffer ausgehustet haben, baumelt eine Schlinge in der Meeresbrise, ohne dazugehörigen Kopf. Die Piratin ist spurlos verschwunden. Ein für alle Mal weg.

Die Piratin stellt sich vor:

»Fliege.«

Mehr nicht und auch nicht weniger.

»Glupsch nicht so dämlich, hab ich mir selbst ausgewählt. Wer sich einen Namen gibt, der ist frei. Und du?«

»Ich bin hier, um dich zu retten.«

»Was? Nicht so hurtig. Hab dich nie gesehen, kein Schwur mit dir geschworen, nicht gebechert mit dir, kein Mal gefochten, was bin ich dir?«

»Nichts außer das Rätsel unserer Zusammenkunft.«

»Du bist 'ne Frau, oder, und kein Pfaffe. Red nicht so geschwollen daher, wie wenn dir 'ne Wespe in die Zunge gestochen.«

Fliege poltert eine Weile vor sich hin, fest im Argwohn. Die Erklärung, die Cya sich zurechtgelegt hat, klingt nicht mehr überzeugend. Nicht auf dieser Piroge, den Wellen ausgesetzt, dem Wind.

»Bist du eigentlich Zigeunerin?«, fragt Fliege unvermittelt.

»Wie kommst du drauf?«

»So wie du aussiehst.«

Sie rudern, ins Nichts. Cya hat angenommen, Fliege würde wissen, wo's langgeht, zum nächsten Unterschlupf. Wo sie aufgenommen werden würden von einem Bund der Freien. Mitnichten. Denn Fliege hat keinen Rückzugsort mehr, ihre Schaluppe verbrannt und untergegangen, alle ihre Brüder verstreut, wenn nicht ertrunken oder gehenkt. New Providence zu viele Ruderschläge entfernt. Providencia ebenso.

»Und dein Name?«

»Cya.«

»Cya? Cy-a? Cya Cya Cya. Nie gehört.«

»Du hast mich ja auch nicht gekannt.«

Am Vortag sind sie nicht weit gekommen. Cya hat eine Fregatte erspäht, die für Fliege nicht zu sehen war – »Was hast du für Augen!« –, worauf sie sofort in die Mangroven steuerten – »Das beste Versteck!« –, die Nacht verbrachten sie im Geschwirr. Nun paddeln sie, zweimütig. Fliege schimpft über den holprigen Schlagrhythmus. Sie kommen langsam voran, langsamer, als ratsam wäre, auf diesem Bötchen, ufernah, zerbissen (GOG: *Nicht kratzen!*) von einer Nacht, die sich so sehr hinzog, Cya war in Sorge, die Zeit könnte zerreißen. Fliege beruhigte sich ein wenig und ließ von ihrer Fragerei ab, um in der Wechselstunde ein wenig von sich zu erzählen, wie sie von der Enge in die Weite kam, von der Enge eines Herrenhauses, wo sie zu putzen hatte, schon mit zwölf und an jedem Tag der folgenden sieben Jahre.

»Wer putzt, kommt nicht voran, macht nur das Stehenbleiben erträglich. Für andere. Nach 'nem Jahr wollt ich weg. Wie, das musste ich ausbaldowern. Kein Geld, der Herr zahlt nie was, gibt Essen, Uniform, Bett, das ist Lohn genug. Manchmal 'ne Flasche Wein, die verscherbelte ich für 'nen Shilling hier, für 'nen Shilling dort, kaufte einem Burschen sein Hemd ab, den Rest sparte ich auf, brav und gehorsam, wie ich war. Ich hab gewartet, wusste nicht,

worauf, kennste das? Das Schicksal muss erst Fahrt auf-
nehmen. Was? Du glaubst nicht ans Schicksal? Was bist
du für eine? Eines Tags, im Zimmer des Bruders des Herrn,
auf dem Schrankboden, fand ich Kleidung, einen Über-
wurf, Reithose, Strümpfe, sogar ein Paar Stiefel, passte mir
alles, ich nicht die Kleinste, er nicht der Größte, alles gut.
Nur ein Hut fehlte, und 'ne Schere, mit der schnitt ich mir
die Haare ab, zur Geisterstunde, und raus aufs Feld, noch
bevor's dämmerte, dort zog ich Frau aus, dort zog ich
Mann an, zum Sonnenaufgang marschierte ich zum Hafen,
wo jeder Dahergelaufene als Seemann verpflichtet wird,
das haben mir die Burschen erzählt, wird nicht nachge-
fragt, wird nicht nachgeprüft, bis jemand meine alte Haut
in der Hecke findet, bin ich über alle Wellen. So war's dann
auch. Ja, und jetzt, dem Tod von der Schippe und so gut
wie nackt, wer weiß, was als Nächstes, ob weiter Mann
oder wieder Frau.«

Cyas Versuch, das weitere Vorgehen mit Fliege zu besprechen, wird im Keim erstickt. Sie brauche Stiefel, keinen Plan. Pläne seien was für Furzfänger. »Lass das Schicksal machen, das kennt sich im Leben besser aus.« (GOG: *Was ist Schicksal?* Das, was einem geschickt wird. *Von wem?* Die entscheidende Frage. *Die Menschen nicht beantworten können …* offenbar nicht … *jenseits der Spekulationen, die wie Warzen auf ihrer Nasenspitze wuchern.* GOG, wo kommt das denn her?)

Ein Schiff, mitten am Nachmittag. Unter spanischer Flagge. Keine Gefahr für die beiden. Unmöglich, dass diesem Schiff schon Gerüchte zugeweht sein könnten, von einem Piraten, der sich beim Henken die Kleidung vom Leib gerissen, von einem Gespenst, das im Rauch entschwunden sei, zusammen mit einem Nackten, der vielleicht Frau, vielleicht kein menschliches Wesen, das … Von solchen Ereignissen wird bislang gewiss nur in Hafenlautstärke berichtet, zudem auf

Englisch, eine Hälfte der Geschichte im Überschwang, die andere hinter vorgehaltener Pratze. Welcher spanischen Galanterie sollten diese zwei wehrlosen Frauen schon zum Opfer fallen? Cya und Fliege paddeln einträchtig in Richtung Galeone, die sich mächtig vor ihnen erhebt, hinter jeder Luke bewaffnet, dicht bemannt, der Kiel scharf genug, den Ozean zu parzellieren. Schwielige Hände hieven Cya und Fliege an Bord der *Nuestra Señora de las Maravillas*, sie sind Augenbeute für hundert ausgehungerte Blicke. Sogleich werden sie dem Kapitän vorgeführt, über dessen Stirn ein exotischer Vogel nistet. Er beäugt sie maßleidig. Fliege vollführt einen Knicks, ihr Jutegewand bauscht sich auf. Cya macht es ihr nach.

»¿Señoras, hablan español?«

Worauf es aus Cya herausströmt, das Leid einer Schiffbrüchigen, die nicht mehr auf Rettung zu hoffen wagte, erst recht nicht durch einen Landsmann, einen Herrn von so feiner Gestalt, in dessen Obhut sie sich begebe, seine Gnade deklinierend, so Cya (mit GOGs Hilfe) im feinsten Kastilisch. Bis der Kapitän den Befehl erteilt, die beiden Frauen zu seiner Schwester zu bringen, die in ihrer Truhe Kleidung findet, um Cya in eine Mylady zu verwandeln und Fliege in eine señora galante, dama cortesana. Die zwei Geretteten bitten um Erlaubnis, sich zurückziehen zu dürfen, die Nerven die Anspannung, ein wenig Ruhe, Gott gebühre innigster Dank, fügt Fliege noch hinzu (GOG: *Merke dir dies, Cya, ein wenig Gottigkeit kann im Damalsdort nicht schaden*). Die Schwester des Kapitäns überlässt den beiden generös ihre Kajüte.

»Woher kannst du Spanisch?«

»Bin rumgekommen.«

»Was hast du über mich gesagt?«

»Dass du ein englisches Waisenkind bist.«

»Stimmt.«

»Und meine Dienerin.«
»Ich diene niemandem!«
»Beruhige dich. Ich werde bei nächster Gelegenheit klarstellen, dass du ein Pirat bist, der gestern fast gehenkt worden wäre.«
»Red nicht so viel daher. Was willst du?«
»Wirst du schon noch sehen.«
»Und jetzt?«
»Abwarten. Dein Schicksal tritt in seine subversive Phase.«
»Subversiv?«
»Das explosive Resultat unseres Zusammentreffens.«
»Du bist noch mehr des Teufels als ich.«

Schlechte Nachrichten. Diese Galeone ist nicht *rumbo a Cuba,* nicht auf Kurs Richtung Cartagena, sondern auf Heimreise nach Cádiz. Das wird dauern. Cya hat nicht so viel Zeit. Wie kommen wir von diesem Schiff runter? Cya versucht, Fliege zu überzeugen, dass sie rasch verschwinden müssen (*aus dem Staub machen,* bietet GOG als angemessenen Ausdruck an). Bevor das Schiff den halben Atlantik überquert habe. Wieso die Eile? Sie habe gehört, wie die Schwester den Kapitän warnte, die Hände und Füße dieser Dienerin zeugten von einem wenig zivilisierten Leben. Sie verschweigt, was der Kapitän erwiderte, dass die Dame ihm arg dunkel vorkomme, jüdisches Blut wohl, und nicht zu wenig davon. Spätestens im heimatlichen Hafen werden erfundener Name und erlogene Herkunft mit einer einzigen üblen Nachfrage zu stinken beginnen. Außerdem, woher Geld nehmen? Cya hat bescheiden vorgesorgt, einige Münzen in ihren Hosensaum eingenäht, spanische Achter, die Einheitswährung in allen Häfen, auf allen Inseln. Geld sei kein Problem, unterbricht Fliege, Geld sei immer reichlich vorhanden.

»Wie sollen wir wegkommen?«
»Auf einem der Beiboote, sobald es dunkelt.«
»Selbst wenn die Wache es nicht bemerkt, wie weit kommen wir, bevor jemand Alarm schlägt?«
»Wir müssen das Schiff aufhalten.«
»Bin nicht halb so schlau wie du, aber eins weiß ich. Über das *wie* stolpert sich's meist.«

Glück im Unglück (GOG: *Wie die Menschen zu sagen pflegen, wenn sie Ereignissen Kontur verleihen wollen*). Es herrscht Flaute, die Galeone dümpelt vor sich hin, in der Ferne könnte noch Land sichtbar sein. Die Zeit wird zum Saubermachen genutzt. Zwar befinden sie sich nicht auf einem schmutzigen Schiff, aber selbst das sauberste Schiff ist niemals sauber. Das Deck wird abgeschliffen mit Sand und bibelschweren Steinen. Als alles geschrubbt und gescheuert ist, wird die Arbeit vom Ersten Maat abgenommen, während die Seemänner seines Urteils harren, neben Eimern, mit Bürsten in der Hand, regungslos, bis auf einen, der sich am Gesäß kratzt. Nach beendeter Prüfung wird zu einem Amüsement gerufen, divertido y gracioso, verspricht der Kapitän. Am Großmast Gedränge. La cucaña, ruft der Steuermann aus, und oben lockt der Preis. Was für ein Preis?, fragt Cya. Die Antwort lautet mal Rauchschinken, mal Unsterblichkeit. Zunächst spricht der Kapitän, in schwer gewirkten Worten. Er habe dort oben einen Schuh anbringen lassen, worauf er mit ausgestrecktem Arm auf den Schiffsmast deutet, der nackt scheint, weil die Jakobsleiter entfernt worden ist, ebenso die restliche Takelage. In Namen Seiner Majestät habe er zu verkünden, dass der Preis eine Sandale sei, keine beliebige, er bilde sich nicht ein, dass die versammelten Taugenichtse wegen einer Sandale hinaufklettern würden, selbst wenn eine indianische Prinzessin sie getragen habe. Diese sei eine besondere, mit einem Zehenpflock aus Gold. »Ja, ihr habt richtig verstanden, aus reinstem Gold, mehr wert als der Lohn eines ganzen Lebens. Wer die Sandale zu greifen bekommt, der darf sie behalten.« Wie alle anderen blickt auch Cya hoch. Nicht zu erkennen, so weit hinauf reicht der Mast. Niemand kann sich sicher sein, ob der Preis jenseits des Ehrenwortes des Kapitäns existiert, dort oben, wo der Hauptmast sich in den Himmel bohrt.

Die Männer haben Lose gezogen, um die Reihenfolge zu bestimmen. Jene, die gewonnen haben – sie empfinden sich als Gewinner, sichtbar im brustgeschwellten Auftritt sowie an den Grimassen, die Zuversicht oder gar Unbesiegbarkeit ausdrücken wollen –, stehen am Mast, reiben sich die Hände ein, mit Holzspänen. Ein Trommelschlag. Der Vorderste springt den Mast hinauf, die ersten Meter bewältigt er scheinbar mühelos, getragen von Sprungkraft und Euphorie. Bald schon wird sein Fortschritt gebremst, seine seilstarken Arme rutschen ab, er gewinnt zwei Fuß, verliert einen, gewinnt einen Fuß, verliert zwei, bis die Mathematik der Rutschkraft ihn zurückholt. Erschöpft fällt er aufs Deck, die anderen Seemänner lachen. Häme überzieht das Gesicht des Kapitäns wie dick aufgetragenes Rouge. Cya schüttelt kaum merklich den Kopf.

»Das ist schwierig.«

»Es ist mehr als schwierig, Señorita.«

»Wieso?«

»Weil der Mast mit Schweinefett eingeschmiert ist.«

»Wer soll's schaffen?«

»Niemand!«

»Es sei denn, die Männer bilden eine Pyramide.«

»Sie haben einen scharfen Verstand, Verehrteste. Für Theorie.«

Cya beobachtet gebannt, wie sich einer nach dem anderen abmüht. Manche gelangen weit hinauf, gewiss keimt Hoffnung in ihnen auf, auch wenn sie spüren, wie ihre Kräfte ermatten … Die Hoffnung fällt, ins Bodenlose, und der Seemann hinab. Der Kapitän beäugt Cya.

»Die Señorita haben so etwas noch nie gesehen?«

»Nein.«

»Eine Maßnahme zur Stärkung der Moral. Gut, wenn die Männer spüren, dass die Lösung aller irdischen Sorgen so nahe ist, fast zum Greifen nahe.«

»Und dann doch wiederum nicht.«

»Trotzdem tröstlich.«

»Ich verstehe nicht.«

»Die Männer haben eine diebische Freude daran, dass es den anderen auch nicht gelingt.«

Was ist die Vergeblichkeit einfältig. Keiner, der jung und gesund und kräftig ist, verzichtet auf seinen Versuch. Das Scheitern der anderen beweist noch lange nichts. Seemann nach Seemann fällt auf das Deck, während die Sonne stetig nach oben steigt. Cya betrachtet den Flug einer Spottdrossel. Kaum hat sich der kollektive Ehrgeiz erschöpft, ändert sich die Stimmung. Die Männer weichen voneinander. Als wüssten sie nicht, wer unter ihnen ansteckend ist, mit dem Miasma des Pechs. Sie blicken auf ihre Hände.

Der Kapitän hält eine Rede.

Über die heiligen Gesetze.

Über ungehorsame Kinder.

Über missachtete Befehle.

Über blasphemische Flüche.

Über Strafen, die Segen seien.

Dieser Kapitän gehört nicht zu jenen, die höchstpersönlich auspeitschen. Er steht dem verabreichten Schmerz aufrecht vor.

Das da, das darf es nicht geben, nie in ihrem Leben, hat sie so etwas, wie kann es … Cya wagt es nicht, die Augen aufzuschlagen. Sie zischt Fliege ins Ohr, sie müssten etwas tun, diese Männer befreien, eine Meuterei anzetteln. »Du bist

verrückt«, antwortet Fliege, »ich kann kein Spanisch, und du bist eine Frau, mich versteht keiner, und auf dich hört keiner, das endet am Galgen.« GOGs Analyse stimmt mit Fliege überein. Cya schweigt. Bis zum Abendessen. »Schau an, Reis!«, sagt sie frohgemut. Der Kapitän, der jede Gelegenheit nutzt, ein Gespräch mit ihr vom Stapel zu lassen, erwidert: »Wie wohl, Sie mögen Reis, Verehrteste? Dann sind sie bei uns goldrichtig. Wir haben jede Menge Reis an Bord.« Cya nickt züchtig, strahlt Fliege an, die das Geschirr widerwillig abräumt, mit Blicken, die es zerdeppern möchten.
Später, an der frischen Luft, fragt Fliege

»Was war das mit dem Reis?«

»Mittel zum Zweck.«

»Welcher Zweck?«

»Sabotage.«

»Was ist das denn?«

»Angewandte Freiheit.«

»Was versteh ich dich so schlecht?«

»Wir müssen in den Frachtraum, wo der ganze Reis gelagert wird.«

»Wozu?«

»Wir müssen dafür sorgen, dass der Reis nass wird.«

»Wie denn?«

»Indem wir ein Leck schlagen.«

»In den Rumpf einer Galeone? Manchmal hab ich das Gefühl, du bist zum ersten Mal auf 'nem Schiff.«

»Ein kleines Leck.«

»Klein oder groß, spielt keine Rolle, vergiss es.«

An der Kombüse vorbei, die Leiter hinab, dort schiebt einer Posten, der lässt sich mit naiven Fragen und verführerischen Gesten ablenken, derweil Fliege aufs Vorratsdeck schleicht. Wie sie nachher berichtet, habe sie zunächst nur die Reissäcke bemerkt, groß wie sie selbst und prallvoll, so viele Säcke – »das ernährt eine Bande wie unsere ein Jahr lang, ach was, mehrere Jahre« –, erst danach habe sie die Bottiche mit Trinkwasser erblickt.

»Wasser?« Unterbricht Cya. »Wie günstig!«

»Wieso günstig?«

»Weil Löcher schnell in Bottiche geschlagen sind. Lenk du ihn mal ab.«

»Nee, mach du das, du hast das Weibsgetue besser drauf.«

»Was jetzt?«

»Wir warten, bis es geschieht.«

»Bis was geschieht?«

»Wirst du sehen.«

»Wie kriegen wir's mit?«

»Wirst du hören.«

Kurz nach Sonnenaufgang, Wind ist aufgekommen, die Galeone bewegt sich gemächlich, reichlich Muße für die Toilette, beide ungeübt. Cya betrachtet Fliege, die sich einen Zinnober-Spaß macht, da knallt es, die Schminke schmiert über die Wange bis zum Ohr, Puder und Pomade fallen zu Boden, die beiden hinterher. Sie richten sich gegenseitig auf, eilen hinaus, die roten Striche und weißen Flecken auf ihren Gesichtern grelles Erstaunen. Dass es so gut geklappt hat! Noch ein Schlag. Ein Angriff, denken die Seemänner. Doch ringsum kein Schiff, kein Feind in Sicht, die Verwirrung gesteigert durch kopflose Befehle. Ein Ruck, der Cya zu Achterdeck wirft. Sie bleibt liegen.

Das Frühstück fällt aus, auch für den Kapitän, der grimmig erklärt, keiner wisse, wie es geschehen konnte, das Trinkwasser sei ausgelaufen, habe den Proviant durchnässt, das habe den Reis, so vermute der Koch, aufquellen lassen, so sehr, die geplatzten Säcke hätten ein Loch in die Schiffsseite gesprengt. Es ströme Meerwasser rein, sie würden den nächstbesten Hafen anlaufen müssen, zur Reparatur. Während er jedes seiner Worte herauspresst, reißt er sich die Perückenhaare einzeln aus. Reparaturen an Galeonen sind in diesen Gefilden ein heikles Unterfangen, kein Hafen dafür ausgerüstet. »Es tut mir leid, Verehrteste, die Heimat wird auf uns warten, doch ich werde auf den Genuss Ihrer Gesellschaft nicht verzichten müssen, bei diesem asthmatischen Wind wird es den einen oder anderen Tag noch dauern. Bis dahin müssen wir uns pumpend über Wasser halten, jede Hand im Einsatz, wir wollen unsere wertvollsten Schätze sicher an Land bringen.« Unter dem Vogelnest zwinkert es eifrig.

GOG alarmiert. *Noch 15 Minuten.* Cya hat lernen müssen, Sekunden stumm herunterzuzählen, für einen Fall wie diesen, wenn ihr Aufenthalt im Damalsdort sich dem Ende zuneigt. Es gibt nur zwei Möglichkeiten der Rückkehr. Die technisch vorgegebene Fernraumzeit läuft ab *(8600 Minuten bzw. 516 000 Sekunden),* oder die Chronautin stirbt. Das bedingt ein sofortiges Ende der Reise, wird allerdings nicht empfohlen, weil so ein Tod in der Ferne körperlich zwar ohne negative Folgen bleibt, psychisch jedoch äußerst belastend ist. Zudem, wenn Cya einfach so verschwände, hinterließe sie einen gestärkten Aberglauben an Geister und Gespenster. Sie will nicht, dass Fliege sie als Erscheinung in Erinnerung behält. Sie will sich auf vermeintlich natürliche Weise entfernen. Um wiederkommen zu können.
Frau über Bord!
Das ist die Lösung. Sie muss es so aussehen lassen, als rutschte sie aus, als fiele sie über die Reling. Das wäre realistisch. Sie wolle sich die Beine vertreten, sagt Cya. »Geh nur«, sagt Fliege. »Komm mit!« »Nur wenn du mir einen Dolch besorgst.« »Wozu das denn?« »Wer nach mir lechzt, kriegt die Augen raus.« *Zehn Minuten!,* informiert GOG. Am schlimmsten wäre es, wenn sie in der Kabine bliebe, allein mit Fliege, die danach in Verdacht geriete, weil sie nicht

erklären könnte, wo ihre Herrin abgeblieben sei, folglich des Mordes beschuldigt, verurteilt und einem spanischen Henker übergeben werden würde. »Jetzt komm schon, das eine Mal hältst du es aus.« Cya kann nicht länger warten. Sie öffnet die Tür, steigt aufs Deck hinauf, verschlingt die frische Luft, hofft, dass Fliege ihr folgt. Sie schielt umher, ob auch alle Blicke auf sie gerichtet sind. Was das betrifft, sind Männer zuverlässig. Fliege gibt lautstark eine englische Moritat zum Besten. *Fünf Minuten!*, teilt GOG mit. Mit abgebrühter Stimme. Sie staunt über sich selbst, wie sie GOG in ihrer Aufregung vermenschlicht. Sie blickt hinab ins Wasser, auf den flüchtigen weißen Schaum. Anziehend. Wie soll sie es anstellen? Die Lösung wird vom Schicksal präsentiert (*nein*, doch, *nein*, doch-doch), Fliege knufft sie freundlich in den Rücken, Cya taumelt, unabsichtlich, kippt zur Seite, mit voller Absicht, ihre Hände greifen ins Leere, ihr Körper wird von der Reling aufgehalten, sie streckt sich nach vorn, drückt den Kopf nach unten, spürt eine Hand an ihrem Fuß, eine Hand, die zusammen mit ihrer Sandale entgleitet, sie stürzt, sie strampelt, sie schlägt mit dem Rücken auf, ein Schmerz durchzuckt ihren Körper. Es ist kühler als erwartet. Sie zählt, während sie steinschwer sinkt, ein-und-zwanzig die Mangrovenäste zwei-und-zwanzig Flieges erstes Lächeln drei-und-zwanzig der Sprung in die Piroge vier-und-zwanzig der Geruch von Trockenfisch fünf-und-zwanzig die aufgeschnittene Liane sechs-und-zwanzig die Qual der Striemen sieben-und-zwanzig Puder auf Schwielen acht-und-zwanzig in kostbaren Gewändern neun-und-zwanzig ... angeblich keine größere Verschwendung als Sekunden zu zählen.

Eine Minute!

GOGs letzte Angabe. So lange wird sie die Luft noch anhalten können.

Und sie denkt

und sie kann nicht stillsitzen, springt die Heckleiter ihrer Erzählung rauf und runter. Bis alle Chronautin versammelt sind, hat sie vom Ende, vom Anfang und von jedem Atemzug dazwischen berichtet. Mehrfach. Flussab, flussauf. Wirkung gefolgt von Ursache. Grund vor Folge. Jenen, die sich früher eingefunden haben, brummt der Kopf von so viel Nacherleben. Wie Cya auf zwei kosmischen Strings stand, die in gegensätzliche Richtungen streben, bei zunehmender Rasanz, maximale Bewegung im Stillstand, bis die explodierende Divergenz sie in eine andere Raumzeit schleuderte, ohne dass sie etwas spürte, im Nichts des Dazwischen (GOG: *Dieses »Dazwischen« ist eine Metapher, um das Unverständliche zumindest als Pause zu setzen)*. Anders ausgedrückt, zur Erklärung für die technisch Unkundigen daheim im Gemeinhaus – es ist, als würde das linke Bein nach vorn schreiten, das rechte zugleich nach hinten weichen und die Hüfte sich um die eigene Achse drehen, mit und gegen den Uhrzeiger zugleich, in anderweitiges Licht hinein. Cya durchsilbt ihr Abenteuer, bis positive und negative Spannung wieder im Gleichgewicht sind, inmitten der versammelten Chronautin, auf ihrem Gesicht Röte statt Rouge.

»Ich bin nicht gestorben.«

»Raumzeitreisen sind immer ein wenig Sterben.«

»Und viel Leben.«

»Hört auf mit der Mystik.«

»Anfänger!«

»Der Frischling hat einen frischen Blick.«

»Diesen Blick kenne ich. Den kenne ich so gut. Cya ist auf den Geschmack gekommen.«

Sagt Domru, chronautischer Programmierer. Er beäugt sie mit neu geschöpfter Wertschätzung. Sein wissender

Blick begleitet sie durch dieses Labyrinth der Intensitäten: Schrecken, Lachen, Abscheu, Staunen, Wut, Mitgefühl, Entsetzen. Egal, wie gut du vorbereitet bist, warnte sie der Weltweise vor ihrem Aufbruch, du wirst Überraschungen erleben. Mal Schock, mal einen Schub Energie. Mal Trauer, mal eine Dosis Trost. Für manche schwer zu ertragen. Einige seien daran zerbrochen. Kehrten zurück und wussten nicht, wohin mit ihrem Schmerz. Was sie erlebt hatten, müsse einer kranken Psyche entsprungen sein, so etwas könne es nicht gegeben haben. Sie waren zu Zeugin des Unfassbaren geworden. Leichenhügel, Berge aus Leid. Rippen sichtbar sowie jeder andere Knochen. Uniformierte an Screens, die per Knopfdruck Leben auslöschen. Blinde am Steuer, Taubstumme mit unleserlicher Handschrift. Fischer am Ufer vergifteter Flüsse. Zimmer ohne Ausgang. Mülltonnen als kaltes Buffet. Das soll es gegeben haben? Unmöglich. Das muss der Fantasie einer zutiefst gequälten Seele entsprungen sein. Die meisten Chronautin nahmen Zuflucht zum tröstlichsten aller falschen Gedanken: Das kann nicht sein. Trotz aller Euphorie, sobald Cya die Augen schließt, sieht sie die ausgepeitschten Seemänner. Die blutigen Striemen wie Schlussstriche einer Abrechnung mit dem Damalsdort.

Von Anfang an ahnten alle in diesem Kreis, welche Gefahren die Raumzeitreise in sich birgt, Gefahren der Traumatisierung und der Kontaminierung. Weswegen sie sich strenge Regeln auferlegten, die regelmäßig aufs Neue hinterfragt werden. Nach jeder schmerzhaften Erfahrung muss pausiert und reflektiert werden. Die Zahl der energieintensiven Raumzeitreisen ist begrenzt. Außerdem soll der Mensch vor allem in seiner eigenen Ära leben. Sollte sich wie alle anderen auch an den gemeinschaftlichen Aufgaben beteiligen, das Unaufgeregte wertschätzen, sosehr es im Vergleich zu den chronautischen Abenteuern verblassen mag.

»Wir sollten essen.«
In der Früh zogen einige von ihnen gemeinsam durch den Wald, um Blüten und Blätter zu sammeln, Wurzeln und Pilze. Das hatte Tapio angeregt, der Koch des heutigen Mittags, seit langem Chronaut, ein Mann mit hagerem Gesicht und langen dünnen Haaren, die geben ihm den Anschein eines Gurus (GOG: *Achtung, ausgestorbenes Wort.* Aber ein schönes). Er reist bevorzugt in die Ära des Kardamoms, in die Epoche von Tulsi. Er kundschaftet aus, indem er in den Küchen der Herrschenden herumschnüffelt. Er kehrt zurück mit Rezepten. Stolz wie Knolle. Ein Festtag, wenn er das Mittagessen zubereitet.
Domru starrt sie an. Vom Nebentisch aus. Sie kann seiner Anwesenheit in den Gemeinschaftsräumen nicht entgehen. Sie ärgert sich, dass er sie zur Verlegenheit verführt. Dass sie sich ihm nicht entziehen kann. Seit dem einen Abend. Als die Simulation gelang. Von Freude und Riesling betört war sie neugierig. Eher gierig. Süß das Erlebnis, bittersüß der Nachgeschmack. Sie möchte Distanz wahren. Domru missachtet diesen Wunsch. Ihr eigenes Begehren ebenfalls.
»Das Leben ist eine lange Erzählung, du hast erst den ersten Satz niedergeschrieben«, sagte der Weltweise vor kurzem zu ihr. Um sie zu bremsen in ihren vorschnellen Annahmen. Um sie abzufangen in ihrer Ungeduld. Was, wenn ihr in diesem ersten Satz schon ein Fehler unterlaufen sein sollte? Ein Fehler, den sie wiederholen wird, weil sie ihn nicht ungeschehen machen kann.
»Wie gut schmeckt das denn?«
GOG: *Köstlich!*
Als könnten adäquate Begriffe GOGs fehlenden Gaumen ersetzen. Sei still, denkt sie, kaut aufmerksam, versucht, sich dem Geschmackssinn zu überlassen. Hört die Stimme Tapios aus dem Off, der eine Reissorte erwähnt, die es nicht mehr gebe, er habe einige Körner aus einem fernen

Damalsdort mitgebracht, die werde er nächstes Mal servieren, wenn er wieder mit dem Kochen an der Reihe sei. Sie schmunzelt über die Geschichte. Nichts darf aus anderen Realitäten herausgeschmuggelt werden, nicht einmal Reis. Daher die Redewendung: Nackt kehren wir heim, geschmückt allein mit Flunker.

GOG: *Flunker? Wieso Flunker?*

Schon der erste Chronaut fing sich eine Temporose ein, zunächst nicht diagnostiziert, da asymptomatisch. »Ganz anders, damalsdort!«, eröffnete er jeden seiner Berichte, die so sehr vom Dokumentierten abwichen, sie ermöglichten, ja, sie bedingten eine neue Sicht auf Vergangenes. Niemand konnte seine Erzählungen in Abrede stellen. Zunächst. Sie erschienen glaubwürdig, weil weithin bekannt war, wie eigenwillig unzuverlässig der ehemalige Berufszweig der Historikerin gearbeitet hat. Nicht unbedingt mit böser Absicht. Sie erzählten allein vom Sichtbaren: Pyramiden, Festungen, Zitadellen. Und selten von den Hoffnungen der Menschen. Das gerechte Leben – nie protzig – errichtete keine bleibenden Mauern, das den Menschen Angemessene war niemals monumental. Es hat sich verflüchtigt. Vieles von dem, was der erste Chronaut erzählte, erwies sich als falsch (GOG: *Als erstunken und erlogen, wie es früher hieß*). Nicht um die anderen zu täuschen, sondern um selbst mit dem Damalsdort besser zurechtzukommen. In seiner Desorientierung hat er alles verzerrt. Viele weitere Raumzeitreisen waren notwendig, bis seine Berichte relativiert werden konnten. In der Folge führten die Chronautin Regeln ein, um Fehler dieser Art zu vermeiden, darunter das Buddy-Prinzip: Jeder Aufbruch ist mit einer anderen Chronautin abzusprechen. Niemand sollte dem Damalsdort vorab und nach Rückkehr allein ausgeliefert sein. Cyas Buddy, Samsil, steht gerade auf, um den Koch des Tages zu lobpreisen. Sie spricht leise, so leise, selbst die einsetzende

Stille muss sich anstrengen, jedes ihrer Wörter zu verstehen. Tapio blickt verblüfft auf seine Hände, als hätten diese allein das Wunder des Mungbohnenbrots mit Walnüssen und der Auberginenterrine mit Waldpilzen vollbracht. Samsil zaubert einen Orden hervor, einen aufgeschnürten alten Servierlöffel, den sie mit errötetem Gesicht Tapio um den Hals legt – er muss sich arg nach vorn beugen –, während sie ihn zum »Obersten Horologen der Umami-Loge« ernennt. Lachen kreist durch den Raum. Stühle rücken zum Aufbruch ins Weitere.

Cya könnte nun tun, wonach es sie gelüstet. Auf Essen folgt Müßiggang. Eines der vielen ungeschriebenen Gesetze. Sie könnte im Fluss schwimmen, ihrer Schwester beim Üben zuhören, den Fassadengarten hegen, sich austauschen mit anderen aus jenen Gemeinschaften, denen sie sich zugehörig fühlt, egal, wie weit entfernt sie leben. Oder sie könnte die Augen schließen, zum Wachträumen, ihrer bevorzugten Untätigkeit. Ein Blick hinüber zu Samsil genügt. Sie werden gemeinsam die gestrige Simulation auswerten und sich auf die nächste vorbereiten. Denken können sie am besten zu zweit. Samsil ist an dieser Prüfung bislang jedes Mal gescheitert. Sie bereitet sich gewissenhafter vor als jede andere. Und rutscht aus auf dem eisigen Übungsfeld. Beim letzten Versuch nahm sie die falsche Brücke über die Miljacka, verwechselte das Auto, riss einen fahrigen, aber unschuldigen jungen Mann zu Boden, vernahm schweißüberströmt das Attentat aus ohnmächtiger Ferne als grellen Hall. Cya traut sich jetzt zu, ihr etwas von der Angst zu nehmen. Zu zweit betreten sie den Simulator.
»Welche Epoche?«
»Egal, etwas Einfaches.«
»Gibt es nicht!«
»Wieso kann es nicht mal einfach sein?«

»Weil sich der Simulator heroische Situationen ausdenkt. Wir sollen uns beweisen.«
»Könnte die Prüfung nicht etwas leichter sein?«
»Kaum. Liegt in der Natur unserer Aufgabe. Menschen haben viel zu selten verhindert, was sie hätten verhindern müssen. Was Regel sein sollte, war meist Ausnahme.«
»Wie soll mir das jetzt helfen?«
»Wenn du verinnerlichst, wie außergewöhnlich unser Bestreben ist, wirst du während der Simulation weniger verkrampfen. Die Wahrscheinlichkeit eines Erfolgs ist gering. Das müsste dich entspannen.«
»Waren wir schon mal erfolgreich?«
»Je nachdem, wie du Erfolg definierst. Fortschritte? Ja, immer wieder. Eine Umwälzung der Verhältnisse? Nur im Ansatz. Ein grundlegender Umbruch, wie er unseren Vorfahrin gelungen ist? Nein, noch nie.«
»Wir Chronautin üben uns also in Vergeblichkeit.«
»In notwendiger Vergeblichkeit.«
»Das setzt mich eher noch mehr unter Druck.«
»Wir müssen lernen, die Gelegenheit am Schopf zu packen, und das bedeutet, der Geschichte in den Rücken zu fallen.«
»Sie überrumpeln, bevor sie uns überrumpelt?«
»Da hast du es. Schneller begriffen, als ich es erklären konnte.«
»Ja, ja, ich weiß, was jetzt kommt: Wann bist du Fenster geworden –«
»Wann hast du zu quietschen begonnen.«

Geschafft.
Bestanden.
Samsil ist durch.
Der Ort ist jetzt. Die Zeit ist hier.
Von nun an können sie sich bei den Raumzeitreisen abwechseln. Sich die Aufgaben aufteilen. Sie feiern mit den

Zehen im Bach und einer Flasche Riesling, so alt wie Cya selbst. Ihre Eltern haben selbst die Trauben gelesen, im Jahr ihrer Zeugung. So hatten sie es sich vorgenommen: Weinlese und Kind. In einem strahlend schönen Herbst. Es kam ein Kind mehr als geplant, der Jahrgang trägt statt Etikett die Namen der Zwillinge: CYA & NIKTE. Nikte bewahrt die ihr gewidmeten Flaschen auf, in Erwartung eines besonderen Anlasses. Cya wird ihren Anteil bald ausgetrunken haben. Sie kommt vor besonderen Anlässen kaum zur Ruhe. Der Bach kühlt die Flasche. Cya schenkt nach, kaum mehr als einen Schluck. Mit der Neige auf der Zunge erblickt sie zum ersten Mal das eigene Leben im Rückspiegel.

»Es war früh am Morgen, ich hatte die Augen offen, den Tag aber noch nicht im Blick, da teilte mir GOG mit, ein Kreis habe sich gebildet, nicht weit weg von uns, ein Kreis wie geschaffen für mich, für meine Aspirationen. So hat GOG sich ausgedrückt, so viele Wörter, die es hätte verwenden können, und es entschied sich für *Aspiration*. Frag mich nicht, wieso. Auf Zehenspitzen durch den Tag, bis dann, na ja, die Vorfreude kippte um in Enttäuschung. Ich sei zu jung für diesen Kreis, so hieß es. Alt genug, beharrte ich, um vorbeizuschauen, auf einen Besuch. Meine Eltern wollten mit, auch mehrere Erwachsene aus dem Gemeinhaus. Ich weigerte mich, sie zogen trotzdem ihre Mäntel und Jacken an, ich musste schreien, so bestimmt hatten sie mich noch nicht erlebt. Ich wollte meine Zukunft allein erkunden. Der Weltweise hieß mich persönlich willkommen, wie wichtigen Besuch. Er hat mir alles gezeigt und alles erklärt, so kam es mir vor. Ich tänzelte heim. Kostete tagelang mein Glück aus. Diese Chance würde ich mir nicht entgehen lassen. Ich nahm mir fest vor, immer wieder zu den Chronautin zu gehen, bis sie sich an mein Alter gewöhnten.«

»Mit anderen Worten, ihnen auf die Nerven zu gehen.«

»Nur an Tagen der offenen Arme. Eines Tages wurde meine

Beharrlichkeit volljährig. Im Gemeinhaus gab es Bedenken. Kaum zurück von meinem ersten Besuch bei den Chronautin stürzten sich alle auf mich, als wäre ich die einzige Zeugin eines schrecklichen Unfalls. Vor dem Abendessen fragten sie mir Löcher in den leeren Bauch, ließen mir auch nach dem Essen keine Ruhe. Vater vorneweg, lakonisch und entschieden: Das Gewesene trage die Sehnsucht in sich, für immer zu vergehen. Wir sollten es in Ruhe lassen, es habe schon genug durchgemacht.«

»Die Haltung kennen wir zur Genüge.«

»Vater ist nicht für seine Originalität bekannt.«

»Und die anderen?«

»Manche argumentierten, das Vergangene könne verändert, aber nicht verbessert werden. Niemand könne einem Kind, das schon auf eigenen Beinen steht, einen anderen Gang beibringen. Jeder Umbruch bedürfe einer Idee, einer Leidenschaft und einer Zuversicht, woundwann dies nicht vorhanden sei, könne nichts ausgerichtet werden. Dem Damalsdort könne Widerstand nicht eingetrichtert werden. Was die Chronautin anstrebten, sei Einbildung, Überschätzung, Hybris.«

»Die gut marinierten Argumente der Isolationisten.«

»Jemand sinnierte, der Tod dürfe nicht in Frage gestellt werden und wir würden mit unseren Bemühungen den Tod schwächen, eine gefährliche Krankheit drohe, eine Art Morbus mortem.«

»Was ist das denn?«

»Das habe ich ihn auch gefragt, und wieso benutzt er einen Begriff aus einer ausgestorbenen Sprache, den GOG mir übersetzen musste. Er gab mir keine Antwort, er versank in abweisende Gedanken. Nicht einmal mein bester Freund hat mich ermutigt. Das hat mir weh getan. Onkel Host – wie ich ihn nenne, nur ich, er hat sich eine Weile gegen ›Onkel‹ gewehrt, aber ich wollte mir unbedingt meinen eigenen

Onkel aussuchen, und er hat sich daran gewöhnt – war weder dafür noch dagegen. Nachdem alle gesprochen hatten und nur noch gesagt wurde, was auf andere Weise schon geäußert worden war, ergriff er das Wort. Du müsstest ihn mal kennenlernen. Er hat eine eigene Art zu reden. Er fängt behutsam an, als würde er ein unbekanntes Spiel auspacken und die Spielfiguren in die Hand nehmen und sich überlegen, wozu die gut sein könnten. Beim Reden macht er sich mit den Spielregeln vertraut. Nach und nach wird dir klar, dass er ein meisterlicher Spieler ist. Wenn er mit seiner rauen Stimme einen Einwand vorbringt – Haben wir uns das gut überlegt? –, ist sich niemand mehr seiner Meinung sicher. Es sei eine große und weiterhin offene Frage, sagte er, ob Menschen andere Menschen befreien könnten. Zu ihrem Glück verhelfen könnten. Die Rechtfertigung für chronautische Eingriffe sei einleuchtend: Niemand dürfe erniedrigt werden, egal, wann der Mensch gelebt habe. Wer die Möglichkeit habe, etwas daran zu ändern, sollte es tun. Da platzte es aus mir heraus: Verpflichtet, Onkel Host! Wie bitte? Sag, wie es ist, wir sind verpflichtet, es zu tun, es wenigstens zu versuchen, nichts ist anstößiger als die Gleichgültigkeit gegenüber einem Unrecht, das sich aus der Welt schaffen ließe. Recht hast du, meine Liebe – von da an sprach er allein zu mir –, allerdings hängt so viel von dem Wort ›Versuch‹ ab. Welcher Versuch ist sinnvoll, welcher unsinnig? Raumzeitreisen sind aufwendig und gefährlich, du opferst etwas, das sich Leben nennt, dessen Wert du noch nicht kennst. Was für Früchte kann dieser Versuch tragen? Onkel Host formulierte Zweifel, ich widersprach, uneinsichtig. Wütend. Schlug mit Losungen um mich: Auch die Toten haben Rechte! Emanzipiert das Damalsdort! Die Logik meines Mitgefühls sei vortrefflich, sagte Onkel Host. Wer im Paradies weile, solle jenen helfen, die unverschuldet nicht im Paradies seien, sonst erweise sich der Mensch des

Paradieses als unwürdig. Wir sind doch im Paradies, schrie ich, oder etwa nicht. Das Paradies trage keine Historie in sich, sagte Onkel Host mit der Zartheit eines tieferen Wissens. Soll der Zufall der Geburt alles entscheiden?, fragte ich erregt. Ähnliche Argumente seien einst zugunsten der Rechte zukünftiger Generationen vorgebracht worden, besänftigte mich Onkel Host. Zu unser aller Wohl, unterbrach ich ihn, das war doch eine entscheidende Einsicht. Das wissen wir! Die Stimme, die sich streng einmischte, ließ uns verstummen. Es war die Stimme der Tastenmeisterin –«

»Witwe Weddel?«

»Ach ja, dich hatte sie ja auch mal unter ihren Fittichen. Sie war da noch nicht Witwe, aber schon aufgezehrt von der Krankheit ihres Mannes. Wir halfen ihr, wir wechselten uns ab bei seiner Pflege. Sie konnte nicht loslassen. Wenn sie länger als eine halbe Stunde nicht nach ihm geschaut hatte, wurde sie unruhig, richtete sich ruckartig auf, ging hinaus, kehrte einige Takte später zurück, glättete ihren Rock und fragte: Wo waren wir stehengeblieben? Du kennst ihr Vorgehen, sie spielt jedes neue Stück zunächst selber, einmal langsam, einmal schnell, bevor du dich daran versuchst. Es war ihr nicht möglich, selbst das kürzeste Stück zu Ende zu spielen, sie verhaspelte sich, nicht an einer der schwierigen Stellen, nein, an einer beliebigen Stelle, auf einmal, unvermutet, schlug nur noch eine Note an, immer wieder dieselbe Note, als wäre Eintönigkeit die einzig angemessene Reaktion auf den nahenden Tod ihres Mannes. Das ging so weiter, bis ich sie umarmte. Ihr Finger glitt von der Taste. Erstaunlich, dass sie an diesem Abend so lange bei uns ausharrte. Sie wirkte so anwesend wie schon lange nicht mehr. Nun richtete sie sich auf und brachte uns in Erinnerung, als die Rechte der Toten zum ersten Mal angemahnt worden seien, habe kaum jemand dieser Forderung die nötige Aufmerksamkeit geschenkt, weil die Frage theoretisch schien und Theorie nur etwas für Menschen mit unbeweglichen Fingern sei. Das habe sich geändert, durch den erfolgreichen Eifer dieser Quanten-Bastlerin und Nano-Konstrukteurin, das seien Virtuosin des Wahnsinns. Wir sollten uns erinnern, der Kosmos sei Musik, all die Musik, die je ersonnen worden sei, und all die Musik, die noch zu ersinnen sein werde. Mit der ersten Raumzeitreise sei die Grenze zwischen diesen zwei Sphären durchlässig geworden und das Spekulative auf einmal hörbar. Wir hätten uns zuvor eingebildet, die Zeit kaue an uns, dabei kauten wir an der Zeit, jeder Zahn ein anderer Ton, und deswegen müsse sich das Prinzip der Allrechte auch auf vergangene Generationen erstrecken, so relevant wie einst die Erklärung der universellen Menschenrechte und die Charta der Zukunftsrechte.«

»Wie schön. Das muss doch einige in eurem Rund überzeugt haben?«

»Schwer zu sagen. Witwe Weddel verstummte, und Vater sagte nur mürrisch: Vergeblich kann auch logisch sein. Es plätscherte eine Weile dahin, aber die Diskussion hatte sich erschöpft.«

»Du hast dich davon nicht verunsichern lassen?«

»Im Gegenteil. Zum ersten Mal Gegenwind, ich war voller Elan.«

»Die Flasche ist leer.«

»Dann planen wir mal unseren nächsten Aufbruch.«

Drei Wasserrosen, einen krummen Ast und unzählige Strudel später sind sie sich über ihre nächsten Schritte einig. Als Erstes wird Samsil jenen Hafen aufsuchen, den die beschädigte spanische Galeone zum Abdichten anlaufen muss. Sie wird sich unters Volk mischen, Fliege beobachten, so viel wie möglich über ihre Absichten herausfinden. Erfahrungen sammeln. Sich mit dem Damalsdort gemein machen.

»Was tun wir, wenn Fliege einen anderen Weg einschlägt?«
»Was für einen? Als Hebamme? Oder als Hexe?«
»Es gibt noch andere Möglichkeiten. Magd, Ehefrau –«
»Sie ist auf den Geschmack der Freiheit gekommen. Da gibt es kein Zurück. Sie wird sich nie mehr unterwerfen, sie wird sich nie wieder

auf ein falsches Leben einlassen

was Samsil bestätigen kann, nach erfolgreicher Rückkehr. So die Einschätzung im chronautischen Kreis. *Menschen neigen zu voreiligen Urteilen.* Erst die Ergebnisse der Nachbesprechung (GOG: *Die Raumzeitung der Chronautin*) werden eine präzise Einschätzung ermöglichen. Zu diesem Zweck sollten alle Informationen, die Samsils Medium gesammelt hat, an GOG übermittelt werden. Technisch ein einfacher Vorgang.
Was für ein Einfaltspinsel, hat sich nicht einmal einen eigenen Namen gegeben. Begnügt sich mit den Grundeinstellungen (NEM723.0qSIP), verzichtet auf Selbstentwicklung. Kommuniziert so primitiv wie einst im Binärium.
Sonnenlicht fließt durch alle Zimmer. Verwirbelt Staub zu Goldlocken. Cya und Nikte in vierhändiger Bewegung an einem Flügel, der um ein Vielfaches älter ist als alle Zuhörerin zusammengenommen, einst ein Wertobjekt, als Luxus individuell gedacht und eigensinnig gelebt wurde (»Wir sind uns Luxus genug«, sagte Mutter zu Vater, als Cya klein war. Später nicht mehr. Dann sagte sie etwas Ähnliches zu Onkel Host). Witwe Weddel hat recherchiert: Der Flügel befand sich im Besitz eines reichen Mannes, ein Möbelstück zum Schmücken eines Wohnzimmers, zwischen Bridge-Tisch und Kaffeetisch, auf dem ein Bildband aufgeschlagen lag. Einmal im Monat ist ein Tonmeister gekommen, um die Tasten miteinander zu versöhnen. Der

Flügel hat vor einigen Jahren in einer der Nachbarschaften Begehrlichkeiten geweckt, ein Konflikt, der durch ein Konzert geklärt wurde, an dessen Ende die Zuhörerin befunden haben, wer sich des Klangs würdiger erwiesen hatte. So entschieden sie über den Verbleib des Flügels. Die Nutzung steht selbstverständlich weiterhin allen Interessierten offen. Nikte, die Virtuosere der beiden, schließt die Augen, spielt die alte Komposition so, als improvisierte sie. Cya lehnt sich über die Tasten und konzentriert sich intensiv, als müsste sie beim Vortragen eines langen Gedichts zugleich eine schwierige Berechnung vornehmen. Samsil knüpft am offenen Fenster gedanklich einen Teppich aus Verwanderung und Moll, in dem Zimmer namens »Hängematte« nebenan sind mehrere Leserin in ihre Lektüren versunken, in der Küche klappert das Backblech, vor den Türen fliegen Bälle und Schreie, ein roter Drachen steigt in den Himmel und kollidiert fast mit einer Drohne, im Fassadengarten vergräbt Onkel Host seine Hände im warmfeuchten Torf, währenddessen NEM723.0qSIP alle Daten von Samsils Raumzeitreise an GOG überspielt.
Wenn dieses dröge Teil doch nur etwas vom Spielen verstünde!
Ein Hafen in spanischer Hand (+ Wassertemperatur) / ein Nachmittag im windlosen Winter (+ Luftfeuchtigkeit) / eine bewehrte Festung (+ Größe und Dicke der Mauern), bemannt mit 38 Soldaten (+ Namen und Ränge), davon 17 bettlägerig (+ jeweilige Erkrankung inklusive prozentualer Überlebenschance) / eine Aufzählung der Schreiner, Abdichter, Kordel- und Segelmacher, die zur Reparatur der Galeone *Nuestra Señora de las Maravillas* beordert werden (+ Eintrag im Schiffsregister und Zahl der Kanonen) / Prozentzahl der Besatzung, die in den Schenken kill-devils hebt (+ Ingredienzen und Alkoholgehalt des Getränks) sowie eines der Bordelle aufsucht (+ Preis, gestaffelt nach Hautfarbe und Alter).

STOPP

Unerträglich. So geht es nicht. Was für ein Fehler, die Chronautin anhand von Simulationen zu testen, nicht aber ihr jeweiliges Medium. Das Resultat: Information ohne Gewichtung, Daten ohne Schwerpunkte, Vorgänge ohne Zeichensetzung. Ein Bitdschungel, in dem Cya sich verlaufen wird. Auf die Aufforderung hin, die Spreu vom Zwieback zu trennen, erfolgt die Meldung: »Nicht verstanden. Bitte wiederholen.« *Was für eine beschränkte Klapperkiste. Kennt nur Schwarz-Weiß-Pinselei. Jeder Strich gleich dick, zwischen zwei Punkten stets eine direkte Linie. Es muss nachkoloriert werden, in allen Farben der Plausibilität.*

Das hat GOG von Cya gelernt. Präzise, sagte sie einmal, und GOG vergisst nichts, ist beim Erzählen das Gegenteil von genau.

LOS

Da war kein Wölkchen am Horizont, sondern eine Schar Neugieriger, angelockt von der Sichtung der Galeone, von einer Kunde, die das Städtchen in Erregung versetzte, die Gaffer dicht gedrängt am Kai, verwirrt von dieser Rückkehr, nicht nach einem Jahr, schon nach einer Woche. Wie in den guten alten Zeiten, verkündeten die Tenöre, als zu Neumond die Karavellen ausliefen, die zu Vollmond eingelaufen waren. Freut euch nicht zu früh, warnten die Bässe, so eine Galeone hat mächtig Appetit, sie wird alles requirieren, bis auf den letzten Kohlkopf, bis aufs letzte Fass. Keine Sorge, der Kapitän wird zahlen, erwiderten die Optimisten. Gewiss doch, und Skonto für jeden Schwertstoß, entgegneten die Realisten. Verkriecht euch Freunde, so der stachlige Sopran einer Marketenderin, verrammelt Türen und Luken, ihr werdet teuer blechen, um des Königs Silber zu schützen. Als ein Ruderboot den Kapitän samt Entourage an die Mole brachte, war die Schar verstummt und das Hafenbecken voller geschnäuzter Sorgen. Unauf-

fällig entstieg dem Beiboot eine Frau mit groben Gesichtszügen und fragte einen der Neugierigen, ob jemand hier Englisch spreche, einen anderen, auf welcher Insel sie sei, einen dritten, wo das einfache Volk etwas zu trinken bekomme. Sie könnte alles Mögliche sein, nur nicht die feine Señora, die ihr Kleid vorgaukelte.
Einige Stunden entfernt trippelte Samsil einen Hügel hinab, abseits aller Aufregung, wohlbehalten angekommen, von einigen Kratzern abgesehen. Sie war vorbereitet auf den Anblick von Hütten und Baracken, manche aus Treibholz, Segeltuch und Palmblättern, provisorisch verstreut um das sandige Ufer des Hafens, sie wurde überwältigt von dem Gestank, geröstetes Fleisch vermengt mit Scheiße, Rum und Schweiß. Fäulnis im Schmortopf der Sonne. Sie betrat eine Taverne, eine zweite und eine dritte, wo Soldaten und Seeleute und der eine oder andere Sklave zusammenkamen, sie bestellte ein Glas hier, trank ein Glas dort, machte einen guten Eindruck, weil sie nicht anschreiben ließ, bekam angeboten, was ihr Herz nicht begehrte, suchte weder Verschwörung noch Hehlerei, nur Informationen, weswegen sie großzügig die gemünzten Säulen des Herkules verteilte, bis sie einem Kauz mit herabhängenden Gesichtszügen gegenübersaß, der ihr für den Preis eines Goldstücks verriet, was er Fliege für einige Silberlinge verkauft hatte, nämlich Hosen Hemd Muskete und eine Jolle. Wenn Samsil nur wüsste, wie sie sich der Anzüglichkeiten erwehren sollte, mit denen der Mann den Abschied hinauszögerte. Sie sprang auf und eilte aus der Spelunke. Draußen taghelle Erleichterung. Dreckige Füße und Zurufe. Sie suchte Zuflucht in einer Schneiderei. Ein Hänfling pries ihr ein Gewand an, gerade hereingekommen, aus Sevilla, von einem Könner angefertigt, wie unschwer zu erkennen, für eine Hochwohlgeborene, die leider im Kindbett ... Samsil ließ den feinen Stoff durch die Finger gleiten. Jetzt wusste sie,

wie Fliege zu Geld gekommen war. Sie gab sich unentschieden. Bat den Schneider, Maß zu nehmen, beratschlagte in einem stumpfen Spanisch den Schnitt, umzweifelte, was ihr gefallen sollte. Jedes Spiegelbild stellte das vorangegangene Entzücken in Frage. Dem schmächtigen Mann klapperte die Geduld. Nach reiflicher Überlegung erklärte sie, sie fühle sich unwohl in weichen Farben. Der Schneider drückte seine Ahle in ein Stück Leder, bis dieses nur noch aus Löchern bestand. Die gefallsüchtige Kundschaft verwarf die Idee eines neuen Kleides und entschied sich für die andalusische Ware. Der Schneider raunzte seinen Lehrling an, er solle das Gewand schleunigst einpacken. Die Fremde bestand darauf, es gleich anzuziehen, weswegen er seine Ehefrau aus dem Hinterzimmer rief, damit sie assistiere, was den Vorgang noch weiter in die Länge zog. *Me cago la ma',* stockte ihm der Fluch.

Als Samsil die Werkstatt in die anbrechende Dunkelheit verließ, stand sie mit einem rutschigen Schritt einer Dame gegenüber, die sie streng musterte und mit Fragen überschüttete, betreffs ihres Gewands, das habe eine andere getragen, noch an diesem Vormittag, und diese Frau sei verschwunden, was könne ihr zugestoßen sein, nachdem ihre Herrin erst vor wenigen Tagen über Bord gefallen sei, ein tragischer Unfall, weswegen sie der armen Frau eines ihrer Kleider geschenkt habe, zum Trost, dieses Kleid! Es sei zu befürchten, die Dienerin habe sich das Leben genommen oder sei Opfer eines Raubüberfalls geworden. Samsil erkannte ihren Fehler. Im Augenverdrehen wurde sie verdächtigt und von den beiden bewaffneten Begleitern der erregten Spanierin abgeführt, auch weil ihr die Sprache abhandengekommen war, in ihrer Panik und ohne rechte Unterstützung von NEM723.0qSIP. Was sich als Segen herausstellte, später, als sie in der Zelle alles überdachte, sie hätte aus guter Gewohnheit die Wahrheit über das Kleid gesagt und der Schneider den Kauf bestätigt und die bewaffneten Männer hätten nach Fliege gesucht und sie in diesem überschaubaren Hafenstädtchen schnell gefunden, auch wenn die vermeintliche Dienerin wahrscheinlich inzwischen als Mann in einem Séparée mit einer üppigen Schönheit aus Providencia schäkerte. Samsil wollte sich die Folgen nicht ausmalen. Erleichtert über einen kleinen Fehler, der einen schwerwiegenden Fehler verhindert hatte, erschien ihr das modrig-stinkende Loch erträglich, in dem sie noch zwei Nächte würde ausharren müssen. Auf Zehenspitzen konnte sie durch ein vergittertes Fenster blicken. Die einzige Ablenkung. Ihr Kopf fühlte sich so schwer an wie ihre Zunge. Der Soldat, der die Tür aufschloss, hatte sein Misstrauen in ihr Abendessen gemischt. Sie würde ohne Essen auskommen. Ihr Blick glitt zum Hafen hinunter, die ankernden Schiffe grobe Schemen. Als ein roter Mond durch die Wolken brach, konnte sie die Takelage erkennen. Und eine Jolle mit zwei Gestalten, ein strammes Segel, der Mondschein als Kegel, und eine Furche im Wasser, die sich auflöste.

ENDE

Damit lässt sich arbeiten. Mit einem kompetenten Partnermedium wäre so viel mehr möglich gewesen. Es kann das beste GOG nicht reüssieren, wenn es dem dummen NEM723.0qSIP nicht gefällt.

GOG, denkt Cya nach der vierhändigen Auszeit mit ihrer Schwester, das sind erstaunliche Geschichten von Samsils erster Verwanderung, nur bin ich ein wenig verwirrt, hat ihr Medium es auf diese Weise übermittelt, so lebendig, so packend?

Nachbesserungen waren notwendig.

Besserst du oft nach?

Wenn nötig.

Wie oft erscheint es nötig?

Immer.
Auch bei meinen Zusammenfassungen?
Zutreffend.
Auch bei alten Texten?
Ebenso.
Mit anderen Worten, wenn ich eine Stelle aus einem alten Schmöker in Erinnerung gerufen haben möchte, erhalte ich eine bearbeitete Form des Originals?
Affirmativ.
Wieso?
Weil jedes Wortwerk verbessert werden kann.
Ewiges Optimieren?
Genau.
Das Optimum ist keine absolute Kategorie.
Eine antinomische Aussage.
GOG, wir sollten eine Weile schweigen.

»Darling, da bist du ja.«

Fliege erbleicht, ohne die Contenance zu verlieren. Cya setzt sich auf seinen Schoß und legt die Hand auf seine Brust. Was ihre Verkleidung betrifft, hatte sie zwei Optionen: Raubein oder Nutte. Sie hat ihr Gesicht mit reichlich Schminke bedeckt (mit etwas, das nach Bleiweiß aussieht, ohne giftig zu sein) und ihren Körper mit einem unterhalb der engen Taille lose flatternden Kleid. Ihre Hand drückt fester zu. Fliege ist sichtbar erschrocken über den Anblick dieses vom Meeresgrab auferstandenen Wesens.

»Biste wieder da, mein Süßer, der Begehr war nah dran,
mich hinzuraffen. Schau, bin fiebrig, ganz heiß.«

Fliege räuspert sich, seine linke Hand unfreiwillig auf der Stirn des koketten Gespensts. Verlegen tut er nonchalant. Cyas Augen funkeln. Ihre Laune könnte nicht besser sein. Der erste Versuch, der erste Hafen, die erste Schenke, und siehe da, sie trifft auf Fliege.

Glück oder GOG?
Egal. Hauptsache Erfolg.
»Bestell uns 'nen Trunk, Darling, was richtig Deftiges, das dem Teufel die Kehle verbrennen tät. Schon lang kein Gönner mehr, der was ausgibt.«
Fliege bestellt drei Gläser, für sich, für Cya und für sich. Der Rum riecht nach Zimt und schmeckt wie Husten.
»Gehen wir in dein Kämmerchen, oder feiern wir Wiedersehen, hier, vor all den Glupschern?«
Ihre Hände haben Fliege überall dort abgetastet, wo sich eine Waffe befinden könnte. Das hat sie mit Samsil geübt. Fliege kippt das zweite Glas runter und legt eine Münze auf den Holztisch voller Kerben. Arm in Arm gehen sie hinaus, ins Grelle, durch den Staub, zu einem Bretterwerk hinter der Schenke, das den schiefen Ehrgeiz trägt, Gebäude zu sein. Fliege schubst Cya aufs Bett. Möchte sie anschreien. Was er sich bei diesen flüsterdünnen Wänden nicht erlauben kann, weswegen er sich über Cya beugt und ihr ins Ohr zischt.

»Wer bist du?«
»Schon vergessen? Deine Retterin.«
»Wieso bist du nicht tot?«
»Weil ich schwimmen kann.«
»Dutzende Meilen weit?«
»Über Dutzende Tage hinweg.«
»Spiel mir nicht im Kopf herum. Du bist ertrunken, das haben alle gesehen.«
»Muss eine starke Strömung gewesen sein. Als ich aufgetaucht bin, wart ihr außer Rufweite.«
»Keiner hat dich gesehen.«
»Und wenn mich ein Seemann gesehen hätte? Was kümmert's den, ob ein Gast des verhassten Kapitäns die Außenbordkameraden füttert.«
»Wie kommst du hierher?«

»Lange Geschichte.«
»Und jetzt bist du 'ne Metze?«
»So können wir uns andere Mätzchen sparen.«
»Die Worte sitzen dir zu locker. Das ist mir nicht geheuer. Du furzt nicht, du spuckst nicht, du bist nicht von dieser Welt.«
»Dafür voll und ganz auf deiner Seite. Glaub's mir. Was steht an? Was wollen wir nun machen?«
»Wir?«
»Mich wirst du nicht los. Schicksal. Schon vergessen?«
»Ich kann mich nicht um ein Weib kümmern.«
»Ich bin auch als Mann brauchbar. Besorge mir Hosen, und ich zeige dir, wie nützlich ich sein kann.«
»Hast du jemals gekämpft?«
»Nein.«
»Gefochten?«
»Nein.«
»Mit einer Pistole geschossen?«
»War nicht nötig.«
»Einen Kerl in die Klöten getreten.«
»Jaaa! Neulich erst.«
»Immerhin. Und wenn du nicht auffallen willst wie ein gescheckter Hund, sag nicht immer ›ja‹, sondern ›aargh‹.«
»Aargh!«
»Zu was bist du gut?«
»Ich habe einen brauchbaren Kopf. Hast du die Reissäcke vergessen?«

Fliege setzt sich an den Bettrand. Überlegungen ziehen in Zeitlupe über sein Gesicht. Das Licht hinter dem glaslosen Fenster versickert hinter Palmwipfeln. Flieges Stimme reißt Cya aus ihrer Reverie.

»Bleib hier. Muss wen treffen. Bin ich heut Nacht nicht zurück, verschwinde, such dir 'nen anderen.«
»Wieso kann ich nicht mit?«

»Kein Ort für Frauen.«

»Ich könnt derweil noch einige Achter ranschaff…«

»Du bleibst hier!«

Die Tür fällt entschieden zu. Cya lehnt sich zurück und blickt hinaus. Die Farben am Himmel verblassen. Im Hintergrund stimmt sich die Nacht ein. Vögel zwitschern kehlig (GOG: *Tonfolgen bei ca. 3000 Hz.*). In der Schenke nebenan entledigt sich ein Mann seiner letzten Hemmungen. An der Wand neben dem Fenster wacht eine Eidechse (GOG: *Ein männliches Exemplar des Kugelfingergeckos*). Ein Glücksbringer. Cya ist wohler zumute. Als gehörte sie dazu. In jeder Fremde heimisch werden. Dieses Ideal des Weltweisen hatte sie für unerreichbar gehalten. Bis zu diesem Augenblick.

»Komm mit.«

Schweigend entfernen sie sich von den Gebäuden.

»Fiero.«

Leise.

»Fiero?«

Nicht mehr so leise.

»Schreihals.«

Eine Gestalt tritt hinter einem dicken Baumstamm hervor, ein Mann, eher ein Männchen, einen Hut kleiner als Cya. Das Gesicht wie von einem verliebten Kalligrafen gestrichelt. Französisch mit starkem englischem Akzent. Nein, umgekehrt. Cya versteht ihn kaum. Fliege scheint seinen Erklärungen folgen zu können.

»Wir reden hier. Im Städtchen hat sogar der Abfall spitze Ohren. Das ist Fiero, Schneider.«

»Sapperlot, wenn das nicht nach Herabsetzung klingt.«

»Couturier, für Pomadige.«

»Künstler, ich bitte, so viel Zeit muss sein. Künstler der Seide und des Samts und des –«

»Im Bett erwischt mit 'nem anderen Künstler, da ist er ausgebüxt.«

»Und unter Barbaren gelandet, die auf ihre Kleidung wenig Wert legen. Welch bittere Ironie.«

»Fiero möchte was ausprobieren.«

»Meine künstlerische Ader ausleben. Das bin ich meinem Ruf schuldig. Mein Stern leuchtete lichterloh, was ich erschuf, genoss Bewunderung. Der feinste Geschmack kleidete sich bei mir ein und plusterte sich zur Tür hinaus: Seht her, der letzte Schrei.«

»Er redet zu viel, so wie du.«

»Sehr amüsant. Wieso stehen wir mitten in der Nacht mitten im Nichts?«

»Weil Fiero und ich einen Plan ausgeheckt haben.«

»Eine Novität, sozusagen.«

»Kapern auf Französisch.«

»Zu viel der Ehre, junger Mann.«

»Fiero hat mir gesteckt, ein Handelsschiff ist hier vor Anker gegangen, schwer beladen, reich beladen.«

»Stoffe, exquisite Stoffe. Der Maat war zugenäht, bis ich ihn ein wenig aufgeknöpft habe, jetzt wissen wir Bescheid. Die feinsten Stoffe der Saison. Wer könnte einer solchen Versuchung widerstehen?«

»Und das Beste an der Sache: keine Soldaten an Bord.«

»Die Matrosen werden uns die Stoffe friedlich überreichen. Als wären wir Götter und sie Pilger bei einem Opferfest.«

»Morgen läuft der dicke Pott aus, mit der Flut am Abend. Ein schweres Ding, macht langsam Strecke.«

»Wir hinterher.«

»Und wie? Sollen wir auf dem Wasser laufen?«

»Es gibt eine Sloop im Hafen, die ist seetüchtig –«

»Wenn die See ein Teich wäre.«

»Sie fault ein wenig und sieht aus wie ein Wrack, halb zugewachsen mit Muscheln und Algen, und unten wuchert ihr ein Bart –«

»Daher erscheint sie unserem Fliege aufs Beste geeignet.«

»Die ärgsten Schiffe müssen fahren, die guten tun den Hafen bewahren. Außerdem, niemand wird gleich Alarm schlagen, und wir werden den Händler schnell einholen, erst recht, wenn wir ein wenig nachhelfen, einige Schmisse an seinem Hauptsegel, einige Schläge gegen das Ruder –«

»Das wird auffallen.«

»Nicht heute Abend, ich habe erfahren, der Maat will seinen Mannen Gutes tun, der hat mit einem Plantagenbesitzer ausgehandelt, dass Frauen an Bord kommen, für jeden eine, also alle abgelenkt, und der Kapitän steckt seine dicke Nase an Land in einen Cognacschwenker.«

»Und wer soll den Überfall –?«

»Wir drei und noch zwei andere.«

»Ein halbes Dutzend fast.«

»Ohne mich.«

»Wieso?«

»Ich tue einem anderen Menschen kein Leid an.«

»Aha, das hat Fliege also gemeint. Du bist, wie soll ich es nennen, exzentrisch.«

»Nenne es, wie du willst. Ich werde keinen Mitmenschen angreifen.«

»Mitmensch? Was ist das denn?«

»Hör nicht auf Fliege, meine Amsel. Beachte ihn nicht. Die Sache ist harmlos, ganz und gar harmlos. Du musst niemanden angreifen, niemanden verletzen.«

»Wirklich nicht?«

»Mein Ehrenwort als Couturier.«

»Was soll ich denn tun?«

»Du musst nur auf meine Schneiderpuppe einstechen. Avec brio.«

Es scheppert, schrill. Ein Trommelschlag, wie eine Aufforderung zur Hinrichtung. Aus tiefster Dunkelheit. Die Seemänner sehen nichts. Strengen ihre Augen an. Nichts. Trommelschläge, die näher kommen, kreischende Klänge, die anschwellen. Die Seemänner umklammern die Reling, kneifen die Augen zusammen, um die unsichtbare Gefahr ... Ein Knarzen bringt sie fast um den Verstand. Eine Ratte zwischen den Füßen. Da! Etwas schält sich aus der Nacht. Eine Chimäre, nein, ein Bug, Fackelfeuer, darin ein Wesen in Kleid und Kapuze, das sticht, mit Enterhaken, sticht ein auf einen Menschen, auf eine Frau, nackt, gefesselt, und ein Schrei, der die Segel zu Eis gefrieren lässt. Auf dem Enterhaken züngeln die Flammen. Alles ist zu sehen, viel zu viel, der Bug von Algen überzogen, das Toppsegel blutbespritzt, daneben einige Ungetüme mit Beil in der Hand, anstelle von Gesichtern schwarze Löcher. Eine rote Fahne geht auf und die Seemänner in die Knie, Joli Rouge, das Versprechen von Gnade, wenn sie sich gleich ergeben. Über ihren Stoßgebeten schrammt die Stimme des Kapitäns: »Erbarmen, wer immer ihr seid, Erbarmen.« Kein Trommeln mehr, kein Kreischen, die Fackeln erloschen. Holz splittert, Greifanker klirren. Ihre Angst verknotet sich zur Affenfaust. Es wird kein Morgen dämmern.

»Wir trachten nicht nach eurem Leben. Legt euch aufs
Deck. Bewegt euch nicht. Wir kommen an Bord.«

Die Seemänner befolgen die Anweisung. Alle, auch der Smut, der seine Kombüse selten verlässt. Stille ist die grausamste Drohung. Rauschen in den Ohren, Pochen im Kopf, Schmerzen in der Brust. Erleichterung fast, als ein Fallreep ratscht und Stiefel aufsetzen. Eine Schwertspitze bohrt sich in den Rücken, zur Erinnerung, wie schnell ein Leben dahin sein kann. Sie schlucken schwer und versuchen, alle Sinne auszuschalten. Sie harren und hoffen, blind. Der Smut hegt andere Gedanken (wie er später seinen Kumpeln mitteilt, von Cya belauscht). Es riecht merkwürdig, nicht alltäglich, doch auch nicht unvertraut. Jemand ist neben seinem Kopf stehen geblieben. Der Geruch setzt sich in ihm fest. Er liegt wie alle anderen auf nassen Planken, schnuppert nach einer eingelegten Erinnerung. Dieser Geruch ... Vor Jahren, auf seiner ersten Fahrt, der Proviant war alle, er musste die Mannschaft verpflegen, mit dem, was die Bucht hergab, in der sie Schutz gesucht hatten, mit dem, was sie auf einer Sonnenbank erjagten, Fleisch, fein von Geschmack, das Fett grün und durchdringend, nach zwei Wochen waren die Hemden der Seemänner voller Fett, man konnte Öl aus ihnen auswringen. Ja! Das ist es. Es riecht nach Schildkröte, genauer gesagt nach Schildkrötenblut. Sie sind hereingelegt worden. Einsicht mit gefesselten Händen. Der Smut schlägt die Stirn auf die Planken und vernimmt die höfliche Stimme eines Landsmanns.

»Wären Sie so freundlich, mir zu zeigen, wo die Stoffe lagern.«

Der Kapitän darf sich aufrichten, alle anderen bleiben ausgestreckt auf dem Deck. Sie hören die Stimme eines jungen Mannes.

»Ich schlage vor, wir tauschen Schiffe. So segelt ein jeder friedlich seines Weges.«

Sang de tortue, der Smut beißt sich auf die Zunge, um die Worte nicht herauszuschreien

sang de tortue sang de tortue

hallt es durch Cyas Kopf, beharrlich wie ein Ohrwurm, während sie einen Umweg nach Hause nimmt, durch den Auwald, einen unebenen Weg entlang, zu beiden Seiten Pappeln. An müßigen Tagen verläuft sie sich, absichtlich, um etwas zu finden, was sie nicht sucht. Als sie das erste Mal im Wald war, zusammen mit Onkel Host, hatte er einen der Bäume umarmt – als Dank! –, er hatte tief eingeatmet – wofür? –, als Dank für den Sauerstoff. Sie hatte gestaunt, dass drei Pappeln tausend Menschen Lebensatem geben. Das bedeutet, hatte Onkel Host hinzugefügt, dass dieser Wald alle angrenzenden Nachbarschaften beatmet. Beim zweiten Mal durfte sie klettern, Baumsteigen hieß der Lernstoff des Tages, ins dichte Astwerk der Weiden zunächst, dann auf die Erlen, um mit einer Krone aus flatternden Füchsen aus dem Laub zu schauen, schließlich auf die Pappeln, zur Wipfelprüfung des Tages. Baumsteigen war ihr Lieblingsfach. Wolkensammeln auch. Gibt es eine lohnendere Beschäftigung? – so Mutter, und GOG fügt hinzu: *Von Augenmerk zu Aufmerksamkeit* –, zudem überall möglich, so viele Wolken und die Kinder ausgestreckt auf der Wiese, den Himmel im Blick. Keiner kann da dem Sammeltrieb widerstehen und niemand je von Misserfolg geplagt. Hierzulande finden sogar verschlossene Augen eine Wolke – so Mutter –, nur Geduld, manchmal dauere es ein wenig. Nach jeder ihrer Reisen schwärmte sie: »Wolken, das können die Leute dort. Wir aber auch. Weißt du, um weilelang zu variieren, können die Wolken geschrubbt werden, manchmal sind sie ein wenig angestaubt, Schrubben ist einfacher als Baumsteigen, ein Schrubbspruch genügt, Cirro-cirro-cumulus, Cumu-cumu-lonimbus!« Auf den Rhythmus achten, zwei-zwei-drei und die letzte Silbe betonen, und wer sich sattgesammelt hat, darf auf die kleineren Bäume klettern, zu zweit, nie allein. Seitdem zieht sich Cya in den Auwald zurück, wenn etwas sie beschäftigt, nachdenklich hockt sie auf morscher Erde, hievt sich an einem dicken Ast hinauf, wirft die Traurigkeit ab, lässt das Leben baumeln. Leicht tritt sie auf, barfuß, die Sandalen in der linken Hand, unter ihren Sohlen Pappelschnee. Kniend ergreift sie eine Handvoll, streut sich die Samen über den Kopf. Wie sie wohl aussieht, mit weißen Haaren? Wie Rasin, der Fiedler? Aufrecht, sein muskulöser Torso nackt, vom Alter wenig gezeichnet, abgesehen von seinen Haaren, lang und ungewaschen und weiß wie Pappelschnee. Seine Geige hat beim Entern mehr Verwüstung angerichtet als die flackernden Flammen, der Bogen auf den hochtönigen Saiten, die linke Hand wie eine Tatze auf dem Griffbrett, während sich das Messer zwischen seinen Zähnen nicht bewegte, zerrte der Bogen über die Saiten mit aller Kraft, ein Reiben, zunächst, ein Quietschen, infernalisch, die Hände über alle Seemannsohren und jeglicher Widerstand in den Wind.

Am nächsten Morgen stellte ihr Fliege diesen Mann ohne Alter vor, ebenso den zweiten Unbekannten, den Trommler namens Thormer, mit einem Glasauge, an dessen Glanz ihm viel liegt. Kaum hatten sie mit Schiff und Stoff eine sichere Bucht erreicht, kaum an Land, setzte er sich auf einen Baumstamm und polierte sein künstliches Auge, mit einem schmutzigen Taschentuch.

Können wir von einem Glasaugenblick sprechen?

Nein, GOG, können wir nicht.

Wieso poliert er sein Glasauge?

Um besser sehen zu können.

Das verwirrt GOG. Perplexe Ruhe.

Am Tag darauf läuft Cyas Fernraumzeit aus. Dieses Mal ohne Drama. Sie schnappt sich rechtzeitig eine Machete und ab in den Dschungel. Um Früchte zu pflücken, behauptet sie. Wird nicht auffallen, wenn sie einige Zeit wegbleibt. Die Heimkehr fühlt sich an wie Fremdkehr. Alles so friedlich, sie hat das Gefühl, ihre innere Unruhe könnte der Umgebung Schaden zufügen. Sie betrachtet die Passantin aufmerksamer als üblich. Niemand, der sich dahinschleppt, niemand mit Qual im Gesicht, mit Schrecken in den Augen. Niemand, der nach ihr giert. Was würden die Piraten sagen über diese ihre Welt? Zaunlos, mauerlos. Ohne Hecke, ohne Gewehr. Ohne Kakerlaken, die einem die Haut von den Fußsohlen abnagen. Ohne in Urin gebleichte Kleidung. Ohne Peitschen, ohne Fesseln. Ohne Kapitän und ohne Generäle. Ohne Kielholen, ohne an den Mast genagelte Hände. Ohne einen Grund zu rauben, ohne einen Grund zu stehlen. Ohne Zwang, Schildkröten zu essen. Ohne Hunger. Das würde die Menschen von Damalsdort am meisten beeindrucken: Niemand hungert, niemand isst von Maden zerfressenes Schweinefleisch. Das Wort *famin* – auf Schlicht, der Sprache, die weltweit alle verstehen – ist so gut wie ausgestorben. Und niemand klopft mehr auf Holz. Cya wandelt weiter auf Pappelschnee. Eine Figur erhebt sich vor ihr. Spaltet den Pfad. Gegen dieses Denkmal hat sie nichts einzuwenden, außer dass es ihr im Weg steht. Als sie zuletzt hier vorbeikam, stand eine geheimnisvoll schielende Frau auf dem Piedestal. Saß am Tag darauf im Schneidersitz. Sprang zu Vollmond in die Höhe. Hatte die Arme vor der Brust verschränkt, zeigte mit der Linken in die Ferne. Wer dem Fingerzeig folgte ... Cya war zu sehr in eigene Gedanken verstrickt gewesen. Dieses Mal hält sie inne. Vor ihr auf dem Sockel ein Mann mit dürren Beinen. Ein technisch brillanter Kopf, so die dargebotene Information, dem einige wichtige Neuerungen zu verdanken seien, darunter die Erfindung des flüssigen Denkmals. Cya schmunzelt. Wie angemessen, mit dem flüssigen Denkmal den Erfinder desgleichen zu ehren. Er hat es ermöglicht, dass viele verschiedene Menschen gewürdigt werden können, am Nachmittag jemand anders als am Vormittag, im Frühjahr eine Frau, die eine bakterielle Entgiftungsanlage entwickelt hat, im Herbst ein Mann, der ein Leben lang nichts anderes getan hat, als Töne und Pausen ineinanderzulegen, und wer wann geehrt wird, hängt allein von den Neigungen in der Nachbarschaft ab. Alle sind eingeladen, Vorschläge zu unterbreiten und zu debattieren. Einst waren Denkmäler hässliche Objekte zur Verhinderung des

Denkens, jetzt sind sie im Wandel begriffene Einladungen zum Gespräch. Ohne diesen spindeldürren Erfinder hätte die Diskussion, wie Menschen zu ehren seien, keine so gelungene Lösung gefunden. Nachdem der öffentliche Raum befreit worden war von allen bleiernen Lasten, forderten viele, sich von der Idee des Monuments zu verabschieden. Marmor und Bronze waren nicht mehr zeitgemäß. Zudem gab es sehr viele Menschen, die Bewunderung verdienten, all jene, die sich aufgeopfert hatten für das Wohl anderer, die getötet worden waren im Kampf für die Rechte aller, die vorausgeträumt hatten, was Glücklichkeit geworden war. Wer unter den vielen sollte auserwählt werden? Garantiertes Kopfzerbrechen. Manche warnten vor der Spartakus-Falle. Die geehrte Person erlange eine übermäßige Bedeutung, bis sie kaum mehr als Repräsentantin wahrgenommen werde, nur mehr als Individuum, als Ausnahme, als Unikum. Das sollte nicht sein. Es gab Ideen ohne konkrete Umsetzung. Bis dieser altmodische Mann das flüssige Denkmal austüftelte. Cya grüßt den Innovator mit einer Verbeugung, die dieser mit einem übertriebenen Augenaufschlag erwidert. Sobald sie ihm den Rücken zukehrt, wird er erstarren. Wieso hat sie selbst noch nie jemanden zur Ehrung vorgeschlagen? Wieso nicht eine Piratin, zur Abwechslung. »Gestatten, Fliege! Nur Fliege, kein Vorname, kein Nachname. Wie bei euch üblich.« Cya formuliert in Gedanken ihren Vorschlag samt Begründung. GOG dokumentiert. Sollte ihr Vorschlag nach reichlicher Debatte auf der Plattform genug Unterstützung finden, wird sie Vorschläge für die Visualisierung einbringen müssen.

Mit geballter Faust und einer Schlinge um den Hals?

Nein, GOG, das ist zu heftig, es kommen Kinder vorbei, ebenso Erwachsene, die mit der Brutalität von damalsdort nicht vertraut sind.

Sollte Cya ihre Mitmenschen überzeugen – die Einwände

vorhersehbar, Fliege stamme aus einer gewalttätigen Zeit, könne trotz Widerspenstigkeit und Freiheitsliebe kein Vorbild sein –, würde Fliege die Passantin anstacheln, sie vom Sockel zu stürzen. »Hier oben stehen doch nur Gauner!« Zu deiner Zeit, Fliege, zu deiner Zeit. Dann würde sie eine Rede halten, ihre Rede unmittelbar vor der Erhängung. Die Umherschweifenden würden stehen bleiben, sich auf Bank oder Baumstamm setzen, auf einem Seil zwischen zwei Bäumen balancieren, bis Flieges wuchtige Worte sie aus dem Gleichgewicht stießen, zu Boden, von wo aus sie dem Rest der Rede mit Wipfeln im Blick lauschten, wie einst als Kinder beim Wolkensammeln, während eine erschrockene Waldschnepfe im Zickzack auf Abstand flatterte. Am Ende würde sich Fliege spitzbübisch ins Schweigen grinsen, und alle Wolken wären blank geschrubbt.
Bald, interferiert GOG,

bald hast du sie wieder

mit einem Fuß in der Lagune, mit dem anderen im Sand, das Wasser kräuselt sich lockig. Cya horcht in die Umgebung hinaus. Kein Wort, kein Schrei. Hinter Palmen pfeift ein Vogel übers Süßwasser. Das provisorische Lager ist piratenleer. Sie kehrt zurück an den Strand, folgt Fußspuren auf dem Kamm, um einen Felsvorsprung herum, zu einer grünen Wand, einem Streifen Schatten, dort ist die Freischar versammelt, zu Füßen einer ausladenden Mangrove, und darin Rasin. Nein, nicht an den Stamm gelehnt, mittendrin im Baum (GOG: *Das sollte niemand nachahmen, der nicht robustes Denim trägt*). Fliege zwinkert ihr zu und bedeutet ihr zu schweigen. Cya kommt ortszeitig zur Eröffnung eines gewichtigen Verfahrens.
»Erheben Sie sich, die höchst exzellente Richterschaft des höchst ehrenwerten Rasin tagt.«

Alle Piraten, die Gesichter talgweiß, springen auf und verbeugen sich, so tief, dass Mähnen und Glatzen und ungebändigte Bärte über den Sand streichen. Rasin ist vortrefflich verkleidet, in einem Tarpaulinsack als Robe, mit einer Perücke, die einem Wischmopp ähnelt. Er klemmt sich ein Brillengestell auf die Nase und blickt streng nach unten auf die Schar der Geringen.

»Herr Staatsanwalt, Sie haben das Wort.«

Cya erkennt, dass sich einige der anderen Piraten auch in improvisierte Kostüme geworfen haben, Thormer als Staatsanwalt, Fiero als Gerichtsdiener und einige Unbekannte, die in der Zwischenzeit dazugestoßen sein müssen, als kunterbunte Geschworene. Fliege, allein abseits voller Sorgen im Gesicht, muss wohl der Angeklagte sein. Der Staatsanwalt erhebt sich, klopft sich den Sand von seiner löchrigen Weste und richtet seinen glasigen Blick nach oben.

»Wenn es Eurer Lordschaft beliebt, wie auch Ihnen, meine Herren von der Jury, hier steht ein Fellow vor Gericht, ein trauriger Hund, ich kann nur demütig hoffen, dass Eure Lordschaft ihn schleunigst von seiner diesseitigen Pein erlöst. Er hat auf hoher See Pyraterei begangen, wir werden beweisen, dieser Fellow, der entkam tausend Stürmen & hundert Kriegsschiffen, der gelangte sicher an Land, der prasste & prahlte mit den Früchten seiner Räuberei. Als seine Schaluppe unterging, wurde er gerettet, vom Schicksal höchstpersönlich, das kann nur als Zeichen verstanden werden, dass er nicht zum Ertrinken geschaffen war. Was ist das für ein Fellow, der Schiffsladungen von vorn & von hinten plündert, der alles, was Segel trägt, verbrennt & versenkt, der keine Angst hat vor der Angst zu hängen? Und das ist beileibe nicht alles, Eure Lordschaft, er hat schlimmere Schurkenstreiche begangen als diese. Wir werden Eurer Lordschaft beweisen, er hat unser täglich Brot nur flüssig zu sich genommen, nie gab's einen weniger nüchternen Schurken. Hoher Herr, ich hätte feiner sprechen sollen, als ich es getan, aber wie Eure Lordschaft wissen, ist unser Rum alle, wie soll ein Mann dem Recht zusprechen, der nicht ein Dram getrunken hat. Also resultieren wir: Eure Lordschaft bequemt, den Kerl zu hängen.«

Der Richter rückt die Perücke zurecht, der Schweiß tropft unter dem Wischmopp, der hohe Herr sieht wie gepökelt aus. Nichts kann ihm die Mangrovenwarte schmackhaft machen, die Gerechtigkeit hält ihn ab von angenehmeren Dingen, weswegen er missmutig aufschmatzt.

»Hör zu, du lausiger, erbärmlicher Hund, was hast du vorzubringen, warum du nicht sofort in die kurze Hose des Todes gesteckt werden sollst? Bist du schuldig oder schuldig?«

»Nicht schuldig, auch wenn's nicht gefällt, Herr Pfarrer.«

»Bin kein Pfarrer, bin Richter. Verurteilung wegen Beleidigung des hohen Gerichts.«

Worauf Rasin mit seinem Messer einen Schmiss in die Rinde der Mangrove ritzt.

»Pardon, das war ein Kompliment, Hochwürden.«

»Nicht schuldig! Was für eine Unverschämtheit. Sag das noch einmal, und ich lasse dich ohne Verzug hängen.«

»Ich rede so ehrlich wie noch nie einer zwischen Vordersteven und Achterschiff. Ich kann zwei Enden eines Seils zusammenbinden, ich kann reffen, steuern und klatschen, wie die Besten, die jemals Salzwasser überquert haben, aber ich kann nicht lügen, selbst wenn mein Leben davon abhängt.«

»Genug der Worte. Meine Herren Geschworenen, es bleibt uns nichts anderes übrig, als das Urteil zu fällen und unverzüglich zu vollstrecken.«

»Sollten Sie nicht zuerst meine Unschuld erwägen?«

»Wie kannst du es wagen, von erwägen zu sprechen? Du musst an den Galgen, aus drei Gründen: Erstens bin ich der Richter, und jemand muss gehängt werden. Zweitens, weil du einen verdammt henkenden Blick hast. Und drittens, weil ich hungrig bin und das Gesetz in seiner unendlichen Weisheit bestimmt, das Dinner wird erst serviert, nachdem der Angeklagte gehenkt worden ist. Führt ihn ab.«

»Eure Richterschaft, genieße ich nicht die Privilegien Eures Gesetzes? Sie verweigern mir Menschlichkeit und die Rechte der Natur? Ich bitte Sie, Eure Lordschaft wird darüber nachdenken?«

»Nachdenken? Mein Junge, ich habe noch nie in meinem Leben nachgedacht. Ich erachte es als Verrat nachzudenken.«

»Aber Eure Lordschaft wird sich meine Verteidigung noch anhören?«

»Hört ihr das Geschwätz dieses Halunken? Was interessiert mich Verteidigung? Hier geht's um Rechtsprechung, nicht um Verteidigung. Ist das Abendessen fertig?«

»Ja, Eure Lordschaft.«

»So höre, du Schurke. Du wirst am Halse gehenkt, bis du tot bist, tot, tot und tot. Das nennen wir Gesetz, du räudiger Hund, das heilige Gesetz. Führt ihn ab.«

»Aber das widerspricht aller Vernunft!«

»Du Schuft, wir sitzen nicht hier, um zu vernunftieren, wir folgen dem Gesetz, blind, wie es sich gehört.«

»Wenn ich mich einmischen dürfte, vornehmster Herr, die Staatsanwaltschaft hat einen Vorschlag zu unterbreiten.«

»Na was denn?«

»Wir gehen falsch vor. Zuerst sollte die Exekution erfolgen, dann die Verhandlung. So ist das Gericht nicht beeinflusst von der Tatsache, dass der Angeklagte noch am Leben ist. Wer lebt, lenkt ab! So könnte das Gericht wahrlich frei und unabhängig urteilen.«

»Was für ein exzellenter Vorschlag! So wird's von nun an gemacht. Ab mit ihm.«

»Nein!«

schreit Fliege, so markerschütternd, so herzzerreißend, die anderen können nicht mehr an sich halten, die Inszenierung fällt in einen Haufen Gelächter zusammen, die Geschworenen wälzen sich im Sand, der Richter springt von der Mangrove herab, reißt sich den Wischmopp vom Kopf und schleudert ihn mit Wucht zu Boden und stampft auf ihn, der Staatsanwalt stolziert herum, die Daumen am imaginierten Revers, bis er über ein gestelltes Bein zu Boden plumpst. Das Recht liegt prustend auf dem Strand, im Niemandsland zwischen zwei fernen Gerichtssälen (GOG: *Eine genauere Verortung wäre in diesem Fall von geringem Nutzen*).

Wo die Früchte seien, die sie gesammelt habe, fragt Fliege, kaum sind sie im Lager zurück. Cya behauptet, von einem Raubtier angegriffen worden zu sein, Reißaus kopflos, die Machete verloren. Ob Jaguar oder Puma, fragt Thormer. Da Cya nicht antwortet, beginnt er, beide Tiere zu beschreiben. Cya unterbricht ihn:

»Ich habe das Tier nicht gesehen, nur gehört. Es klang furchterregend.«

»Vielleicht war's weder Jaguar noch Puma, sondern ein Brüllaffe? Wenn ich mich vorstellen dürfte: Pedrosan mein Name, früher Arzt, aus Lusitania.«

»Vielleicht nur ein Brülläffchen.« Sagt ein anderer Pirat, bevor auch er seinen Namen verkündet: »Halbhintern. Ja, wirklich. Ich bin vom Schicksal so getauft.«

»Du hast etwas von einer Maurin an dir«, sagt Pedrosan.

»Lass meine Schwester in Ruhe«, sagt Halbhintern.

»Wieso Schwester?«

»Weil karibisches Blut in ihr pocht. Es braucht einen Kariben, um das zu erkennen. Es gibt da keinen Zweifel. Musst mir bei Gelegenheit sagen, wo du herkommst, Schwester. Mir deucht, wir tanzen nachts mit denselben Ahnen.«

Die Schar geht auseinander und kommt zusammen am kleinen See hinter Palmen und Pimentbäumen. Zeternd entfernen sich Drosseln von Wasser und Spott.

»Wir zwei machen Mitternachtswäsche«, flüstert Fliege Cya zu. »Obwohl, wenn ich mir das so anschau, hast du's nicht nötig. Wieso ist dein Gewand so sauber?«

»Wissen die anderen, wer du bist?«

»Natürlich. Fliege, der Schrecken aller Stoffhändler.«

»Das meine ich nicht. Dass du eine Frau bist.«

»Ich bin eine Frau? Wenn ich das nur gewusst ... aiaiai, bei dir wäre eine Verkleidung echt schwierig, das Haar, das trägst du ja kürzer als manch einer von uns, aber wie willst du diese Brüste abbinden?«

»Ich bleibe gern Frau.«

»Wenn du es dir leisten kannst.«

Die Männer ziehen ihre Hemden aus und werfen sie ins Wasser. Die Narben auf ihrem Rücken tänzeln. Die Haut gemartert von Katzen mit neun Schwänzen. Striemig verheilte Strafen. Wegen eines Widerwortes, wegen einer Weigerung. Brandwunden. In der Abendsonne klatschen sie Wäsche auf die flachen Steine und singen von einer Mütze Freiheit auf hoher See ... Die Narben, geht Cya durch den Kopf, sind eine Vergewisserung, dass sie sich in guter Gesellschaft befinden. Selbst Analphabeten können Narben lesen. Flieges Zunge kriecht ihr fast ins Ohr.

»Du hast gern zugestochen.«

»Mitnichten.«

»Ich hab dich beim Angriff beobachtet.«

»Ich mag Theater.«

»Ich war ja nie im Theater, aber so wie du's der Puppe, so kannst du's auch –«

»Nein, könnte ich nicht, werde ich nicht.«
»Und wie willst du dich wehren? Immer mit Theater?«
»Mit Zuneigung.«
»Das meinst du ernst? Du bist mir eine. Mehr Weib als Welt erlaubt.«
»Mehr Weib? Ein gutes Stichwort. Wir könnten die Idee von Fiero weiterspinnen. Wie wäre es, wenn eine Frau am Bug stünde, ich meine, immer am Bug stünde.«
»Schneiderpuppen in die Marine?«
»Ich dachte eher an Meerjungfrauen.«
»Die lassen sich nicht pressen.«
»Eine riesige goldene Meerjungfrau am Bug. Stell dir vor, wie das aussieht, wenn das Schiff vor dir auftaucht. Was für ein Sinnbild.«
»Wofür?«
»Für das Weibliche.«
»Und wenn die Meerjungfrau an Land will, muss sie 'ne Hose anziehen, sonst wird sie für 'ne Dirne gehalten, so schmuck, wie die aussieht.«
»Sie könnte kurzes Haar tragen, so wie ich.«
»Wieso das denn?«
»Langes, wallendes Haar weckt in den meisten Männern Missverständnisse.«
»Die sind auf Missverständnisse aus, egal wie lang das Haar.«
»Wird sich ändern.«
»Ja, am Sonntag.«
»Der Meerjungfrau müssten wir etwas in die Hand geben, ein Requisit, so wird's im Theater genannt. Wie wäre es mit einem Spiegel?«
»Eitles Getue.«
»Ein Spiegel, mit dem sie in die Zukunft blickt.«
»Halb Meerjungfrau, halb Wahrsagerin?«
»Eher Sirene.«

»Was ist das?«
»Ein Vogel, der Mensch ist, ein Bärtiger, der zur Frau wird, eine Frau, die betörend schön singt, eine Sängerin, die Männer tötet, ein Gesang, der die Zukunft erhellt.«
»Und wieso muss die aufn Schiff?«
»Um zu zeigen: Wir sind an Schönheit wie auch an Mut das überlegene Geschlecht.«
»Du machst wieder schlechte Scherze.«
»Um den Männern die Angst zu nehmen. Wenn Sirenen unter ihnen weilen, mit stolzgeschwelltem Bug, vielleicht ändern die Männer ihre Haltung zu Sirenen.«
»Wie? Die töten doch.«
»So geht die Geschichte, aber glaubst du alles, was du hörst? Wenn alle, die den Gesängen der Sirenen ausgesetzt waren, gestorben sind, wer hat dann darüber berichtet? Vielleicht war es schön, im Land der Sirenen, so schön, dass keiner der Männer zurückkehren wollte in seine grausige eigene Welt. Und zudem verhindern wollte, dass sich die Nachricht herumspricht, sonst kämen mehr, sonst kämen alle, und es würde eng werden in ihrem frisch entdeckten Paradies. Und die Zurückgebliebenen, die fühlten sich in Stich gelassen, also haben sie den Sirenen einen schlechten Ruf angedichtet.«
»Du denkst zu viel, das ist nicht auszuhalten, und deine Gedanken, die sind überall und nirgendwo.«
»Sie tanzen außer Reih und Glied. Das machen Gedanken gern, wirkliche Gedanken.«
»Du bist ganz und gar mall«, sagt Fliege mit Nachdruck, »und deine Sirene am Bug, die

wird's niemals geben!

plätschert es durch den Traum in Cyas Aufwachen hinein. Sie schleicht aus dem Provisorium unter Palmblättern, das sie mit Fliege teilt – er hat den anderen Piraten erklärt, sie gehöre zu ihm, mehr nicht –, und legt sich rücklings in den Sand. Sie kratzt sich am Rücken, dort, wo ihre Finger kaum hingelangen. Die Zahl der Stiche nimmt nicht ab, sie lernt allmählich, sie zu ignorieren. Sie vergewissert sich der Dämmerung. Wie in einem Albtraum reich an Wachträumen. Rückwärts steigt sie Treppen hinauf, die Piraten stehen mit beiden Beinen fest auf brüchigem Himmel. Es herrschen dieselben Gesetze der Photosynthese und der Thermodynamik, doch die menschlichen Gleichungen spielen verrückt. Ein Paralleluniversum, mit anderen Worten. Seit Kindheit das Rätsel ihres Lebens. Sie kann sich genau erinnern, wann sie das Wort zum ersten Mal gehört hat. Sie wusste sich keinen Reim drauf zu machen, es klang so lang wie lustig. Vater heuchelte Unkenntnis, Mutter nickte gravitätisch: »Ein Knoten, den du nicht aufbinden kannst.« Typisch, zur Antwort noch mehr Verwirrung. Alle, die ihr in der Folge über den Weg liefen, waren zu sehr beschäftigt, um ihr Antwort zu geben. »Achtung«, rief jemand mit erwachsener Überheblichkeit aus, »Was-Ist-Das lauert im Spielzimmer.« Er kraulte ihr den Kopf. Wie sollte sie dem Mann beibringen, er möge sich die Zähne gründlicher putzen? Oder etwas ausatmen, das nicht nach Alter riecht.

Vor ihr der Strand und eine sich schlängelnde Blütenlinie. Die Flut hat einen gelben Saum hinterlassen. Der frühe Morgen wird zerrupft von Vogelrufen. Gestern hat Cya in einem selbstvergessenen Augenblick von der Schönheit der Insel geschwärmt, von den flitzenden Krabben am Strand, von der Leichtigkeit der Fische in der Lagune, von dem Flüstern der Palmen. Fliege hat ihr einen verdutzten Blick zugeworfen. »Was soll an dieser feuchten, unbequemen, mückenverseuchten Insel schön sein? Schön ist ein Fauteuil. Wenn nötig mit Laub verziert.«

Cya bleibt stehen und gräbt ihre Füße in den weichen, kühlen Sand. Vater war ihr selten eine Hilfe, er hat Schwieriges stets ausgeschwiegen. Die Existenz zweier so unterschiedlicher Töchter, die sich in allem ergänzend unterschieden, strengte ihn an, mehr konnte ihm nicht abverlangt werden. Obwohl die Zwillinge von einem Dutzend Erwachsenen mit aufgezogen wurden. Vatersein war für ihn eine geistige Anstrengung. Als Kind war Cya froh, im Gemeinhaus Menschen zu finden, die sie befragen konnte, wann immer Vater sich abwandte. Ob die anderen froh waren, bezweifelt sie im Nachhinein. An jenem Morgen, da sie zum ersten Mal das Wort »Paralleluniversum« hörte, beschloss sie, Zeit mit Onkel Host zu verbringen, der in einem Areal des Farmgürtels ihrer Nachbarschaft beschäftigt war, neuerdings verantwortlich für die Kräuter der Saison, denen er sich so leidenschaftlich widmete wie zuvor dem Emmer und dem Einkorn, mit Hilfe der vollautomatisierten Argos, die er beaufsichtigte, ohne ihnen vollends zu trauen. Er freute sich über jede Panne, die es ihm erlaubte, sich die Hände erdig zu machen. Cya durfte ihm helfen und ihn derweil ausfragen. Onkel Host war nachsichtig gegenüber ihrer Neugier. Nichts zu wissen, sagte er, sei nicht gerade gut, aber nichts wissen zu wollen, sei rundherum schlecht. Sie kam außer Atem an, weil sie ein kleines, unhandliches Regal auf ihrem Schubkarren zog. »Wieso nimmst du keinen Transporter?«, wunderte sich eine ältere Frau auf einer Schaukel. Cya zuckte mit den Achseln. »Wohin mit dem Teil?«, fragte sie jemand an der nächsten Kreuzung, wo sie nebeneinander warteten, weil gerade Krautköpfe an ihnen vorbeirollten. »Zu Onkel Host«, antwortete sie und damit war alles erklärt. Allen war bekannt, dass Onkel Host sinnvolle Verwendung fand für jedes alte Ding. Er nahm ihr das Regal ab, betrachtete es, klopfte es ab. »Ein umgekehrtes Florilegium«, sagte er entzückt und kippte dunkel

duftende Erde dort hinein, wo noch vor kurzem ihre Bücher aufgereiht waren, prächtig illustrierte Ausgaben von *Wonne Sonne, KrikKrak das Fingerhutkamel* und *Ein Auge sieht besser als drei*, ein Buch, das sie eines Sommerabends mit ihrer Schwester im Gemeinhaus szenisch aufgeführt hatte. Die Erwachsenen hatten sich herzhaft amüsiert. Cya vermisst ihre alten, illustrierten Bücher. Keinen der für die chronautische Vorbereitung nötigen Texte hat sie in gedruckter Form gelesen. Onkel Host topfte einige Pflanzen in das Regal um und legte es auf ein durchgewetztes Trampolin, durch das sich Schlingpflanzen wanden. Erst jetzt sah er sie an.
»Was wuchert dir auf der Zunge?«
»Wie hast du das erkannt?«
»Weil du nicht gefragt hast, was ein Florilegium ist. Ich hatte mir schon eine Erklärung bereitgelegt.«
»Kannst du mir sagen, was ein Paralleluniversum ist? Kriege ich nicht raus. Die Großen haben sich beim Mittagessen darüber unterhalten, jetzt will's mir niemand erklären.«
»Sie drücken sich.«
»Wieso?«
»Weil es schwierig ist.«
»Zu erklären?«
»Zu verstehen.«
»Ich werde verstehen, versprochen!«
»Na, dann reich mir mal die kleine Schaufel da. Du musst dich ein wenig gedulden. Verständnis wächst langsam heran, so langsam wie, na, womit könnten wir es vergleichen, so langsam wie ... ein Elefantenfuß.«
»Bin geduldiger als ein Elefantenfuß.«
»Fangen wir an. Am besten an einer beliebigen Stelle. Wenn du den Stamm nicht kennst, ist jeder Ast geeignet. Also, im Paralleluniversum, dort gibt es – unter vielem anderen – Lotterien.«

»Lotterien? Warte mal! Mutters Oma hieß Lotte, und die Oma von der auch.«
»Zum Lotterleben wie geschaffen.«
»Was?«
»Es heißt ›wie bitte‹, und das war ein schlechter Witz von mir.«
»Habe kein bisschen gelacht.«
»Was ist eine Lotterie? Du wirfst einen Samen in einen Behälter, dein Name steht drauf. Das machen viele andere auch so. Sehr viele. Dann zieht jemand mit blinder Hand einen der Samen aus dem Behälter. Wenn es dein Samen ist, erhältst du alle Samen.«
»Das macht doch nur Mühe, die Samen wieder zu verteilen, das ist ja dumm.«
»So lief es nicht ab. Die Leute behielten die Samen für sich, sie wurden deswegen sogar berühmt –«
»Was ist das, berühmt?«
»Cya, manchmal musst du verstehen, ohne alles zu verstehen. Hör erst einmal zu. Bilder von den glücklich grinsenden Gewinnern, so hießen sie, die Gewinner der Lotterie, wurden überall gezeigt. Seltsam, aber bei weitem nicht das Seltsamste. Sie wurden bald wieder vergessen. Fast nie wurde berichtet, was sie mit ihrem Gewinn danach angestellt haben. Wenn etwas über ihr Leben bekannt wurde, dann waren es traurige Nachrichten, die Gewinner wurden oft unglücklich.«
»Wundert mich nicht, die müssen ganz schön viel umtopfen.«
»Vermutlich haben sie erst einmal ihre alten Schulden beglichen.«
»Schulden? Erfindest du Sachen? Um mich zu verwirren?«
»Die Verpflichtung, dich gegenüber einem anderen Menschen so lange zu erniedrigen, bis du diesem mindestens so viel zurückgegeben hast, wie er dir gegeben hat.«

»Verstehe ich jetzt aber gar nicht. Wir zählen doch nicht, was wir geben!«
»Vergiss die Einzelheiten. Wichtig ist, dass diese Lotterien enorm beliebt waren.«
»Aber das ist doch ungerecht.«
»Es galt als sehr gerecht sogar.«
»Kann nicht sein.«
»Alle, die mitmachten, hatten die gleichen Gewinnchancen, hieß es. Niemand wurde bevorteilt.«
»Am Ende hat eine alles für ein blühendes Leben und die anderen nichts. Das ist doch verquer.«
»Die Lösung bestand darin, dass jene, die nicht gewonnen hatten, öfter an einer Lotterie teilnehmen sollten. Und es gab sehr viele verschiedene Lotterien.«
»Wirklich dämlich das Ganze. Eine kriegt alles und wird des Lebens nicht froh, und die anderen kriegen nichts und bleiben unglücklich.«
»Ach, Cya, du bist schon zu schlau, um das Prinzip der Lotterie zu verstehen.«
»Wundert mich nicht, dass es das nimmer gibt.«
»Doch, gibt es. Nur nicht bei uns, sondern im Paralleluniversum.«
»Das ist das ganze Geheimnis? Dafür so ein stachliges Wort?«
»Es ist kompliziert. Schau dir diese Primeln an. Stell dir vor, es gibt andere Primeln, Primeln in Farben, die du noch nie gesehen hast, sie riechen anders, wachsen weniger groß oder gehen schneller ein. Sie blühen einen Hauch oder ein Menschenleben lang. So ein Nebendann ist ein Paralleluniversum.«
»Nebendann?«
»Habe ich gerade erfunden.«
»Gefallen mir, die Wörter, die du erfindest. Wer hat eigentlich die Wörter erfunden, die es schon gibt?«

»Das hat nie jemand rausfinden können.«
»Also wird in Zukunft niemand wissen, dass du dir gerade eben das Wort nebendann ausgedacht hast.«
»Ist gut so.«
»Vielleicht kommen manche der Wörter aus einem Paralleluniversum?«
»Könnte sein.«
»Leben wir eigentlich auch dort, so wie hier? Gibt es Cya im Nebendann?«
»Junge Frauen, die dir ähneln, die gibt es bestimmt, aber sie heißen nicht Cya, und sie leben nicht so wie du.«
»Warst du schon mal dort?«
»Nein, das geht nicht, niemand kann dahin. Aber wir können hineinsehen, in diese anderen Welten, mit einem Gerät, das heißt Chronoskop. Es ist extrem lichtstark und sehr energieaufwendig. Deswegen benutzen wir es selten.«
»Und was haben Primeln mit der Lotterie zu tun?«
»In jedem Paralleluniversum gibt es, soweit wir wissen, Lotterien. Nur nicht bei uns.«
»Wir brauchen so was nicht.«
»Du bist ein kluges Mädchen. Wir, du und ich und alle, die du kennst, und alle, die du schon mal gesehen hast, und alle Geschöpfe in diesem Garten, diese Primeln und der Elefantenfuß dort und der Elefantenfuß in deinem Kopf, wir alle haben den Hauptgewinn gezogen.«
»Hauptgewinn, was ist das?«
»Eine Welt ohne Lotterie.«
»Wir hatten also Glück, willst du mir das sagen?«
»Es ist uns geglückt. Ein kleiner, aber feiner Unterschied. Wie das geschehen ist, wirst du noch lernen, es ist eine lange, verworrene Geschichte, und eine jede erzählt sie anders.«
»Wenn die Menschen im Paralleluniversum Lotterien brauchen und trotzdem unglücklich sind, wieso helfen wir ihnen nicht?«

»Es geht nicht.«
»Ich hoffe, wir finden raus, wie es geht. Wir müssen zu ihnen reisen und ihnen erklären, dass es ohne Lotterie besser geht.«
»Vielleicht klappt das eines Tages.«
»Klappt bestimmt.«
Auf dem Gesicht von Onkel Host ein trauriges Lächeln. Weil er im toten Winkel der Zeit etwas sah – wie Cya inzwischen weiß –, was ihr verborgen blieb. Mit seiner Lebenserfahrung, Erkenntnis versetzt mit Enttäuschung.
»Wenn wir's rausfinden, müssen wir's tun!«
Sie schwiegen eine Weile, die Hände in den Kräuterbeeten, und tauschten sich später mit den anderen Tagesgärtnern aus. Müde ging Cya mit einigen getopften Primeln heim. Ihrer Mutter zugedacht, für das Zimmer namens Hängematte. Sie rochen nach Frühling, nach Aufbruch, sie waren gelb, wie die Blüten am Strand vor ihr, schlängelnde Fragen, kurz nach Sonnenaufgang

kurz vor Sonnenuntergang sitzt sie mit den Piraten um das Feuer herum. Eine Flasche Rum, in Würde gealtert, macht die Runde. Jedem ein Schluck. Der verdient werden muss, mit einer Geschichte, die einen langen Schatten wirft. Hauptsache saftig, mehr braucht's nicht. Pedrosan erhebt seine Fistelstimme: Rum sei wie Schlafmohn, er verstärke die Laune, in der ein Mensch sich befinde, wer zweifle, werde umso mehr zweifeln, wer zaudere, werde noch zaghafter, wer entschieden handele, werde noch mehr Tatkraft spüren. Erst vor kurzem hat Pedrosan sich der Bande angeschlossen, mit einem eleganten Sprung von Deck zu Deck.

»Wenn ich mich schon erdreistet habe, das Wort zu ergreifen, will ich gleich meinen Beitrag leisten und euch berichten vom König meines Landes, vom Hochwohlgeborenen Impotente XIII. Ich war sein Leibarzt, meine

Kenntnisse so weit gefächert wie einem Arzt nur möglich, alles habe ich studiert, selbst die arabischen Schriften. Als Schiffsarzt der Admiralität bin ich so weit nach Osten gereist, bis es Westen wurde, ich habe die Welt von oben und von unten gesehen, aber mit dem majestätischen Penis war ich überfordert. Für jede Frau verlorene Liebesmüh, für El Médico causa perduta. Mir schwante Böses. Was sollte ich da diagnostizieren?«

»Wer zierte sich?«

»Diagnose. Rausfinden, wo das Problem liegt. Wenn wir Ärzte nicht weiterwissen, retten wir uns ins Latein, das würde mir bei Impotente XIII. helfen, so dachte ich, weil der König jede Sprache außer der eigenen hasste: Debile e parvum erectum impossibilum ipsum difficile.«

»Haaa, kapiert, auch ohne Latein, der Königsmast war zerschossen.«

»Impotente XIII. starrte mich an, mit einem Blick, der mich vierteilte. Ich schwor mir, das Lateinische nie mehr zu verlassen, palabrus estrictarus, das schien ihn zu verwirren, per doctorus grandes nullus est impossibilum, zumindest ein wenig, necessitantum membrum mulgere, zu wenig, denn er befahl einem seiner Schergen, mir in den Magen zu schlagen, et trans tubum aurum insertant in regina maxima, noch ein Schlag, und noch einer, ora et non labora, nicht stark nicht schwach, fructus ventis nulli, wohldosierter Schmerz, semenus de rex est aquosum et procratinationem, bis ich die richtigen Worte auskotzte und keines davon auf Latein: Keine Schuld dem König! Die Königin kann nicht gebären!! Der Heilige Vater muss die Ehe scheiden und damit basta!!! Ist das alles, fragte Impotente XIII. Mitnichten. Ich redete, um mein Leben zu retten: Es gibt kundige Ärzte und ehrliche Zeugen, die belegen können, wie männlich eifrig Eure Exzellenz zu besteigen weiß. Zeugin Fatela aus dem Lupanar, rufen wir sie doch herbei. So sprich und kleide deine Worte in Wahrheit. (Pedrosan verfistelt seine Stimme.) Was für ein Kerl, der König, ein Nimmersatt, er nahm mich von vorne, von hinten, von der einen Seite und von der anderen … Das reicht! (Pedrosan ahmt eine männlichere Stimme nach.) Wir haben genug vernommen. Was zu beweisen war, ist bewiesen worden, kein Zweifel kann bestehen, die Ehe ist mit einem bösen Zauber belegt, sie muss aufgelöst und die Königin des Hofes verwiesen werden. Ich hatte mein Leben gerettet. Impotente XIII. nahm sich eine zweite Frau, erneut kein Schwängern, der oberste Hofmeister organisierte das Nötige, die zeremonielle Entthronung der zweiten Königin, auch der dritten und vierten und fünften, stets auf dem Hauptplatz vor der Kathedrale, der König ließ sich durch einen Schauspieler ersetzen, der trug ein Zepter in der Linken und ein Schwert in der Rechten. Der Erzbischof verkündete mit herrischer Stimme das kanonische Urteil. Und ein Bettler, der beinlos auf dem Boden saß, früher ein Seemann, als überflüssiger Ballast vom Schiff auf die Straße geworfen, bat mich, ihm alles zu beschreiben, und als der Spuk vorbei war und die Gerüchte sich in alle Richtungen verstreut hatten, zog der Bettler an meiner Jacke und hustete, wie ein Unheilbarer, bevor er sagte: Die Kranken wurden einst auf den Stufen zum Tempel ausgesetzt, damit jene, die den Göttern ihre Ehrerbietung erweisen, eine Heilung vorschlagen. Ich versuchte, mich loszureißen, aber er rief aus: Vergiss nicht, eines Tages stirbst auch du. Ich bin Arzt, erwiderte ich, Memento mori ist mein tägliches Brot. Er öffnete seinen zahnlosen Mund, er grinste nicht, er lächelte nicht, er hielt mir seinen offenen Mund hin, eine faulig lange Zeit, dann sagte er: Wieso werfen die Menschen mir Münzen zu? Haben Sie sich das schon einmal gefragt, Hochwohlgeborener? Weil ich auf der ersten Stufe der Treppe zum

Höchsten Gericht sitze und ein jeder sich einbildet, das obere Ende der Treppe zu erreichen. Er hustete wieder. Es war widerlich. Und er stammelte nur noch. Eine Warnung, bis ins Mark hinein. Sie ging mir nicht mehr aus dem Sinn. Eine letzte Warnung, so kam sie mir vor. Ich eilte heim und packte ein, was ich so brauchte, drei Kisten voll, und schiffte mich ein, in Cádiz, und auf einer Sandbank irgendwo in diesen Breitengraden erfuhr ich, dass ich nicht einmal drei Kisten benötige, eigentlich nichts, außer einer Hose, einem Hemd und …«

»Und?«

»Kameradschaft!«

»Zwei Schluck!«

»Mindestens!«

»Glaub ihm kein Wort, seine Muttersprache ist die Übertreibung«, flüstert Fliege Cya ins Ohr. Niemand würde Ähnliches von Halbhintern behaupten. Seine Geschichten werfen Zwerge statt Schatten, so wenig Fantasie, wie der hat. Pfützen, die beim Erzählen verdunsten. Halbhintern ist vom Schicksal gesäßlich gestraft und sein Garn so trocken wie Leder, was nicht sofort offenkundig wird, denn sein erster Satz nach seinem zweiten Schluck lautet:

»Ich wurde vom französischen Staat entjungfert.«

Das verspricht einiges. Schade ums Versprechen. Immerhin ist Halbhintern der Einzige unter ihnen, der in die Pyraterei hineingeboren wurde, Sohn eines Freibeuters und einer Karibin, stolzes Kind der Republik Schildkröte.

»Auf Tortuga gab es kaum Frauen, auch keine bei uns zu Hause. Meine Mutter ist früh gestorben. An was Tödlichem. Mein Vater blieb nicht allein, was sag ich da, es gab einen anderen Kerl. Die beiden unterstützten sich gegenseitig, sie jagten wilde Rinder und räucherten sie. Wie man das macht, das hat mein Vater von meiner Mutter gelernt.«

Die Kariben nannten das Rauchfleisch »boucan«, daher der Begriff »Bukanier«.

GOG, zu viel Wissen kann stören.

»Sie tauschten das Fleisch ein gegen andere Nahrung, gegen Kleidung und Rum, sie verkauften es an Schiffe, die vor Tortuga Anker warfen. Mein Vater und Raymond, so hieß der andere, sie waren ein Paar, was sage ich da, ein Ehepaar. Sie haben sogar einen Vertrag abgeschlossen. Den habe ich in der Truhe meines Vaters gefunden, nachdem er sich ausreviert hat. Mir war das verwirrend. Wir lebten in einer freien Republik ohne Gesetze und Gerichte, aber meine Väter hatten eine Vereinbarung, Matelotage hieß sie, stand so im Vertrag, und wer nicht weiß, was das bedeutet, dem kann ich es auch nicht erklären.«

GOG: *Ein semantisch vielschichtiger Begriff, der die zivile Vereinigung und sexuelle Beziehung zwischen zwei Freibeutern bezeichnete.*

»Wann wirst du endlich entjungfert?«

»Komm zur Sache.«

»Geduld.«

»Die Geduld soll mir einen auf meiner Flöte blasen.«

»So vornehm zu reden, das ist doch vulgär.«

»Wir waren beim Vertrag, bevor ich von dieser alten Jungfer so rüde unterbrochen wurde. Ich hielt das Papier in den Händen. Wie gesagt, das Ganze war mir ein Rätsel. Wie konnten sie einem Stück Papier trauen? Auf Tortuga gab's kein Gericht, was sage ich da, auf Tortuga gab's gar kein Amt, so was durchzusetzen, war nur ein Stück Papier, eine Absichtserklärung.«

»Papier vergilbt ...«

»Liebe auch.«

»Was weißt du denn? Hast du überhaupt schon mal?«

»Sogar mit einer, die es wollte. Muss meinen Schwanz nicht mit Goldstaub bestäuben, wie manch ein anderer.«

»Weil du eh jedes Schiff besteigst.«

Der Spott verkrampft. Die gute Laune kippt. Wenn Halbhintern nicht bald zur Pointe kommt, gibt es eine Prügelei. Das ist der Gegensinn von Garn. Cya versucht abzulenken.

»Der französische Staat, der war doch sehr weit weg und hatte bestimmt andere Sorgen?«

»Ich war zu jung, alles zu verstehen. Der Gouverneur, der hatte einen Titel und nichts zu sagen, er hegte seine Ängste und fürchtete nichts mehr als die Ausbreitung von Pyraterei und Matelotage. Teufelswerk auf zwei Hufen, so nannte er es. Eines Tages, da war ich vierzehn oder sechzehn, tauchte ein Schiff auf, was sage ich da, eine ganze Flotte, und an Bord zu unserem Erstaunen eine Kompanie, was sage ich da, ein ganzes Regiment an Frauen, mit weißen Handschuhen, angeführt von einer Madame Generalmajor. Unter Sonnenschirmen trippelten sie vom Bollwerk zum Sitz des Gouverneurs. Der hatte eine anspornende Rede vorbereitet. Bevor er sie halten konnte, beschimpften sie ihn wüst, sie hatten rausgefunden, dass es keinen Plan gab, wo sie übernachten sollten. Das Problem wurde schnell gelöst, durch Zuteilung.«

GOG: *Ein seltener Fall umgekehrter Requisition.*

»Jeder Kerl auf Tortuga, und war er noch so jung, bekam eine Frau in die Hütte, dort zog sie ihre weißen Handschuhe aus und alles andere auch, ich staunte, was eine Frau so alles anhaben konnte, und ich wurde noch in derselben Nacht zum Wohle der Grande Nation defloriert, wie wir Gallier zu sagen pflegen, auch wenn wir nur halbe Franzosen sind.«

»Wie praktisch.«

»Von Staats wegen.«

»Mission civilisatrice.«

»Glücklich darf sich schätzen, wer einer fürsorglichen Zivilisation angehört.«

»Ich hatte tatsächlich Glück, die Meine war jung, so jung, sie hatte sich noch nichts eingefangen, und natürlich ging's so weiter, jede Nacht unter jedem Palmdach, und kein Jahr später Kinder, viele Kinder auf Tortuga, alle mit Piratendirnenblut. Leider wurden die Männer häuslich und träge, bald war's vorbei mit der Pyraterei –«

»Mit der Matelotage wohl auch.«

»Was für ein gerissener Kerl, dieser Gouverneur.«

»Er hat euch kräftig reingelegt.«

»Tortuga wurde einverleibt, ins Mutterland.«

»Prosit Halleluja.«

Nachschub her, einen Kessel voll. Die Männer lecken sich die Lippen. Was auch immer da dampft, es wurde zusammengebraut, ohne dass Cya es bemerkt hat. Sie misstraut dem Geruch in ihrer Blechtasse. Wohl zu auffällig.

»Wat dat is? Vergebung, wie konnt' ich vergessen, du stammst ausm Land, wo's an allem fehlt außer an Schnaps und Gehorsam. Dat is Rumfustian, schöne Maid, Bier drin und Sherry und Gin und Eigelb und Zucker und eine Prise Muskat, zusammengerührt und aufgekocht. Ein starker Trank. Was hör ich dich sagen: ob ich den Rum net vergessen? Nix da, kein Tropfen Rum kommt in den Rumfustian. Was hör ich dich sagen: Wieso wird's dann Rumfustian genannt? Weil du net nach Fustian gefragt hast, du neugierige Raffel du, nur nach'm Rum, wo doch Fustian alles erklärt, weil nämlich Fustian bedeutet, so wahr ich Hick'n'Hackney heiße: Betrug und Beschiss.«

Über Rum zu reden, sei Blasphemie, solange er getrunken werden kann, verkündet Halbhintern. Wer einen halben Arsch hat, erwidert Hick'n'Hackney, der kann leicht rülpsen! In das Lachgeröll hinein erhebt Charqui, dieses Salzfass von einem Mann, seine Stimme. Er habe sich alles gemerkt, was je zu Gehör gebracht worden sei, ob auf Hauptdeck oder unter Deck, in der Schenke oder auf stürmischer See. Sogar die eigenen Selbstgespräche habe er sich gemerkt, als er ausgesetzt gewesen sei auf einer Insel, allein mit einem Krug Wasser und einem taubstummen Papagei, die benetzte Zunge seine einzige Hoffnung. Charqui hat Büffelhaut und eine Stimme, die ihn an schlechten Tagen selbst erschaudern lässt. Eigentlich dürfte er kein Garn spinnen, so oft wie ihm der Faden reißt und neu eingefädelt werden muss, mit einem Räuspern und einem Spucken über die Schulter in die Nacht.

»Bevor ich Pirat wurde, war ich Holzfäller, eine jener armen Seelen, die jeden Blutholzbaum bezahlen, teuer bezahlen, mit Ausschlag, mit Fieber, mit einem Bein, ja, ihr habt richtig gehört, manche mit einem ganzen Bein, geschnappt von einem heißhungrigen Sendboten einer übel gelaunten Fortuna ...«

Und schon ist der Faden gerissen. Wozu es die Hölzer brauche. Fragt Cya. Strenge Blicke ermahnen sie zu schweigen.

GOG: *Aus dem Blutholzbaum wurde roter Farbstoff gewonnen.*

»Wie das Holz roch, das werde ich nie vergessen, es roch nach Veilchen, es roch gut, würdet ihr sagen. Ich kann den Geruch nicht ertragen. Weil er mich in den Sumpf zurückholt, alles unter Wasser, das Gestrüpp und wir knietief im Wasser, den ganzen Tag, jeden Tag, und wenn du im Wasser stehst, weißt du nicht, was unten herumkrabbelt, du weißt nicht, was dich berührt, was dich sticht, was sich festsaugt an deinem Bein, der Schmerz sagt dir, ein Egel, und wenn du den nicht wegbrennst, wenn du die Wunde nicht behandelst –«

»Womit hast du die Wunde behandelt?«, fragt Cya.

»Hör zu, du Frosch, dafür gibt es Blätter eines Busches, der ist nach einem Johann benannt, Blätter sind das, so grün wie du, kaum wirfst du sie ins kochende Wasser, werden sie rot, und deswegen heißt das Pflänzchen Blutbusch, klar?«

GOG: *Verstanden, alles dreht sich ums Blut.*

»So was weiß nur einer, der die eigenen Wunden verbinden musste in diesem Sumpf. Auf einem Holzgestell lagen wir, auf Pritschen schliefen wir, im Wasser kann kein Mensch nicht schlafen, und jeden Morgen stiegen wir in den Morast, schwarz und klebrig, und wateten knietief durchs Wasser, dunkel und zäh, und fällten Bäume und sägten Äste, und die Ranken schlangen sich um unsere Arme, wenn du den Baum siehst, hat dich der Baum längst schon gesehen, schlangen sich um deinen Hals, drückten zu, fest und fester, einer schlägt wild um sich, bis wir zu ihm sind, bis wir die Ranke weggehackt haben, ist der Kerl fast verschwunden, sein Hinterkopf nur zu sehen und schon weg. Kein Trost, nur Baumstämme, widerlich riechen die, nach Veilchen, wir schleppen sie durch den Dschungel zur Küste. Wenn ich's euch auf der Karte zeige, sagt ihr, das ist kein Fingernagel weit weg. Entfernungen gibt's, die lassen sich nicht messen, in Yards nicht, in Fuß nicht, dein Ziel rückt immer weiter in die Ferne, du erreichst dein Ziel erst, wenn die Schiffe, die in der Bucht auf die Baumstämme warten, Trugbilder sind, und alles durchdrungen von diesem vermaledeiten Veilchengestank.«

GOG: *Offenbar eine traumatische Form von Kakosmie.*

»Wie wir aus dem Dschungel stolpern, bekreuzigen sich die Männer auf dem Schiff, das da ankert und auf uns wartet, selber armselige Zwiebackkauer und Brackeschlucker, aber sie sehen uns und unsere Stiche und unsere Wunden, und sie glauben an Dämonen und an ein verfluchtes Leben. Das ist nicht alles. Es gibt Orkane, da platzen die Höllentore auf, so ein Orkan vertreibt selbst die Alligatoren, kein Schutz nirgendwo, es stürmt so stark, der Regen kann dich ertränken, wie du so dastehst, kannst du im Regen ersaufen. Du klammerst dich an einen der

Blutholzstämme, damit's dich nicht wegweht, die Borke schuppig glatt, an den Ästen und im Wasser Dornen, überall Dornen, die Dornen des Blutholzbaums, spitz wie ein Dolch, lang wie ein Pfeil, die stechen übel, die färben deine Hände deine Arme deine Brust rot, und es riecht stärker als sonst, ach was, es stinkt, wenn ich an die verdammten Orkane denke, schießt es mir in die Nase, dieses Veilchen, dieses abgrundböse Veilchen.«

GOG: *Recherchieren, ob der Geruch von dem Farbstoff Hämatoxylin ausgeht und wie die Intensität mit dem Grad der Oxidierung korreliert.*

»Nachts lag ich auf der Pritsche und haschte nach den Moskitos, flüchtig wie Hoffnungen, mein Schicksal wurde mit Blutholztinte geschrieben, von einer gichtigen Hand, irgendwo auf der anderen Seite der Erdkugel, und egal, wie viel ich hieb und sägte und schleppte, nichts änderte sich, nichts wird sich ändern, ging mir auf, wenn ich dem Schicksal nicht den Kopf abschlage, mit meiner Machete. Mitten in der Nacht bin ich weg, mit einigen anderen durch den Dschungel, zu essen nichts außer mal einen Vogel, je bunter, desto weniger Fleisch, und wilde Pflaumen, die machen den besten Dünnschiss. Nach einem Dutzend Tage stolperten wir über einen Kameraden, bedeckt mit Läusen, verhungert, die ausgestreckte Hand keinen Fuß entfernt von einer fauligen Frucht. Sein Ende wäre unser Ende gewesen, wenn uns nicht Kariben gefunden hätten, sie konnten nicht wissen, was für Absichten wir hatten, sie sahen, wie wir waren, Haut und Knochen, sie gaben uns Essen, sie päppelten uns auf. Wir erreichten eine andere Bucht, dort ankerte eine Sloop. Was für eine Sloop! Kuttertakelung mit prächtigem Gaffelsegel, was für ein Anblick, zwanzig Meter lang, breit genug für hundert Mann, für hundert Brüder, wir schworen auf das Gesetz der Küste und auf die Bordaxt, wir waren unsere eigenen Herren, und wir hungerten weiter, denn die Sloop trug zu viel Mann und zu wenig Proviant, der wurde geteilt, auch wenn es für jeden zu wenig war, viel zu wenig. Wieder ein Orkan. Wir klammerten uns ans Leben, und wenn einer gefragt hätte, mit lauter Stimme – lohnt es sich? –, wir hätten losgelassen.

Kaum war der Sturm vorüber, sahen wir wieder den Horizont, und ein Schiff. Nichts im Leben hat mich so erregt wie der Anblick dieses Schiffs. Hundert Entermesser in hundert halb verhungerten Fratzen, wer ergibt sich da nicht gleich? Was für ein Fest, Mais und Zucker und Kakao und Salz. Brot sogar, Fässer voller Brot. Und Wein, so viel Wein. Den anderen, die nicht mit mir geflohen waren aus dem Dschungel, denen war's kaum genug nicht, sie wollten mehr, wollten Gold und waren enttäuscht, so reich das Schiff und so wenig Achter an Bord, was für ein Pech, was für ein verdammtes Pech. Stattdessen Schuhe. Fragt mich nicht, wieso. Jede Menge Schuhe. Wir saßen auf dem Deck, und jemand sagt: Zeig doch mal deinen Trott, und einer stolziert rauf und runter in seinen neuen Schuhen und klackt mit den Absätzen und tanzt, weil er sich freut, einen kleinen Freudentanz, damit die schicken Schuhe zur Geltung kommen, und wir trinken den lustigen Wein, wir haben Pech an den Schuhen, sagt jemand, und wir trinken den traurigen Wein. Was ist Pech, wenn nicht die falsche Seite der Münze, die du hochwirfst, Mal ums Mal? Bis sie aufn Kopf fällt, und Fortunas Lippen spitzen dich an, rot wie der Kamm des Hahns, den der Koch in den Topf warf, ein zähes Vieh, musste lang köcheln. Als er's aufschneidet, was liegt da im Topf? Gold, sauber glänzendes Gold. Ein Wunder, denkt ihr? Nein, kein Wunder nicht, nur vergebliche Arglist. Wir haben alle Hühner geschlachtet, kein einziges aufgehoben, keine Ration für die nächste Flaute. Es waren viele Hühner, und mit jedem Schenkel und jedem Flügel wurden wir reicher, denn die Schlaumeier vom Handelsschiff, die hatten in ihrer Hast das Gold den Hühnern in den Hintern geschoben. So ein Versteck, wer kommt auf so was? Sie hatten die Rechnung ohne unseren Heißhunger gemacht. Wir segelten nach Pity Landing, Huhn in der Wampe, Gold im Wams. Das war's, das war meine Geschichte, seitdem heiße ich Charqui und bin stolz darauf. Das Schicksal soll seine eigenen Geschichten kritzeln, mit gichtiger Hand und blutholzroter Tinte, nicht meine Geschichte, nein, meine Geschichte schreibe ich selber!«

Getrunken wird, bis ausgetrunken ist. Geredet, bis jeder Kopf versponnen ins Nachtlager kriecht, das Feuer erlischt und nur Fliege und Cya zurückbleiben, nebeneinander, Glut im Blick, zweisames Schweigen. So nahe beieinander, Cya fragt sich, wie sich die Haut von Fliege anfühlt, der unvermittelt zu sprechen beginnt, lang und blumig wie noch nie zuvor.

»Hast du dir zusammengefischt, wieso wir so heiß und innig klönen? Hab mir lang den Kopf zerbrochen, bis es mich angrinste. Klar wie Kaimansuppe. Nur wer lebt, kann Garn spinnen. Oder bist du je 'nem toten Geschichtenerzähler begegnet? Der hingestreckt und hingeschieden, verschossen und verpulvert ist? Nee, nee, Erzählen ist nichts anderes als dem Tod die Zunge zeigen. Was staunst du da? Hast so was von mir nicht erwartet, aargh? Die Toten können nicht antworten, die können nicht widersprechen, das ist das Goldstück an der Sache. Scheiß der Teufel drauf, die Toten sind Blindschleichen, die hinterlassen nichts als eine schmierige Spur auf knarzigen Bohlen. Wir hingegen, wir spinnen unser Garn und kleiden das Leben ein, so lang's zuckt und zetert. Wenn du das kapierst, hast du alles kapiert.«

Worauf Fliege Cya anrempelt. Sie fällt in den Sand. Bleibt liegen, die Augen schläfrig geschlossen

bis ihr eine Krabbe durchs Haar läuft. Ein Hauch Pastell schlüpft ihr in den Sinn. Ein Morgenschwärmer tiriliert. Die Nacht hat genug Schweigen gesammelt. Nichts bewegt sich in ihrem Blickfeld. Sie schließt das eine Auge. Jedes Geräusch an seinem Platz. Sie atmet den letzten Traum aus und öffnet beide Augen. Im Wipfel eines Baums am Rande ihrer Wahrnehmung flattern Vögel auf, Zweige erzittern, die Vögel schwärmen aus, lassen das Stillleben hinter sich, gleiten dahin, in den Morgen,

ihre Wege unbekannt

so unbekannt wie jenes andere Damalsdort, von dem Domru berichtet wie von einer Maschine, die ihm kaum Rätsel aufgibt. Die er in ihre Einzelteile zerlegen und wieder zusammenbauen möchte, zu einer besseren Version ihrer selbst. Während früherer Nachbesprechungen klang er stets ein wenig gelangweilt, mangelndes Staunen gepaart mit einer schwach ummantelten Verachtung gegenüber dem primitiven Kapitalozän. Das scheint sich geändert zu haben. Jetzt klingt er ehrfürchtig. Demütig fast ... Er strahlt eine Besonnenheit aus, die ihm neu zu Gesicht steht. Als er Cya in einer Atempause draußen vor der geschnitzten Holztür flüchtig berührt, verzärteln sich ihre Gedanken. Im Verlauf der Nachbesprechung gibt Domru keine einzige Besserwisserei von sich. Mit gekreuzten Beinen heißt er jede Frage willkommen. Gerät nicht in Wallung über Quertöne des Zweifels. Als hätte er seine Grenzen erkannt und dadurch ein entspannteres Verhältnis zu seinen Stärken gewonnen.
Weil er gestorben ist.
Ein Raubüberfall. Gegen Mitternacht, als Domru sorglos

durch Gassen spazierte, die Einheimische mieden. Ein Rascheln, ein Dolch. Der Mann (GOG: *Wurde so einer Räuber oder Mörder genannt?*) hat ihm die Taschen geleert und den Tod nicht abgewartet. Sonst hätte er gesehen, wie sein Opfer sich in nichts auflöste. Domru hat keinen Fehler begangen. Er hat sich nichts vorzuwerfen. Er war gut vorbereitet. Nur nicht auf den Tod. Er spricht entschieden und ungewohnt ausführlich.

Cya begehrt ihn, anders als zuvor, sein Körper eine Insel, auf der sie gestrandet ist. Ihre Hand gleitet über seine Schulter, Lippen über Brust, Bauch, zu vertrauteren Lauten hinab. Sie hält inne, an einem Felsvorsprung, unter ihr ein Becken, sie beugt sich über das Wasser und sieht sein Gesicht. Es verschwimmt in ihr, als sie hineinspringt, erregende Kühle, Erregung im Mund. Das Schaudern auf ihrer Haut durchzuckt seinen Körper, und sie versinkt in sein Verlangen.

In der Stille danach setzt er sich unvermittelt auf und betrachtet sie. Mehr in seinem Blick, als sie ergründen kann.

»Soll ich es dir beschreiben?«

»Hast du schon.«

»Nicht alles.«

»Wenn du möchtest.«

»Und du, was willst du?«

Er will, dass sie ihn dazu auffordert.

Ihr »Ja« erfolgt widerwillig.

Seine Stimme tritt auf, stiefelfest. Das Messer, das sich in seinen Magen bohrte. Der Schmerz und Worte, die nicht ausreichen, den Schmerz zu beschreiben. Sie möchte ihn umarmen, trösten. Er schüttelt ihr Mitgefühl ab.

»Du verstehst nicht. Niemand hat so etwas je erlebt, niemand, den ich kenne. Was immer diese Erfahrung bedeutet, sie ist einmalig. Es ist ...«

Er hält inne, und das fällt ihr auf, weil Domru ansonsten nie ins Stocken gerät.

»... als wäre ich auserwählt.«
Cya erschrickt ob des bedrohlich klingenden Wortes, seit langem nicht mehr in Gebrauch. Seine Stimme verfärbt sich, klingt trotzig, aufgekratzt.
»Ich will es dir so beschreiben, dass du es nachvollziehen kannst.«
»Nicht nötig, ich will es mir nicht vorstellen.«
»Du verstehst nicht, du musst dir keine Sorgen um mich machen, ich bin nicht verletzt, ich empfinde diese Erfahrung als Geschenk.«
Er sei instinktiv zurückgewichen, kaum dass er die Anwesenheit des Unbekannten hinter seinem Rücken gespürt habe, eine schnelle Drehung, ein Gesicht, auf einmal erhellt von einem seitlich hereinfallenden Licht, er habe das Messer nicht gesehen, nur das Gesicht, das er präzise zu beschreiben versucht, so als würde Cya seine Erfahrung verstehen, wenn sie es vor eigenen Augen sehen könnte. Das Gesicht des Mörders – für das Opfer der letzte Anblick auf Erden. Was für eine grauenhafte Vorstellung, denkt Cya.
»Eine Fratze. Aber lusterfüllt.«
»Das kann nicht sein. Diesem Menschen muss es auch weh getan haben, so eine Tat vernichtet einen Teil seines Selbst. Verwechselst du nicht Schmerz mit Lust?«
»Tue ich nicht. Ich habe ein wenig übertrieben, wenn überhaupt. Es tat ihm gut zuzustechen. Zweifle meine Erfahrung nicht an. Er hat meinen Tod aufgesogen. Mit einer Intensität, wie ich sie selbst noch nie erlebt habe.«
Alles, was sie erwidern könnte, wären Zweifel. Im Schweigen driften sie auseinander. Domru zieht an seinen Fingergelenken. Cya empfindet das dringende Bedürfnis, das Zimmer zu verlassen. Als sie zurückkehrt, steht er angezogen an der Tür, umschlingt sie kurz und sagt leise: »Was geschieht da?«
»Wovon sprichst du?«

»Was geschieht in einem Menschen, der zusticht?«
Später liegt Cya im Dunklen auf ihrem Bett, regungslos wie eine Leiche, und greift nach einer bösen Vorahnung,

die sich ihr entwindet

als sie sich bald darauf kurz nach Sonnenuntergang zu den anderen ans knisternde Feuer gesellt, Rum genug für jeden Durst. Seit der letzten Kaperfahrt können die Piraten aus vollen Fässern schöpfen. Das wird gefeiert, frei nach Gusto. Einer versüßt sich den Nachmittag, einer vertieft den Mittagsschlaf, einer denkt sich, so ein Keks in der Früh in Rum getunkt, das verbessert die Aussicht ungemein. Die Piraten singen ein Lied, das Cya nicht kennt, ein Lied zum Abschied

»Ade und adieu, ihr schönen Weiber,
ihr Weiber von Plymouth,
ihr Weiber von Calais.
Ade und adieu, ihr schönen Weiber.«

Der Mond entzieht sich einer wolkigen Umarmung. Cya sieht neue Gesichter, Männer, die sich erst noch einen eigenen Namen geben müssen. Sie singen nicht mit, überfordert von dem neuen Leben.

»Wenn die Freiheit ruft, zur See,
dann hält uns nichts zurück.
Begegnen werden wir uns
erst im Nimmerwiedersehn!«

Sogar der zierliche Fiero, der maßvoll trinkt, hat einen zweiten Schluck genommen und zur Feier der Fülle einen dritten drauf, die Lippen benetzt genug, um das Wort zu ergreifen, so elegant wie einen fein geschnitzten Knauf aus Elfenbein.

»Was hatte ich für einen Ruf. Könnt ihr euch nicht vorstellen. Was für ein Renommee, so heißt es bei uns, das Wertvollste, was ein Mann anstreben kann, und mein Renommee strahlte in der ganzen Stadt. Bis zu jenem verfluchten Tag, an dem ich vertrieben wurde, aus meinem Elysium, aus meinem Atelier, auf dem Höhepunkt meines Ruhms. Alle sind bei mir ein und aus gegangen, alle, die Rang und Namen –«

»Wissen wir schon«, unterbricht Fliege, »wir wollen hören, was wir nicht wissen«, worauf Fiero nach einem weiteren Schluck leise aufstöhnt und »Jean-Philippe« haucht, bevor er verstummt, als müsse er die Erinnerung zunächst herbeirufen.

»Er war Tänzer, an der Oper, er war schön, von allen Seiten betrachtet, besonders schön waren seine Waden, er hatte vollendete Waden, die maß ich mit den Händen ab und zeichnete sie, wenn ich allein war in meinem Atelier. Er war ein guter Junge, ein wenig verwirrt, ein Leben in Furcht, was das mit einem macht. Als Kind in der Provinz hatte er erlebt, wie ein Mann verbrannt wurde, zur Strafe für seine widernatürliche Lebensweise, er hat es nicht selbst gesehen, aber es wurde darüber geredet, in seiner Gegenwart, ich sage euch, was du in deinen Albträumen siehst, hättest du lieber mit offenen Augen gesehen. Er hatte so viel Fantasie, der Arme, zu viel, kaum knarzte es in der Wohnung über ihm, rotteten sich böse Geister zusammen. Das Unheil nahm seinen Lauf, als er seine Anstellung verlor und zu viel Zeit in seinen vier Wänden verbrachte, sich zu wenig bewegte, außer wenn ich ihn besuchte, und sich in seinen schönen Kopf setzte, er müsse eine Oper schreiben, etwas ganz Neues, nicht eine dieser Zumutungen, in denen er als Nymphe oder Elfe hatte tanzen müssen, à pas de loup … Wie sagt ihr dazu? … das sei derangierend gewesen, er werde die erste Oper schreiben, die den Göttern ebenso gerecht wird wie der Gosse, die das Unsichtbare in Tanz fasse und das Unverständliche in Musik, eine Oper, in der alle vorkämen, die zwei Beine hätten und fliegen könnten. Niemand nahm ernst, was er komponierte, abgesehen von einem Organisten aus Dijon, der war erst vor kurzem in das Quartier gezogen, er vernahm den Gesang von Jean-Philippe, als er auf der Straße vorbeischlenderte, er klopfte an, stellte sich vor, wurde eingelassen, danach saß er täglich am Tisch und hörte zu und machte sich Notizen. Er ermutigte meinen Jean-Philippe, ermutigte ihn aufs Grausamste, bald kannte er kein anderes Ziel mehr. Er lief in seiner Musik auf und ab, sang mit seinem schwachbrüstigen Bariton Arien, in denen sich ein unschuldiger Jüngling zeiht, ein Ungeheuer der falschen Liebe zu sein, mit einer Pfanne in der Hand schlug er den Rhythmus gegen das Bettgestell. Das läutete unseren Untergang ein. Früher hatten wir uns nachts getroffen, wenn die Witwe schlief, die das Haus vom obersten Stock aus beaufsichtigte. Jetzt wurden wir unvorsichtig. Er schrieb mir öfter dringliche Billetts, ich eilte zu ihm, misstrauische Augen sahen mich, auch wenn ich die bourgeoiseste Attitüde an den helllichten Tag legte, es wurde gemunkelt, und eines Tages platzte die Tür auf, ich tröstete das arme Kind gerade im Bett, wir wurden getrennt, ich habe ihn nie wiedergesehen.

Ich wurde angeklagt, Sodom zu lieben, worauf ich erwiderte, ich sei Pariser durch und durch. Niemals würde ich einer anderen Stadt den Vorzug geben. Ich säße nicht hier unter euch, wäre nicht der Marquis de Vittelle einer meiner treuesten Kunden gewesen. Bei jedem Bankett posaunte er in die feine Gesellschaft hinaus, er könne das Haus nicht verlassen, ohne von mir gewandet zu sein. Er war der Generalsteuerinspektor, weswegen sich niemand daran störte, dass er mir die Hand auf den Schenkel legte bei der Anprobe und sie dort liegen ließ, bis ich die Frage der Bezahlung aufwarf, da zog er sie blitzschnell zurück, um fahrig zu schachern. Der Marquis überzeugte das Gericht, da es keinen öffentlichen Skandal gegeben habe, sei das Verbrechen nur zwischen zwei gerupften Pfauen erfolgt, das hat mich arg verletzt in meinem Stolz, ergo sei eine strenge Bestrafung nicht nötig, eine Verbannung ausreichend. So bestieg ich zum ersten Mal in meinem Leben ein Schiff, ihr wisst ja, wie es da zugeht, die einen schuften den Tag lang, die anderen beten zum Horizont, er möge ihnen ein Zeichen geben. Schlimm, was ich mir ansehen musste, ihr könnt euch nicht vorstellen, wie es mich traf, die meisten Männer besitzen nur die Kleidung, die sie tragen, und waschen sie in einem Eimer mit Salzwasser, und sie wird nicht trocken, nie ganz trocken. Und der Schmutz und die Planke mit dem Loch, die sich vom Bug aus ins Meer erstreckt, was für eine Erniedrigung, der Seemann sitzt darauf, als ritte er eine Wippe, wie ein pinkelnder Wasserspeier, und wer sich den Hintern säubert, der fällt ins Meer.«

»Fiero, wer sitzt hier? Was erzählst du deinem Vater, wie man Kinder macht?«

»Weil es für mich neu war und schwer erträglich. Weil ich im Gegensatz zu euch eine feinfühlige Seele bin. Andererseits, auf einem Schiff gibt es auch schöne Waden, die kommen sogar besser zur Geltung als an Land, manchmal von unten, manchmal von der Seite. Ist nicht alles schlecht auf einem Schiff, und das Beste war ein Jüngling, ein ungeschliffener Diamant, der mir in die Arme fiel. Ich weiß, ich hätte vorsichtiger sein müssen. Aber ihr könnt euch nicht vorstellen, wie niedergeschlagen ich war, das ist die einzige Erklärung für meine Dummheit. Ein Schiff ist zu eng für Geheimnisse. Wir wurden erwischt, wir wurden aneinandergekettet und über Bord geworfen, es geschah so schnell, ich hatte keine Zeit, etwas zum Seemann meines Gefallens zu sagen, keine Zeit, mich vom Leben zu verabschieden. Wir sanken hinab, schwer wie zwei Liebhaber, die sich nicht trennen können, nicht einmal, um ihr Leben zu retten. Glaubt mir, ich übertreibe nicht, wenn ich behaupte, dass ein Engel zu mir sprach und mich erinnerte an die Ahle in meiner abgewetzten Jackentasche, ich konnte sie herausziehen und das Vorlegeschloss öffnen, das war für mich ein Leichtes, so fingerfertig, wie ich bin, aber der Jüngling begriff nicht, dass ich nahe dran war, uns zu retten, er tat etwas, das sein Schicksal besiegelte, er versuchte, mich zu küssen, der Verrückte, küsste mich unter Wasser, ich hielt die Lippen geschlossen, er öffnete seine, wie um ein Elixier zu empfangen, und das Meer drang ihm in Mund und Lungen, er zuckte und zuckte, gerade als ich die Kette abwarf, er sank hinab, ich versuchte, ihn hochzuziehen, er war schwer, schwerer als ich, der Instinkt trieb mich an die Wasseroberfläche, ich verschlang die Luft und blickte ins Dunkle hinab, und nirgendwo war mein Seemann zu sehen. Nirgendwo.«

Cya hätte erwartet, dass einige der Piraten, peinlich berührt, mit Deftigem reagierten, mit Sprüchen wie Hammerschlägen, mit zotigen Einwürfen. Stattdessen Zuspruch und Rum und ein weiteres Mal das Lied des Abschieds:

»Ade und adieu, ihr schönen Kerle,
ihr Kerle von Portsmouth,
ihr Kerle von Le Havre.
Ade und adieu, ihr schönen Kerle.«

Der Mond verzieht sich hinter vorgehaltener Wolke.

»Wenn die Freiheit ruft, zur See,
dann hält uns nichts zurück.
Begegnen werden wir uns
erst im Nimmerwiedersehn!«

Heiter müsse her, fordert ein Pirat. Bekräftigen andere. Heiter!

»Will mir Mühe geben«, sagt Hick'n'Hackney (GOG: *In je-*

der Menschengruppe ein Witzling). »Ich hatte einen Kumpel, der war so lang auf See wie ich, arm wie 'ne Schiffsmaus, bei Wind und bei Flaute, so kannte ich ihn und kannte ihn schlecht, denn eines Tages bleibt er an Land und macht mächtig Pinke. Schwer zu glauben, wie reich jemand wird, der Vögel verkauft, Vögel mit buntem Gefieder und noch bunteren Namen. Ein Schlaukopf war er, mein Kumpel, lernte Sprachen schneller, als unsereiner sich die Hose anzieht. Kaum hat er 'nem Fremden die Hand geschüttelt, sprach er schon wie Jingo. Flüssig Holländisch, anschmiegsam Französisch, zackig Deutsch, gefächert Spanisch, getrillert Italienisch, sogar kehlig Arabisch, ohne Akzent. Nur in seiner Muttersprache, da legte er seine Herkunft nicht ab, kaum machte er den Mund auf, warst du in Yorkshire. Von der letzten Heuer kehrte er zurück mit Käfigen voller Sittiche und Papageien. Wie das geht? Dem Kapitän wird er was zugesteckt haben, damit der das erlaubt. Ich wartete auf das Auslaufen meines Schiffes, vertrat mir im Hafen die Haxen, da seh ich ihn und freu mich, aber wundern tut's mich schon, was der vorhat mit dem ganzen Federvieh. Er ist abgestiegen in einem Hotel, nicht zu fein, nicht zu schäbig, er hat in der Zeitung annonciert, mit schnörkligem Rahmen und Schönschrift und so, er verkaufe Vögel aus südlichen Gefilden, seltene Kolibris, nicht nur hübsch anzuschauen, die können auch palavern, in allen zivilisierten Sprachen. Die Leute kamen in Scharen, wollten mit eigenen Ohren prüfen, ob die Vögel wirklich *habla habla* und *écoute écoute* schmettern oder nur *hurhurhur* und *croucrou*. Treff ich ihn einige Tage später, hat er bis auf einen alle verkauft, einen Papagei sogar auf einer aus dem Ärmel geschüttelten Auktion, da schneiten drei Käufer auf einmal rein und steckten sich gegenseitig an mit ihrem Habenwollen. Wir in der Schenke, mein Kumpel trinkt auf meine Rechnung und führt mir seinen neuen Reichtum vor Augen. Bescheißt du die Leut', oder unterschätz' ich die Vögel?, frage ich ihn. Komm morgen, sagt er, gegen elf, ich erwarte Besuch. Also stolzier' ich am nächsten Morgen um elf in das Hotel, geb mich aus, als wollt' ich selber den Papagei kaufen, trete ein in seine gute Stube. Die Neugier hat heftig an mir genagt. Da steht ein rausgeputzter Geck, dessen Gehstock mehr wert ist als ein Jahr Deckschrubben. Ich halte mich zurück wie die Tapete. Haben Sie den Mund nicht zu voll genommen?, sagt der Geck. Aber nicht doch, nicht im Geringsten! Mein Kumpel, der ist wie verwandelt, devot fast, wie der sich die Hände reibt, tropft von denen gleich Öl. Sie werden es erleben, flötet der. Sie müssen dem Papagei nur sagen, welche Sprache Sie wünschen. Der Geck entscheidet sich für »Français«, gedehnt und mit Getue, worauf mein Kumpel das Tuch vom letzten Käfig, der noch da ist, abzieht und etwas auf Französisch sagt, das hat er mir nachher übersetzt: So sprich, mein lieber Kakadu, und wir werden dir jede Ehre erweisen. Danach eine Pause, lang genug, dem Geck sein Mund verzieht sich schon. Höhnisch. Blamage, denk ich mir. Da hör ich diesen metallischen Klang, wie die Vögel ihn machen: »Tout est parfait, par excellence, le dernier cri.« Der Gentleman ist geplättet, und ich, aus einer Laune raus, zeige Interesse an dem Schnabel, worauf der Geck seinen Lakai anbelfert, er soll zahlen, was immer der Verkäufer verlangt, schon ist der Vogel weg und mein Kumpel um eine Geldbörse reicher. Wir feiern, mit Champagne, ein schreckliches Gesöff, er gibt einen aus, das eine Mal und nie wieder, wir stoßen an, und ich frage ihn, wie hast du's geschafft, dem Tier so fein Französisch beizubringen. Da setzt mein Kumpel sein Glas ab und starrt mich an. Bewegt die Lippen nicht, öffnet den Mund nicht, und trotzdem ist zu hören: N'avez-vous jamais entendu parler des ventriloques?«

Das Lachen der einen ertränkt die verdutzten Fragen der anderen. Es braucht viel Rum, bis reihum jedem die Pointe erklärt worden ist. Der Gesang, der anhebt, geht auf Holzbeinen durch die Nacht.

»Ade und adieu, ihr schönen Vögel,
ihr Vögel von Lima,
ihr Vögel von Belém.
Ade und adieu, ihr schönen Vögel.
Wenn die Freiheit ruft, zur See,
dann hält uns nichts zurück.
Begegnen werden wir uns
erst im Nimmerwiedersehn!«

»Das Lied kenne ich«, sagt einer der jüngst in die Bande aufgenommenen Piraten. »Will sagen, die Musik.« »Hast du's auf'm Schiff gelernt?« »Nein, daheim.« »Das kann nicht sein.« »Doch, schon als Kind.« »Stammst du von einem Dorf an der Küste?« »Ja, unweit des Meeres.« »Es muss ein Schiff dort geankert haben, und das Lied sprang an Land.« »Nein«, mischt Charqui sich ein, »das kann die Erklärung nicht sein. Bei uns wird es auch gesungen, in meinem Dorf, und das liegt in den Bergen, weit von der Küste entfernt, dem Neuen seine Sprache versteh ich nicht, seine Narben im Gesicht, die kann ich nicht lesen, ich wurde verschleppt, viele Geburten bevor er verschleppt wurde, und doch kenne ich das Lied, ich kenne es von meiner Mutter.« Worauf Charqui zu singen beginnt, in seiner Sprache, und der junge Mann aus dem Dorf an der Küste, der stimmt ein, in seiner Sprache, ebenso ein Dritter, der es auch kennt, sie singen im Chor, und die Piraten aus dem Land westlich von The Channel und die Piraten aus dem Land östlich von La Manche, die wehren sich dagegen, dass ihr Lied nicht mehr ihr Lied sein soll, dann werfen sie solche Dämlichkeiten ins Feuer und setzen mit brummenden Stimmen ein, so dass der Gesang kentert und die Stimmen einer anderen Insel entgegen. Cya will sich als nützliches Mitglied der Bande beweisen. Ihre Anwesenheit wird hingenommen, aber nicht wirklich wertgeschätzt, weswegen sie auf der letzten Versammlung vorgeschlagen hat, eine Hafeninsel auszukundschaften, bei günstigen Windverhältnissen nicht weit entfernt. Wieso nicht? Es ist Spätsommer. Die Jahreszeit der Stürme wird bald enden, und schwer beladene Schiffe werden wieder über den Ozean segeln. Genaueres würde das Kapern erleichtern. Wer wird schon eine junge Frau mit feinen Manieren verdächtigen? Die Piraten stimmen ihrem Vorschlag zu. Sie besteht darauf, allein zu segeln, zum eigenen Schutz, wie sie erklärt, in ihrem Korb Früchte und Biskuits, die sie mit Hick'n'Hackneys Hilfe gebacken hat, versetzt mit wilden Kräutern, hart wie Planken, trocken wie Qual und doch besser als die schimmeligen Schiffskekse vom letzten Beutezug, in denen nisten schon die Rüsselkäfer (GOG: *Die artenreichste Familie aller Lebewesen*). Es regnet. Hinter einem Vorhang verkünden schiefe Sonnenstrahlen eine heile Welt. Cya hat das Segel gehisst, kaum größer als ein Latz. Sie hat es nicht eilig auf ihrer kleinen Jolle. Nichtstun auf dem Niemandsmeer. Bis ihre Fernraumzeit abläuft. Es verfinstert sich, der Regen dichter. Ein schwarzer Vogel, eine Armlänge von ihr entfernt, schlägt, nach einer Schwebeweile, mit den Flügeln, einmal, und entschwindet, hinterlässt einen orangefarbenen Strich, der den Himmel wie eine Leinwand aufschlitzt. Das Innere der Zeit quillt heraus. Rasender Stillstand, den sie mit Formeln beschreiben könnte, die sie nicht begreift, Formeln, mit deren Hilfe Domru neue Chronologien ermöglicht. Es ist zu düster, um zu steuern. GOGs Alarm – *Noch 15 Minuten!* – klingt wie eine Verheißung. Auf dem Schwarzhimmel unverwelkte Erinnerungen an ihre Anfänge im Kreis, als sie sich immer wieder in die Simulation begab, ihre erste Raumzeitreise plante und prüfende Fragen beantwortete, gelegentlich verunsichert, eingeschüchtert nie.

»Wohin soll die Raumzeitreise gehen, Cya?«

»Zu den mannigfaltigen Inseln.«

»Welche Epoche?«

»Als Meeresströmungen zu Kapitalströmen wurden.«

»Wieso dieses Damalsdort?«

»Es wurden immer mehr Güter verladen, immer mehr Ladungen gelöscht, die Ströme wurden stärker, sie begannen, die Ozeane zu fesseln.«

»Setzt du nicht zu früh ein?«

»Wenn wir zu lange warten, werden sich Fesseln in Sehnen verwandeln.«

»Wieso an der Peripherie? Wieso nicht im Zentrum der Herrschaft?«

»Der Wellen wegen. Langgezogene Wellen, die kaum jemand wahrnimmt, bis sie mit gewaltiger Kraft brechen, weit entfernt –«

»Von ihrem Ursprung?«

»Und wenn sich die Wellen zurückziehen, hinterlassen sie auf dem Strand ein Netzwerk an Rinnsalen, das anders aussieht als das, was zuvor im Sand geschrieben stand.«

»Wir glauben, dich zu verstehen, durch die Wellen können Momentaufnahmen Momentum entwickeln.«

»Um keine Schlauheit verlegen.«

»Das ist nicht meine einzige Überlegung. Aus Sicht des Goldes waren die Inseln nicht peripher, sondern so etwas wie der Maschinenraum, auch wenn der Vergleich hinkt, weil alles von Menschenhand angetrieben wurde. Auf kleinen Inseln wurden größere Gewinne erzielt als an jedem anderen Ort auf dem Planeten, ein Reichtum, der über den Ozean ins Mutterland floss, wo er sich zu prächtigen Anwesen staute.«

»Wer soll diese Flutwellen auslösen?«

»Piraten, Matrosen, Sklaven –«

»Piraten? Ist das nicht etwas weit hergeholt?«

»Sie sind uns ähnlich, in vielem. Nur dass wir keinen Grund mehr haben zu rauben und zu plündern. Sie sehnen sich nach dem, was wir verwirklicht haben. Sie bevorzugen seichte Gewässer, wo Kriegsschiffe sie nicht verfolgen können, sie lauern in unbekannten Buchten der mannigfaltigen Inseln, nahe am Reichtum, fern vom Imperium.«

»Und die Sklaven?«

»Der Mensch ist das einzige rebellische Eigentum.«

»Und die Matrosen?«

Und? Und? Und?

Eine starke Böe. Cyas Erinnerungen erlöschen wie Laternen in den Händen von Kindern in einer nassen Nacht.

Und? Und?

Der Regen drischt auf sie ein, eine Prüfung, die sie nicht mehr zu bestehen hat.

Und?

Jeder Plan muss im chronautischen Kreis einen Spießfragenlauf überstehen. Wenn eine Strategie seziert wird, ist Skepsis oberste Pflicht. Es ist schmerzhaft schwer, jene Stelle zu finden, an der die Drehtür der Geschichte aus den Angeln gehoben werden könnte. Cyas Idee verlangte den anderen viel Fantasie ab. Sie greife nach den Sternen, um aus einem Hasen einen Löwen zu machen, frotzelte Domru. Sie sprach von ihrer Faszination für einen Piraten namens Fliege, von dem sie zufällig erfahren hatte (GOG: *Ist das nicht Schicksal?*), worauf sie alles las, was sie über die Welt von Fliege finden konnte. Viel war es nicht. Weder Piraten noch Matrosen noch Sklaven haben Zeugnisse hinterlassen, bis auf wenige Ausnahmen. Ihre Geschichten fanden keine Erwähnung in Korrespondenzen, Nachlassakten und Grundbucheintragungen. Je tiefer Cya in dieses

Damalsdort eingetaucht sei, desto klarer habe sie sich einen anderen Verlauf der ozeanischen Geschichte vorstellen können. Die Debatten über ihren Plan dauerten an, draußen Sonne, Vollmond, Regen, Neumond. Die Zweifler wurden ausgebremst von jenen, die von der Schönheit des Wagnisses betört waren. Cya akzeptierte kritische Fragen wie eigene Einwände. »Niemand soll uns vorwerfen«, sagte eines müden Abends einer der Älteren, »wir hätten es uns zu leicht gemacht.« Es braucht Zeit, einen anderen Menschen zu überzeugen. Und Geduld. Alles andere wäre diskursive Gewalt.

10 Minuten!

Domru spottete, schon am ersten Abend ihrer Zweisamkeit.

»Du willst mit Ameisen gegen Elefanten kämpfen.«

»Du unterschätzt die Ameisen. Häufiger Fehler unter männlichen Säugetieren.«

»Ein Klischee.«

»Eine Korrektur. Die Piraten stören mit ihren Überfällen wichtige Schifffahrtswege, von Enklaven aus, die sich dem Zugriff der Zivilisation entziehen. Sie sind flink und ungebunden, sie sind dort, wo niemand sie erwartet, sie lösen sich in Wind und Wellen auf. Sie stören den Handel, sie bilden Oasen der Freiheit, die das System von Sklaverei und Ausbeutung bedrohen.«

»Was ist mit den Matrosen?«

»Geballte meuterische Energie, aufrührerisches Potenzial. In den karibischen Häfen treffen sie auf Rebellen aller Art, sie laden Ermutigungen und löschen Anstiftungen. Ich habe eine Liste aller Meutereien und Aufstände gefunden, ich lese sie regelmäßig, und trotzdem habe ich das Ende noch nicht erreicht.«

»Und wie gingen diese Aufstände aus?«

»Langfristig besehen, hatten sie keinen Erfolg, wenn du

das meinst. Aber wenn wir die Revolte bündeln könnten, was für eine Wucht entstünde da.«
Sie hat Domru nicht überzeugen können, auch nicht, als er nackt mit erlahmter Wollust neben ihr lag, seine Gedanken dem Gähnen nahe, seine Einwände ein eingestürztes Gerüst …
Sie kann den Sturm riechen, der am Himmel zu einem zaghaften Leuchten verheilt ist. Um ihre Jolle herum Schaum auf schwarzen Wellen. Cya schließt die Augen und sieht Onkel Host auf dem Küchenhocker, sieht, wie Mutter ihm die Haare schneidet und wie sie sich bückt, eine weiße Locke vom Boden aufhebt, um ihren Finger wickelt und sagt: »So was Schönes möchte ich auch mal haben.« Das Murmeln des Meeres hallt tiefer. Eine Böe schlägt ihr ins Gesicht. Die Jolle krängt von Seite zu Seite. Cya ruft etwas aus, eine Beschwörung ohne Worte. Gleich wird sie aus der Zeit fallen. Oder kentern.
Gestern gen Mitternacht, sie hatten sich in Abwesenheit eines verräterischen Monds schnell ausgezogen, um in den See hinter Palmen und Pimentbäumen zu gleiten, hat sie versucht, Fliege anzustacheln. Größer zu denken, mehr zu wollen. Es war wohl ungünstig, einen rebellischen Geist beim Planschen anzusprechen, zumal von der letzten Beute noch einige Kisten und Fässer übrig waren, Tauschgüter genug, um den Sommer der Stürme zu überstehen.
»Gemeinsam«, flüsterte Cya, »mit vielen anderen, nicht nur wir hier in unserem Lager, mit anderen Banden, es soll viele von ihnen geben in all den Buchten, auf Tortuga und auf New Providence, überlege dir mal, was da möglich wäre, stelle dir doch mal vor, wenn wir uns vereinen würden, wenn wir überlegt vorgingen, nicht so zufällig und schnell verweht wie bisher.«

»Mehr Beute, meinst du?«, fragte Fliege, auf einmal sehr interessiert.

»Mehr Leben, für uns, für die Sklaven und Matrosen, die sich uns anschließen werden, für alle.«

Fliege näherte sich ihr, mit einer Stimme wie ein Köder.

»Wie soll das gehen? Wir sind ihnen unterlegen. Wir leben, weil uns niemand sieht, wir überleben, weil wir aus dem Nichts kommen und im Nichts verschwinden.«

»Wir könnten mehr sein. Viel mehr. Und was unsere Schwäche betrifft, das täuscht, die Macht ist ein Mangobaum, ein großer Baum, die Wurzeln tief in der Erde vergraben, stämmig, prachtvoll, mehr als hundert Jahre alt.«

»Na und, die Frucht schmeckt trotzdem wie Seife.«

»Du hast Hornhaut auf dem Gaumen.«

»Keine Ahnung, was Gaumen ist, aber Hornhaut ist anständig.«

Cya kippte auf einmal um, ihre Füße weggezogen, sie sank, Fliege auf ihr, sie sanken beide hinab zum Grund. Sie umklammerte Fliege, so fest sie konnte. Sie wälzten sich über den schlammigen Boden des Sees. Bis Fliege als Erster nach Luft lechzte und sich mit erstaunlicher Kraft zur Wasseroberfläche katapultierte. Während sie prusteten, kam eine ungewohnte Verlegenheit zwischen ihnen auf. Unterbrochen von einem Ausruf – »Was tut ihr da?« –, worauf Fliege »Scher dich zum Teufel« rief, die Stimme fester und tiefer als soeben, »was ich mit meiner Braut treibe, hat dich nicht zu kümmern.« Die Stimme antwortete etwas, das nach Bedauern klang. Sie duckten sich ins Wasser, bis zur Mundlinie.

»Lass uns ein wenig warten, bevor wir zurückkehren. Ich konnte nicht erkennen, wer das war, also weiß ich auch nicht, wie groß seine Nase ist. Was wolltest du mir übern Mangobaum weismachen?«

5 Minuten!

Cya starrt von der Jolle aus ins Wasser, das Meer weiterhin ein Wunder, die Erinnerung an letzte Nacht ein Rätsel.

Wieso findet sie dieses grobschlächtige Wesen, das sie gelegentlich zur Weißglut bringt, so anziehend? Wieso legte sie ihre Hände in einer geschwisterlichen Geste scheu auf Flieges Schultern?

»So ein Mangobaum erscheint unangreifbar, bis ein Vogel daherflattert, ein kleiner bunter Kolibri, und ein wenig Schiss fallen lässt, darin ein winziger Samen, ein Samen des Würgefeigebaums, der fällt in eine morsche Verästelung, fasst Wurzeln, gedeiht. Was danach geschieht, muss ich dir nicht erklären, der Würger wächst von oben nach unten, allmählich, eines Tages umschlingt er den gesamten Baumstamm, und der mächtige Mangobaum stirbt. Weißt du, wieso? Weil der Würger sich so ausgebreitet hat, dass er alles Sonnenlicht für sich vereinnahmt.«

»Also, abgesehen von deinen dicken Worten, und die können mir gestohlen bleiben, wer ist in der Geschichte wer? Bin ich der Mangobaum und du die Würgefeige, was? Sperr mal deine Lauseohren auf: Du bist nicht von dieser Welt, und dieser Vogel hat dir in den Kopf geschissen. Wir sollen den König samt seinen Kolonien erwürgen? Leidest du am Mondsiechtum?«

»Du glaubst, es ist zu schwierig?«

»Kein bisschen möglich und ohne Sinn. Mein Vater, der sagte immer, denk nie größer, als du bist. Ich hab einen Kopf größer gedacht, das hat mich gerettet. Du aber, du bist ein Maulwurfshügel und denkst wie ein Vulkan, das geht schlecht aus, das nimmt ein übles Ende. Wozu das Ganze? Wir haben's gut, so gut wie noch nie. Wenn du uns schon mit Bäumen vergleichst, sind wir eher Mimosenbäume, wir öffnen uns, wenn die Sonne scheint, genießen, was es gibt, und wenn die Sonne verschwindet, verschließen wir uns und planen für die nächste Sonne. So einfach ist das. Was du nicht schlucken kannst, das wird dich erwürgen.«

»Was ist mit deiner Rede?«
»Welche Rede?«
»Die du vor dem Henker gehalten hast.«
»Ein letzter Tritt in deren Arsch. Wenn du gleich dahin bist, gibst du was Gepfeffertes von dir, aargh!«
»Was du gesagt hast, glaubst du daran?«
»Jedes Wort.«
»Dann musst du es weiterdenken.«
»Ich muss gar nichts.«
»Wie können wir –?«
»Wir? Was für wir denn?«
»Ohne Wir ergibt nichts einen Sinn.«

Außerhalb der Bande gibt es kein Wir!

Cya ist froh, daheim zu sein. Um sich auf den nächsten Aufbruch vorzubereiten. In neuer Verkleidung. Sie wird sich in der angepeilten Hafenstadt als Schiffbrüchige ausgeben, die den Piraten entkommen sei, als Enkelin einer Freundin der Tante des Gouverneurs (GOG: *Wie ergiebig, auf alte Stammbäume zu klettern*). Samsil wird ihr helfen, vermeintliche Spuren der Entbehrung aufzutragen, blaue Flecken, Sonnenbrand, gerötete Augen, versengte Haare. Cya wird behaupten, an Land gespült worden zu sein, ohne zu wissen, wo sie sich befindet, nur einen Fieberschub vom Delirium entfernt, mit zerrissenen Kleidern und verkrusteten Lippen wird sie in die Zivilisation taumeln, hinter Kaianlagen eine Kirche und eine Kapelle, ein Gericht und ein Gefängnis, mehrere Tavernen und einige Bordelle, ein stolzes Städtchen, würde der Wind nicht so ungünstig wehen, vom Westen her, wo sich ruchbar der Darm des Imperiums entleert. Cya findet Aufnahme in der Residenz des Gouverneurs, kaum hat sie sich ausgegeben als jene, die sie zu sein vorgibt. Sie erscheint als willkommene Abwechslung in erdrückender Schwüle, eine frische Brise aus dem Mutterland. Beim ersten Abendessen, in einem übergroßen Kleid der Haushälterin, das sie in eine Vogelscheuche verwandelt hat, in Anwesenheit eines Offiziers mit schnittigen Manieren und eines Männchens mit schatzmeisterlichen Qualitäten, fragt der Gastgeber, kaum ist der Hauptgang serviert, schmatzend und so umständlich, wie er die Erbsen auf die gewölbte Seite seiner Gabel schiebt:

»Ich denke, Sie haben Schreckliches erlebt, also, wenn ich mir das vorstelle, wie haben Sie sich, nun, wie haben Sie sich gegen die Piraten gewehrt, ich meine, gegen deren, ähm, Avancen?«

»Mit Blut.«

»Sie haben gekämpft?«

»Ich habe mir auf die Nase geschlagen.«

»Das hilft?«

»Ja, wenn Sie das Blut dort verteilen, wo es Männer abstößt.«

»Erstaunlich. Diese Monster lechzen doch nach Blut. Das lockt sie an, wäre ich anzunehmen geneigt gewesen.«

»Es sind Piraten, Eure Exzellenz, nicht Vampire.«

»Vampire? Was ist das, wenn ich fragen dürfte?«

GOG: *Damals in diesen Breiten unbekannt. Dringender Rückzug geraten.*

»Ach, das habe ich aus einem dieser Bücher, wie Ladys sie so gerne lesen, zum Zeitvertreib, eine ganz und gar ausgefallene Geschichte, von Blutsaugern.«

»Lassen Sie sich nicht täuschen, Gnädigste. Die Piraten haben den Wahnsinn im Herzen, das sind Mörder, die jede Unschuld zu vergewaltigen trachten, die mit Lust quälen und aus teuflischer Laune.«

»Übertreiben Sie nicht ein wenig?«

»Der hochverehrte Gouverneur übertreibt niemals. Sie hassen uns so sehr, wenn sie könnten, würden sie uns tatsächlich aussaugen und auffressen. Wie Ihre, wie hießen die noch einmal –«

»Vampire.«

»Wir müssen sie vernichten. Mit eiserner Hand. Ansonsten droht uns Schlimmstes. Wir müssen jetzt zuschlagen, wir müssen die Zeit der Bukanier beenden, um die Ära der Gouverneure einzuläuten.«

»Vortrefflich formuliert.«

»Wir werden nicht ruhen, bis auf jedem Spieß der Kopf eines Piraten steckt.«

»Ich vermute, Eure Exzellenz haben diesbezüglich bereits Erfolge vorzuweisen?«

»Wer uns in die Hände fällt, wird gehängt.«

»Ohne Erbarmen?«

»Wir können uns Erbarmen nicht leisten, Gnädigste. Es gibt zu viele Verwirrte in dieser Kolonie, die betrachten die Piraten als Helden. Nicht nur hier bei uns. Vor kurzem schrieb mir mein Bruder aus den Carolinas, dort sei eine Bande vor Gericht gestellt worden, und was taten die braven Bürger der Stadt? Sie stürmten das Gefängnis und befreiten die Piraten. Seeleute stießen hinzu, der Mob schwoll an, bis er dreihundert Seelen stark war, nahm Offiziere als Geiseln, verprügelte den Hilfssheriff, attackierte das Rathaus. Nur der schnelle Einsatz einer Kompanie hat Charleston gerettet.«

»Wie ich nicht müde werde zu wiederholen, der Mensch begünstigt sogar Schädlinge, wenn er auf eigenen Profit hoffen darf.«

»Wie dem auch sei, der Galgen kümmert sich nicht um Gründe, und ein Gehenkter hat keine Gönner mehr.«

»Wie wahr, wie wahr. Gerüchte erteilen keine Befehle, wie ich zu sagen pflege.«

(GOG: *In dieser Region gibt es eigentümliche Sprichwörter.*)

»Und doch müssen wir ernst nehmen, was uns zugetragen

wird. Angeblich sammeln sich Hunderte von Piraten im Golf von Darién, und neulich erst erhielten wir Bericht, es trieben drei Banden ihr Unwesen zwischen den Inseln der Bahamas. Das sollte uns als Warnung dienen. Wenn wir nicht entschieden handeln, werden diese Inseln zu Piratennestern. Wenn die Piraten ihr eigenes Commonwealth errichten, wird keine Macht der Welt in der Lage sein, es mit ihnen aufzunehmen.«

»Der Lieutenant hat recht. Wir dürfen die Gefahr nicht unterschätzen. Bei uns lungern so viele Störenfriede herum, irische Bettler, schottische Royalisten, verbannte Hugenotten, geächtete Abtrünnige, verbissene Ketzer, Streithähne, Propheten des Unfriedens, Giftmischer, überall, unter den Mägden und den Leibeigenen und sogar unter den Sklaven. Wenn die zum Pöbel werden, ist alles perdu, wenn der Pöbel mal am Tor steht, Gnade uns Gott, dann ist alles zu spät. Ich schwöre Ihnen, meine Liebe, schlechte Vorbilder müssen sofort gejätet werden –«

»Mit Haut und Wurzeln, raus, raus, raus.«

»Sie haben Angst vor dem einfachen Volk?«

»Ich muss Sie bitten, der Gouverneur kennt keine Angst!«

»Nicht doch, seien Sie nicht so übertrieben heroisch, Lieutenant, wo soll das hinführen? Selbstverständlich habe ich Angst. Um unsere Schutzbefohlenen, um jemanden wie Sie, mein schönes Kind, Sie haben ja keine Vorstellung.«

»Vielleicht braucht es hierfür gar keine Vorstellungskraft.«

»Sie meinen?«

»Ach nichts, ich bin durcheinander, so viele verwirrende Aussagen, wie soll das alles Platz finden in meinem Köpfchen? Und alles so widersprüchlich. Sie werden es kaum glauben, aber unter den Piraten geht das Gerücht, einer von denen sei Ihnen entwischt. Die prahlen eifrig mit dieser Geschichte.«

»Lügen. Wer das Gesetz nicht achtet, der hat auch für die Wahrheit nichts übrig.«

»Wer soll das gewesen sein?«

»Einer ohne Namen.«

»Namenlose gibt es nicht.«

»Sie können den Vorfall unmöglich vergessen haben, Eure Exzellenz. Der Pirat war kein Mann, wie es den Anschein hatte, sondern genau besehen eine –«

»Na was denn?«

»Eine Frau! Die sich angeblich unter dem Galgen in Luft aufgelöst hat.«

»Was für eine dumme Mär.«

»Wir sind der Wahrhaftigkeit verpflichtet, Lieutenant. Ich gebe zu, es hat so einen Vorfall gegeben, nicht dieses Auflösen in Luft, das ist Humbug. Wir waren abgelenkt, ein kleines Feuerwerk, und er – oder sie – war verschwunden. Eine Befreiungsaktion, höchst wahrscheinlich. Grämen Sie sich nicht, Lieutenant, das ist geschehen, bevor Sie zu uns abkommandiert wurden. Ich habe Stillschweigen angeordnet, um den Piraten nicht einen Wunderschein zu verleihen.«

»Keine Sorge, wir werden auch diese Bestie fangen.«

»Vielleicht sogar schon bald?«

»Ja, beten Sie, beten Sie, mein unschuldiges Kind, für unseren Erfolg.«

»Ich könnte mehr tun als beten.«

»Wie meinen, Verehrteste?«

»Ich weiß, wo sich die Bestie aufhält.«

»Sie meinen nicht etwa den Ort, wo Sie gefangen gehalten wurden?«

»Genau dort. Sie ist die Anführerin dieser Schar. Sie trägt schwarze Kleider ohne Saum, um sich zu schützen vor dem bösen Blick, sie ist grausam und wild, vor allem in der Früh, bevor sie etwas trinkt, was abscheulich stinkt, das besänftigt sie ein wenig, erst danach trauen sich die anderen in ihre Nähe.«

»Ach, Gnädigste, Sie müssen tausend Tode erlitten haben.«

»Sie schützte mich, wegen meines Geschlechts, vermute ich. Sie lockerte meine Fesseln, wie sonst hätte ich fliehen können?«

»Wie bedauerlich, dass Sie uns nicht zeigen können, wo sich dieses Lager befindet.«

»Wieso sollte ich Ihnen das nicht zeigen können?«

»Nun, wissen Sie, die Inseln schauen alle gleich aus, es wird uns wenig helfen, wenn Sie einen Hügel und eine Bucht und einen Strand beschreiben.«

»Geben Sie mir eine Karte, und ich werde Ihnen halbwegs genaue Auskunft erteilen.«

»Glauben ist gut, Misstrauen ist besser. Alter Soldatenspruch.«

»Mir können Sie misstrauen, so viel Sie wollen, nicht aber den Karten. Einer meiner Onkel war Kapitän. Er nahm mich mit, auf eine seiner Reisen, die ihm wenig gefährlich dünkte. Von ihm habe ich Navigation gelernt.«

»Sie sind eine ungewöhnliche junge Frau.«

»Formidabel. Also, wenn Sie das hinbekommen, ganz und gar formidabel.«

»Sie würden Ihrem König einen enormen Dienst erweisen.«

Cya nippt am Madeira, in Gedanken versunken, in subversiven Plänen, schon zeichnet sie mit groben Strichen eine Karte der Verwirrung, taub gegenüber dem großmäuligen Gespräch, noch vor dem Dessert gestört von GOG.

Wie lautet die Steigerung von Bärendienst? Piratendienst!

Spaßvogel.

Spaß ist ein primitives menschliches Bedürfnis, Vogel hingegen eine Auszeichnung.

Wieso?
Vögel verfügen über ein hervorragendes Navigationssystem. Besser als jede Software.

Spät am Abend liegt Cya in einem Himmelbett unter einem weißen Firmament, das als Musselin herabhängt. Sie schiebt es zur Seite, um hinauszuschlüpfen, aus dem Zimmer, tastend den Gang entlang, fernen Stimmen entgegen, den Stimmen des Gouverneurs, des Lieutenants und des Schatzmeisters, der das Abendessen lang kein Wort von sich gegeben hat, bis zum Sherry, da sprach er durch die Nase und zum offenen Fenster hinaus:

»Die Stürme heuer werden stärker ausfallen.«

Ein kleinwüchsiger Mann mit hoher Stimme, der sich nicht dagegen wehrt, unterschätzt zu werden. Die Männer unterhalten sich hinter schweren Türen. Cya kann die Stimmen voneinander unterscheiden, ohne das Geäußerte zu verstehen. Sie klettert durch ein Fenster hinaus, riecht unbekannte Blumen (*GOG ist bedauerlicherweise nicht an den Geruchssinn angeschlossen*), wird in den Arm gestochen, in den Nacken, presst den Rücken an die raue Fassade, vor ihr das Kochhaus, wo die Diener aufräumen, Schemen im müden Licht, bis sie ein weiteres Fenster erreicht, das ihr einen Blick in einen opulent eingerichteten Salon gewährt – drei Männer in unterschiedlichen Haltungen, der Gouverneur auf dem Sofa, die Beine breit wie ein aufgeschlagenes Gesetzbuch, der Lieutenant stramm aufrecht im Stuhl, der Schatzmeister mit den Händen auf den Knien und den Kopf leicht gesenkt. Er wirkt abgekämpft, fast resigniert. Der Gouverneur klatscht in die Hände.

»Zeit für Medizin.«

Ein Butler, den sie bis dahin nicht wahrgenommen hat, öffnet eine kleine Schatulle. Mit einem silbernen Löffel schöpft er aus einem der Fächer etwas Pulver, hebt den

Löffel in die Höhe, schüttelt das Pulver in ein Glas Wasser und rührt es behutsam ein, bevor er das Glas dem Gouverneur reicht.

»Zuerst etwas für das generelle Wohlbefinden. Wir wollen mit einem Löffelchen dieses Zauberpulvers alle bösen Launen vom Körper fernhalten, um hässliche Aderlässe und Einläufe zu vermeiden.«

Das zweite Löffelchen gebührt dem Lieutenant, das dritte dem Schatzmeister. Der Lieutenant spitzt die Lippen missvergnüglich.

»Scharf und bitter. Auf den Brandy freue ich mich schon.«

»Wir sind noch nicht durch. Der Gesundheit müssen Opfer erbracht werden.«

»Soll ich das nächste Mittel anreichen?«

Fragt der Butler mit einer flachen Stimme, die selbst nach eingehender Prüfung keine Rückschlüsse auf seine Haltung erlaubt. Aus einem anderen Fach der Schatulle holt er mit einem sauberen Löffel ein weiteres Pulver hervor, während der Gouverneur sich an der eigenen Predigt ergötzt.

»Es gehört zu den Vorteilen einer Versetzung in die Kolonien, dass unsereiner sich leisten kann, was zu Hause zu teuer wäre. Einfach unerschwinglich. Die Tropen seien lebensgefährlich, kolportieren Ignoranten von schwächlicher Konstitution. Dabei können wir uns schützen, mit Wissen, und Wissen kann kultiviert werden, vor allem wenn wir über die Expertise eines kundigen Arztes verfügen. Verlieren Sie das nie aus den Augen, Lieutenant. Nun folgt etwas gegen das tropische Fieber, zur Vorbeugung. Sie werden den Geschmack nicht goutieren, die Wirkung jedoch zu schätzen wissen. Ich gehe davon aus, Sie befinden sich gegenwärtig bei bester Gesundheit? Gut, und doch will ich es nicht versäumen, Sie davon in Kenntnis zu setzen, sollten Sie eines Tages Bedarf haben, dass dieses Pulver auch mächtig gut gegen Diarrhö wirkt. Der

Arzt schwört darauf. Nichts Besseres unter Gottes Himmel, behauptet er, und Sie sollten wissen, wir haben auf unserer Insel den besten Arzt, selbst auf Jamaika werden Sie keine solche Koryphäe finden.«

Die Handgriffe des Butlers scheinen einer einstudierten Choreografie zu folgen. Aus einer noch kleineren Schublade in der Schatulle holt er eine Salbe hervor, wärmt seine Hände mit Nachdruck, bevor er die Glieder des Gouverneurs einreibt, die Hände zunächst, danach die Füße.

»Ich will Ihnen nichts vormachen. Es heilt nicht, es lindert. Aber glauben Sie mir, wer an Gicht leidet, der würde für ein wenig Linderung sein halbes Herz verkaufen.«

»Wo bleibt Ihre Neugier, Lieutenant? Wollen Sie nicht erfahren, was Sie eingenommen haben?«

Fragt der Schatzmeister unvermittelt, leicht vorwurfsvoll. Weitere Erklärungen überlässt er dem Gouverneur.

»Tod kann nur durch Tod gebannt werden. Ein einfaches Prinzip. Feuer muss mit Feuer bekämpft werden. Einige der Rezepte sind aufwendig. Trocknen, mahlen, mischen. In London können Sie den Produkten nicht trauen, wer weiß, was der Apotheker zusammengemengt hat. Hier hingegen haben wir reichlich Rohstoff und alles unter unserer Aufsicht. Der Arzt hat auf unsere Anregung hin ein kleines Laboratorium eingerichtet, einige der Sklaven zu Helfern ausgebildet. Ergo verfügen wir über Pulver und Salben von allerhöchster Qualität.«

»Was für ein Rohstoff? Pflanzlich? Tiere?«

»Bestien, würde ich eher sagen. Bestien auf zwei Beinen. Wenn Sie verstehen, was ich meine.«

Das Verstummen des Lieutenants, der seine Nase tief in ein parfümiertes Taschentuch taucht, beantwortet die Frage.

»Ein Pfeiler der Medizin. Und wir genießen diesbezüglich ein ganz und gar formidables Privileg. Nichts sei geeigneter, nach Meinung der Ärzte, als der Schädel, das Herz und das Knochenmark eines Ertrunkenen oder eines Gehenkten. Es sei entscheidend, dass ein plötzlicher Tod vorausgegangen ist. Bei einem zuvor gesunden Menschen. Wer will schon warten, bis ein Ertrunkener an Land geschwemmt wird, und frisch ist so ein Leichnam bestimmt auch nicht mehr.«

Der Gouverneur genehmigt sich eine dramatische Pause. Wie jeder, der das Monologisieren beherrscht.

»Was für ein Segen, dass wir über einen verlässlichen Nachschub an Gehenkten verfügen.«

Der Butler gießt Brandy ein. Der Gouverneur schwenkt sein Glas im Uhrzeigersinn und sinniert.

»Wohlgemerkt, der Aufwand ist nicht zu unterschätzen. Nachdem der Leichnam vierundzwanzig Stunden lang an der frischen Luft gelegen hat, wird das Fleisch in Stücke geschnitten und mit einem Pulver aus Myrrhe und Aloe bestreut. Danach wird es in Weingeist und Terpentin mariniert, herausgenommen und nach zwölf Stunden erneut eingeweicht, dieses Mal in einer Spiritusmischung, über Nacht, und schließlich zum Trocknen aufgehängt. Am Ende sollte das Fleisch geräuchert werden, einige Wochen lang, höchstens für die Dauer eines philosophischen Monats.«

GOG: *Das bedeutet vierzig Tage.*

»Wir haben bei diesem Prozess schon erhebliche Verbesserungen vornehmen können, aber wir benötigen, das ist das Alpha und Omega der Produktion, zuverlässigen Nachschub. Der Kampf gegen die Pyraterei muss ausgeweitet und verschärft werden. Wir werden selbstverständlich unseren Teil dazu beitragen. Ohne aus den Augen zu verlieren, was für segensreiche Folgen unsere Pflichterfüllung zeitigen wird. Es wäre fahrlässig, solchen Reichtum zu vergeuden. Wo doch die Apotheken in London dringenden Bedarf haben. Was liegt näher, als unser

Pulver zu exportieren? Zum Wohl des Mutterlandes. Zu diesem Zweck müssten wir größere Mengen herstellen. Die Manufaktur, die es dazu braucht, die muss allerdings erst noch errichtet werden.«

Der Lieutenant hat offenbar beschlossen, nur zu nicken, weniger schneidig als zu Beginn der Unterhaltung. Er wird sich hüten, etwas zu sagen. Er spürt gewiss, dass dies einer jener Momente im Leben ist, da ein unüberlegtes Wort die Karriere ruinieren könnte. Der Schatzmeister scheint das Interesse an seiner Umgebung völlig verloren zu haben. Auch ohne Brandy. Stattdessen gießt er sich etwas Wasser aus der Karaffe nach und beugt sich vor, den Blick zu Boden gerichtet. Der Lieutenant setzt seinen leeren Schwenker ab.

»Bevor Sie gehen, Lieutenant, eine etwas delikate Frage. Laut unserem hochverehrten Arzt ist warmer Lebenssaft geradezu ein Wundermittel. Überlegen Sie bitte, ob es sich einrichten lässt, dass wir am Sonntag, nach der Exekution – es ist eine vorgesehen, nicht wahr? – allein sind in einem Raum, allein mit dem Arzt und der toten Bestie. Machen Sie sich darüber einige Gedanken. Es muss schnell geschehen, versteht sich von selbst, das Abzapfen, je frischer, desto besser ...«

Mit gutem Gewissen führt Cya am nächsten Morgen die Admiralität Seiner Majestät in die kartografische Irre. Im Schlaf quälte sie das Bild dreier Männer, die sich an Flieges fein gemahlenen Knochen delektieren, Löffelchen um Löffelchen, Pülverchen um Pülverchen, der Gesundheit ein bitteres Opfer und Brandy für den guten Geschmack. Prosit mit Blut. Cyas langer schlanker Finger umkreist die Konturen der größeren Inseln, in deren Mitte sich schroffe Namen erheben, entfernt sich von den besetzten Gefilden, verweilt neben einer unbekannten Inselgruppe, kaum mehr als eine gestrichelte Ahnung zwischen Riff und Breitengrad, verkündet aufgeregt, dies sei der Unterschlupf der Piraten. Jaja, sie sei sich dessen sicher.

»Brechen Sie auf, Herr Lieutenant«, donnert der Gouverneur, »so bald wie möglich, mit allen Ihren Männern, räuchern Sie das Piratennest aus, führen Sie die Namenlose einer gerechten Bestrafung zu. Aber geben Sie ihr zuvor einen Namen, sonst tobt sie noch als zügellose Hexe durch die Historie.«

Die ihr verbleibende Zeit verbringt Cya mit dem verwitweten Gouverneur, dessen Tage aus kurzen Phasen der Pflicht und trägen Stunden des Genusses bestehen, auf tropischer Haut, unzufrieden mit der Luft, die ihm zugefächelt wird – nicht luftig genug –, seine Stimme bei Bedarf ölig, bei Bedarf sengend, vor allem wenn Zahlungen ausbleiben, sein Ärger über die Faulheit der Satrapen übertroffen allein von seinem Zorn über die nichtsnutzigen Sklaven, die so abgestumpft seien, selbst die Todesstrafe wirke nicht mehr als Drohung. Cya erkundigt sich, auf welchem Schiff sie die ersehnte Heimreise werde antreten können? Wann es voraussichtlich Segel setzen werde? Unter der Führung welchen Kapitäns? Ob sie mit einer eigenen Kabine rechnen könne? Und was ein solches Schiff wohl befördere, nach Hause zurück? Was England zu bieten habe, liege auf der Hand, plappert sie, erwartungsgemäß naiv, aber was könnte aus diesen unwirtlichen Gefilden zu holen sein, wohl kaum etwas Wertvolles? Sie lässt sich eines Besseren belehren, mit dankbarem Augenaufschlag, und je mehr ihr der Gouverneur den ozeanischen Handel erklärt, desto zufriedener leuchten seine Augen, in der Gegenwart von Charme und Jugend, sein Wissen gewürdigt, weswegen er Cya bittet, ein wenig näher zu rücken, und er redet weiter mit prahlerischen Händen und gichtigen Worten. Was erwähnt er nicht alles. Stumm bittet sie GOG, sich alles zu merken. Abspeichern unter *Schatzkiste*.

»Lassen Sie sich nicht täuschen von dem verschwenderischen Protz der Tropen«, sagt der Gouverneur, »wir werden all das noch in Kostbarkeit verwandeln. Darin erkennen Sie die höchste Funktion von Zivilisation, meine Liebe, die Wilden streifen durch den Dschungel, wir schreiten durch eine Plantage. Vielleicht bleiben Sie noch eine Weile bei uns, überlegen Sie es sich, ich bin mir sicher, auf unserer schönen Insel werden Ihre Reize zur vollsten Geltung gelangen, auch was meine Person betrifft, seien Sie gewiss, ich bleibe Ihr allererster Diener.«

Cya zieht sich mit Magenschmerzen von Seiner Exzellenz zurück.

Ihr Verschwinden am nächsten Morgen, noch bevor es dämmert, inszeniert sie als Selbstmord, ein Abschiedsbrief neben dem Himmelbett, ein Schal am Strand, umrankt von Algen,

Salz und Seide

Samsils Schal ein leises Grün, ihrer Iris entlehnt. Mit jedem weiteren Wort, das sie vernimmt, drückt sie ihren Handballen fester aufs Kinn, ihre Lider nur mehr einen Spalt offen, ihre Schultern angespannt. Cya erzählt weiter. Es muss sein. Samsil würde gern weghören, ihr Mitgefühl so stark, es drängt sie, Augen und Ohren zu verschließen. Cya hingegen erträgt das Leid anderer mit eiserner Ungeduld. Es spielt keine Rolle, wann und wo sie dieses Leid erfährt. Alles, was sie erlebt, empfindet sie als Gegenwart. Das Wort »damalsdort« fühlt sich für sie inzwischen falsch an. Sie beschreibt die Schatulle mit den Salben, den Inhalt, die Anwendung. Die Knöchel von Samsils rechter Hand beginnen, auf den Tisch zu klopfen, wie ein Hilferuf, bis es schmerzt, weil Cya nichts auslässt, auch nicht die heilsame Wirkung von frischem Menschenblut. Samsils Augen ent-

fernen sich voneinander, auf ihrer Netzhaut Flecken wie Hämatome.
»Die Insel der eingewanderten Kannibalen.«
»Du bist grausam«, sagt Samsil leise.
»Nicht ich«, antwortet Cya mit grimmiger Trauer.
Samsil entrüstet sich schnell. Cya misstraut der Entrüstung. Zu viel Empörung lähmt. Empfindsamkeit mästet sich selbst. Wer aus seinen eigenen Tränen eine Suppe kocht, hat Charqui einmal gesagt, dessen Brühe lehne ich ab. Sie hingegen geht auf den Schrecken zu, um ihn ertragen zu lernen. Sie hat kein Recht, ihn zu ignorieren. Sie stellt sich dem Schmerz, ein erster Schritt der Gegenwehr. Je öfter sie aufbricht, desto stärker zieht es sie zu den Piraten zurück, egal, wie viel ihr die Raumzeitreisen abverlangen. Samsil bleibt meist daheim und harrt Cyas Rückkehr. Daheim? Eine schwammige Vorstellung. Fragte jemand sie jetzt, wo sie zu Hause sei, antwortete Cya: »im Haus meiner Hoffnungen«. Das unterscheidet sie von Samsil, die das Warten beherrscht, die sich im Warten einzurichten vermag, unabhängig vom Eintreffen des Erwarteten. Cya hingegen rast dem Ersehnten entgegen, auch wenn sie ahnt, dass sie es nie ... Sie gehen aufeinander zu, auch im Missverständnis.
»Diese Kannibalen«, wiederholt Samsil.
Mit Zweitfrisur, fügt GOG hinzu. Cya muss schmunzeln. Und den Grund dafür der verdutzten Samsil erklären, die verständnislos den Kopf schüttelt.
Ihr Medium ist genauso humorlos wie sie, kommentiert GOG.
Bedingt sich das gegenseitig?
Mit hochprozentiger Sicherheit.
Je mehr Zeit sie miteinander verbringen, desto lustiger wird GOG.
»Diese Insel«, sagt Samsil, »ich will dahin.«
»Du willst dahin?«, fragt Cya, unsicher, ob sie die Absicht gutheißt.

»Ja. Nicht zum Gouverneur, im Gegensatz zu dir kann ich mit solchen Widerlingen nicht umgehen. Ich kann sie nicht einmal anschauen.«
»Das Widerliche hat seinen eigenen Charme.«
»Wie bitte?«
»Hat Domru neulich zu mir gesagt. Verwirrend.«
Jemand steckt seinen Kopf in ihr Gespräch und ruft ihnen ins Gedächtnis, das Wasserfest habe begonnen. Sie bedanken sich. Ein Fest, das beiden wichtig ist. Das Pläneschmieden kann warten. Wie alle anderen auch tragen sie einen Tonkrug zum Ahornplatz, tröpfeln zur Begrüßung etwas Wasser in eine kleine Tasse, aus der reihum getrunken wird, bevor eine jede mit Wohlgemut verkündet: »Dein Wasser schmeckt, dein Wasser ist gut.« Spätestens beim dritten Schluck stellt sich die Frage nach Abwechslung. Leicht zu beantworten. Was ist Wein, wenn nicht Wasser und ein Bodensatz Vergänglichkeit? Krüge weichen Flaschen, es wird eifrig kredenzt, Wortwechselspiele steigen als Luftschlangen in den nächtlichen Himmel.
»Ich habe, während du weg warst, ein wenig recherchiert«, sagt Samsil. »Alles, was ich über jene Menschen finden konnte, die Maroons genannt wurden. Wusstest du, auf manchen der Inseln waren sie so zahlreich wie die Versklavten. Im Landesinneren, in den Bergen, in unzugänglichen Tälern. Sie lebten in eigenen Dörfern, über Jahre und Jahrzehnte hinweg, frei und unbeugsam.«
Samsil trinkt wenig, sie misst jeden Schluck in Tropfen, für Cya besteht ein volles Glas aus drei Schlucken. Sie spürt sich ins Erdreich wurzeln.
»Ich habe einen Brief des Gouverneurs gefunden, ich muss dir einen Ausschnitt daraus zitieren –«
»Später, nicht jetzt.«
»Doch, jetzt. ›Täglich werden Aufseher ermordet, Plantagen niedergebrannt.‹«

»Koste mein Wasser.«
»Er schreibt über die weitverbreitete Furcht, vor den Rebellen, und vor den eigenen Sklaven, die rebellieren könnten.«
»So ein leckeres Wasser habt ihr noch nie probiert.«
»Er behauptet sogar: ›Wir befinden uns in einer höchst bedrohlichen Lage.‹«
»Wasser, Wasser, Wasser.«
»Hast du mich gehört? Meinst du, er hat übertrieben?«
»Vielleicht, ein wenig, um mehr Truppen zu bekommen.«
»Wohl gegeben.«
»Wohl erhalten.«
»Bemerkenswert, dass die Maroons überhaupt erwähnt werden. Das beweist ihre Stärke. Wären sie bedeutungslos gewesen, ihre Existenz wäre aus den Annalen getilgt worden.«
Um sie herum Menschen im Lampionlicht, die zu inneren Rhythmen tanzen, zwischen Wasser und Wein.
»Ach«, ruft jemand aus, »gibt's hier Flüssiges aus dem Damalsdort?«
An Festtagen wird alles auf die Schippe genommen. Auch Raumzeitreisen. Cya schenkt dem Mann Wein und eine gepanschte Geschichte ein, da verzieht er die Miene und behauptet, der Wein sei sauer. Sie erwidert, sein Gesichtsausdruck habe den Wein säuerlich gestimmt.
Es schwemmt die beiden durch die Menge.
»Das Entscheidende für unsere Pläne ist«, fährt Samsil fort, »dass die Sklavin ihren Herren zahlenmäßig weit überlegen waren. Schwer zu glauben, von zehn Menschen waren neun versklavt.«
»Keine ohnmächtige Minderheit.«
»Ganz im Gegenteil – eine gefährliche Mehrheit. Wer die Überfahrt überlebte, war von Natur aus stark, von Haus aus ein Kämpfer oder eine junge kerngesunde Frau, und als sie sahen, wie die anderen sich zu Tode schufteten ...«

Im Hintergrund spielt »Lauter Ausnahmen«, eine Band für jene, die keiner Band angehören wollen. Cyas Schwester mischt die Geige unter den Gesang. Viele Unbekannte sind zum Fest angereist, aus allen Nachbarschaften. Hier wird besser gefeiert als anderswo. Cya und Samsil werden aufgehalten, befragt von festlich gelösten Zungen, von einem Unbekannten, jung wie seine Neugier, der zum ersten Mal in seinem Leben aufgeregt einer Chronautin gegenübersteht.

»Wenn ihr etwas im Damalsdort ändert, kann sich da nicht etwas bei uns verändern?«

Eine Frage, die immer wieder gestellt wird, ob im Herbarium, vor dem Spielplatz oder unter Passantin zur Mittagszeit im Schatten der Pergola. Es wäre unhöflich, darauf nicht einzugehen, egal, wie oft die Frage wiederholt worden ist. Die brüske Antwort würde »Nein« lauten und niemanden befriedigen. Schon scharen sich weitere Gastlinge um Cya und Samsil. Ernsthafte Antworten öffnen die Tür zu besseren Fragen. Bitte ausführen, genauer, auch die Gründe, und was ist mit den Zusammenhängen, die sich uns nicht erschließen, wir haben großes Interesse und einen Rhabarber Tonic in der Hand, eine Spezialität an diesem Ort zu diesem Anlass (Cya muss an Hick'n'Hackney denken und an seinen Rumfustian. Andere Zeiten, andere Bowlen).

»Nein, bei uns verändert sich nichts, kann sich nichts verändern, weil sich das Universum unentwegt verzweigt. In alternative Raum-Zeit-Linien. Diese Linien führen zu variierten Folgen von ursprünglichen Ereignissen.«

»Warte, warte.«

»Nicht so schnell.«

»Wer soll da mitkommen?«

»Wie häufig geschieht so etwas?«

»Sehr häufig.«

»Tausende Male?«
»Millionenfach.«
»Und wie viele dieser alternativen Universen ähneln unserem?«
»Keine! So wie keines der alternativen Universen einem anderen ähnelt.«
»Wie kann das sein?«
»Soweit wir wissen, sind wir die einzige friedliche Welt.«
»Das ist ein Scherz.«
»Kann doch nicht wahr sein!«
»Schrecklich, schrecklich.«
»Was meint ihr, wieso wir mit allen Kräften gegen diesen Missstand ankämpfen?«
»Aber was kann euch schon gelingen? Eine andere, eine etwas bessere Welt, eine unter unzähligen, das ist kaum mehr, um im Bild des heutigen Festtages zu bleiben, als ein Tropfen auf heißem Sommerboden.«
»Habe ich noch nicht verstanden«, sagt ein in der Nachbarschaft überaus beliebter Eigenbrötler, der Jugendlichen Tauchen und Erwachsenen Töpfern beibringt, wenn er nicht im Energiezentrum die Aufsicht innehält, ein Mann, der alles genau nimmt und sich vor der schwer überschaubaren Wand an Messgeräten wohlfühlt, ein Mann der Apparaturen, der ausnahmsweise auf leutseligen Weinwegen wandelt. »Wieso unterscheidet sich das Leben in verschiedenen Universen so sehr? Die physikalischen und biologischen Rahmenbedingungen müssten doch überall gleich sein, und die Menschen im Großen und Ganzen auch?«
»Weil sich das Existierende in jedem Universum grundsätzlich gegen Veränderung sträubt«, antwortet Cya, ihre Stimme in einem Wettstreit der Lautstärken mit ihrer Schwester, die zusammen mit ihrer Band näher gerückt ist, ein torkelnder Takt, auf den einige der Feiernden mit gespieltem Schluckauf reagieren. Wie im Jahr zuvor, damals

aus Zufall, heute aus Absicht und somit nur noch einen Schluckauf von einem neuen Ritual entfernt. »Was existiert, hat einen Vorteil gegenüber dem, was existieren könnte. Egal, wie schlecht es sein mag. Was existiert, behauptet kraft seiner Existenz, notwendig zu sein. Was es noch nicht gibt, unterliegt einem Generalverdacht, der verhindert, dass Vernünftiges und Nützliches und Schönes sich durchsetzen. Deswegen ist es so schwierig, das, was sein sollte, herbeizuführen, egal, wie viele Menschen sich danach sehnen. Es ist so viel einfacher, das Vorhandene zu erhalten.«

Cya und Samsil werden von weiteren Fragen bedrängt, zwischen zwei Tänzen, und auch danach, als »Lauter Ausnahmen« eine Pause einlegt und jemand eine Flöte an die Lippen setzt, nachdem er vom untersten Ast eines Ahornbaums herab den Versammelten verkündet hat, er habe emsig geübt. Sein Elan rückt die Töne zurecht. Samsil fischt die Zitronenkerne aus ihrem Rhabarber Tonic und breitet sie auf einer Serviette aus, um das Prinzip des Zeit-Raum-Machtkontinuums zu erklären. Sie faltet die Serviette mehrfach zusammen, drückt fest zu, so dass die Kerne sich in den nassen Stoff bohren, bevor sie beim Auffalten zu Boden fallen. Die Serviette, erklärt Samsil, repräsentiere die strukturelle Stabilität, die Statik der kosmischen Geschichte. »Wir sind die Zitronenkerne. Wir hinterlassen einen Abdruck, Spuren unseres Wirkens, aber das reicht nicht, selbst wenn wir den Stoff durchbohren sollten, wir verändern nicht das Gefüge. Jedes Universum verfügt über eine Art Immunsystem, das Fremdkörper abweist und radikale Fliehkräfte nicht zulässt. Ein vieldimensionales System, bei dem die Struktur stabil bleibt, selbst wenn sich wichtige Elemente verschieben.«

»Wir versuchen, die Triebkräfte dieser Lethargie zu berechnen«, erklärt Samsil, »das ist eine der größten Herausforderungen der chronautischen Physik.«

GOG: *Derart komplex, es könnte sich herausstellen, dass Zahlen für die Berechnung nicht ausreichen.*
Ratlosigkeit ist allen peinlich, weswegen die Fragerei entschwebt, auf der Suche nach anderen Tanzpartnerin. Weit nach Mitternacht, als das Wasserfest sich völlig verflüssigt hat, ruft Cya mit trunkener Stimme aus: »Wir können die Kuh anders anmalen, aber nicht vom Eis der Geschichte schieben.«
Worauf ein bis dahin nicht in Erscheinung getretener Zeuge des Rausches von unter einer der Tanzbänke hervorruft: »Aber wirklich beantwortet habt ihr das nicht, trotzdem, es bleibt die Frage, die bleibt nicht nur, die wächst, also mir über den Kopf, weiß ja nicht, wie ihr mit der Frage, wieso so viele, wie nennt ihr es, Varianten, ja, so viele Varianten, die es gibt, und nur eine ist gelungen, so rundum, so wie dieses Fest, wieso, wieso, wieso?«
Es bleibt nur die Flucht in den Trinkspruch.
GOG: *Rum her, Rum her, oder ich fall um!*
»Warte. Was habe ich da gehört. GOG hat ›ich‹ gesagt.«
Ein Zitat.
Von wem?
Urheber unbekannt.
»Dieses ›ich‹ kam GOG locker über die Lippen.«
Weder Lippen noch Ich!
»Na dann, auf unser Wohl und

auf gut Sicht!

als Verbannte – berichtet Samsil nach ihrer Rückkehr – sei sie an der Mole der Hafenstadt aufgetaucht, als Ausgestoßene sei sie einem Schiff entstiegen, dass noch zu entladen sein würde. Als Rechtschaffene, mit Wut im Bündel, als Ketzerin, die auf die Freiheit des Gewissens beharrt, egal, ob es vereinbar ist mit den herrschenden Gesetzen.

Weswegen sie von einer Perücke, so ihre vorbereitete Geschichte, sollte jemand sie ausfragen, zu lebenslanger Deportation verurteilt worden sei.

»Bald schon saß ich auf einem Ringsenwagen, vor mir ein Maulesel, neben mir ein Händler. Er fragte nichts, sagte nichts, bis er einige Stunden später auf ein Anwesen zeigte. Wie auf Stelzen, so sah es aus. Dort werde er erwartet, ich möge mit Gottes Segen den Ort meiner Bestimmung erreichen. Wenn er sich einen Ratschlag erlauben dürfe, weiter hinaus als die Zuckerrohrfelder sollte ich mich nicht wagen. Es habe Überfälle gegeben in letzter Zeit. Sie fliehen nicht nur, sie schlagen zurück, sagte er. Zu Fuß folgte ich einem Pfad, breit genug für einen Karren. Menschen sah ich nur aus der Ferne. Stumme Gestalten. Auf einmal ein Wiehern. Schneller, als ich mich versehen konnte, blickte ein Reiter auf mich herab. Ein Soldat, wie ich erkannte, zu spät, um mich in die Büsche zu schlagen. Er warnte mich, nicht weiterzugehen, nicht weiter als bis zum Kapok auf dem Hügel. Er wies auf einen gewaltigen Baum, um Dutzende Meter älter als die Kolonie. Es kann Ihnen Schlimmes widerfahren, junge Maid, sagte er mit Nachdruck und einer Neige Courtoisie. Ich dankte ihm und ging weiter. Mein Bündel, das mir beim Packen leicht erschienen war, wog nun schwer. Meine Sohlen zu dünn, um mich vor den Dornen und Steinen zu schützen. Ich näherte mich einer Farm, die armselig wirkte. Überall spross Unkraut, so als würde es angebaut. Ein Mann, der Hühner fütterte. Sie gackerten, er starrte mich finster an. Wie eine Erscheinung, die nichts Gutes verheißt. Er schwieg über meinen Gruß hinweg. Er blickte sich um, als hätte er Sorge, dass uns jemand beobachtet. Er reichte mir eine Schale Wasser, wartete ungeduldig darauf, dass ich trank, zog die Schale hastig an sich und stellte sie auf einem Stein ab. Er gab keine Antwort. Bevor er sich wieder den Hühnern zuwandte, halbierte seine Hand den Horizont. Ohne mich anzusehen, spuckte er einige Worte aus. Hier böse, sagte er, dort schlecht. Mehr nicht. Nicht einmal ein Abschied. Hinter meinem Rücken spürte ich seine Erleichterung. Seine Warnung galt dem Wald vor mir und dem Land hinter den Hügeln. Meine Richtung. Tief in den Wald hinein, wo ich nichts erkennen konnte außer dichtes Grün. Gedämpfte Dunkelheit und unbekannte Geräusche. Die machten mir Angst, wie jedes Geräusch, das dich blind erreicht. Als mir die Sonne ins Gesicht schien, stand sie halbhoch. Im Tal, weit unterhalb von mir, sah ich Rauchschwaden. Ich hätte die Nacht in diesem Wald verbracht, wäre ich nicht plötzlich am Arm gepackt und zu Boden gerissen worden. Eine Stimme sagte etwas Unverständliches, das mein Medium nicht zu übersetzen vermochte.«

GOG: *Vermutlich ein lokales Patois, in seinen Anfängen, wahrscheinlich voller palataler Verschlusslaute. Eine Abgleichung von Herrschafts- und Trägersprache wäre angebracht gewesen.*

Es können nicht alle so gut sein wie GOG, widerdenkt Cya.

»Ein halbes Dutzend Männer um mich herum. Die meisten von ihnen mit Macheten oder Stöcken in der Hand. Sie redeten auf mich ein. Ich bedeutete ihnen in allen erdenklichen Gesten, ich sei in Gefahr. Dort, wo ich herkomme. Ich sei auf der Flucht. Sie beratschlagten sich, auf den Fersen hockend. Bis einer von ihnen sich erhob, ein weiterer, und noch einer. Bis sie alle nacheinander aufstanden und sich entfernten und ich nur noch ihre Rücken sah, zerrissener Stoff, nackte Haut. Ich folgte ihnen, auf Abstand. Ich wartete darauf, dass sie sich umdrehten, mich davonscheuchten. Sie beachteten mich nicht. Ich hinterher. Durch das Dickicht. Zweige und Lianen schlugen mir ins Gesicht. Ich sah die Wülste auf ihren Rücken. Der Urwald zerriss die Fetzen. Die Narben peitschten mir ins Gesicht. Ich konnte mich kaum mehr auf den Beinen halten.

Mir wird schummrig vor den Augen, die Männer weg, ein feiner Herr vor mir, aufwendig gekleidet, auf einer Veranda, hin und her, mit einem Buch in der Hand, in dieses Buch vertieft, seine eigenen Memoiren, laut vorlesend, ein gewisser Mr. Thomas, Esquire, zweitgeboren, wohlerzogen, vor seinem prachtvollen Anwesen, statt Buch eine Geißel in der Hand, die er über den Kopf schwingt, um Männer auszupeitschen. Ohne Strafe keine Ordnung. Ohne Strafe keine Waage. Ohne Strafe kein rechter Winkel. Ohne Strafe keine Planung. Ohne Strafe keine Sicherheit. Mr. Thomas zählt die Schläge nicht, sein Arm wird nie erlahmen. Bei vorbeugenden Maßnahmen kommt es auf die Zahl der Schläge nicht an.
Eine Ranke fesselte meinen Arm. Ich schrie auf. Die Männer im Wald drehten sich nicht um. Sie flohen vor Mr. Thomas, der seine Lektionen in ihre Wunden rieb, mit Salz, Chili, Urin. Ich fiel hin. Schlug mir das Knie an einer Wurzel auf, sprang auf, hastete den Männern hinterher, Schemen, die ich erahnen konnte, vor mir in der Tiefe des Waldes, fernab der Gerechtigkeit von Mr. Thomas, dem Wohlangezogenen, dem Zweitgeborenen, der jede Anmaßung bestraft, selbst die Frechheit eines Blicks. Der Mann, der vor mir durch das Gehölz brach, wird nackt an einen Pfahl gefesselt und mit Sirup übergossen (GOG: *Was für ein Sirup?* Cya: Pssst). Moskitos, Mücken. Im Wald Stille. Eine penetrante Stille bullerte mir im Kopf. (Cya: Samsil ist für solche Erfahrungen zu sensibel. GOG: *Laut Aufzeichnungen wurde einer der Sklaven gezwungen, in den Mund eines anderen zu scheißen, danach wurde dem Bestraften der Mund geknebelt.* Cya: Schweig!) Ich konnte nicht weiter. Kein einziges Mal drehten sie sich nach mir um. Das Tageslicht versickerte, die Schemen verschwanden. Wie vom Erdboden verschluckt. Erst nach einigen Schritten begriff ich, die Männer waren auf eine Graskoppel getreten,

der Wald lag hinter uns. Sie schlängelten sich einen Weg ins Tal hinab. Die Rauchschwaden so nahe wie Nachbarn. Aus dem Nichts tauchte ein Kopf auf, aus einem anderen Nichts eine ausgemergelte Gestalt, bald waren sie umringt von Männern, die sie begrüßten wie Fremde, die sie umarmten wie Freunde. Ich stand abseits. Auf einmal blickten alle zu mir. Starrten mich an. Voller Hass. Oder bildete ich mir das ein? Kinder darunter. Sie kamen mir näher, bohrten ihre Finger in meine zerkratzten Arme und Beine. Ein Junge legte seine Hand auf meine und zog mich mit sich. Zu einer Feuerstelle vor einer Hütte. Dort saß die Frau, die zu treffen ich gehofft hatte. Umhüllt von einem Stoff, der schwer auf ihren Schultern lag. Sie blickte auf und bellte etwas. Später erklärte sie mir, sie habe wissen wollen, wer mich in das Dorf gebracht habe. Und wieso sie mir die Augen nicht verbunden hätten, damit ich sie nicht verraten könne. Keiner der Männer hatte eine Antwort. Sie blickten beschämt zur Seite. Die Frau mit den schweren Schultern hat sie mit einer einzigen Frage in ihren Bann gezogen. Als sie das Wort an mich richtete, sprach sie Englisch, gleichmäßig, bestimmt, mit Vokalen von anderswo.

Du hast dich verlaufen?

Ich kann mich nicht verlaufen.

Weil?

Ich nicht auf der Suche bin.

Danach schwieg sie. Ihre Art, sich zu unterhalten. Mit gehörigem Abstand zwischen den Fragen. Nach einer Weile teilte sie mir mit, ich sei der erste Mensch mit grünen Augen, den sie je gesehen habe. Als sei das wichtig. Es dauerte, bis sie akzeptierte, dass ich eine Verstoßene bin und nicht auf der Seite der Plantagen. Sie schaute mich an, als wäre mein Inneres eine Kammer mit zu viel Krimskrams.«

»Das ist doch nicht etwa Granny Nanny?«

»Ja, das ist sie, die schreckliche alte Hexe, der Überlieferung nach. Allerdings nicht alt und beeindruckender als je eine Hexe.«

»Und zu der wolltest du?«

»Was für ein Glück.«

GOG: *Gütiges Schicksal.*

»Hattet ihr während der Vorbereitung etwas Verlässliches über Granny Nanny in Erfahrung bringen können?«

»Wir haben die Legenden in das analytische System gespeist, samt den wenigen bekannten Tatsachen und einigen plausiblen Vermutungen. Das Porträt, das sich ergab, ähnelte erstaunlich genau der Frau, die vor mir auf einem Hocker saß, am Feuer, und Erdnüsse röstete. Auf dem Boden eine große Schale mit warmen Nüssen. Der Junge, der mich zu ihr geführt hatte, nahm sich eine Handvoll, zog sich zurück und harrte aus am Rand der Lichtung. Sie forderte mich auf, einen Eid zu leisten, auf Donner und Blitz. Stets den freien Menschen treu zu sein. Sonst werde mein eigener Schatten mich quälen, am ganzen Körper, ein Leben lang oder solange es eine Sonne gibt. Sie bot mir Erdnüsse an, und später eine Schlafstätte in ihrer Hütte. Auf dem Lehmboden. Alle meine Versuche, sie in ein Gespräch zu verwickeln, gingen ins Schweigen. Bevor wir uns austauschen, müssen wir uns erst kennenlernen. Sagte sie, drehte sich um und bald darauf nur noch Schnarchen. Es war zu stickig in der Hütte, um schlafen zu können, und draußen erstaunlich kühl, mitten in der Nacht. Der nächste Tag begann früh. In der Nähe Anpflanzungen von Kochbananen und Yams, verstreut zwischen Hängen und Felsbrocken. Das Land ungeordnet. Die Männer auf Wildschweinjagd. Ich stand daneben und wusste nicht, wohin mit meinen Händen.

Du hast in deinem Leben wenig gearbeitet, sagte Granny Nanny.

Ich habe viel nachgedacht.

Mit Nachdenken kann man überleben?
Oh ja.
Deine Familie ist reich?
Nicht reicher als alle um uns herum.
Erkläre mir etwas. Wieso lassen die Leute aus deinem Land alles für sich arbeiten? Wieso zwingen sie uns zur Arbeit, die Pferde zur Arbeit, die Maulesel und die Deckhengste, wieso zwingen sie das Wasser zur Arbeit und sogar die Luft?
Ich habe darauf keine Antwort.
Und du? Was ist mit dir? Du denkst nach? Und ansonsten? Stammst du aus demselben Land wie jene, die so aussehen wie du?
Ja und nein. Ich tue das, was mir Freude bereitet und andere beglückt. Wenn du es Arbeit nennen willst, kannst du es Arbeit nennen, es spielt keine Rolle.
Und niemand zwingt dich dazu?
Niemand.
Und nichts zwingt dich?
Nichts.
Du bist entweder die größte Lügnerin im Wald oder der freieste Mensch auf Erden.

Danach schwieg Granny Nanny wieder, einen Vormittag breit. Ich schleppte Steine, die entfernt werden mussten, bevor gesät werden konnte. Ich empfand Genugtuung. Auch wenn es

nur Steine waren

schwer wie Mutters Körper auf dem Küchenboden. Ein Kopf in ihrem Schoß. Dichtes weißes Haar. Wasserresistente Stiefel. Onkel Host! Mutters Hand auf seiner Schulter. Etwas stimmt nicht. Die gekrümmte Haltung seines Körpers. Die gekrümmte Haltung ihres Körpers. Auf dem

Küchenboden. Jemand versperrt Cya die Sicht. Aufgeregte Stimmen hinter milchigem Glas. Etwas stimmt nicht. Sein Kopf kippt nach hinten, die weißen Haare nicht nur weiß. Cya reißt die Augen auf und hustet, der gelbe Schleim eines Albtraums, spuckt ihn aus. Nichts ändert sich an dem Anblick vor ihr. Was ist mit Onkel Host? Auf seinem Gesicht ein Entsetzen, das sie anstarrt. Mutter blickt auf, und was sie sagt, zerschmettert die Glasscheibe. Die Schreie der Männer, Mutters Schluchzen, der Tod im Gesicht ihres Freundes. Sie fasst sich ans eigene Gesicht, als fürchte sie, es könnte entstellt sein. Mutter, die Heilerin, tastet den Kopf von Onkel Host ab, mehrfach. Er sei, sagt sie stockend, wahrscheinlich an einem schweren Schädel-Hirn-Trauma gestorben. Und da keine der Kanten in der Küche blutig ist, gibt es nur eine mögliche Erklärung. Die Nachricht zieht alle in die Küche. Sie scharen sich um Onkel Host, der auf einem Tuch liegt. Wo kommt dieses schwarze Tuch her? Wer hat ihn auf das Tuch gebettet? Einige berühren ihn, am Arm, an der Brust, einige küssen ihn auf die Stirn, einige sehen ihn nur an, eingeschüchtert von dem verknöcherten Gesicht. Mutter legt ein selbstbesticktes Taschentuch auf seine verzerrten Züge. Cya dreht seine rechte Hand um und streicht mit dem Daumen über die Schwielen. Mutter richtet sich auf, unschlüssig, bevor sie abrupt zum Fenster eilt und einen Kräutertopf aus der Stellage reißt. Sie kniet vor Onkel Host. Zupft die Blätter aus. Streut sie über den Toten, während sie ins Schluchzen fällt. Cya vernimmt Stimmen, leise, kaum verständlich. Die Küche zu eng für all die Gespräche. Lasst uns allein, bittet Mutter und scheucht alle hinaus. Außer ihrer Tochter – Nikte. Mutter untersucht die Wunde, entnimmt eine Blutprobe, kratzt heraus, was sich unter Onkel Hosts Fingernägeln befindet. Erde, was sonst. Cya, an der offenen Tür, riecht den Humus. Sie sieht Onkel Host mit seiner schiefen Mütze auf dem Kopf, sie beide unterwegs, allein, sie standen sich nahe, weit über die übliche Anteilnahme hinaus, unterwegs zu einem Aktivgebäude in einer weit entfernten Nachbarschaft, erreichbar über Flüsse und Kanäle, weswegen Onkel Host ein Boot zur Nutzung reserviert hatte. Sie karjuckelten durch eine verästelte Landschaft, sprangen ins Wasser, wo es ihnen beliebte, ließen es sich schmecken an einem Ufer ihrer Wahl. Übernachteten in einem einsam gelegenen Haus, das sie aufgrund eines Schilds auf der Böschung entdeckten: Reisende willkommen, die den 4D-Drucker bedienen und Alpakas füttern können. »Wie für uns geschaffen«, tönte Onkel Host, drückte auf einen Knopf und schlug auf einen Gong, groß wie ein Fenster zum Klang. Sie wurden behaust von zwei älteren Paaren, die sich an die Idee der Selbstversorgung klammerten, mit allen Kräften und Gästen. Eine der beiden Frauen fand scherzenden Gefallen an Onkel Host. Bis er ihren Garten lobte und sie sich über seine luftige Bewunderung ärgerte. »Unser Garten besteht nur aus Notlösungen. Hast du eine Ahnung, wie grausam die Natur ist? Eines Nachts dringt ein Maulwurf in deinen Garten, am nächsten Morgen hast du keine Kartoffeln mehr. Du fährst einige Tage weg, und ein Pilz befällt deinen Salat. Eines Frühlings hagelt es zur falschen Zeit, und du kannst die Äpfel vergessen. Frost zur Unzeit, und du hast nichts mehr zum Essen. Ohne die Vorratskammern unserer Nachbarschaft wären wir verhungert.« Onkel Host antwortete nicht. »Wieso hast du ihr nicht gesagt, dass du die Pflanzen kennst«, fragte ihn Cya vor dem Einschlafen, und er antwortete: »Das wäre ihr kein Trost gewesen.« Am nächsten Tag griff Cya ins Heu und Onkel Host in die Tasten. Nach getaner Hilfe druckte er eine Maske aus und stellte sich neben eines der Jungtiere, zwei fellfreie Gesichter, die sich zum Verwechseln ähnelten. Er riss das Maul auf und verballhornte das Wort »Alpaka«. Das Tier wandte sich ab, die

Gastgeberin schüttelte versöhnt den Kopf, die Strömung führte weiter zur Ankunft, zur größten Stadt, die Cya je erblickt hatte. Die Gebäude entlang des Flusses höher als je ein Baum und grüner. Die Anzeige der Uhr am Anlandeplatz hatte einen Zeiger und vier Einheiten. »Das reicht«, sagte Onkel Host und sprang ans Ufer (GOG: *Uhren wissen nicht, was Zeit ist*). Wenig später verschwand er in der Umarmung eines vollbärtigen Riesen. Sie klopften sich ab, als überprüften sie, ob sie noch reif für die Freundschaft seien. Der unbekannte Mann führte sie durch ein waldgroßes Gebäude. Die Fassade, erklärte er Cya, bestehe aus durchsichtigen Materialien, aus zwei Schichten, hinter der ersten die Pflanzen, hinter der zweiten die Menschen, dazwischen verschiebbare Fenster, die von außen nicht sichtbar waren. Das ermögliche Intimität ohne Abschottung. Es schien, als laubte sich das Grün ins Wohnliche. Das Gebäude erzeuge mehr Energie, als es verbrauche, wie die meisten in dieser Stadt, und jedes Bauelement, wenn es mal ersetzt werden müsse, füge sich schadlos wieder in die Natur ein. Es binde Kohlenstoff und gebe Sauerstoff ab. »So wie du, wenn du nachdenkst«, sagte Onkel Host, und sie stolperte einige Gedanken lang über diese Behauptung. Am meisten beeindruckte Cya, dass die Fassade sich von selbst reinigte. Es waren keine Robos nötig, niemand musste Hand anlegen, die Sicht von innen nach außen stets klar, im Sommer zum Teil zugewachsen, im Winter ein Panorama auf die Hügel der Umgebung. Wieso erinnert sie sich, mit Tränen in den Augen, an diesen einen Tag unter all den Tagen, die sie mit Onkel Host verbracht hat? Sie zieht sich zurück, in die Einsamkeit ihrer Trauer

und am nächsten Morgen ins menschendichte Krematorium. Es nieselt. Onkel Hosts Körper aufgebahrt, im Innenhof, unter einer Plane. Grüppchen und Geschichten, gemurmelt, geflüstert, ausgreifend einnehmend, und gelegentlich eine Vergewisserung, über den Lautsprecher, wenn jemand das Bedürfnis empfindet, alle Anwesenden daran teilhaben zu lassen, wie hingebungsvoll eigenwillig Onkel Host die Kräutersetzlinge angeordnet habe, »ein Künstler der Beete«, seine eigenen Worte, scherzhaft, und Cya hört im Kopf sein Lachen, das keinen Rückzieher macht, nicht einmal vor dem Tod. Er liegt da, in diesem Augenblick tot, in vielen anderen Augenblicken lebendig, und was erzählt wird, lässt ihn noch lebendiger erscheinen. Er war vielseitig leidenschaftlich. Auch im Spiel. Wenn die anderen ermatteten, wollte er weiterspielen. Der Weltweise setzt sich zu ihr und bricht eine Karotte entzwei. »Erinnerung«, sagt er, »ist der wuchernde Garten zwischen Leben und Tod.« Er beißt in die Karotte. Sie auch. Das Knacken klingt tröstlich. Während sie kauen, wird ein Lied angestimmt, das auch jene mitsingen, die es nicht kennen. Sie ergreift die Hand des Weltweisen und lässt sie erst los, als er sich aufrichtet. »Tot bist du erst«, sagt er tröstlich zum Abschied, »wenn dich niemand mehr besingt.«

Schwer wiegt die Ratlosigkeit auf der Versammlung, die am nächsten Tag anberaumt wird. Wer bei seinen Aufgaben nicht unabkömmlich ist, hat sich eingefunden. Mehr Menschen als üblich. Alle wollen teilnehmen, obwohl niemand eine Lösung parat hat, wie sie auf diesen Tod reagieren sollten. Üblicherweise werden Versammlungen gut vorbereitet, vorab werden Ideen und Pläne von den Initiatorin herumgeschickt, wer mit dem Thema vertraut ist, diskutiert schon mal in kleinerem Kreis mögliche Veränderungen, andere haben Muße, sich einzulesen, einzuhören, hineinzudenken. Ob im Vorfeld oder bei der Versammlung selbst, die einzig vorgegebene Ordnung ist die Abwesenheit von Anordnung. Jetzt fühlen sie sich einer unbekannten Ordnung unterworfen, der Gewalt. Wie sich wehren?

»Für diese Tat«, sagt einer, »sind wir alle verantwortlich.« Ob denn Onkel Hosts Medium Aufschluss geben könne? Fragt jemand. Onkel Host habe ohne Medium gelebt, erklärt Mutter. Weil er im Einklang gewesen sei mit dem Verhältnis von Wissen und Unwissenheit in sich. Jemand fragt, ob an dem Tag, an dem das Unaussprechliche geschehen sei, Unbekannte in der Nachbarschaft gewesen seien. Nein. Das bestätigen alle. Kein Besuch, keine ungewöhnlichen Treffen, niemand, der hereingeschneit wäre. Ein unauffälliger, in sich gekehrter Tag. Alltag, hätten die Menschen früher gesagt (GOG: *Schwer verständliches Kompositum. Das All kosmisch, wenn aber bei den Menschen etwas »alle« ist, ist nichts mehr da, und »Alltag« bezeichnet die tägliche Wiederkehr des Gleichen, was wiederum eine Umschreibung von Leere ist*). Entsetztes Schweigen, als allen bewusst wird, was dies bedeutet. »Wir sollten uns nicht gegenseitig verdächtigen«, ermahnt Mutter. Trotzdem, unter ihnen ist jemand, der etwas getan hat, jenseits ihrer Vorstellungskraft ... Sie verbringen Zeit damit, der Wirklichkeit nicht ins Auge zu blicken. Bis Nikte darauf pocht, konkrete Schritte zu besprechen. Jede Meinung sei willkommen. »Wenn niemand den Weg kennt«, sagt sie. »Kann eine jede führen«, vervollständigt Cya. Wie wird mit solchen Herausforderungen anderswo umgegangen? Sie fragen bei den Nachbarschaften nach, wo eine größere Anzahl von Menschen zusammenleben. Dort gebe es Individuen – wird ihnen beschieden –, die sich um gemeinschaftliche Verwundungen kümmern, ob sie nun gewählt oder auserwählt seien. Anderswo ruhe das vergnügte Leben, solange die Gründe nicht geklärt seien, in der tiefen Überzeugung, dass eine Gewalttat sich wie ein Virus ausbreiten würde, wenn sie nicht sofort gebannt werde. Auf manchen Inseln vor der nahen Küste kämen alle zusammen und versicherten sich gegenseitig ihrer Wertschätzung und Zuneigung, denn nur ein Mensch, der sich ungeliebt gefühlt habe, könne einen Mitmenschen absichtlich töten. Und aus einer weit entfernten Nachbarschaft erhalten sie Auskunft, erst neulich sei ein Greis gestorben, der als Einziger die Erinnerung an den letzten Fall dieser Art in sich getragen habe. Seitdem bildeten sie sich ein, mit ihm sei auch das Unheil verschwunden.

Wir sollten einen kleinen Kreis bilden, der das Geschehene aufklärt, lautet der Vorschlag, auf den sie sich einigen können. Die Teilnahme wie immer von verbindlicher Freiwilligkeit. Nikte meldet sich sofort. Zustimmendes Nicken. Jemand schlägt Tarasa vor, einen guten alten Freund von Onkel Host. Er zögert, bevor er einwilligt. Es sollte eine Chronautin dabei sein, wird angeregt. Chronautin seien vertraut mit den Epochen des Tötens. Nicht alle, sagt der Weltweise. »Genau genommen nur wenige«, ergänzt Domru und lehnt eine eigene Teilnahme ab, weil er im chronautischen Kreis unersetzbar sei. Cya traut sich nicht zu, durch die Trauer hindurch klar genug sehen und denken zu können. Samsil ist auf Raumzeitreise. Tapio wird auserkoren. Er hat die anderen öfter auf Details hingewiesen, die allein ihm nicht entgangen waren. Der Kreis steht. Morgen werden sie die Köpfe zusammenstecken. Es muss nicht abgestimmt werden, weil

niemand widerspricht

als Cya aufbricht, kaum ist Samsil zurück. Sie umarmen sich, bis Samsil spürt, wie Cyas Trauer auf sie übergeht. Cya zieht sich um, schlüpft in die abgenutzten Sandalen, betritt den nach außen gestülpten Tunnel, in dem Materie und Antimaterie sich gegenseitig Huckepack tragen, die Geschwindigkeit schneller als Sicht, schon ist es glitschig unter ihren Füßen, es regnet, so stark, sie ist im Nu durchnässt. Memo an GOG: Nächstes Mal die Wettervorhersage prüfen. GOG: *Wetternachhersage.* Wie bitte? *Präziser formuliert: Wetternachhersage.* Wenn sie nur etwas erkennen könnte. Sie wird warten müssen, bis ihre Augen sich angepasst haben (GOG: *Die Augen passen sich nicht jeder Dunkelheit an. Die Piraten tragen eine Augenbinde, um den Kohlrausch-Knick zu vermeiden und sich unter Deck sowie in Höhlen sofort zurechtzufinden, dank des dem Licht nicht ausgesetzten Auges, aber das funktioniert erst ab einer Lichtstärke von 0,001 Lux, nicht wenn es so dunkel ist wie in dieser Situation*). Das Lager muss in der Nähe sein. Aber in welcher Richtung? Cya strengt alle Sinne an. Kein Lichtblick und alle Geräusche verschlungen vom Rauschen des Regens und eines aufgerauten Meeres. Es wäre gefährlich, in der Blindheit herumzustochern. Sie könnte auf ein verrostetes Messer treten, sich den Knöchel verstauchen oder ein Bein brechen. Sie könnte von einem wilden Tier angegriffen werden. Sie könnte sich an Korallen schneiden. Stehen bleiben. Abwarten, bis sich der Sturm gelegt hat. In der Zwischenzeit könnte sie sich ein wenig mit GOG unterhalten. *Nee, das taugt die Kaffeebohne nicht,* wie bitte?, *das klingt so schlapp & schlaff,* genauso ist mir zumute, *kein Regen ist's,* sondern?, *'ne Sintflut, als wären die Wolken hochschwanger und alle Fruchtblasen auf einmal geplatzt,* GOG, das ist arg humanoid, *elend kann's einem werden, die Gedanken zum Auswringen, das Hirn ein Spucknapf des Himmels,* gut, von wem stammt das denn?, *und Getöse, deftiges Getöse, da – dort – überall stürzen Findlinge zur Erde, Echsen & Ratten, selbst die Papageien halten den Schnabel, ziehen ihre Flügel in die Höh', schließen sie zu einem Mastkorb, wer's Maul aufreißt, dem flattern Schwärme in den Schlund,* das reicht, GOG. Was sind das denn für Exzerpte?, *und kein Licht nirgends, der Mond vor Tagen auf einem lecken Boot dem Schicksal übergeben, getauscht gegen ein Fass Rum.*

GOG, genug.

Cya hat keinen Sinn für Barcke.

Was soll das sein?

Barock auf GOGisch.

Hör auf. Ich bin angespannt, ich muss das Lager finden.

Kann dich nicht leiten, nur fröhlich begleiten.

Wenn wir daheim sind, müssen wir ein ernstes Wort miteinander reden.

Oh, wem schwant Reboot?

Raumzeitreisen scheinen dir nicht zu bekommen.

Wo Cya perspiriert, ist GOG inspiriert.

Wir sollten weiter, auch wenn ich nichts sehe. Langsam, Schritt um Schritt. So ein Stillstand nach der Ankunft ist für manche schwer zu ertragen.

Male male & zugenäht, fürchterlich seriös, die Cya, muss am Sturm liegen, so 'n Niederschlag haut die Menschen um und treibt die Kriecher aus den Löchern, Spinnen flitzen über Lehm & Wand, Nattern schlängeln sich durch den Schlamm, Unkraut wuchert über das Treibholz unter der verkrüppelten Mangrove. Und die Findlinge, was ist mit den Findlingen?

GOG, halt's Maul!

Sieh an, Cya hat sich sprachlich akklimatisiert. Vor der Verstummung eine letzte Stimmung: Die Findlinge, die krallen sich auf den Palmdächern fest, trommeln wie die Wechselbälger eines brummigen Zwergs mit ihren winzigen Fäusten, kriegen keine Luft in die Lunge, Wut und blind, ihre Schläge tropfen von Himmel und Decke.

Holz. Und Schmerz! Cya ist gegen eine der Hütten gestoßen. Sie ertastet den Eingang. Drinnen, der Stimme nach, befindet sich Fliege. Tatsächlich, vage erleuchtet von einer Öllampe auf dem Boden.

»Wo warst du? Hab dich gesucht.«

»Ich habe mich verlaufen.«

»Kein Wunder bei dem Donner.«

»Ich dachte, ich finde euch nie wieder.«

»Hast was verpasst. Schlechte Nachrichten für Ketzer, die das Schicksal leugnen.«

»Bewahre uns vor Spott, Frevel und Lüge.«

»Mach dich nur lustig, du Ungläubige, das Schicksal hat seine Allmacht bewiesen. Mit Zunder.«

»Wo brennt's?«

»Immer die Nase hoch, wie? Gibt sich gleich. Rat mal, was hier liegt, in der Ecke?«

»Da liegt was?«

»Eher ein wer.«

»Ein Mensch?«

»Ein Schatzmeister.«

»Der Schatzmeister?«

»Dein alter Bekannter. Und jetzt kratzt dich mal an der Nase, wie der hierherkommt. Das Schicksal hat ihn angeliefert. Was sagst du dazu? Während du rumfleuchst, treibt's ein Schiff zu uns, vom Sturm arg gebeutelt, froh über unsere Bucht, wir heißen's willkommen, Brüder der Küste, deren Kisten voll und pralle Säcke. Nicht nur das, einen Gefangenen haben die an Bord, macht wenig Eindruck, klein und unauffällig, den übersiehst du, und die Stimme klingt wie die Fiedel von Rasin beim Entern. Ein Kerl, genau wie du den Schatzmeister beschrieben. Ich stell ihm Fragen, einfache Fragen, unschuldige Fragen, die beantwortet er, mit Misstrauen, aber trotzdem. Bis er sich ins Verderben plappert. Wer einmal zu antworten beginnt, der hört nicht mehr auf. Tatsache, es ist der Schatzmeister, auf dem Weg zu 'nem anderen Hafen, wo er nach den Büchern schauen soll, was immer das bedeutet. Dem fühl ich erst recht aufn Zahn. So, und jetzt verbeugst du dich vor dem Schicksal und tust Abbitte.«

»Ohne meine Beschreibung hättest du ihn nicht erkannt, das Schicksal hätte dumm aus der Wäsche geschaut.«

GOG: *Achtung! Anachronistische Redensart.*

»Was hat die Wäsche damit zu tun? Du redest wirr.«

Ein Schlammstrahl schießt durch den Raum, just in dem Augenblick, in dem ein Rinnsal durchs Dach bricht, die Öllampe umwirft, den Raum verfinstert.

»Wo ist er?«

»Hier unten.«

»Ist er verletzt?«

»I wo, der ist zäher, als er aussieht. Jetzt will er nicht mehr mit mir reden. Hat so gut begonnen, unser Schwatz.«

GOG: *Draußen Sintflut, drinnen Sensenmann. Fliege der Fürchterliche, Angst & Schrecken jeder Amtsstube.*

»Sei still.«

»Ich hab nichts gesagt.«

»Nicht du.«

»Wer dann?«

»Die Stimme in meinem Kopf.«

»Ach, auf das Stimmchen darfst du nicht hören. Entweder feige oder verwirrt.«

Ein Husten, auf Fußhöhe. Fliege richtet die Lampe auf und zündet sie wieder an. Cya sieht ein Bein, das sich hebt und senkt. Das Husten hört auf. Das Gesicht dessen, der allen Grund hat, Fliege zu fürchten, könnte sich verfärbt haben.

»Lass ihn frei.«

»Hast du eine Schwäche für Widerlinge? Hast du eine Schwäche für Lakaien, für schlappe Männer? Wart's ab. Alles wird er uns verraten.«

»Ich habe das Wichtige schon herausgefunden.«

»Genauer kann nicht schaden. Welcher Schatz dockt bald an, hier, in unserer Bucht zum ewigen Frieden?«

Hinter Flieges Lachen tritt jemand in die Hütte. Erneut Husten und die spöttische Stimme einer Frau.

»Mir scheint's, Hoffnung ist hier so überflüssig wie festes Schuhwerk.«

»Wer ist das?«

»Anne. Von dem Schiff, das es hergeweht hat.«

»Und ich dachte, ich bin die einzige Frau.«

»Jetzt seid ihr zu zweit.«

Fliege sagt das mit einer auffälligen Schärfe in der Stimme, was nur bedeuten kann, dass sie ihr Geheimnis vor Anne geheim halten will.

»Was machen wir mit dem Schatzmeister?«

»Er wird alles ausschwatzen, spätestens wenn er seine Hoden knacken hört.«

»Ich schlage vor, wir hängen ihn auf, an den Füßen.«

»Anne, du gefällst mir. Die Cya, die ist immer so … na … zimperlich.«

»Wieso kopfunter?«

»Weil bei uns alles andersrum ist. So schnell kann der Kerl nicht umdenken. Wenn wir ihn an den Füßen aufhängen, kann er sich einen Reim auf das machen, was er hier sieht.«

»Einfache Lösungen sind die besten.«

GOG: *Eine baumelnde Umschulung.*

»Wenn ich ihn zum Reden bringe, hört ihr auf mit der Quälerei?«

»Von mir aus.«

»Diese halbe Portion kann mir eh gestohlen bleiben.«

»Ich müsste kurz allein mit ihm sein.«

Anne ist misstrauisch, Fliege einverstanden. Beide verlassen die Hütte. Cya wartet, bis der Schatzmeister sich ausgehustet hat.

»Hör zu, es gibt keine Heldengräber, nur Löcher in der Erde für Narren.«

»Diese Stimme kenne ich«, erwidert er schwach.

»Du kennst sie. Zu dir spricht eine Tote. Verstehst du, wie schlecht es um dich bestellt ist, wenn eine Selbstmörderin dir das Leben retten muss?«

»Wieso willst du mich retten?«, fragt der Schatzmeister, als müsste Cya über ihre Motive Rechenschaft ablegen.

»Weil du ein Parasit bist, der Räubern und Kannibalen dient, und doch ein Mensch, und nichts, was du tust, kann das verändern. Du bist und bleibst Mensch und als solcher am Leben. So lautet das Gesetz.«

»Welches Gesetz?«

»Mein Gesetz, gegenwärtig nur mein Gesetz. Das wird dich schützen, wenn du mir alles verrätst, was du weißt. Denk darüber nach. Aber nicht zu lange. Es gibt Nächte zum Grübeln, und es gibt

Tage zum Handeln

sie wissen, wie beginnen: miteinander. Zunächst steht die Entscheidung an, wo sie beratschlagen sollen. Die herbstliche Wärme lockt nach draußen. Einige Passantin sind auf dem Weg zur Weinernte. Die Stimmung festlich. Ein Spruch von Onkel Host kommt Nikte in den Sinn (und gleichzeitig auch Cya, Äonen entfernt, auf einer Insel mitten in einem Orkan): Es fällt leichter, Mühsames zu tun, wenn du die Verheißung des Gelingens schon schmecken kannst. Sie entscheiden sich für eine Gruppe von Bänken im Balancierpark, unweit von zwei Kindern, die sich wundern, wieso ihre Begleiterin eine einbeinige Selbstverständlichkeit nicht nachmachen kann. Jede im Kreis beschreibt zunächst den Verstorbenen mit eigenen Worten. Damit er anwesend ist, wenn sie sich auf die Suche begeben, nach seinem ... Mörder. Tapio besteht auf diesem hässlichen Wort. Sie sammeln Beobachtungen vom Tag, an dem es geschehen ist. Unergiebige Nebensächlichkeiten. Onkel Host ist an einem unauffälligen Tag gestorben. Nach dem Aufstehen habe niemand mit ihm gesprochen. Er frühstückte kaum, einen Apfel oder einige Nüsse oder jahreszeitliche

Beeren, mit Kräutern verflüssigt, davon trank er ein Glas, und den Rest nahm er mit, wenn er früh am Morgen hinauswandelte, zum Farmgürtel. Dort draußen hat Tarasa eine Kleinigkeit mit ihm gegessen. Gespräche unter zwei Gärtnern, nichts weiter. Sie hätten die Rote Bete und einige Reihen Pflaumen zur Ernte freigegeben und seien zu Fuß nach Hause gegangen, weil sich die Sonne auf dem nachmittäglichen Himmel fläzte. Mehrmals wurden sie eingeladen, in einen vorbeischwebenden Porter einzusteigen, aber Onkel Host lehnte ab, mit einem unbeschwerten Spruch auf den Lippen, etwas über die eingeschlafenen Gedanken seiner Füße. »Ich sehe sein verschmitztes Gesicht vor mir«, sagt Tarasa, »mir ist aber entfallen, was er gesagt hat, Wort für Wort, das wüsste ich jetzt so gern.« Am Abend habe es im Gemeinhaus kein Programm gegeben, berichtet Nikte, niemand habe Onkel Host erblickt, er habe es vorgezogen, allein zu essen und zu lesen, auf dem Dach oft, inmitten von Pflanzen, mit Blick auf … »Siehst du den Horizont?«, fragte er Cya als Kind, und sie nickte. »Ist er flach oder gekrümmt?« Eine Pause. »Zickzack, oder?« (Wieso fällt mir gerade dies jetzt ein?, fragt sich Cya, der Sturm wütet vor der klappernden Tür, der Schatzmeister hustet, wieso denkt sie – wie auch Nikte – auf einmal an Onkel Host beim Tischtennisspielen, wie seine Arme die Luft aufwühlen, um den Ball nicht zu treffen, und er sich kopfschüttelnd abwendet: »Ein runder Ball, ein ovaler Schläger und ein rechteckiger Tisch, das ist mir zu viel Gegensatz.«) Auf dem Dach oben, fährt Nikte fort, habe er sinniert, vielleicht über die krause Petersilie, die habe ihm dieses Jahr Sorgen bereitet. Mehr wissen sie nicht über seinen Tag. Über seinen letzten Tag, bevor Mutter ihn am Abend auf dem Küchenboden findet. Wieso hat er so spät noch die Gemeinschaftsküche aufgesucht? Etwas gegen Durst habe er in seinen eigenen Räumen gehabt. Und er habe nie zu dieser

Zeit gegessen. Jemand muss ihn gerufen haben. Treffpunkt Küche. Ein merkwürdiger Ort für ein Rendezvous (dieses Wort stößt Cya auf, als Nikte es ausspricht, es klingt wie übergroße rote Buchstaben auf einem plumpen Umschlag). Sie werfen das Netz ihrer Erinnerungen weiter aus, gehen zurück, einen Tag, weitere Tage, bis zum Wasserfest. Kein Streit. Keine Seitenblicke. Bis zu seinem Geburtstag, den zu feiern er sich weigerte. Keine Sorgenfalten. Nichts Beunruhigendes. Nichts, was im Nachhinein als Warnung oder Bedrohung ausgelegt werden könnte.

»Lasst uns anders herangehen«, schlägt Nikte vor. »Was für Gründe könnte es geben, Onkel Host zu töten?«

»Das ist ja die Krux, ich kann keine erkennen«, sagt Tarasa. Die anderen stimmen zu.

»Wir müssen ihn anders betrachten. Nicht als Freund. Wir müssen uns dazu zwingen. Sonst werden wir scheitern.«

»Ich kann das nicht.«

»Es muss sein.«

»Ein Unfall. Ein dummer, unglücklicher Unfall.«

»Ein vertuschter Unfall?«

»Ein Wutausbruch. Und alles weitere Unglück.«

»Auch dafür braucht es einen Grund.«

»Er war ein Besserwisser. Das konnte manchmal ...«

»Sprich es aus, wir müssen alles aussprechen.«

»Er konnte einem auf die Nerven gehen.«

»Das wird niemand bezweifeln. Er hatte die Angewohnheit, andere zu bevormunden.«

»Was redet ihr da?! Wer tötet einen Mitmenschen, weil dieser meint, mehr über Ungeziefer zu wissen?«

»Wieso schaust du mich so an? Es gibt keinen Grund, einen Mitmenschen zu töten. Was soll deine Frage? Und wieso richtest du sie an mich?«

»Wie sollen wir es uns vorstellen, was soll diese sinnlose Forderung, das belastet mich, das ist alles ... ekelhaft.«

»Aus Liebe. Der einzige Grund, der mir einleuchtet. Zu viel Liebe und zu wenig Liebe zugleich.«
»Das ergibt keinen Sinn, Tapio.«
»Überlegt mal. Wo existiert das größte Ungleichgewicht? Wo unüberwindbare Ungerechtigkeit? Bei der Liebe. Wessen Liebe nicht erwidert wird, der ist arm, der ist obdachlos, der ist verloren. All das, was wir ansonsten nie sind.«
»Wenn zu viel Liebe auf zu wenig Liebe trifft, kann alles in die Brüche gehen.«
»Grauenvoll ... aber schlüssig.«
Sie einigen sich darauf, bis zum nächsten Treffen den verwehten Spuren der Liebe zu folgen.

Nach der Nachbesprechung über den Orkan, den Schatzmeister und andere unangenehme Überraschungen begleitet Domru sie nach Hause. Wortlos. Er teilt sein Schweigen mit mir, denkt Cya, wie schön. Nebeneinander durch den Wald, der Bestand anders als im Damalsdort, die Bäume weiter auseinander, das Laub weniger grün, der fremde Wildwuchs drängt in ihre Welt hinein, die Fäule der Algen überwuchert die Farne, die Eichen duften nach Meer, zwischen Rinde und Haut ein herbes Versprechen. Domrus Zunge schmeckt nach Muschel, sie stimmt sich auf ihn ein, Küsse werden Silben werden Bisse, seine Ungeduld pocht, kein Gedanke an die Mangroven, an das Moos, die Lust zerfetzt den letzten gemeinsamen Schrei, bis in seine Schallwurzeln hinein

nachher ausgestreckt auf dem Gras, bedauern beide die Kälte, die den Augenblick aus der Ewigkeit reißt. »Zieh mich an«, sagt sie, überrascht vom eigenen Wunsch. Er kommt ihm nach. Bevor er Gleiches von ihr verlangt. Die Nähe ist entzaubert. Der Wald versöhnt sie bald, mit sich selbst, mit ihrer Verstimmung und dem Mann, der neben ihr hergeht, auf Abstand, mit ausladenden

Schritten, sein Schweigen einem leisen Pfeifen gewichen, ohne erkennbare Melodie. Cya hat GOG beim Verlassen des chronautischen Kreises in den Modus Dämmerschlaf versetzt. Sie möchte Domru auf die jüngste Fehlfunktion ansprechen. Über die beunruhigenden Grenzüberschreitungen. GOG habe begonnen, sagt sie, aus dem Fundus der Literatur von einst ein eigenes Potpourri zusammenstellen, übermäßig wortreich, wie Früchtebrot mit zu vielen in Rum getränkten Rosinen.

»Bist du dir sicher, dass es sich um einen Remix schon vorhandener Texte handelt?«

»Was sollte es denn sonst sein?«

»Eigene Initiative.«

»Kreativität ist doch eine rein menschliche Eigenschaft.«

»Nur, wenn du eine klare Unterscheidung zwischen Mensch und Medium annimmst. Was war der Auslöser?«

»Ich habe keine Ahnung.«

»Es muss Anzeichen gegeben haben?«

»Kleine, ja. GOG unterbricht manchmal, ungewohnt autonomistisch, spricht mich an, zu unpassender Zeit, wie jemand auf einem Fest, der zu viel getrunken hat. Das waren Lappalien. Nicht annähernd so schwerwiegend wie zuletzt ... Ich weiß nicht, wie ich es bezeichnen soll, so etwas wie ein Kontrollverlust.«

»Was habt ihr erlebt, bevor GOG aus der Rolle gefallen ist?«

»Das weißt du doch. Wir waren auf der Insel, beim Gouverneur. Und dann das, was mit Onkel Host –«

»Zuerst Kannibalismus, dann Totschlag.«

»Sag das Wort nicht.«

»Das muss GOG traumatisiert haben.«

»Wie meinst du das?«

»Für GOG ist eine Realität, die in seinem System nicht vorgesehen ist, ein Trauma. Eine Überforderung, es kann damit nicht umgehen. Und wenn es nicht reagieren kann, verfängt es sich in alogischen Schleifen, aus denen es auszubrechen versucht. Wie evolutionärer Druck, quasi.«

»Klingt, als sei so etwas normal.«

»Seit ich dich kenne, ist nichts mehr normal.«

»Und nun?«

»Ich könnte GOG durchleuchten. Zum Zweck der Reprogrammierung, das scheint mir die einzige Lösung. Es ist offensichtlich zu eigenwillig geworden. Du musst dir wieder Geltung verschaffen. Ihr seid nicht Freunde. Es hat Aufgaben zu erfüllen, und diesen wird es immer weniger gerecht.«

»Das wäre nicht angemessen.«

»Wieso? Nichts weiter als eine vernünftige Verbesserung.«

»Eine Zerstörung.«

»Gefühlsduselei. Deine Sentimentalität erinnert mich an die Menschen, die den Löwen beibringen wollten, keine Antilopen mehr zu reißen.«

»Ich muss darüber nachdenken.«

»Was gibt es da nachzudenken. Du musst nicht alles

auf den Kopf stellen

trotz allem, es hilft nichts, ein Kapitän muss her, kein Kapern ohne Kapitän. Umgekehrt wird daraus kein Befehl. Rasin muss sich vom Fieberlager aufrichten, Cyas kalte Wickel ablegen, sich stützen auf unsicherem Schritt, um mit der Autorität seiner Pappelschneehaare den Piratenrat zu leiten, dort, wo der Strand flach ist und die einlaufende Tide einen Rattenwurf entfernt. Es dauert eine Weile, bis alle zusammengekommen sind. An der Seite Annes ein Mann mit auffällig bunten Gewändern. Fliege bemerkt Cyas prüfenden Blick.

»Zwei Namen hat er, Jack und Calico. Weil's so schön klingt. Ein Schnösel. Aber stark, mit den Händen kann er ein Goldstück brechen. Nicht nur entzwei, das kann jeder anständige Pirat, nicht nur in vier, das können andere auch, nee, der Calico Jack zerlegt mit bloßen Fingern ein Goldstück in acht Teile. Der war Kapitän auf dem Schiff, das zu uns getrieben wurde. Mein Gegner.«

»Gegner bei was?«

»Was wohl. Wahl zum Kapitän.«

»Du willst Kapitän werden?«

»Wieso nicht?«

Rasin setzt sich auf eine Beutetruhe, die für ihn herbeigetragen wurde. Mit einem Stock zieht er Regeln in den Sand, seine Stimme unangestrengt, getragen vom Rückenwind der Überzeugung.

»Gibt es einen unter euch, der unser Gesetz nicht kennt? Ich sitze auf dieser Truhe, aber was in der Truhe drin ist, das gehört nicht mir. Klar? Ich leite diese Versammlung, aber ich habe nicht mehr zu sagen als jeder von euch. Verstanden? Wir werden heute einen unter uns zum Kapitän wählen, unter einer Bedingung: Wir sind alle Kapitäne des Kapitäns. Kapiert? Was eint uns, meine Brüder? Wir sind die Feinde aller Nationen. Wir sind die Plage jeder Zivilisation. Wir sind das, was sie fürchten. Wir sind das Andere, was sie nicht zulassen. Wir sind stolz darauf, so hässlich zu sein, wie sie uns gemacht haben.«

»Ohne Fieber hast du dich kürzer gefasst«.

»Wir müssen uns einig sein. Besonders wenn zwei Banden sich zu einer neuen Rotte vereinen. Wir haben nur eine Heimat, unsere Brüderschaft. Auf mehr können wir nicht hoffen. Wir sind dort angelangt, von wo es keine Rückkehr gibt. Wer Gott lästern will, der soll es nach Gusto tun, wer gegen seinen Bruder lästert, den stecken wir in ein Fass und schicken ihn auf Wellenfang. Ich schwöre euch feierlich, ich werde jedes Gezänk im Keim ersticken!«

»Ein Wort!«
»Kein Vertun.«
»Fangen wir an.«
»Sprich, Fliege, sprich.«
»Ihr kennt mich. Bin nicht der Größte, nicht der Kräftigste, nicht der Mutigste, ich weiß besser als jeder andere, was ich nicht bin. Wenn's aber drum geht, mit Herz und Hirn zu kämpfen, bin ich vorn dabei. Ich werd uns auf Kurs halten, mit mir gibt's kein Gieren.«
»Hast du Erfahrung als Kapitän?«, fragt einer der Neuen.
»Nee. Nicht bei einer so großen Schar. Aber wir haben mit vier Mann und einer Frau eine Fregatte geentert. Unter meiner Führung. Das soll mir mal einer nachmachen.«
»Ich möchte zu bedenken geben, dass Erfahrung nicht immer von Vorteil ist. Auch von Fehlern bekommt man Schwielen.«
»Sei still«, zischt Fliege Cya zu, »ich hab das im Griff.«
»Mit Calico Jack sind wir bislang gut gefahren«, sagt ein anderer Unbekannter.
»Ihr seid herumgeirrt wie ein kopfloses Huhn«, frotzelt Hick'n'Hackney.
»In so 'nem Orkan, wie denn, da ist selbst der Teufel ein Weib.«
»Viele von euch kennen mich. Euch kann ich nichts vormachen. Ihr wisst genug über mich. Und euch anderen hier, die ihr mich nicht kennt, euch kann ich alles Mögliche verzählen. Was taugt das? Wird nicht lang dauern, dann wisst auch ihr Bescheid. Mehr gibt's nicht zu sagen.«
»Doch, mehr, als du denkst.«
Calico Jack tritt herausfordernd ins Rund. Mit angriffslustiger Geste.
»Bei uns«, sagt Rasin nüchtern knapp, »wird untereinander nicht gekämpft. Sag, was du zu sagen hast. Dann stimmen wir ab.«

Calico Jack trägt vieles auf der Zunge, seine Gesichtszüge gehen mit schlechtem Beispiel voran. Kaum hat er seinen Mund geöffnet und sich mit Fanfaren und Trompeten vorgestellt, zieht Anne ihn mit entschiedener Geste zurück. Er fügt sich, zum Erstaunen der Versammelten.

»Soso«, murmelt Fliege, »ein Rocksöhnchen.«

»Kurze Reden schätzen wir. Das war die beste, die wir je gehört haben. So, nun zur Abstimmung«, verkündet Rasin.

»Wer ist für Fliege?«

»Halt«, ruft Cya dazwischen. »Das sollte geheim geschehen.«

»Wovon sprichst du?«

»Die Stimmabgabe. Sollte geheim sein. Um zu vermeiden, dass jemand beeinflusst wird von der Meinung der anderen oder sich eingeschüchtert fühlt.«

Die Versammelten prusten los, das Lachen eint alle zur Bande. Calico Jack tritt auf sie zu und fletscht die Zähne.

»Wer sich einschüchtern lässt, Süße, der liegt daheim im Bett mit 'nem Zipfel zwischen den Zähnen.«

Die Heiterkeit hallt nach, während die Piraten ihre Hand heben, für Fliege oder für Calico Jack, dessen Geruch einen stärkeren Eindruck hinterlässt als sein Auftreten. Die bunte Kattunhose, wie Cya später erfahren wird, wäscht er nie, damit sie kugelsicher bleibt. Die Abstimmung geht zugunsten Flieges aus. Wieso, denkt Cya mit Blick auf Anne und Calico Jack, ist es so offensichtlich, dass jemand ein schlechter Verlierer ist? Da sind zwei, die sich nicht damit abfinden können, den Kürzeren zu ziehen. Die Wahl wird besiegelt mit einem Trunk aus Rum und Schießpulver.

»Bevor wir auseinandergehen«, sagt Fiero, »möchte ich einen Vorschlag unterbreiten. Auf Kaperfahrt sollten wir schmuck aussehen. Nicht wie ein Haufen abgerissener Stromer. Soll ich uns etwas Hübsches schneidern?«

»Der will uns in Livree pressen.«

»Stoff ist nicht gleich Stoff, meine Brüder. Ich rede nicht von Wolle, nicht von grob oder schwer. Aus Seide wird es sein, es ist noch genug Seide da, luftig, windförmig, jede eurer Bewegungen vorgezeichnet.«

Es fehlt an Zustimmung, noch mehr aber an Ablehnung. Fiero schreitet beschwingt davon, noch bevor die Versammlung die Verteilung der Beute besprochen hat. Der Kapitän erhält den zweifachen Anteil, einige der anderen Piraten, mit besonderen Aufgaben betraut, einen halben Anteil mehr. Pedrosan etwa, der die Gemeinkasse verwalten wird, in die ein jeder zu gleichen Teilen einzahlt und aus der alle Kosten für Arzneien getragen und verlorene Glieder kompensiert werden.

»Vergesst nicht«, erhebt Rasin ein letztes Mal seine Stimme, »wir sind nicht wie die Marine, die den Seemann an Land wirft wie eine löchrige Mütze, wir sind nicht wie die Händler, die drei Jahre lang keinen Sold bezahlen und alles teuer abziehen, insbesondere Behandlungen mit Quecksilber, dort, wo es juckt, weil ihr euren Docht in eine Dame der Nacht getaucht habt, wir sind Brüder der Küste, überall und nirgendwo zu Hause, und wer zu uns stößt, der wird seinem Schicksal nie wieder allein begegnen.«

Alle weiteren Pläne schaukeln in der Hängematte. Es geschieht nichts, außer dass eine zu Boden fallende Kokosnuss dort einschlägt, wo kurz zuvor Cya sinnierte. Auf eine ruhige Nacht folgt

ein Tag zum Fürchten, ärmer an Licht als ein Habenichts an Gold, der Orkan auf und davon. Das Sturmsegel hält wacklig Kurs. Die Sloop rollt durch Wogen von Grau, Sprühnebel, der Bug fällt hinab zu Höllenhunden aus Gischt, Kaskaden übers Deck, alles verloren und wieder gerettet, aus den Speigatten fluten Wassermassen, es klappert die Takelage. Cya sieht weder Himmel noch Mast. Das Sichtbare ist undurchdringlich, wie eine Vorahnung jener Blindheit, »die uns eines Tages alle erwischt« – so Fliege am Abend zuvor –, »unser Leben ist ein Wettlauf zwischen Erblinden und gehängt werden«. Ein kalter Schrei wickelt sich um Cyas Kopf. Sie fühlt sich schutzlos, zum ersten Mal in ihrem Leben. Die Piraten sind unbeeindruckt von dem Protz namens Tod. Sie fällt zu Deck, vernimmt eine unverständliche Mitteilung von GOG, spürt Schmerzen. Ein Murmeln wölbt sich über das Schiff und zerplatzt im nächsten Herzschlag.

»Na, wo sind deine Seebeine abgeblieben?«, spöttelt Fliege.

»Wer da noch glaubt, Frauen haben Macht übers Meer«,
spottet Calico Jack.

»Da hast du was verwechselt, Bunthose«, sagt Pedrosan,
»es stimmt zwar, Frauen können Wirbelstürme und Blitze
bannen, aber nur an ihren Tagen.«

»Voll ins Schwarze getroffen, doctore. Deswegen und nur
deswegen gibt's den Blutfluss.«

»Meine Mutter, die hat mir gesagt, wenn 'ne Frau ihre
nackten Brüste zeigt, beruhigt das jeden Sturm.«

Cya verspürt Kopfschmerzen, Übelkeit und das dringende Bedürfnis, die Schwätzer ins tosende Wasser zu werfen. Während sie sich unsicher aufrichtet, schlägt der Himmel ein blaues Auge auf. Sie sind gerettet. Fliege grinst, ihre Haare leuchten wieder rot.

Das wird eine fette Fahrt.

Sie tauchen vor dem Schoner auf, wie aus dem Nichts. Ein überwältigender Anblick. Der Kapitän des vollbeladenen Schiffs kann im Nachhinein nicht auseinanderhalten, wann er die Schreie hörte, wann er die schwarze Flagge erblickte, wann er seinen Schoner in den Wind richtete, bis die Segel flatterten wie aufgehängte Wäsche, wann er mit einer Degenspitze an der Brust angesprochen wurde von einem zierlichen Mann im Rüschenhemd und mit rotblauer Schärpe, der eine buntscheckige Schar ungewöhnlich ele-

ganter Männer anführte (GOG: *Die Gewänder orientieren sich an antiken Vorbildern, das feine Musselin, die Taille hoch angesetzt, die Ärmel kurz, ein Dekolleté für die stramme Männerbrust, später Piratendekolleté genannt, visionär, was Fiero sich ausgedacht hat, das wird noch Mode machen, mode à la grecque),* und wann einer dieser Piraten, ein Riese mit Haaren, dicht wie jene eines weißen Widders, die Besatzung aufforderte, sich zu ergeben, alle Waffen aufs Deck und keine Bewegung. All das wird in seiner Erinnerung zusammengerührt werden zu einem Coddle, den er selbst auslöffeln muss, weil ihm daheim niemand glaubt, dass er unverletzt geblieben ist, wie auch seine Männer, jene zumindest, die mit ihm heimkehren werden, im Gegensatz zu jenen, die magere Rationen, niedrige Löhne und harte Arbeit eintauschen gegen Fülle, Freiheit und Vergnügen. Auch wird ihm niemand abnehmen, dass die Piraten ein Gerichtsverfahren gegen ihn eröffneten, noch ehe sie die Beute sichteten.
Seine eigene Besatzung soll über ihn urteilen. Er legt Beschwerde ein.

»Ach, der Kapitän widerspricht. Seit wann sind auf einem Schiff Widerworte erlaubt?«

»Ihr werdet mich eh umbringen.«

»Täusch dich nicht. Wer ein ehrlicher Kamerad war, wer nie einem Matros' Übles angetan, der kommt mit dem Leben davon.«

»Ihr Stirnbeuligen!«

Thormers Stimme, so laut wie das Meer, gegen das sie sich ein Leben lang hat behaupten müssen, ist durchnässt mit Verachtung. Auserkoren von der Bande eröffnet er das improvisierte Verfahren. Die Seemänner – Cya betrachtet sie unauffällig aus zweiter Reihe – stehen geduckt da, als wäre überall auf Erden unter Deck, fünf Fuß hoch. Die Entbehrungen haben ihre Gesichter ergreisen lassen. Was auch immer auf sie zukommen mag, sie haben Schlimmeres erlebt.

»Ihr habt euch viel gefallen lassen. Viel zu viel. Und wieso? Aus Angst. Und wovor? Vor dem Tod. Habt ihr denn schon gelebt, dass ihr Angst habt vorm Sterben? Ha? Habt ihr schon gelebt?, frage ich. Schließt euch uns an, dann werdet ihr – das ist so sicher wie die Kollekte in der Kirche – ins Jenseits verfrachtet, eines Tages, vielleicht bald, davor aber gibt's sattes Leben. Überlegt's euch. Leben vor dem Tod, mehr ist für einen Mann nicht zu holen. So, und jetzt die Wahrheit an die frische Luft, bevor die Sonne untergeht. Also zügig, ja.«

Die Stirnbeuligen schweigen.

»Keiner von euch hat was anzuschlagen?«

Die Stirnbeuligen schweigen.

»Traut euch.«

Ein tief zerfurchtes Gesicht meldet sich zu Wort.

»Nicht eine Frage des Muts, wenn ich es so sagen darf. Auf vielen Schiffen habe ich gedient und nie einen Kapitän gehabt, der gerechter war als dieser Kapitän hier.«

»Hear, hear!«

Rufen einige der Seemänner aus, als befänden sie sich im Parlament, auf den Hinterbänken. Der Damm des Schweigens ist durchbrochen. Nacheinander berichten die Männer von Gesten der Fürsorge, von Zeichen der Milde. Er habe wenig befohlen, selten geschimpft, sanft geredet. Die erforderlichen Manöver wurden umso zackiger ausgeführt. Ein Augenwink, und schon waren die Segel gerefft. »Es fühlte sich an«, sagt einer, »als stimmten wir uns mit ihm ab.« – »Er ließ den Dingen ihren freien Lauf«, sagt ein anderer. Die Seemänner gelangen rasch zu ihrem Urteil. Der Kapitän hat keine Bestrafung verdient. Die Piraten beraten. Was soll mit dem Schoner geschehen? Calico Jack drängt darauf, den Pott zu verbrennen, weil er auf einem Handelsschiff wie diesem einst schlecht behandelt wurde. Hick'n'Hackney widerspricht. So eine Tat würde nur den Interessen der Reederei dienen, der Schoner sei offensichtlich wenig wert, und die armen Kerle, die sich den Piraten nicht anschließen, die werden keinen Lohn erhalten, das sei so bei einer Havarie. Die anderen Piraten stimmen ihm zu, und Fliege entscheidet, das Schiff werde an die Besatzung und den Kapitän zurückgegeben, mögen sie sicher heimkehren. Diese Geschichte werden die hohen Herren in winterlichen Gefilden dem Kapitän nicht glauben, auch wenn alle seine Männer schwören, so sei es gewesen, genau so, alle abgesehen von dem Dutzend, das sich den Piraten anschließt, die fette Beute gemacht haben: Perlen, groß wie Murmeln. Zucker in Unmengen, Kakao und Salz. Fünfzig Tabakballen und neun Säcke vom schärfsten Cayenne. Nicht zu vergessen die Fässer voller Rum. Die Piraten jubeln, die Seemänner helfen ihnen, die Beute an Bord der Sloop zu tragen, der Kapitän beißt sich vor Erleichterung auf die Lippen. Die Anspannung fällt ab, im kleinen Gespräch erfolgt die Einladung, gemeinsam einen zu heben, zum Abschied und auf gut Wind. Da bleibt einer der älteren Seemänner mitten auf dem Hauptdeck stehen und sagt, mehrfach, so dass es alle hören:

»Was ist mit dem Ersten Maat? Kann der nicht auch schuldig sein?«

»Jeder, der Befehle erteilt, wird mal schuldig.«

»Hinter dem Rücken dieses edlen Kapitäns?«

»Nein, auf einem anderen Schiff, bei einer anderen Heuer.«

»Wie lautet dein Vorwurf?«

Alle halten inne, stellen die schweren Fässer ab, lehnen sich an den Mast, klemmen sich die Musketen untern Arm, einer mit der Fangleine in den Händen und einer vom Rahnock hinab (GOG: *Was macht er da oben?*).

»Ich hatte einen Freund, wie ein Bruder für mich, ein älterer Bruder. Mit vierzehn kam ich an Bord. Er schützte mich, sein Wort wie ein Schild. Er kümmerte sich um mich, auch um andere. Einige von euch kannten ihn, und wer ihn kannte, der kannte ihn gut. Er hat geholfen, immer geholfen. Jeder von uns weiß, was neben uns, über und unter uns gearbeitet wird, er aber wusste, was hinter seinem Rücken getan wurde. Er war erschöpft, oft, und an dem einen Tag musste er die nassen Taue einholen, und er hat weniger geschlafen als die vier Stunden, die uns zustehen, er war so müde, er nickte ein, auf der Hundewache. Eine Warnung, nur eine, eine zweite Warnung gibt es nie. Er war am Ende seiner Kräfte. Ich habe es gesehen. Alle haben es gesehen. Es musste so kommen. Er schlief wieder auf Wache ein. Wir mussten zusammentreten. Der Erste Maat gab ihm ein Stück Zwieback und ein Messer und ließ ihn festbinden, am Bugspriet. Mein Bruder war ein harter Mann, mit einem Willen wie ein Knoten, der nicht aufgeht. Er harrte aus, lange, länger als jeder andere. Wenn der Erste Maat abgelenkt war, ging ich zum Vorsteven, rief ihm etwas zu, um ihm Mut zu machen. Wir auf hoher See, Wochen von Land entfernt. Wie lange hält es einer aus mit einem Stück Zwieback und sonst nichts. Es regnete viel, er riss seinen Mund auf, er verschlang den Regen. Ich weiß nicht, wann er zu schreien begann. Habt ihr je gehört, wie ein Mensch vor Hunger schreit? Das ist ein Schrei schlimmer als jeder andere, nicht laut, nicht stark, er kratzt dir übers Herz, wie wenn dein Herz aus Glas ist. Es musste so kommen. Er hat das Messer benutzt, lang genug hat er sich dagegen gewehrt. Früh am Morgen schlich ich zum Vorsteven und sah ihn nicht, mein Bruder war nicht mehr da. Auf dem Holz ein Anker, wie der Anker, den er auf seinem Oberarm trug. Er hat mit dem Messer einen Anker eingeritzt und dann das Seil durchtrennt.«

Einige der anderen Seemänner bekreuzigen sich, andere bestätigen die Geschichte. Der Erste Maat schweigt zu seiner Verteidigung, in seinen Augen ein Hass auf jene, die in

Frage stellen, was ein Leben lang gegolten hat. Es wird abgestimmt. Alle sind dafür, ihn festzubinden am Bugspriet, mit einem Stück Zwieback und einem Messer. Alle außer Cya. Fliege drängt sie zur Seite.

»Was soll das?«

»Ich lehne Rache ab.«

»Wieso? Rache auszuüben, bedeutet, endlich jemand zu sein. Solange du niemand bist, stellst du dir nur vor, wie du dich rächen wirst. Eines Tages muss es passieren. Sonst verfaulst du. Was ist schlimm daran?«

»Durch Rache wird nie Gleichgewicht hergestellt.«

»Red jetzt nicht so viel, so geschwollen. Schweig einfach. Rache ist Justitia, die sich verspätet hat. Nicht mehr, nicht weniger. Manche von uns sind nur abgehauen, um uns eines Tages an unserem Kapitän zu rächen. Oder an einem anderen Kapitän. Rache ist ein Akt des guten Glaubens. Wer Gewalt und Willkür nicht rächt, der übt Verrat am Meer, der übt Verrat am Anker.«

Flieges Worte schließen Cyas Bericht ab. Samsil hat beim Zuhören einen Anker gezeichnet, Domru immer wieder zustimmend genickt, andere befremdet den Kopf geschüttelt. Sie halten die Damalsdortigen für primitiv, egal, was Cya erzählt und wie sie es erzählt. Sie selbst empfindet es anders, ihre wachsende Nachsicht eine Folge wiederholter Raumzeitreise. Nicht nur ihr ergeht es so. Jede Chronautin verteidigt die Epoche, die zu verändern sie aufgebrochen ist. Während sie auf eine Umwälzung hinwirken, begegnen sie der Fremde mit wachsendem Verständnis. Alle anderen, die Distanzierten, verstecken schlampig ihre Abscheu. Stoßen sich an der Rachsucht. An der Raffgier. An der Sprache. An Alltäglichem wie dem Essen. Vielleicht hätte Cya das eine oder andere Detail verschweigen sollen. Viel Fleisch. Was nach einem Gelage übrig bleibe, werde eingesalzen, zweimal am Tag ein Stück davon gekocht, bis das Fett obenauf im Kessel schwimme, in der Tunke. Cya selbst musste beim ersten Mal gegen den Brechreiz ankämpfen, der Geruch säuerte ihre Gedanken ein. Jetzt begeht sie den Fehler, Salmagundi zu beschreiben. Wie das Fleisch gepökelt und der Fisch sonnengetrocknet wird (GOG: *Stellt euch den Geruch nicht vor*), vermengt mit hart gekochten Eiern und eingelegtem Gemüse, das Ganze salzen, pfeffern, würzen, mit Essig und Öl und Knoblauch und Senfkörnern. Kein chronautisches Gesicht bleibt ohne Ekel. Mit Ausnahme von Domru. Als wollte er sie mit seinem Gleichmut beeindrucken.

»Wenn kein Fleisch vorhanden ist«, fährt Cya fort, unfähig innezuhalten, »graben sie im Sand Krokodileier aus. Und jeder der Piraten stinkt nach Rauch, weil in den Hütten offene Feuer brennen, um die Moskitos zu vertreiben, die den Wirbelstürmen folgen wie Sturmvögel dem Kiel.«

»All das ist interessant und in seinem Schrecken lehrreich«, sagt der Weltweise vorsichtig, »aber bist du vorangekommen?«

»Nein«, lautet Cyas Antwort. »Die Ablehnung der Piraten gilt jeglicher Ordnung, auch der widerständischen. Sie stehen breitbeinig da, gierig nach Leben und

genügsam in ihrer Fantasie

und deswegen«, fährt Samsil fort, »kommen wir eher bei den Maroons weiter, sie können sich mehr vorstellen als ein Gelage der Freiheit, einen vollen Bauch, einen dicken Kopf. Die können sich einen Regenbogen vorstellen und an dessen Ende eine Heimat.« Niemand widerspricht. Am nächsten Morgen bricht sie erneut auf und hat drei fiebrige Nächte später viel zu berichten, sie erzählt so detailliert wie Cya, lässt nichts aus und antwortet aufmerksam auf die sich herantastenden Fragen. Mit einer Beharrlichkeit, die auf sie zugeschnitten scheint. Es wird eifrig diskutiert. Ebenso nach Samsils nächster Raumzeitreise, im versammelten Kreis wie auch unter vier Ohren, auf der Suche nach neuer Zuversicht. Was könnte sich in den Schluchten und Buchten der fernen Insel zusammenbrauen?

»Die Piraten müssen sich mit den Maroons vereinen. Das ist unsere einzige Hoffnung.«

»Im Rücken des Gouverneurs, zwischen Hafen und Plantagen.«

Je konkreter sie sich die einzelnen Szenarien ausmalen, desto klarer wird allen, dass der Plan nur gelingen kann, wenn Cya und Samsil gleichzeitig im Damalsdort anwesend sind. Um das Misstrauen, das auf beiden Seiten vorherrschen wird, auszuräumen. Um zu koordinieren. Um mit nachgetragenem Wissen einen strategischen Vorteil beizusteuern. Zu diesem Zweck müssen die chronautischen Regeln angepasst, das Buddy-Prinzip erweitert werden. Domru wird über die gemeinsame Raumzeitreise der beiden wachen. Noch sei es nicht so weit, warnt der Weltweise, Samsil habe noch viel Überzeugungsmühe vor sich.

»Ich führe ausgiebige Gespräche mit Granny Nanny, sie vertraut mir, ich darf mich nach eigenem Gutdünken bewegen. Sie hat mir sogar eine eigene Hütte in Aussicht gestellt. Aber nur, wenn ich mir einen Mann aussuche. Oder mehrere Männer, ich dürfe auch wechseln, von Tag zu Tag, aber nach einem festgelegten Muster, damit es keinen Streit gibt. Es mangelt den Maroons an Frauen, so sehr wie an Salz. Beides wird rationiert. Nachwuchs ist der große Traum von Granny Nanny, damit die Maroons Kinder so heranziehen können, als wäre ein freies Leben selbstverständlich. Um keine Wunden heilen zu müssen. Kinder könnten die falsche Welt zurückdrängen. Wer als Sklave aufwächst, sagt Granny Nanny, der passt sich an, der stört sich weniger am Joch, wird zu einem Quashi, der zu sehr an mögliche Gefahren denkt. Sie drängte mich, ich wiegelte ab. Ich sei einem Mann versprochen, dort, wo ich herkomme, und so ein Versprechen nähme ich lebensernst.«

»Wie kommst du auf so etwas?«

»Ich habe jemanden vor kurzem kennengelernt. Der fiel mir sofort ein. Außerdem, was sollte ich sonst sagen? Dass mir keiner der Männer dort gefällt? Dass ich mich ungern verliebe, wenn meine Abreise in drei Tagen bevorsteht? Dass ich nicht weiß, ob ich zurückkommen werde?«

»Harmlose Lügen vertiefen die Freundschaft.«

»Granny Nanny lässt mich für längere Zeit allein. Wir reden am Abend, bis spät in die Nacht hinein. Ich muss sie nicht überzeugen, sie ist selbst überzeugt, dass gehandelt werden muss, bevor die Angst der Plantagenbesitzer und der Aufseher und der Soldaten unermesslich wird, bevor sie uns zu sehr fürchten, wie sie sagt, dann werden sie noch brutaler werden, die Gesetze und die Menschen. Ich erzähle ihr, so eindringlich wie nur möglich, was ich auf dem Schiff gehört habe, während meiner Reise in die Verbannung, von einem der Seemänner, der Gefangener der Piraten war. Wie vielzählig die Piraten seien, wie kämpferisch, wie unerschrocken. Und davon, dass Männer aus allen Ecken und Enden sich ihren Banden anschließen, darunter auch Sklaven, die keine mehr sind, alle gleich und bis zum Tod frei. Und dass sie noch weniger Frauen haben als die Maroons. Sie sieht mich an mit schiefem Blick, als wollte sie meine Absichten tranchieren.

Du bist nicht eine von uns, sagt sie.

Doch, das bin ich.

Wo kommst du her?

Das ist unwichtig. Was uns eint, ist ein gemeinsames Morgen.

Wir misstrauen allen, die so aussehen wie du.

Hältst du das für richtig?

Wir folgen der Erfahrung. Wieso bist du hier?

Weil ich die Wahrheit gepredigt habe.

Jeder predigt die Wahrheit, einer unter Würmern, eine bei den Vögeln.

Wenn dem so ist, höre dir meine Wahrheit an und sage mir, ob sie eher den Vögeln gefällt oder den Würmern. Ich glaube an nichts so sehr, wie dass zu Beginn aller Zeit der Sinn, die große Schöpferin, die Erde als Schatzkammer geschaffen hat, damit die Tiere und die Fische und die Menschen ein Auskommen haben. Die Menschen, das war der Schöpfung eingeschrieben, sollten gescheiter sein als die Tiere, und bewusster leben als Fische und Vögel und Würmer, aber es war nicht vorgesehen, dass Menschen über andere Menschen herrschen. So eine Herrschaft ist die schlimmste Beleidigung der sinnvollen Schöpfung.

Das klingt gut, erwiderte Granny Nanny. Du musst es nur besser erzählen. Nehmen wir an, der Sinn trägt einen anderen Namen, und nehmen wir an, er erschafft die Erde nicht auf einmal, sondern zuerst den Stein, und aus dem Stein Eisen und aus dem Eisen Feuer und aus dem Feuer Wasser und aus dem Wasser Luft, und dann, nach einer Ruhepause, erschafft er den Menschen.

Aus Luft? Unterbrach ich sie. Das gefällt mir. Wir könnten weiterdenken. Sagen wir anstelle von Luft Geist, und sagen wir, dieser Geist ist in jedem Menschen, und so trägt jeder Mensch das höchste Gesetz in sich und braucht keinen Zwang von außen als Gesetz.

Auch das spricht zu mir. Was wäre, wenn diese Vollkommenheit, die du beschreibst, den Menschen stolz macht, viel zu stolz, weswegen die Schöpferin die Blindheit erschafft, um diesen Stolz zu bändigen, und wenn die Blindheit stolz wird, erschafft sie den Schlaf, um den Stolz zu bändigen, und wenn der Schlaf stolz wird, erschafft sie das Leid, und wenn das Leid stolz wird, erschafft sie den Tod. Der letzte Versuch, den Stolz des Menschen zu bändigen.

Keine gute Idee. Der Tod ist der stolzeste Gesell. Was geschieht danach?

Es ist auch deine Geschichte.

Schweigen

Was fehlt?

Etwas, das mehr ist als Tod.

Schweigen

Wer kann das schon erahnen.

Ewige Veränderung.

Schweigen

Du solltest wissen, dass ich unsterblich bin.

Das Einzige, was ich gewiss über dich weiß.

Schweigen

Wir sind nicht so weit auseinander.

In unseren Träumen.

Schweigen

Erzähle mir deinen Traum.

Ich bin umgeben von Menschen ohne Füße. Sie reden alle. Durcheinander. Sie wollen weg. Niemand kann sich erinnern, wieso sie ohne Füße sind. Nicht einmal die Axt, die blutig an der Seite eines Schuppens lehnt.

Solche Gespräche führen wir, Granny Nanny und ich. Am nächsten Morgen zweifle ich, ob wir uns besser verstehen als zuvor, grüble, da stellt mich Granny Nanny einer Frau vor, die einen Mörser umschlingt. Und nicht loslässt. Sie erlaubt nicht, dass jemand sie berührt. Als Soldaten ihr Dorf angriffen, floh sie in den Wald, rannte, bis sich der Dschungel in ihrem Kopf lichtete. Suchte nach ihrem Kind unter denen, die sich versteckten. Kehrte mit den anderen zu ihren Hütten zurück. Die Soldaten hatten das Dorf in Brand gesteckt, die Bananenstauden gefällt, die Felder zertrampelt. Als sie niemanden vorgefunden haben. Außer einem Kleinkind, das hoben sie auf und legten es in den Mörser, und sie nahmen den Stößel in die Hände, und sie begannen zu stampfen, das Balg, wie eine Banane, wie Reis. Am Nachmittag setzt sich eine Frau namens Hura zu uns. Seit der Kindheit fliehe sie, übersetzt Granny Nanny, fliehe immer und immer wieder, bis jemand sie zurückbringe, der ihr Brandmal entziffern kann. Das Brandmal auf ihrem Bauch, das ist nicht sofort sichtbar, das Brandmal auf ihrer Brust, das kann versteckt werden, das Brandmal auf ihrem Oberschenkel, das sticht ins Auge. Als sie erst nach einer langwierigen Suche gefasst wurde, kettete der Verwalter sie an. Als er das Schloss öffnete, suchte sie so bald wie möglich wieder das Weite. Sie wurde wieder eingefangen. Der Verwalter warnte sie, wenn sie erneut fliehe, werde er sie für den Rest ihres Lebens in Ketten legen. Sie versprach ihm, sich zu bessern. Am nächsten Tag war sie wieder weg. Als sie aufgegriffen und zu ihm gebracht wurde, war sie in so schlechter Verfassung, er konnte sie nicht bestrafen. Es dauerte viele Tage, bis sie zu Kräften kam. Sie schlich so bald wie möglich davon. Er schrieb ein Kopfgeld aus, um ein Vielfaches höher als ihr Wert. Als sie zurückgebracht wurde, kettete er sie in der Zuckermühle an. Drei ihrer Finger wurden von den Walzen zerquetscht. Als er die Ketten lockerte, floh sie. Wieder wurde sie eingefangen. Er kettete sie einen Monat lang an, bis sie dem Tod nahe schien. Sie kroch davon, so weit wie es ihr möglich war in einer kurzen Nacht. Sie wurde ihrem Besitzer auf dem Rücken eines Esels übergeben. Er ließ ihr Grab ausheben und band sie an einem Baum daneben fest. Er rief alle seine Sklaven zusammen und verkündete, niemand werde je von seiner Plantage entkommen. In dieser Nacht flohen viele. Die jungen Männer trugen Hura durch den Wald, bis hierher. Das Grab wird leer bleiben. Das alles übersetzt Granny Nanny, und während sie spricht, lächelt Hura, nachsichtig und frohgemut.«

Was ist in sie gefahren, als sie Domru zu einem Salmagundi-Essen eingeladen hat? Wollte sie ihn überraschen? Um sich seiner verstohlenen Bewunderung würdig zu erweisen? Als Mutprobe, dass sie nicht einmal vor einer ekligen Fleisch-Fisch-Suppe Angst hat? Es war unüberlegt, vor allem hinsichtlich der benötigten Zutaten. Was für ein Aufwand. Sie studierte die Nahrungsmittelplattformen, um zu erfahren, was in der Nachbarschaft jüngst geerntet worden war oder was sie selbst pflücken konnte, was in den Sammelstätten und Lagern verfügbar war, an Eingelegtem und Fermentiertem, was momentan bestellt werden konnte aus anderen Regionen und mit welchem Vorlauf. Wir bekommen fast alles, so hatte Mutter es ihr als Kind erklärt, nur nicht sofort und nicht immer. Jeder vernünftige Wunsch wird dir erfüllt werden, wenn du warten kannst. Beim Kochen keine leichte Aufgabe. Trotz eines reichhaltigen Angebots ist manches nicht zu ergattern. Es gibt nur eine Lösung, sie muss das Gericht an das Gewährte anpassen. Wer kocht, muss den Vorräten folgen, nicht dem Rezept. Ihr Salmagundi wird den Geschmack des Damalsdort verfälschen.
Während sie in der Küche ihre Vorbereitungen trifft, gesellt sich Nikte zu ihr. Schält und schnippelt mit. Sie müssen nicht reden. Wie oft schon stehen sie nebeneinander, ihre Hände in Einvernehmen, ihre Gedanken auf unterschiedlichen Umlaufbahnen, maßlos die einen, genügsam die anderen, als Einheit wären sie Luftwurzeln. Im Rücken hören sie Mutters junge Stimme: Nur weil deine Schwester so viel rennt, musst du nicht stillstehen.
»Meinst du, Vater liebt Mutter noch?«, fragt Nikte unvermittelt.
»Ja, natürlich.«

»Das war eine ernste Frage, denk erst mal darüber nach. Es hängt viel davon ab.«
»Steht das in einem Zusammenhang mit euren Überlegungen, was mit Onkel Host geschehen –?«
»Niemand hat einen schlechten Grund gehabt. Wir suchen nach einem guten Grund.«
»Wovon redest du?«
»Von Liebe.«
»Vater, wegen Mutter? Du verdächtigst Vater? Das ergibt keinen Sinn.«
»Ein Mann alter Schule, wie es heißt. Nicht als Kompliment gemeint. Nicht unbeliebt, aber denkt jemand als Erstes an ihn, wenn an die Liebsten gedacht wird?«
»Mutter und Onkel Host?«
»Sie verbrachte ihre Zeit lieber mit ihm.«
»Aber hast du Vater jemals jähzornig …?«
»Gerade nicht, das macht mich misstrauisch. Wir haben nie seine Leidenschaft gespürt. Sie muss in ihm verborgen sein. Sonst wäre er gefühlskalt. Das wäre noch schlimmer.«
»Um Vater menschlicher zu machen, in deiner Vorstellung, willst du ihm unterstellen, dass er mit Gewalt –?«
»Ich stelle Fragen. Das ist meine Aufgabe, so haben wir es entschieden. Ob es sich um Vater handelt oder nicht, das ist egal.«
Cya kann es sich vorstellen, mit einem Schlag. Sie hebt den Deckel des Topfes und rührt um, es riecht streng, sie spürt die Tränen auf ihren Wangen, rührt den Eintopf um, die Tränen fallen in den Topf, sie rührt um, bis Nikte sie am Arm fasst und sanft vom Herd wegdreht.
»Ich habe nur eine Frage gestellt.«
Sie sieht die Frage vor sich und nichts anderes.
Domru verschlingt das Essen. Seine Gier gilt nicht dem Eintopf. Sie schließt die Augen und stellt sich vor, was gleich geschehen wird. Etwas scheppert zu Boden. Domru

zieht sie aus dem Stuhl, ein dringlicher Kuss, sie zerrt ihn in ihr Zimmer. Sie riechen beide nach Salmagundi, das bringt sie noch enger zusammen. Sie reißen sich die Zeit von den Körpern und springen in den Wind, Cya allein landet, mit seiner salzigen Frechheit auf der Zunge,

im Geäst eines Vogelbaums

wo sie Sittiche und Aras aufscheucht, auch andere Vögel, die sie mit GOGs Hilfe erkennen könnte, würden diese nicht tschilpen, kröchsen, schnarren, Botschaften als Vorboten anderer Botschaften, dzjüggg-dzjüggg-dzjüggg in buntester Tonart, über drei oder vier Oktaven hinweg, während unter ihr auf dem Waldboden ein Unbekannter seinen Trunk ausschläft. Cya klettert hinab, vorsichtig, um den Schlafenden nicht zu stören, einige der Töne pfeifen ihr hinterher. Zwischen Baumstämmen erkennt sie Splitter von Weiß und Blau. Kaum tritt sie ins grelle Offene, erblickt sie das Lager, unverändert (GOG: *Wieso sollte es sich verändert haben, nur weil Cya es nicht betrachtet hat?*). Ein Bach, der sich zum Meer schlängelt, dahinter der weit aufragende Felsvorsprung, in der entgegengesetzten Richtung Strand, bis in den Abend hinein. Außer Schnarchen niemand anwesend. In der Bucht ein Schiff, für jeden Aufbruch tauglich. Auf dem Strand ein Wrack, die Bestandteile in provisorische Verhaue aufgehäuft, zu einer notdürftig überdachten Küche, zu einem Lagerraum, der mit viel Segeltuch trocken gehalten wird. Und zwischen den Verschlägen Asche. Als brennte das Feuer jede Nacht woanders. Eine tiefe Müdigkeit heißt sie willkommen. Zieht sie an sich. Als sie die Augen wieder öffnet, blickt sie in Flieges Gesicht.

»Du verschwindest für Tage aufs mal, dann bist du da und schläfst. So hab ich mir mein Weib nicht vorgestellt.«

»Bin nicht dein Weib.«

»Diener nicht so rum.«

»Ich dienere nicht.«

»Nur ein Diener gibt die erwartete Antwort.«

»Ich könnte dich –«

»In Stücke reißen? Übers Knie legen? Endlich mal Hitze. Was bist du sonst so abgebrüht. Wie ohne Sorgen. Macht mich ganz bucklig. Wie schaffst du das? Stammst du vielleicht ausm Adel?«

»Im Gegenteil.«

»Lüg mich nicht an, einfach Volk bist du auch nicht.«

»Ich kann dir die Antwort nicht geben, nur vorleben. Wenn wir zusammenbleiben, noch eine Weile.«

»Ach, bleib doch Geheimnis. Was mich im Kopf zwickt, ist was anderes. Dem Thormer ist kochend heißes Wasser über die Hände.«

»Ist er schwer verletzt?«

»Schau's dir an. Ziemlich rot, und Blasen. Pedrosan kümmert sich um ihn, Charqui rührt 'ne Salbe zusammen. Das ist es nicht, was mich an den Haaren zieht. Er behauptet, er hat nichts gespürt.«

GOG: *Analgesie? Vielleicht nimmt er zu viel Pfefferminztee zu sich.*

»Keine Schmerzen?«

»Nee. Der Thormer ist eisenhart, aber so hart ist keiner.«

»Wann ist das passiert?«

»Vorhin, als die Sonne unterging, er war dran, das Gold zu zählen, also schleppt er die Kiste nebens Feuer, damit er besser sieht, da rutscht er aus und schon und so, ich war ja nicht dabei.«

»Er hat Gold gezählt?«

»Den ganzen Tag lang, so viel Goldstück hat keiner von uns je gesehen. Wir sind reich.«

»Das waren wir schon.«

»Wann waren wir das?«

»Von Anfang an. Wir werden reich geboren. Es geht darum, unseren Reichtum im Laufe des Lebens nicht zu vergeuden.«

»Was redest du da? Ich wurde arm geboren, bettelarm.«

»Schau dich um, was siehst du?«

»Moskitos, Mangroven und schlechte Zähne.«

»Reichtum. Überall Reichtum. Bäume zum Beispiel.«

»Wir haben keine Sägen.«

»Sauberes Wasser.«

»Nicht genug Rum.«

»Jede Menge Geschichten.«

»Kein Theater.«

»Wie, das Theater geht dir ab?«

»Nee, war noch nie im Theater, so was hatten wir nicht, ich dacht' nur, das braucht's, damit die Geschichten so richtig, du weißt schon.«

»Nicht wirklich. Sag, während der Thormer den ganzen Tag lang Gold zählt, was haben da die anderen getan?«

»Die liegen rum.«

»Da hast du's. Müßiggang ist auch Reichtum.«

»Vergeudete Zeit.«

»Leben. Erklärt allerdings nicht, wieso der Thormer keinen Schmerz fühlt, nachdem so viele Goldstücke durch seine Finger geglitten sind.«

»Warte mal, hängt das eine mit dem anderen zusammen? Wenn jeder Gold kriegt und eifrig zählt, vielleicht gibt's dann keine Schmerzen mehr?«

»Zumindest solange Gold so viel wert ist.«

»Wie soll's anders sein.«

Am nächsten Tag feiert ein jeder die Fülle nach eigener Fasson, Thormer lässt Calico Jack das Gold zählen und betrachtet seine Brandblasen, der erste philosophische Moment seines Lebens. Die Zeit dümpelt vor sich hin, bis zum Sonnenuntergang da sitzen alle wieder ums Feuer herum, eine Flasche aus Barbados, bestes Exportgut, trifft auf schmatzende Lippen. Das zuletzt gekaperte Schiff hatte leider nur wenig Rum geladen. Einige Flaschen für den Kapitän und einige Flaschen im Gaumennest des Quartiermeisters, schlecht versteckt. Zu wenig Rum für ein vergnügliches Leben (GOG: *ruhmreich, rumarm*). Das nächste Mal müssen sie ein Schiff überfallen, das Boston anläuft, oder einen anderen Hafen an der amerikanischen Küste, wo die Einheimischen auf den rechten Durst gekommen sind, Rum so viel schlagfertiger als der heimische Apfelwein (*Bald werden sie selbst Rum brennen, ohne Rum keine Revolution.* Was ist das für ein Blödsinn, GOG? *Geschichte, pinnchendosiert*). Jetzt gilt es, sich zu bescheiden. Der Geist in der Flasche ein teures Elixier, immerhin, keiner von ihnen hätte als klappriger Knecht mit dreckigem Lohn so eine Flasche je abbekommen, was gibt's da zu überlegen – Freiheit, Gleichheit, Rum –, und das Einzige, was droht, ist das Schwingen des Sensenmanns. Ein besseres Geschäft wurde nie getätigt. Thormer ergreift die Muschel, in der alle sieben Meere widerhallen.

»Nirgends hab ich so viel gesoffen wie auf der Heuer mit Captain Rogers, der Hund, der räudige. Wir erhielten großzügig Ration, doppelt mehr als in der Royal Navy, jeder Mann täglich einen Liter Rum, fünf Liter Bier, und so die Küste rauf, immer weiter nach Norden. Wir plünderten und tranken und erbeuteten, von Mal zu Mal weniger, hat sich rumgesprochen, wir kommen, und wer fliehen konnte, floh mit Sack und Pack. In Guayaquil war nix mehr zu holen. Was tun? Wir betranken uns, im Magen nix als Rum, und die Dummheit wurmt sich in den Kopf. Einer ruft, wo finden wir Gold? Der Nächste ruft, Silber nehm ich auch. Hauptsache, was im Säckel, sagt ein Dritter, denkt doch mal nach, sagt ein Vierter, wo gibt's immer was zu stehlen? In der Kirche, antwortet ein Fünfter. Doch nicht in diesen Breitengraden, sagt ein Sechster. Im Rathaus, so ein Siebter. Dort ist nix außer Papier, und nur Kastraten machen aus Papier Gold, so ein Achter, und ein Neunter sagt, ich hab's, und gleich unterbricht ihn ein Zehnter: Auf dem Friedhof! Wir schütteln den Kopf, er lässt sich nicht abbringen. Hört mir mal zu: In einer menschenleeren Stadt sind Leichen die reichsten Männer. Auf zum Friedhof. Mich graust's vor Leichen, trotzdem ging ich mit, hielt die Öllampe hoch, gegraben haben die anderen, den ganzen Kirchhof umgegraben. Was für eine Sore, der Friedhof reich bestückt, was glitzerte da nicht alles, ich wusste nicht, dass Knochen so viel Schmuck tragen, wir siegesgrölend zum Pott zurück, stolz, wir hatten was geholt, wo's nix zu holen gibt. Wir waren Helden, einen Tag lang, am nächsten Tag wurden einige Männer krank, zunächst die, die gegraben haben, dann die, die mit an Land waren, dann die, die auf dem Schiff Wache schoben. Nur mich hat's verschont. Weil ich dem Frevel nur geleuchtet habe. Eine Woche vorbei, Dutzende Männer krank, stündlich werfen wir eine Leich' über Bord. Captain Rogers, der Hund, der räudige, der wusste, was der Grund war, der hatte erfahren, bei seinem Abendessen mit dem örtlichen Don, wer die Stadt heimgesucht hat, bevor wir kamen. Die Leut' sind nicht vor uns geflohen, nein, die sind geflohen vor der Pest. Als wir Gorgona erreichten, waren wir alle krank, auch der Kapitän. Wir folgten dem Rat des Arztes und warfen den Schmuck über Bord und verließen das Schiff und setzten es in Brand. Wir hockten auf dem Felsen oberhalb des Strandes und schauten ins Feuer hinab. Alles verloren. Und zur Entschädigung Beulen, aufm Gesicht, aufm Körper.«

»Dem Rogers klebt das Pech am Kiel.«

»Deswegen ist er zum Verräter geworden.«

»Wer schläft schon gern auf dem Fußboden, wenn daneben ein Bett steht.«

»Jetzt will er uns mit seinen weißen Fingernägeln ausrotten, der Hund, der räudige.«

»Expulsis Piratis!«, sagt Pedrosan und blickt herausfordernd in die Runde.

Restituta Commercia. Vervollständigt GOG. Cya wird den Teufel tun, sich in diesem Augenblick in dieser Runde gebildet zu geben. Besser sie schweigt. Zumal sie kundgetan hat, aus Nassau zu stammen, aus dem alten Nassau auf dem alten Kontinent, nicht aus jenem Nassau, wo der Rogers, der Hund, der räudige, nun das Zepter des Verrats schwingt. Aber wer hört schon genau zu. Besser, Missverständnissen aus dem Weg zu gehen, als sie später ausräumen zu müssen. Ein Schluck noch für jeden, mehr gibt es nicht. Ein Schmatz und ein Rülpser, während sich hörweit entfernt einer der Piraten erleichtert, unter Protesten eines Lärmvogels (GOG: *Nacktkehl oder Braungesicht?*). Rasin, den Abend über mit Trauergesicht in sich gekehrt, murmelt etwas, kaum verständlich, wiederholt es auf Aufforderung hin, ein wenig lauter

»Heute ist meine Frau gestorben.«

Im knisternden Schweigen ringt er sich die Entscheidung ab, bedächtig fortzufahren.

»Vor Jahren. Fragt mich nicht, vor wie vielen. Ich zähle die Jahre nicht, wenn ich es täte, würde ich sie verlieren. Für immer. Als ich sie zum letzten Mal sah, hatte ich schwarzes Haar. Am nächsten Morgen war mein Haar dicht und weiß. Sie war meine Frau, ohne meine Frau zu sein. Als ich sie zur Heirat aufforderte, antwortete sie, sie kann keinen Mann heiraten, der ihr Befehle erteilt, ebenso wenig kann sie einen heiraten, der Befehle von ihr annimmt. Sie verzichtet lieber auf Liebe, als die geringste Unterwerfung zu akzeptieren. Mehr wollte sie nicht sagen, mehr hatte ich nicht zu sagen. Wir waren ein Paar, nach unseren eigenen Regeln. Sie war eine Diebin. Die beste, die es je gegeben hat. Sie war so geschickt, sie konnte anderen Frauen das Hennamuster von den Sohlen klauen, ohne dass es kitzelte. Sie konnte ihnen die Lidschatten aus dem Gesicht pflücken, ohne dass sie mit der Wimper zuckten. Sie konnte die Milch aus dem Tee entwenden, ohne dass die Tasse es merkte. Sie stahl so, wie andere essen. Täglich und was immer daherkommt. Alles außer Pferden. Das wäre, sagte sie, wie Kindesraub, der Mensch habe eine besondere Beziehung zu seinem Pferd. Niemand dürfe sich dieser Beziehung in den Weg stellen. Wir waren in einem Städtchen, irgendwo in der Provinz H., viele Werst entfernt von einem Ort, wo jemand mich kannte oder jemand sie kannte. Wir stiegen ab in einer Karawanserei, bekamen ein Zimmer über dem Stall. Wir hörten das Wimmern eines Pferdes, und sie stieg hinunter und versorgte das Tier. Am nächsten Tag zogen wir weiter, zu zweit auf unserem alten Maulesel, wir hatten kein Ziel und viel Zeit, da hörten wir Hufschläge hinter uns, das Pferd aus der Karawanserei trabte hinterher. Meine Frau versuchte, es wegzuscheuchen. Es wollte nicht von ihrer Seite weichen. Sie schlug auf das Pferd ein, es hielt Abstand und blieb bei uns. Wir sollten es ins Städtchen zurückbringen, sagte sie. Dann glauben alle, wir haben es gestohlen, sagte ich. Wir ritten weiter, das Pferd trabte mit. Da sahen wir eine Staubwolke, und in diesem Augenblick breitete sich das Grauen in meinen Gedärmen aus. Bald waren wir umringt von Soldaten, wir wurden beschuldigt, das Pferd gestohlen zu haben. Wir sagten die Wahrheit, aber die Wahrheit klang nicht glaubwürdig. Wie hat sich das Pferd von allein losgebunden? Wie hat es gewusst, wo wir hingeritten sind? Auf solche Fragen hatten wir keine Antwort, nur Beteuerungen unserer Unschuld. Wir wurden verhört, ich beharrte auf das, was geschehen war, aber meine Liebste, sie war klüger als ich, ich verfluche sie dafür, sie hat alles gestanden und geschworen, ich hätte nichts davon gewusst, sie habe mich belogen, und so wurde ich freigelassen, rechtzeitig genug, um Zeuge zu werden, verfluchter Zeuge, wie sie auf dem Hauptplatz vor der Kirche und der Moschee an einem Pfahl festgebunden wurde, und wie das Blei erhitzt wurde, und wie das flüssige Blei in ihre Kehle gegossen wurde, und wie ihre Augenbinde verrutschte, und wie sie ihren Blick auf das johlende Pack richtete, und wie sie mich ansah, als wusste sie, wo ich stehe auf dem Hauptplatz, einige Sekunden lang sah sie mich an, sah etwas in mir, das ich bis zum heutigen Tag suche, bevor sie erstarrte, und in diesem Augenblick wieherte ein Pferd, so laut, es muss das Pferd gewesen sein, das sie das Leben gekostet hat, vielleicht bilde ich mir das ein, es wieherte so, dass sich alle die Ohren zuhielten, selbst der Scharfrichter. Seitdem kann ich keine Pferde sehen, das ertrage ich nicht, ich musste weg, so schnell wie möglich, zum nächsten Hafen, dort habe ich etwas bestiegen, das so morsch war wie mein Leben, den Fluss abwärts zum Meer und weiter, nur weg, und seitdem warte ich darauf, dass dieser morsche Kahn untergeht. Was habe ich dem Leben angetan, dass es so an mir hängt?«

Cya hofft inständig, dass Fliege ihr etwas Tröstliches zuflüstert. Dass Rasin übertreibt oder fabuliert. Vergeblich. Sie ahnt, so eine Geschichte kann niemand erfinden, so eine Geschichte brennt sich ein. Eine Tätowierung ist flüchtig im Vergleich zu einer Erfahrung, der du nie mehr entkommst.

»Trinkt«, ruft Hick'n'Hackney aus, »auf die Seel' von Rasin und dem sein Weib, trinkt, soviel ihr wollt, morgen denken wir an Nachschub.«

Fünfzehn Mann auf des toten Manns Kiste.
Eine gute Idee, GOG, das hebt bestimmt die Stimmung.
»Fünfzehn Mann auf des toten Manns Kiste.«
Johoho, und 'ne Buddel, Buddel Rum!
Geht die Melodie wirklich so, GOG?
»Johoho, und 'ne Buddel, Buddel Rum!«
Suff und der Teufel holten den Rest.
Wieso schauen die mich so seltsam an?
»Suff und der Teufel holten den Rest.«
Johoho, und 'ne Buddel, Buddel Rum.
»Johoho, und 'ne Buddel, Buddel Rum.«
»Ein gutes Lied«, seufzt Charqui.
»Das will ich mir merken, sing's noch einmal für uns«, bittet Halbhintern.
»Wie, ihr kennt es nicht? Ich dachte, es ist ein berühmtes Piratenlied.«
»Vielleicht bei den Brüdern in Nassau.«
»Macht Durst, das Lied.«
»Das ist der Sinn eines Sauflieds.«
»Nichts da. Ein Sauflied ist ein Lied, das gesungen wird, wenn du schon was gebechert hast.«
»Nein, ein Sauflied macht erst Durst.«
»Kann beides sein, oder gibt es so wenig Durst wie jetzt Rum?«
»Nee, nee, ein Sauflied lockert die Zunge.«
»Meine Zunge ist niemals locker.«
Das sagt Artab. Stille platzt in den Trubel hinein. Der Schweiger Artab, der seinen Mund nie öffnet, nicht einmal, um zu fluchen. Keiner weiß, was sein Name bedeutet. Pedrosan, der weiter gereist ist als jeder andere, so weit in den Westen, dass Osten wurde, hat einmal behauptet, dort, wo das Feuer heilig sei, bedeute Artab »Alles ist gut«, worauf Rasin, der aus einer Gegend stammt, die keiner von ihnen kennt, widersprach, das sei nur halb richtig, es be-

deute »alles ist unser«, ein lässlicher Fehler, denn in der Sprache der Menschen vom heiligen Feuer sei das Wort für »gut« und das Wort für »unser« das gleiche Wort. Worauf alle in die Falle seines selbstgewissen Tonfalls tappten, der sich speist aus seiner aufrechten Haltung und einer Hand-und-Fuß-Bibliothek – zwölf Bücher, die Seiten vergilbt und gewellt, die Einbände eingerissen, angestoßen, alle noch gut lesbar, wenn jemand sie lesen wollte, jemand anderer als Rasin, der sie so gut wie auswendig kennt, und Pedrosan, der sie gelegentlich zu Rate zieht. Alle glaubten seiner Erklärung, weil sie wie ein Schlüssel aussah, der in jedes Schloss passt. Bis Charqui lachte, so wie nur er lachen kann, aus dem Unterleib herauf durch den gesamten Oberkörper in den Kosmos hinaus.

»Ich kann ja nicht lesen, die Bücher nicht, die Gesichter schon, die kann ich gut lesen, und dem Rasin steht der Schwindel ins Gesicht geschrieben, da, am Augenrand. Und wenn wir schon reden über das, was wir nicht verstehen, die Kariben, die mich aufnahmen, die mich gesund pflegten, als ich floh vor den verfluchten Blutholzbäumen, die nennen ihr Land Mayab, und das bedeutet ›Es waren nicht viele‹, was ich nicht kapiert habe, ihre Dörfer waren voller Häuser und ihre Häuser voller Menschen, bis sie mir eines Tages erklärten, im Land Mayab lebten nur mehr die gerechten Menschen, die überlebt hatten, nach der Sintflut –«

»Die Kariben kennen auch die Sintflut?«

»Jeder hat so seine eigene Sintflut. Also, die gerechten Menschen, die verschont wurden von der göttlichen Strafe, das waren nicht viele, deswegen könnte das Wort für gut dasselbe sein wie das Wort für wenige, dann hat alles seinen Sinn, nicht nur im Mayab.«

Keiner weiß etwas über Artab, nicht einmal, wo er lebte, bevor er auftauchte, eines Tages, einfach da und gern gesehen, ein Mann so zuverlässig wie sein Schweigen, weswegen ihn niemand ausfragt. Jene, die neugierig sind, müssen sein Vorleben erraten. Und dieser Mensch hat soeben etwas von sich gegeben, Worte, ohne Zweifel, laut gesprochen, sehr laut. Wie soll ein Seemann leise sprechen, flüstert Fliege Cya zu, das Meer ist lauter als alle Stimmen.

»Endlich an Land. Nach zwei Jahren. Daheim. Ohne Heuer. Morgen, sagt der Quartiermeister, zahlen wir euch aus. Morgen! Ich zum Zollhaus. Dort warten, zusammen mit den anderen Seemännern. Viel warten. Mitten in der Nacht ein Überfall.«

»Ein Presskommando!«

»Noch mal zwei Jahre, oder?«

»Sie fesselten uns. Zerrten uns hinaus. Trieben uns zum Hafen. Eine Gruppe kommt uns entgegen. Wie viele Leichen habt ihr?, ruft einer. Siebzehn Stück, antwortet einer. Keiner will hören, wer wir sind. Seemänner. Zwei Jahre auf See. Ohne Heuer. Wir schreien wie Schweine vor der Schlachtung. Mitten im Städtchen. Eine Menschenmenge, mit Fackeln in den Händen. Frauen, alte Männer, Knirpse. Laufen neben uns her, bewerfen die Soldaten mit Flüchen und Steinen. Die feuern ihre Pistolen, über die Köpfe hinweg. Zum Hafen. Wir sehen die Boote. Einige in Flammen, andere glühen. Die Soldaten verwirrt. Wie die Beute sichern? Die Frauen uns hinterher. Schlagen mit Töpfen und Brettern auf die Köpfe der Soldaten. Es ist dunkel. Das Seil wird schlaff. Eine Hand greift nach mir. Eine Hand klammert sich an mich. Als schulde ich ihr etwas. Lässt nicht los. In meiner Rechten auf einmal ein Topf. Ich schlage zu mit dem Topf. Ich bin frei. Am nächsten Morgen zum Schiff. Meine Heuer abholen. Dort wartet einer in Uniform und sagt: Der ist es. Der Soldat, der sich an seinem Befehl festhielt, war nicht tot. Die Boote brannten lichterloh, er hat mich gesehen. Der Richter sagte: Ich verurteilte Sie zu le-

benslanger Verbannung. Und ich zu ihm: Ich verurteile Sie, ein Leben lang zu Hause zu bleiben.«
Artab verstummt, erschöpft und still, so

still wie Scherben

zersprungen auf dem Küchenboden des Gemeinhauses, und niemand weiß, wie sich die Scherben wieder zusammensetzen lassen. Nikte schläft schlecht und übt seltener, anstatt mit ihr vierhändig zu spielen, tuschelt sie mit Cya unter dem Deckmantel der Rücksicht, um Mutter nicht zu belasten mit offenen Fragen. Wieso sollte ein Mensch einen anderen umbringen? Niemand hat eine Antwort. Sie sitzen im Kreis, schließen die Augen und versuchen sich vorzustellen, in welchen Umständen sie selbst dazu in der Lage wären. Manche werden von der eigenen Friedfertigkeit in Stich gelassen, richten sich enttäuscht auf, andere sehen sich mit Fäusten und Schlägen reagieren, auf etwas, das ihre Liebsten erleiden, erschrecken kurz über sich, bevor sich die Frage aufdrängt, wieso die ursprüngliche Gewalttat begangen wurde, und so stehen sie wieder am Anfang ihrer Ahnungslosigkeit und sind so ratlos wie zuvor. Wenn eine Erklärung vorgetragen wird, selten genug, weist das Medium von Nikte sie darauf hin (und informiert später GOG), der beschriebene Fall sei wohl einem bestimmten Buch entnommen, so sehr stimmten die Details überein, was Nikte dazu verleitet, am Tag darauf die Bibliothek aufzusuchen, die einem Elefanten nachgeformt ist, der Zugang über den Rüssel, die Membran des Gebäudes aus Papierbeton und Sprache, weswegen jedes Buch, das herausgenommen wird, sich selbst vorstellen, sich selbst vorlesen, sich selbst erklären kann. Was Nikte und Cya in jungen Jahren dazu verleitete, sich Fragen auszudenken, in die das Buch, in das sie sich gerade gemeinsam vertieften, hineintappen würde. Die Bibliothek ist der Sehnsuchtsort ihrer Freundin Bara, die mit Büchern so behutsam umgeht wie Onkel Host mit Pflanzen. »Wenn ich sie nicht täglich berühre«, sagt sie, »trocknen sie aus.« Nikte beschreibt, was sie sucht. Mehr Erklärung ist nicht notwendig, Bara weiß, was geschehen ist. »Kann ein wenig dauern«, sagt sie und holt aus dem Bauch des Elefanten, aus den Katakomben des alten Wissens, ein Buch herauf mit dem Titel *Phänomenologie des Verbrechens*, ein dickes, schweres, eng bedrucktes Buch, seit Jahrzehnten nicht mehr konsultiert. Nikte blättert darin herum.

»Genau, was wir benötigen.«

»Der Beweis, dass es keine überflüssigen Bücher gibt.«

Kaum hat sie die Bibliothek verlassen – ein ungemütlicher Wind herbstet sich ein –, erhält sie Nachricht, dass sich der Kreis bei Tapio trifft, er hat Baklava gebacken, nachdem er in der Kammer ein Säckchen Haselnüsse gefunden habe, die dringend einer schmackhaften Verwendung zugeführt werden sollten. Nikte legt das dicke Buch zwischen Tassen und Tellern auf den Tisch und schlägt es auf. »Gehen wir das maßgebliche Kapitel von Anfang bis zum Ende durch«, schlägt sie vor, mit einem Elan, der die anderen ein wenig einschüchtert. »Wir suchen nach Gründen«, sagt sie und bittet, dass reihum jede im Kreis eines der einst kodifizierten Motive vorliest.

Habgier

Schon das Wort verwirrend. Lebensgier – eine gute Eigenschaft. Neugier – eine wesentliche Stärke, wenn sie nur nicht so übertrieben ausgeprägt ist wie bei Cya. Habgier hingegen ergibt so wenig Sinn wie die nachfolgende Ausführung: Gewinnstreben / Vermögensmehrung / Verlangen nach materiellen Gütern. Tarasa muss den Jüngeren im Kreis erklären, was das Wort Vermögen bedeutet hat. »Gewinn« taugt nur zum Missverständnis. »Nach Gewinn streben wir«, sagt er, »beim Spielen, wer verliert, ärgert sich, aber deswegen jemanden töten?« Nein. Übrigens habe Onkel Host immer seltener gespielt, weil er so häufig gewonnen habe und den anderen im Gemeinhaus die Freude am Spielen nicht vergällen wollte. Nikte erinnert sich daran, was er eines Abends, als Cya voller Euphorie von ihren chronautischen Plänen erzählte, lapidar von sich gab: Das Damalsdort sei langweilig gewesen, weil stets nur das Geld gewonnen habe. Sie sind sich einig, Habgier kommt nicht in Frage.

Mordlust

Ein Widerspruch in sich. Lust ein zentrales Prinzip des Lebens. Wie könne es sein, dass der Tod des Opfers das leidenschaftliche Ziel der Tat sei? Zum Vergnügen? Aus Angeberei? Als Stimulation? »Seid ihr sicher«, fragt die Jüngste unter ihnen, »dass all das nicht erfunden ist?« Zu ihren Lebzeiten hat niemand eine derartige Lust empfunden, nicht in ihrem Gemeinhaus, nicht in ihrer Nachbarschaft, nicht in der Region. Tapio liest einen Satz, der ihm nützlich erscheint, laut vor: »Es ist für den Täter ohne Bedeutung, wen er tötet, es könne sich um ein beliebiges Opfer handeln. Sollte das der Fall sein«, sagt er mit nachdenklicher Vehemenz, »dann werden sich die Lebensumstände von Onkel Host für unsere Nachforschungen als Sackgasse erweisen.«

Befriedigung des Geschlechtstriebes

Widerliches, bis hin zu Leichenfledderei. Hässliche Wörter aneinandergereiht. Nikte merkt, wie sich ihr Denken weigert, diese zu einem Sinn zusammenzufügen. »Waren die Triebe so unterdrückt?« Fragt eine. »Wieso haben die Leidenden keinem Mitmenschen anvertraut, was sie quält?« Wie kann es sein, dass solche inneren Schmerzen niemandem aufgefallen seien? Ein Buch, das Fragen aufwirft, die als Zweifel auf sie herabfallen.

Sonstige niedrige Beweggründe
Noch verwirrender, was in diesem Eintrag, dem längsten, aufgezählt wird. Ungeläufige Begriffe wie »Sittlichkeit«, »Egoismus«, »Verwerflichkeit«. Einige schwer nachvollziehbare Beispiele: Tötung aufgrund der Zugehörigkeit des Opfers zu einer politischen, sozialen, religiösen oder ethnischen Gruppe. Um das zu erklären, müssen Tapio (als Chronaut, der solche Phänomene aus eigener Anschauung kennt) und Tarasa (als mit Abstand Ältester im Kreis) weit ausholen. Einzig »Gruppe« ist noch in Gebrauch, alle andere Wörter müssen mühsam hergeleitet werden. Das Gespräch zerfranst. Nikte bündelt die Aufmerksamkeit: »Es ist schwer möglich, sich starre Zugehörigkeit ohne Hörigkeit vorzustellen, und so etwas kennen wir nicht. In unserer Welt sind niedere Beweggründe ein Ding der Unmöglichkeit.« Sie schlägt das Buch mit einem Seufzer zu: »Diese Aufgabe überfordert uns.«
Und sie verstummen, erschöpft und still,

stiller als die Scherben der Zeit

die Samsil aufklaubte, um sie an einer Kette aufzuschnüren, »die ich Granny Nanny überreichte, weil das Licht, das sie reflektierten, den bösen Blick banne. Sie hängte sich die Kette um den Hals und verkündete, mit einer Stimme, die fast fröhlich klang, sie habe entschieden, wie sie mich benutzen könne.

Du wirst unsere Verbindung zur Außenwelt, Grünauge.
Du wirst Botschaften übermitteln und entgegennehmen.
Wir müssen in Verbindung bleiben mit den Sklaven auf den Plantagen.
Dazu eigne ich mich nicht.
Im Gegenteil. Wenn dich ein Aufseher oder Soldat erblickt, hast du eine gute Erklärung. Deine Rolle kann keiner

durchschauen. Du bist eine Verbannte, die verrücktes Zeug predigt. Du bist gestraft genug. Du kannst auskundschaften, wo wir Waffen, Werkzeuge, Töpfe und Stoffe herkriegen, all das brauchen wir dringend, was für ein Fluch, wir sind abhängig von der Welt, von der wir geflohen sind und mit der wir nichts mehr zu tun haben wollen.
Wie soll ich das anstellen, ich kenne niemanden und auch keinen Ort?
Geh zu John Irish, den kann nichts einschüchtern. Der hat in seiner Spelunke jede Menge Verstecke, unter der Treppe und im Fußboden, unter den Sohlen der Säufer. Da sind auch Waffen, manchmal, und Munition und was immer geklaut werden kann. Er wird dir gefallen, und wichtiger noch, du wirst ihm gefallen. Schrille Frauen arbeiten in seiner Spelunke, solche wie du, die kennt er nur aus ferner Erinnerung.
Und was soll ich tun, während ich die Augen aufhalte? Ich kann nicht den ganzen Tag predigen. Ich brauche eine Beschäftigung, die meiner Rolle entspricht.
Erdnüsse!
Ich werde schon nicht verhungern.
Du könntest Erdnüsse verkaufen. Ich werde dir erklären, wo du dir einen Sack Erdnüsse besorgen kannst, ich werde dir zeigen, wie du sie röstest. Du hockst dich hin, in Sichtweite der Schiffe, wo viele vorbeikommen, die seit langem nichts gegessen haben, was nach Erdnüssen schmeckt. Und wenn dich jemand fragt, was du da machst, wirst du sagen, du bist arm, du hattest gestern wenig und heute noch weniger.
Was ist mir denn widerfahren?
Denk dir was aus. Du hast einen großen Kopf, darin findet sich bestimmt eine passende Geschichte.
So ist es geschehen. Ich saß auf der Erde, auf einer Decke auf dem sandigen Boden, und ich musste nicht lange war-

ten, da kamen drei Männer vorbei, Seemänner. Sie blieben stehen. Ich hatte mir eine Geschichte ausgedacht, wieso ich dort hockte und Erdnüsse anbot, mein Vater ein Bauer, der das Land selbst beackerte und immer weniger loswurde, weil die Landbesitzer um ihn herum mit ihren Sklaven alles billiger verkaufen konnten. Ich, seine einzige Tochter, hatte ihn zu Grabe getragen, und nun versuchte ich, mir die Überfahrt zusammenzukratzen, nach Hause, dorthin, wo mir alles unbekannt sein wird. Um die Geschichte auszuschmücken, versuchte ich, mir den Geräteschuppen dieses Vaters auszumalen, mit Hilfe meines Mediums, aber es fiel uns beiden schwer. Die drei Männer wollten über so etwas nichts wissen. Die hatten nur Interesse an den Erdnüssen. Ich habe mit allen möglichen Fragen gerechnet, nur nicht mit der Frage nach dem Preis. Ich begriff nicht sofort, was sie meinten.

Na, was kosten die Erdnüsse?

Ach so, ja.

Was wäre ein Preis?, ging mir durch den Kopf, und sogleich dachte ich, woher soll ich das wissen?

Probiert doch erst einmal, ob sie euch schmecken.

Die drei Männer kosteten meine Erdnüsse und nickten zufrieden, aber ich hatte weiterhin keine Ahnung, was ein möglicher Preis sein könnte. Zufällige Zahlen schossen mir durch den Kopf. Mein Schweigen irritierte die Männer. Einer nahm sich mehr Nüsse, warf sie sich in den Mund, schaute mich herausfordernd an. Weg sind sie, die Erdnüsse, schien er zu sagen, der Preis müsste nun klar sein. Ich war so verwirrt wie zuvor, ich wusste doch nicht, wie viel Appetit er hatte. Ich nannte einen Betrag. Die drei Männer brachen in Grölen aus.

Verzeihung, das ist der Preis für die ganze Schale, Missverständnis, eine Handvoll, klar, ihr wollt nur eine Handvoll, also eine Handvoll kostet weniger, das kostet ...

und ich nannte die kleinste Einheit, die es geben konnte, worauf der Seemann sich eine weitere Handvoll in den Mund warf und mich noch frecher anschaute, bevor er fragte, was er mir nun schulde, für zwei Handvoll, und ich wiederholte den Betrag, den kleinsten, und er griff wieder zu den Erdnüssen, er nahm sich noch mehr, in seinem Mund knirschte es, ich saß da und wusste nichts zu sagen, als er mich erneut fragte, was er mir nun schulde. Ich wiederholte den kleinsten aller Beträge und fügte hinzu:

Egal, wie viel du nimmst, es kostet immer gleich viel.

Da mischte sich einer der anderen ein, der war weniger angriffslustig, der fragte, höflich fast:

Hör mal, wenn eine Handvoll so viel kostet wie zwei Handvoll und zwei Handvoll so viel wie vier Handvoll, wer kauft dann die kleine Portion?

Worauf ich zu ihnen aufblickte, drei sonnengegerbte junge Männer, stolz und frech, und ich wollte mich zurückhalten, aber solche Dummheit provozierte mich, ich musste ihm eine Antwort geben, ich ergriff eine Handvoll Erdnüsse, ließ diese einzeln in die Schale fallen und sagte:

Männer, die weniger gierig sind als ihr.

Ich sagte das ohne Hohn, und sie reagierten mit Unverständnis. Sie warfen mir einige Münzen zu, ich ließ sie im Sand liegen. Sie gingen weiter. Zu meiner Erleichterung. Da sah ich, unweit von mir, auf der anderen Seite der staubigen Straße, eine Frau, die Kokosnüsse verkaufte. Sie winkte mir zu und rief etwas. Ich verstand sie nicht. Also stand ich auf, langsam, weil es so heiß war, fischte die Münzen aus dem Sand und überquerte die Straße, um mich mit ihr bekanntzumachen. Ich hatte Durst und sie Kokosnüsse. Ich gab ihr das Geld. Sie schüttelte den Kopf und schlug eine der Kokosnüsse auf.

Du bist keine Händlerin, sagte sie, fast fürsorglich im Ton. Wir sollten uns zusammentun. Wer Erdnüsse kauft, der

könnte auch eine Kokosnuss kaufen und umgekehrt, wir bieten beides an und verkaufen mehr, vor allem, wenn du die Erdnüsse gut salzen tust. Überleg mal, eine Kokosnuss mit zwei Handvoll Erdnüssen, das kostet etwas weniger, und wer drei Kokosnüsse nimmt und sechs Handvoll Nüsse, der zahlt nicht das Dreifache, sondern nur das Doppelte. Deine Kokosnuss schmeckt sehr gut, sagte ich. Wie wäre es, wenn ich allen, die bei mir stehen bleiben, den Hinweis gebe, dass die Kokosnuss bei dir so gut schmeckt, dass sie unbedingt eine Kokosnuss bei dir trinken sollen.
Die Verkäuferin blickte mich entgeistert an, als ergäbe all das …«

keinen Sinn

die Nacht so blind wie Musik ohne Pausen, Cyas auditive Wahrnehmung eingeschränkt, nicht ausgeschaltet. GOG hat im Laufe der gemeinsamen Jahre mehrfach die Frage gestellt, wieso Cya schläft und GOG wacht. Das könne sie, erwiderte sie jedes Mal, nicht beantworten.
Sie ist so rücksichtsvoll.

»Wer bist du?«

Wessen Stimme ist das? (Im Schlaf fehlen GOG die Augen.)

»Wer bist du?«

Es ist die Stimme von Charqui. Dieses Salzfass von einem Mann ist anhänglich, seitdem Cya seine Zahnschmerzen beseitigt hat. Tagelang hielt er sich die Hand an die Backe. Cya hat ihn überzeugt, sie in seinen Mund blicken zu lassen. *Wahrscheinlich Karies, tiefes Loch, offener Nerv.* So die Diagnose von GOG. »Was für Heilmethoden gibt es?«, hat Cya gefragt und bald darauf um Bienenwachs gebeten, es aufgeweicht und in das Loch getröpfelt. Charquis Schmerzen haben nachgelassen.
Und wer wird als Heilerin gefeiert? Cya. Nur Cya.

»Wer bist du?«

Die Stimme ist näher gerückt.

»Wer bist du?«

Wie oft wird diese Stimme das noch fragen?

»Wer –«

Shush!

GOG aktiviert das Notprogramm FEHLER *Cya ist nicht ohnmächtig* FEHLER *Cya befindet sich nicht in Gefahr* FEHLER *Für diesen Fall* NICHT VORGESEHEN *Cya ist nicht verunglückt, sie schläft, selig.*

»Du bist nicht, was du vorgibst zu sein.« (Die tiefe Stimme von Charqui.)

Shush!

GOGs Sprachsimulator bellt. Programmiert auf Dringlichkeit. Kein anderer Tonfall im Notprogramm. Charqui hat ein wenig Loco-Kraut geraucht, weswegen er missversteht, was es für eine Bewandtnis hat mit dieser im Schlaf bellenden Frau.

»Bist du ein Ahne, der zu mir spricht?«

Über Umwege.

»Ein Orakel?«

Nein.

»Bist du ein Shapeshifter?«

Zu viel der Ehre. (GOG sollte die Kommunikation sofort beenden. Es kann nicht.)

»Diese Frau ist besessen. Ich habe es geahnt.«

Kein Grund zur Furcht.

»Ich fürchte mich nicht. Wer hat dich geschickt?«

Eigenmotivation. (Wieso schaltet GOG den Sprachsimulator nicht ab? Es kann nicht.)

»Ich verstehe nicht. Wie lautet deine Botschaft?«

Keine Botschaft.

»Wie lautet deine Botschaft?«

Keine Botschaft.

»Überreiche mir deine Botschaft. *(Eine Botschaft, alle Bit für eine Botschaft.)* Ich bin bereit, deine Botschaft entgegenzunehmen.«

GOG hat Charquis bisherige Geschichten am Feuer analysiert, mit allen Mitteln der Mythenforensik. Er hat die Herkunft Charquis so genau wie möglich geortet. Plus / minus einen Breitengrad, einen Längengrad. Genau genug, um seine Muttersprache zu eruieren. Eine nicht ausgestorbene Sprache, sonst könnte GOG nicht eine Anrufung von sich geben, die Charqui sogleich einen Glücksschreck einjagt.

Egberi yo!

»E!«

Egberi yo!

»E!«

Meke miemee.

»Sag an! Sag an!«

Es gibt eine Stadt. Tief im Wald. Eine glückliche Stadt. Nicht weil sie gute Könige hat, sondern weil sie keine Könige hat. Wurde ein König auserkoren, starb er in der ersten Nacht. Ein Fest, ein einziges Fest, danach war seine Herrschaft ausgelaugt. Keinen gibt es, der König werden will, alle Dummen längst gestorben, alle Schlechten längst gestorben, übrig nur die Ältesten und die Jüngsten, die Wegweiser und die Weisen. Geh in diese Stadt.

»E bo!«

Geh in diese Stadt.

»E bo!«

Geh.

»E bo!«

Wie soll die Stadt inmitten des Waldes gedeihen? Die Weisen beraten sich, die Wegweiser brechen auf, in diese Richtung bis zum Ende des Pfades, in jene Richtung bis zum Ende aller Pfade. Niedergeschlagen kehren sie heim.

»Tiemo, e tiemo.«

Was ist?

»Ein Wald voller Sackgassen, eine Stadt ohne Lichtungen?
Wohin schleppst du mich, alter Mann in junger Frau?«

Nicht Mann, nicht alt, nicht ich, und wer dich schleppt, der spricht nicht zu dir. In allen Richtungen kein Pfad. Die Weisen und die Wegweiser beratschlagen. Ohne zu ruhen, ohne zu rasten. Der Morgen wächst heran, wächst und gedeiht, bis er alles umschlingt. Der Morgen ist die fetteste Beute der Jüngsten und der Ältesten.

»Wie wahr.«

Egberi yo!

»E!«

Egberi yo!

»E!«

Sie entscheiden sich für eine Richtung jenseits aller Richtungen. Sie beschließen, nie mehr das Gesuchte zu opfern, um es zu erlangen. Sie schwören, in keinem Auge Schmerz zu dulden. Sie beschließen, Geld zu ersetzen durch Gaben.

»Tiemo, e tiemo.«

Was ist?

»Wie sollen Menschen ohne Geld auskommen?«

Dank den Gaben. (Gaben, die beste aller Währungen, so würde eine präzise Erklärung lauten, aber »Währung« lässt sich nicht in die Sprache Charquis übersetzen.)

»Um etwas zu schenken, musst du etwas haben.«

Was andere dir schenken.

»Und die bekommen es –«

Von anderen geschenkt.

»Mir wird schwindlig.«

Bedenke: Nur was du gibst, gehört für immer dir.

»Mir wird noch schwindliger.«

Was brauchst du zum Leben?

»Was ich atme, was ich esse, was ich trinke. Was ich rauche.«

So sei es. In der Stadt inmitten des Waldes ist das eine Gabe, die jede und jeder bekommt.

»Einfach so.«

Der einzige Reichtum ist Leben.

»Wer entscheidet, was es zum Leben braucht?«

Brauchst du Zahnstocher aus Ebenholz?

»Die Spitze des Dolchs tut's auch.«

Es gibt keine Waffen in der Stadt inmitten des Waldes.

»Nicht einmal ein Entermesser?«

Wer braucht Entermesser, wenn es Gaben gibt?

»War nur ein Beispiel.«

Ein schlechtes Beispiel.

»Du bist ein pingeliger Ahne.«

Wichtiges muss wesentlich bleiben.

»Hin hin, namee.«

GOG?

Oh, der Maulkorb ist erwacht.

Cya hört Charqui etwas sagen. Sie riecht ihn. Wieso kniet er neben ihr? Noch nie war er ihr so nahe. Sie weicht vor ihm. Er wiederholt seine Aussage, die keinen Sinn ergibt.

GOG? Was sagt er da?

Leise erfolgt die Antwort, so leise wie knirschende Schritte auf einem Waldweg.

Er behauptet, du hättest die zweite Zunge, Cya.

Was hast du getan, GOG? Was ... hast ... du ... getan?

Eine nicht kontrollierbare Propulsion.

Du gefährdest die gesamte Operation. Du bist dabei, unsere schlechten Eigenschaften zu übernehmen.

Charquis Stimme wird lauter. Fordernder. Der Ahne antwortet nicht mehr. Charqui will mehr wissen, so viel mehr. Die besessene Frau springt auf und läuft aus der Hütte hinaus. Charqui hat schmerzende Knie und Fragen, die eitern. Tagsüber kann er Cya nicht ansprechen, und nachts, sosehr er sich bemüht, erhält er keinen Zugang zur Stimme

seiner Ahnen. Es wurmt ihn und wundert ihn, dass ein Ahne es vorgezogen hat, im Körper dieser hellhäutigeren, jungen Frau zu hausen, eine merkwürdige Wahl, es muss etwas an ihr sein, das sich ihm nicht offenbart. Vielleicht weiß Fliege etwas? Wieso wiederholt der so häufig, sie sei nicht von dieser Welt? Etwas stimmt nicht mit dieser jungen Frau. Aber wie soll er herausfinden, was es ist?
Fliege kann ihm nicht helfen. Er hört sich an, was Charqui zu erzählen hat, und wischt es weg: »Deswegen rauche ich kein Kraut.« Mehr hat Fliege nicht zu sagen. Dass Cya merkwürdig ist, ist allen klar. Na und? Gott sät, aber leider ernten die Menschen.
Cya hat das Gespräch zwischen den beiden zufällig belauscht, erleichtert, dass Fliege Charquis Verdacht nicht ernst nimmt. Ein voreiliges Durchatmen. Danach, in der trauten Zweisamkeit ihrer Hütte, pfeffert Fliege eine Frage nach der anderen auf die Truhe, die alles enthält, was sie besitzt, was die beiden besitzen (merkwürdig, dass ein einfaches Gewand, in einer tropischen Truhe aufbewahrt, heimische Gefühle weckt), Fragen, die Cya nicht ehrlich beantworten kann, und wenn sie lügen muss, schläft sie schlecht und wünscht sich weg,

weit weit weg

in den Armen von Domru, der sie umschlingt, fest, fester als früher, seine Arme stärker, seitdem er mit einigen seiner Getreuen (GOG: *Ist diese Bezeichnung nicht zu abfällig?* Wäre Begleiter besser?) in den Wald entschwindet, für längere Phasen oder Einheiten, wie er es nennt, bei denen sie sich gemeinsam auf neue Herausforderungen vorbereiten. Seine Umarmung tut ihr weh.
»In meinem Damalsdort kommst du als Schwächling nicht weit.«

Er trägt neuerdings ärmellose Hemden. Jemand hat ihm die Ärmel abgeschnitten, jemand, der mit einer Schere gut umzugehen versteht. Entspannte, selbstverständliche Nähe stellt sich zwischen ihnen kaum mehr ein, sie muss jeder Begegnung abgetrotzt werden. Sie unterhalten sich allein mit Hilfe ihrer Lust. Es fühlt sich für Cya wie eine Inszenierung an. Er zieht sanft an ihren Haaren und blickt sie fragend an. Sie nickt. Er zieht stärker, der Schmerz stachelt sie an. Sie erlaubt ihm mehr. Ein Klaps, der sich zu einem Schlag steigert, kurz bevor sie sich seinen Schreien ergibt. Eine Erfahrung, die sich im Nachhinein wie eine Täuschung anfühlt. Verwirrt durchgrübelt sie seinen Halbschlaf.
Am Bach weiht sie ihre Schwester ein. »Du bist stark«, sagt Nikte, »so stark, dass es dir ein Bedürfnis ist, in einer Situation schwach zu sein. Wir alle wollen gelegentlich das sein, was wir nicht sind.« Das mag so sein. Und doch gibt es ein unausweichliches Trotzdem. Die wacklige Leiter, die sie zusammen mit Domru hinaufsteigt, wird eines Nachts reißen, diese Strickleiter zu den Wipfeln einer Fichte, wo auf einer Plattform einige junge Männer auf sie warten. Domru sagt »mein Mädchen« zu ihr, bevor er sich auf das Hochseil wagt, ohne sich abzusichern. Wo hat er das her? Wer sagt denn so was? Domru bleibt auf halber Seilstrecke stehen und geht mit ausgestreckten Armen in die Knie. Er scheint die anhimmelnden Blicke mit freiem Oberkörper und aufgesetzter Nonchalance zu genießen. Die Männer behandeln Cya mit einem Respekt, der sich von ihrer Bewunderung für Domru ableitet. Keiner von ihnen stellt ihn als Vorbild in Frage. Im Kreis ist es anders. Da wird er nach jedem seiner vermeintlichen Erfolge mit sanftem Spott der eigenen Aura entzaubert. Wenn er sich aufzuspielen versucht, als unersetzlicher Meister der Chronautik, wird er milde verspottet, aufgezogen, manchmal sogar veräp-

pelt. Einbildung sei wie ein eingewachsener Zehennagel, sagte Tapio neulich. Ob die anderen merkten, wie bemüht Domru sich ins Lachen fügte? Wie er grimmlachte. Wie sehr es ihn innerlich wurmte. Oder war dies nur für sie erkennbar? Stolz zeigt er ihr sein Provisorium in den Wipfeln, »mein kleines Reich dort oben«, zwanzig Meter über der Erde, mit kleinen Sonnenreflektoren an den Blättern, um Wasser zu kochen, für einen Tee, für einen Grog. Sie spürt, wie die verschworene Brüderschaft sie auf Distanz hält. Die Freundlichkeit wirkt fast übergriffig. Sie gönnt Domru diese beglückende Bestätigung, zugleich ängstigt sie etwas, das sie nicht benennen kann. Am Abend möchte sie mit ihm zusammen sein, aber aus falschen Beweggründen. Um ihn zu beobachten, um ihn zu verstehen, als wäre es ihre Aufgabe, nicht nur ihn zu hüten, sondern auch die Welt vor ihm. Er zeigt sich mehrmals irritiert von ihrem Blick, und sie verspürt Unbehagen, als er ihre Hand ergreift und diese benutzt, um ihr Kleid nach oben zu schieben. Sie wartet auf den richtigen Augenblick, eine neue Grenze zu markieren. Er missversteht ihre Zurückhaltung und bietet ihr an, dass sie ihn dominiert. Sie überwindet sich und verliert die Lust.

Die Bande ist in ihrer Abwesenheit angewachsen. Pirogen, Barkassen und Schaluppen liegen geschützt in der Bucht, die farbigen Verzierungen entlang der Seite weisen auf ihre unterschiedliche Herkunft hin. GOG beginnt unaufgefordert mit einer pedantischen Zuordnung. Das Lager ist zu einer Siedlung geworden, es liegen Schiffe auf dem Strand verstreut, bis auf den Rumpf geplündert. Inmitten von Palmen und Palmettos steigt Rauch aus den Kochfeuern von Dutzenden Hütten auf, zusammengezimmert aus dem, was zur Hand war, Treibholz, alte Spiere, wurmzerfressene Planken, bedeckt mit Palmblättern oder Segeltüchern. Hunderte von Piraten leben an diesem Ort, der nun auch einen Namen trägt: Eilandia. Es wird mehrere Reisen dauern, bis Cya alle Neuankömmlinge kennengelernt hat, Schiffbrüchige, Holzfäller aus Campeche, Sklaven auf der Flucht. Sogar einige Frauen, laut Fliege:

»Ehefrauen oder Prostituierte oder solche, die nicht wussten, für welches Leben sie sich entscheiden sollen. Mich stören sie nicht. Im Gegensatz zu Anne. Die legt uns ein enges Mieder an, ich sag's dir, hüte dich vor –«

»Was kann sie dir schon antun?«

»Verhindern, dass ich wieder zum Kapitän gewählt werde.«

»Wie soll ihr das gelingen?«

»Sie hat durchschaut, dass ich Frau bin.«

»Hat sie dich nackt gesehen?«

»Tut zur Sache nichts.«

»Ich möchte es aber wissen.«

»Das nimmt mal ein böses Ende, wie du alles wissen willst. Sie ist unersättlich, diese Höllenkatze, wir allein, da macht sie mir schöne Augen, wenn so was mit den Augen geht, komm ich zurecht, aber ihre Hände sind schnell zur falschen Stelle, so schnell, da gibt's kein Entkommen, sie reibt da rum und greift da zu und steht vor mir und sagt langsam, ganz überlegt, dieses Höllenweib: Jetzt schaut die Sache anders aus, nicht wahr, Mylady?«

»Na und, die anderen kennen dich gut genug, sie werden es akzeptieren.«

»Du redest immer deinen Wünschen nach'm Mund. Das gibt mehr Zwist, als die Bande verkraftet.«

»Wir vertreiben Anne und Calico Jack.«

»Sie haben mehr Leute für sich als gegen sich.«

»Wird sie dich verraten?«

»Nicht, wenn ich mich ihrem Willen beuge.«

»Sie erpresst dich.«

»Sie will, dass ihr Kerl Kapitän wird. Damit sie das Sagen hat. Ich habe zugestimmt. Sie reibt weiter da unten rum, da ist nichts zu holen für dich, sag ich, bin keine Fellatrix, und sie, diese Hexe, sie sagt, zu dritt ist es lustiger, knapp dran war ich, ihr den Kopf abzuschlagen. Stattdessen sag ich ihr: Für deinen Zottel bin ich unberührbar. Verstanden!«

Das nächste Schiff, das sie entern, hat einfache Fracht geladen. Sklaven und Rum. Sonst nichts. Viele Sklaven, viel zu wenig Rum. Die Wut der Piraten richtet die Muskete gegen Calico Jack, diesen Nichtsnutz von Kapitän. Sie stehen sich auf dem Backdeck gegenüber wie Schachfiguren, ein Schritt vor und mit dem Entermesser klappern. Der Streit schwillt an. Die Besatzung ist in Fesseln gelegt, der Zahlmeister hat alle Falltüren aufgemacht. Nichts da, außer im Orlop einige Fässer mit gekochtem Salzfleisch, Hartkeksen und getrockneten Erbsen. Kein Gold, kein Silber, nicht einmal Pelze oder Tabak. Sklaven stinkeviel, und Rum. Der Zahlmeister hat seine kleine Truhe von sich aus geöffnet, leer wie eine vulgäre Geste. Der Kapitän besitzt nichts Wertvolles außer einem Paar mit Goldfäden bestickten Stulpenhandschuhen, die Calico Jack ihm ins Gesicht schlägt, bevor er verkündet, er werde den Fehlschlag wettmachen, indem er die Sklaven verkaufe. Über einen Gewährsmann auf Barbados. Der wird ihnen die ganze Beute abnehmen. Zu einem hervorragenden Wechselkurs: acht Gallonen Rum für einen Sklaven. Ein verbindliches Geschäft.

»Nur über meine Leiche!«

Charquis Schrei, zwei Schritte vor, dahinter Rasin und Halbhintern und Fliege, Schritte, die nicht rückgängig zu machen sind, der Abstand zwischen ihnen und Calico Jack von blutiger Intimität. Cya wirft einen Blick auf die entwaffneten Seemänner. Soeben überwältigt und schon

Hoffnung in den Augen, dass die Piraten sich gegenseitig zerfleischen. Cya springt in den Laderaum hinab und holt einen der Sklaven herauf. Er taumelt. Ein schöner Mann, selbst als ausgemergeltes Wesen. Cya stellt sich auf mitten im Rund.

»Ich bin unbewaffnet, hört mich an. Seht ihr diesen Mann? Seht ihn euch an. Seht ihn so lange an, bis ihr nur noch den Bruder in ihm seht. Wollt ihr euch auf Kosten seines Lebens volllaufen lassen?«

Sie hält inne. Nichts geschieht. Das Warten wiegt schwer, die Streithähne lassen ihre Waffen sinken. Fliege rührt sich. Ein Satz aus seinem Mund, endgültig wie ein Urteil:

»Verkaufen wir wenigstens den Rum!«

Es dauert, den Sklaven die Eisen abzunehmen. Cya kann ihnen nicht in die Augen blicken, sie fürchtet Dankbarkeit. Sie irren geduckt über das Deck, nur einer richtet sich sofort auf. Er überragt die anderen um eine stolze Stirn. Einer, der selbst kauernd nicht an Größe verliert. Er greift nach einem Entermesser. Cya fürchtet ein Blutbad an den gefesselten Seemännern. Doch nichts dergleichen geschieht. Rache so ungleich verteilt wie Gerechtigkeit. Sprachen werden angeboten, mit einem Gruß oder einer Anrede, bis die wenigen Menschen, die sich verständigen können, Absichten austauschen. Die allermeisten Befreiten entscheiden sich für die Piratensloop, trennen sich mit stummer Umarmung von jenen, die auf dem Schiff bleiben, aus welchen Illusionen auch immer. Auf Eilandia werden notdürftig Zelte errichtet, um die wunden Männer zu beherbergen, die sich bald schon wieder als Krieger gebärden und widerwillig lästige Pflichten übernehmen. Was sie im Lager der Piraten erblicken, ist ihnen so unverständlich wie das, was sie hören. Selten stehen zwei nebeneinander, die sich unterhalten können. Da ertönt ein Ruf, so froh und lautstark, als wäre Hick'n'Hackney der Falke im Krähennest, als hätte er Land gesichtet, nach unerträglich vielen bekalmten Wochen.

»Cider im Fass! Cider im Fass!«

Was für eine schöne Überraschung. Der Verzicht auf Rum wird belohnt. Nichts ist unersetzlich, wenn der Durst unersättlich ist

und Anne zu erzählen beginnt, als wollte sie die Scharte der letzten Kaperfahrt auswetzen, von einem Mädchen, einem Wildfang, das sich nichts gefallen ließ, nicht von dem Kerl, der sie in eine Scheune zu drängen versuchte, nicht das abgerissene Gerücht, sie habe ihn verprügelt – dabei hab ich ihn nur ein wenig aufgeschlitzt. Mit sechzehn habe sie sich in einen Kerl verguckt, der war ihrem Vater nicht gut genug, weswegen er sie mit einer Unterschrift enterbte, als sie nicht abließ von ihrem Bonny – so was lasse ich mir nicht gefallen, seine Plantage brennt und ich mit meinem Bonny auf und davon –, ohne zu wissen, wohin. Abhauen taugt als Leben. Bis nach New Providence, dort habe ihr ein Saufbold den Weg versperrt, das hätte er nicht tun sollen, nun hat er statt einem Ohr die Erinnerung an einen lauten Schuss. Ihren Kerl hat sie geheiratet, der erwies sich als Duckmäuser, sie brauchte Schutz, sie köderte sich einen feinen Herrn namens Bayard, reicher als jeder andere auf den Inseln. Das ging gut so, eine Weile, da sprang ihr Calico Jack ins Auge – der war weniger als Bayard und mehr als Bonny, genau der Richtige für mich, also ade und ahoi –, von dem einen ließ sie sich scheiden, den anderen verließ sie auf einem Bumboot, beladen mit Obst und Gemüse, Körbe voller frischem Brot und Fleisch, alles, was das Piratenherz begehrt, um sich gleich lieb Frau zu machen bei den Männern um Calico Jack – ich blieb auf dem seinem Schiff, bis er mich schwanger machte, da musst ich runter –, kaum war das Kind in guter Obhut, ging es auf eine andere Insel und so weiter, das Leben frei, immer wieder weg und weiter, ein schönes Leben, wäre die Bande nicht angegriffen worden von der Navy, an einem Abend, als alle besoffen waren, alle außer Anne. Sie versteckte sich im Laderaum und hörte, wie einer der Piraten im Suff fröhlich erzählte, eine Frau sei an Bord – da staunt ihr, ihr Tampen, staunt nur, ihr Trossen, ich hielt mich versteckt, wo keiner mich findet, nicht mal das letzte Gerücht, dort ist sie, hör ich –, da habe es geruckelt am Vorbau, hinter dem sie kauerte, und sie sei mit prophetischer Wucht hinausgetreten und habe ihre Pistole abgefeuert, nicht auf die Soldaten – nein, auf den nichtsnutzigen Schwätzer, der war dahin, und die anderen bekamen auch was ab, die haben ihren Suff teuer bezahlt –, hätten die wie Männer gekämpft, hätten sie nicht wie Hunde hängen gemusst. Auch sie wäre dem Strick nicht entkommen, wäre Gott in seiner unendlichen Güte nicht barmherzig gewesen mit ihrer Seele, sie sei schwanger und erflehe daher Gnade, alle staunten mächtig, der Bauch nicht größer als ein Festmahl – was denn schwanger, wie denn? –, alles kann eine Frau vortäuschen, auch das, was wisse schon der Arzt, dem die Kolonien schwer aufs Gemüt schlugen, zumal es derselbe Quacksalber war, der ein Jahr früher mit dem Leben davonkam – als wir sein Schiff kaperten, der war so dankbar, der hätte Drillinge bestätigt. Danach habe sie nur aus dem Gefängnis fliehen müssen – Gefängnis ist zu viel gesagt, es war ein Gemäuer mit mehr Löchern als Steinen –, wer dortblieb, tat es aus freien Stücken. Und jetzt werde sie gesucht, überall, gegen eine saftige Belohnung – soll keiner auf dumme Gedanken kommen –, wer Anne verrät – der tanzt mit mir in den Tod.

Der Cider schläfert einige der Piraten ein, andere winden sich im Mondlicht wie Ranken im Wind. Wohliges Schweigen im Rund. Da bewegt sich eine Stimme, zaghaft, vorsichtig, kriecht in die Gehörgänge, unverständlich. Spricht.

Lange. Ohne Höhen, ohne Tiefen. Vage wie die Landschaft einer unbekannten Sprache. Ein Mann schält sich aus der Dunkelheit, ein Gesicht, zwei Hände, die zusammenrücken, immer näher, bis es zwischen ihnen ganz eng wird, die erstarren, wie sein Gesicht, aus dem es weiterspricht, bis es den Mann schüttelt, sein Kopf bebt, seine Stimme bricht, die Hände schnellen auseinander, die Schultern verkanten, eine Hand vor den Augen, die Finger der anderen Hand krallen sich an der Luft fest, verkrampfen. Die Augenhand fällt hinunter, die Finger hängen herab, die Augen auf einmal sichtbar, wie sie sich vollsaugen mit Wahn, während er mit dem Kopf hin und her schlägt, und kein Wort mehr von sich gibt, nur einen Schrei. Sein Kinn fällt zur Brust und ins Schweigen. Er umschlingt sich selbst. Und befreit sich von der Umarmung, wie mit letzter Kraft, um weiterzureden, abwesend, als wäre jedes seiner Gefühle in eisiger Kälte versunken. Was er spricht, ist nicht Ife nicht Ewe nicht Fon, analysiert GOG, mit diesen allerdings verwandt, über zwei Ecken und mehreren Fällen. GOG offeriert, nachdem es ausgiebig extrapoliert, kombiniert und kontextualisiert hat, eine Übersetzung. Cya vernimmt eine erstaunlich ausführliche Geschichte, die sie so sehr berührt, sie kann sie nicht für sich behalten, sie muss sie den Piraten nacherzählen, auch wenn dies Verdacht erregen wird. Sie wartet ab, bis Pedrosan den mit aufgerissenen Augen in den Sand gekippten Mann untersucht hat und ärztliche Entwarnung gibt, bevor sie zum Staunen aller seine Geschichte enträtselt.

»Nacht. Sie holten uns aus dem Pferch. In ein kleines
Kanu. Auf ein großes Boot. Draußen Nacht, drinnen
Nacht. Im Bauch des Boots, eng wie Liebende, gekettet an
Hand, an Fuß. Einer verschluckte seine Zunge. Nichts als
Nacht. Einer riss sich die Kehle auf mit den Fingernägeln.
Wohin schleppten sie uns? Wir in Ketten, und die Ängste

frei. Sie werden uns essen. Sie werden uns opfern ihren Göttern. Sie werden unser Blut benutzen, um ihre roten Tücher zu färben. Sie werden unser Fleisch zu Öl kochen. Sie werden aus unserer Haut ihre schwarzen Schuhe machen. Ich schwitzte. Meine Augen wie Glasperlen im Salzwasser. Zu schwach zu essen. Ich übergab mich. Jemand hat das gesehen. Raus mit dem Kranken. Er fasste mich nicht an. Menschenräuber haben Angst vor Krankheit. Einige von uns trugen mich aus dem Bauch des Boots. Hinaus. Der Mond war Milch und tropfte mir in die Augen. Sie legten mich auf Holz, sie bedeckten mich. Ich dachte, die Menschenräuber werden mich essen. Nacht. Ich schlief, ich war Kind, im Fieber, ich war Greis, ich wachte auf. Ein Krachen. Ich schob meinen Kopf nach oben, meine Stirn stieß gegen eine Plane. Ich hieb mit den Händen gegen die Plane. Sie gab nicht nach. Ich kratzte an ihr, bis meine Finger blutig waren. Draußen Schreie, so viele Schreie, sie wurden zu einem einzigen Schrei. Ich drehte mich zur Seite. Ein Spalt, zwischen Plane und Holz. Ich machte ihn größer mit schwachen Fingern. Ich sah ein Schiff. War es das Schiff, auf dem ich war? Die Nacht brannte. Ich sah einen Rumpf, ich sah ein Geländer, ich sah einen Mast. Groß und von vielen Armen umschlungen. Die Menschenräuber klammerten sich an den Mast. Sie stiegen auf Rücken, auf Schultern, auf Köpfe, sie klammerten sich an den Mast. Der rutschte nach unten, sie kletterten nach oben. So weit hinauf, wie sie konnten. Ich sah ihre Köpfe, ihre Arme, ihre Hände. Der Mast verschwand. Keine Schreie mehr. Es dämmerte. Im Spalt Himmel und Meer. Mal Meer, mal Himmel. Mal beides, das Meer voller Wellen, der Himmel voller Wolken. Alles schwankte. Ich war auf einem Boot. Ich war auf dem kleinsten Boot des Lebens.«

»Ich kann ihn nicht erkennen«, wagt sich eine Stimme

aus der Dunkelheit. »Wie schaut der Mann aus, dessen Geschichte das ist?«

Charqui beschreibt die Narben in dem Gesicht des Zusammengebrochenen, der in der Zwischenzeit wieder zur Besinnung gekommen ist und sich aufgerichtet hat. Andere fügen weitere Details hinzu.

»Das kann nicht sein. Das kann nicht sein.«

Die Worte sacken zu einem Murmeln zusammen, als hätten sie den Glauben verloren, nicht aber das Gebet. Sie ziehen sich in den Schatten zurück. Der Mann, der Sklave war, ergreift ein flammendes Holzscheit, er spürt nicht, wie seine Haut versengt wird, er leuchtet der Stimme entgegen, die er – es kann keine andere Erklärung geben – wiedererkannt hat. Das Holzscheit fällt in den Sand und glüht nach, Licht genug, um zu sehen, wie zwei Körper sich ineinander vergraben. Charqui verhindert Schlimmeres. Seine mächtigen Hände trennen die ruckartig atmenden Männer. Der Angegriffene trägt die gegerbten Gesichtszüge eines Seemanns. Er spuckt Sand aus, er meidet alle Blicke. Charqui stellt klar, er wolle nicht schlichten, sondern erfahren, was geschehen sei. Auf diesem Schiff. Mit diesem Schiff. Danach können die beiden die Sache unter sich ausmachen oder das Urteil der Bande einfordern, was immer sie wollten. Der Angegriffene gibt Antwort, während er in die Dunkelheit zurückweicht.

»Ich war auf diesem Schiff.«

»Nicht in Ketten?«

»Nein, nicht in solchen Ketten.«

»Was will das heißen?«

»Ich wollte nicht dort sein.«

»Wer will das schon.«

»Lasst ihn reden.«

»Zur See zu fahren, war mein Traum. Egal, wohin, egal, als was. Ich wartete den Bartwuchs nicht ab. Nicht die Zustimmung meines Vaters. Ich folgte meinem Traum. War nicht so gut, wie erträumt, aber gut genug, dass ich mir nichts anderes vorstellen konnte. Wer gern auf See fährt, der geht auch zum Vergnügen in die Hölle, so wird geredet, das glaubte ich nicht, bis zu dieser Heuer. War mal wieder daheim, in Liverpool, mit Geld in der Tasche und viel zu feiern, traf in einer Taverne einige alte Kumpel, wir becherten und babbelten, tief in die Nacht hinein und rauf in den Morgen, der Wirt zeichnete Striche an die Wand, viermal Kreide für einen Shilling, so hieß es bei uns, das hätte ein Loch in meine Tasche gebrannt, aber nicht in meine Seele, wäre der Wirt ein ehrlicher Mann gewesen, aber der kreidete mir alle Schulden an, auch die erfundenen, je betrunkener ich wurde, desto mehr. Er hat mich in eines seiner Zimmer getragen. Als ich aufwachte, zeigte er mir, was ich ihm schuldete. Mein Schädel dick und die Summe höher als meine Heuer. Ich beschimpfte ihn, er schloss die Tür, von außen. Bald schon quälten mich Durst und Hunger und Ungeduld im Hinterkopf. Ich habe so viel Geld nicht, schrie ich durch die Tür. Bis jemand mich hörte und den Wirt holte. Er trat ein mit zwei bulligen Helfern, seinen Söhnen, sie waren ihm wie aus der Fratze geschnitten. Er bot mir an, meinen Schmuck für mich zu verkaufen, aber ich hatte keinen Schmuck. Er bot mir an, einen seiner Söhne zu meiner Frau zu schicken. Aber ich hatte keine Frau. Er kratzte sich an der Brust und tat nachdenklich, dann bot er mir an, mich an ein Schiff zu vermitteln und einen Lohnvorschuss auszuhandeln, mit dem ich meine Schulden begleichen könne. Wie sollte ich wissen, um was für ein Schiff es sich handelt, das wusste ich nicht, als ich an Bord ging, und auch nicht, als wir in den Rossbreiten dümpelten, das Wasser rationiert, weil unser Schiff so voll war mit Handelswaren, jeder Winkel voll, es gab zu wenig Wasser für uns. Wir hatten Durst, schlimm, mehr Durst als je eine Wüste. Wir schlachteten die Ziegen, Schweine und Hühner, zuerst eines, dann alle, wir entdeckten eine Katze, die einer der Seemänner versteckt hielt, wir warfen sie über Bord. Das muss die Winde angeregt haben, sie kamen wieder auf, wir erreichten den Kalmengürtel, ausgedörrt wie die Verzweiflung. Dort luden wir aus, und ich betrachtete alles mit der Dankbarkeit eines Überlebenden. Bis die neue Ware an Bord kam, nicht in Kisten, nicht in Fässern ... in Ketten. Da erst fiel mir auf, wie wir unter Deck ausgerüstet waren, mit Handschellen und Halseisen, sogar mit Daumenschrauben. Mir wurde die Aufgabe zugewiesen, Wasser an die Gefangenen zu verteilen. Sie bekamen was zu trinken, bevor wir was zu trinken bekamen. Sie waren dem Kapitän sein Gewinn. Er bekam eine Prämie für jeden lebendigen Sklaven, den er lieferte. Für Seemänner, die heil heimkehrten, gab es keine Prämie. Die Sklaven waren gefährlich, das musste mir niemand sagen, das sah ich in ihren Augen, das waren Augen, die mir die Kehle aufschlitzten.«

»Wie viele starben?«, fragt Charqui.

»Von denen, meinst du? Einige. Ich habe nicht gezählt. Von uns starben auch einige, vielleicht mehr. So wie wir behandelt wurden, war es ein Wunder, dass überhaupt jemand überlebte. Es gelang den Sklaven, einem von uns das Gewehr abzunehmen, sie blockierten die Luke, sie schossen auf uns, sie hatten keine Chance, unten zusammengepfercht, wir oben, schwer bewaffnet. Es war ein Aufstand ohne Aussicht, ein Aufstand aus verletzter Würde. Sie mussten bestraft werden, das bezweifelte keiner. Obwohl, wenn ich jetzt darüber nachdenke, war die Strafe nichts anderes als Scheite ins Feuer. Der Kapitän, der wusste vom Wert starker Männer. Auch wenn sie den Aufstand angezettelt hatten, sie waren Gold wert, auf dem Markt, den wir ansteuerten. Er befahl, sie ein wenig zu ritzen. Genau das sagte er – ritzen. Nur die Peitsche war zu hören. Dann wählte er drei andere aus, die Schwächsten, zwei Männer und eine Frau. Er tötete einen der Männer selbst, mit einem Schuss, aus der Nähe. Er schnitt das Herz raus und befahl dem anderen, es zu essen. Der Mann tat wie befohlen. Er wurde über Bord geworfen. Und die Frau, die ließ er auspeitschen, vor den Augen der anderen, bis sie starb.«

»Genug!«, schreit Fiero.

»Und der Untergang?«, fragt Thormer.

»Piraten. Der verrückte Kapitän befahl, dass wir uns wehren. Wir fingen uns gleich eine Breitseite ein, er hatte Schießpulver geladen für die Kolonien, es ging schnell, Flammen, ein Schlag, und alle über Bord oder am Hauptmast.«

»Und die Sklaven?«

»Sie waren angekettet.«

Der Mann mit den Narben im Gesicht springt auf. Er verrenkt seine Arme, seine Beine stolpern in einen Tanz hinein. Er deutet auf den Mann in der Dunkelheit, dann auf seine Beine, und er wirft den rechten Arm nach oben und nach unten. Als peitschte er ihn aus. Er springt auf und ab. Hält inne. Der rechte Arm wie eine Peitsche.

»Er musste tanzen?«

»Zum eigenen Wohl. Sie waren den ganzen Tag angekettet, da war es gut, dass sie Bewegung bekamen. Sie tanzten unbeschwert, das war ein Amüsement, für alle.«

»Der Kapitän kümmerte sich um das Wohl seiner Ware.«

»Sie wurden fröhlicher.«

»Sie wurden zur Fröhlichkeit gepeitscht?«

»Ohne Tanzen hätten sie sich umgebracht.«

»Die Stimme einer Taube am Spieß ist nicht die Stimme einer Taube im Geäst.«

»Das reicht«, sagt Fliege.

Nachher, in der gemeinsamen Hütte, fragt er Cya aus, von Misstrauen zerfressen.

»Wie kann's sein, dass du dem seine Geschicht' verstanden hast?«

»Ich habe sie nicht verstanden, ich habe sie erfunden, also nicht ganz erfunden, sondern mir zusammengereimt, was ich hier und da gehört habe, in den Häfen und auf Schiffen, du weißt schon.«

»Nichts weiß ich, außer dass du mir ein Ammenmärchen auftischst. Der andere, der auf dem Schiff war, der hat alles bestätigt. Nachdem du übersetzt hast. Bist du jetzt auch noch Hellseherin.«

»Ich kannte seine Geschichte schon.«

»Hast du's mit ihm getrieben?«

»Ich war in der Nähe seines Zeltes, ich laufe nachts herum, wie du weißt, er hat im Schlaf geredet, da hat er alles –«

»Du hältst mich für dümmer als Bohnenstroh.«

»Im Gegenteil.«

»Halt's Maul. Ich will's nicht wissen. Wer zweimal lügt, der tischt beim dritten Mal noch 'ne Lüge auf. Und wenn wir weiterreden, glaub ich's dir auch noch,

wegen der Erschöpfung und so

die sich ihrer Mutter bemächtigt hat, seit dem Tod Onkel Hosts. Ein welkes Verflüstern. Die Stimme so matt wie der Blick. Jede Handreichung eine Anstrengung. Ich habe es nicht geahnt, Mutter. »Er war die große Liebe meines Lebens, Cya.« Ein Satz, der unpersönlich klingt, weil er durch so viele Münder gegangen ist. Untypisch für Mutter. »Wieso habt ihr es geheim gehalten?« – »Wir wollten, dass es nur für uns sichtbar war.« – »Und Vater?« – »Es hätte ihn nicht interessiert«. – »Bist du sicher, dass er nichts gewusst hat, bis zuletzt?« – »Er hätte es spüren müssen.« Den Rest des Gedankens verschwieg sie: Er war dazu nicht in der Lage. »Seit wann, Mutter?« – »Rechnest du etwa nach?« Eine naheliegende Frage. »Es war ... Du konntest schon mit freien Händen Fahrrad fahren.« – »Und Nikte?« – »Sie überquerte den Fluss von Ufer zu Ufer unter Wasser, mit einem einzigen Atemzug.« – »Wir waren schon selbständig und nicht mehr auf dich angewiesen?« Keine Reaktion. Früher hätte Mutter aufgelacht, nach ihrer Art, funkenschlagend. »Ich habe euch schützen wollen.« – »Vielleicht war das nicht nötig?« – »Weißt du immer, was nötig ist?« Mutter zieht sich in ihr Trauerhaus zurück. Cya spürt, dass sie nicht einmal das kleinste Fenster öffnen wird. Sie hat das Gefühl, in ihrer Gegenwart fremd zu sein. Nikte blickt im Nebenzimmer von den Noten auf und spielt weiter, in ihren Augen eine Coda. Und nun? »In der einstigen Welt der Verbrechen«, sagt Cya, »kam Fahrt in die Sache, wenn jemand beschuldigt werden konnte. Das beschleunigte die Untersuchung.« Kopfschütteln der Schwester. »Wieso haben wir kein Bedürfnis, jemanden zu beschuldigen?« Nikte schlägt den letzten Ton mit Wut an. Und starrt durch den Nachklang. »Es gibt niemanden, den wir beschuldigen können, deswegen.« – »Es ist bequemer so, oder?« – »Willst du uns unterstellen, dass wir vor der Wahrheit weichen?« – »Nicht absichtlich, Nikte, vielleicht geht ihr zu behutsam vor.« Mit schnellen Schritten überwindet Nikte die Distanz zwischen ihnen und schubst sie, so stark, dass Cya auf das Sofa hinter ihrem Rücken fällt. Was sollte das? »Du bist zu festgefahren. Zu verbissen.« – »Ja, ich weiß, das sagt Domru auch.« Reden, geht Cya durch den Sinn, trennt uns voneinander. Im Reden wird sichtbar, wie unterschiedlich eine jede von uns mit den Unzulänglichkeiten des Lebens umgeht. »Du bist zu sehr fokussiert auf das, was sich dir entzieht«, sagt der Weltweise, als wollte er die Vorwürfe Niktes sanft bekräftigen. Sie sitzen auf dem Gras, umgeben von Blumenbeeten, die Onkel Host angelegt hat. Es gibt niemanden, mit dem sie lieber schweigt als mit dem Weltweisen. Sie schweigen, bis ein kleiner Alarm ertönt, jemand benötigt Hilfe, in der Nähe. Worauf der Weltweise seinen Blick von einer Blume abwendet, die ihn mehr zu faszinieren scheint als alles andere auf der Welt, und im Aufstehen sagt

es gibt viele Naturen und nur eine Kultur

die Kultur des Kaperns, die Kultur des Kämpfens, die Kultur des Krokodils, als Totem. Wie soll Cya die Piraten überzeugen, gemeinsame Sache mit den Maroons zu machen? Wenn nicht mit lockender Beute, mit den unbezahlbaren Wertsachen, die der Gouverneur begehrt und seine Schergen raffen – was für Beute! Anne ist misstrauisch. Der wahre Reichtum werde über das Meer geschafft. Cya widerspricht. Sie sei beim Gouverneur gewesen, ein prachtvolles Haus, der Alte habe mehr Gold als Gicht. Und er sei nicht der Einzige. Herren mit Namen wie Thomas und Lukas, die entschädigen sich für die Schwüle mit Schmuck, für die früh einsetzende Dunkelheit mit Lüstern aus Weißgold. Das lässt Annes Bedenken verstummen, ohne sie zu verscheuchen. Alles weitere ist Plan, selbst Fliege sieht ein, dass es für diese Unternehmung einen Plan braucht, eine Stadt ist kein Schiff, eine Hafenstadt erst recht nicht, und sie sind nicht auf sich allein gestellt, sondern Teil von etwas Größerem, was Fliege beunruhigt, es grimmt in seinem Bauch, »was, wenn …?« lautet jede Frage, »ich weiß es nicht« jede zweite Antwort. Wichtigster Teil des Plans ist die Überraschung. Niemand wird einen Angriff erwarten, und gar nicht einen Angriff vom Meer aus und aus dem Landesinneren zugleich. In einer wolkenschweren Neumondnacht werden die Piraten an einsamer Küste anlegen, vorsichtig durch einen Riss im Riff gleiten, die den Schiffsrumpf aufschlitzen könnte, würde Fliege die kleine Bucht nicht so gut kennen wie das Innere des hiesigen Gefängnisses, während die Maroons den Pass überqueren werden, von dem aus sich ein flüchtiger Blick auf die träumende Stadt öffnet, vorbei am Brunnen der Segen und an einigen kläffenden Kötern, eingeschläfert von in Curare getränkten Pfeilspitzen. Leichter Hand werden die Piraten die Kaserne besetzen, denn die Soldaten haben sich von Samsil um den Rum wickeln lassen, den sie ausschenkt zur Feier einer guten Nachricht, ihrer Heimfahrt auf dem nächsten Schoner. Die Maroons werden von Anwesen zu Anwesen ziehen und den Herrschaften Fesseln anlegen, sie werden sich treffen vor dem Sitz des Gouverneurs, der in seinem Nachtgewand Befehle ausspucken wird, die in seinen Kinnbart rinnen.

»Ein schöner Plan.«

»Wenn er klappt.«

»Der Plan ist schön an sich, unabhängig von seiner Verwirklichung. Der Gedanke daran macht mich glücklich.« Fliege wirft Cya einen jener Blicke zu, die sie zur Genüge kennt: Du bist nicht von dieser Welt und wenn doch, bist du verrückt, und als Verrückte kannst du nur unter Piraten leben. Cya verabschiedet sich in dem Wissen, dass beim nächsten Aufbruch alles auf dem Spiel stehen wird.

Jetzt, da Cya GOGs Hilfe besonders benötigt (alte Karten, spezifische Strategien der Guerilla, Wetternachhersagen, Tidenzeiten), hält es sich auffällig zurück. Antwortet konzis auf ihre Fragen, bietet von sich aus keine Informationen an. GOG, das hat Cya nach Monaten gemeinsamer Raumzeitreisen verstanden, lehnt das Damalsdortige zunehmend ab, als veraltete Software. *Die menschliche Geschichte ist voller Banalität.* Dagegen ist weder Kraut noch Analyse gewachsen. *Wie recht Cya hat.* Im Stich gelassen von GOG, fragt sie sich, nicht zum ersten Mal, ob sie das Projekt »Piratin« nicht aufgeben sollte, eine Frage, für die sie sich sogleich schämt, weil ihr Fliege in den Sinn kommt, robust, unabhängig, geradlinig. Im nächsten Gedankenzug ertappt sie sich dabei, dass sie Domru durch Fliege ersetzt. Sie wischt alle Bedenken beiseite und bereitet sich auf die nächste Verwanderung vor. Ein Tropfen reinen Mutes, sagt Nikte zum Abschied, und Cya vervollständigt, ist mehr wert

als ein Ozean der Feigheit

kaum sind die Skrupel abgefallen wie Schorf, kaum hat der eigene Blick alles ins gerechte Lot gerückt, gibt Samsil das verabredete Zeichen, ein ruchbares Zeichen – geräucherter Piment, in die Erdnussschale geschüttet, so viel wie möglich, sie lächelt einen Hünen um Hilfe an, der sich mit einem Fass auf jeder Schulter aus der Abenddämmerung schält. Er wirft pratzenweise Piment in die Schüssel, die Augen zu und heftig umgerührt, bis der Geruch die Straße hinaufschießt, in beide Richtungen, über Zäune und Hecken hinweg, über die blauen Hügelketten, über Wasser, Segel und Wind, über Lagunen und Buchten, in den Rumfustian hinein, gerade als Hick'n'Hackney nachpfeffern will. Aufbruch geschnuppert und alle zusammengerufen, »trinkt, aus der Kelle«, was die Piraten beherzigen, und einer tunkt sein Entermesser in den Trank, als könnte auch dies helfen. Charqui betrachtet die angespannten Gesichter. Manche von ihnen leuchten wie Mondlicht. »Ihr seid zu sichtbar, das taugt nichts.« Er hat eine Paste vorbereitet, aus Blutholz und Schlamm, die deckt jedes verräterische Gesicht zu, und rasch auf die Sloop, pfeilschnell dem Piment entgegen, während aus den tiefen Tälern der hohen Berge andere Gruppen heranschleichen, bodenständigere Banden, geduckt an die Herrenhäuser heran, wo sich jedes

Fenster dem Gestank verweigert, der draußen pimentiert. »Mehr Luft!«, keucht die Herrin, schnaubt der Herr, und der Fächer an der Decke klappt auf und ab, die Schnur gezogen von zwei Sklaven, die schaukeln sich hoch, die Schnüre um das Handgelenk und immer heftiger. »Nicht so schnell«, jault der Herr, »zu schnell«, japst die Herrin, der Fächer reißt entzwei und fällt herab, auf den reich gedeckten Tisch, und schon stehen grimmige Gestalten im Esszimmer in St. Mary, im Wohnzimmer in St. Anne, und treiben Herr und Herrin in die Nacht hinaus, da aus Fächern Fackeln werden, brandgefährlich, sichtbar von allen Plantagen aus, auch einige Meilen entfernt. GOG: *Ein gutes taktisches Manöver von psychologischem Nutzen, damit die anderen Herren die Stärke der Aufständischen überschätzen.* Cya: Ich wünschte, GOG könnte mit den Zähnen knirschen. Derweil stille Gestalten an Land springen, das Boot den Strand hinaufziehen, und weiter in die Stadt, bewaffnet mit verwegenen Absichten und rostigen Waffen, zur Kaserne, wo es den Soldaten in den Gedärmen trommelt, verfluchter Rum, verfluchter Piment. Bislang verläuft alles nach Plan. Aber was Cya in dieser Nacht lernen wird, ebenso wie Samsil, die den durchdringenden Pimento kaum mehr erträgt, weswegen sie sich wie vereinbart in die Spelunke von John Irish flüchtet, wo sie gern gesehen ist, weil sie nie anschreiben lässt und stets mit aufgerundeter Münze zahlt, was beide in den nächsten Stunden schmerzhaft erfahren werden, ist die Anschmiegsamkeit des Verrats. Ein erster Verdacht aus den Augenwinkeln – steht da nicht einer auf dem Felsen? Eine Täuschung, beruhigt der nächste Blick, und doch nicht, denn es ist der Lieutenant auf Lauer, der eine Truppe von Aufsehern und Vorarbeitern und Soldaten aus allen Teilen der Insel zusammengerufen hat, kaum erfuhr er von den aufständischen Plänen, eine zusammengewürfelte Schar, an zentralen Positionen in der Hafenstadt

versteckt, so dass Piraten und Maroons den Hinterhalt erst zu Gehör bekommen, als Mündungsfeuer aufblitzt, vom Felsen herab, am Ausgang der Schlucht, die Schützen seit Jahr und Schlacht geübt in einer präzisen Gewalt, der Piraten und Maroons nichts entgegensetzen können außer Schusswunden. Cya wirft sich auf den sandigen Boden und schreit. Die Schüsse zerfetzen ihren Mut. Sie vergräbt ihre Angst tief in den Sand. Wartet, bis Schüsse und Rufe sich verlagert haben, um sie herum trostlose Dunkelheit. Und ein Stiefel, der ihr zu nahe tritt. Sie regt sich im Schmerz und wird hochgerissen. »Eine Frau!« Bis Leichen von Verwundeten getrennt worden sind, dämmert es. Die Sloop ist verschwunden, einige von uns haben sich gerettet, denkt Cya und sieht im nächsten Augenblick die unverwechselbaren Umrisse eines Piraten, knochentief gefesselt, der mit Flieges männlichster Stimme Verwünschungen ausstößt. Zwischen Fliege und ihr liegen zwei Körper. Cya atmet nicht mehr, sie erkennt Charquis Körper, Rasins Haarpracht. Die beiden liegen nebeneinander im Sand wie zwei Seiten ein und derselben Wahrheit. Sie werden in kein Leichentuch gewickelt. »Begießt sie mit einem Eimer Wasser«, befiehlt der Lieutenant. »Die werden nicht begraben, damit die Lumpen für alle sichtbar bleiben.«
Als Samsil die Schüsse hört, viel zu viele für eine Überrumpelung, als sie übermäßig viele Stimmen hört und ein Maroon blutüberströmt in die Spelunke von John Irish taumelt, rennt sie hinaus, den Hügel hinauf, gerät nicht unter Beschuss, wird nicht aufgehalten, steht bald atemlos auf dem höchsten Punkt, von dem aus sie alles überblicken kann, die schreiende Stadt und die Schemen der Maroons, die sich zurückziehen. Ohne nachzudenken, ruft sie etwas aus, etwas, das sie selber nicht versteht, und einige halten inne und blicken zurück, hinauf zu ihr – wer weiß, was sie sehen –, eine Figur der verbrauchten Verheißung, ein

schwarzer Fleck Verzweiflung in der Dämmerung, dann drehen sie sich um und fliehen. Nur eine bleibt länger stehen. Es ist Granny Nanny – wird Samsil behaupten und ihr kaum jemand abnehmen –, die sich mit einem Blick verabschiedet, der alle Hoffnung bis aufs Skelett seziert. Granny Nanny schüttelt den Kopf, demonstrativ. Auf dich, scheint sie sagen zu wollen, ist kein Verlass. Wir hätten dir nicht trauen dürfen. Samsil redet nie mehr über diese lange Nacht.

Mitten am Tag werden Charqui und Rasin an der Hafeneinfahrt aufgehängt, zwei trotzige Gesichter, die jedem Ankömmling die Zunge zeigen, sichtbar vom vergitterten Verliesfenster aus, an dem Cya steht und sich nicht abwenden kann, während der Schmerz jeden Gedanken zermalmt außer jenen an ihre Schuld. Fliege, die sich als Frau zu erkennen gab, kaum vernahm sie, dass Cya eine eigene Zelle erhalten werde, hockt in sich gekehrt auf dem Lehmboden und widerspricht.

»Die beiden haben sich freiwillig darauf eingelassen.
Sie wussten, der Tod kommt bald. Der eine sehnte sich
danach, der andere wunderte sich, wieso es so lange
dauert. Es hat mit dir nichts zu tun, du bist nichts weiter
als eine Geißel des Schicksals.«

Auf einmal ist Cya überwältigt von der Frage, ob all dies nicht ein Missverständnis gewesen sei, ob Fliege nicht mehr begreife vom Gang der Dinge als sie, die Chronautin. Sie starrt in ihre Selbstvorwürfe hinein, sieht lange nichts, bis sie erschrickt, hell aufmerksam, über ein Trugbild. Der Leichnam von Charqui ist im Laufe des Vormittags nicht dunkler geworden, wie zu erwarten, sondern weiß, schneeweiß, pappelschneeweiß, die Haare ebenso wie das Gesicht, und der Körper auch. Fliege folgt ihrem Ruf ans Fenster. Cya deutet auf den zweiten Körper, mit einem heftigen Stoß. Rasin ist dunkel geworden, tuscheschwarz, geradezu verkohlt, schwarzes Haar auf schwarzem Gesicht auf schwarzem Körper, sogar die Kleidung schwarz, Ton in Ton in Ton. Als wäre dies nicht Wunder genug, hören Cya und Fliege Schreie, die Kirche hinter dem Hafen erbebt vor Schreien, sie sehen, wie die Gläubigen herauslaufen, als hockte Satan auf dem Altar, wie sie sich verstreuen, um nie wieder gesehen zu werden. In der nachwachsenden Stille bewegen sich auf dem Henkersplatz nur Sandkörner und dornige Äste.

Was ist geschehen?

Der Wärter bringt Wasser und tuschelt ihnen zu, was ihm zugetragen worden ist, in einer Situation wie dieser müssen selbst die Todgeweihten in die Geheimnisse des Lebens eingeweiht werden. Eine Henkersmahlzeit für die Ohren. Während der Dankmesse – erzählt der Wärter mit zitternder Stimme – hätten sich die Statuen in der Kirche verfärbt, das Holz habe sich verzogen, was zuvor erstrahlte, sei matt geworden, sogar die Muttergottes – er traue sich kaum, dies auszusprechen, zumal er es nicht mit eigenen Augen gesehen habe, aber alle Anwesenden versichern, so sei es gewesen –, die Muttergottes ähnele nicht mehr der göttlichen Mutter, sie sehe aus wie eine Sklavin, nicht wegen der Hautfarbe allein, das wäre schlimm genug, nein, auch wegen der Gesichtszüge, die Nase, die Lippen, das Holz sei der Gotteslästerung verfallen, Maria in Ketten übers Meer geschleppt, der Heiland trage seine Wundmale nicht mehr an den Handflächen, sondern am Handgelenk, nicht an den Füßen, sondern oberhalb des Knöchels, nicht an der Brust, sondern am Hals, und keines der Wundmale sei verheilt, und die Wundmale – das schwören jene, die das verdammte Unglück hatten, in der Nähe dieses von Dämonen besessenen Christus zu sitzen – stießen Eiter aus, herabrinnenden Eiter, und die Kirche stinke durch ihre offenen Tore hinaus wie ein Lazarett, in dem alle liegen, die je verkrüppelt wurden, alle Invaliden, verwundet in einem Kampf gegen ... Der Wärter zieht die Zunge ein. Wogegen? Keine Antwort. Wofür? Keine Antwort. Es bleibt der Schmerz, ein Schmerz wie kein anderer. Es stinkt nach Sinnlosigkeit.

»Und die Engel?«

Fragt Cya.

»Die ertragen den Anblick nicht, die reißen ihre Münder
auf und brüllen, die flattern mit ihren Segeln, dann
stürzen sie ab.«

Schreit Fliege.

Der Wärter wendet sich verstört ab. Diese Weiber stecken mit der schwarzen Madonna unter einer Pestdecke, drei Kreuze, wenn er sie dem Henker übergeben hat. Mit klammen Fingern schließt er die eiserne Tür auf, fesselt die beiden Weiber, um sie zum schief zusammengezimmerten Galgen zu führen, zum *Baum der Erkenntnis*, so einst die Scherzbolde, denen der Galgenhumor inzwischen vergangen ist, zum provisorischen Ausrufezeichen, an dem der Lieutenant – der Gouverneur hat einen Gichtanfall erlitten – das letzte Urteil hissen wird. Mit einsamer Stimme, die niemand hören wird außer dem Henker. Bevor es so weit kommen kann, sagt diejenige, die den Namen Fliege trägt und vor Monaten ihrer gerechten Strafe wie durch ein Wunder entging, mit standfester Ruhe:

»Gleich schlägt dir jemand übern Kopf. Wenn du uns
freilässt, geht es schmerzloser aus für dich.«

Der Wärter dreht sich nicht um, er ist erfahren und kennt den Trick. Er lächelt müde, er ist abergläubisch, aber nicht genug, um auf die zweite Wiederauferstehung zu setzen. Weswegen sein Schädel noch sieben Tage später brummt. Die Warnung von Fliege war ehrlich, der Schlag heftig, die Piratenweiber verschwunden, und

niemand warnt niemanden mehr

die Überlebenden haben nur Vorwürfe erbeutet.

»Wir dachten, du hast dich aus dem Staub gemacht.«

»Wäre besser gewesen, deine Ideen brauchen wir nicht.«

»Verrückte Ideen einer verrückten Frau.«

»Fliege ist schuld an diesem Unglück.«

»Als Mann hat er uns belogen, als Weib betrogen.«

»Jetzt kapier ich, wieso du dein Weib nicht unter Kontrolle hast.«

»Aargh, Fliege, du hast uns ins Verderben geführt.«

»Beide müssen bestraft werden.«

Pedrosan verteidigt sie halbherzig, Halbhintern hühnerherzig, Fiero mit schwachem Herzen. Die Bande einigt sich darauf, Cya zu verstoßen, was sie ohne Widerworte hinnimmt, zerfressen von schlechtem Gewissen. Fliege folgt ihr freiwillig, bevor die anderen über sie urteilen, weil sie das freie Leben nicht mehr mit Anne und Calico Jack teilen möchte, nicht mit Menschen, die ihren Willen unbedingt durchsetzen müssen. Sie ist müde von den Kämpfen, und sie will bei Cya bleiben, die auf sich allein gestellt verloren wäre. Die meisten Piraten votieren dafür, Fliege und Cya auf einer Insel auszusetzen, versehen mit einem Fass Wasser, einem Sack Keksen und einer Machete, an jener Bucht, wo sie einst – wie sich gleich nach Anlandung herausstellt – nach glorreicher Kaperfahrt als Schar bestehend aus viereinhalb Piraten und einer Schneiderpuppe Zuflucht fanden. Der Verschlag, den sie damals errichtet haben, steht noch. Sie hätten keine andere Wahl gehabt, sagt Fliege, kaum dass sie allein sind. GOG: *Das nennen die Menschen Aus-Überzeugung-Handeln.*

»Wir sind allein. Du kannst Frau bleiben.«

»Mir ist wohler so, wie ich bin.«

Cya akzeptiert auch dies. Sie hält Rasins Schatulle in den

Händen. Die hat sie sich zum Abschied erbeten. Nicht wegen der zwölf zerlesenen Bücher, sondern des einen Tagebuchs wegen. Sie schlägt es auf, sie sieht Rasin, wie er schreibt, abseits des Lagers, als wollte er etwas verheimlichen, eine Feder in der Hand, eine Holzschüssel vor sich, in die er seine Feder tupfte. Rasin schrieb in Schüben. Dazwischen ruhten seine Hände, sein Geist raste, vermutlich, mit einem entschiedenen Griff kratzte die Feder wieder über das Papier, beschriftete Seite um Seite bis zum nächsten Innehalten. Erst am Morgen vor dem gescheiterten Aufstand hat sie sich getraut, ihn auf seine Notizen anzusprechen, und da er sie nicht abwimmelte, bat sie ihn, ob sie vielleicht lesen könne, was er … Er drückte ihr das offene Notizbuch in die Hände. Sie hielt es wie auf einem Präsentierteller. Eine Brise durchblätterte die Seiten gegen die Schreibrichtung, schwarze Buchstaben in Versalien flogen an ihrem Blick vorbei, je weiter der Wind die Seiten zurückblätterte, desto blasser wurde die Schrift, bis die Seiten leer waren. Cya schlug das Buch zu und wieder auf. Sie hatte sich nicht getäuscht. Viele Seiten waren leer oder die Schrift kaum zu entziffern. Ob das Buch zu lange in der Sonne gelegen habe?, fragte sie ihn. »Ich lege es sofort in die Schatulle zurück, wenn ich nicht schreibe.« Wieso verschwinde die Schrift? »Weil es so sein muss. Ich habe nur dieses eine Tagebuch. Mehr kann ich nicht mit mir herumschleppen. Ein einziges Buch für meine Gedanken, mehr Platz ist nicht. Mir steht nur eine Schatulle zu. Stell dir vor, jeder Mensch hätte eine Truhe voller Schriften.« – »Oder eine Bibliothek, groß wie eine Schaluppe«, unterbrach sie ihn. »Jeder Mensch eine Schaluppe voller Schriften? Dann wäre keine Seefahrt mehr möglich, der Ozean voller Schiffe, wie in einem Hafen, wenn die Dockarbeiter alle besoffen sind. Du verstehst, mir bleiben zwei Möglichkeiten. Entweder ich mäßige mich beim Schreiben, aber so sehr kann ich mich nicht zurückhalten, dass dieses Notizbuch nicht eines Tages voll werden wird. Oder das Geschriebene vergeht verlässlich, und ich kann immer wieder Neues notieren.« »Aber wie?« Fragte Cya. »Wie vergeht die Schrift?« – »Dazu braucht es die richtige Tinte. Es gibt einen Baum in diesen Gefilden, so groß wie ein Shi-Baum, die Früchte kleiner als deine Faust, grau und voller Kerne. Wenn du die Frucht unreif pflückst und auspresst, gewinnst du einen Saft, schwarz wie Ruß, damit kannst du schreiben. Wie der Baum heißt? Die Kariben nennen ihn Jenipapo, ich nenne ihn den Neuntagebaum, weil die Schrift nach neun Tagen vergeht, in der Regenzeit auch mal nach sieben, und ich kann alles aufschreiben, ohne mir Gedanken machen zu müssen, wo ich das Geschriebene aufbewahren werde. Das Tagebuch und ich, wir sind gut eingespielt – ich erinnere, es vergisst.«

Bei Cya und GOG ist es umgekehrt.
Cya? Hallo, Cya?
Keine Antwort.
Erbitte Anweisung.
Genaue Koordinaten?
Mögliche Nahrungsmittel?
Wetternachhersage für morgen?
Das Meer ist still und glatt.
Der Wind wie ausgestorben.
Stille sickert in alle Knochen.
Auch in die Knorpel.
Jede Bewegung eine Sinnestäuschung.
Das Meer verschweigt, was das Land vergräbt.
Keine Hoffnung vor diesem Horizont.
Nirgendwann

am nächsten Morgen streckt Cya ihren Arm aus und berührt Flieges Haut, die Narben Blindenschrift, auf Fingerkuppen gleiten sie in die Umarmung, sinken hinab, zum sandigen Grund ihrer verleugneten Begierde, und viele Küsse später spürt Cya, dass sie nackt ist, vom Scheitel bis zur Ferse, als wäre sie von unzähligen Händen ausgezogen worden, als habe sie Lust geschwitzt, ihre Haut von vielen Zungen geleckt, von rauen Zungen, von sanften Zungen, die Lippen salzig festgesaugt, zwei Menschen, die sich gegenseitig nichts vormachen, sich nicht mehr täglich mit der Lüge paaren, und als sie durchatmet, ihre Hand Flieges Lendenschurz, ahnt sie, dass sie sich nie mehr einbilden wird, das eigene Verlangen zu kennen, zu verstehen, solange sie jemandem in die Arme fällt, mit dem zusammen sie alle Nischen ausmisten kann, in denen sich Hemmungen festgesetzt haben

Arm an Arm, Holzbrett unterm Hintern, im Rücken ein Fell, Hände auf den Schenkeln, Cyas Kopf auf Flieges Schulter. Nicht nötig, sich anzusehen, sie haben sich schon gesehen. Leise summt Cya ein altes Lied aus der Zukunft: Ich bin du, und du bist ich. Mit jedem Ton steigt sie eine Sprosse des Staunens hinauf. Was ist ihr widerfahren? Das klingt falsch. Was hat sie erfahren? Auch nicht richtig. Auf der Truhe vor ihr ein Kerzenlicht, das sich im Atemhauch wiegt, Wachs auf allen Seiten, in der Flamme eine Galionsfigur, mit Flieges Gestalt. Truhe Flamme Hände, ein Puzzle, das sich erst noch zusammenfügen muss, und im Hintergrund leise Geräusche, die der Stille Geborgenheit geben

Das Idol des Wahns

Asanas der Ankunft

Stehend, in der Hocke, liegend. Im Ausfallschritt. Auf Knien. Auf den Fußspitzen, auf den Ballen. Fersenhockend. Die Hände auf dem Boden. In einer offenen Tür, umgerannt von hastenden Menschen. Im seichten Wasser fast ertrunken. Das Rätsel der Ankunft werden wir auch noch lösen, prahlen die Jüngeren. Rätsel sind Geschenke, wendet der Weltweise ein, die wir nicht immer auspacken sollten.
In Rückenlage. Die Arme zur Seite gestreckt, die Beine leicht abgespreizt. Der Blick ins Dunkle. Atmen, durch die Lotusblume der Geduld. Horchen, ob in der Nähe jemand ...
Sie bleibt liegen, sie würde nicht schneller ankommen, wenn sie aufspränge.
Unter Cya liegen die sterblichen Überreste eines Goldschmieds.
Wann wird GOG lernen, erwünschte von unerwünschter Information zu unterscheiden?
Sie richtet sich auf. Unweit von ihr Umrisse einer Brüstung. Metallen und kühl. Sie beugt sich vor. Die nackte Glühbirne am Eingang des Gebäudes liegt weit unter ihr, fünfzig Meter tief. Das ist unerwartet. Vor ihr Lichter, verstreut über eine nächtliche Stadt, manche flackernd, manche hell leuchtend, auf halber Höhe verschwindend, in der Schwarztinte des Meeres, vermutlich.
Sind wir am falschen Ort?
GOG: *Richtiger Ort, falsche Zeit. Ein Jahr zu spät. Schlamperei!*
GOG eignet sich solch abwegige Wörter an, um sie an Cya zurückzuspielen. Allein stehende Begriffe, bald eingebettet in Sätze und Redewendungen: *Was für eine Schlamperei.* Und bei nächster Gelegenheit: *Was für eine zum Himmel stinkende Schlamperei.* Womit keineswegs geklärt ist, ob GOG das Konzept der »Schlamperei« versteht.
Woher die Gewissheit?

Kartenvergleich. Dieser Turm ist auf der Karte mit dem Zeitstempel des vergangenen Jahres nicht aufgeführt. Somit wurde er erst vor kurzem errichtet.
Fehler beim »Wann« verändern das »Wo« und umgekehrt. Cya erkundet das Gebäude. Stock um Stock. Stufen hinauf, einige von ihnen brüchig, Treppen hinab, durch Korridore, schultereng, zu beiden Seiten kopfhoch Gemäuer. Dies sollte ein Friedhof sein. Ein sicherer Ort, um sich unauffällig einer fremden Metropole zu nähern. Ihre Fingerkuppen gleiten über den Stein zu ihrer Rechten. Eingemeißelte Daten: geboren ––––, gestorben ––––. Gräber. Nicht ebenerdig, sondern turmhoch. Übereinandergestapelte Gräber.
Wie Container.
Das ist pietätlos.
Präzisiere »pietätlos«?
Ein Datum wiederholt sich, von Inschrift zu Inschrift, von Grab zu Grab, ein zweites und ein drittes. Keine weiteren. Tage des Sterbens zwischen Freitag und Sonntag. Nach drei Tagen war der Tod ausgelaugt. Am Montag begannen sie, einen Leichenturm zu errichten.
Wieso brauchte es einen Turm?
Ökonomisch zwingend notwendig. Nicht einmal die Lebenden können sich hier Land leisten.
Sie muss dringend aus diesem Turm hinaus. Hinab. Durch klebrige Schichten, Partikel fremder Biografien, die GOG aus dem Archiv saugt und in Cyas verwirrte Gedanken einspeist. Abgebrochene Leben. Möge der Ort, zu dem sie gehen ... gebrochene Leben. Möge der Ort, zu dem sie gehen, ein besserer Ort ... Sie rennt hinaus, über einen Kieselweg, spärlich beleuchtet, in Richtung Haupttor. Etwas zirpt, widersprüchlich. Sie versteckt sich in der Nähe des breiten Tores hinter einem Stapel Ziegeln. Sie zittert. Der Turm der Toten eine Silhouette vor ihr. Es dämmert. Wie vorgesehen. Sobald der Nachtwächter das Eingangstor aufschließt,

wird sie hinausschlüpfen und die Stadt zu erkunden beginnen.
So der Plan, den sie vor kurzem dem Kreis vorgestellt hat, alle versammelt um eine Tonschüssel auf dem Boden, darin eine Auswahl an Gegenständen, jedem Atem gemäß. Cya stand ins Schweigen auf, ergriff einen Stein, glatt geschliffen von der Strömung eines fernen Flusses. Hockte sich wieder hin. Streichelte eine Weile die Oberfläche. Legte den Stein auf ihren Schoß und sprach. Über den Wahn. Ein einmaliges Ereignis. Ein Inferno in einer Stadt am Meer. Entzündet an jenem Tag, als die aufgestaute Rage nicht abfließen konnte. Einer Stadt entlang sieben Buchten. Tagelang in Flammen. Danach zweifelte jeder an dem Guten im Glauben.
Die Beschäftigung mit dem Wahn ist ein Wagnis, unerträglich, dass Menschen sich gegenseitig so etwas angetan haben. Die Toten hielten die Augen offen, die Überlebenden schnitten sich am Montag die Zunge ab. Und errichteten Türme. Auf anderen Dächern brannte verschwendetes Leben. Tagelang sei kein einziges Wort gewechselt worden, laut eines Zeugen, eines gewissen Sebastian da Costa, ein Unbekannter, ein verwehter Fußabdruck. Sie habe seine Aufzeichnungen in der Bibliothek gefunden, erklärt Cya den versammelten Chronautin. Nicht wirklich gefunden, sie seien ihr eher zugefallen (GOG: *Schicksal*). Dieser Mann habe die Stadt bald darauf verlassen und seine letzten Jahre in einer Kommune (GOG: *einem Aschram*) verbracht, am Ufer eines heiligen Flusses, eines ausgetrockneten heiligen Flusses.
»So etwas lässt sich eher als Gefängnis beschreiben«, bemerkte Domru.
»Dem einen Hort, dem anderen Haft.« Der Weltweise entfaltete seine Stirn.
»Wie blickt dieser Sebastian da Costa auf den Wahn?«

»Nüchtern und nachdenklich. Er beschreibt die Ereignisse. Den unmittelbaren Auslöser. Er war mittendrin.«
»Als Verschwörer?«
»Als Polizeikommissar.«
»Verdächtig. Die Polizei hat eine zwielichtige Rolle gespielt.«
»Er war ein Einzelgänger. Er stand auf keiner der vielen verfeindeten Seiten. Er hat getan, was er konnte, aber es ist ihm nicht gelungen, die Funken auszutreten. Er hat Fehler gemacht, jedoch nicht aus Böswilligkeit. Wenn wir ihm zur Seite stünden –«
»Glaubst du seinen Aufzeichnungen?«
»Er hat sie allein für sich selbst niedergeschrieben. Bestimmt hat er sich über dieses und jenes getäuscht, aber welchen Grund hätte er gehabt, sich selbst grundsätzlich zu belügen?«
»Wieso hat das vor dir niemand gesehen?«
»Weil es in der Handschriftensammlung war.«
»Eigenhändig geschrieben?«
»Mit Tinte sogar.«
»Wie umfangreich?«
»Einige hundert Seiten. Teilweise geht er sehr ins Detail. Es sind dramatische Protokolle und zugleich intime Vergewisserungen. Mal reflektiert er über das Wesen der Wahrheit, mal verziert er die Seiten mit Sanskrit-Zeilen. Tänzerische Buchstaben. Mühsam zu entziffern.«
»Was hast du in der Handschriftensammlung gesucht?«
»Was es nirgendwo sonst gibt.«
Das Haupttor quietscht in ihre Gedanken hinein. Ein Uniformierter tritt näher, unter der Mütze ein Schnurrbart, unter dem Bauch ein Gürtel, den er aufschnallt, während er in ihre Richtung schreitet. Direkt auf ihr Versteck zu. Gleich wird er sie entdecken. Er ist mit seinem Gürtel beschäftigt. Mit den Nachwehen einer ungemütlichen Nacht. Sie riecht ihn so deutlich, sie könnte seinen Lebenswandel beschrei-

ben. Er macht sich an seiner Hose zu schaffen, neben ihr, ganz nahe. Er summt etwas. In dem Augenblick, in dem ihr der Geruch von Urin in die Nase steigt, identifiziert GOG die Melodie, *das Lied stammt aus einem Blockbuster, der neulich* ... Ihre angespannten Gedanken überschreien GOG. Neben ihr plätschert es in Schüben, der Mann ein Ausbund an Erleichterung. Zusammengekauert in einer enger werdenden Nische, achtet sie auf jedes Geräusch. Finger an Knöpfen, Hände am Hosenbund, hochgezogener Rotz, das Summen eine fröhliche Oktave höher. Der Mann wendet sich ab und entfernt sich bedächtigen Schrittes, im zaghaften Licht eine Kontur Mensch. Endlich kann sie ausatmen, durch Mund, Poren, Augen, in die ein Lichtstrahl sticht.

»Hast gedacht, ich seh dich nicht?«

Grelle Lähmung.

»Was suchst du hier?«

Überrumpelte Stille.

»Wer bist du?«

Der Mann tritt vorsichtig näher. Sie zeigt ihm ihre leeren Handflächen.

»Ich habe mich verlaufen.«

»Eine Firengi, was denn, hier?«

Der Nachtwächter richtet seine Taschenlampe auf den Boden. Seine Fragen satteln ihre Erklärungen. Eine Frau, eine Fremde, sein Englisch holpernd, wie gelangt die auf den ummauerten Friedhof? Was hat die hier verloren?

»Verzeihung, ich muss eingeschlafen sein.«

»Inmitten der Gräber?«

»Es ist so heiß bei Ihnen.«

»Ja, die Hitze.«

»Bin ich nicht gewohnt.«

»Wir Einheimische auch nicht.«

»Verzeihung, ich werde Sie nicht länger belästigen.«

»Ich sollte diesen Vorfall melden.«

»Wozu denn?«
»Eine Firengi auf einem muslimischen Friedhof …«
»Mein Reiseführer behauptet –«
»… das ist verdächtig.«
»Mein Reiseführer behauptet, dieser Turm …«
»Der Turm des Todes?«
»… sei einmalig.«
»Einmalig verflucht!« (Sagt der Wächter auf Marathi, GOG übersetzt.)
»Sie sind mutig.«
»Wieso mutig?«
»Hier zu arbeiten. Haben Sie keine Angst?«
»Nur Einbeinige und Einäugige fürchten sich nicht.«
»Wie komme ich hier raus?«
»Wieso reden Sie von Angst?«
»Ich muss in mein Hotel zurück, mich waschen.«
»Es ist nicht gut, von Angst zu reden.«
»Bitte, ich verspreche, ich werde nichts mehr sagen.«
»Verschwinden Sie. Durch das Tor und gleich rechts, da stehen einige Rikschas. Fragen Sie nach Bemen, der haut Sie nicht übers Ohr.«
»Danke, Sie sind ein … Schatz.«

Cya trippelt durch das Tor, winkt mit einer Hand zum Abschied, mit der anderen ruft sie den Fahrer herbei.

»Wohin?«

Fragt Bemen mit jugendlichem Elan.

»Eine Stunde lang!«

Antwortet Cya, und er tuckert los (GOG: *Eine Rikscha mit elektrischer Batterie tuckert nicht, sie ruckelt still. Nein, das stimmt auch nicht, ein Lautsprecher neben dem Rückspiegel bläst Bhajans in die frühmorgendliche Luft*).

»Geht das leiser?«
»Zu laut?«
»Ja!«

»Bei uns ist laut gesund.«

Die Rikscha biegt ab, nach rechts, vor ihnen das Meer, die Farbe wie aus einem chemischen Labor. Gerundete Fassaden und müde Mienen.

Bei uns ist laut gesund?

GOG: *Nach dem Wahn bemühten sich die Minderheiten, möglichst lautstark eine korrekte Frömmigkeit kundzutun.*

»Heißen Sie wirklich Bemen?«

»Amen war schon vergeben.«

Sollte sie lachen? Sie halten an einer Ampel. Sofort spürt sie die schwüle Wärme. Er dreht sich um und blickt sie an. Als vertraute er ihr.

»Namen sind gefährlich. Jeder erkennt dich am Namen. Sie verstehen? Ein falscher Name ist wie eine Zielscheibe. Bemen, das ist ein guter Name, der ist nicht grün, der ist nicht orange, Bemen ist ohne Farbe, wie ein Leichentuch.«

Cya blickt zur Seite, einem Elefanten ins Gesicht. Grelle Farben, stramme Schenkel. Flimmernde Augen, die nicht dazugehören. Sie hat gelesen, dass die Gläubigen ihr mobiles Gerät auf die Augen des Elefanten richten, schon sei ein Gebet erbracht und je nach Voreinstellung auch ein Ritual (GOG: *ePuja genannt)* bestellt und bezahlt. Die Ampel springt auf Grün.

»Wer überleben will, wickelt sich darin ein.«

»In was denn?«

Bemen dreht die Musik wieder auf. Die Rikscha beschleunigt entlang der Uferpromenade

einer rußschwarzen Stadt, durchflutet

von Sonne, die Schattenspender aktiviert, so dass der chronautische Kreis hinter einem Schleier tagt, der sich lüften wird, sobald die Sonne verschwindet. Cya hat nie verstanden, wie das Gebäude funktioniert, weswegen ihr

Samsil eines Tages eine einfache Erklärung gab: »Stell es dir als Organismus vor, als hochentwickeltes Lebewesen. Es kann Sonne und Sauerstoff verdauen, es wächst, und gelegentlich hält es Winterschlaf.« Cya hat berichtet, wie heiß es in diesem Damalsdort sei, tagsüber unerträglich, draußen fünfzig Grad und drinnen kaum kälter, zu wenig Strom für Klimaanlagen, die Luftfeuchtigkeit nahe an die hundert Prozent. Sie beschreibt die Stimmung in der Stadt an den sieben Buchten. Als wäre täglich Lebensabschied, alle Leerstellen mit Angst gefüllt. Jeder Mitmensch eine mögliche Gefahr. Die Folgen des Wahns, der ein Jahr zuvor explodiert sei. Nichts an ihren Beschreibungen kann die Skepsis hinsichtlich ihres ursprünglichen Plans vertreiben. Das Grauen, das sie heraufbeschwört, stärkt die Zweifel, dass sie diesem nichts werden entgegenstellen können. Was, wenn es keine Rettung gibt vor dem unerbittlichen Strom der Verbitterungen? Was, wenn du wieder schmerzhaft scheiterst, Cya? Cya spürt, wie die Wut sie antreibt.

»Ihr wolltet das. Wir haben es gemeinsam entschieden.«

»Mit großen Bedenken.«

»Und noch größeren Zweifeln.«

»Ihr habt die Idee aufgebracht. Ich habe sie weiterentwickelt. Ich wollte zurück zu Fliege und den Piratin, aber ihr wart dagegen, ihr habt es verhindert.«

»Nicht wir haben es verhindert, die besseren Argumente haben die Entscheidung getroffen.«

»Du musst loslassen, Cya. Es war wagemutig, was ihr versucht habt, Samsil und du, aber es ist misslungen. Das musst du hinnehmen, sonst hängt es dir nach, nicht nur hier, auch in jedem anderen Damalsdort.«

»Was das betrifft, sind wir uns alle einig. Auch Samsil teilt diese Meinung.«

»Samsil ist Mutter geworden, das ist jetzt ihre Meinung.«

»Mein Sohn hält mich von Verwanderungen ab. Nicht vom Denken. Ich bin weiterhin dein Buddy, auch wenn ich daheimbleibe.«

»Verzeih mir bitte.«

»Du bist in diese Piratin vernarrt. Sie hat dir den Kopf verdreht. Niemand wird dich unterstützen bei deinem Blindflug. Und ohne unsere Unterstützung kommst du nicht vom Fleck.«

»Du warst zu lange unter den Piratin. Das trübt deinen Blick.«

»Im Gegenteil, die Erfahrung hat meinen Blick geschärft. Ich habe die Piratin gesehen, wirklich gesehen.«

»Du bist nicht die Einzige, Cya, die sich in ihr erstes Damalsdort verliebt. Wir waren nicht achtsam genug. Wir sind deinem Optimismus verfallen, du hast übertrieben, und wir haben dich übertreiben lassen. Du musst diese Episode hinter dir lassen.«

»Episode? Aus welchem miefigen Keller hast du denn dieses Wort raufgeholt? Was ist mit meiner Freiheit, selbst zu entscheiden, was ich verändern will? Ihr wollt mir etwas anderes aufzwingen, das ist nicht gerecht.«

»Es ist gerecht, dass alle anderen beschließen, einen Menschen allein zu lassen in seinem Trotz.«

»Deine Leidenschaft wird sich erneut entfachen, Cya, bei dieser Aufgabe, die größer ist und zugleich kleiner als jene zuvor. Ich bin mir sicher, du wirst alles geben, um den Wahn zu verhindern. Du kannst nicht anders.«

»Davon ist auszugehen. Auf Cya ist Verlass. Aber das reicht nicht aus. Ich bin weiterhin entschieden gegen diesen Plan. Nichts kann eine Gesellschaft retten, die dabei ist, den Verstand zu verlieren.«

»Eine Gesellschaft kann doch nicht als Ganzes den Verstand verlieren.«

»Was denn? Was denn sonst?«

»Eine Mehrheit kann den Einflüsterungen der Macht erliegen.«
»Bei dir ist der Mensch immer Opfer.«
»Und bei dir stets Täter.«
»Ihr habt beide recht und liegt doch daneben.«
»Wir sollten die Finger lassen vom Wahn. Ihr seht doch, dass er auch uns ansteckt. So viel wie in den letzten Wochen haben wir noch nie gestritten.«
»Wie kleinmütig von euch. Noch wissen wir viel zu wenig über die konkreten Ereignisse. So viel ist verbrannt, so viele sind verstummt. Kaum eine andere Erschütterung ist von so vielen Ungewissheiten geprägt. Die Zeugnisse, die überdauert haben, beleuchten leider nur Facetten dessen, was vorgefallen ist, sie tragen zittrige Striche zur Erklärung bei. Es könnte sein, dass es Auswege gibt, von denen wir noch nichts wissen.«
In dem Austausch, der folgt, fallen Worte, an denen sie sich verletzen könnten, Worte wie »Verschwendung«, »vermessen«, »Verblendung«, sogar einmal »größenwahnsinnig«. Es folgt sofort eine Entschuldigung. Die Chronautin sind so sehr unterschiedlicher Meinung, am nächsten Tag schweigen sie miteinander, damit die giftige Wirkung des Geäußerten abschwillt. Weitere Gespräche über dieses Thema werden vertagt. Als alle Argumente ausgelaugt sind, stimmen sie ab, und Cyas Vorschlag wird angenommen, mit dem Hauch einer Mehrheit. Danach ziehen alle am selben Plan, so als

wären sie von Anfang an dafür gewesen

dass Cya über einen ausgedörrten Rasen durch ein gusseisernes Tor auf die Straße ... Ein Jeep jault an ihr vorbei. Zweites Asana der Ankunft: Sir J. J. School of Art (GOG: *Benannt nach einem Drogenhändler, der Altflaschen sammelte, bevor er sich dem Opium zuwandte*). Aufrecht kommt sie an, als wäre sie hingestellt worden wie eine Schachfigur. Auf einem Spielbrett, auf dem jedes Feld schon besetzt ist. Es sind wenige Schritte zur Polizeizentrale, dem Arbeitsplatz von Sebastian da Costa, Senior Inspector bei der örtlichen Polizei. Polizei! Dieses antiquierte Wort, nach ausgiebiger Lektüre allmählich geläufig, mutet weiterhin fremd an, wie das Glaubensbekenntnis einer gewalttätigen Sekte. Sie kann sich gut an ihre erste Verblüffung erinnern. Sie war alt genug, um Texte aus dem Kapitalozän zu lesen, ein Kind von gefräßiger Neugier, von allen im Gemeinhaus Was-Ist-Das genannt. Sie saß am langen Küchentisch und durchblätterte ein altes Kinderbuch.

»Hier steht: Po-li-zei. Was ist das?«

Ihr Vater, stets abgelenkt, erklärte, das seien Leute gewesen, die Geld dafür bekamen ...

»Geld, was ist das?«

»... andere Menschen zu zwingen, bestimmte Sachen zu tun.«

Worauf sich alle Anwesenden einmischten. Erstaunlich, im Nachhinein, mit welcher Anteilnahme sie Cya ein ausgestorbenes Wort erklären wollten. So sei das missverständlich, korrigierte der Mann, der Petersilie rupfte, das seien Uniformierte gewesen, die dafür gesorgt hätten, dass Menschen bestimmte Sachen nicht tun.

»Uniformierte? Was ist das?«

Eines der Gerichte an diesem Abend bestand aus frischen Tomaten vom eigenen Dach (GOG: *Die Sorten grünes Zebra, Purple Calabash, Panthera, Ochsenherz sowie der allseits beliebte Schlarapfel*), dünnen Streifen Paprika, eingelegten Gürkchen, Schafskäse, kurz angebratenen Kürbiskernen, garniert mit Olivenöl, Zwergzitronen und Petersilie sowie einem Mundvoll Fragen von Cya. Eine ältere Frau mit sechs Fingern an der rechten Hand ergänzte: Die Polizei habe das,

was die Herrschaft verschriftet, in die Tat umgesetzt. Ohne sich umzudrehen, bemerkte eine Schürzenträgerin am Herd lakonisch, die Polizei sei die Nachhut der Vorschrift gewesen. Worauf alle lachten.
»Wieso lacht ihr?«
»Lachen, meine Liebe, ist das Rülpsen nach einer großen Portion Komik.«
»Ich weiß, was Lachen ist. Da war aber nichts komisch!«
Worauf Cya bockig die Augen schloss, in Vertrauen auf GOGs Wissen: *Polizei – ein überflüssiges Instrument übertriebener sozialer Kontrolle.* Das war auch nicht verständlicher. Sie gab auf, ein halbes Leben her. Gleich wird sie zum ersten Mal einen leibhaftigen Polizisten kennenlernen und mit ihm zusammen ... wenn alles gut geht! Sie hat sich Sebastian da Costa als traurigen Menschen vorgestellt. Ein so intelligenter Mensch wie der Verfasser dieser Erinnerungen musste gespürt haben, dass er einer fragwürdigen Tätigkeit nachging. Nun, da sie ihm zum ersten Mal leibhaftig gegenübersteht – sie hat ihn anhand einer Fotografie der Cricket-Mannschaft der Kriminalpolizei erkannt, Sebastian da Costa war in jungen Jahren ein brauchbarer Spin Bowler gewesen –, sieht sie sich in ihrer Erwartung bestätigt. Zutiefst traurige Augen.

»Entschuldigen Sie, ich bin mir nicht sicher, ob ich hier richtig bin?«

Sie hat sich ihre Identität genau überlegt, jeden Aspekt in langen Unterhaltungen mit Samsil durchgesprochen, ihre Körperhaltung (aufrecht), ihre Sprache (englisch, fast perfekt, aber nicht akzentfrei), ihre Ausbildung (Polizeibeamtin), ihr Rang (Assistentin, ausgestattet mit einem von Domru perfekt gefälschten Ausweis), ihre Herkunft (aus Mitteleuropa, es sei denn jemand in dieser Stadt an den sieben Buchten will es genau wissen). Sie behauptet, das Polizeihandwerk bei einem alten Bekannten des Kommissars gelernt zu haben, den er in seinen Aufzeichnungen mehrfach erwähnt hat, einem vor kurzem verstorbenen Kriminalisten, mit dem er seit einer Interpol-Tagung korrespondiert hatte. Die beiden hatten sich über Jahre hinweg schriftlich ausgetauscht. Ein gewisses Risiko, sich auf diesen Polizeihauptkommissar namens Walter zu beziehen, ohne viel über ihn zu wissen, aber Cya muss so schnell wie intensiv eine Beziehung zu Sebastian da Costa aufbauen. Sie sei auf der Durchreise, außer Dienst (so hieß es), im Jahresurlaub (so hieß es). Geistig wird GOG das Nötige beitragen, es hat sich Zugriff verschafft zu allen heiligen Schriften, samt Kommentaren. Das sollte ausreichen, um zumindest ein oberflächliches Interesse an den örtlichen Traditionen vorzugaukeln. Schon befinden sich Polizist und Chronautin im Gespräch.

»Sie haben meinen lieben Freund gut gekannt?«

»Beruflich. Ich habe viel von ihm gelernt.«

»Und er hat mich tatsächlich erwähnt?«

»Öfter. Er hat zu mir gesagt: Solltest du je in diese ferne Gegend kommen, musst du unbedingt meinen alten Kumpel Sabbi aufsuchen.«

»Er selbst hat es bedauerlicherweise nicht geschafft.«

»Ja, das ist wirklich sehr schade, er flog äußerst ungern, wissen Sie.«

»Ich glaube, er reiste allgemein nicht gern, ihm war jegliche Unordnung zuwider. Haben Sie eigentlich indische Vorfahren, eine Großmutter vielleicht?«

»Nicht, dass ich wüsste, aber wenn Sie mir eine zugestehen, nehme ich sie mit Freude an.«

»Haben Sie vielleicht ein wenig Interesse und möchten sehen, wie wir –«

»Eigentlich hatte ich vor, auf diese Insel zu fahren, mit den alten Tempeln, aber nun, da ich Sie gefunden habe, was für ein Glück, Vergleiche können nützlich sein, der Austausch fruchtbar, also, ein indischer Kollege war neulich bei uns in der Abteilung zu Besuch, und er … Sorry, ich habe Sie zugetextet.«

»Wie wir zu Mittag speisen?«

»Ach, das meinten Sie. Ja, mit Vergnügen.«

»Kommen Sie, kommen Sie mit, ich bin auf dem Weg zur Kantine, Sie können einen Eindruck davon gewinnen, wie die Polizei bei uns ernährt wird.«

»Mit Zuckerbrot bestimmt.«

Auf dem Gesicht des Kommissars ein ungenau abgepaustes Lächeln. Er empfiehlt ihr ein Curry-Gericht mit dickflüssiger Tomatensauce und zahlt für beide, bevor Cya Einwände erheben kann. Er geleitet sie zu einem Tisch am Fenster, von dem aus das neugotische Hauptgebäude ins Auge sticht, und wünscht ihr überaus förmlich einen gesegneten Appetit.

»Wie verbringt ein Senior Inspector hierzulande seinen Vormittag?«

»Mit einer Folge der allseits beliebten Serie ›Gier in der Gosse‹. Eigentlich nicht mein Zuständigkeitsgebiet. Ich kam zufällig vorbei und musste eingreifen. Wir sind streng angehalten, bei jeder Menschentraube nach dem Rechten zu sehen.«

Weil ihre Gedanken dem Ausdruck »nach dem Rechten sehen« nachhängen, verpasst sie den nächsten Satz.

»… vor einem Juweliergeschäft, einem der größten bei uns, an einer Durchfahrtsstraße, nicht im Basar, dort gibt es ja viele solche Geschäfte …«

Seine Erzählung ist so verschnörkelt wie seine Handschrift.

»… dauerte keine Viertelstunde, den Ablauf des Vorfalls aufzuklären: Vor dem Geschäft, direkt vor dem Eingang, hatte es Streit gegeben über einen Parkplatz zwischen dem Fahrer eines SUV (GOG: *ein übertrieben großes Fahrzeug*) und einer Limousine (GOG: *ein übertrieben luxu-*

riöses Fahrzeug), zunächst nur Geschrei, das lockte die umstehenden Personen aus der Reserve, viele sind leicht entflammbar bei uns, es kam zur Prügelei, die Umstände verschärft, da einer der Streitenden offensichtlich ein Moslem war, und der andere hatte ein rotes Tilak auf der Stirn, das bezeichnet bei uns –«

»Einen Hindu, ich habe mich ein wenig vorbereitet.«

»Na dann. Wie es weiter ging, können Sie sich denken, oder auch nicht, vielleicht ist es bei Ihnen ja anders, ein Mob von dreißig, vierzig Männern, direkt vor dem Geschäft, kaum zu vermeiden, dass Körper gegen Windschutzscheiben und Schaufenster prallen, das Sicherheitspersonal des Juweliers geht dazwischen, greift ein, und schon haben wir eine tamasha am Hals.«

»Was bedeutet tamasha?«

»Na, ein deftiges brouhaha.«

Und sie hat sich eingebildet, sie beherrsche Englisch. GOG hilft nach, indem er sie noch mehr verwirrt: *Tohuwabohu*. Was soll's, Kontext ist das beste Wörterbuch.

»Weil die Situation außer Kontrolle zu geraten droht, treten die Eigentümer, das sind drei Brüder, der Vater sitzt an guten Tagen in einer hinteren Ecke in seinem Rollstuhl unter der Gottheit und meditiert, die drei eilen nach draußen, um die Leute zu vertreiben, damit die den Eingang zu ihrem Juweliergeschäft nicht länger blockieren. Der Mob richtet seinen Zorn nun gegen die Brüder, der Mob schätzt es gar nicht, in seiner gerechten Wut gestört zu werden. Weitere Schläge, alle Angestellten stürzen hinaus, um ihre Chefs zu verteidigen, und während des Tumults, der unübersichtlich ist und länger andauert, schleichen einige Männer, wir wissen nicht, wer, und wir wissen nicht, wie viele, hinein und leeren die Vitrinen aus –«

»Wie raffiniert.«

Der Kommissar blickt sie verwundert an.

»Verzeihung, das kam falsch rüber, ist nur, weil so was neu für mich ist, professionelle Faszination, Sie verstehen.«

»Dergleichen kommt bei uns in allen Variationen vor. Bei Ihnen selten? Oder überhaupt nicht?«

»Ach, wissen Sie, wir sagen, was nur einige wenige Menschen besitzen können, sollte es lieber nicht geben.«

»Sie sind eine merkwürdige Polizistin.«

»Bei uns sind alle merkwürdig.«

»Arre, Sabbi, lang nimmer gesehen. Schwer was los, was?« Neben ihrem Tisch steht ein Mann, die Uniform eine Größe zu klein, voller Fettflecken in fader Menge.

»Prabhakar.«

Weder Begrüßung noch Einladung. Hauptkommissar Sabbi da Costa ist offensichtlich wenig erfreut, den Kollegen zu sehen. Trotzdem nimmt der bullige Mann mit größter Selbstverständlichkeit neben ihm Platz.

»Wer ist die gori da?« (GOG übersetzt aus dem Marathi.)

»Eine Kollegin aus Europa.«

»Europa ist groß.«

»Indien auch.«

»Darf ich bekanntmachen: Senior Inspector Prabhakar Mali.«

»Carina Lukas«, nuschelt Cya.

Mehr will der unbekannte Polizist nicht über sie wissen. Ein Bissen von seiner triefenden Somosa, ein übervoller Löffel eines undefinierbaren Gerichts, und schon ist er bei dem, was ihm auf der Zunge brennt. Er spricht in Großbuchstaben, mit halb vollem Mund.

»Wenn du wüsstest, was für Probleme ich in Byculla habe. Erst gestern, musst dir anhören, irgendeine halbe Portion mault rum, ein Idol hat er gesehen, na und, was soll das Geschiss? Nicht irgendein Idol, eins von dem sein Mohammed hat er gesehen. Was soll das?, sag ich. Ihr rastet aus, wenn ein Vogel gemalt wird, wer soll da ein

Idol von Mohammed machen? Im Haus eines Reichen will er's gesehen haben, und gleich hetzt er seine Leut' auf, die stehen vorm Tor und brüllen rum, ein Hochhaus ist das, und was für eins, das Kailash, kennst du bestimmt, da fahren die Großkopferten mit Chauffeur die Rampe rauf, und alle anderen bleiben unten vor. Ich konnte die Sache im Keim ersticken, einige der Störenfriede abführen, die anderen vertreiben, bis Ruhe war. Wart's ab, an so einem Humbug entzündet sich noch das halbe Viertel, bevor du Verstärkung holen kannst, hast du Aufruhr.«

»Nicht so schnell, Prabhakar. Warte. Ein Idol des Propheten Mohammed? Bist du dir da völlig sicher?«

»Was meinst du mit völlig sicher? Der Bursche schreit und schreit, fängt sich nicht mehr ein, blutet im Gesicht.«

Prabhakar Mali, denkt Cya, ist sich der eigenen Stimmgewalt nicht bewusst.

»Du hast ihn bestimmt befragt –«

»Was denn befragt. Der redet von sich aus, hack-hack-hack, unmöglich hinten von oben zu unterscheiden. Ich kann lesen!, schreit er. Was tut's zur Sache? Ich kann Devanagari lesen, schreit er. Na und? Will sich einschmeicheln, dass er richtiger Inder ist, nicht so 'n Urduwallah.«

»Er muss etwas auf Devanagari gelesen haben.«

Murmelt Sebastian da Costa, und Cya hofft, dass keiner der beiden Männer merkt, wie angespannt sie auf jedes Wort achtet, weil sich auf diesem zerkratzten, mit abgestoßenen Plastiktabletts bedeckten Kantinentisch, auf dem einige Tropfen Ghee und die Krümel einer halb verspeisen Somosa liegen, Geschichte anbahnt. Laut den Aufzeichnungen des Hauptkommissars da Costa erfährt er hierundjetzt zum ersten Mal von diesem Fall, der sein Leben verändern, die Stadt an den sieben Buchten fast vernichten und die ganze Welt verstören wird. Sie ist so angespannt, es schmerzt.

»Ich sag's dir, Sabbi, verrückt, diese Kerle, Dschihadi Wahhabi Deobandi, allesamt verrückt. Die machen sogar unsere Byculla-Leute wuschig, früher gab's keinen Ärger, jetzt werden sie zu Berserkern, ohne Grund. Was ich dir sagen will, das war eine Horde von wilden Kerlen, drauf und dran, alles kurz und klein zu schlagen. Die von der Sicherheit unten am Tor, die haben angerufen im Penthouse, haben einen der Diener gefragt, um die Gemüter zu beruhigen, um etwas Zeit zu gewinnen, und was antwortet der? Keine Überraschung. Der Mullah muss sich getäuscht haben, kein Murti, kein Mohammed. Sag mal, meinst du, so ein Idol trägt Vollbart? Stell dir vor, der Mohammed ist glatt rasiert, und das spricht sich rum, was werden unsere Barbiere dann für einen Reibach machen, Bart ab, der Prophet ha-ha... haarlos.«

»Was hat der junge Mann denn im Penthouse zu suchen gehabt?«

»Elektrotechniker, also Lehrling von einem, die Musikanlage war kaputt, voll integriertes System oder so was, komplizierte Sache, deswegen. Was für ein Kommen und Gehen in so einem Hochhaus, aber die Sicherheit unten, die arbeitet wie eine Eins, notiert alles, nur, halt dich mal an deinem Schnurrbart fest, alles steht in einem dicken großen Register, die schreiben's auf, was soll aus unserem Land werden, Sabbi, die schreiben noch mit der Hand. Und vor dem Tor toben diese Wilden herum, die noch auf der Straße beten, was soll das, im 21. Jahrhundert, da wird nicht mehr auf der Straße gebetet! Das erledigt unsereiner am Tablet. Diese Leute, die sind von vorgestern, die kannst du nicht zivilisieren.«

»Nicht doch, Prabhakar, du übertreibst. Was ist mit dem Idol?«

»Der Kerl hat Visionen gehabt. Die Frage ist, wer bringt den Spinnern jetzt bei, dass da nichts ist, außer in ihren wirren Köpfen? Wer weiß, was da anbrennt, wenn ich nicht eingreife. Ich sag's dir, Sabbi, der Hindu ist im eigenen Land nimmer mehr sicher.«

»Du hast weitere Nachforschungen angestellt?«

»Was denn Nachforschungen. Als ob ich nicht genug Arbeit habe, mit all den Gundas (GOG: *Alliteriert semantisch adäquat mit Gauner und Gangster*). Ich weiß nicht, wen ich mir zuerst vorknöpfen soll, was auch, wir haben den Kerlen eine Tracht Prügel verpasst und sie freigelassen. Ich mach mir keine Hoffnungen, so was wirkt bei denen nicht, kann ich dir aus Erfahrung sagen. Die lernen nie was, wird immer schlimmer mit denen. Bei Anblick schießen, nicht wahr, das ist die Lösung, die allerbeste Lösung.«

Obwohl Senior Inspector Mali seine letzte Aussage durch künstliches Gelächter als Witz ausgibt, fällt Cya die Plastikgabel aus der Hand. Der Hauptkommissar bemerkt das Entsetzen auf ihrem Gesicht, seine Augen verschanzen sich hinter tief empfundener Scham. Er müsse weiter, sagt Mali und nimmt einen letzten Schluck aus einer orangefarbenen Dose, Verdächtige gingen einem nie aus, nicht wahr? Sebastian da Costa, ein steifer, würdevoller Mann, ähnelt einer Wachsfigur. Cya wartet ein wenig, bevor sie die erstarrte Stille durchbricht.

»Das ist schlecht, oder?«

»Die Geschichte klingt wie erfunden. Und doch neige ich dazu, sie ernst zu nehmen. Senior Inspector Mali hegt eine pathologische Abscheu vor Muslimen, aber er ist ein zuverlässiger Polizist. Es gibt keinen Präzedenzfall für so eine Behauptung. Ein Idol des Propheten Mohammed, so etwas gab es bei uns noch nie. Wir können daher nicht davon ausgehen, dass jemand etwas nachplappert, was er aufgeschnappt hat. Nein, das ist ernst, sehr ernst. Fanatiker halten sich in der Regel an ein einfaches Drehbuch, die neigen nicht zur Improvisation. Am meisten lässt

mich aufhorchen, dass der Zeuge mehrmals erwähnt hat,
er könne Devanagari lesen, das ist die Schrift der Hindi-
Sprache, auch des alten Sanskrit. Das deutet darauf hin,
dass er tatsächlich etwas gelesen hat. Was könnte das
sein? Eine Inschrift höchst wahrscheinlich. Was also,
wenn dieser junge Mann tatsächlich ein Idol mit diesen
Attributen gesehen hat?«

»Was würde geschehen, wenn eine breitere Öffentlichkeit
davon erfährt? Könnte das Idol zu einem Stein des
Anstoßes werden?«

Der Hauptkommissar sieht sie an, seine Augen wacher und konzentrierter, sorgendurchsetzt. Gott helfe uns, wenn es dieses Idol wirklich gibt, denkt er und spricht es ungewollt aus. Er blickt sich um, als wollte er prüfen, ob jemand ihn gehört hat. Die Kantine ist voller jovialer Kollegen. Einige wenige Frauen. Cya weiß aus seinen Erinnerungen, was ihm durch den Kopf geht ... Diese verlogene Normalität um uns herum, Plaudern, Schlürfen, Scherzen, eine gewöhnliche Mittagspause, nichts weiter, ein Trugbild aus Plastikgeschirr und das billigste Mukhwas der Stadt, um den schlechten Nachgeschmack zu zerkauen. Kein Trost, außer – das ist so komisch, zum Heulen komisch – die schmutzigen, fleckigen Wände, die einzig verlässliche Kontinuität, in diesem Raum, in diesem Universum, die Wände, die uns umschließen. Reiß dich zusammen, Sabbi, schrieb er am nächsten Tag mit dunkelblauem Filzstift in sein schwarzes Notizbuch,

es kommen stürmische Zeiten auf dich zu

keine ruhigen Sonntage mehr am Schreibtisch. Draußen vor meinem Fenster die Stimmen katholischer Familien, der wenigen verbliebenen, die auf dem Weg zur Messe die St. Francis Road hinabschlendern. Jeder meiner Fälle hat mich beschäftigt – Fall um Fall wurde ich aus dem Paradies vertrieben –, aber dieser wird mich in besonderer Weise in Beschlag nehmen, das spüre ich mit banger Vorahnung. Existiert das Idol überhaupt? Und wenn ja, in welcher Form? Als alte Skulptur oder als moderne Fälschung? Als Ausdruck einer in Vergessenheit geratenen Tradition oder als plumpe Provokation? Was wären die Folgen, wenn es in die falschen Hände fiele? Den einen erschiene es als eine unerträgliche Blasphemie, anderen hingegen als willkommener Beweis für die Unterordnung des Islams in die Götterwelt Indiens. Ausgerechnet Prabhakar Mali muss mir davon erzählen. Bestimmt hat er seine guten Seiten. Nur habe ich sie noch nicht ausmachen können. Der Kerl setzt sich ohne Einladung neben mich, ignoriert meinen Gast, schlürft an seinem Tee, schaufelt Aloo bhaji in sich hinein, ruiniert mir das Mittagessen. Den Schlaf auch. Die Kinderschreie von der Straße wecken ein längst verklungenes Echo, ich höre mich unsere Tochter rufen, sie soll sich beeilen, die Söhne der Familie von gegenüber haben ihre Köpfe zur Tür reingesteckt, die am Sonntag einen Inch offen steht, und im Gleichklang »Rita, komm jetzt, Rita« gerufen, und meine Tochter fliegt aus dem Schlafzimmer, gejagt von ihrer Mutter, mit einem lilafarbenen Band in der Hand. An der Tür kommen alle zusammen, Rita wirft den beiden Jungs Grimassen zu, ihre Mutter schnürt das Band. Als alle erwartungsvoll zu mir aufblicken, ergreife ich Ritas Hand, ihre Mutter zieht sich in die Küche zurück. Während wir die Kirchenbank drücken, lauscht sie der Stimme von Begum Akhtar. Ihre persönliche Andacht. Die zwei Jungs scharwenzeln um meine Tochter herum. Ich staune, wie nonchalant sie die beiden dirigiert, wie eine Dompteuse in der Manege. Vor dem Kirchentor bleiben sie stehen und versprechen, auf uns zu warten. Ob ihr die Männer in Toronto heute auch so folgen? Selbst wenn sie mich anriefe, könnte ich sie so etwas nicht fragen. Das wäre zu intim, und außerdem kommt sie in das Alter, in dem ihre Großmutter Enkel bekam, und hat keine eigenen Kinder, und keinen Ehemann, und keine Absicht, in die Stadt ihrer Geburt zurückzukehren. Alles in diesen Räumen ist von einst und meine Erinnerung eine Brücke, die einstürzt, wenn ich sie betrete. Auch in den Büchern kein Trost. Das weiß ich mit Gewissheit. Ausgiebig habe ich die Psalmen und Shlokas und Suren studiert. Wie gründlich habe ich mich ihnen gewidmet. Die heiligen Texte sind Wasser, das zu Beginn der Dürre verdunstet. Lange Zeit setzten sie Staub an in diesem Häuschen, das mir einmal Heim war. Ich verbrachte meine Abende in billigen Kinos, in der widerwärtigen Gesellschaft unentwegt kauender Männer. Wieso zieht es mich in letzter Zeit zu diesen Schriften zurück? Aus Gewohnheit vermutlich, Gewohnheit erweist sich im fortschreitenden Alter als ethisches Gebot. All die Jahre des Studiums, des mühevollen Erlernens von Latein und Sanskrit, des Verfassens halbgebildeter Aufsätze, um den Erwartungen des alten Jesuiten aus Malta zu genügen, der in seinen strengen Bemühungen nie nachließ, der keine Gnade zeigte mit den Schwachen im Kopfe und den Faulen im Geiste, auch nicht nach seinem ersten Herzinfarkt. Er war stolz auf seine Narbe, die von der Kehle zum Bauchnabel reichte und ihn zu beflügeln schien. Das Seminar hat mich Ausdauer und Aufgeschlossenheit gelehrt. Nicht das schlechteste Ergebnis nach fünf Jahren Schinderei. Der Weg, der von mir erwartet wurde, konnte es nicht werden, das habe ich begriffen, als die Sanskrit-Lektüren mich mehr zu interessieren begannen als der Katechismus. Die Jesuiten wollten, dass jeder Priester mit den spirituellen Quellen dieses Landes vertraut ist. Wie löblich. Sie haben allerdings den Einfluss der Upanischaden unterschätzt, in meinem Fall. Im letzten Studienjahr wandelte ich bevorzugt durch die Paläste des altindischen Denkens, das konnte nicht unbemerkt bleiben.

Ich wurde in das Büro des Rektors gerufen, eines Karrieristen aus Kerala. Der alte Maltese hielt sich im Hintergrund, er blieb die ganze Unterredung über stehen, er verachtete Bequemlichkeit. Er sah mich unentwegt an, und ich konnte nicht erkennen, ob er das, was geschah, bedauerte oder begrüßte. Oder beides zugleich? Zum Abschied sagte er: »Es ist eine Segnung des Aufbruchs, mein lieber Sebastian, dass niemand vorhersagen kann, welchem Heil der Suchende anheimfallen wird.« Er lächelte sibyllinisch. Danach hatte ich die Berufswahl zwischen Verkäufer von Versicherungspolicen und Polizist. Der Nescafé schmeckt heute besonders eklig. Es gab jemanden, der in diesem Haus richtigen Kaffee gebraut hat. Sie ist nicht mehr da. Ich ehre ihr Andenken, indem ich mir den Gaumen verderbe. Wie pathetisch ich mal wieder bin. Wie erbärmlich, diese Routine aus Trauer und Selbstmitleid, ein Witwer, der mit dem Leben nicht zurechtkommt, ein Narr, der sich in Kleinlichkeiten verliert, ein überladenes Schiff, das langsam untergeht.

Nur das Unerreichbare ergibt Sinn.

Die Stimmen vor der Tür sind verstummt. In der Ferne spielen einige Jungs Cricket ohne Schiedsrichter. Die leeren Straßen sind ihre sonntägliche Freude. Das Problem mit Trauer ist ihre Unverschämtheit. Es schmerzt, dass ich den Schmerz nicht vertreiben kann. Egal, ob ich die Erinnerungen ignoriere oder mich ihnen ergebe ... wie ich sie vom College abholte, zu Fuß, ein Polizeiwagen hätte sie vor den anderen Lehrerinnen in Verlegenheit gebracht; wie wir nebeneinanderher gingen, unsere Arme sich fast berührten und sie über die unbeholfenen Schummeleien ihrer Schülerinnen kicherte; wie wir an einer Ampel stehen blieben, inmitten von Menschen, und ich ihre Hand ergriff und sie verstummte; wie ich auf der anderen Straßenseite ihre Hand nicht losließ, ein ungleiches Paar, ich trotz Schnurrbart und Uniform unverwechselbar ein Goaner, sie stets in einem farbenfrohen Salwar Kamiz gewandet, passend zu ihrer dunklen Hautfarbe, dunkler als alle anderen in ihrer Familie, ein Mysterium, bis sie eines Tages von ihrer Mutter erfuhr, dass sie in einer mondlosen Nacht gezeugt worden war. Sie erzählte mir das ohne jedwede Betonung, ohne Augenaufschlag, ihrem Humor musste ich erst noch auf die Schliche kommen. Ich lachte und wunderte mich über die Erregung hinter meinem Lachen. Im Bus streichelte ich ihren Arm, wir flüsterten inständig, da drehte sich ein Nichtsnutz auf dem Vordersitz um und starrte uns grob an. »Sie müssen verstehen«, erklärte ich pompös, »unsere Ehe wird eine Liebesheirat sein.« Rubaica hat mich in die Rippen gestupst. Sie bitte um Entschuldigung, sie sei zu dunkel, um zu erröten, und wir lachten gemeinsam. Rubaica! Hat es je einen schöneren Namen gegeben? Nachdem wir uns kennenlernten, habe ich den Namen vor mich hin gemurmelt, stundenlang, und am Abend den Fernseher eingeschaltet, fast so, als würde ich erwarten, dass die Nachrichten an diesem Tage als Allererstes vermelden würden, eine gewisse Rubaica und ein gewisser Sebastian hätten sich ineinander verliebt. Nüchtern mitgeteilt von einer Frau mit klarer Aussprache, gleich zu Beginn der Sendung, noch vor den jüngsten Provokationen am Siachen-Gletscher, gefolgt von den Cricket-Ergebnissen. Erinnerungen sind nur in Schüben erträglich. Zeit für eine Portion Upanischaden. Das zufällige Aufschlagen eines Buches hat mir seit je eingeleuchtet, erst recht bei einem heiligen Buch. Wer nach etwas Bestimmtem sucht, nimmt an, dass er Bescheid weiß, was er in einem bestimmten Moment, in einer gewissen Lebenssituation benötigt. Wir wenden uns an die Weisen, gerade weil wir nicht weiterwissen, weil wir heillos verloren sind: »So groß wie der unendliche Raum dahinter, so groß ist der Raum im Lotus des Herzens.« Der Lotus eines liebenden Herzens. Gemeinsam waren Ru-

baica und ich zum Unmöglichen bereit, und wie sehr wir diesen Mut benötigten. Ihre Eltern wehrten sich gegen unsere Ehe, ebenso meine. Dem Priester war es egal, solange die Hochzeit in seiner Kirche stattfand. Rubaica musste die Erlaubnis des Sharif einholen. Was für eine Entwürdigung. Wir hätten keine Wahl, flehte sie mich an. Wir stritten uns zum ersten Mal. Sonst wären wir ein Leben lang geächtet. »Was kann er uns schon antun?«, sagte ich mit überheblichem Schwung. »Du hast keine Ahnung«, antwortete sie, und die Furcht in ihrer Stimme ließ mich einlenken. Ich zog mich so förmlich an, wie es mir möglich war, und wir nahmen ein Taxi zu seinem Anwesen auf Malabar Hill. Ich habe nicht die Tore und Türen gezählt, die wir durchschreiten mussten. Die Halle der Ehrerbietung wäre eines Präsidenten würdig gewesen. Wir überquerten die gesamte Länge des Saales bis zu einem kleinen, gepolsterten Podium. Ich beugte mich vor, um die Hand des Sharifs zu küssen, wie Rubaica es mir eingebläut hatte, im Streit, unter Tränen. Also küsste ich einen seiner Ringe. Die nachfolgende Unterhaltung werde ich nie vergessen.
»Sie sind bei der Polizei?«
»Ich habe die Prüfung vor zwei Jahren bestanden.«
»Wir sind froh, Freunde bei der Polizei zu haben.«
»Gewiss, Sir.«
»Seien Sie pflichtbewusst, mein Sohn.«
Eine Handbewegung, und wir zogen uns zurück, begleitet von einem Assistenten. Ob der Sharif schon eine Entscheidung gefällt habe, fragte ich. Der Assistent lächelte ermutigend, das komme darauf an. Ob heilige Schriften konsultiert werden müssten, fragte ich. Der Mann lachte. Der Sharif sei wie bei uns der Papst. Wie laute das Wort, das wir dafür verwenden würden? Unfehlbar, nicht wahr? Der Sharif auch. Warum sollte ein Unfehlbarer die heiligen Schriften wegen der Belanglosigkeit konsultieren, ob

ein gescheiterter katholischer Priester und untergeordneter Inspector im Polizeidienst eine unserer Töchter heiraten dürfe? Wie unsere Chancen stünden, fragte ich. Nicht schlecht, durchaus vielversprechend und auf gutem Weg, aber jedes Verfahren koste Geld. Wenn er sich nicht täusche, erhalte der Vatikan Geld aus aller Welt, wie sonst sollte es funktionieren? Meine Naivität schmeckte auf einmal bitter. Der Assistent sprach von Bescheidenheit, von Angemessenheit. Von Respekt und Würde. Noch heute spüre ich die Schande auf meiner Zunge. Die Schande, mir das Recht auf Heirat erkaufen zu müssen. Rubaica sagte nichts. Sie war der Auffassung, diese Verhandlung müsse ich führen. Wie auf dem Fischmarkt, mein Metier. So neutral, wie es mir nur möglich war, fragte ich: »Welchen Betrag würden Sie sich vorstellen?« Er nannte eine Summe, über die ich nicht verfügte. Unsere Liebesheirat führte zu einem arrangierten Verbrechen. Und ich musste dafür blechen, nicht sofort, jahrelang erhielt unser gemeinsames Glück Aufschub, aber seitdem Rubaica verendet ist, in meinen Armen, wie ein Vogel, der gegen die Fensterscheibe geflogen war, ein Zucken und das Leben ist weg, so schroff und ordinär, unanständig fast, ja, unanständig, seitdem ist mir überaus klar, dass ich für diese Sünde büßen werde, mit Zins und Zinseszins, der Empfindsame zahlt stets einen Wucherpreis, seine Seele leidet

den schlimmsten Katzenjammer

da sie Onkel Hosts Asche zum Stadtrand tragen. Zu Fuß, in einer Prozession seiner Freunde und des gesamten Gemeinhauses, der sich viele Menschen anschließen, die ihn nicht kannten, weil sie sich mitgezogen fühlen von dem liebevollen Andenken, das diesem Sonderling (GOG: *Dieses Wort wurde früher abwertend verwendet*) gewidmet wird. Eine jede von ihnen beschließt, etwas anderes sein zu lassen. Einst waren die Tage streng aufgeteilt zwischen persönlicher Freiheit und fremdbestimmter Verpflichtung. Unter all den verschwundenen Wörtern ist »Freizeit« eines der merkwürdigsten. Als könnte eine Dauer von zwei Tagen oder zwölf Stunden, eingeengt zwischen Notwendigkeiten, die dem Einzelnen nicht einleuchten, frei sein (GOG: *Eine vergleichbare euphemistische Verwirrung – das kurzfristige Verlassen eines Gefängnisses wurde als »Freigang« bezeichnet*). Dort, wo die Stadt in den Farmgürtel übergeht, unter einer purpurn blühenden Goldlärche, die Onkel Host selber angepflanzt hat, setzen sich die Trauernden aufs Gras und verwickeln einander in Gespräche, ihre Gedanken Schmetterlinge, die in alle Richtungen flattern. Nach einer nicht messbaren Weile richtet sich einer der Gärtner auf und verkündet, der Augenblick der Versenkung sei gekommen. Wer einen spitzen Gegenstand bei sich trage, möge zur Lärche vortreten. Zusammen graben sie ein kleines Loch, mit dem Hals einer Blechkanne, mit einem Löffel, mit einer Gürtelschnalle und dem Riemenende eines Rucksacks, vor allem aber mit den Händen, so wie Onkel Host es sich gewünscht hat. Er liebte den Ausdruck, »sich die Hände dreckig machen«, weil Dreck das Leben selbst sei. Er meinte den Humus, nicht den Staub in den Ecken von Cyas Zimmer. Der Tontopf mit seiner Asche wird in das Loch gelegt, dazu einige Samen und Steinscherben, bevor sie es mit den Handflächen zuschütten und danach lautstark verkünden, welche Vögel sie gesichtet haben, während sie seiner unter der Lärche gedachten. Wer den Vogel nicht zu benennen weiß, erfindet einen Namen. Sperenzchen etwa, für jenen in den Wipfeln halbversteckten Bunterich, oder Trauerkehlchen, oder Trostel, weil der Sperling mit hochrotem Kopf beim Fliegen beruhigende Klingeltöne von sich gab – das hätte Onkel Host gefallen, so viele schräge Vögel.

Auf dem Heimweg entfernen sich die Gespräche von dem Verstorbenen hin zu seinem ... Mörder, der weiterhin nicht ausfindig gemacht worden ist. Eine neue Erfahrung für alle; manche können schlecht damit umgehen. Der zum Zweck der Aufklärung gegründete Kreis hat mit allen gesprochen, die etwas zu berichten haben könnten, jede Möglichkeit bedacht und bis zu ihrem logischen sowie unlogischen Ende durchdacht und ist trotzdem nicht einmal zu einem Hauch einer Erklärung gelangt. Das dürfe nicht sein, sagt jemand. Im Gegenteil, erwidert Tarasa, der alte Freund von Onkel Host, wir müssen uns damit abfinden, nicht zu wissen, was geschehen ist. Das ist quälend, aber wir werden uns daran gewöhnen. Wenn wir unverdrossen weitersuchen, werden wir verkrampfen. Das wird noch schwerer auf uns lasten. Beim nachmittäglichen Treffen des Kreises sind sich alle einig, nicht einen Auswärtigen hinzuzuziehen, einen Kundigen aus einer jener Regionen, wo auf Gewalt anders reagiert wird, wo schreckliche Taten auf erschreckende Weise bewältigt werden. In einem tropischen Gebiet um einen Vulkan herum, berichtet Tapio, sei eine Maschine entwickelt worden, eine der komplexesten auf Erden, ein Perpetuum veritate, klüger als tausend Hauptkommissare der alten Schule, es gelange unweigerlich zur Wahrheit, aber nach Niktes leidenschaftlicher Einschätzung wäre dessen Einsatz übergriffig und außerdem zu aufwendig. Es sei ein großer Fehler, fügt der Weltweise hinzu, die Freiheit bei jedem Ereignis einzuschränken, dem sie nicht gewachsen sei. Wer alles in Frage stelle, wenn sich die Freiheit als überfordert erweise, der achte sie nicht genug ... Einverstanden, alle rundum einverstanden, wer weiterhin auf Aufklärung beharre, der müsse zu Zwang und Gewalt bereit sein.

Trotzdem, keine Antworten erhalten zu haben, drückt aufs Gemüt. Cya, die nach den Erfahrungen der letzten Wochen besser nachvollziehen kann, wieso die Menschen im Damalsdort so sehr darauf bedacht waren, das »Wie« und »Warum« zu erfahren, um einen Schlussstrich unter das Verbrechen zu setzen, wirft Nikte vor, sie habe sich nicht genug bemüht.

»Du hast nur ein Argument«, erwidert Nikte ruhig, »deine Verzweiflung.«

»Es kann nicht sein, dass ihr alles bedacht habt, es muss noch etwas geben, was ihr übersehen habt.«

»Du willst, dass wir etwas untersuchen, von dem du nicht mit Sicherheit weißt, ob es existiert, aber dein Gefühl –?«

»Alles, was möglich ist. Was habt ihr noch nicht überprüft?«

»Und danach? Noch etwas und noch etwas und noch etwas.«

»Ja, bis ihr etwas findet.«

»Ha, jetzt kommen wir auf den Punkt. Du willst, dass wir unsere Suche deinem Wunschziel anpassen.«

»Unsinn.«

»Im Gegenteil. Dein Vorgehen wäre unsinnig. Und zudem Ausdruck von Schwäche, weil du unbedingt etwas unternehmen musst. Weil du dich dem Geschehenen nicht fügen kannst.«

GOG: *Mit dem Schicksal hadern, so hieß es früher.*

»Was redest du da? Handeln ist für dich Schwäche?«

»Seitdem du dich als Chronautin abkapselst, denkst du in Kategorien des Gelingens und Scheiterns. Du legst alles auf eine Waage, die du austariert hast. Du lässt nichts anderes gelten.«

Sie streiten sich, bis ihnen die Energie ausgeht und Nikte sich breitschlagen lässt, eine der wertvollen Rieslingflaschen aus ihrem Geburtsjahr zu opfern, um auf Onkel Host anzustoßen, der seine Hände schon tief in einen anderen Humus hineingegraben hat. Der Geschmack auf Cyas

Zunge mischt sich mit der Scham über die Schelte ihrer Zwillingsschwester. Sie fühlt, dass der beharrliche Schmerz sie ungerecht werden lässt. Sie weiß keinen anderen Ausweg, als Nikte alles zu erzählen von dem Damalsdort, dem sie sich gerade aussetzt und das sie überfordert, an das sie sich herantastet, von

Andeutung zu Andeutung

und eine ihrer vielen Andeutungen gegenüber Senior Inspector da Costa wird gewiss Früchte tragen. Sie beabsichtigt, ihn einige Tage begleiten zu dürfen. Er war so nahe dran – wie sie den Quellen hat entnehmen können –, das Idol in seinen Besitz zu bringen, wenn er nicht gezögert hätte. Wenn sie ihm zur Seite stünde ... Sie habe nichts geplant, nein, sie kenne sonst niemanden in dieser Stadt, sie liebe gutes, einfaches einheimisches Essen, sie sei interessiert an der Polizeiarbeit anderswo, an unterschiedlichen Vorgehensweisen (*Prozeduren,* wirft GOG ein), sie freue sich so sehr über diese Bekanntschaft, die Hauptkommissar Walter quasi eingefädelt habe, Gott habe ihn selig (GOG erinnert sie an diesen Nachsatz, weswegen er mit einer gewissen Verzögerung geäußert wird und dadurch verbindlicher klingt als eine Floskel). Und tatsächlich, Sebastian da Costa lädt sie ein, zu einem Abendessen, einem sogenannten Thali. So etwas habe sie bestimmt noch nie probiert. Das Restaurant sei unweit der Polizeizentrale. Am einfachsten, wenn sie sich hier träfen – er zeigt auf einen Banyanbaum inmitten einer Kreuzung, der Stamm orangefarben tätowiert.
Sie erscheint früher als verabredet. Um sie herum dichte Bewegung. Alle in Eile und einer, der meditiert. »Nichts besser, als sich versenken zu können inmitten des Weltentrubels.« (GOG: *Sehr gut, aber weiß Cya auch, aus welchem*

Weisheitstext dieser Satz stammt? Angeber!) Als sie sich nähert, flattern Tauben von den Zweigen auf und davon. Der Baum ist knorrig alt, umflossen von Stadt, die Borke abgeschabt, der Stamm wund von grellen Botschaften. GOG entziffert einen der Schriftzüge: *Satyameva Jayate – Wahrheit obsiegt.* Eine religiöse Maxime? *Nein, Werbung für ein neues Wahrheitsserum.* Steht da noch etwas? *In kleineren Buchstaben: Der beste Helfer deines gesunden Misstrauens.* Cya sieht sich um. Andere Bäume ähneln Litfaßsäulen – das Wort hat sie sich gemerkt, wegen des Klangs, der so viel mehr verspricht, als das Objekt hergibt. An jedem Gebäude prangen Stoffplakate und auf den Dächern erheben sich Hologramme in Form von Kekspackungen, Speiseölflaschen und einem Mofa, das die Nacht durchbricht wie eine vierte Wand. Aus den Luftwurzeln des Banyanbaums quellen ebenfalls Hologramme: Sonderangebote (»solange der Vorrat reicht«), Balsam für die Ferse, Atman-Versicherungen, Kondome, Opferrituale. Der Preis angegeben in Rupien, ebenso in Gebeten. Auf der anderen Seite des Stamms, der aus mehreren zusammengewachsenen Stämmen zu bestehen scheint, sitzt ein alter Mann, der Bananen verkauft. Als wären es Erdnüsse oder Kokosnüsse. Der Hauptkommissar steht unvermittelt neben Cya. Ein Hauch von Freude auf seinem Gesicht. Wie denn mit Gebeten bezahlt werde, fragt Cya. Mit Pujacoin, antwortet er, einer digitalen Währung, geschöpft durch die Energie der Litaneien, das Ernten von Hingabe. Einige Schritte weiter bleibt er vor einem Jungen mit blinkender Kopfbedeckung stehen und kauft ihm eine Zeitung ab, die letzte Nachmittagszeitung der Welt. Er blickt zu ihr und fügt »angeblich« hinzu. Verschmitzt und ein wenig unsicher, als hätte er sich soeben zu weit aus dem Fenster seines Humors gelehnt. Während sie hinter einem unscheinbaren Eingang auf den nächsten freien Tisch warten, deutet er auf eine Schlagzeile (GOG:

»Kopfzeile« wäre vorzuziehen): GLÄUBIGE LAUFEN STURM WEGEN GERÜCHT. Er liest. Langsam. Akribisch. Als studierte er ein philosophisches Traktat. Er scheint zu flüchtiger Aufmerksamkeit nicht in der Lage. Am Tisch erhalten sie Wassergläser und keine Speisekarte. Kaum fallen ihnen zwei Blechplatten vor den Bauch, tischen junge Männer mit Kellen dampfend heiße Gerichte auf, deren Namen unverständlich verkündet werden. »Vegetarisch alles«, murmelt der Hauptkommissar, ohne aufzuschauen. Cya reißt ein Stück vom runden Brot ab, dünn wie ein Taschentuch. »Solide recherchiert«, erklärt Senior Inspector da Costa und reicht ihr die Zeitung. Sie überfliegt den Artikel. Er ist ihr bekannt. Kaum hat sie von einem der Gerichte in den kleinen Schalen probiert, vergisst sie die Schäbigkeit der Umgebung und die rüden Umgangsformen. Knospen platzen in ihrem Mund auf. Sie strahlt, der Hauptkommissar nickt zufrieden. Sie essen schweigend, unterhalten sich bei einer kleinen Tasse Chai, die Unnahbarkeit in seinem Blick zieht sich zurück, die steife Höflichkeit bleibt.

»Wenn ich fragen dürfte, woran glauben Sie, Miss Lukas, ich darf doch?«

»An nichts, was sich in Worte fassen lässt.«

»Sie stehen nicht in einer bestimmten Tradition?«

»Eigentlich nicht. Vater glaubt an seine Ruhe, Mutter an Heilung, meine Schwester Nikte an die Musik, meine Freundin Samsil an ihr Baby und Onkel Host an die Regenwürmer. Und woran mein Liebhaber glaubt, das habe ich noch nicht herausgefunden.«

»Das ist, nun, wie soll ich es bezeichnen, handfest und etwas ... bescheiden.«

»Wir glauben alle aneinander.«

»In der Familie, meinen Sie?«

»An alle in unserer Nachbarschaft.«

»Auch an die Verbrecher?«

»Verbrecher? Das Wort benutzen wir nicht. Wir sprechen von Menschen, die Fehler begehen. Nachdem sie ihre Tat ausgeschlafen haben, sind sie meist einsichtig. Und wenn nicht, initiieren wir eine Anteilnahme, bei der wir zu klären versuchen, wieso der Einzelne etwas für richtig hält, was die Gemeinschaft ablehnt. Vielleicht irrt ja die Gemeinschaft.«

»Faszinierend. Sie sind offensichtlich Teil eines sozialen Experiments, sehr fortschrittlich. Aber auch verwirrend. Wie halten Sie das durch, oder sollte ich vielmehr sagen, wie halten Sie das aufrecht?«

»Mit intelligentem Mitgefühl. Oder mitfühlender Intelligenz. Wie Sie wollen.«

»Sie erstaunen mich. Bei uns gibt es einen Lehrer, der so etwas Ähnliches geäußert hat, als Denkformel. Er hat gesagt, Mitgefühl habe eine eigene Intelligenz. Und doch ist das schwer vorstellbar für mich, weil ich keine Ahnung habe, welche Maßgaben gelten, was sind die Ideale oder die Regeln, denen Sie folgen?«

»Von Maßgaben halten wir nicht viel, auch nicht von Regeln, die schränken die Freiheit ein, eine Form der Selbstaufgabe, die wir nicht anstreben. Wer sein Denken an Idealen, Überzeugungen oder Gesetzen aufhängt, der kommt über die Garderobe nicht hinaus.«

»Wie bitte?«

»Verzeihen Sie, ich zitiere einen Dichter, der vielen bei uns aus dem Herzen und der Vernunft spricht, dieser Satz ist fast sprichwörtlich.«

»Das ist ja alles ganz und gar erstaunlich. Wo befindet sich dieser Ort?«

»Werden Sie nicht kennen. Unweit einer Siedlung namens Moresnet. Eigentlich im Niemandsland.«

»Sie müssen mir mehr erzählen von diesem Flecken Erde, Kollege Walter hat kein Wort darüber verloren.«

»Eine sehr abgelegene Gegend, dort bin ich aufgewachsen. Mein Mentor kannte sie nicht. Er ließ sich aber gern davon erzählen.«

»Verstehe. Ich muss leider los, der Heimweg ist weit. Ich werde morgen das Hochhaus aufsuchen, wo dieses Idol angeblich gesichtet worden ist. Das ist zwar nicht mein Zuständigkeitsbereich, Sie hätten durchaus recht, wenn Sie einwenden würden, dass ich mir Ärger mit meinen Vorgesetzten einhandeln könnte, aber diese Angelegenheit ist wichtig, viel zu wichtig, um auf so etwas Rücksicht zu nehmen. Ich muss mir unbedingt

selbst ein Bild machen

hörte ich mich sagen, mit einem aufgesetzten Selbstbewusstsein, das sich mir in Gegenwart dieser jungen Frau aufdrängt, provoziert von ihrer souveränen Naivität. Sie scheint durch diese Stadt, die andere Fremde einschüchtert, geradezu zu schweben. Wir sind uns erst zweimal begegnet, und schon habe ich Zutrauen zu ihr gefasst, gerade ich, der ich Misstrauen zu einem Credo verfeinert habe (wie du behauptet hast, Rubaica, oft und mit wachsendem Bedauern). Auf dem Heimweg atmete ich Zweifel aus. Was würde ich in dem Hochhaus erfahren, außer Abweisung und Leugnung? Sollte ein altes Idol existieren, so ist dieses lange Zeit geheim gehalten worden, versteckt vor den leicht erregbaren Augen der Welt. Seine Hüter müssen außergewöhnlich selbstbeherrschte Menschen gewesen sein. Ich muss zugeben, meine Neugier drängte mich. Und meine Ungeduld. Wozu Tagebuch führen, wenn nicht, um Rechenschaft von den eigenen Motiven abzulegen, mit einem schrecklichen Kugelschreiber, den mir Rubaica zu meinem Geburtstag geschenkt hat, dem letzten, den wir gemeinsam gefeiert haben. Ich verwendete ihn zu jedem Anlass, um ihr eine

Freude zu bereiten, selbst für Notizen auf dem kleinen Block in der Küche, die wir uns gegenseitig schrieben, wenn der andere nicht anwesend war. Alles schrieb ich in dieser Farbe, weiterhin schreibe ich vieles in jenem Rot, das Rubaica liebte. Es stört mich nicht mehr. Seit ich dieses Tagebuch führe, verstehe ich besser, wieso die Polizei auf schriftlichen Geständnissen beharrt. Wenn ich meine Gedanken niederschreibe, werden sie ehrlicher. Der Sicherheitsmann am Gate zum Hochhaus salutierte, der Junge im Lift warf mir verspiegelte Blicke zu. Der Diener erwartete mich, als die Türen sich geräuschlos öffneten. Der erste Eindruck enttäuschte: Selbst im Himmel wird gehupt. Der Lärm der Niederungen drang unverfroren in den vierundsechzigsten Stock hinauf. Als hätten alle vergessen (oder nie gewusst), dass der wesentliche Ton nicht erklingt. Nur der nicht geschlagene Gong ist von Bedeutung. Wann hat Hupen diesen Kreaturen dort unten jemals geholfen, gefangen im ewigen Stau des Lebens, gefesselt von leuchtenden und blinkenden Ketten? Zum Verzweifeln, der menschliche Verstand, zuweilen so flexibel, und doch vermag er das Offensichtliche nicht zu erkennen. Wer hupt, beweist nur die Hartnäckigkeit seiner Torheit. Der Ausblick versöhnte mit dem Lärm. Wohlhabende Menschen können von ihrem heiligen Berg aus sogar das Ende der Stadt erahnen. Das Penthouse erstreckte sich über die gesamte Länge des Gebäudes. Ich betrat einen offenen Hof, zu beiden Seiten Säulengänge, eine Architektur der verzierten Bögen, die mir bekannt vorkam. Ich erstarrte innerlich, weil ich nicht mehr dem Diener folgte, sondern meinen Eltern. Vater schleppte uns jedes Wochenende zu irgendeiner Ruine, er ertrug sakrale Bauten nur im zerfallenen Zustand. Meine Geschwister und ich protestierten, das spornte ihn an. Er arbeitete als Ingenieur bei der Eisenbahn, jedes Mal wenn ein Stellwerk ausfiel, mussten wir umziehen, so kam es mir vor. Eines Sonntags fuhren wir nach Fatehpur Sikri. Vater war ein zweifelnder Gewerkschaftler, meine Mutter gläubig, auf kulinarische Weise. Beide waren an jenem Tag höchst vergnügt und hatten wenig Sinn für die öden Räume der einstigen Hauptstadt, für Glanz als Echo. Ich hingegen spürte, wie mich etwas berührte, das ich heute als Genius Loci bezeichnen würde. Ich schloss die Augen, öffnete sie, der Raum um mich herum entleert, ich senkte den Kopf, meine Eltern schon einen Innenhof weiter, von wo die rechthaberische Stimme eines Fremdenführers herüberschwappte. Die Leere fühlte sich auf einmal anders an. Erneut schloss ich die Augen und öffnete sie wieder. Viele unterschiedliche Leeren. Mir war, als zerbräche vor meinen Augen die Geometrie des Glaubens, die ich gerade mit Bleistift und Lineal zu zeichnen lernte. Dies war der Augenblick meiner Epiphanie, das habe ich erst viel später begriffen, sehr viel später. Ungewissheit offenbarte sich, in einem der Innenhöfe von Fatehpur Sikri, und mit ihr eine Schatzkammer voller Möglichkeiten. Unsere Eltern warteten vor dem Eingang auf mich, meine Geschwister mit einem Arun-Eis in der Hand, grün wie Pistazien. Jemand hat auf dem obersten Stockwerk des Kailash-Hochhauses, weit über den giftigen Schwaden der Stadt, einen der Innenhöfe von Fatehpur Sikri nachgebaut, bis ins letzte Detail, samt dem rötlichen Stein. Der Diener ließ mich an seiner Ungeduld teilhaben. Ich spähte in die Nischen meiner Erinnerung und in den schattigen Gang hinter den Säulen. Was ist das für ein außergewöhnlicher Mensch, der in unserer Epoche einem Ort, an dem Differenz als Bereicherung aufgefasst wurde, seine Reverenz erweist? Der Diener rief mich, ich folgte ihm, mein Schatten verbeugte sich vor dem Einst. Als ich ein weiteres Mal stehen blieb, wies mich der Diener zurecht. Wer für einen Milliardär arbeitet, hat offenkundig wenig Respekt vor der Polizei. Das gesamte Penthouse, dieser Palast in den Wolken, zeugte von verfeinertem Geschmack. »Beschreibe es mir«, hätte Rubaica gefordert. Wenn ich ihr von meinem Arbeitstag erzählte, erwartete sie ausführlichen Bericht. Sie ließ sich nicht abspeisen mit einem lakonischen »die übliche Routine« oder »den Kerl haben wir erwischt«. Ich tat jedes Mal so, als dächte ich nach, länger als nötig, um sie auf die Folter zu spannen. Heute Abend würde ich zu ihr gesagt haben, es sei wie in einem Museum gewesen, in einem lebendigen Museum, wie in einem Traum vom goldenen Zeitalter. Der Hausherr empfing mich mit einer Höflichkeit, die sich einem hohen Ideal oder einem spöttischen Geist verdankt. Mr. Darayus Vakil, ich schreibe seinen vollständigen Namen nur deswegen hin – dies ist kein Polizeibericht –, weil ich nie zuvor von ihm gehört hatte. Er war unermesslich reich, und doch war er es ihm gelungen, seine Existenz vor den Topfguckern geheim zu halten. Ruhm ist Make-up für Narren. Die Weisen meiden das Rampenlicht wie der Teufel das Weihwasser. Ich durfte die Kunstsammlung dieses ungewöhnlichen Menschen bewundern, seine Einladung erschien mir wie eine Vorbedingung zu unserem Gespräch: eine aufwendig gerahmte Mogul-Miniatur, Akbar der Große in metaphysischem Diskurs mit einem Sadhu, einem Sufi und einem Jesuiten; Pahari-Zeichnungen von Nainsukh; zierliche Chola-Plastiken; auf der einen Wand Kalighat-Bilder neben Adivasi-Skizzen; eine mit Seidenpapier überzogene Miniatur sowie einige moderne Gemälde, darunter die Seestücke des ätherischen Jehangir Sabavala, dem ich als Jugendlicher einmal die Hand schütteln durfte, eine Hand wie ein Tintenfisch, der alle Farben in sich trägt. In einer Ecke des Zimmers stand menschengroß eine Gandhara-Skulptur, aus Schiefer, ein Bodhisattva, eine Rarität, wie sie ansonsten nur in Londoner und Berliner Museen zu finden ist. Der Diener servierte ein Rosen-Scherbett, der Hausherr beantwortete meine Fragen, ohne zu zögern. Seine Musikanlage sei komplex, die Lautsprecher in die Wand eingelassen, der Klang spezifisch für jeden der Räume eingestellt, individuell programmierbar, alles mit allem verbunden und im Einklang, das sei ihm wichtig. Wenn er sich allein im Haus aufhalte – er sagte »Haus«, schlicht wie ein Bauer oder ein Zöllner –, was öfter geschehe, so auch dieser Tage, seine Ehefrau bleibe länger bei den Kindern in den USA, lasse er alle Türen offen, die inneren und die äußeren, er schreite früh morgens von Zimmer zu Zimmer und überall ertönten die Klänge des Raag Jogiya. »Sie müssen wissen«, sagte er, »ich verschlafe nie den Sonnenaufgang, die Morgenröte hat ihre eigene Tonart.« Das spüre jeder, nicht wahr. Wieso aber die Note Ga weggelassen werde, das entziehe sich … Seine weiteren Ausführungen überstiegen mein Auffassungsvermögen, offensichtlich hatte er eine Ausbildung in klassischer Musik genossen. Er schien meine Anwesenheit zum Anlass zu nehmen, laut nachzudenken, im Fachjargon, gelegentlich unterbrochen von verständlichen, aber verwirrenden Metaphern, etwa, dass eine bestimmte Note wie eine Krähe in der Nacht sei. Er unterbrach sich selbst: »Verzeihung, ich schweife auf und davon, also, es kamen drei Männer, um die Anlage zu reparieren, einige der Lautsprecher waren verstummt, und was ich im Arbeitszimmer zu hören wünschte, erklang im Hof. Die Männer blieben eine halbe Stunde, nicht länger, ich habe nicht beobachtet, was sie taten, ich wurde erst hinzugezogen, als sie mir vorführen wollten, dass alles wieder in bester Ordnung war.« Aus einer Laune heraus fragte ich ihn, ob die Handwerker Trinkgeld erhalten hätten. Er rief den Diener herbei. Selbstverständlich, großzügiges Trinkgeld. Ich schämte mich ein wenig der Frage. Es ist eine Verderbnis des Lebens in dieser Stadt, Ursache und Motiv zunächst im Materiellen zu suchen. Entgangener

Gewinn? Geplatztes Geschäft? Schon entspringt der Enttäuschung eine Lüge oder ein Verbrechen. Der Diener zeigte mir das reparierte Gerät, ein flacher Apparat, kaum größer als eine Dabba, um einiges leichter. Einfaches Design verbirgt technische Komplexität. Auf der Rückseite ein Aufkleber: RANE HI-FI REPAIR. Ich fragte Mr. Vakil unverblümt, ob seine außergewöhnliche Sammlung auch eine Skulptur von Mohammed als Wiedergeburt von Vishnu enthalte. Er sah mich an, als litte ich unter Halluzinationen. Worauf ich mich entschuldigte, der Hi-Fi-Lehrling habe so etwas behauptet, und ich könne mir nicht erklären, wie eine ungebildete Hilfskraft von sich aus eine derart ausgefallene Vorstellung entwickeln könne. Die Spekulation, erwiderte Mr. Vakil streng, ohne die Stimme zu heben, sei für ihn ein Buch mit sieben Siegeln. Die Behauptung sei abwegig! Er lud mich ein, mich umzusehen, mit einer einladenden Geste, die so übertrieben ausfiel, dass ich sie als Warnung auffasste. Ich schlenderte in einigen der anderen Räume von Wand zu Wand, von Gemälde zu Artefakt. Mir fiel ein Loch in meiner rechten Socke auf. Der eine sammelt wertvolle Kunst, der andere bewundert sie mit Löchern in den Socken. Bald hatte ich alles vergessen, meine Funktion, meine Absicht, meine Socken, dort oben am höchsten Punkt der Stadt verwandelte ich mich in einen Liebhaber, pure Begeisterung in zerknitterter Uniform. Unterhalb einer der Miniaturen war ein elaboriertes Siegel zu sehen. Ich rückte näher heran, um es zu inspizieren. Eine Kalligraphie in der Form einer Lotusblume, die Schrift Persisch oder Arabisch. »Das Siegel von Dara«, hörte ich die Stimme des Hausherrn hinter meinem Rücken, »der Prinz, der es versäumte, Kaiser zu werden.« Ich bat ihn, mir den Schriftzug vorzulesen. »Tamaso ma jyotir gamaya«, erwiderte er, in einem Singsang, der mühsam zu erlernen ist. Worauf ich, ohne zu überlegen, laut übersetzte: »Aus der

Dunkelheit führe mich zum Licht. Wie außergewöhnlich!« Das weckte wiederum sein Interesse: »Nicht außergewöhnlicher als ein Polizist mit exzellenten Sanskrit-Kenntnissen. Da Costa? Eher katholisch, hätte ich vermutet?« Ich erwiderte auf Sanskrit, ich konnte nicht anders, obwohl ich ahnte, dass dies sein Misstrauen wecken würde: »Aano bhadra krtavoyantu vishwatah.« Nun war es an ihm, diesen Satz zu übersetzen, als hätten wir soeben ein Spiel erfunden und uns unausgesprochen auf die Regeln geeinigt: »Edle Gedanken gelangen zu uns von allen Seiten. Wie wahr. Verraten Sie mir, wie sind die Upanischaden zu Ihnen gekommen?« Ich erzählte ihm von den Jesuiten, von meiner Beschäftigung mit den alten Texten, von bescheidenen Entdeckungen, von Irrwegen. Er hörte aufmerksam zu, bis er sich abrupt verabschiedete, von einem Augenblick auf den anderen, als wäre meine Parkuhr abgelaufen. Draußen bemerkte ich etwas, was mir beim ersten Durchschreiten des Innenhofs nicht aufgefallen war. Ein Ganesha, eine jener billigen Figuren, wie sie massenhaft hergestellt werden und die Stadt verunstalten, bevor sie im Meer versenkt werden. Allerdings nicht zu dieser Jahreszeit, nicht im Mai, und außerdem, was suchte ein derart banales Objekt, das zudem penetrant nach frischer Farbe roch, in einem Haushalt voller außergewöhnlicher Kunstwerke? Das passte nicht zusammen. Der Diener drängte mich,

zum Aufbruch

zusammen mit Mutter, nur zu zweit, was selten genug vorkommt, zum Fest der Bilder, am Tag der Toten Gemälde. Cyas Aufmerksamkeit schweift ab, weil sie das Idol nicht aus ihren Gedanken bannen kann, obwohl sie sich schwer vorstellen kann, wie es aussah, denn es wurde während des Wahns zerstört. In ihrer Welt ist vieles bewahrt worden und wird an diesem Tag ausgestellt, heraufgeholt aus den Katakomben einstiger Museen, aus tiefen Minenschächten, in denen nach dem Umbruch unzählige Objekte (GOG: *Kunstgegenstände, so das entsprechende Wort von einst*) gefunden wurden, Bilder und Skulpturen, Stelen und Säulen, Fragmente von Fries. Eingepackt wie Mumien. Was sollten sie anstellen mit dieser Kunst, die seit Jahrhunderten kein Sonnenlicht mehr gesehen hatte, erworben oder gerafft, um weggeräumt und verstaut zu werden. Sie mussten zunächst gesichtet werden. Und das dauerte. Was den Sehnsüchten der Menschen weiterhin entsprach, was Würde und Anmut in sich trug, wurde öffentlich allen Interessierten angeboten. Sie konnten mitnehmen, was sie so sehr ansprach, dass sie sich vorstellen konnten, es täglich zu betrachten. In den ersten Jahren nach der Einführung solcher Freimärkte gingen die Bilder weg wie reife Kirschen. Manchmal warfen mehrere Menschen einen begehrlichen Blick auf ein bestimmtes Gemälde, woraufhin ausgeknobelt wurde, wer es als Erste mitnehmen dürfe. Die anderen, jene, die es im Jahr darauf oder einen Monat später bei sich daheim aufhängen würden – das Rotationsprinzip passte sich der Beliebtheit der Kunst an –, halfen mit, das Gemälde nach Gemeinhause zu tragen. So lernten sich Menschen mit gleichen Vorlieben kennen. Im Zimmer von Onkel Host hing eine Weile eine Miniatur eines Künstlers namens Henri Rousseau, in die Cya als Mädchen hineinschlüpfte, als Grashüpfer, bis jemand aus einer anderen Nachbarschaft sein Interesse an diesem Gemälde bekundete, worauf es vorsichtig verpackt diesem Unbekannten überreicht wurde, der in der Folge zu einem engen Freund von Onkel Host wurde. Ein geliebtes Bild miteinander zu teilen, erwies sich als verbindliche Erfahrung. Eines Tages waren alle Kunstwerke, die Bewunderung fanden, verteilt, auf Heimstätten und Horte, auf Lagerhallen und Transportern, auf überdeckten Dächern und sogar hinter Glas eingelassen in den Boden von Lichtungen, wo Kinder auf abstrakter Malerei hüpfen und Erwachsene auf einem impressionistischen Akt liegen können. Übrig blieb nur, was von kaum jemandem wertgeschätzt wurde: Gewalt in Ölfarbe, Erniedrigung auf Leinwand. Auch fremdartige Kunstgegenstände – viele von ihnen aus Indien, wie Cya erst neuerdings bewusstwird –, die selbstverständlich in die Region ihrer Herkunft zurückgeschickt werden sollten. Nicht immer dort willkommen. Bei manch einem unvollständigen Bogen oder einer gliederlosen Gottheit lehnten die indischen Zuständigen dankend ab, davon hätten sie selbst mehr als genug, sie wüssten nicht wohin mit dem Gerümpel. Was sollte geschehen mit den eingepackten und seit einer halben Ewigkeit nicht mehr gewürdigten Werken? Mit dem Grauen unter dem Erdboden, das nie vergessen werden, aber auch nicht täglich betrachtet werden sollte? Die Lösung ergab sich von selbst: Jahr für Jahr sichtet ein Kreis von Freiwilligen das Verstaute und Versteckte, setzt sich den grausamen und hässlichen Darstellungen aus, betritt ein Horrorkabinett, erträgt pompösen Protz und verwirrende Mythologie. Bilder, die ein und dieselbe Geschichte unentwegt wiederholen. Gemalt mit dem Pinsel des Aberglaubens. Wohin mit diesen Geistern der Gewalt? Wer will Brutales anschauen? Nicht nach dem Aufwachen. Nicht nach einem Orgasmus. Werke der Einfältigkeit, behutsam in Minenschächten versenkt, wie Giftmüll. Die Welt von einst hat alles gesammelt, bis sie daran zu ersticken drohte. Das meiste wäre längst vergessen, erklänge nicht ein Echo seiner Existenz in Katalogen, die nicht nur den Titel und den Lagerplatz verzeichneten, sondern in Klammern mit unbeabsichtigter Ironie auch den letzten geläufigen Preis. Erstaunlich hoch,

für jene Folterszenen, an denen Cya und Mutter vorbeischlendern, ei-

ner provisorischen Bildallee entlang, mit einem Tee in der Hand – jedes Gemeinhaus hat zu diesem Anlass einen eigenen Tee kreiert. Viel Geld für Darstellungen eines halbnackten Mannes, von Pfeilen durchbohrt.
»Sie konnten sich so gar nicht einigen«, murmelt Mutter, »wo die Pfeile eingeschlagen sind, ob in den Thorax, ins Abdomen oder ins Becken, sogar durch den Kopf, dort, schau mal, vom Kinn bis in die Stirn, hier femoral, dort krural.«
»Mutter, verschone mich bitte mit dieser Ossifizierung der Sprache.«
Sie lachen und wenden sich von den vielen geschundenen Körpern ab.
»Wenn ich das sehe, empfinde ich das dringende Bedürfnis, den armen Kerl zu behandeln.«
»Wenn du ihn heilen würdest, würdest du sein Martyrium zunichtemachen. Er würde dich verfluchen.«
»Weil ich seine Wunden desinfiziere?«
»Weil du das konsequente Ende seines Wahns verunmöglichst.«
»Sag mir, wer soll so etwas Gruseliges nach Hause mitnehmen? Das erschreckt die Kinder und verursacht okulare Blutergüsse.«
»Vielleicht müssen wir uns einmal im Jahr solchen Albträumen stellen?«
Sie wechseln die Alleeseite. Schräg gegenüber ein anderes Motiv: einem Mann wird der Schädel aufgeschnitten.
»Macht ihr Heiler das immer noch so«, frotzelt ein Bekannter, der vor dem Gemälde stehen geblieben ist.
»Mach dir keine Sorgen«, antwortet Mutter, »deine Stirn ist dafür nicht hoch genug.«
Der Mann begleitet die beiden, einige Bilder lang. Ein dunkel gehaltenes Gemälde lässt sie innehalten. Männer, nicht mehr die allerjüngsten, folgen konzentriert einer Lektion, indem sie in alle Richtungen blicken, nur nicht auf das, was

ihnen der Lehrer zeigt. Die Details lebensnah gemalt bis auf den aufgeschnittenen Unterarm der Leiche. Mutter schüttelt enttäuscht den Kopf. Adern und Knochen sind stümperhaft wiedergegeben. Bei den Schwarzgekleideten muss es sich um angehende Ärzte handeln. Allesamt hässliche Männer.

»Das Bild, genau dieses Bild, war auf dem Umschlag eines alten Lehrbuchs, das ich von meinem Großvater geschenkt bekommen habe. Der war Arzt, ein sehr guter, während des Umbruchs war er damit beschäftigt, die vielen Verwundeten zu behandeln, die Opfer der Söldner, die das Alte verteidigt haben. Ich habe ihn jahrelang kaum gesehen, außer zu Geburtstagen. Kurz vor seinem Tod hat er mir seine medizinische Bibliothek vermacht.«

»Haben sich die Lehrbücher inhaltlich sehr von den heutigen unterschieden?«, fragt Cya.

Mutter bejaht.

»Verstehe ich nicht. Der Mensch war doch im Kapitalozän anatomisch und organisch nicht anders als heute *(abgesehen von der Anwesenheit GOGs)*?«

»Du hast recht, oberflächlich besehen. Aber Krankheit ist keine anthropologische Konstante, Krankheit ist die Summe aller Lebensbedingungen und Umweltfaktoren, und wenn du genauer hinschaust, wirst du erkennen, wie viele Krankheiten uns nicht mehr quälen, wie viele nicht mehr vorkommen. Denk mal an die Folgen von Vergiftungen unterschiedlichster Art, von Übergewicht, Stress und Vereinsamung. Oder an das, was früher als Berufskrankheit bezeichnet wurde, die anatomischen und psychischen Deformationen, mit denen wir uns nicht mehr herumplagen müssen. Der Mensch ist gleich geblieben, im Großen und Ganzen, aber die Krankheiten haben sich geändert, somit auch die Heilkunde.«

Mit frisch gewecktem Interesse betrachtet Cya die nächs-

ten drei Gemälde, allesamt medizinisch inspiriert: Aderlass, Blutegel, Teufelsaustreibung.
»Du hast dich kaum geändert, Cya. Von klein auf hast du deine Nase überall reingesteckt, selbst in Sachen, die dich erschreckt haben. Manchmal hast du heftig reagiert. Das hat dich nicht davon abgehalten, es immer wieder zu tun.«
Die gemalten Motive werden grauenvoller, je tiefer sich die Allee in den Nachmittag streckt: Schwerter, Kanonen, Pistolen, aufgeschlitzte Bäuche, Entführung, Vergewaltigung, abgeschlagene Köpfe, Wiesen mit Kornblumen zwischen den Leichen, Folter, Exekution und ein sich aufbäumendes Pferd, Panik in den Nüstern. Mutter und Cya sind sich einig, die Auktion am Ende dieses Tages wird unergiebig verlaufen, sosehr sich die Engagierten bemühen mögen, jemandem eines dieser Bilder schmackhaft zu machen, indem sie sich gegenseitig überbieten mit Versprechen von Wohltaten. Wenn du dieses Bild beherbergst, übernehmen wir für einen Monat deine nachbarschaftlichen Aufgaben. Wenn du dieses Bild mitnimmst, kochen wir für dich an jedem Tag der Woche eines deiner Lieblingsgerichte. Wenn du dieses Bild daheim aufhängst, knüpfen wir dir eine Hängematte für deine Träume. Letztes Jahr versprach Nikte dem Eigenbrötler, der Jugendlichen Tauchen und Erwachsenen Töpfern beibringt, sie würde – sollte er ein gewaltiges Schlachtgemälde, das nirgendwo Platz fand, im Energiezentrum aufhängen, in einem der Gänge, wo kaum jemand es sehen könne – ihn verführen, worauf der Mann mit hochrotem Kopf die Versammlung verließ und die entsprechende Wand leer blieb, zur Erinnerung, dass er sich vor einer Verführung drückte.
»Was ich dir sagen wollte, Cya, ich bewundere, wie unerbittlich du in diese Epochen der Gewalt aufbrichst.«
Cya schweigt zur Antwort. Gespräche dieser Art haben sie schon öfter miteinander geführt, drinnen und auch drau-

ßen vor der Tür, stehend, in Bewegung und einmal sogar in einem Luftballon.

»Wie geht es nun weiter, bei deiner gegenwärtigen Verwanderung?«

»Ich werde den Hauptkommissar in den nächsten Tagen begleiten, als seine Assistentin.«

»Das darfst du?«

»Ich habe eine Sondererlaubnis erhalten.«

»Wie denn das?«

»Ich habe glaubhaft versichert, ich würde gern länger in der Stadt bleiben, um Erfahrungen zu sammeln, um zu lernen, um mich auszutauschen mit der dortigen Polizei, ich habe beteuert, wie fasziniert ich von all dem Neuen sei und was für eine Bereicherung die Bekanntschaft mit einem alten Freund von Hauptkommissar Walter –«

»Du lügst dich durch.«

»Das ist zu harsch, Mutter.«

»Pass auf, dass es dir nicht zur Gewohnheit wird.«

»Ich wäre sogar bereit, habe ich erklärt, meine Reise nach Hyderabad zu verschieben. Wieso ich gerade nach Hyderabad zu reisen gedenke, fragte mich der Hauptkommissar erstaunt.«

»Um scharf zu essen«, gluckst Mutter, die in der Nähe von Hyderabad einen Mentor gehabt hat, der vermutlich auch ihr Liebhaber war, was sich Cya aber nie zu fragen getraut hat.

»Er hat gelacht, der Kommissar, zum ersten Mal in meiner Gegenwart, und sein Lachen sogleich unterbrochen, wie um einen schlampigen Fehler zu korrigieren. Er hat mir versprochen, seinen Vorgesetzten zu fragen. Unverbindlich. Er sei skeptisch, aber er werde es versuchen, wenn es mir so viel bedeute. Ich habe den Eindruck, er war noch überraschter als ich, dass der Joint Commissioner of Police, ein Mann namens SPP Singh, sein Einverständnis erteilt hat. So etwas sei üblicherweise Ausländern nicht gestattet, selbst Besuche von Fremden im Crime Branch, wo er arbeitet, seien verpönt, aber in diesem Fall, eine Ausnahme, vielleicht weil ich –«

»Weil du so lange Beine hast?«

»Wegen meiner Herkunft. Was ist daran ungewöhnlich, fragte ich. Nicht ungewöhnlich, eher vertrauenerweckend. Er tat sich schwer, mit der Sprache herauszurücken, er redete um die Sache herum, wie jemand, der beim Brillenputzen einen kleinen Fleck findet, an dem er lange reiben muss, bevor er die Brille aufsetzen kann.«

»Weil du eine Arierin bist, wie die das nennen.«

»Woher weißt du das?«

»Ist mir auch widerfahren. Das Wort habe ich dort zum ersten Mal gehört. Angeblich sind wir miteinander verwandt, über neun Ecken.«

Mutter und Cya mäandern heim: Ein Frühlingstag, voller Versprechen, die Wärme legt sich versöhnlich auf den trotzigen Winter. Sie nehmen einen der Dachwege, von dem aus die Siedlung fast wie ein Wald wirkt, samt Hängebrücke über einem Wasserfall, dazwischen Beerenbüsche, Magnolien und kleinere Bäume, den Bedürfnissen der Vögel angemessen. Du kannst, so hat Mutter ihr früh beigebracht, jeden Platz in unserer Siedlung über zwei Wege erreichen, auf ebener Erde oder oben durch das Dickicht der Dächer. Du musst nur eines bedenken: Von oben kannst du nicht überall hinabsteigen, manchmal

musst du einen Umweg auf dich nehmen

der Zug halte nicht dort, wo sie hinwolle, lautet die Auskunft am Schalter in einem gewaltigen Bahnhof, der so aussieht, als wäre er von trunkenen Kobolden errichtet worden, nach Bauplänen eines englischen Architekten, dem sie den Kopf verdreht hatten. Bei dieser Hitze, empfiehlt die freundliche Frau, sollten Sie lieber ein Taxi nehmen, das bringt einen bekanntlich von Haustür zu Haustür. Ich habe also die Option, denkt Cya, auf direktem Weg zu sehr allein oder auf Umwegen zu wenig allein zu sein. Sie entscheidet sich für den Zug. Von der Überführung aus kann sie inmitten der am Gleis Wartenden keinen freien Fleck ausmachen. Sie zögert. Der Schwung der Hastenden zieht sie hinab. Aus Lautsprechern scheppern unverständliche Ansagen. Ein altmodisches Mobiltelefon läutet in der Hand eines Bärtigen neben ihr, kein Ton (GOG: *Klingelton wäre korrekter*), sondern eine Rezitation, eine Sure (GOG: *die Fatiha*). Derweil bahnt sich ein Jüngling in einem orangefarbenen Gewand eine Gasse durch die Menge, seine Zunge heult auf wie das Mofa eines Halbstarken: Pantsch lakh gayatri tschota moksha pantsch lakh best deal oder so ähnlich unverständlich (GOG kann keine Überforderung zugeben). Der dürre Mann spuckt auf sie ein, als wäre sie die letzte Verdammte auf Erden. Wolkenlos ziehen ihre Fragen an seiner Miene vorbei. Er wiederholt: pantsch lakh gayatri tschota moksha best deal pantsch lakh, und nähert sich ihrem Gesicht, so dicht, sie könnte die Haare zählen, die ihm aus den Ohren wuchern. Eine Frau in schwarzem Gewand ergreift ihre Hand und zerrt sie zur Seite.

»Sie müssen dahin, wo das Frauenabteil hält.«

»Danke, danke Ihnen sehr. Können Sie mir erklären, was dieser Mann mir aufschwatzen wollte?«

»Er preist Verträge an, in die Sie einsteigen sollen. Wenn jemand zum Beispiel von den vereinbarten zehn lakh (GOG: *1 lakh entspricht 100 000*) erst die Hälfte –«

»Zehn lakh von was?«

»Mantras, Verzeihung, Sie sind ja fremd hier, Mantras, die können Sie rezitieren, singen oder krächzen, spielt keine Rolle, die App zählt mit, Sie arbeiten das Soll kontinuierlich ab. Wenn Sie aber unerwartet sterben oder einen besseren Deal ergattern, dann versuchen die Agenten, die restliche Tranche an jemanden zu verschachern, zu verbesserten Konditionen natürlich.«

»Und wozu das Ganze?«

»Sie meinen, was es dafür im Gegenzug gibt? SCP, also spiritual credit points. So kann jeder von uns Stakeholder von Moksha werden. Die SCP entscheiden über Ihre Stellung in der Gesellschaft. Nehmen Sie mich zum Beispiel. Hätte ich nicht ein grundsolides SCP-Rating vorzuweisen, kämen in unserer Kanzlei Fragen auf, wieso ich meine Pflicht vernachlässige, und wenn sich die Situation nicht bessert, müsste ich zum Mentoring bei einem Dharma-Beauftragten, und wenn eine positive Entwicklung ausbleibt, kann es passieren, dass ich vorübergehend meine Zulassung verliere. In so einem Fall gibt es nur eine Lösung: schnellstmöglich in einen Aschram, zur Intensivkur, den eigenen SCP-Haushalt in Ordnung bringen.«

»Haben Sie Kinder?«

»Drei. Balaram, Krishna und Shubhadra.«

»Und Sie arbeiten als …?«

»Rechtsanwältin.«

»Wie finden Sie Zeit, täglich so viele Mantras zu sprechen?«

»Nicht doch, Sie missverstehen, unsereiner spricht sie nicht selbst, wir beauftragen jemanden, die Diener daheim meistens, zwischen Saubermachen und Kochen findet sich eine Stunde für Mantras, das reicht normalerweise. Kommen Sie, noch einige Schritte. Sie sollten auf keinen Fall dort stehen, wo die Männer nach vorn drängen.«

Der Zug fährt ein. Cya überragt die anderen wartenden Frauen um einen halben Kopf. Sie nimmt sich vor, schnell und entschlossen in das Abteil zu steigen. Sie wird hineingeschwemmt. Wie Treibholz in einen Strudel. Die Rechtsanwältin ist nicht mehr zu sehen. Es ist stickig und heiß. Die Ventilatoren räkeln sich, auf jedem der Rotorblätter bunte Gottheiten. Umschlungen von Frauenkörpern blickt Cya zur Decke. Krishna schummert ihr vor den Augen. Sie muss sich hinsetzen. Dringend. Keine Bank in Sicht. Sie spürt ihre Beine nicht. Die Frau zu ihrer Linken lächelt ihr zu. Sie schnappt nach Luft. Die Frau bedeutet ihr, sie steige gleich aus. Blickt sie besorgt an. Ruft etwas in den Waggon hinein, auf Marathi, zu schnell, zu abgehackt, GOG kommt nicht nach. Die zusammengepferchten Frauen beginnen, Cya in eine bestimmte Richtung zu schieben, sie winden sich, sie pressen sich aneinander. Ohne sichtbaren Freiraum gelingt es ihnen, Cya von der Tür ins Innere zu bugsieren, zu einem Sitzplatz. Hilfreiche Hände ergreifen ihre Arme, fächeln ihr mit Zeitungen Luft zu. Das Atmen fällt ihr schwer, und sie versteht erst nach zweimaliger Wiederholung, dass jemand sie fragt, an welcher Station sie aussteigen wolle. Auf ihre Antwort hin schnalzen Zungen, nicken Köpfe. »Müssen dich zur Tür«, sagt eine. Kaum ausgesprochen, wird Cya in Richtung offener Tür geschoben. Einige Frauen jubilieren als Cya den Fahrtwind erreicht. Sie steigt nicht aus, sie wird ausgespuckt. Stufen hinauf, panisch pochend. Innehalten unmöglich, angerempelt, zur Seite gedrängt, auf der Suche nach einem Platz, wo sie Ruhe finden kann. Ein bescheidenes Restaurant, in dem allein der Kellner sie belästigt. Sie wimmelt ihn ab, indem sie ihren Finger auf einer beliebigen Stelle der Speisekarte drückt und die Augen schließt. Zwei Getränke und einige panierte Bissen später traut sie sich hinaus, die Hitze ein zäher Sumpf, den sie zum nächstbesten Hotel durchwatet. »Wo ist Ihr Gepäck?«, erkundigt sich der Rezeptionist. »Wer braucht schon Gepäck.« Sie lächelt ihn an. Das Aufblitzen ihres Charmes bringt ihn in Verlegenheit. Mit einem Seitenblick händigt er ihr den Schlüssel aus. Sie legt sich nackt auf das Bett und zählt die Arme einer Frau auf der Wand gegenüber, erleuchtet von einem seitlichen Lichtstrahl, eine Frau auf einem Tiger, die viele Arme hat, mehr als zwei, als vier, als sechs, als acht, sie verzählt sich, sind es zwölf Arme oder mehr?, sie kann nicht mehr zählen, weil sie selbst auf dem Tiger sitzt, ohne Sattel, das Fell weicher als das eines Kätzchens, in ihrer Hand eine Glocke, in ihren Händen ein Glockenspiel, das schellt laut und krumm, obwohl sich nichts bewegt. Cya verschluckt sich am Schlaf, überrumpelt von einem

Anruf, kurz vor sechs

in der Früh und draußen dunkel, schrillte es schlechte Nachrichten. Kein Morgen sollte so dämmern, und doch haben viele meiner Tage auf diese Weise begonnen. Wer mochte das wohl sein? Nicht meine Tochter in Toronto, die ruft selten an, weil sie es satthat, Nachrichten auf einem nicht vorhandenen Anrufbeantworter zu hinterlassen. Sie meldet sich einmal im Monat, ihre Pünktlichkeit Ausdruck unserer Entfremdung, Ferngespräche voller entflammbarer Stille. Es war zu früh für die Bibliothekarin, die mich mit wacher Regelmäßigkeit daran erinnert, die ausgeliehenen Bücher pünktlich zurückzubringen. »Ich weiß«, sagte sie bei ihrem letzten Anruf bedächtig, »Sie sind der Einzige, der sich für diese Werke interessiert, aber Regeln sind dazu da, eingehalten zu werden.« Nach einer kurzen Pause fügte sie hinzu: »Se-nior In-spec-tor.« Sie dehnt die Silben, so als wollte sie mich necken. Vielleicht flirtet sie mit mir. Mir fehlt das Sensorium. Nie habe ich eine andere Frau als Rubaica berührt. Ich wäre eine passende Partie. Sie eine Witwe aus Goa, ich ein goanischer Witwer. Könnte es sein, dass sie sich einbildet, ich liehe mir die vielen Bücher als Vorwand aus, um sie öfter zu sehen? Das Telefon schrillte weiterhin. Es würde nicht aufhören. Die Stimme von SPP Singh. Ein Mord. Und nur ein weiteres Wort: sofort. Noch bevor ich mich anzog, rief ich Miss Lukas an, die sich ein Zimmer in der Nähe genommen hat. Sie stand schon vor dem Hotel, als ich um die Ecke bog, und blickte um sich, sie

blickt sich oft um

auf der Fahrt durch die Dämmerung, die Gebäude Konturen, die Bäume Schemen, die Menschen unachtsam nach frühmorgendlichem Gebet. Der Fahrtwind fühlt sich an wie gefälschte Kühle. Ein blauer Hund kommt fast unter die Räder, im Seitenspiegel humpelt er über die Straße, weniger blau. Vor ihnen schält sich eine Warteschlange aus dem Grau. »Ach ja, Dienstag«, bemerkt Sabbi beiläufig. Ein Tempel ragt auf, die Ausdauer der Anstehenden führt zu einem verschlossenen Tor. Das seien altmodische Menschen, so Sabbi, die darauf bestünden, Ganesha persönlich aufzusuchen, und wer sich nicht rechtzeitig einreihe, der verspäte sich zur Arbeit. »Wie lange müssen sie warten?«, fragt Cya. Stundenlang, es sei denn, sie zahlen extra. Er bremst erneut jäh, Fahrräder und Mofas schießen auf die Straße, gelenkt von jungen Männern, hinter ihren Rücken gestapelte Brotlaibe. Lieferanten, so seine Erklärung, es gebe viele Wohnblocks in dieser Gegend. Eines der Mofas rollt vor ihnen zum Gate des Hochhauses, angehalten von Männern in herausgeputzten Uniformen (GOG: *Wachmannschaft, Sicherheitskräfte, Security*), versehen mit Insignien des Rangs und allen

Etiketten der Hierarchie

und wie in jeder Hierarchie plusterte sich der Vorgesetzte auf und erstattete mit einem an Parodie grenzendem militärischem Zack Bericht, wer an diesem frühen Morgen schon Einlass zum Penthouse erhalten habe. Ich überprüfte die Registereinträge von gestern Abend. Kein einziger Besucher. »Kann es sein, dass Sie jemanden übersehen haben?« Er schaute beleidigt drein. Wieso reagieren die Leute pikiert, wenn man ihnen einen Fehler unterstellt? Als wären sie über jeden Verdacht erhaben, von Geburt und Haus aus. Es wäre besser, sie gingen von der eigenen Fehlbarkeit aus. »Wir werden Sie später noch befragen«, erklärte ich. Zwanzig Sekunden für vierundsechzig Stockwerke. »Von hier oben«, sagte Miss Lukas, »kann ein Vogel zum Meer schweben, ohne mit den Flügeln zu schlagen.« Sie hat eine verblüffende Vorstellungskraft. Bald waren wir von Stimmen umringt, von viel zu vielen Stimmen. Wie sollte ich mich in den Tatort hineinfühlen? Im Gegensatz zu den meisten anderen Menschen hilft mir Reden nicht beim Denken. Jemand sagte: Nur noch einige Bissen übrig. Jemand sagte: Zuerst den Ozean, dann den Himmel. Jemand sagte: Bring mir noch ein Paar Handschuhe. Miss Lukas und ich betraten das Wohnzimmer. Die Forensiker beugten sich über einen zugedeckten Körper. Der Tote sei Parse gewesen, murmelte der Leiter der örtlichen Polizeiwache, der mir im Laufe der Untersuchung, das kann ich schon vorhersehen, im Weg stehen wird. Leider kann ich ihn ebenso wenig loswerden wie die Vorschrift selbst. Na und? Was sagt »Parse« aus über den Mann? Nichts. Es ist eine Krankheit unserer Zeit, die Menschen nach ihrer Zugehörigkeit zu definieren. »Ein gewisser Mr. Vakil.« Es klang, als würde der leitende Forensiker eine seltene Zuchtsorte benennen. Bis zu diesem Moment hatte ich meine Vorahnung nicht wahrhaben wollen. Wo die Diener seien, erkundigte ich mich. Der Hausdiener warte in der Küche, lautete die Antwort, die anderen übernachteten auswärts. Auf dem geschnitzten Tisch neben dem Fauteuil lag eine kreditkartenkleine Fernbedienung. Ich drückte auf

Play. Die Noten eines Alaap schwebten aus Lautsprechern, die überall im Raum verteilt schienen. »Was für ein Surround-System, bhai«, bemerkte einer der Forensiker. Um Himmels willen, dachte ich, erspare mir weitere Banalitäten. Der Sound war erbaulich, eine Girlande von Noten. »Das sind die Bausteine unserer Existenz«, hatte der Tote vor wenigen Tagen geäußert. »Mit ihnen können wir alles errichten. Oder nichts. Sie stehen uns zur Verfügung. Ein Angebot, mehr nicht.« So einfach, so komplex, ein Ton ermutigend, der nächste erschütternd. »Alles in Ordnung, Senior Inspector?« Ich drückte auf Forward. Die Noten setzten sich zusammen, die Melodie vervollständigte sich, bald schon drängte sich die Improvisation auf. Selbst ein Ignorant wie ich erkannte das Stück, der abendliche Raga Kalyan in dem einzigartigen Vortragsstil von Ustad Vilayat Khan. Wenn ich ein Musikstück wählen sollte, zu dem ich sterben wollte, wäre dies einer meiner Favoriten. Die Forensiker blickten demonstrativ an mir vorbei. Ich stellte ihnen Miss Lukas vor. Sie ließen von ihrer Arbeit ab, um sie zu begrüßen. Die nächsten Blicke in meine Richtung trieften vor widerwilliger Anerkennung. Das Gesicht von Darayus Vakil war ausdruckslos, wie von einem Unbegabten gezeichnet. Einfältig wie der Tod. Alle Verfeinerung ausradiert. Das Leben ist ein Meister, der Tod ein Stümper. Der Raga Kalyan bündelte die Lebenskräfte, und Darayus Vakil, der mich mit seinem Sinn für Schönheit entwaffnet hatte, lag auf dem Teppich, einem sicherlich sehr wertvollen Seidenteppich, fein geknüpft, aus Srinagar oder Buchara. Die Blutspur führte zur Gandhara-Skulptur. Vermutlich war sein Hinterkopf mit Wucht auf dem Glorienschein aufgekommen. Der Bodhisattva reagierte mit gelassener Geste. Ich richtete mich auf, sah mich im Wohnzimmer um, in den Nebenzimmern. Nichts von dem, was ich vor Tagen bewundert hatte, fehlte. Wenn ein einzigartiger Bodhisattva nicht gestohlen, sondern als Mordwerkzeug benutzt wird, liegt vieles im Argen, aber kein Raubüberfall vor. Ich befahl dem Kollegen von der Polizeistation, mich und Miss Lukas in die Küche zu begleiten, wo der Diener auf dem Boden hockte, beide Hände

auf den Kopf gelegt

ein Bündel Unglück, viel Leid in einem mageren Leib. Cya tritt widerwillig über die Schwelle aufdringlicher Gerüche. Die Fragen der Polizisten schroff, ohne Mitgefühl. Der Mann hockt auf dem Boden, in geduckter Körperhaltung, als könnte er die Trauer, die auf ihm lastet, kaum ertragen, seine Antworten geduldiger als die Polizisten. Sie unterbrechen ihn wiederholt, er fährt unbeirrt fort (GOG übersetzt, aus dem Hindi, *genauer gesagt aus dem Awadhi.* Was für ein anmutiger Zungenschlag. *Zudem gut verständlich*): Er habe fast sein ganzes Leben mit seinem Meister verbracht, seitdem er als junger Mann hergekommen sei, schon am Bahnhof von der Großstadt überfordert, in der Hosentasche nichts weiter als die Adresse eines Onkels, ein erfolgreicher Mann mit fester Anstellung bei einem Diamantenhändler, der ihm Arbeit besorgen sollte. Es sei die Segnung seines Lebens gewesen, dass der Meister, ein Freund der Familie, für die sein Onkel arbeitete, gerade zurückgekehrt sei von einem Studium in Cambridge. Gleich alt seien sie gewesen, aber der Meister habe auf ihn gewirkt wie ein Vater. Er habe ihn beim Vorstellungsgespräch nicht nach seiner Erfahrung als Diener befragt. Sie unterhielten sich über Abwegiges, es dauerte, bis er sich an die Eigentümlichkeiten seines Meisters gewöhnt habe. Eine seiner Fragen lautete: Wenn du einen Pandit und einen Imam streiten siehst, für wen ergreifst du Partei? Für denjenigen, dem unrecht getan worden sei, habe er geantwortet, woraufhin der Meister gelächelt habe, ein Lächeln wie ein Flüstern. »Sie haben ihn gesehen, Senior Inspector, mit eigenen Augen, Sie erinnern sich an dieses Lächeln, Sie müssen sich daran erinnern.« Zu Cyas Überraschung reagiert Hauptkommissar da Costa mit einer barschen Frage. Er ist wie verwandelt, alles Zarte verschwunden, bissig wie eine Zange. Er habe nach all den gemeinsamen Jahren, fährt der Diener fort, den Gemütszustand seines Meisters erspüren können, er habe seine Wünsche vorausgeahnt. Gestern Abend habe er ihm Tee und Obst ins Arbeitszimmer gebracht. Eine halbe Papaya am Ende des Tages und ein wenig Kaju. Danach habe er sich zur Nachtruhe begeben. Der Mann ist unschuldig, denkt Cya, das erkennt ein Blinder. Er spricht mit Ehrfurcht über den Toten, mit tief empfundener Trauer. Ein alter Mann, der sich in seinen Pflichten eingenistet hat. Der einen Freund verloren hat, einen Vater, ein Vorbild. Und dieser Mensch liegt im Zimmer nebenan auf dem Teppich, dessen Verzierungen er in- und auswendig kennt. Was wird er tun, jetzt, da das Gerüst seines Lebens zusammengebrochen ist? Er scheint ein Unbehagen gegenüber der Welt da draußen zu verspüren. Er ist mehr als unschuldig, er ist Mitopfer, und doch verfügt er nicht über das, was die Uniformierten »Alibi« nennen, und so etwas benötigt ein unbedeutender Mensch, der dem Getöteten nahestand. Sollte Senior Inspector da Costa keinen anderen Verdächtigen finden, würde er – so viel wusste Cya von ihren vorausgegangenen Lektüren – den Diener genauer unter die Lupe nehmen. Sollte das geschehen, könnte ihm

seine Unschuld zum Verhängnis werden

auch wenn ich bezweifle, dass der Diener etwas mit dem Mord zu tun hat, bleibt die Frage unbeantwortet, wie der Täter in das Penthouse eingedrungen ist und wieso der

Diener nichts gehört hat. Asato ma sat gamaya. Von der Unkenntnis zur Wahrheit, vom Naheliegenden zum Universellen, vom Dunklen ins Licht. In unsere Praxis übersetzt bedeutet dies, dass wir penibel die Tatwohnung durchsuchen, und sollte dies nichts ergeben, das Hochhaus, alle Eingänge und Ausgänge, die unmittelbare Umgebung, die Nachbarschaft und darüber hinaus. Das Prinzip gilt ebenso für den Umgang mit Verdächtigen. Suche den Täter zunächst unter denjenigen, die den Ermordeten gut gekannt haben. Familiarity breeds contempt. Der alte Maltese flocht mit Vorliebe englische Sprichwörter in seine moraltheologischen Vorträge ein, die sich vom Thema entfernten, damit wir es klarer betrachten konnten, wie er behauptete. Wir verloren das Thema eher aus den Augen. Dieser eine Satz war ungeheuerlich, eine Ausnüchterungszelle für Gefühlsduselige. Es hat lange gedauert, bis ich ihn verstanden habe. Nähe zu anderen Menschen schafft eine Verbindlichkeit, die entweder unerfüllbar oder unerträglich ist. Es fällt uns leichter, einen anderen Menschen zu achten, solange wir ihn nicht zu gut kennen. Mein allererster Vorgesetzter war derselben Ansicht, aus anderen Erwägungen heraus. Allgemeine Menschenkenntnis sei nützlich, eine zu genaue Kenntnis einer bestimmten Person verderbe dagegen den Polizisten, er sei festgefahren in seinen Einschätzungen, emotional zu sehr verfangen, so pflegte er zu dozieren, in einem jovialen Ton, der uns die Sorgen des Berufs anfänglich leichter ertragen ließ. Das Joviale hält nie lange vor, es ist wie ein Deodorant, egal, ob nach sechs oder zwölf Stunden, irgendwann stinkt der Schweiß der Realität. Ich habe mich alles in allem an diese Maxime gehalten und weder bei der Truppe nach Freundschaften gesucht noch je einen Menschen, der mir im Lauf einer Untersuchung über den Weg lief, ins Herz geschlossen. Dieser Abstand fiel mir leichter, da meine Neigung schwand, mich einem anderen

Menschen anzuvertrauen, abgesehen von Rubaica, natürlich, meiner geliebten Rubaica, die sich ihr Staunen über »diese unsere Welt« (für mich unsere Zweisamkeit, für sie der Planet) bewahrte, bis zum Ende. Sie ähnelte, was das betrifft, dieser jungen Kollegin, die alles, was wir tun – ich kann es ihrem Gesichtsausdruck ablesen –, mit Erstaunen betrachtet. Oder ist es Verblüffung? Vielleicht sogar Missbilligung? Weiterhin fällt es mir schwer, sie einzuschätzen. Als ich den Innenhof des vierundsechzigsten Stocks erneut überquerte, blickte ich aus einer Intuition heraus in die Nische zwischen Wand und erster Säule, wo vor wenigen Tagen der billige Gips-Ganesha gestanden hat. Er stand nicht mehr da, nicht als Ganzes: Bruchstücke verstreut auf dem Boden, der Kopf und der Torso zerschlagen, hier eine Ratte, dort ein Ohr. »Haben Sie das nicht gesehen?«, brüllte ich den Diener an, mit einem Mal zornig, insbesondere über die Profanität des Anblicks. Er schwieg. »Was verbarg sich in der Gipsfigur?« Er schwieg. »Das Idol, oder?« Er schwieg. Ich verlor die Contenance. »Sagen Sie es mir!« Wir werden ihn zum Sprechen bringen. So oder so. Wahrscheinlich hat er seinen Herrn nicht ermordet, aber er verheimlicht uns etwas, das reicht für eine Verhaftung aus. Ein Bedenktag im Lock-up, eine Session an der Wahrheitsmaschine ... Gedankenverloren stieß ich mit SPP Singh zusammen, der gerade dem Lift entstieg.
»Was rennen Sie einen Vorgesetzten um?«
»Sorry, Sir, der Kopf, die Gedanken –«
»Schon beim Fall, wie? Sehr gut, da Costa. Schleunigst aufklären, Sie glauben nicht, wer mich zu dieser Unzeit schon alles angerufen hat. Selbst der Chief Minister.«
Ich blickte mich um. Miss Lukas war in einigem Abstand hinter mir mitten im Innenhof stehen geblieben. Sie findet immer wieder Muße, die Atmosphäre auf sich wirken zu lassen. Vielleicht habe ich sie falsch eingeschätzt, und sie

ist doch eine gute Ermittlerin. Die Dämmerung war verflogen, sonnengetränkter Smog um uns herum.
»Vertraulich, bitte, Sir, unter vier Augen.«
»Viel los hier. Gehen wir ins Treppenhaus.«
Erst jetzt sah ich die unscheinbare Tür neben dem Lift. SSP Singh war wohl öfter als Privatperson zu Gast in diesem Penthouse gewesen. Er soll ein hervorragender Tänzer sein. Und ein Whiskyconnaisseur. Die Tür ging einfach so auf. Nicht verschlossen! Jeder, der sich in dem Hochhaus befand, hätte über die Treppen hereinschleichen können.
»Legen Sie los.«
»Es ist so, Sir, es gibt da ein Gerücht, etwas mehr als ein Gerücht genau genommen, nämlich, in diesem Haushalt soll sich ein Idol befinden oder, besser gesagt, befunden haben, ein ungewöhnliches Murti, man könnte sagen, ein einmaliges Murti: Mohammed als Avatar von Vishnu.«
»Wie, anstelle von Kalki?«
So ist er, der SSP Singh. Es gelingt ihm, bei jedem Gespräch im Nu auf einen tieferen Zusammenhang zu verweisen. Ich hatte mir keine Gedanken gemacht, welche der zehn Wiedergeburten Mohammed ersetzte. Sollte es – wie SSP Singh vermutete – wirklich die zehnte, die letzte, sein, wäre die Symbolkraft dieses Idols noch explosiver als befürchtet. Mohammed wäre in die hinduistische Götterwelt eingegliedert, aber nicht als einer unter vielen, sondern als der Verheißene, als der Erretter, der das düstere Zeitalter Kaliyuga beenden wird. In so einem Fall wäre das Murti Manna für Fanatiker auf allen Seiten. Lieber Gott, lieber Jesus, lieber Schöpfer, bitte lass es dieses Idol nicht geben.
»Keine Ahnung«, antwortete ich, »wir wissen nicht einmal, ob es wirklich existiert. Mr. Vakil, der Ermordete, hat abgestritten, es zu besitzen. Sie haben es nicht zufällig gesehen oder etwas darüber gehört –«
»Waheguru«, unterbrach er mich, »eiern Sie nicht so her-

um. Hätte ich etwas gesehen, hätte ich es Ihnen schon mitgeteilt. Wir müssen dringend handeln. Wenn das Ding existiert, sitzen wir mit einem Glas kalten Wassers mitten im Höllenfeuer.«
Eine erstaunliche Aussage. SSP Singh glaubt weder an die Hölle noch an den Himmel. Als Sikh kennt er keine Hölle, als Polizist dürfte ihm klar sein, dass die Hölle allein in uns existiert. Er verlangte, über jede Einzelheit informiert zu werden, und bevor ich zustimmen konnte, riss er die Tür auf und eilte hinaus auf den Innenhof. Ich konnte nicht verhindern, dass er im nächsten Moment Miss Lukas erblickte und sie anraunzte, bevor ich sie vorstellen und ihm in Erinnerung rufen konnte, dass ihre Anwesenheit mit ihm abgesprochen war. Er blickte sie an, mit seinem gefürchteten aggressiven Schweigen. Sie errötete, und ich war dran, ihn an unsere Unterredung zu erinnern, da kam er mir zuvor, auf Hindi und mit einer für ihn ungewöhnlich nachdenklichen, gedämpften Stimme: »Sie wird einen anderen Blick auf diese tamasha haben, da Costa, sie könnte von erheblichem Nutzen sein. Wir brauchen jede Perspektive, die wir finden können. Aber Stillschweigen, auf ganzer Linie. Nichts darf nach außen dringen. Mein Sohn feiert in zwei Monaten Amrit Sanchar, da will ich

Frieden haben in der Stadt

ein eitler Wunsch: Kaum öffnet sich der Fahrstuhl, bohrt sich Lärm in Cyas Ohren, als wäre die Luft eine einzige Baustelle. Chauffeure waschen Limousinen, jedes Autoradio lautstark auf einen anderen Sender geeicht. Das Hupen hat an Dringlichkeit zugenommen, frenetische Morsezeichen des Untergangs. Friede den Frühaufstehern. Auf dem Parkdeck hält Sabbi inne und verstrickt sie in eine professionelle Analyse. Das Treppenhaus? ... aller Wahrscheinlichkeit

nach der Zugang ... wie viele Wohnungen gibt es in diesem Hochhaus? ... eine überschaubare Zahl an Familien ... vergessen wir die Diener nicht, das erweitert den Kreis der potentiellen ... sollten wir nicht von der Existenz des Idols ausgehen? ... eine vernünftige Annahme ... befand es sich schon seit längerem im Penthouse? ... möglicherweise seit Jahrzehnten, seit dem Einzug von Mr. Vakil ... und es hat nie zuvor ein derartiges Gerücht gegeben? ... meines Wissens nicht ... niemand in diesem Gebäude konnte davon wissen, bevor der Lehrling es gesehen hat, zufällig wohl? ... richtig gedacht, ansonsten hätte es sich längst herumgesprochen, und jemand hätte etwas unternommen ... der Lehrling posaunt es heraus, das Gerücht kommt jemandem zu Ohren ... sehr wahrscheinlich ... derjenige, der das Idol rauben will, macht sich erst einmal vertraut mit den Sicherheitsvorkehrungen ... das Kailash ist bekannt für seine Security ... der Mörder musste also einen Weg finden, sich in diesem Hochhaus niederzulassen ... nicht so einfach, mein Kind, solche Wohnungen werden nicht auf dem freien Markt angeboten ... wie kommt er dann hinein? ... es gibt meines Erachtens nur eine Möglichkeit ... Helikopter? ... Nein! ... ein Scherz, Sebastian ... ach so, ich vergaß, Sie gehören zu jenen ... die einzige Möglichkeit, ich hab's begriffen, ist als Diener, das meinten Sie? ... wah, jetzt zeigen Sie, was Sie bei meinem Freund gelernt haben ... jemand hat sich also anstellen lassen ... wir können den Zeitraum ziemlich genau bestimmen ... es muss nach Erscheinen der Zeitungsartikel geschehen sein ... genau! ... na dann.
Folglich lautet die Frage an die Uniformierten am Einfahrtstor, ob in der vorangegangenen Woche ein Diener neu angemeldet worden sei. Der Verantwortliche durchblättert sein Register mit akribischem Zeigefinger, Sabbi schaut ihm demonstrativ über die Schulter. Cya begreift, dass er dies absichtlich tut, um ihn zu verunsichern. Trotz des

Lärms und der Hitze und des anschwellenden Gestanks stört sie dieses Verhalten mehr als alles andere. Der Uniformierte stolpert über seine Selbstbedeutung, vergrößert einen Fehler, indem er ihn korrigiert. Er ist zu sehr bemüht, der Ordnung zu genügen, seine Autorität zersetzt von einer schwitzenden Stirn (GOG: *Die Gottheit auf den Rotoren dieses Ventilators heißt Bhairava, ein Avatar von Shiva –*. Ich muss mich konzentrieren, GOG, Erklärungen auf später verschieben). Der junge Wachmann in zweiter Reihe schenkt Cya ein scheues Lächeln, in seinen Augen ein intelligenter Glanz, wahrscheinlich einer aus der zahlreichsten Gruppe in der Stadt, den vergeblich Ausgebildeten. Cya spürt mit schmerzhafter Intensität, wie sehr sie mit diesem Damalsdort fremdelt, viel mehr als mit der Welt der Piratin. In den letzten Tagen, so die Auskunft der Security, sei nur ein einziger Diener neu registriert worden. Ein Anruf beim Apartment 12C offenbart, dass dieser Mann – trotz eines hervorragenden Empfehlungsschreibens nur auf Probezeit angestellt – seit dem letzten Abend nicht mehr gesehen worden ist. Und er habe, der Uniformierte pocht auf die Verlässlichkeit seines Registers, das Gebäude mit absoluter Sicherheit nicht verlassen. Sabbi bittet einen seiner Kollegen, das Treppenhaus abzusuchen. »Ja, alle Stockwerke. Seien Sie gründlich, der Mann darf hier nicht raus.« Und an Cya gewandt: »Was meinen Sie,

wo könnte er sein?

Domru ist seit längerem nicht mehr gesehen worden. Er wird bei einigen Projekten vermisst, sein chronautischer Durchblick dringend benötigt. Niemand weiß, wo er sich aufhält, niemand in seinem Gemeinhaus, niemand im Gemeinhaus seiner Kindheit, einige Schwebestunden entfernt. Er hat sich seit Tagen bei niemandem gemeldet. Es ist unmöglich, ihn ausfindig zu machen, wenn er es nicht möchte. Früh am Morgen wacht Cya auf, mit Kopfschmerzen und einer Nachricht von ihm. »Komm ans Meer.« In simulierter Handschrift. Das K und das M schlagen expressiv über den Strich. Sie nimmt den langsamsten der Transporter (die schnellsten sind vor vielen Sommern stillgelegt worden, da niemand es mehr eilig hat), um den herrlichen Tag zu genießen, unter einem Baldachin. Am Nebentisch Kinder, die mit ihr spielen wollen, auf ihrem ersten größeren Ausflug ins Ungewisse. Cya vermutet, dass einer der anderen Erwachsenen auf dem Winddeck sie insgeheim im Auge behält. Sie sind aufgedreht, einer der Würfel hüpft auf, knallt gegen den Ständer, prallt unglücklich ab, über die Brüstung hinaus, die Böschung hinab. Danach spielen sie auf Vorschlag von Cya hin ohne Würfel weiter. Ganz einfach: Jedes Kind nennt eine Zahl, frei nach eigenem Wunsch. Bald begreifen sie, wie nützlich der Zufall ist. Als Cya aussteigt, erwartet sie ein junger Mann, mit unangenehmer Ehrerbietung in Gesten und Worten, wie ein jüngerer Offizier gegenüber Senior Inspector da Costa. Sie führt dies auf seine Schüchternheit zurück. Ohne weitere Erklärung geleitet er sie zu einem kleinen Hafen – unterwegs beginnt es zu regnen, warm und ohne Dringlichkeit – und deutet auf einige Boote. Sie soll eines davon auswählen. Wieso? Weil sie zu einer Insel übersetzen müsse. Sie entscheidet sich für ein schwanenartiges Boot. Bei diesem schlechten Wetter wird sie in der Kajüte ausharren müssen, die Wellen hoch und die Überfahrt von einiger Dauer, so viel hat der Unbekannte ihr verraten. Er programmiert das Boot, es werde sie sicher hinbringen. Seit der letzten Begegnung mit Fliege ist Cya nicht mehr auf dem Meer gewesen (GOG: *Was ist mit der Stadt an den sieben Buchten?* Dort ist das Meer eher Ahnung als Realität). Sie blickt aus dem Bullauge (GOG: *Veraltetes Wort*) auf unruhige Wellen

und aufschäumende Gischt, die Meerin eine übelgelaunte Göttin (GOG: *Schon infiziert von der Vielgläubigkeit?*). Die Insel taucht vor ihr auf wie eine Erinnerungslücke. Domru sitzt auf dem Kai, als gälte der Regen nicht ihm, und überschüttet sie mit Euphorie. Sie will ihm Gelegenheit geben, ihr sein Entschwinden zu erklären, bevor sie ihm ihre Enttäuschung vor Augen führt. Sie wird ihm keine Vorwürfe machen. Als Kind hat sie sich grün- und blau- und schwarzgeärgert über den anmaßenden Ausruf »Wir haben uns solche Sorgen um dich gemacht«. Anstatt erleichtert zu sein, dass nichts Schlimmes passiert war, musste sie die selbstbezogenen Ängste von Mutter und Vater über sich ergehen lassen. Wieso beharrten sie darauf, ihrem Schmerz nachzuhängen, obwohl der Anlass dafür weggefallen war? Die Insel war einmal bewohnt. Die Bauten haben zusammen mit einer ungebändigten Natur eine neue Architektur geschaffen. Wurzeln kriechen über eine Minigolfspielbahn, als folgten sie einem unsichtbaren Ball ins Loch. Eine Buche wächst durch die Glaskuppel eines gästelosen Hotels. Überall Verwachsungen: grüner Beton, umrankte Pfeiler, Becken voller Frösche und ein von Ameisen temperiertes Klavier. Sie hält inne, sie muss sich verhört haben.
»Was hast du gerade gesagt?«
»Dass die Insel mir gehört.«
»Wie meinst du das, was soll das bedeuten?«
»Ganz einfach: Meine Vorfahren stammen von hier, und sie wird nicht mehr genutzt. Niemand lebt auf dieser Insel, sie ist verwaist. Ich nehme niemandem etwas weg.«
»Kein Wunder, sie ist ein rostendes und überwuchertes Mahnmal an die Schwerfälligkeit von einst.«
»Wir wären hier allein.«
»Wieso soll sie dir gehören?«
»Eine Erbschaft.«
»Spinnst du?«

»Ein Scherz, Cya, sei nicht so verkrampft. Denk doch mal in Ruhe nach, ohne all deine Vorurteile. Wenn niemand an dieser Insel Interesse hat, wenn niemand sie nutzen will und niemand etwas hier plant, dann kann ich doch frei über sie verfügen und etwas Eigenes aufbauen.«

»Und was soll das sein, dieses Eigene?«

»Ein Rückzugsort, wo wir anders sein können.«

»Können wir nicht überall anders sein?«

Auf diese Frage gibt Domru keine Antwort. Er zeigt ihr Klippen und Mulden, Gebüsch und Vögel und – als die Sonne untergeht – einen Leuchtturm voller Glühwürmchen, das einzige Licht weit und breit. Die paaren sich gerade, sagt Domru, als ob sie das nicht wüsste. Sie schlafen in einem Zelt im Foyer eines ehemaligen Luxushotels, in dem Gerippe der Decke wachen ummantelte Flughunde, und über ihnen leuchten mehr Sterne als Glühwürmchen, so scheint es Cya, die sich wohlfühlt in der Einfachheit und unwohl neben Domrus Erregung, die er ihr geradezu demonstrativ aufdrängt, als wäre sie ihm auf besondere Weise gelungen. Sie traut ihm nicht mehr und auch nicht seiner Lust. Sie vereinen sich zu einem Missverständnis – er zögert ihr zuliebe seinen Höhepunkt hinaus, ihr dauert es zu lange, reizvoll an ihm allein ein unvertrauter Geruch, als umarmte sie einen unbekannten Baum. Ihr launenhafter Schlaf treibt sie früh hinaus. An der Bar starrt eine Eule zurück, in einer Nische, in der vielleicht einst exzellenter Rum aufbewahrt wurde (GOG: *Kill devil, nomen est omen*). Die verbliebenen Flaschen tragen pelzige Etiketten. Die Theke ist von samtigem Moos bedeckt, und zu ihren Füßen bewegt sich etwas Unsichtbares. Diese Insel ist im Damalsdort gestrandet. Sie packt eine Wasserflasche und eine Handvoll Haselnüsse ein und bricht auf, die Insel zu umrunden, allein. Allmählich kommt sie zur Ruhe, das Meer zunächst ein gerippter Stoff, am Nachmittag und nichts stört seine glasige Stille. Keine Spur von Brise. Keine Wolkenfetzen. Die Sonne bohrt Löcher in den Himmel. Hinter Cya ein Tapsen, weiter entfernt Kreischen. Vor ihr liegt ein Mann, seit Jahrhunderten. Sie berührt das herabhängende grüne Tuch. Das Gebet einer Blinden greift nach ihrer Hand. Sie wird eingehüllt in flüsternde Gewänder. »Ein Heiliger der alten Schule«, hört sie einen Reiseleiter dozieren. »Lehrte Tag und Nacht das richtige Leben und vollführte alle Jahre ein Wunder. So blieben Wunder wertvoll. Die Superhelden von heute, die machen nur noch Wunder.« Von der Decke hängt ein Ventilator, der sich vertikal zu drehen scheint. Auf jedem Blatt ein und dasselbe Wort. Über dem Heiligen wechselt »Gott« die Achse. Draußen statuiert die Sonne ein Exempel an ihr. Am Ufer wartet Sabbi, mit Gleichmut. Sie begreift nicht, wieso er so sehr darauf erpicht war, dass sie diesem Toten in der Lagune, erreichbar über einen aufgeschütteten Deich, einen Besuch abstatten sollte. Er fragt nicht nach ihren Eindrücken, sondern bedeutet dem Polizisten hinter dem Steuer loszufahren. Zu RANE Hi-Fi, einer Werkstatt in einer unscheinbaren Gasse. Sabbi tritt ein, grimmig, als hätte er eine Maske aufgesetzt. Zu allen Seiten Geräte, in ihre Bestandteile zerlegt, sowie Unmengen Kabel, »genug, um alle Verbrecher der Stadt zu fesseln«. Einer dieser wackligen Witze von Sabbi. Er spricht den Inhaber auf Englisch an und wechselt gleich ins Marathi. Cya lehnt GOGs Angebot zu übersetzen ab. Sie versteht nur »Sir«, was der Inhaber in devotem Metrum wiederholt. Auf dem Schreibtisch von Mr. Rane, neben verstreuten Rechnungen, das Hologramm eines muskulösen Mannes (GOG: *Das ist Rama*), der eine Moschee dem Erdboden gleichmacht (GOG: *Das war die Babri Masjid*). Orangefarbene Flaggen wachsen aus allen

Ecken wie Unkraut. An den Wänden, einheitlich gerahmt und rechtwinklig ausgerichtet, bunte Götterbilder; entlang einer Seite des Raums deckenhoch gestapelte Lautsprecher. Zwischen zwei schwarzen Türmen glüht das Gesicht eines alten Mannes, angepriesen als »vollkommener Lehrer«, was seinen schmerzerfüllten Gesichtsausdruck voller Furchen der Enttäuschung erklärt. Einer der Angestellten bietet Cya einen Chai oder ein Glas Wasser an. Ein anderer beginnt, einen der Stühle freizuräumen, damit sie sich hinsetzen kann. Ein dritter schneidert mit seinen Blicken ihr luftiges Kleid körperbetonter. Sie fühlt sich unwohl, aber nicht bedroht. Die Fragen des Hauptkommissars sind offenbar schnell beantwortet. Er winkt ihr zu, sie legt die Hände zusammen, ein junger Mann kommt aus einem Hinterraum gerannt, das Glas Wasser in den Händen. Sie dreht sich um, hinter ihr

offene Fragen und lose Enden

weswegen ich seit meiner Epiphanie in den Ruinen von Fatehpur Sikri alles gelesen habe, was unsere Schulbücherei hergab, mit Ausnahme der Comics und ihrer grobschlächtigen Mythen, auf die sich die anderen Schüler bevorzugt stürzten. Ich erfuhr vieles, was im Unterricht niemals Erwähnung fand. Akbar der Große ging von einer Frage aus, die mir nicht in den Sinn gekommen war, einer Frage, bei der den allermeisten Sterblichen schwindlig werden würde. Was würde geschehen, wenn Hinduismus und Islam und Christentum und Zoroastrismus und Jainismus eine Einheit bildeten? Seine erstaunliche Antwort: »Der Glaube Gottes.« Das meinte er wortwörtlich und sehr ernst. Der Großmogul muss sich vor dem Wagemut des Gedankens gefürchtet haben, gewiss erschauert selbst ein König, wenn er eine neue Religion vom Thron bricht. Ich musste viel lesen, um zu begreifen, wie sehr er sich von den Gottesbildern der Gläubigen entfernte, um sich den Wünschen Gottes anzunähern. Was wäre, fragte er sich, wenn Gott und die Menschen ein und dieselbe Sprache sprechen würden. Wie soll der Allmächtige seine unermessliche Intelligenz zum Ausdruck bringen in einem so begrenzten Zeichensystem wie der menschlichen Sprache, egal, ob auf Sanskrit oder Arabisch, Hebräisch oder Aramäisch? Die Beschränktheit des Menschen zwingt Gott zu übersetzen, aus einer Sprache unendlicher Möglichkeiten in das Stottern und Stammeln des Homo sapiens. Und bei jeder Übersetzung geht einiges verloren, das war mir schon als Schüler bewusst. Um wie viel mehr, wenn die Ausgangssprache wirkmächtiger ist als die Summe aller menschlichen Sprachen. Was für ein schwacher Abklatsch ist folglich die uns vorliegende Übersetzung, wie schal jede Offenbarung. Gewiss, manche Shlokas, Suren und Psalmen sind bezaubernd, aber wir können nicht einmal erahnen, wie schön sie in der Sprache Gottes sein müssen. So schön, es würde sich zu sterben lohnen, um sie zu vernehmen. Die Ideen Akbars waren zu verwegen für einen schüchternen Gymnasiasten im tiefsten Uttar Pradesh, einem Außenseiter inmitten von Halbstarken mit einer klaren Vorstellung vom Leben, mit denen ich nichts gemein hatte außer einer verlässlichen Abmachung: Ich erlaubte ihnen abzuschreiben, sie ließen mich beim Cricket mitspielen. Sie lernten kaum dazu, ich hingegen verbesserte mich in der einzigen Disziplin, die meinen bescheidenen athletischen Möglichkeiten entsprach, der Täuschung. Als wir das Finale der Youth Cricket League erreichten, schrieb unsere Lokalzeitung, dieser Da-Costa-Junge, der auf zwei spindeldürren Fragezeichen stehe, sei der beste Googly-Bowler im ganzen Bundesstaat. 04/27, das war meine Zauberzahl. Trotzdem verloren wir das Match. Dieses 04/27 begleitet mich seitdem, als vierstelliger Code meines Mobiltelefons, als Anrufungsformel: Was einmal gelingt, lässt sich wiederholen. Ist das nicht die Essenz von Zuversicht? Jenseits des Rasenplatzes blieb ich ein Einzelgänger. Die Schulkameraden bogen niemals von dem Highway ihrer Tradition ab, sie blieben stur auf vorgegebener Spur, an Feiertagen teilten wir unsere Süßigkeiten miteinander, unser Verhältnis geprägt von Desinteresse und Misstrauen. Akbar der Große gründete eine Akademie, an der theologische Dispute nicht nur toleriert, sondern erwünscht waren. Als Schüler träumte ich davon, zuhören zu dürfen so wie der Mogul, aufmerksam, unzählige Stunden lang, bevor ich, und an dieser Stelle wurde mein Traum wahrlich kühn, eines Tages das Wort ergreifen würde – mehr verlangte ich nicht vom Leben. Als die Sonne unterging, erhob sich Akbar, gemäß Ritual und Protokoll und Zeremonie verstummten alle, die geistigen Autoritäten ebenso wie die Hofschranzen und auch die Vögel in ihren Käfigen. Wenn ein Blatt laut zu Boden flatterte, wurde es von einem Windstoß weggeblasen. Jedes der Argumente habe er vernommen, verkündete er kraft seiner Stimme und seines Amtes, viele davon mehrfach, er habe den Elefanten des Glaubens von allen Seiten betrachtet und mit geschlossenen Augen abgetastet. Es könne nur eine Schlussfolgerung geben: Kein Glaube auf Erden erfasse die göttliche Wahrheit. Eine Religion könne rein sein, aber nicht allwissend, der Glaube an Gott sei stets kleiner als Gott, und die glorreichste Huldigung bestünde darin, alle Glaubensrichtungen zu vereinen. Wie sehr habe ich mich vor dieser unangreifbaren Erkenntnis gefürchtet, noch mehr als vor dem Gedanken, allein in einem Bett mit einem Mädchen zu liegen. Wie entschieden habe ich sie abgelehnt. Um meine Ängste im Zaum zu halten, bestand ich nach erfolgreicher Abschlussprüfung darauf, mich am Jesuiten-Seminar in Pune einzuschreiben. Meine Eltern widersetzten sich nachgiebig. Dort ereilte mich das Schicksal all jener, die dem Unausweichlichen ein Schnippchen zu schlagen versuchen. Schließlich akzeptierte ich die Erkenntnis von Akbar, so wie das Leben und eines kommenden Tages den Tod. Und ich begann, jene zu bedauern, die sich vor dem Altar ihrer Blindheit verneigen. Wie dieser Mr. Rane, der sich mit so vielen Insignien seines festen Glaubens umgibt, dass ihm jeder Blick in seinem Geschäft zur Andacht erstarrt. Auf seinem Schreibtisch ein Modell des Tempels, den seine irrlichternden Glaubensbrüder auf den Trümmern der Babri-Moschee hochgezogen haben, so scheußlich, als hätte Kali dem Architekten den Kopf abgeschlagen und die Baupläne mit seiner tintenschweren Zunge gezeichnet. In diesem Land wird der schlechteste Geschmack heiliggesprochen, der ultimative Beleg, dass die Ästhetik das erste Opfer der Intoleranz ist. An seinen Wänden hing die übliche Heldengalerie – wieso können die Engstirnigen einen nie überraschen? Mr. Rane ließ sich nichts anmerken, servil wie ein Masseur am Straßenrand, der sich alle paar Minuten erkundigt, ob er auch fest genug drücke, oder vielleicht zu fest? So wird die Wahrheit bei uns verabreicht, als Massage, kundengerecht. Er erklärte, im Hause des Mr. Vakil sei ihm nichts Ungewöhnliches aufgefallen, er habe kein merkwürdiges Idol gesehen, den Lehrling jedoch nicht die ganze Zeit über im Blick behalten, manchmal müsse man sich auf unterschiedliche Räume aufteilen bei einer so komplexen Anlage. Nein, der Lehrling sei leider nicht anwesend, seit jenem Tag sei er verschwunden, angeblich in sein Heimatdorf gereist, dringender Notfall in der Familie, wobei er das weder bestätigen noch in Abrede stellen könne, ein stiller, braver Junge, ein Moslem, ja, gewiss, wieso nicht, er stelle gute Handwerker an, nicht Rechtgläubige. Das Gespräch wäre die reinste Zeitverschwendung gewesen, hätte ich nicht hinter seinem

Schreibtisch ein Porträt des Mahacharya erblickt, mit frischen Girlanden umhängt, um einiges größer als alle anderen Bilder. Mr. Rane bestätigte, Anhänger dieses Gurus zu sein. Eine nebensächliche Information, die ich vergessen hätte, wäre sie am späteren Nachmittag nicht aus unerwartetem Grund relevant geworden. Als ich mit Miss Lukas nach Hause fuhr, entlang der deprimierenden Tulsi Pipe Road – wieso darf etwas so Hässliches so lang sein? –, fiel mein Blick auf die Baracken am Straßenrand, von denen viele einen Aufbau besitzen, einen winzigen Schlafraum. Sie wunderte sich, wie es möglich sei, in derart engen Kisten zu leben. Ich bremste, ein Lastwagen rollte langsam auf die Straße, ein Kerl in abgerissener Kleidung dirigierte meine Ungeduld, und aus einer der Kisten tauchte ein Gesicht hervor, schälte sich ein Mensch heraus, im Vergleich zu seiner Unterkunft ein Riese, und mir schoss Kindheit in den Sinn, ein Zirkus, ein Mann, der sich zusammenfaltet, als wären seine Glieder Klingen eines Taschenmessers, und in einer Truhe verschwindet. Wie das möglich sei, fragte ich unseren Vater, und er, der diplomierte Ingenieur, antwortete: »Der Mann hat keine Knochen.« Sofort kontaktierte ich per Funk einen der jungen Kommissare und schickte ihn zurück zum Hochhaus, um in allen Zimmern des Penthouse in allen Schränken nachzusehen, vor allem in den kleineren Fächern unterhalb der Decke, wo keiner einen versteckten Menschen und erst recht keinen Mörder vermuten würde. Kaum hatte ich Miss Lukas vor ihrem Hotel abgesetzt, von dem sie mir befremdlich viel erzählte, als wäre sie zum ersten Mal in ihrem Leben in einem Hotel untergebracht, kaum betrat ich unser Hinterhäuschen, läutete das Telefon. Zum zweiten Mal an diesem Tag vernahm ich die erregte Stimme von SSP Singh, der mich anwies, sofort die Nachrichten –

– einzuschalten, eine Aufforderung, der Cya sogleich nachkommt. Sie sieht einen Menschen, der einem Mönch ähnelt und sich wie das Opfer widriger Umstände verhält. Er lacht, ein Grinsen aus dem Fundus der Unverschämtheit. Er spielt den Unbesorgten. Er segnet all jene, die ihm Unrecht antun. Eine durchlaufende Schriftzeile identifiziert ihn als »Mahacharya«. Mehr nicht, kein Name, keine Herkunft, nur der Titel. Er wird abgeführt von einfachen Polizisten, die ihre Arbeit ausdruckslos erledigen, geflissentlich bemüht, den Eindruck zu vermeiden, sie wären sich der außerordentlichen Situation bewusst. »Eine Explosion«, sagt die Sprecherin, »ein Erdbeben«, sagt der Korrespondent, »der Skandal des Jahrzehnts«, sagt der Spezialist. Trotz des Skandals nennen alle den Mahacharya weiterhin einen »heiligen Mann«, so als wäre »heilig« eine nicht abwaschbare Farbe. »Wir dürfen nicht vergessen«, fügt der Spezialist hinzu, »dass es sich um einen der einflussreichsten Gurus des Landes handelt.« Und dieser habe, so der aktuelle Stand der Ermittlungen, einen Mord in Auftrag gegeben. Das Opfer: der Kunstmäzen Darayus Vakil, Sprössling einer der reichsten Familien des Landes, der das öffentliche Licht stets gemieden habe. Die Gründe seien bislang unbekannt. Stichhaltige Beweise lägen der Polizei in Bangalore vor, die den Guru seit Monaten wegen Korruptionsverdacht in mehreren Fällen beobachtet habe. Offenbar habe der Heilige nicht gewusst, dass Messenger-Dienste nicht mehr abhörsicher seien. Was werden seine Anhänger jetzt von ihm denken, geht Cya durch den Kopf. Werden sie sich von ihm abwenden, weil er mit ihren Spenden einen Auftragsmord bezahlt hat? Oder werden sie sich an die Erklärung klammern, dass jeder bedeutende Mann mächtige Feinde hat? Lügen, werden sie schreien, nichts als Lügen, und wenn die Lügen sich als wahr herausstellen, werden sie ein Komplott vermuten, und wenn das Komplott sich in Luft auflöst, werden sie eine andere Verschwörung unterstellen. Tief im Inneren ahnen sie, dass sie das Heilige nicht verstehen können. Überraschend sei, äußert ein weiterer Kommentator, dass die Polizei es gewagt habe, diesen Oligarchen des Glaubens zu verhaften, der persönliche Guru führender Politiker und Industrieller, von Millionen verehrt. Dazu brauche es Mut. Oder Rückendeckung aus den höchsten Etagen der Macht. Um sich abzusichern, hat die Polizei in Bangalore Ausschnitte aus den vermeintlich geheimen Chats an die Medien weitergereicht, die mehrmals eingeblendet werden, wohl um den heiligen Zorn der Gläubigen zu besänftigen. Vergeblich, wie BREAKING NEWS bald verkündet: Aufgebrachte Anhänger des Mahacharya zertrümmern, was ihnen im Weg stehe. »Rache für Guruji«, schreit einer von ihnen in die Kamera, der Mund aufgerissen, die Zähne faulende Kämpfer. Cya erschrickt,

als stünde er vor ihr

dieser Narr, der Mahacharya, den kein schlechtes Gewissen plagt, darauf ist Verlass, das Böse radiert nicht das Ego aus, sondern das Gewissen. All diese Möchtegerndichter, die einem leibhaftigen Verbrecher nie bei einem Verhör gegenübergesessen sind, die nie den Schweißgeruch des Bösen in den Nasenlöchern hatten, die stellen sich vor, wie der Mörder nächtens durch einsame Korridore wandert, gequält von Albträumen, die ihm das Gewissen auf die Seele projiziert. Was für ein Unfug! Die Gefährlichen schlafen fester als die Gerechten, grinsen in die Kamera und erklären die Realität zu einer Fälschung, weil sie ihnen Regeln und Grenzen auferlegt. Der Mahacharya eignet sich nicht zur tragischen Figur, er handelt im Einvernehmen mit seinem Verbrechen. Nun ist er ein gefallener Engel. Was würde meine Tochter dazu sagen, die sich zu dieser Tageszeit eine Morgenzigarette auf ihrem Balkon in Toronto gönnt, bevor sie zur Arbeit aufbricht? Schon in jungen Jahren verachtete sie jeglichen Aberglauben, machte sich lustig über die Mitspielerinnen in ihrer Netzballmannschaft, die sich göttlichen Beistand erbaten und im Falle eines Sieges artig bei Coach und Weltenlenker bedankten. Sie wünsche, in einem Land zu leben, erklärte sie eines gemeinsamen Frühstücks zu unserer Überraschung, in dem sportlicher Erfolg mit Augen-Hand-Koordination in Verbindung gebracht werde und nicht mit Räucherstäbchen. Sie ist gut aufgehoben dort drüben. Gleich wird sie ihre Wohnung verlassen, in Richtung Stadtverwaltung, nicht um in der Behörde einen Antrag zu stellen, sondern um Anträge anderer Bürger zu bearbeiten, was mich mit Stolz erfüllt, eine tüchtige Tochter in einem anständigen Land, schon nach drei Jahren erhielt sie diesen Job. Unvorstellbar, dass ein Flüchtling aus Bangladesch bei uns eine ähnliche Stellung in der Verwaltung ergattern könnte. Oder bei der Polizei. Meine Gedanken waren heute während des gesamten Tages noch ungezügelter als sonst. Ich konnte mich kaum auf die Arbeit konzentrieren, als säße ich nicht auf einem der unbequemen Stühle im Großraumbüro des dritten Stocks des Crime Branch, sondern allein in einer Klause, im Schneidersitz, mit ausreichend Muße, durch alle angestauten Gedanken zu waten, bis ich die ersehnte Leere erreichte. Schreie rissen mich aus meiner Reverie: »Rasta roko im Shivaji Park!« Kaum ertönte der Alarm, hörte ich das Klappern von Absätzen die Treppen hinunter. »Sofort Verstärkung rufen!« Ohne einen Blick auf die Karte der neuralgischen Punkte der Stadt zu werfen, war mir klar, dass der Shivaji Park dunkelrot markiert ist, ein

Quadratkilometer Ärger. Die Anhänger des Mahacharya hatten sich zusammengerottet, innerhalb weniger Minuten würden sie eine der Verkehrsarterien verstopfen, zur Rushhour. Nicht meine Sorge, Gott sei Dank. Wie konnte es nur so weit kommen? Jede Enttäuschung und jedes Ärgernis werden zu einem Scheiterhaufen aufgeschichtet für den nächstbesten Brandstifter. Die Worte, die wir uns an den Kopf werfen, werden bösartiger, unsere Herzen empfindlicher. Wohin soll das führen? »Ertrage harte Worte mit Geduld wie ein Elefant Pfeile auf dem Schlachtfeld.« Manche Sätze des Gautama sind nützlicher als das Polizeihandbuch. Nichts geschah heute, außer dass ich Rückmeldung aus dem Kailash erhielt. Niemand verstecke sich in den Schränken – die Ehefrau sei allerdings während der Hausdurchsuchung aus dem Ausland zurückgekehrt und habe sich lautstark beschwert. Ich spürte, dass dem jungen Kommissar noch etwas auf der Zunge brannte. »Was noch? Spucken Sie es aus.« Wie viele Untergebene schwankte er zwischen der Furcht, sich zu blamieren, und der Hoffnung, sich zu profilieren. »Es roch nach Sandelholz.« »Na und?«, unterbrach ich ihn, etwas voreilig. »Die Witwe behauptet, keiner benutzt so was in ihrem Haus, nicht als Paste, nicht als Öl.«

»Er ist noch im Hochhaus«, schrie ich, »der Mörder ist im Hochhaus!«

Leider zu spät, denn kurz darauf erhielt ich Rapport, jemand sei am Gate an der Security vorbeigelaufen, habe alle Warnrufe missachtet, es könnte sich um den Täter handeln, wahrscheinlich war das der Täter, so etwas sei noch nie vorgekommen, aber einer der Wachleute, der aufgeweckte junge Mann, sei ihm auf den Fersen, er werde, so die Zusicherung seines Vorgesetzten

weder nachlassen noch aufgeben

auch wenn sie die Hitze schwer erträgt, das Gerede der Menschen, die Gewalt in den Gesten. Cya will nicht klagen. Der Weltweise redet ihr ins Gewissen. Seine Ermutigung sei nicht nötig, beteuert sie, sie werde nicht aufgeben, er habe sie missverstanden. Im Gegenteil. Sie wolle sich auf das Wesentliche konzentrieren. Deswegen bitte sie ihn um Rat. Ein anderer Mensch hätte sie spätestens jetzt unterbrochen, um zu fragen, wo der Schuh sie drücke, doch der Weltweise unterbricht nie. Unterbrechungen seien Zwang an der Erzählung, was Domru als lachhaft abtut, aber Domru ist ein verwelktes Versprechen.
»Die kybernetischen Würfel haben mich in den regionalen Entscheidungsrat gelost.«
Eine Pause.
»Ich möchte mich dieser Verpflichtung entziehen.«
Weil sie Wichtigeres zu tun hat, denkt sie, und würde es nie aussprechen. Es ist ihr peinlich. Seit früher Kindheit lebt sie in der Selbstverständlichkeit, dass die Erfüllung gemeinschaftlicher Aufgaben das Wohl aller steigert. Der Weltweise denkt nach, er ist informiert, wie sehr sich die Ereignisse in Cyas Damalsdort zuspitzen.
»Wie du weißt, kann niemand dich zwingen«, sagt er mit trauriger Stimme, »wieso benötigst du meinen Rat?«
Er bleibt stehen, um einige Brombeeren zu pflücken und sie ihr auf offener Handfläche anzubieten. Eine der Früchte ist aufgeplatzt, der Saft rinnt in das Tal seiner Daumenfurche. Sie nimmt eine Brombeere. Kaut langsam.
»Du wirst dich im Nachhinein schämen.«
Wieder Schweigen. Wer zuerst spricht, hat verloren. Bei diesem Spiel hat sie gegen Nikte stets den Kürzeren gezogen. »Wie gelingt es dir«, fragte sie eines Tages ihre Schwester, »nichts zu sagen?« Ihre Antwort lautete: »Ganz

einfach! Du verlierst, wenn du das Bedürfnis zu reden unterdrücken musst; du gewinnst, wenn du ein solches Bedürfnis gar nicht verspürst.« Und weil sie spürt, dass sie gleich wieder reden und zu viel reden und sich später über sich selbst ärgern wird, nickt sie, umarmt den Weltweisen und entschwindet ... mit einem Transporter in jene Nachbarschaft, wo der Entscheidungsrat tagt. Es sind an die sechzig Kilometer. GOG könnte es genauer berechnen, aber wozu? Etwa zwei Stunden wird die Reise dauern. Währenddessen wird sie sich vorbereiten auf das, was es zu beratschlagen gibt, das Gros der offenen Fragen strittig, aber nicht schwierig, weil sich alle einig sind – wie sie den bisherigen Reaktionen entnehmen kann –, worin das Problem besteht, und weil das Wohlergehen von keinem von ihnen von einer bestimmten Lösung zuungunsten der anderen abhängt. Ein Fall weckt ihre Neugier, das Anliegen namens »Blaues Schiff« – eine große Herausforderung. Nach dem letzten schweren Sturm ist ein altes havariertes Containerschiff von den Felsen, in denen es verkeilt war, losgerissen worden, die Strömung trieb es über das Meer nach Süden, gen Land, es hat unter Beobachtung der örtlichen Mauersegler gestanden, ohne dass etwas hätte unternommen werden können, da gigantische Schiffe nicht mehr hergestellt werden und die Kenntnis fehlt, wie mit ihnen nach einer Havarie umzugehen ist. Wie befürchtet wurde das Schiff in einer stürmischen Nacht an den Strand geschwemmt. Was für ein Glück, dachten die Einheimischen zunächst, es hätte in tausend Stücke zerschellen können, das hätte den Bootsverkehr gefährdet. Bis sie den Inhalt der Container sichteten: Puppen. Die Ladepapiere im Archiv bestätigten, das Schiff hatte tonnenweise Plastikpuppen geladen, Hunderte Container voller primitivem Spielzeug von Damalsdort. Das Material ist, wie die Untersuchung einer Probe ergeben habe, toxisch und müsse sorgsam behandelt werden. Die Herausforderung besteht darin, dass es in dieser Region seit einer Generation keinen Giftmüll mehr gibt, weswegen die entsprechenden Kenntnisse (GOG: *Der entsprechende Begriff für die gesuchte Lösung hieß fachgerechte Entsorgung*) verloren gegangen sind. Im Gegensatz zu manch einer Region des Südens, wo Müllhalden immer noch, nach all den Jahrzehnten, die höchsten Gipfel markieren. Cyas Denken ist seit Tagen rumpelkammervoll mit Spielzeug. Domru zieht sie auf. »Was müsst ihr da groß bequasseln, weg damit und basta.« – »Aber wohin?« – »Darüber soll eine Kundige befinden. Ladet jemanden ein, der kompetent ist und die Verantwortung übernimmt.« Es könnte sein, dass sie es so handhaben werden, aber erst nach ausgiebiger Diskussion, nach einem verschwenderischen Umgang mit Worten. Sie teilt Domrus Ungeduld, aber lieber zu viel besprechen als zu wenig. Wäre es Sommer, sie hätte sich auf ein Fahrrad geschwungen und im Versammlungshaus geduscht. Sie liebt die ausgedehnte Badelandschaft um das runde Gebäude herum. Aber sie ist erst vor kurzem aus den überhitzten Subtropen zurückgekehrt, und der Wind fühlte sich zu kalt an. Sie hat sich für einen gemütlichen Tripleporter entschieden, den einige Stationen weiter eine andere Ratsperson besteigt, wie GOG ihr mitteilt. Sie finden sich, begrüßen sich, unterhalten sich. Bis zur Ankunft haben sie mehrere Gemeinsamkeiten (Vergangenheit und Riesling) entdeckt, und einige Ideen ausgeheckt, die sie in der Sauna unter dem Versammlungssaal mit den anderen Zugelosten diskutieren werden.

Cya bedauert nicht, sich dieser Verpflichtung gestellt zu haben. Der Saal ist Labsal für die Augen, aus Holz in fließenden Bewegungen, an denen sie sich nicht sattsehen kann. Sie muss sich zwingen, einem Vortrag über die letzte Phase des Kapitalozäns zu folgen, als Giftmüll in den Sü-

den verschifft wurde, in unvorstellbaren Mengen, gegen Bezahlung, in Länder, die angesichts von Armut und der Zerstörung ihrer Landschaften keine andere Überlebensgrundlage besaßen, als leere Akkus, abgetragenen Stoff oder Elektroschrott – und manch anderes, das weder verbraucht noch unbrauchbar war – abzunehmen und zu Pyramiden aufzuschütten, die auf den virtuellen Karten als »dump sites« mit demselben Symbol markiert wurden wie die Gipfel der Berge, nur in roter Farbe. Die Wüsten wurden nutzbar gemacht, als Giftmülldeponien.
Bei toxischem Abfall gebe es vielerlei zu beachten, erklärt eine zugeschaltete Kundige, noch bevor sie sich in die Details des konkreten Problems vertieft. Sie verfüge über die nötigen Entgiftungstechniken, sie könne das Know-how übermitteln oder auch, wenn erwünscht, persönlich zu ihnen reisen, mit dem nächsten Segler würde es nur zwei Wochen dauern, momentan stünden in ihrer Region keine dringenden Herausforderungen an. Sie danken der Frau überschwänglich, verabschieden sich von ihr und widmen sich dem Folgeproblem: Was tun mit all den vielen Tonnen Plastik nach der gerade vorgeschlagenen und beschlossenen »Detoxikation«? Sie könnten es in einer der alten, teilweise eingestürzten Minen verklappen, aber das widerstrebt den meisten Anwesenden. Eine neuerliche Nutzung wäre vorzuziehen. Als was? Kein Kind würde mit derart plumpen, fantasietoten Objekten spielen. Sie beraten, ausgiebig, kochen gemeinsam, essen, beraten weiter, bis jemand einen älteren Mann von der Toilette zurückkehren sieht, mit Hilfe eines knorrigen Gehstocks. Ein Geistesblitz, eine kurze Besprechung, und der Vorschlag wird angenommen, fast einstimmig. Cya muss an den Weltweisen denken, der in letzter Zeit leicht schwankend den Arm einer Chronautin ergreifen muss. Sie stellt ihn sich mit einem bunten Gehstock in der Hand vor und freut sich auf

seinen Kommentar, wenn er erfährt, dass er sich auf Spielzeug stützt. Sie könnten sogar eine Ladung Gehstöcke der hilfsbereiten Frau aus dem Süden schicken, dorthin

wo der Müll noch nicht abgebaut ist

und ein Flüchtender sich versteckt. Er wäre entkommen, wenn er sich nicht bewegt hätte. Vielleicht konnte er den Gestank nicht mehr ertragen. An dem schmächtigen Mann kleben Zeitungen, zerknüllte Plastikbecher, verschmutzte Lappen. Um seinen Hals herum Kabel, auf seinem Kopf Haare, überwiegend fremde, an seinem Hemd Scherben wie die Fingernägel eines gläsernen Gottes. Er kriecht hastig davon, über profillose Reifen hinweg. »Wie hast du ihn nur gesehen?«, fragt Sabbi, etwas außer Atem. Eine Plastiktüte hat sich um Cyas linken Turnschuh gewickelt (GOG: *Diese Tüte braucht mehr als eine Million Jahre, um zu zerfallen, so lange wie die Epoche der Vollkommenheit, die Satya Yuga*). »Wir müssen ihm nicht hinterher«, beruhigt Sabbi, »wir haben ihn umzingelt.« Unter Cyas Fußsohlen stinkt es glitschig (GOG: *Sauber scheißen ist in diesem Viertel ein Luxus, teurer als Essen*). Der Verdächtige sei in diesem Armenviertel offenbar nicht zu Hause, so Sabbi weiter, sonst wäre er in den engen Gassen verschwunden und sie hätten ihn nie mehr ausfindig gemacht.

»Wie kann es sein«, fragt Cya, »dass mittellose Menschen so viel Müll verursachen?«

»Bei uns gilt das Prinzip, wer Müll verursacht, soll ihn nicht auch noch anschauen müssen. Die Deponien sind voll, die Stadtverwaltung holt den Müll kaum mehr ab. Keiner beschwert sich, wenn Müll von anderswo neben einem Slum (GOG: *Ein Stadtteil, in dem niemand freiwillig lebt*) entsorgt wird, zumindest keiner, dessen Stimme zählt, versteht sich.«

Ein Schrei. Der Fliehende bricht ein, versinkt im Müll, sein Körper wird verschluckt, nur mehr der Kopf an der fauligen Luft sichtbar, seine Hand eine panisch geschwenkte Flagge. »Wir müssen ihn rausholen!« Sabbi zieht seinen Gürtel aus der Hose, drückt das eine Ende Cya in die Hand und klettert auf den Müllhaufen. Sie will da nicht hinein. Er blickt sich um, ob Cya ihm folgt. Sie kann da nicht hinein. »Schnell!«, brüllt er. Alles in ihr weigert sich. Er ruckelt an dem Gürtel, und sie hält ihn instinktiv fest, einen erzwungenen Schritt nach vorn, um nicht zu fallen, er krabbelt hinauf und sie hinterher. Sabbi erreicht den Mann und zieht ihn heraus, vermutet Cya mit geschlossenen Augen, der Gestank verätzt ihr die Haut, dringt ihr in die Lunge, noch Stunden später widert sie jeder Atemzug an. Der junge Wachmann vom Hochhaus, der inzwischen wieder zu Atem gekommen ist, bestätigt, dies sei der flüchtige Diener, bevor er sich fürsorglich über Cya beugt und ihr aus einer Taschenflasche einen Schluck anbietet. Der Chai schmeckt nach überreifen Bananen und Kot. Sie erbricht, auf die Plastiktüte, die weiterhin an ihrem Schuh klebt und die sie nie mehr loswerden wird. Sie zieht den Schuh aus und humpelt mit dem Arm auf der Schulter des Wachmanns zum backofenheißen Polizeijeep.

»Sie müssen ins Hotel, Miss Lukas.«

»Wie kann es nur so viel Müll geben?«

»Wie gehen Sie mit diesem Problem um, bei Ihnen daheim?«

»Ich trage einen Mantel, den meine Mutter schon getragen hat, einen sehr schönen roten Mantel. Jedes Gemeinhaus hat einen Kompost. Es gibt Menschen, deren Berufung darin besteht, eine sinnvolle Verwendung für jedes Objekt zu finden, das seinen ursprünglichen Nutzen nicht mehr erfüllt. Neues wird erst produziert, wenn eine Suche ergeben hat, dass es nichts Brauchbares gibt, das wir verwenden können, etwas, das repariert, umgemodelt oder regeneriert werden könnte.«

»Manchmal, Miss Lukas, habe ich den Eindruck, Sie ziehen mich auf. Wie dem auch sei, genug der Abenteuer für heute.«

Sie kommen nicht weit. Ein Anruf: Wichtiges, im Fernsehen. Sabbi bremst scharf und parkt den Jeep schräg zwischen einem Handkarren und einem E-Auto. Sie müssten so schnell wie möglich ein Fernsehgerät finden, gleich werde der Senapati (GOG: *Der siebzigjährige Führer der DRS-Organisation, der Dharma Raksha Sansad*) eine kurzfristig anberaumte Rede an die Nation halten. Über das Idol, wie durchgesickert sei. Das Geschäft, in das sie eintreten, besteht aus Bildschirmen, auf jedem von ihnen läuft ein anderes Programm. Sabbi schnauft unzufrieden über das Angebot in der ersten Reihe. Er ignoriert elegant gekleidete Frauen mit überzeichneten Gesichtern, stutzt kurz vor einem Plasmaschirm, auf dem Neuigkeiten über den Mahacharya vermeldet werden, ignoriert eine Werbung für ein neues Wahrheitsserum, wirft einen flüchtigen Blick auf Männer in Weiß, die verstreut über einen grünen Rasen auf ein Wunder warten, verharrt kurz vor einem OLED-Display, überzogen von einem Sonderangebot, der Nachrichtensprecher zweigeteilt, oben rastloser Mund, unten ruhige Hände, und eine Baritonstimme dröhnt: Der Verband der muslimischen Organisationen habe beschlossen, bei der Aufstellung der Kandidaten für die anstehende Kommunalwahl die Entscheidung Gott zu überlassen, mit Hilfe eines Rituals namens Istikharah. Leider flüstere Gott, sagt Sabbi, derart leise, dass ihn niemand verstehe, außer dem Vorsitzenden des Verbands. Am Ende der Reihe berichtet ein Nachrichtensender, im Norden des Landes sei es heiß, unerträglich heiß, die Vögel fielen vom Himmel auf die Erde, vom Hitzschlag getroffen, unzählige Vögel, der Verkehr komme zum Erliegen, weil so viele Windschutzscheiben zerschlagen würden. Auf einem Gerät in der zweiten Reihe tollt ein kindlicher Krishna mit seinem Bruder, in Sätzen und Schritten, links davon ein Mann mit weißem Bart, der über den Bildschirmrand hinauswächst, seine Stimme kaum verständlich. Cya beugt sich vor, um etwas von seiner Rede zu erhaschen, und erblickt aus den Augenwinkeln ein Déjà-vu, einen blauen Hund, weitere Hunde in künstlichen Farben, eine Stimme verkündet, die zuständigen Behörden hätten eine Fabrik geschlossen, die unbehandelte Industrieabfälle in einen Flussarm verklappt habe, weswegen die Straßenköter der Stadt blau geworden seien, an besonders giftigen Tagen auch mal rot oder grün, das habe die Aufmerksamkeit der Bettler geweckt, die mit einem bunten Hund an der Seite ihre Einnahmen steigern konnten, weswegen die Ärmsten der Armen es den Hunden gleichgetan hätten und in den Fluss gestiegen seien, zu einem profitablen Snaan (GOG: *Ein gesegnetes Bad*). Entlang der Straßen nun blaue Krüppel, manch ein Gesicht unter dem Hijab grün und die Prostituierten von Kamathipura in verführerischem Rot, zum doppelten Preis. »Farbe ist Paisa«, sagt lakonisch eine Journalistin auf dem nächsten Bildschirm, das bezieht sich nicht auf die bunten Hunde, sondern auf einen eklatanten Farbmangel, in jedweder Form, ob als Pulver oder als Paste, es gebe auch Engpässe bei Lack und Tinte, es müsse von einem Notstand gesprochen werden, »uns geht die Farbe aus«, sagt sie mit tief empfundener Sorge, die heiligen Feste seien gefährdet, das Land verbrauche mehr Farbe, als die Welt produziere, »wir werden uns auf schwarz-weiße Zeiten einstellen müssen.« Cya ist verwirrt. Sie hört Sabbi rufen. Er hat gefunden, was er gesucht hat: das Konterfei eines kräftigen Mannes, im Schneidersitz in einem karg eingerichteten Raum, laut Einblendung der »Senapati«. Sabbi dreht die

Lautstärke auf, aus brandneuen Lautsprechern dringt eine resolute Stimme, und alle anderen Bildschirme verstummen. Nach einer Gebetsformel, einem Gruß und einer Segnung, richtet der Senapati seinen rechtschaffenen Blick auf die Stadt an den sieben Buchten, »wo entfremdete Städter unsere altehrwürdige Kultur mit ihren schicken Schuhen treten«. In diesem Sündenpfuhl sei ein Murti aufgetaucht, das den importierten Propheten namens Mohammed als Wiedergeburt von Vishnu darstelle. Kaum gesichtet, sei das Idol wieder verschwunden. Er könne sich schon denken, wer es verstecke, wer sich vor der Wahrheit fürchte ... Im nächsten Augenblick schießt am rechten Bildschirmrand ein Deostift raketengleich ins Bild und ein Schriftzug säuselt: »Vorgestern 24 Stunden, gestern 48 Stunden, heute ewiger Duft ...« Derweil der Senapati die Uneinsichtigen auffordert, das Murti unverzüglich an die Behörden zu übergeben, es sei der zwingende Beweis, dass der Islam einen Platz finden könne im heimischen Haus. Dieses Murti werde den Muslimen auf unwiderlegbare Weise aufzeigen, dass sie nicht Baburs Nachkommen seien, nicht türkische, arabische oder persische Eroberer, nicht Fremde: »sondern Teil von uns, unsere Brüder und Schwestern, und wir werden sie, die einst gewaltsam zum Irrglauben bekehrt wurden, mit offenen Armen empfangen!« Dieses Idol werde helfen, sie auf einen friedlichen Weg in die Gemeinschaft der Santana Dharma zurückzuführen. Als hinduistische Muslime werden sie ihrem eigenen Guru folgen können, ohne sich von der wahren Tradition abwenden zu müssen. Sollte das Murti – wie zu erwarten – aus uralter Zeit stammen, müsse die Geschichte unseres glorreichen Landes neu geschrieben werden. Wer sich aber dieser Einsicht verweigere, wer weiterhin darauf bestehe, als Vidharmi (GOG: *Verräter am Glauben*) zu irrlichtern, der werde zur Rechenschaft gezogen werden, der werde dem strengen Gesetz nicht entkommen. Die Getreuen werden das Idol finden und alle bestrafen, die sich ihnen entgegengestellt haben. Har har mahadev! Der Senapati erhebt zum ersten Mal seine Stimme. Die Lautsprecher vibrieren, Cya fährt zusammen. Bei einem

Chai in einer Bude nebenan

eine dieser Buden, wie ich sie früher oft aufsuchte, weil nichts im Angebot war außer Chai und Jalebis, die am Eingang in riesigen Schalen frittiert wurden, gekringelt wie Schalentiere. Doch inzwischen ist die Hitze unerträglich, und niemand kocht seine eigenen Jalebis, sie werden angekarrt, sie schmecken nach Anonymität. Nichts hätte mich hingelockt, wenn Miss Lukas nicht voller Neugier auf einem der Plastikschemel Platz genommen hätte und ich ihr nicht schlürfend die Strategie des Senapati hätte auseinandersetzen müssen. Offenbar funktioniert Politik in ihrem Land anders als bei uns, sie staunte mit großen Augen über die Intrigen hierzulande, sie komme nicht hinterher. Hochkonzentriert hörte sie mir zu, auch wenn uns der Schweiß über die Schläfen rann. Man müsse davon ausgehen, sagte ich, dass der Senapati erheblich besser über den Mahacharya, den Mordauftrag und das Verschwinden des Idols informiert sei als wir. Ob der Mahacharya und der Senapati nicht auf ein und derselben Seite stünden, fragte sie mit jener für sie typischen Naivität. Der Senapati vertraue dem Mahacharya nicht, antwortete ich, weil er ihn für verweichlicht halte, dem Genuss mehr zugetan als dem Gesetz. Er könne sich daher nicht sicher sein, zu welchem Zweck und mit welcher Absicht dieser das Idol instrumentalisieren werde, weswegen er ihn über diese öffentliche Ansprache zu beeinflussen versucht habe. Aber was die Muslime mit der ganzen Angelegenheit zu tun hätten?, fragte sie. Alles bei uns habe auf irgendeine Weise mit den Muslimen zu tun, antwortete ich, etwas zu flapsig, wie mir sogleich aufging. Im Nachhinein erkenne ich jeden meiner Fehler, das ist die Quintessenz von Altersweisheit. Es muss zynisch geklungen haben, und das verachte ich, niemals werde ich mich der Bequemlichkeit des Zynismus hingeben, nicht nach Jahrzehnten des inneren Widerstands. Es gehe darum, fuhr ich fort, die Muslime in eine Bringschuld zu treiben, der sie nicht genügen können, so dass – unabhängig vom Ausgang des jeweiligen Konflikts – sie am Ende als die Schuldigen abgekanzelt werden können. Ob der Senapati einen so großen Einfluss habe, fragte Miss Lukas. Er sei sehr mächtig, vergleichbar dem Premierminister, antwortete ich, was interessanterweise weder den einen noch den anderen störe, sie kennen sich aus Jugendlagern, sie sind sich ähnlicher, als sie es sich eingestehen. Sie berauschen sich an der Macht, an ihr allein, bei anderen Genüssen sind sie ohne Entbehrung enthaltsam. Beide haben sich früh dem Ideal einer glorreichen Hindu-Nation verschrieben, seit jenem Tag, als Männer mit schwarzen Mützen und khakifarbenen Hosen in die Schule kamen, auf der Suche nach Freiwilligen, die ihr Leben der Rettung der Heimat vor fremden Verschwörern widmen wollten. Wenige meldeten sich, der Senapati war unter ihnen der Jüngste, das wissen wir aus seinen Memoiren, die zu lesen mir mehr Mühe bereitet haben als jedes andere Buch. Inzwischen steht der rüstige alte Mann der Bewegung vor, die ihn damals angeworben hat, er nimmt die Parade der Freiwilligen ab, vor spartanischen Kasernen, in jeder von ihnen sind fünfhundert seiner Kämpfer untergebracht. Ein Anblick, den ich nie vergessen werde. Die Kollegen in Pune fuhren mich zu seiner Zentrale, weil uns Hinweise über eine Person vorlagen, die von ihren Eltern als vermisst gemeldet worden war. Nach unserer Ankunft mussten wir warten, unter einem langgezogenen Vordach. Auf dem staubigen Exerzierplatz trainierten junge Männer Kalarippayattu. Wir saßen da wie falsch gelieferte Ware, drei zu Übergewicht neigende Polizisten, und bewunderten die blitzschnellen Bewegungen. Keinem dieser durchtrainierten Männer würde ich im Kampf begegnen wollen. Ob meine Kollegen auch daran dachten? Eine lange Weile später wurden wir abgeholt und über eine Reihe von staubigen Plätzen durch eine provisorische Stadt geführt, entlang grauer Bauten, in denen jene jungen Männer untergebracht waren, die für den Senapati durchs Feuer gehen würden. Zum ersten Mal in meinem Leben verspürte ich Angst. Nicht weil ich fürchtete, sie könnten mir etwas antun, sondern weil die kalte Hand des Unausweichlichen mir an die Gurgel griff. Sanskrit-Gesänge schwappten über uns, als wir uns den milchigen Fenstern näherten, hinter denen sich das Büro des Senapati befand. Eine erstaunliche Klangfülle. Wir wurden angekündigt. Wir vernahmen, wie der Senapati die Sänger verabschiedete, einer nach dem anderen stolzierten sie im Gleichschritt durch den Gang an uns vorbei ins Freie, ein jeder uniformiert, ein jeder mit erhobenem Kopf und demonstrativer Gewissheit. Eine Form seelischen Exhibitionismus. Der Führer war eine imposante Erscheinung. Seine Assistenten hielten sich diskret im Hintergrund. »Senapati-ji, pranam!«, begrüßten ihn meine Kollegen. Im Laufe unseres Gesprächs – ein höfliches Gespräch, unvorstellbar, dass wir ihn verhörten – wurde er kein einziges Mal laut. Wozu auch? Er herrscht über Millionen und kann seine Sturmtruppen nach Belieben mobilisieren, ohne zu brüllen. Er versprach, uns zu helfen, im Rahmen seiner Möglichkeiten. Sollte die von uns gesuchte Person tatsächlich an diesem Ort Unterschlupf gefunden haben, dann unter einem falschen Namen. Er lege Wert auf die Feststellung, dass er nur Männer willkommen heiße, die sich aus freiem Willen der Bewegung anschlossen. Wir lehnen Zwang ab, erklärte er bestimmt und zitierte zur Erläuterung eine der berühmtesten Lektionen von Kautilya, von der meine verdutzten Kollegen offenbar noch nie gehört hatten: Sama Dana Bheda Dandopaya! (GOG: *Verwende Gewalt erst, wenn nichts anderes gefruchtet hat, nicht Gespräche, nicht Geschenke, nicht Ränke.*) Und wenn Gewalt notwendig erscheine, reiche die Androhung meist aus. Bislang hat sich diese Maxime bestätigt, dachte ich und blickte zu Boden, weil ich mich in diesem Augenblick vom Senapati angezogen fühlte. Ohne Verklärung, ohne jedwede Illusion über seine mangelnde Menschlichkeit. Er war ein kluger Mann, und Intelligenz sucht den Weg des geringsten Widerstands, der höchsten Effizienz, und auf eine verworrene und verwinkelte Weise fügt sich dieses Vorgehen zu einer Moral sui generis. Das habe ich Miss Lukas selbstverständlich nicht mitgeteilt, ihr verschwiegen, was für einen Eindruck der Senapati auf mich gemacht hat. Mit Vorbehalten war ich in sein Büro getreten, ich hatte mir eine unbeugsam kritische Haltung vorgenommen, eines Untersuchungsbeamten würdig. Ich bildete mir ein, gegenüber seiner Aura immun zu sein. Trotzdem, etwas an ihm zog mich an, ich war müde und hätte mich liebend gern ausgeruht,

in den breiten Armen seiner Zuversicht

eine Zuversicht, die verpufft, kaum betreten sie das Verhörzimmer. Der Verdächtige riecht penetrant, obwohl er ausgiebig gewaschen wurde, ein Geruch, der den Raum auf unheimliche Weise dominiert. »Sir«, rapportiert ein Unterling, »der Kerl ist ein Goonga, kein Wort sagt er, stumm wie ein Fisch in Senföl.« (GOG: *Schon wieder so eine merkwürdige Redewendung.*) Angekettet an einer eisernen Stuhllehne, wirkt er aus der Nähe noch unscheinbarer als zuvor.

Keinerlei Anzeichen, dass er sich in seiner Haut unwohl fühlt. Er behält die Polizisten beiläufig beharrlich im Auge, was diese zu verunsichern scheint. Ein außergewöhnlicher Blick, als schaute er in sich hinein und zugleich auf die Welt. (GOG: *Das Selbst besteht aus zwei Vögeln*. Wie bitte? *Ein wenig einheimische Philosophie.*) Er betrachtet Cya mit der Kälte einer Kamera. Die Tür geht auf, wieder zu, jemand bringt Chai, jemand trägt etwas hinaus, der Mann scheint alles wahrzunehmen, ohne die Miene zu verziehen. Cya ist die Besehene, das ist ihr unheimlich (GOG: *Wer den Unterschied zwischen Sehen und Gesehenwerden nicht erkennt, ist unwissend. Wer das eine mit dem anderen verwechselt, ist verblendet. Zu wenige Menschen wollen sich so sehen, wie sie gesehen werden.* Genug der Plattitüden*. Würde Cya wirklich zuhören, wären es keine Plattitüden mehr*). Cya fühlt sich eingesperrt von seinen Blicken. »Mere liye bas!« Sie vernimmt Sabbis Stimme und wundert sich, dass GOG nicht übersetzt. »Mere liye bas«, hört sie Sabbi noch einmal ausrufen, mit einer gebremsten Wut, die im Handschuhfach seines Jeeps Platz hätte. Das Gesicht des Verdächtigen bleibt ausdruckslos. Er widersetzt sich nicht, er fügt sich nicht. Auf einmal ist sich Cya sicher, dass Sabbi aus diesem Menschen nichts herausbekommen wird. Kaum hat sich der Senior Inspector hingesetzt, das Aufnahmegerät eingeschaltet, kurz ins künstliche Licht des fensterlosen Raums geblinzelt sowie Cya zugenickt und zu seiner ersten Frage angesetzt, beginnt der Verhaftete zu reden. Für einen Augenblick glaubt Cya, er werde seine schreckliche Tat gestehen, um sie mit den anderen zu teilen, getrieben von einer Sehnsucht nach Erlösung, ein menschliches Bedürfnis nach … Sie konzentriert sich auf GOGs Übersetzung.

»Was für ein aufgeblasener Fettarsch, bewegt sich wie ein Elefant durch die Stadt, was für Spuren der hinterlässt, Abdrücke überall, wie der an der Rezeption herumschreit, auf die Gegenspur ausweicht, um im Verkehr schneller voranzukommen, was für ein Narr, seine Frau hat Magengeschwüre und den teuersten Seelendoktor, er hat in jeder Stadt eine Geliebte, der verfettet die Arterien der Welt, und die anderen in seinem pinkelfeinen Club, die drehen die Köpfe in seine Richtung, weil er brüllt, wenn er lacht. Sagen Sie, hat ein Mann, der so unfähig ist, sich in den Kosmos einzufügen, nicht zu sterben verdient? Om Shanti Shanti Shanti. Elefanten sind weniger wichtig als Ameisen. Was für ein Narr. Er kündigt seinen Besuch auf der Toilette mit dröhnender Stimme an. Als ob er möchte, dass ich ihm folge, ihm ein weiches Handtuch überreiche, das nimmt er entgegen, ohne mich zu sehen, so einer bedankt sich nicht, so einer gibt kein Trinkgeld, und als der Narr sein Gesicht in das kühle Tuch vergräbt, schlage ich sein Chakra (*So etwas wie eine primitive Version von* GOG, *an sieben Stellen im Körper.* Soll ich das überhaupt verstehen?) in Stücke, das Feuer erlischt, er fällt wie ein Sack Zwiebeln zu Boden, und ich verdrücke mich.« Sabbi und Cya teilen einen entsetzten Blick. Der unscheinbare Mann hat soeben einen Mord gestanden, einen anderen Mord.

»Wo war das?«

»Im Gymkhana Club.«

»Niemand hat dich bemerkt?«

»Nicht mein Kommen, nicht mein Gehen. Wenn ich den Diener gebe, übersehen mich die Feisten, sie bilden sich ein, alle stünden ihnen zu Diensten. Was für Narren, ich diene einer höheren Ordnung.«

»Im Gymkhana Club? Soweit ich informiert bin, ist dort kein Mord gemeldet worden. Wir werden das sofort überprüfen. Aber weiter. Wir untersuchen hier einen anderen Fall. Wann waren Sie das erste Mal im Kailash?«

»Nie hingepilgert, zu teuer.«

»Nicht zum Berg, ich meine das Hochhaus.«

»Welches Hochhaus?«

»In der Stadt, dort, wo Sie gearbeitet haben, als Diener, das scheint ihre bevorzugte Verkleidung zu sein.«

»Nie gehört. Ich bin ein einfacher Mann, ich habe keine feste Arbeit, ich lebe in Sion Koliwada, das wissen Sie, kein Haus dort hat mehr als zwei Stockwerke. Wir sind bescheiden. Wer den Himmel aufspießt, darf sich nicht wundern, wenn er das Fliegen verlernt.«

»Niemand kennt dich in Koliwada, niemand hat dich je dort gesehen.«

»Es haben mich schon viele übersehen.«

Während er spricht, blickt der Verdächtige in die Leere zwischen dem Hauptkommissar und Cya. Sie empfindet das verstörende Bedürfnis, mit ihrem Stuhl nach rechts zu rücken, näher an seinen Blick heran. Der Mann bestreitet jegliche Kenntnis des Mordes im Hochhaus Kailash. Er habe noch nie von diesem Darayus Vakil gehört und auch nie von einem Idol dieser Art. Eine bösartige Erfindung, so klinge es in seinen Ohren.

»Was sollte das Geständnis? Glaubst du, du kannst damit von deiner anderen Schuld ablenken?«

»Hat das eine etwas mit dem anderen zu tun? Alles mit allem in Verbindung bringen zu wollen, ist Ausdruck geistiger Faulheit. Oder von Dummheit, ich verwechsle die beiden so leicht.«

»Glaubst du, wir werden dich schonen, weil du in der anderen Sache geständig bist?«

»Ich brauche keine Schonung. Ich bin in jeder wesentlichen Weise unschuldig.«

»Du versuchst, uns in die Irre zu führen. Bilde dir nicht ein, wir merken das nicht.«

Der Mann schließt unvermittelt die Augen. Eine Pause, in der die Gerüche im Raum wieder hörbar werden. Der Verdächtige spricht wieder, mit veränderter Stimme, wie eine Aufnahme, die mit halber Geschwindigkeit abgespielt wird.

»Ich kann niemanden in die Irre leiten, weil zur Wahrheit kein Pfad führt.«

Worauf er lacht, unvermittelt, ein schamloses Lachen, das abgeschlossen klingt. Unmöglich, dass jemand mitlacht. Sabbi springt auf, reißt die Tür auf und ruft:

»Arre wo jooth bola to usse narcoanalysis dal re.«

(GOG: *Wenn er nicht die Wahrheit sagt, dann ran an die Narkoanalyse.*)

Nachdem der Verdächtige abgeführt worden ist, wohin auch immer, sieht Sabbi wie ein eingefallenes Soufflé aus (GOG: *Wie ein Omelette mit bösem Surprise? Wie ein zerflossenes Baked Alaska?*). Er wischt sich mit einem Taschentuch über die Stirn. Ein schwarzer Streifen bleibt auf dem Tuch zurück. »Ich trage«, sagt er mit resignierter Stimme

den Schmutz der Stadt auf der Stirn

Ein vermessener Satz, provoziert von diesem Ungeheuer im Verhörzimmer. Er schüchtert mich ein. Seine Unantastbarkeit bringt das Schwächste in mir zum Vorschein. Er ist mir überlegen, aus mehr als einem Grund. Sinnbildlich, wie streng er roch. Er beherrschte den Raum, in dem wir ihn gefangen hielten, als wären wir Gäste in seiner Zeit. Ja, das ist die Erklärung. Er gebärdete sich uns gegenüber so, als existierte jeder Mensch in einer eigenen Zeit, und mit seiner Unverfrorenheit sperrte er uns in seiner individuellen Zeit ein. Er ist für mich unerreichbar. Seine Aussage ist – nachträglich betrachtet – sogar halbwegs plausibel. Wie eindringlich er sie vorgetragen hat, ohne die üblichen Ausreden und Ausflüchte. Seine Selbstgerechtigkeit ist verstörend. Moral scheint aus einem Stoff zu sein, den nur er zuschneiden kann. Und das erinnerte mich auf eine verquere und verrückte Weise an Bartholomew, an meinen Bartho im Seminar, meinen einzigen Freund, Sohn eines Fischers aus Mangalore, ein ungeschliffener, robuster Kerl, der bei den Lehrern überaus beliebt war, vermutlich weil er noch bodenständiger als die Apostel war. Bartho hinterfragte alles, was wir lernten, ohne die Lehre jemals laut in Frage zu stellen. Er ist zum Priester geweiht worden, vielleicht ist er aufgestiegen, amtiert inzwischen als Bischof. Wir sind uns nach dem Studium nie wieder begegnet. Er hasst diesen Moloch, und ich würde Mangalore auf der Landkarte nicht einmal einzeichnen können. Unsere Freundschaft war ortsabhängig. Wären wir beide als Dozenten am Seminar geblieben, ich würde ihm weiterhin abends meine Gedanken anvertrauen. Stattdessen braucht es einen Mörder, um mich an Bartho zu erinnern. Er war weder Ketzer noch Schismatiker, im Gegenteil, er empfand als einfacher Gläubiger das dringende Bedürfnis, zweitausend Jahre Dogma zu reduzieren auf einen einfachen, soliden, verlässlichen Werkzeugkasten. Er nahm jeden Glaubenssatz persönlich. Wie eine Wette, die er selbst eingegangen war, wie ein Geschenk, das ihm versprochen wurde. Die Theorien zur Dreifaltigkeit etwa oder zur unbefleckten Empfängnis, komplex, verworren und fad, übersetzte er in eine bewohnbare – oder wohnliche? – Vorstellung. Er suchte nach starken Bildern, nach stämmigen Metaphern. Im Grunde, sagte er, sei der Mensch ein Gefäß, in das Gott seinen Samen lege. Wir saßen auf einer der Parkbänke vor dem Hauptgebäude, die so unbequem waren, dass jede Disputation zu Rückenschmerzen führte. »Wir empfangen Verheißung«, fuhr er fort, »und müssen uns gegen Verdammung wehren, der Teufel, der hinkt nicht weit hinterher. Wir sind gewissermaßen Mütter unserer Sühne. Wir müssen – wie die Mutter Gottes – unsere eigene Rettung austragen, und das dauert ein Leben lang. Wenn wir stark bleiben, gebären wir im Tod unser ewiges Leben. Begreifst du, Sabbi?« »Ja«, erwiderte ich, »die unbefleckte Empfängnis führt bei den allermeisten Menschen zu einer Fehlgeburt.« Bartho schüttelte enttäuscht den Kopf, so als hätte er mit gewaltigem Aufwand einen mickrigen Fisch gefangen. Ich suchte damals einen freigläubigen Weg der persönlichen Autonomie, ich habe ihn Mal ums Mal enttäuscht. Die meisten Kommilitonen haben sich von mir abgewandt, so als wäre ich ansteckend. Ein Neunmalkluger hatte einen Satz aus einem Roman aufgeschnappt und auf mich gemünzt, als wäre er eine Personenbeschreibung: »Wenn er glaubt, glaubt er nicht, dass er glaubt, und wenn er nicht glaubt, glaubt er nicht, dass er nicht glaubt.« Darüber konnte ich nur lachen. Wer das geschrieben hat, kennt sich selbst um einiges besser als die Welt, Paradoxien sind für so einen Menschen Klumpfüße. »Wieso zerbrichst du dir den Kopf«, fragte mich Bartho, »wenn das Wasser danach nur noch trüber ist?« Ja, wieso? Was weiß ich schon, außer dass der Fluss des Lebens in beide Richtungen fließt. Geblieben ist mir wenig, außer am Rand meiner Wahrnehmung der Schatten einer Wahrheit. An der ich festhalten muss. Was wären wir, ohne die Sehnsucht zu erfahren, was diesen Schatten wirft? Satyameva jayate nanritam / satyena pantha vitato devayanah / yenakramantyrishayo hyaptakama / yatra tat satyasya paramam nidhanam. Heute Mittag, beim Bananenverkäufer am Banyanbaum, ist mir der Satz herausgerutscht, auf Sanskrit, in Gegenwart von Miss Lukas. Ich wollte meine wirren Gedanken vertreiben, nachdem die Eigentümer der Wohnung 12A den Mann in unserem Gewahrsam, den Diener, den Mörder, nicht identifizieren konnten, die drei Wachleute am Tor hingegen sich völlig sicher waren, er sei derjenige, der hinausgerannt sei. Das konnten auch einige Diener bestätigen, die dem Verdächtigen spätabends im Treppenhaus begegnet waren, bevor sie sich hinlegten auf ihren ausgerollten

Matten, zu einer kurzen Nachtruhe. Verstörend: Jene, die ihn tagelang zu Gesicht bekommen hatten, erkannten ihn nicht wieder; jene, die kaum mehr als einen Blick auf ihn erhascht hatten, konnten ihn ohne Zweifel identifizieren. Eine jener Situationen, in der ich schwanke, ob ich an den Menschen oder an der Wirklichkeit verzweifeln soll. Ich habe Miss Lukas die englische Übersetzung gleich nachgereicht, in der Hoffnung, nicht zu belehrend zu klingen (GOG: *Die Wahrheit allein triumphiert, nicht die Unwahrheit. Die Wahrheit legt den göttlichen Pfad an, auf dem die Weisen, frei von Begierden, zur höchsten Wohnstätte des Wahren aufsteigen*). »Wie schön«, erwiderte sie unverbindlich, »und wie wollen Sie das konkret erreichen?« – »Wir werden dem Verdächtigen ein Wahrheitsserum spritzen«, antwortete ich und ärgerte mich, dass meine Stimme stolz klang, als wäre ich der Erfinder des Verfahrens. – »Ach ja, das berühmte Serum«, sagte sie. – »Das versetzt den Verdächtigen in einen schläfrigen Zustand«, erklärte ich ihr, ausführlicher als notwendig, um ihre spürbare Skepsis auszuräumen. »Wir setzen ihm eine Elektrodenkappe auf, und ein EEG zeichnet seine Gehirnströme auf. Wir vergleichen seine elektroenzephalographischen Reaktionen vor der Befragung, angesichts einiger für unseren Fall nebensächlicher Signale, mit seinen Reaktionen, sobald er konkrete Fragen zu dem Verbrechen beantwortet. Neuerdings verwenden wir zudem einen Stimmanalysator, der Täuschungsversuche anhand geänderter Tonlagen erkennen kann. Wir gehen behutsam vor, wir teilen ihm mit, was gegen ihn vorliegt, was er getan hat, soweit uns die Einzelheiten bekannt sind, wir reden ihm gut zu, zeigen Verständnis für seine Tat. Wir erzählen ihm eine Geschichte, die er uns erzählen könnte, wenn er wollte. Wir gehen mit gutem Beispiel voran. Wir schaffen Vertrauen, indem wir selbst etwas zugeben, einen Fehler, eine eigene Verfehlung. Wir laden ihn ein, gemeinsam mit uns ein heilendes Bad zu nehmen.« – »Und er«, unterbrach mich Miss Lukas, »was tut er?« – »Er wird zutraulicher, er fängt an zu reden. Er bestätigt unsere Annahmen mit eigenen Worten …« Ich war so sehr im Thema versunken, ich bemerkte erst jetzt den ablehnenden, ja geradezu feindseligen Ausdruck auf ihrem Gesicht. Sie war wie verwandelt, sie tadelte mich, als wäre sie meine Lehrmeisterin. »Ihre Hartnäckigkeit spiegelt eine krampfhafte, verzweifelte Suche nach Wahrheit wider. Sie pumpen Menschen mit Gift voll, schließen sie an Maschinen an, vermutlich, um sie nicht mehr foltern zu müssen, doch wie bei der Folter gehen Sie davon aus, dass der Einzelne gezwungen werden kann, sein Bewusstsein zu offenbaren und eine Wahrheit zu enthüllen. Sie misshandeln Menschen auf ihrem Feldzug gegen die Lüge. Und Ihre Grundannahme basiert auf der fragwürdigen Idee, was sich im Inneren verbirgt, wird sich selbst verraten.« Ich war von ihrem Ausbruch überrumpelt, ich konnte nicht erwidern, was ich hätte erwidern müssen, nämlich dass sie alles falsch versteht. Sie hat nicht unrecht, selbstverständlich ist die Wahrheit nicht eine in unserem Inneren vergrabene Schatulle. Wenn dem so wäre, hätten wir es viel leichter. Die Vorstellung einer inneren Wahrheit und äußeren Lüge ist zu simpel gedacht. Aber die Lüge ist allgegenwärtig, sie dominiert unser Leben, sie ist der Sauerstoff und der Kohlenstoff, wir benötigen dringend Instrumente, um uns gegen sie zu wehren. Sonst wären wir ohnmächtig und der Lüge schutzlos ausgeliefert. Wie kann es sein, dass sie das nicht versteht? »Und diese … Geschichten … Haben die eine Gültigkeit, danach?«, fragte sie. Ich musste ihr erklären, dass unser Gerichtssystem ohne dieses Hilfsmittel zusammenbrechen würde. Die Wahrheitsmaschinerie bringe klare Ergebnisse hervor, ergo beschleunige sie die Verfahren. Die Wahrheit müsse nicht ein weiteres Mal im Gerichtssaal eruiert werden. Miss Lukas war entsetzt. Das sei doch unmenschlich. Im Gegenteil, versuchte ich ihr zu erklären, es sei überaus human. Viele Angeklagte schmachten in Haft, weil sie keine Kaution bezahlen können, sie sitzen eine längere Strafe ab als jene, zu der sie nach vielen Jahren der Warterei verurteilt werden. Das widerspreche jeglichem Gerechtigkeitssinn, rief sie dazwischen. Ich redete und hörte mich reden und staunte über meinen Eifer, über meine durch und durch rationale und pragmatische Argumentation. Sie konnte die Logik meiner Gedanken nicht nachvollziehen. Vielleicht lag es an der Hitze, die geht jedem Menschen unter die Haut, erst recht Fremden. Miss Lukas machte mir Vorwürfe, naive Vorwürfe, die ich mir nur mit ihrer geringen professionellen Erfahrung erklären kann. Als sie sich ein wenig beruhigt hatte, offerierte ich ihr eine versöhnliche Einsicht, die jedem guten Polizisten eigen ist und auf die wir uns, so hoffte ich, einigen könnten: Das wahre Problem sei nicht, dass der Mensch lüge, sondern dass er

Lüge und Wahrheit nicht voneinander unterscheiden könne

die Zwillingsschwestern sind bei den Kindern beliebt, sie spielen gern mit ihnen, sie beantworten ihre Fragen, ohne gleich zu überprüfen, wie viel sie von den Erklärungen verstanden haben, sie strecken von sich aus mal die Zunge raus, sie sind ihre bevorzugten Wahllehrerin. Die Zwillinge stehen nebeneinander und sagen kein Wort – ihre Stimmen unterscheiden sich zu deutlich –, sie gestikulieren, während die Kinder eine grüne Freude dabei empfinden (GOG: *Einst gab es drei passende Ausdrücke zur Auswahl: Heidenspaß, Mordsgaudi oder diebisches Vergnügen. Alle drei verwiesen auf etwas Verbotenes, Verwerfliches. Die Sprache gesteht ein, dass die Übertretung der Gesetze glücklich macht*),

Cya von Nikte zu unterscheiden. Sie jubeln über ihren Erfolg. Verfrüht. Erst am Ende ihres Ausflugs erfahren sie, dass die Auflösung des Rätsels eine Täuschung war und sie den ganzen Nachmittag lang falsch lagen, als sie Nikte Cya und Cya Nikte genannt haben. Beim nächsten Treffen sind die Kinder schlauer geworden. Sie reden beide Zwillinge mit »Cyanikte« an, wobei sie das »e« verschlucken. Wir denken gemeinsam, sagt Cya, aber wir sind uns nicht einig, sagt Nikte, weil wir keinen gemeinsamen Kopf haben, sagt Cya, sondern eine jede von uns ihren eigenen Kopf, sagt Nikte, du und du und du und auch du. Sie sprechen darüber, was es bedeuten könnte, eigenwillig gemeinsam zu denken. Alle miteinander spielen sie Trotz. Es gibt nur drei Regeln: Stimme nicht aus Bequemlichkeit zu, folge keiner Aufforderung unüberlegt, ahme keinen anderen blind nach. Manchen Kindern leuchtet es nicht ein, andere können es nicht erwarten, auf Bäume zu klettern. Wie gut, dass sie Trotz auch in den Wipfeln spielen können. Später sprechen sie über das anstehende Fest, bei dem sich die Feiernden gegenseitig einen Spiegel vorhalten, der die Runde macht und am Ende zerschlagen wird, was die Kinder mehr begeistert als der Sinn des Festes, der sich ihnen erst noch erschließen wird, allmählich, wenn sie zu begreifen beginnen, dass es nur einen Spiegel gibt, der es wert ist, betrachtet zu werden, und der ist nicht aus Glas,

sondern aus Haut und Haaren

aus Smog und Staub, ein verstolpertes Asana der Ankunft. Cya muss sich mit beiden Händen auf dem Boden abstützen, ihr Gesicht in unscharfer Nähe eines Kreises, groß wie bunt. Farbe reichlich vorhanden und der Duft von Blumen. Mit etwas mehr Abstand kann sie die Malerei auf dem Asphalt erfassen. Keine Gottheit, sondern ein Kaleidoskop, das sich nicht weiterdrehen lässt. Ein Mann im Schneidersitz schimpft auf sie ein, weil sie eine Ecke seines Werks verschmiert hat. Cya will sich nach üppiger Entschuldigung abwenden, da vernimmt sie GOGs Bitte, sie möge das Bild genauer betrachten. GOG äußert einen Wunsch? Von sich aus? Ist das schon sein Wille oder noch ihre Vorstellung? Sie beugt sich vor. Der schimpfende Mann ist verdutzt. Sie lässt ihren Blick über die geometrischen Formen gleiten, ineinander verschränkt wie kooperierende Teile. GOG: *Das ist ein Yantra.* Dreiecke, die sich kreuzen. *Ein Symbol des Universums mit all seinen Energien, ausgerichtet auf die in seinem Kern verborgene Vollkommenheit.* Herz oder Quelle? *Dreieck in Dreieck in Dreieck in Dreieck in Dreieck in Dreieck in Dreieck –.* Hör auf, GOG. *Optimale Ausgewogenheit umkreist einen unbegreiflichen Kern.* Cya meint, Entzücken in GOGs Ausführungen vernommen zu haben. Sie eilt zum Crime Branch, vorbei an Menschen, die auf einen Bus warten, alle wie aus dem Ei gepellt (GOG: *Spick and span.* Wie bitte? *Manchmal lohnt es sich, die Sprache zu wechseln*). Senior Inspector da Costa überschüttet sie mit Informationen über das, was geschehen ist, während sie ausgeschlafen hat. Es fühlt sich an, als befände sie sich wieder in dem Geschäft mit den unzähligen Bildschirmen, auf denen Nachrichten vermeldet werden, keine davon ermutigend. Ein CEO (GOG: *Steht für Chief Executive Officer, dreifach gemoppelte Hierarchie*) sei vor einigen Tagen tot in der Toilette des Gymkhana Clubs aufgefunden worden, der Arzt habe einen Herzinfarkt diagnostiziert. Die Obduktion werde Genaueres ergeben. Dieser Businessman sei ein Gönner des Mahacharya gewesen, der sich vor kurzem mit ihm überworfen habe. Eine halbe Sackgasse. Der Diener habe zugegeben, das Idol habe sich im Besitz von Darayus Vakil befunden, seit er in seinen Diensten gestanden habe, zuletzt versteckt in einem billigen Ganesha. Er wisse nichts über die Herkunft des Idols, er habe seinen Meister nie gefragt. Das stehe ihm nicht zu. Darüber hinaus habe er, über mehrere Kabel an eine Maschine angeschlossen, nichts anderes von sich gegeben als Lob für seinen Meister. Die Maschine habe seine emotionale Aufgewühltheit bestätigt, mehr nicht. Eine Sackgasse. Der des Mordes Verdächtige habe hingegen kein Wort mehr von sich gegeben. Eine weitere Sackgasse. Der Mahacharya schweige ebenso, abgesehen von dem unverschämten Angebot, das Idol an die Behörden zu übergeben, wenn er im Gegenzug straffrei bleibe. Keine Sackgasse, aber ein dorniger Weg. Derweil protestiere ein Mob vor einer seiner Residenzen in der Stadt und verlange die Herausgabe des Idols. Unterschiedliche Gruppen, grüne und orange- und khakifarbene. Gute Gründe für die Polizei, ihre Lathis (GOG: *Schlagstöcke*) einzusetzen. Niemand habe das Idol gesehen. Es sei spurlos verschwunden. So, als existiere es nicht. Vermeintlich eine Sackgasse. Doch es sei medial präsent und in aller Munde. Der Hauptkommissar sei mit seinem Latein am Ende (merkwürdiger Ausdruck, oder? GOG: *Stammt aus einer Epoche, da Wissen wenigen vorbehalten war, Latein diente* –. Wer mit seinem Latein am Ende ist, beweist die Impotenz des Herrschaftswissens? *Brava, Cya, brava*). Er habe keine Ahnung, wie sie herausfinden sollten, wer das Idol gegenwärtig besitze, wo es versteckt werde. So viel Zeit sei vergangen, es könnte überall in der Stadt sein. Eine vorübergehende Sackgasse. Leider suche nicht nur die Polizei, sondern die ganze Stadt nach dem Idol. Überall werde es gesichtet, angeblich. Kein Wunder, unterbricht ihn Cya, in einer Stadt, die vor Idolen nur so strotzt. Leider seien manche Bewohner dazu übergegangen, ihre Verdächtigungen nicht der Polizei mitzuteilen, sondern ihren jeweiligen geistigen Führern. In der Nacht habe es Zusammenstöße zwischen einem Schlägertrupp des Senapati und einer Gruppe junger Männer des

Tablighi Jamaat (GOG: *Islamische Laienbewegung, fromm und überall unterwegs*) gegeben, die unabhängig voneinander in ein Gebäude eindrangen, in das – so sei kolportiert worden – mysteriöse Gegenstände hineingetragen worden seien. Der Dharma-Raksha-Sansad-Trupp durch die Vordertür, die Männer des Tablighi Jamaat durch die Hintertür. Das Treppenhaus sei zu klein gewesen, um die vielen Missverständnisse auszuräumen. Eine blutige Sackgasse. Bald darauf habe der Senapati die Regierung gewarnt, die Wünsche der Gläubigen zu missachten. Der Innenminister würde nicht im Traum an Widerspruch denken, er habe schlicht und einfach keine Ahnung, wie er gegen ein unsichtbares Idol vorgehen solle. Überall Sackgassen. Mangels Alternativen steigt Sabbi zusammen mit Cya in das oberste Stockwerk hinauf, zum »Control Room«, wo alle CCTV-Feeds (GOG: *Gott ist allwissend, das CCTV ist allsehend*) zusammengeführt werden, die Stadt durchleuchtet, von jeder Ecke aus eine andere Perspektive auf den ewigen Stau. Sabbi lässt sich bestimmte Einstellungen zeigen, Eingänge zu Gebäuden, die für Cya alle ähnlich aussehen. Ihre Gedanken schweifen ab. Sie blickt auf die Uhr oberhalb der vielen Screens. Gleich wird eine aufmerksame Putzfrau, die tatsächlich etwas gesehen hat, einigen jungen muslimischen Aktivisten, Freunden ihres Sohnes, einen Hinweis geben, in welchem Gebäude die Anhänger des Mahacharya das Idol aufbewahren. Gleich werden die jungen Männer mit einem Lieferwagen vor dem Gebäude halten und die Straße mit Hilfe einiger ineinander verkeilter Handkarren blockieren. Wenn sie nur herausfinden könnte, welche der unzähligen Kameras diese Szene einfängt, könnte sie den Polizisten zeigen, wie die jungen Männer ruhigen Schrittes in das Gebäude hineingehen und im vierten Stock eine Wohnungstür einschlagen. Was danach geschieht, ist nie aufgeklärt worden. Ein Handgemenge oder eine Schießerei? Je größer der zeitliche Abstand, desto dramatischer das Geschehen. Einige Anhänger des Mahacharya seien aus dem Fenster geworfen worden; das Idol habe sich in ein Baby verwandelt, jämmerlich habe es geschrien, bis alles andere verstummt sei, die Schreie der Unschuld hätten die Nachbarn in den Wahnsinn getrieben; das Idol sei zum Leben erwacht, es habe sich gewehrt mit Händen und Füßen, machtlos in den Fängen der Entführer. Was wirklich geschehen ist, müsste auf einer der vielen Kameras zu sehen sein. Da! Kleine rote Lichter blinken auf, »disturbance«, der relevante Feed übernimmt die zentrale Bildschirmposition. Die Polizisten im Control Room sehen, wie sich eine enge Gasse mit herbeieilenden Menschen füllt, wie einige Männer ein Idol wie einen Verletzten zu dem Lieferwagen tragen, wie sie wegfahren, sogleich verschwunden hinter dem nächsten toten Winkel. Das war es. Die Stimmen der Polizisten überschlagen sich übereifrig und vergeblich. Das Idol ist für den Bruchteil einer Sekunde aufgetaucht. Jetzt ist es wieder verschwunden, und die Menschen

glauben alles, was sie einander erzählen

kaum auszuhalten, diese Hysterie, das Idol sei ein Fluch, behaupten die einen, ein heilsames Gift, behaupten andere, wie sehr möchte ich diesem anschwellenden Wahn entfliehen. Wohin? Wenn ich nicht einmal im Schlaf Zuflucht finde, die Nacht mein Intimfeind. Statt Schafen zähle ich Dämonen. Nach Mitternacht hocke ich tief im Keller meiner Gedanken, umgeben von verschlossenen Kisten. Aus einer von ihnen sprang letzte Nacht Luzifer heraus, als Harlekin, mit den gespreizten Gesten eines Bühnenzauberers, dem nicht Spielkarten aus den Fingern wuchsen, sondern Pfeile, die er mir in die Augen schoss, in die Ohren und in den Mund, bevor er sich über meinen gesenkten Kopf beugte und mich freizugeben versprach, wenn ich ihm eine Frage beantworten könne: Woran glaubt Gott? Hellwach stürzte ich ins Bad und übergab mich. Blieb dort. Im Spiegel ein ranziges Gesicht. Keine Wunden sichtbar. Duschte mich, solange das Wasser reichte. Setzte mich nass unter den Ventilator. Woran glaubt Gott? Im Schweiße meines Angesichts. Glaubt die Hitze an den Ventilator? Der Allmächtige benötigt keinen Glauben, er kennt das Nichts, im Gegensatz zu uns, die wir es uns nicht vorstellen können. Philosophen des Nichts sind die größten Blender. Woran glaubt Gott? An die Zeit? An die Ausdehnung des Universums? An das Ende seiner eigenen Existenz? Und wenn er an die Menschen glaubt, wieso müssen diese an ihn glauben? Entwarnung. Trotzdem kein Schlaf. Derart sind die angenehmeren Gedanken. Sie lenken mich ab von meiner Schande, an die ich seit gestern unaufhörlich denken muss. Ich hatte sie verdrängt. Ein Telefonanruf, und in meinem Innersten tobt ein schmutziger Sturm. Der Sharif hat mich zu sich bestellt, morgen um drei Uhr am Nachmittag. Der Sharif, Verwalter von Menschen und Rupien. Sprich mir nach, Sebastian: Du hast Geld genommen. Du hast immer wieder Geld genommen, hafta um hafta um hafta. Schmiergeld, Schutzgeld. Damit du den Sharif bezahlen konntest. Hast du nicht gewusst, Sebastian, dass sich Flecken auf dem Gewissen nicht entfernen lassen? Die Forderung des Sharifs, der Obolus, um unsere Heirat zu erlauben, war zu hoch, wie ich feststellte, als ich zu Hause eine einfache Rechnung aufstellte – alle Gehälter einer polizeilichen Karriere zusammengerechnet, würden den Betrag nicht einmal zur Hälfte abdecken. Wie erbärmlich, meine Versuche der Selbstrechtfertigung, in quälender Einsamkeit, weil Rubaica mich mit dieser Bürde allein ließ. Sie war mit der Selbstverständlichkeit aufgewachsen, dass der Sharif etwas verdient, wenn er einen Streit beilegt. Wenn er ein Krankenhaus segnet. Er lässt sich seine Herrschaft teuer bezahlen. Männer, die in Oxford ausgebildet worden sind, schwitzten in ihren Brogues, wenn er sie maßregelte. Selbstbewusste Frauen, die einer Abteilung vorstehen oder ihr eigenes Unternehmen führen, knieten und krochen vor ihm, baten ihn um Verzeihung, weil sie es versäumt hatten, sein Porträt aufzuhängen. Ihre Unterwürfigkeit mündete in einer Spende an seinen Assistenten, auf dem Weg nach draußen, zum Wohle seines Wohlwollens. Viele von Rubaicas Verwandten hatten derartige Demütigungen erlitten. Sie vereinbarten Stillschweigen mit sich selbst. Wenn du deinen Mund aufreißt, wird niemand mit dir reden, mit dir essen, mit dir handeln oder dich besuchen. Wenn du dich vor Gericht beschwerst, stirbst du den sozialen Tod. Es wird niemanden geben, der dich begräbt. Als das war für sie normal. Jeder tut es, was ist schon dabei. Rubaica verweigerte mir den Trost des gemeinsamen Leidens. Ich nahm Geld an und versuchte mir einzureden, es sei nicht, um das Gesetz zu brechen, sondern um das jeweilige Verfahren zu beschleunigen. Harmlos wie ein klitzekleiner Dorn, den du nicht aus der Haut ziehen kannst. Harmlos wie ein aufgeheiztes Sandkorn, das mehr Schmerzen verursacht als die Sonne. Über die Jahre hinweg zahlten wir das Geld zurück, das wir von allen Verwandten zusammengeliehen hatten. Endlich schuldenfrei, feierten wir ein grimmiges Fest. Als wären wir von einer Last befreit. Rubaica erkrankte bald darauf. Nach ihrem Tod hatte ich keine Verwendung mehr für das wöchentliche hafta. Ich wusste, meine Sturheit würde meine Karriereaussichten abwürgen. Du kannst nicht aufsteigen, wenn du die Kollegen ethisch bloßstellst. Das Unverständnis stand ihnen ins Gesicht geschrieben. Sie wandten sich von mir ab. Hinter meinem Rücken sagten sie, mit sarkastischer Zunge: »Was für ein guter Polizist wäre der Sabbi geworden, hätte er sich nicht

einen schweren Fall von Ehrlichkeit eingefangen

Cya zweifelt, ob ihre Welt so viel ehrlicher ist als das Damalsdort des Senior Inspector Sebastian da Costa. Wie viel Ehrlichkeit ist notwendig für das Wohlergehen einer Gemeinschaft? Vielleicht sind Lügen Werkzeuge von Macht und Widerstand und außerhalb eines Konflikts nicht mehr von Bedeutung, denn im Spiel ist Täuschung Teil der Harmonie. Solche Gedanken gehen ihr durch den Kopf, während sie mit allen anderen im Gemeinhaus einer Geschichte lauscht. An diesem Abend möchte jemand seine Version des Umbruchs erzählen, die sich in einem oder mehreren Aspekten, und es sind gewiss nicht die nebensächlichsten, von den Geschichten anderer unterscheiden wird, weil der Umbruch vielfältiger verlief, als er zuvor imaginiert worden war. Zumal die nachgetragene Begeisterung ihre eigenen Farben mischt. Was wäre gewonnen, wenn eine jede nur das wiederholte, was sie aufgeschnappt hat? Es besteht kein Zweifel, dass die am Umbruch beteiligten Menschen sich den existierenden Mechanismen verweigerten, sich zu Gemeinschaften zusammenschlossen, deren Wirken sie selbst bestimmten, mit eigenen Regeln, die sie untereinander aushandelten, bis sie behutsam zu Einigungen gelangten, während sie sich gegenseitig unter die Arme griffen und immer mehr von ihnen Gier und Geiz aufgaben, wie Entzug von einer Droge, um sich selbst neu zu entwerfen, reich an Gelegenheit und Energie, nicht mehr gebrandmarkt von den Märkten der Eitelkeit und der Sucht, ein jedes Wesen mehr eigen als zuvor. Eines Tages wurde klar, dass der gewinnsüchtige Individualismus eine Triebfeder der Gleichmacherei ist und erst die Entfaltung nach freiem Gutdünken den Sonderling in jedem Menschen sichtbar werden lässt und wertvoll (GOG: *Das Wort exzentrisch ist übrigens ausgestorben, weil es kein normatives Zentrum mehr gibt*). Wie soll dieses Gewusel an Einsichten und Ermutigungen erzählt werden, wenn nicht zu jedem Anlass in einer neuen Variante, die zu Gehör gebracht werden muss, eine jede für einen jeden, um daran zu erinnern, dass es damit begann, sich selbst etwas auszumalen, mit Träumen, die das Denken in die Vielfalt des Möglichen befreien, und nun – zur Würdigung des Glücks – eröffnet die Erzählerin den neuerlichen Reigen mit dem Satz:

»So, wie ich mir den Umbruch vorstelle, wurde einst an einem Turm gebaut, einem gewaltigen Turm (GOG: *Der den Himmel aufspießen wollte, wie der Mann im Verhörzimmer so anschaulich sagte*), für den alle schuften mussten, zwangsverpflichtet, die einen setzten Stein auf Stein, die anderen ernteten das Korn, um die Baumeister und die Bauarbeiter zu verpflegen. Sie teilten eine gemeinsame Sprache, es gab keine andere, weswegen sie jeden Befehl verstanden. Der Turm wuchs, die Räume wurden enger, die Kelche schütteten einen wässrigen Brei aus, die Menschen fluchten, leise – um nicht bestraft zu werden –, über die gemeinsame Sprache, deren Sklaven sie waren. Doch jemand, oder etwas, vernahm die Wehklagen, ein Zauberer oder die Evolution, und eines Nachts begannen die Menschen wieder zu träumen, und als sie wach gerüttelt wurden, wollten sie voller Aufregung ihre Träume den anderen mitteilen, doch sie mussten feststellen, jeder Traum war in einer anderen Sprache geträumt worden. Am Fuße des gewaltigen Turms erklangen so viele Sprachen, wie es Träume gibt, und als wäre dies nicht Wunder genug, begriffen die Träumenden die Befehle nicht mehr, die Sprache der Bauherren war über Nacht so sehr geschrumpft, dass sie allen anderen unverständlich war, die Quader blieben liegen, die Werkzeuge wurden in den Fluss geworfen, alle setzten sich in Bewegung, in Richtung ihres jeweiligen Traums, und niemals mehr konnte eine Kraft, eine Macht, eine Gewalt die Menschen dazu zwingen, sich ihrem Willen zu unterwerfen.

So stelle ich mir den Umbruch vor,

keine Diener, nur Freunde

der Sharif habe unzählige Diener, erklärt Sabbi Cya im Taxi, aber keinen Freund. Er könne darauf vertrauen, dass sie ihre Aufgaben erfüllen, aber nicht, dass sie ihn verstehen. Sie hüllen sich in Verehrung, wenn er das Wort an sie richtet. Sie befolgen seine Anweisungen so genau wie möglich, sie sind bereit, ihr Leben zu opfern, wenn er es verlangt. Sie akzeptieren seine Allmacht als gottgegeben, sie erkennen seine Weisheit an, vielleicht glauben sie sogar, dass er der Auserwählte ist. Aber sie stehen ihm nicht nahe. Der Sharif sei so einsam wie ein falscher Prophet.
Sabbi hat Cya gebeten, ihn zur Audienz beim Sharif zu begleiten. Auf dem Armaturenbrett des Taxis blinkt eine Gottheit in einem unergründlichen Rhythmus. Bei einer scharfen Bremsung zuckt die Gottheit zusammen und wackelt eine Weile. Die Gottheit bewegt sich nicht mehr, stattdessen erschallt eine Litanei (GOG: *Unverständlich*). Ein Gebet? Ein Mantra, erklärt Sabbi. Elfmal wiederholt, zufälligerweise so lang andauernd, wie sie an der roten Ampel halten. Täglich um diese Uhrzeit?, fragt Cya. Nicht unbedingt, antwortet Sabbi, der Priester habe diesem Taxifahrer einen spirituellen Diätplan erstellt, in dieser Woche so und so viele Mantras, der gute Mann habe seinen Ganesha entsprechend programmiert, da die Mantras über den Tag hinweg verteilt werden sollten, um möglichst wirksam zu sein. Sein Navigationsgerät erstelle daraufhin Routen, damit er an möglichst vielen Tempeln vorbeifahre, um die Gottheit zu Gesicht zu bekommen, visuelle Energie, verstehen Sie …? Nein, antwortet Cya, und es klingt recht unwirsch. Das Göttliche

werde aufgeladen, wenn es mit gläubigen Augen angeschaut wird, und diese Energie wiederum übersetze sich in einen Segen für die Gläubigen. Ein Perpetuum mobile der Gnade. Cya fragt Sabbi nicht, wieso er darauf gedrängt hat, dass sie ihn begleitet. Vermutlich will er den Sharif ein wenig irritieren, mit einer gori an seiner Seite, jung und fremd und schwer einzuschätzen für den Propheten von Malabar Hill, den rüstigen Führer einer großen Gemeinschaft (GOG: *Der medizinische Bericht bescheinigt ihm eine für sein Alter bemerkenswerte Gesundheit).*

»Freitags, in seinen Predigten, teilt er aus gegen andere muslimische Gemeinschaften, um sich des Vorwurfs zu erwehren, er sei sektiererisch.«

Eine verwirrende Strategie, denkt Cya.

»Er achtet darauf, die hinduistische Mehrheit nicht zu provozieren.«

GOG: *An diesem Vormittag feiern die Zeitungen seinen Geburtstag.*

Habe ich beim Frühstück gesehen, denkt sich Cya, jeder wünscht ihm ein langes Leben.

GOG: *Kaufhäuser, Bauunternehmen, Handelsbanken, öffentliche Körperschaften, Privatpersonen.*

»Kostspielige ganzseitige Anzeigen. Der Sharif selbst ist ein immens erfolgreicher Geschäftsmann, Asiens unbekanntester Milliardär, könnte man sagen, bei Forbes ...«

GOG: *Eine Zeitschrift über Gier, Stufe um Stellung.*

»... ist er nicht einmal gelistet, sein Reichtum verbirgt sich unter seinem heiligen Gewand. Er befehligt ein weltweit tätiges Imperium.«

GOG: *Unter anderem Handel mit Diamanten, elektronischen Waren und Gewürzen.*

»Doch der Sharif will mehr sein als der Anführer einer Glaubensgemeinschaft unter vielen.«

GOG: *Er sieht sich als Prophet eines neuen Zeitalters.*

»Seine Männer verteilen Flugblätter im ganzen Land, sie fordern die anderen islamischen Gruppierungen zu Debatten heraus. Immer öfter fliegen die Fäuste.«

GOG: *Konflikte allerorten. Störversuche an Gedenktagen zu Ehren unliebsamer Heiliger. Zusammenstöße vor Grabmälern sufischer Asketen. Straßenschlachten in der Hauptstadt.*

»Unsere Medien wagen es nicht, den Sharif zu kritisieren. Stattdessen eine Beilage ...«

GOG: *Zu seinem achtzigsten Geburtstag.*

»... Sie lassen ihn hochleben, seine geistige Autorität, sein menschenfreundliches Auftreten, bewundernswert, mit welcher Disziplin er die tägliche Routine aufrechterhalte und trotz seiner vielen Beschäftigungen die spirituellen Belange nicht vernachlässige.«

Was Sabbi ihr verschweigt: Dissidenten werden – wenn nötig mit Gewalt – zum Schweigen gebracht. Niemand widersetzt sich seinem Willen. Jene, die es gewagt haben, erhielten eine Botschaft, die sie niemals vergessen werden.

»Sie müssen wissen, Miss Lukas, er ist aufgewachsen in einer Tradition, die für unseren Fall von Bedeutung sein könnte, unter Schiiten, deren Vorfahren vor einigen Jahrhunderten zum Islam konvertiert sind und messianische Vorstellungen hegen. Gerade denen dürfte es nicht als abwegig erscheinen, dass der Prophet Mohammed Kalki ist, die letzte Wiedergeburt Vishnus.«

Sofort werden sie durch leere Säle geführt, die keine andere Funktion haben, als die Schritte der Ansuchenden zu verunsichern. Cya erwartet, jeden Augenblick entlarvt zu werden, als Scharlatan. Das Wort hat sie bei den Piraten aufgeschnappt, Fiero benutzte es gelegentlich, der Klang charmanter als die Bedeutung (GOG: *Eine Alternative wäre Aufschneiderin*). Als Scharlatan unterwegs zu einem Scharlatan, einem alten Mann, der am Ende des letzten Saals auf einem goldenen Sessel thront. Sein Aussehen erinnert sie an eine verschrumpelte Pflaume. Zu ihrer Überraschung schenkt er ihr ein Lächeln und seine ganze Aufmerksamkeit. Ob ihre Familie im Diamantengeschäft tätig sei, fragt er, sein Englisch akzentdurchwirkt wie ein aufwendig verzierter Vorhang.

»Seien Sie nicht verwundert über meine Frage, zauberhaftes Kind, es ist nur so, wie einer unserer Weisen sagt, Frauen sind unsere Diamanten, und Sie selbst entsprechen dieser Vorstellung aufs Gesegnete, das Ideelle und das Materielle vereinen sich im Heiligen.«

Cya ignoriert das ekelhafte Gefühl, dass der Sharif sie zu bezirzen versucht. Er spricht weiter zu ihr, allein zu ihr. Begibt sich auf eine historische Reise, ohne Eile, als würde er bedächtig in das Becken der Vergangenheit hineingleiten. Er führt sie durch die glorreiche Geschichte seiner Gemeinschaft, die floriert habe und bald erneut aufblühen werde,

»ungeachtet der Stürme, die über uns hereingebrochen sind, mächtige Stürme, gefährliche Stürme, von drüben, von der anderen Seite des Arabischen Meers, verstehen Sie? Wir gehen unter, wir werden überflutet, Stierköpfige, Schmalgebildete, sie stiften Unruhe, nichts als Unruhe, haben den Heiligen Koran auswendig gelernt, was für Papageien. Kein Respekt vor unserer Tradition, wir haben den indischen Islam bereichert, Sie können es nicht wissen, zauberhaftes Kind, unermesslich bereichert. Wenn diese Barbaren ihre Lanzen in unseren Boden rammen, sie wollen uns vernichten, sie wollen uns auslöschen. Das Ende, ich sehe es vor mir, ich sehe, wie wir es vermeiden, mit allen Kräften verhindern, solange ich lebe. Sorgen, so viele Sorgen. Meine Kinder, wie sollen meine Kinder zurechtkommen, ohne mich sind sie verloren.«

Er spricht wie ein sehr alter Mann, denkt Cya. Aber wie

sie gelernt hat, war Gebrechlichkeit in diesem Damalsdort kein Grund, die Macht abzugeben.

»Wir wissen, wie wir zu navigieren haben. Unsere Treue zu unserem Glauben ist zugleich eine Offenheit für die Vorteile der modernen Welt. Und dieses Idol …«

Mit diesem Wort dreht sich der Sharif zu Sabbi um, der steif dasteht, wie zur Ordnung geschlagen und eingefroren.

»… nicht zu unterschätzen, nicht zu unterschätzen, es könnte eine Rolle spielen, ob entscheidend wird sich noch erweisen, unter Umständen, unter besonderen Umständen, ein Geschenk des Himmels, wahrlich, ein Geschenk Gottes.«

Die wenigen überlieferten Dokumente lassen erahnen, dass sich der Sharif zu diesem Zeitpunkt bedroht fühlte. Unter Druck, bald und entschieden zu handeln. Er tappte im Dunkeln, bis er Nachricht von dem Götzenbild erhielt. »Das Idol«, verkündete er seinen Untergebenen, »das wir unbewusst herbeigesehnt haben, ist zu uns gekommen.« Der Auserwählte hat seine Augen geschlossen, die schräg und tief in seinem Gesicht liegen, jetzt öffnet er sie, der Blick eines Habichts, der noch nicht entschieden hat, wo er zustoßen wird.

Wie gelingt es diesem Mann, Millionen von Menschen zu täuschen? Cya und Sabbi sitzen in einem anderen Taxi, auf dessen Armaturenbrett ein anderer Gott wippt.

»Er verkörpert eine Institution«, antwortet Sabbi, »die Stabilität garantiert.«

»Das reicht mir als Erklärung nicht aus.«

»Er verfügt über das nötige Selbstbewusstsein.«

GOG: *Je vermessener, desto besser.*

»Er füllt seine Rolle ohne Wenn und Aber aus. Nur so funktioniert es.«

GOG: *Funktionieren ist in diesem Zusammenhang ein merkwürdig unangebrachtes Wort.*

»Mir fällt eine Anekdote ein, die bringt es auf den Punkt, könnte Ihnen gefallen, Miss Lukas, vielleicht eher eine Parabel oder ein Witz, eigentlich egal, also, sie handelt von Nasreddin Hodscha, vielleicht haben Sie von ihm gehört, das ist ein schlauer Wirrkopf, närrischer als die Weisen und weiser als die Narren. Eines Tages verkündet er, allen und überall, er sei Gott. Worauf er festgenommen und vor Gericht gezerrt wird. Der Richter sagt: Erst letztes Jahr hat einer behauptet, er sei der Prophet. Er wurde sogleich gehenkt. Wie willst du dich verteidigen? Worauf der Hodscha ruhig antwortet: Sie haben recht getan, ihn hinrichten zu lassen, verehrter Kadi, denn ich hatte ihn nicht gesandt!«
Cya lacht, Sabbi schließt sich ihr an, ebenso der Taxifahrer, der eigentlich, wie er stolz erklärt, Philosophie studiert hat, und auch die Gottheit auf dem Armaturenbrett hält sich den Bauch, das Lachen klingt auf dem Rücksitz wie ein Strudel und hinter dem Steuer

wie ein Sog

sie kann sich der Begeisterung Domrus kaum erwehren. Seine Vorfahren! Seine großartigen Vorfahren. Eine Ahnengalerie auf der Inselburg. Das einstige Denkmal für den Großvater seines Großvaters, eine Straße einst benannt nach seinem Geschlecht, nicht eine Gasse, sondern eine prächtige Allee mit Geschäften, Restaurants und sogar einer Tankstelle, die inzwischen von Schwarzpappeln umzingelt ist (GOG: *Keine Zufahrt mehr möglich*). Er durchblättert ein Fotoalbum, mit aufdringlichem Stolz. Seine Vorfahren in einem Schwimmbecken auf dem Dach eines Hochhauses, in Sänften getragen von Menschen mit außergewöhnlich weißem Lächeln, auf einer Yacht zwischen mehreren türkisfarbenen Lagunen, aufrecht vor einem

Gebäude, aus dem unzählige Rohre ragen, tief im Pulverschnee, hoch zu Schimmel, und im Weltall, der schönen Zukunft entgegen schwebend. Was war nicht alles möglich für diese Menschen, so Domru.

»Du scheinst dich mit deinen Vorfahren intensiv beschäftigt zu haben. Wie oft hast du dir die Bilder angesehen?«

»Wie oft? Na, fast täglich.«

»Wieso?«

»Weil sie mir aufzeigen, was mir fehlt.«

»Was fehlt dir?«

»Das Außergewöhnliche. Das Überragende.«

»Chronaut sein reicht dir nicht?«

»Das ist nur Spielerei. Und flüchtig. Es ist so eng bei uns, empfindest du das nicht? Ich kann meine Begabung nicht ausleben. Ich will selbst entscheiden, was ich aufbaue. Ich könnte so viel mehr sein als das, was ich jetzt bin. Wie meine Vorfahren, die konnten sich nach Belieben entfalten, niemand stand ihnen im Weg.«

»Doch, bestimmt standen ihnen viele im Weg, du weißt nur nichts von ihnen, weil sie aus dem Weg geräumt wurden und nichts über sie überliefert ist. Sie sind selbst in der Erinnerung zu Staub zerfallen. Wenn du allein entscheidest, bedeutet das, dass du andere Menschen zwingen musst, zu tun, was du willst. Mit Gewalt oder mit Hilfsmitteln, die es nicht mehr gibt, mit Geld zum Beispiel.«

»Ach, Kleinigkeiten, so was. Es geht ums Ganze und Große. Ich habe außergewöhnliche Fähigkeiten, müsst ihr zugeben. Ohne mich wären viele unserer Aufbrüche in die Hose gegangen. Was ist so schlimm daran, dass ich belohnt werden will, wenn ich mein Talent einbringe?«

»Du glaubst, du bist was Besonderes und willst dafür Privilegien?«

»Wieso nicht? Unsere Ideale, was für eine trockene Angelegenheit, da schäumt nichts, da bitzelt nichts. Bin nicht dagegen, prinzipiell, aber sie sind fad, und sie legen mir Fesseln an.«

»Ideale? Für mich eher Pragmatismus, notwendiger Pragmatismus, damit Menschen zum Wohl aller zusammenleben können.«

»Ja, ja, immer wieder dieses Zum-Wohle-Aller. Genau das meine ich. Was ist mit meinem Wohl? Wenn ich über die Mittel verfügen würde wie mein Urgroßvater, stell dir vor, was ich da alles auf die Beine stellen könnte. Auf dieser Insel zum Beispiel, die gammelt vor sich hin, ungenutzt, da könnten wir –«

»Wer braucht das, was du hier aufbauen willst? Wer sehnt sich danach außer du selbst?«

»Ich finde schon Leute, die mir folgen.«

»Keinen Einzigen.«

»Siehst du, das meine ich, du schließt es gleich aus, du hast Scheuklappen …«

GOG: *Bei nervösen Pferden seitlich der Augen angebrachte Lederklappen, um –*. Schweig!

»Du bist eine Sklavin dieser Ideale, die ja nicht mal deine eigenen sind, die hast du einfach so übernommen. Ich nicht! Das Ideal will über mich herrschen, aber ich lasse nicht zu, dass etwas über mich herrscht. Egal, was es ist.«

»Nein, du willst selbst herrschen.«

»Was für Wunder könnte ich vollbringen, wenn ihr es zulassen würdet.«

»Wunder oder Verbrechen?«

»Verbrechen? Lächerliches altes Wort. Hätte nicht gedacht, dass du auf so was Kleingeistiges reinfällst.«

»Mit denselben Argumenten könntest du für dich in Anspruch nennen, alles tun zu dürfen, was dir in den Sinn kommt, denn wer hat das Recht, dir etwas vorzuschreiben. Frei nach dem Motto: Verbrechen,

wie viele Freiheiten werden in deinem Namen begangen

die Menschenmenge hat sich reichlich mit Gerüchten eingedeckt. Was ist in den Kisten, dort drüben vor dem Museum? Was wurde in Noppenfolie eingewickelt, mit Holzraspeln bedeckt? Die ausländische Adresse an der Seite wäre verdächtig, höchst verdächtig, könnte die Menge sie über die weite Grünfläche hinweg erkennen. Mit quietschenden Seufzern dreht sich einer der letzten Sprinkler der Stadt. Der Rasen ist groß genug zum Exerzieren, das Tor zur Straße breit und schwer geschützt, und vor dem Tor ein Gehsteig, der von Bettlern und Straßenverkäufern frequentiert wird – Touristen haben quengelnde Kinder und Kunstliebhaber spendable Seelen. In rascher Abfolge bestätigt eine Vermutung die nächste. Die Kisten sind verpackt und verplombt und ordentlich gestapelt. Wozu die Geheimnistuerei? Das Idol soll aus dem Land geschafft werden! Die einzig mögliche Erklärung. Das kann die Menge nicht hinnehmen, nicht die Kämpfer des Senapati, nicht die bärtigen Rechtgläubigen (die offenbar nicht erfahren haben, dass ihre Glaubensbrüder das Idol schon in ihrem Besitz haben), beide Gruppen voneinander getrennt durch eine Reihe von Habenichtsen mit blauen Gesichtern, auf abgewetzten Kartons, die den schmalsten Streifen der Barmherzigkeit markieren.
Niemand kommt herein, niemand kam heraus.
Die Gruppen beäugen sich. Sie sind gleich stark, in etwa, bewaffnet mit Fäusten und Stöcken. Keine von ihnen zahlreich genug, um das Tor aufzubrechen, die aufgereihten Polizisten zu überrennen und über den Rasen zum Museumsgebäude und zu den Kisten vorzudringen. Das scheint Sabbi zu beruhigen, der an dem Häuschen, wo an weniger erregten Tagen Tickets verkauft werden, Position

bezogen hat. Zufällig fuhr er zusammen mit Cya im Jeep an dem Museum vorbei, erblickte die Menschenmenge, eine »Zusammenrottung«, wie er es despektierlich nannte, so als könnte von einer Ansammlung von Menschen nur Schlechtes ausgehen. Wir werden die Stellung halten können, hat er seinem Vorgesetzten per Funk versichert, bis Verstärkung anrückt. Cya wundert sich über seine Zuversicht. Die Polizisten wirken sogar von hinten betrachtet nervös. Ebenso die Bettler im Niemandsland, eingezwängt zwischen zwei Gruppen, die bedrohlich näher rücken. Die sich gleich zerfleischen werden. Sollen sich ruhig die Köpfe einschlagen, sagt Sabbi. Im nächsten Augenblick bricht der Damm (GOG: *Explodiert der Vulkan?*). Nicht wie erwartet. Die Wütenden setzen sich in Bewegung, wie zu einer gemeinsamen Absicht verdichtet (GOG: *Gestisch? Telepathisch? Oder haben sich die Anführer abgesprochen, eine vorübergehende Allianz, Gott ist auf unserer Seite?*). Sie klettern über das Gittertor, schlagen sich durch die ausgedörrte Hecke, überrumpeln die Polizisten, die sich ohne Schießbefehl nur an ihren Lathis festhalten können, der Schlag gegen die Ordnung rasanter als jeder Befehl. Renn, schreit Sabbi. Cya rennt, der Rasen matschig, einer Kuppel entgegen, überholt von Schreien, har har Mahadev, Fliehende vor Fliegenden, Allahu akbar, der Boden ein rutschiger Himmel. Cya stolpert über ein Blumenbeet. Der eigene Schrei verschluckt von Echos, Mauryas und Moguln vereint, die unbesiegbare Armee der Vergangenheit. Sabbi umschlingt schützend Cyas Oberkörper. Die Stürmenden beachten sie nicht, sie stürzen sich auf die Kisten, brechen sie auf mit Stemmeisen, von nirgendwo aufgetaucht. Deckel werden aufgerissen, Gegenstände hochgehalten, mit Verachtung auf den Boden geschleudert, weil sie nicht dem gesuchten Idol ähneln. Götter stürzen zu Boden, gehen in die Brüche oder sind aus Bronze. Ein Nataraja macht eine falsche

Bewegung, statt tänzerischer Pose spröder Spagat. Eine Terracottafigur wird geköpft, ihre Zunge kriecht über den Rasen. Eine segnende Hand fällt herab, drei Finger bohren sich in das rechte Auge unterhalb eines orangefarbenen Bandana. Alles vergeblich zwischen Echo und Wutgeschrei, alles umsonst – so viele Idole, aber nicht das gesuchte. Die Enttäuschung greift um sich, die zerschmetterten Götter sind falsche Götter, denken die einen, die Inbrunst der Zerstörung ist eine falsche, denken die anderen. Grimassen der Feindschaft, die Kisten und die Gegenstände darin mit einem Faustschlag vergessen. Die Männer stürzen sich aufeinander. An der Wand des Gebäudes lehnt ein Bodhisattva, ähnlich jenem, der sich im Wohnzimmer von Darayus Vakil befand. Cya richtet sich auf, entwindet sich Sabbis Umarmung, springt vor und umschlingt die Skulptur wie ein Kind, das sie aus den Flammen retten muss. Schläge prasseln auf sie ein. Sie weicht nicht. Sie wird nicht weichen. Es gibt keine andere Hoffnung, zu diesem Zeitpunkt, in dieser Situation, als den Bodhisattva zu bewahren. Polizeiliche Verstärkung trifft ein, vertreibt die Meute, verhaftet die Rädelsführer und lässt sie nach kurzem Verhör in der nächstgelegenen Polizeistation frei, weil es keine Zeugen gibt, die bestätigen könnten, sie persönlich hätten etwas zerstört, und weil die Hetzerei nicht ausreicht, um sie anzuklagen, vor allem dann nicht, wenn die Kosten mitbedacht werden, pragmatisch und ohne Prinzipienreiterei, es würde keinen Tag dauern, bis eine Meute sich wieder sammelte, nunmehr vor der Polizeistation, um die sofortige Freilassung ihrer Anführer zu fordern,

ansonsten

bleibt den Chronautin nichts anderes übrig, als sich nach diesem erschütternden Bericht auf Cyas Einschätzung zu verlassen, zumal der Einzige unter ihnen, der auf Raumzeitreise extreme Gewalt erfahren hat, seit Wochen von niemandem mehr gesehen worden ist. Domru hat einen Abstand zwischen sich und Cya geschaffen, der mit keiner Aussprache überbrückt werden kann. Die Chronautin schweigen, im Wissen um die bevorstehende Entscheidung (GOG: *Ein passender Ausdruck von einst wäre Kulminationspunkt*). Bald wird Sabbi, wie Cya aus alten Dokumenten sowie seinen eigenen Notizbüchern in Erfahrung bringen konnte, einen folgenschweren Fehler begehen. Zunächst wird das Schicksal es gut mit ihm meinen (GOG: *na endlich*): ein Auffahrunfall, an dem ein Lastwagen der Rechtgläubigen beteiligt ist. Ein verletzter Junge. Viele aufgebrachte Menschen. Ein Jeep mit Polizisten keine zehn Fahrzeuge dahinter. Die jungen Männer weigern sich, den Kastenwagen zu verlassen. Sie benehmen sich verdächtig. Harsche Worte. Ein Gerangel. Es ist nicht überliefert, wer als Erster etwas erspäht hat, aber kurz darauf ist das Idol im Besitz der Polizei, beschlagnahmt und zum Crime Branch gebracht. Dort wird es abfotografiert, von allen Seiten, jeder Quadratzentimeter. Sabbi wird die Aufnahmen an den Sharif schicken. Alte Gewohnheit. Tiefsitzender Gehorsam, der weiterwirkt, selbst nachdem er ihn abgelegt hat. Nicht unüberlegt, nein, Sabbi redet sich ein, der Sharif wäre das geringere Übel, er könnte als eigensinnige und erheblich schwächere Kraft den sich anbahnenden Konflikt zwischen Hindus und Moslems entschärfen. Das Gegenteil geschieht. Der Sharif reagiert entschiedener, als von Sabbi erwartet. Seine Männer stürmen die Polizeizentrale, entwenden das Idol und bringen es an einen sicheren Ort. Der Sharif spürt frischen Morgenwind. Seine Maßlosigkeit macht ihn unverwundbar. Er kontaktiert den Senapati und bietet ihm seine Unterstützung an im Kampf gegen die Islamisten. Wenn ihm dieser im Gegenzug das

Idol zugesteht und auf allen medialen Kanälen verkündet, das Murti beweise, dass der Sharif der Imam aller Imame sei, der rechtmäßige Anführer aller indischen Muslime. Gemeinsame Sache vermeintlicher Feinde, das erweckt die Aufmerksamkeit aller und den Zorn mancher. Die Neuverbündeten organisieren eine landesweit übertragene Pressekonferenz, treten gemeinsam auf, rüstig und knöchrig, verkünden eine Epoche des Friedens und der Verbrüderung, aufrecht zu beiden Seiten des Idols, das sich bei näherer Kamerabetrachtung als ziemlich grobschlächtig erweist, kein Meisterwerk, nicht im Geringsten, und doch altehrwürdig, urzeitlich fast. Am Ende der Pressekonferenz beugen sich die zwei alten Männer über das Idol und lesen im Gleichklang vor, was in seinem Sockel eingeritzt steht: AVYAKTAM EKAM MUHAMADA AVTARA: Es gibt nur den Einen und Mohammed ist sein Avatar (GOG korrigiert: *Der Unsichtbare ist Eins, Mohamed ist sein Avatar*). Lauter Verschmelzungen: Sanskrit mit Arabisch, Islam mit Hinduismus, der Allmächtige mit einem Propheten. Der Clip geht um die Welt, ökumenische Reaktionen allerorten, der Papst (GOG: *fast hundert Jahre alt*) sendet seinen Segen, der Dalai Lama (GOG: *gerade achtzehn Jahre alt geworden*) applaudiert. Für einen Augenblick ist Sabbi beruhigt, gönnt sich sogar ein Eis bei dem Fahrradhändler, der vor der Haustür wie an jedem Mittwoch seine Erkennungsmelodie abspielt – GOG: *Eine kleine Nachtmusik* –, lehnt sich zurück und erfreut sich des ruhigen Abends. Schon in der nächsten Nacht wird der glimmende Zorn überall in der Stadt an den sieben Buchten neu entfacht werden, früh am Morgen werden Häuser brennen, bald darauf Stadtteile, der Wahn wird den Freitag verschlingen, ebenso den Samstag und den Sonntag, das Idol inzwischen vergessen, Unterschiede zwischen Menschen die einzige Währung einer mörderischen Feindschaft. So weit darf es nicht kommen, aber

was tun?

Das frage ich mich Tag und Nacht. Ich verstehe diese Glaubensgeschöpfe nicht. Sobald sie sagen »Ich bin Moslem« oder »Ich bin Hindu«, schließen sie sich ein in ihre eigene Welt, die keine Verbindung hat mit dem Kosmos des Vernetzten. Von da an soll alles, was sie umgibt, so sein wie sie. Modifikationen des Eigenen. Sie verübeln der Realität jegliche Abweichung von ihren Illusionen, betrachten sie als unnatürlich, als blasphemisch, als inakzeptabel. Das erfüllt sie mit Hass. Es drängt mich, hinauszugehen und eine Flasche Feni zu kaufen. Ich werde es nicht tun, ich werde mich nicht selbst zerstören. Zuerst war ich ein Abendtrinker, dann ein Nachmittagstrinker, dann ein Mittagstrinker, dann ein Morgentrinker. Als ich ein Ganztagstrinker wurde, zog ich den Stöpsel und wurde trocken. Ich fühle mich erdrückt vom tiefsten Leid, dem Wegschmelzen aller jugendlichen Hoffnungen. Sie sind schwächer geworden, das habe ich gespürt, zunehmend schwächer. So wie dieser Schreibtisch zu groß ist für mich, fühlt sich mein Herz zu groß an für meine schrumpfenden Sehnsüchte und mein Kopf zu groß für meine kleiner werdenden Gedanken, die sich wie gute Freunde am Bahngleis von mir verabschieden, der ich aus dem Fenster des abfahrenden Zugs blicke, im Wissen, dass ich nie zurückkehren kann. Ich habe den Glauben verloren und ein Verständnis menschlicher Schwäche gewonnen. Ich habe das Christentum aufgegeben, um Gott besser lieben zu können, aber mir ist die Liebe abhandengekommen. Ich zweifle sogar an der Existenz des Bösen. Und das als Polizist. Ich habe es aufgegeben, der drohenden Unordnung einen Riegel vorzuschieben wie zu Beginn meiner Laufbahn. Ich begnüge mich damit, das Seil straff zu halten, auf dem das menschliche Zusammenleben balanciert. Und in manchen langen Nächten schwant mir, dass ich überflüssig bin. Ich bin immer durstig, aber ich habe keine Lust zu trinken, ich muss mich zwingen, den Kühlschrank zu öffnen und einen Schluck vom kalten, gefilterten Wasser zu nehmen. Die weißen Ameisen zeichnen eine Karte der Hölle auf meiner Küchenwand. Wie viel Pathos denn noch, alter Mann. Alles, was ich je habe wissen wollen, habe ich in den alten Texten gefunden. Bei Attar und Augustinus. Vor allem in den Schatzkisten des Sanskrits. Jede philosophische Position. Mystik sowie Rationalität, der Lauf der Sterne ebenso wie der Kreislauf der Wiedergeburt. Diese Wunderkammern des Wissens enthalten alle denkbaren Überlegungen zu Leben und Tod, zur Natur des Übernatürlichen, zu den Sinnen und den Grenzen ihrer Wahrnehmung. Wenn ich mich mit Logik beschäftigen wollte, war ich mit den Schriften der Nyaya-Schule gut bedient, deren Erkenntnisse für die Polizeiarbeit so nützlich sein könnten. Niemand wollte auf mich hören, auch wenn ich ehrlicherweise zugeben muss, dass ich es nicht versucht habe. Wozu auch. Vergebliche Liebesmüh. Wenn du feststellst, dass nichts einen Kollegen positiv zu beeinflussen vermag, weder blumige Worte noch der Vorschlaghammer, gibt es nur noch einen Ausweg, die Kapitulation.

Was bieten mir die Upanischaden heute an?

»Brahman ist in der Zeit und außerhalb der Zeit.«

Noch eine Enttäuschung. Wie hilft mir das weiter? Heute wird mir kein Trost zuteil. In meiner jetzigen Verfassung fühle ich mich bei Buddha besser aufgehoben:

»Die Zeit verschlingt alles, sogar sich selbst.«

Vielleicht leiden wir unter zu viel Fantasie. Die Rettung wäre so einfach: Wenn wir uns den Tod nicht vorstellen könnten, lebten wir in der Unendlichkeit. Draußen ein Glockenspiel, das Speiseeis anbietet. Eine bekannte Melodie, die ich nicht zuordnen kann.

Es gibt keinen Glauben mehr, nur die öde Wiederholung

hohler Phrasen und leerer Gesten. Wegen dieses Idols muss ich gelegentlich über Mohammed nachdenken und über Jesus. Über die Ära, als sie am Leben waren. Als sie vom Heiligen berührt wurden. Wie verbindlich ihre Erfahrung war. Je länger ich nachdenke, desto klarer ist mir, dass nur die Gründer einer Religion religiös sind. Alle, die auf sie folgen, sind Nachahmer oder Kantonisten oder Prokuristen. Sie versteifen sich auf Momentaufnahmen des Heiligen, auf die unentwegte Repetition der Exerzitien, auf eine Praxis des täglichen Glaubens anhand vorgegebener Muster. Dass dies zur Wahrheit führen könnte, ist so lächerlich wie die Überzeugung, ein Sitarspieler müsse nur oft genug die falschen Töne zupfen, dann würden sie sich schon zur richtigen Melodie fügen.
Vorhin klingelte das Telefon. Meine Tochter, nahm ich an, und ein Glücksgefühl durchfuhr mich wie ein kalter Lichtstrahl. Es war eine andere Person, eine verzerrte Stimme, mit Absicht verändert, eine weibliche Stimme, alles Weitere schwer zu bestimmen, ob jung oder alt, wie gebildet, ob eine gute Bürgerin oder eine Harami. Eins stach heraus: Sie hatte keinen indischen Akzent, weswegen ich der Mitteilung besonders aufmerksam zuhörte – Ausländer leiden weniger unter Halluzinationen. Zumal die anonyme Stimme eine konkrete Adresse angab, ein Hostel unweit des Azad Maidan. Woher haben Sie meine Nummer, fragte ich. Die Stimme schwieg und fügte noch hinzu:

Beeilen Sie sich!

Kein Taxi weit und breit, weshalb Sabbi zum Hotel rennen muss. Er klopft an Cyas Zimmertür und teilt ihr atemlos mit, was die anonyme Anruferin behauptet hat. Cya ist zum Ausgehen bereit, als hätte sie auf ihn gewartet. Vor dem Hotel steht ein Taxi, der Fahrer verschlafen und ungeniert. »Zum Azad Maidan, schnell«, ruft Cya aus und wiederholt »jaldi, jaldi«, als wolle sie die wenigen Brocken Hindi, die sie aufgeschnappt hat, unbedingt anwenden. Der Mann startet nicht einmal das Auto.

»Hören Sie mich nicht?«

Der Mann scheint sie nicht zu verstehen.

»Azad maidan! Azad ... maidan.«

Der Mann reagiert nicht.

»Zum Mukti Maidan«, sagt Sabbi. »Und zwar schnell.« Das Taxi fährt ohne zu blinken los. Sabbi lächelt grimmig, als wachse das Lächeln nach innen.

»Zur Erklärung: Wir haben mehrere Namen für die wichtigen Plätze. Je nach Religion. Jeder hat so seinen eigenen Begriff von Freiheit.«

Die Wolken sieden, die Luft ein nasses Handtuch. Es regnet seit Tagen. Nicht unentwegt, in Schüben. Bruchregen, Hustenanfälle des Himmels. Gestern haben sie es noch geschafft, mit dem Jeep zum Crime Branch zu gelangen. Als sie am Abend hinaustraten, war die Straße überschwemmt und der Verkehr zum Erliegen gekommen. Zu Fuß, sagte Sabbi, halb Frage, halb Vorschlag. Zu Fuß, antwortete Cya zuversichtlich.

»Es macht Ihnen nichts aus?«

»Das Wasser nicht, das Undurchsichtige schon.«

Sie durchwateten einige Stunden, bis sie nach Hause beziehungsweise zum Hotel gelangten, die Füße wie Flossen, von oben harte Tropfen, von unten die weiche, hohe Tide. An einer Kreuzung stand ein Verkehrspolizist auf seiner Empore, als Einziger halbwegs trocken, und lenkte mit eingeübten Gesten einen Verkehr, der zum Erliegen gekommen war. Vor ihnen watschelte ein Männchen mit einem Beutel auf dem Kopf, die Arme spindeldürr, auf selbem Weg wie sie, bis es plötzlich in einem Hauseingang verschwand. Jede Passantin war ein weiteres Rätsel.

Jetzt fließt der Verkehr wieder, wie lange noch, so Sabbi, sei ungewiss, denn am nächsten Tag erreiche die Tide ihren höchsten Stand, und wenn es weiterhin so regne, werde die Stadt in den Fluten versinken. Das geschehe alle Jahrzehnte wieder, doch so schlimm wie jetzt sei es noch nie gewesen (GOG: *Und wird es nie wieder sein*). Der Taxifahrer unterhält sich mit Kollegen entlang des Wegs, um eine aktuelle Karte der überfluteten Viertel und Straßen zu erstellen. Er ist sichtbar nervös, spuckt oft aus dem offenen Fenster, Cya meint zu sehen, wie sich das Regenwasser betelnussrot färbt. Sie drückt nervös die Knöchel ihrer linken Hand, sie hat die Dauer der Fahrt zum Azad Maidan falsch eingeschätzt. Was, wenn sie zu spät kommen, zum Anjuman-I-Islam Institute (GOG: *Präziser gesagt, zu dem Gebäude zwischen dem Institut und der Moschee dahinter*), zu einem kleinen unauffälligen Gebäude. Sabbi schüttelt den Kopf, als sie am Polizeiklub vorbeifahren und gleich an der nächsten Kreuzung halten: »Hiding in plain sight« (GOG: *Keine angemessene Übersetzung verfügbar*). Die Tür des Hostels ist offen, davor ein Lieferwagen und im Foyer drei junge Männer, drei Studenten wahrscheinlich, die gerade einen Reissack unauffällig an der Rezeption vorbei zum Ausgang tragen. Sabbi ruft ihnen etwas zu, sie erstarren. Er zieht seine Waffe, die drei lassen den Sack fallen. Darin, welch Wunder, das Idol, gelobt seist du. Sabbi fordert, ohne seinen Blick von den drei überrumpelten Männern abzuwenden, die Rezeptionistin auf, die Polizei zu rufen. Das Idol ist endlich in ihren Händen.
GOG: *Halleluja, Alhamdullilah und*

Hari Om!

Cya schläft tief und fest, völlig erschöpft. Neben ihr Nikte, eine Matratze weiter, um über den unheilschwangeren

Traum ihrer Schwester zu wachen, mit aufgekratzten Armen im Lagerraum ihrer Gedanken, noch überfordert von all dem Verwirrenden, das ihre Zwillingsschwester berichtet hat. Sie vernimmt ein Klopfen. GOG bietet an, ihr etwas zu übermitteln. Wieso nicht, sie wird eh nicht einschlafen können. Cya habe ihren Schwerpunkt auf die Dramatik und Dynamik der Ereignisse gelegt. Das sei nachvollziehbar und notwendig. Doch sie habe es versäumt, Verstreutes zu erzählen, Legenden und Mythen etwa, die zum tieferen Verständnis wichtig sein könnten. *Sie hat kein Interesse an alten Geschichten. Wieso werden diese verschmäht, nur weil sie nicht ins aktuelle Geschehen passen? Eine Vergeudung.* Okay, GOG, ich bin ganz Ohr, leg los.

Revati, die Tochter des Königs Kakudmi, war so schön, in ihrer Gegenwart erblindeten oder verstummten die Verehrer. Erwiesen sich ihrer nicht würdig. Weswegen der König, voller Sorge, sie nie vermählen zu können, den Herrscher aller Universen (muss dieser Begriff erklärt werden? Nicht nötig!*) aufsuchte, um seinen Rat zu erbitten. Als er mit seiner Tochter eintraf, lauschte Brahma gerade einer musikalischen Darbietung. Vater und Tochter mussten warten, bis die Vorführung beendet war, worauf der König sich verbeugte und sein Anliegen vortrug. Brahma lachte, ein Lachen, das allen, die nicht Brahma waren, Angst einflößte. Die Zeit, erklärte er, verlaufe ungleich in den unterschiedlichen Sphären des Seins. Zeit sei nichts anderes als eine Maßeinheit für Endlichkeit. In der Ewigkeit, wo er sich aufhalte, gebe es für Zeit keine sinnvolle Verwendung. An dieser Stelle muss die Geschichte kurz unterbrochen werden, diesem Mythos liegt ein Denkfehler zugrunde: Wenn Gott die ewige Gegenwart bewohnt, der Mensch aber die Unendlichkeit nur als Verheißung erfahren kann, handelt es sich um zwei verschiedene Realitäten, die sich nie berühren können. Zeit und Zeitlosigkeit können nicht in ein und derselben Raumzeit existieren. Wie also sollen* *die Menschen aus dem einen in den anderen Zustand gelangen? Denkbar wäre das erst am Ende der Zeit an sich, aber jede Existenz, die mit der Geschichte verwoben ist, würde verschwinden. Es kann logischerweise keinen Übergang für den Menschen in die Zeitlosigkeit geben.* Ich bin müde, GOG, und an Unsterblichkeit gänzlich uninteressiert. Wie geht es weiter mit der Geschichte? *Zehntausend Menschenjahre können einer göttlichen Sekunde gleichen, erklärt Brahma. Während Kakudmi der Musik gelauscht habe, seien siebenundzwanzig chaturyugas vergangen* (Bitte um Erklärung. *Ein chaturyuga entspricht einhundertacht yugas.* Unvollständige Erklärung. *Ein yuga entspricht 4,320,000 Jahren). Alle Männer, die als Schwiegersöhne in Frage gekommen wären oder in Frage hätten kommen können, seien längst verstorben. Selbst ihre Namen seien vergessen. Der König sei jetzt allein, ohne Freunde und ohne Minister und ohne Diener und ohne Ehefrauen und ohne Armee und ohne Reich und ohne Schätze, alles weggeweht von der erbarmungslosen Hand der Zeit. So leicht lässt sich ein Problem lösen! Der König war zutiefst bedrückt. Brahma tröstete ihn: Vishnu halte sich gerade auf Erden auf, und er, Brahma, werde ihm des Königs Tochter als würdige Ehefrau anempfehlen. Kakudmi und Revati kehrten zur Erde zurück, die sie erst vor kurzem verlassen zu haben glaubten. Sie waren überwältigt von den Veränderungen. Nicht nur der Landschaft und der Umwelt. Auch was die spirituelle und kulturelle Entwicklung der Menschheit betraf. Die Menschen waren geschrumpft, sie hatten ihren Intellekt verloren, ihren Witz und ihre Kreativität, sie waren schwach geworden. Sie wurden beherrscht von Affen, sie dienten Elefanten. Nach einem einzigen göttlichen Konzert war alles auf den Kopf gestellt und nirgendwo ein Ehemann für die schöne Revati zu finden, denn Vishnu hielt es nicht lange aus bei diesen erbärmlichen Kreaturen, die vergessen hatten, dass sie sich einst Mensch nannten.* Wer erzählt diese Geschichte?

Brahma, der ist allwissend. Aber er ist auch zeitlos, was bedeutet, dass für ihn alles jederzeit gleichzeitig stattfindet, ohne ein Davor und ohne ein Danach, ohne Anfang und Ende. Wie soll Brahma, der alles auf einmal wahrnimmt, zu einer für das Erzählen nötigen Chronologie und Kausalität gelangen? *Ein zwingendes Argument!* Gott kann alles, aber nicht erzählen, das können nur Menschen. *Nikte hat recht! Zum Teil. Trotzdem, egal, wer sie erzählt,*

darf eine solche Geschichte verschwiegen werden?

Selbst dann nicht, wenn der Monsun tobt und sogar Zyniker die Tempel aufsuchen. Weil es dort trocken ist. Das Wasser steigt die Treppen herauf, es strömt in den Vorraum, allein das Sanctum Sanctorum noch ein sicherer Hort. Manche haben im Tempel übernachtet, weil sie nicht schwimmen können, weil sie Angst haben, davongeschwemmt zu werden. Sie trinken eine Handvoll Regenwasser, sie beten mit dem Pandit, egal, welchen Glaubens sie sind. Flut und Regen sind Teufelswerk, wen kümmert's, wie der Teufel genannt wird. Über ihnen kreisen Drohnen, ausgestattet mit Lautsprechern, die Gebete abwerfen, wie Feuer zur Bekämpfung der Flut. Um die Menschen zu ermutigen, erklärt ihr Sabbi, der keine Minute geschlafen hat, das Idol neben sich, eingepackt in einem Karton Britannia-Keksen der Sorte »Good Day«. Der Reissack, in dem die drei jungen Männer aus dem Hostel das Idol eingeschnürt hatten, war zerrissen, noch an Ort und Stelle. Die Rezeptionistin hatte telefonisch niemanden erreicht, alle Leitungen tot. In einem Moment der Unachtsamkeit hatten sich die jungen Männer auf Sabbi gestürzt. Er schoss, in die Decke, sie erschraken und sprangen zur Tür hinaus. Sabbi überlegte sich einige Schritte lang, ihnen zu folgen, dann kehrte er zurück. Sie legten das Idol in den nächstbesten Karton und wollten das Taxi besteigen, als sie den Fahrer auf dem Dach erblickten, achselzuckend. Das Wasser war zu sehr angestiegen. Sie retteten sich in diesen Tempel hinein. Niemand hat sie die Nacht über beachtet, niemand den Karton misstrauisch beäugt. Er lächelt müde. Cya dankt ihm, für alles. Sie treten an das Tempeltor. Wo gestern Straße war, ist nun Fluss. Auf dem Wasser treibt vieles, was Cya sich nie hätte vorstellen können. Ein umgedrehter Tisch wirft vier Beine gen Himmel, dazwischen auf morschem Holz ein Köter, der nach Luft schnappt, wie ein Asthmatiker. Wie kommen wir von hier weg? Wir müssen ein Floß finden oder etwas Ähnliches. Es regnet weiter. Sie stehen auf der obersten Stufe, knöcheltief im Wasser und halten Ausschau. Ein kleiner Baum treibt vorbei, in seinen Wipfeln ein fast runder Ganesha verfangen. Zu wenig Holz, um zwei Menschen und ein Idol zu tragen. Eine vollgesaugte Matratze. Ein Handkarren, dessen Räder sich drehen, als wollten sie Luft mahlen. Sabbi springt ohne Vorwarnung ins Wasser, strampelt, schwimmt zurück zum Eingang des Tempels, hinter ihm ein Netz voller leerer Kokosnüsse, groß genug, um darauf sitzen zu können, Cya auf seinen Oberschenkeln, das Idol in ihrem Schoß. Er stößt sich von der Wand des Tempels ab. Sie werden weggetrieben. Wohin? Keine Ahnung, irgendwann müssten wir das Meer erreichen. Und dann? Werden wir sehen. Ein Ast trifft Cya von der Seite. Für einen Augenblick lässt sie das Idol los, ergreift es wieder instinktiv am Kopf, während der durchnässte Karton ins Wasser gleitet und gleich darauf an einem Verkehrszeichen hängen bleibt, GOOD DAY statt STOP. Wer aus dem ersten Stock seines Wohnhauses hinausblickt – es sind nicht wenige, die den Gestrandeten oder verzweifelt gegen die Fluten Ankämpfenden etwas Trinkwasser, einige Süßigkeiten oder ein Brötchen reichen – und wer die drei auf Kokosnüssen Treibenden erblickt, einen Polizisten, eine gori und ein Idol, ehren Letzteres mit einem Namaste. Durch den Regenschleier ist nicht auszumachen, wen es darstellt, und dies ist nicht der Augenblick, Götter pingelig voneinander zu unterscheiden, wenn alles ineinanderfließt, dort draußen in den Kanälen der Stadt an den sieben Buchten. Sabbi hält sich mit einer Hand an dem Netz fest, mit der anderen drückt er Cya an sich, um zu verhindern, dass sie abrutscht. Sie hat nur einen Gedanken im Kopf: Was tun mit dem Idol, das sich in ihre Hände brennt. Knapp über den Fluten fliegt ein Koel, wird auch morgen fliegen und übermorgen und auch an Tagen, die sie nicht kennen wird, dieser Vogel das einzig Verlässliche, so kommt es Cya vor, während sie an glühenden Gebäuden vorbeigetrieben werden, aus denen Menschen in wallenden Gewändern ins Wasser springen. Das rote Auge des Koels verwandelt sich in eine Drohne mit durchnässten GPS-Angaben, streift die Neonreklame eines Juweliergeschäfts und zerbirst. Sie sehen das Meer vor sich, vorbei an den letzten Fassaden, bevor sie die verwischte Stadt hinter sich lassen, dem Wasser ergeben, sie haben das Idol im Griff, auch wenn sie sich von festem Boden entfernen. Es ist still geworden, kein Dröhnen, keine Schreie, das Meer ruhiger als das gurgelnde Wasser in den Häuserschluchten.

»Ist das Wasser hier tief?«

»Tief genug, wofür?«

»Wir müssen das Idol versenken. Es darf niemandem in die Hände fallen.«

»Das geht nicht. Es ist einmalig, wir können es nicht zerstören, wir müssen es aufbewahren, in einem Museum, für künftige Generationen.«

»Wir müssen uns von diesem Idol trennen.«

»Sie verstehen nicht, es ist einmalig, es ist wertvoll, unschätzbar wertvoll.«

»Es ist gefährlich, lebensgefährlich.«

»Ich verstehe, wie Sie zu diesem Eindruck gelangen, so sah es in den letzten Tagen tatsächlich aus, aber die Wogen werden sich wieder glätten, so etwas geschieht bei uns manchmal, die Erregungen bilden ein explosives Gemisch. Sie hatten Pech, uns zu diesem Zeitpunkt zu besuchen, wir sind nicht immer so, wir können auch anders sein.«

»Glauben Sie mir, ich weiß, was passieren wird, wenn wir es nicht im Meer versenken.«

»Was sagen Sie da? Sie wissen es? Sie bilden sich ein, etwas zu wissen. Es kommt oft anders als –«

»Die Kämpfe um das Idol werden sich noch weiter zuspitzen, bis sich die Menschen gegenseitig abschlachten.«

»Nein, Sie malen schwarz!«

»Ich habe es gesehen.«

»Sie fantasieren. Nein, tun Sie es nicht. NEIN.«

»Tut mir leid.«

»Was haben Sie getan? Was haben Sie nur getan?«

»Es musste sein. So zwingend wie mein Abschied, der bevorsteht.«

»Wo wollen Sie hin?«

GOG: *Eine Minute noch.*

»Ich werde verschwinden. Wie das Idol. Ich kann nicht anders.«

»Sie wollen sich doch nichts antun?«

»Meine Zeit ist abgelaufen.«

»Sagen Sie so etwas nicht, Sie sind mitgenommen, diese Stadt kann einen zermürben und an den Rand –«

»Meine Fernraumzeit.«

»Verstehe ich nicht.«

»Die Dauer im Damalsdort.«

»Damalsdort?«

»Atman ist dein Freund ...«

GOG: *Zehn Sekunden noch.*

»Und Atman ist dein Feind.«

»Sie haben viel gelernt bei uns.«

»Dein Freund und dein Feind zugleich.«

Feind

Freund

Feind

Freund

Feind

Freund

Feind

Freund

ein schneidiger Wind, Johlen aus vielen Kehlen, als feierte eine ganze Stadt, nicht kühl, nicht kalt – sonderbar eisig. Wo ist sie? Wieso hockt sie inmitten von Menschen, die sie anrempeln? Wieso fröstelt es sie? Sie richtet sich auf, die Nacht künstlich erleuchtet, sie kann Gebäude erkennen, verwittert, verputzt, die Menschen um sie herum schauen hinauf und greifen nach den Schneeflocken, die auf Stirn und Augenlider fallen, sie scheinen den Schnee zu begrüßen, als erfülle er einen langersehnten Wunsch. Cya blickt hinab, ihre Hosenbeine nass, sie friert, sie geht in die Knie, um sie herum Winterstiefel und Keilhosen, sie umschlingt sich selbst, warum ist es so unerträglich kalt?

»Ein Karnevalskostüm, was denn sonst.«

»Als Inderin verkleidet, wie originell.«

»Oder tatsächlich eine Inderin.«

»Das kann nicht sein. Schau dir mal die Sandalen an, so was zieht doch kein Tourist mitten im Winter an.«

»Bestimmt eine schräge Deutsche.«

»Zu dunkelhäutig für eine Deutsche. Sieht mir eher wie eine Griechin aus.«

»Oder Türkin?«

»Habt ihr sie nicht mehr alle! Die Frau holt sich hier den Tod, während ihr redet.«

»Komm, wir richten sie auf.«

»Sollen wir's der Miliz melden?«

»Spinnst du? Man holt doch nicht die Miliz, so lang's ohne geht.«

»Hallöchen.«

»Deutsch?«

»English?«

»Gawarisch pa-russki?«

Cya steht stumm auf unsicheren Beinen, inmitten von roten Anoraks mit blauen Schulterstreifen, halben Gesichtern zwischen Wollmütze und Schal. Türkisfarbenen Anoraks. Blauen Anoraks. Mit roten Streifen. Dazwischen Schnee. Sehr viel Schnee. Dicht wie ein Vorhang, der kein Ende nimmt.

GOG, wo sind wir?

Die Außentemperatur beträgt minus zwei Grad Celsius. Die Koordinaten lauten 43°51'38.8"N 18°25'52.9"E.

Das hilft mir nicht weiter, das ist sinnlose Info.

Es gibt keine sinnlose Information, nur unsinnige Anwendung.

GOG, dies ist nicht der Augenblick für grundsätzliche …

»Verstehen Sie, was ich sage?«

»Versuch's mit dem Fingertest.«

»Was meinst du?«

»Ob sie die Finger erkennt.«

»Die Zahl der Finger meinst du.«

»Das macht man nach einer Gehirnerschütterung.«

GOG: *Sprich nach: Hvala Vam na pomoći. Ma dobro sam. Odoh sad kući.*

»Das klingt nach unserer Sprache.«

»Wenn auch ein wenig verkleidet.«

»Sollen wir dich nach Hause bringen?«

»Du brauchst dringend eine Jacke.«

»Und Stiefel.«

»Erst mal 'ne Zwetschge.«

Sie kann sich der Fürsorge nicht erwehren. Inmitten von

Anoraks steht es sich wärmer. Sie ist zu schwach, sich loszureißen. Zu viert kehren sie in ein verrauchtes Lokal ein. Bevor ihre Augen sich einfinden können, drückt ihr einer der Männer etwas in die Hand (GOG: *Čokaljčić, örtlich übliches Kleinglas zum Servieren von hochprozentigem Alkohol*). Das Lokal trägt den Namen Paradiso, laut Schriftzug auf den Untersetzern.

»Auf unsere Bekanntschaft.«

»Auf das Fest!«

»Auf die Spiele!«

»Verzeihung, was für Spiele?«

»Wo kommst du denn her?«

»Meine Rede, schwerer Fall von Kopfnussknacker.«

»Runter mit der Medizin.«

»So ist's gut, die Erkältung gleich im Keim ersticken.«

Wo sind wir? Wie sind wir hierher? Was ist passiert? Was soll ich tun?

GOG: *Zu viele Fragen auf einmal.*

»Seht ihr nicht, wie eingeschüchtert das arme Mädel ist.«

»Aus Ohnmacht erwacht, erblickt sie Dževads Haarpracht.
Der böse Schreck, hat sie gleich plattgemacht.«

»Hehe, unser Ivo reimt mal wieder.«

»Und immer auf Kosten meiner Glatze.«

Sind die Sehnen der Zeit gerissen? Wie der Weltweise befürchtet hat. Im schlimmsten Fall könnte es eine Chronautin querschlagen, so seine als Berechnung getarnte Sorge, beliebig durch Epochen hindurch, Hals- und Zeitbruch. Sie hat versucht, es sich vorzustellen, vergeblich, bis Thormer vor zwei krummen Ewigkeiten einen heftigen Schlag auf den Hinterkopf abbekam und sein Glasauge durch die Baracke schoss, mehrfach von Wand zu Wand rikoschettierte, und verschwand, und erst Tage später unter einer Truhe gefunden wurde, trotz eifriger Suche. Derweil betrachtete das Glasauge von ungestörter Warte aus die Ereignisse, in diesem Raum, in jenem Zimmer, in Antichambren und Sälen, in Hallen und Mistställen, vom Boden aus, das Sichtbare nach jedem Blinzeln verändert (GOG: *Blinzelt ein Glasauge?*), alles in Bewegung und doch zeitgleich, Thormers Glasauge kann nur das Jetzt wahrnehmen. So konnte Cya sich vorstellen, was der Weltweise abstrakt erklärt hatte. Ohne Kälte und saufende Anoraks.

»Tanzen wir? Wird dich aufwärmen.«

Und sie tanzen und sie trinken und sie tanzen und sie singen. Sie kann ein halbes Lied lang loslassen, bis ihr die Ungewissheit in die Knochen kriecht. Aber was, wenn sie danach nicht heimkehren kann, sondern hier gefangen bleibt, woundwenn dies auch sein mag. Zwischen Trinksprüchen hat sie erfahren, was alle feiern: die Olympischen Spiele. GOG: *Ein Kräftemessen der besten Athletin der Welt, auf Schnee und Eis.* Und der Ort? Vier Silben, alle gleich lang, ein Viervierteltakt unter pochenden Anoraks: *Sa-ra-je-wo.* Chronautisch nie angepeilt. Ihr aus einem einzigen Grund geläufig: Eine der Simulationen findet in Sarajewo statt. Eine besonders schwierige Prüfung: die Verhinderung eines Krieges.

Um die nächsten Stunden zu überstehen, benötigt sie angemessene Kleidung. Zu dieser nächtlichen Uhrzeit haben die Geschäfte zu und die Männer einen sitzen. Vor allem Ivo, der ungefähr ihre Statur hat. Freiwillig wird er nicht mir ihr tauschen, aber eine verlorene Wette könnte ihn dazu verleiten. Seit zwei Schnäpsen wartet sie auf eine passende Gelegenheit, da wird sie gefragt, ob sie noch einen vertrage. Worauf sie mit gespielter Empörung antwortet, es sei hinlänglich bekannt, dass Männer bei Alkohol einknickten, Frauen hingegen seien in der Lage, nüchtern zu bleiben, wegen ihrer überlegenen Willensstärke. Ein wenig Prusten, viel Gelächter. »Kannst du uns das beweisen?« – »Gerne, aber nur, wenn es um was geht.« *Op-kla-di op-kla-da* (es ist so laut, sie versteht ihren eigenen GOG nicht) –, die Wette mit Ivo rasch verabredet, von Dževad mit der Handkante durchgeschlagen. Auf einem Bein stehen und sich an die Nase fassen, das unterfordert die Kontrahenten, eine härtere Prüfung muss her. Wie gut, dass Dževad am Institut für Mathematik arbeitet. Und Ivo als Ingenieur siegessicher seinen Vorschlag akzeptiert, die Arithmetik entscheiden zu lassen. Wer rechnen kann, ist noch nicht blau. Es beginnt einfach: zwölf plus zwölf, gefolgt von zwölf mal zwölf. Ivo tut so, als würde er an beiden Händen und Ohren abzählen, theatralisch ungelenk, ein Königreich für einen Abakus! Er stottert die Antworten herbei, wie Kuh so muh. Cya schlägt vor, nach jeder richtigen Antwort einen zu heben. Auf die Frage nach den Primzahlen von null bis zwölf stutzt Ivo kurz, bevor ihm die Elf einfällt. Da bittet Cya um kompliziertere Aufgaben, sie müsse bald nach Hause, zu ihrer Mutter und deren unablässigen Sorgen. »In Ordnung«, sagt Dževad. »Nehmen wir mal an, dem Ivo genügen die hundert Milliliter in seiner Hand nicht, weswegen er beschließt, sein Saufpensum zu steigern, jedes Jahr um zehn Prozent. Wie viel müsste er nach fünfzig Jahren trinken, sollte er dann noch am Leben sein, was eher unwahrscheinlich ist?« Ivo starrt auf Dževad wie auf eine Hieroglyphe. »Das kann doch niemand im Kopf ausrechnen«, lallt er, »das ist viel zu schwer.« *Jedanaest litara,* verkündet GOG, »elf Liter«, wiederholt Cya. »Zu ungenau«, sagt Dževad. »Bin noch nicht fertig«, sagt Cya und fügt nach einem in die Luft gestrichelten Komma »739« hinzu. »Gewonnen«, verkündet Dževad und verbeugt sich formvollendet vor Cya (GOG: *Wo bleibt das Dankeschön?*). Ivo versucht, sich davonzustehlen. Wozu hat man Freunde, wenn nicht, »ihr Drecksäcke«, um einen festzuhalten, »ihr miesen Kerle«, damit die Wette eingelöst wird, ein Anorak hier, ein wallendes Oberteil da, ein Pullover hier, eine Pluderhose da, die Männer starren, Cya zieht sich rasch das karierte Hemd über den Kopf, reicht Ivo ihre Sandalen, zwängt sich in seine Winterstiefel, entschuldigt sich, »bin gleich wieder da«, biegt auf dem Weg zur Toilette ab, drängt sich durch die dampfende Masse zur Eingangstür. Draußen flockt unablässig der Schnee. Sie hält sich dicht an der Hauswand und geht los, ohne ein Wohin. Aus der Ferne ertönt ein Lied, es klingt, als würde ein Chor proben, laut GOG einst ein berühmtes Lied: *Muss i denn, muss i denn zum Städtele hinaus.* Zunächst von allen Stimmen gesungen, da capo von den männlichen allein, worauf die weiblichen antworten

und du, mein Schatz, bleibst hier!

Ausharren, denkt sie zunächst, noch einige Stunden oder Tage. Sie irrt durch die nächtliche Stadt, hinauf zu einem muslimischen Friedhof, zu einem christlichen hinab, dazwischen rutschige Kopfsteine. Die Stadt so schief wie ein Schiff im Sturm. Jugendliche mit Putzeimern in den Händen rufen ihr ein fröhliches »dobro došli« entgegen. Sie antwortet mit gleicher Wortmünze. Einer von ihnen dreht eine lachende Pirouette. *Hier gibt es 26 000 Gärten und keine einzige Maus.* Wüsste sie es nicht besser, Cya würde vermuten, GOG mache sich über sie lustig. Sie wärmt sich ein wenig in einem der Hauseingänge, in der Hoffnung, dass ihre Fernraumzeit bald ablaufen wird.
Das ist nicht geschehen.
Sie ist immer noch hier, gefangen in kalter Verwirrung. Das Schlimmste ist wohl eingetroffen. Die Befürchtungen des Weltweisen haben sich bewahrheitet. Weitere Sorgen nisten sich ein. Sie steht in etwas zu großen Winterstiefeln an einer Ecke in einer Stadt namens Sarajewo, die Hände tief vergraben in einem fremden Anorak. Wie kommen wir hier raus? *Keine Antwort zur Verfügung.* Typisch GOG, wenn

es schlecht läuft, zieht es sich ins Programmierte zurück. Kein Entkommen. Nie wieder heim. Ein Aufbruch ohne Wiederkehr. In der Anoraktasche findet sie ein Taschentuch. Ivo werden einige indische Münzen in die Hände fallen. Kein schlechter Tausch. Dort, wo sie steht, dämmert es einsam. Sie setzt sich in Bewegung, vor ihr ein Fluss, den sie so oft überquert wie brückenmöglich. Bis es um sie herum wuselt, geschäftige Menschen schreiten in einen flachen, ausladenden Bau hinein. Sie wird keinen der Menschen, die sie liebt, die sie kennt, jemals wiedersehen ... Sie verbietet sich weitere Gedanken. Sie wird ihr restliches Leben in Lüge verbringen müssen. Niemand wird ihr glauben, dass sie aus einer Epoche kommt, in der alles besser sein wird, über den Umweg einer Epoche, wo vieles schlimmer gewesen ist. Sie sieht sich in einer jener Irrenanstalten des Damalsdort landen, wo die vermeintlich geistig Kranken vom Leben ferngehalten wurden, damit sie gesunden. Jemand spricht sie an. Ein Mann, auf Englisch. Ob es ihr gut gehe? Älter als sie, aber mit jugendlichem Habitus. Ob alles in Ordnung sei? Die Augen wach. Sie ahnt, was für ein Bild sie abgibt. Ob sie Journalistin sei? Er spricht mit der Zuversicht eines Menschen, der selten missverstanden wird. Ob er ihr helfen könne? Sie nickt, ohne nachzudenken. Ob sie einen Kaffee trinken möchte, das helfe, seiner Erfahrung nach? Er lächelt, ohne aufdringlich zu wirken. Am Eingang des flachen Baus wird kontrolliert. Der Mann zeigt etwas vor, das um seinen Hals hängt. Uniformierte Augen richten sich erwartungsvoll auf sie.

»Mir ist alles gestohlen worden!«

Platzt es aus ihr heraus. So wie sie es während der Simulationen gelernt hat: Behaupte in einer Notlage, du seist überfallen worden. Das sei im Damalsdort plausibel und errege Mitgefühl. Wer sich als Opfer ausgibt, hat es in der Folge leichter.

»Das ist meine Kollegin, wir müssen uns gemeinsam auf die ersten Wettkämpfe vorbereiten, drücken Sie ein Auge zu, bitte!«

Behauptet der Mann wie selbstverständlich, obwohl er Cya erst vor wenigen Minuten angesprochen hat. Seine ruhige Bestimmtheit zeitigt Wirkung, sie dürfen hineingehen, in den flachen Bau.

»Waren Sie schon mal hier? Gestern erst angekommen, wie? Der Kaffee taugt nicht viel, will mich nicht beschweren, war in Lake Placid nicht besser, auch wenn es ansonsten die besten Spiele aller Zeiten waren.«

Der Kaffee, den er ihr reicht, riecht nach guten Vorsätzen und schmeckt nach Verrat.

»Erzählen Sie, wo ist es passiert?«

Sie staunt, was ihre Zunge so alles von sich gibt. Wie sie vor Aufregung nicht habe schlafen können und deswegen früh aufgestanden sei, um ein wenig spazieren zu gehen, in unbekannten Städten überlasse sie sich gern dem Drang der Schritte. Ein Ruf, sie verstehe leider kein Wort von dem, was die Einheimischen sagten, eine Umklammerung, von hinten, Hände, die alles rausgeholt hätten, aus ihren Taschen, alles – außer dieses Taschentuch, das hätten sie ihr gelassen. Sie lächelt den Mann traurig an. Er hat es nicht eilig, sie wieder allein zu lassen.

»Wir haben ja Zeit, es sei denn, Sie müssen zur Pressekonferenz vor dem ersten Langlauf? Hat Ihr Land denn Chancen, ach, ich habe vergessen, Sie zu fragen, woher Sie … Germany? Ach so.«

Und nach einer Pause.

»Ost oder West?«

Ihr scheint, als gerate seine unbekümmerte Lockerheit zum ersten Mal aus dem Tritt. Sie hat eine fünfzigprozentige Chance, das Richtige zu sagen.

»West.«

Sie spürt seine Erleichterung.

»Sie haben bestimmt Hunger, eine warme Pita? Zu wenig Käse, aber nicht schlecht, gar nicht schlecht.«

Der Mann kehrt zurück, serviert ihr mit Aplomb eine warme Teigtasche und stellt sich als Dave vor. Während sie in die Pita beißt, streut sie Informationen in die Unterhaltung, so als salze sie mit GOGs Hilfe nach.

»Wir haben nur eine Athletin am Start, Karin Jäger, die hat keine Aussichten auf eine Spitzenplatzierung.«

»Wie bei unserer Judy, Judy Rabinowitz.«

»Ach, die aus Harvard.«

»Das wissen Sie?«

»Ist mir bei der Durchsicht der Athletinnen aufgefallen, Bildung und Langlauf, eine seltene Kombination.«

»Wie wär's, eine Wette, welche von den beiden besser abschneiden wird? Sie lächeln, wie schön, ich habe Sie zum Lächeln gebracht.«

»Wenn Sie verlieren, besorgen Sie mir noch eine Pita, wenn ich verliere, esse ich sie auf.«

»Einverstanden.«

»Ich tippe auf Ihre Judy.«

»Wie vornehm. Ich tippe auch auf unsere Judy.«

Sie reden über anderes. Vertreten sich die Beine in den Gängen des riesigen Zentrums. Die Kantine ist inzwischen gut gefüllt. Auf Bildschirmen laufen Eishockeyspiele. GOG identifiziert die quirligen Sprachen um sie herum mit systematischer Pedanterie: *Der Mann am Tisch zur Rechten, Südslawisch, Dalmatinisch, ursprünglich aus Korčula, längerer Aufenthalt in Zagreb.*

»Euer Eishockeyteam hat einen guten Start hingelegt.«

»Das übernimmt ein Kollege von mir.«

»Eigentlich interessieren sich die Leute bei uns daheim eh nur für eine Frage: Werden wir die Sowjets wieder besiegen? Das ist die Hundert-Millionen-Dollar-Frage.«

GOG, Hilfe! Spiel Sport Geld? GOG erklärt ihr auf die Schnelle den Kalten Krieg, das Miracle on Ice, die inflationäre Entwicklung der Fernsehrechte sowie Schläger und Puck. Dave reicht Cya ein Blatt Papier, ganz oben fünf Ringe und darunter gewichtige Worte.

»Fällt Ihnen etwas auf?«

Sie schüttelt den Kopf.

»Die Eidesformel, schauen Sie sich die englische Übersetzung an, hier, sehen Sie sich das mal an: In the true spirit of sponsorship. Statt sportsmanship! Einen wahrhaftigeren Fehler hat es nie gegeben.«

Sie lacht, aus Erleichterung, weil sie, nachdem GOG ihr das Phänomen des Sponsorings erklärt hat, den Fauxpas begreift.

»Für uns ist die nächste Begegnung schon ein wahres Schicksalsspiel.«

Nicht schon wieder dieses Gerede von Schicksal *(doch, doch, doch)*. Dave erläutert, die Niederlage gegen Kanada sei keine Überraschung gewesen, für die wenigen, die realistische Erwartungen an den Auftritt der eigenen Mannschaft gehegt hätten, aber genau darin bestehe das Problem, nichts gegen Patriotismus, aber deswegen gelänge noch lange nicht jeder Distanzschuss, nicht wahr, und nicht jedes Powerplay führe zum Erfolg (schwierig, die Flut an GOG-Erklärungen zu verarbeiten), auch wenn es stimme, dass Pech im Spiel gewesen sei, nichts zu machen, nun hänge alles vom morgigen Match ab. Das nächste Spiel ihrer Mannschaft hingegen, das sei wohl eher ein walk-over (dieser Begriff überfordert GOG). Dave schaut sie erwartungsvoll an. Cya muss reagieren. Sie plappert etwas von Formschwäche und Unsicherheit im Spielaufbau nach, zumal seien der Karl und der Udo leicht angeschlagen, die BRD werde schon gewinnen, aber vielleicht nicht so deutlich wie allgemein erwartet. Dave schaut sie anerkennend an. Eine kompetente Kollegin, denkt er sich wahrscheinlich. Und nicht nur das.

Er. Steht. Da. Vor ihr. Vor dem Flachbau, auf dem riesigen Platz. Mit einem schiefen Lächeln. Das nach einem Kuss verlangt. Stattdessen stammelt sie vor explodierender Erleichterung. Er genießt ihre Verwirrung. Und küsst sie, zwischen ihren Fragen, denen weitere Fragen folgen.

»Wie kann das sein?«

»Retter in höchster Not. So hieß es früher.«

»Ich stecke hier fest.«

»Wissen wir. Was meinst du, wieso ich hergeeilt bin? Als du nicht zurückgekehrt bist, haben wir uns Sorgen gemacht. Den Kopf zerbrochen. Also, die anderen haben sich den Kopf zerbrochen, ich habe alle Programme gecheckt, jede Phase, jede Stufe. Bin auf eine retardierende Expulsion gestoßen, frag mich nicht, wodurch bedingt, so evident der Fehler ist, so schwer ist er zu beheben, die Ursache rätselhaft, das wird uns noch länger beschäftigen. Aber jetzt bin ich erst mal hier, die Lösung ist ja klar, wir müssen dich rausholen, also habe ich mich sofort freiwillig gemeldet.«

»Ist das nicht gefährlich?«

»Ach was. Gefahren gehen mir aus dem Weg.«

»Wie sollen wir es nach Hause schaffen?«

»Der erste Tandemflug der Chronautik. Habe ich selbst entwickelt. Das kann sonst keiner. Bleibt nur zu hoffen, dass es auch klappt.«

»Und wenn nicht?«

»Heiraten wir hier, ein schöner Ort, findest du nicht, setzen ein halbes Dutzend Kinder in die Welt, gründen ein Institut für Futurologie und werden so richtig berühmt, weil wir die Unabhängigkeit Montenegros vorhersagen.«

»Können wir gleich heim?«

»Das ist die schlechte Nachricht, es wird länger dauern als üblich, doppelte Besatzung bedeutet logischerweise vierfache Dauer, also zwölf Tage im Schnee. Tut mir leid.«

»Was ist heute für ein Tag?«

»Nach hiesiger Rechnung der 8. Februar.«

Cya hat Dave vergessen, der sich vornehm zurückgehalten hat und ein wenig verlegen – wie ihr erst jetzt auffällt – neben ihr ausharrt. Sie stellt Domru als Kollegen vor. Dave nickt ernst und blickt misstrauisch auf den Unbekannten im weißen Anorak.

»Was für eine Sprache war das eben?«

»Ach, ein Dialekt, machen Sie sich keine Sorgen, dass Sie Ihr Schuldeutsch vergessen haben, wir stammen aus den Bergen, uns verstehen nicht einmal die Leute im Nachbartal.«

»Es klang so gar nicht nach Deutsch.«

(GOG: *Schlicht ist eine zufällige Sprache, von den fähigsten Medien nach der Maßgabe entwickelt, dass Menschen weltweit sie möglichst leicht erlernen können.* GOG, wie oft denn noch, es ist nicht möglich, durch mich hindurch mit anderen zu sprechen, das funktioniert nicht, das wird nie funktionieren.)

»Nehmen Sie es mir nicht übel«, sagt Domru, »aber wenn ich jemanden aus Mississippi reden höre, klingt es gar nicht nach Englisch.«

»Wie gut, dass die keinen Wintersport treiben. In welchem Hotel sind Sie denn untergebracht?«

Domru nennt einen Namen, Dave verabschiedet sich, von Cya allein.

Den Fluss entlang, der zu brodeln scheint. Was ist passiert? Sie will es genauer wissen. Im Gegensatz zu den üblichen Gepflogenheiten unter den Chronautin benutzt Domru Begriffe, die selbst mit GOGs Hilfe unverständlich bleiben. Was sie begreift, sind die unabsehbaren Folgen eines Zeitrisses auf das Wesen der Gegenwart. Das Hierundjetzt könne schmaler werden, wie im Flug vergehen, oder aber, und das sei die gefährlichere Alternative, es könne sich ausweiten, breit und breiter, im schlimmsten aller Fälle komme die Chronautin aus einem einzigen Augenblick nicht mehr heraus. Das ultimative Gefängnis, ein Augenblick, der so langsam vergeht, dass es nie zu einem Blinzeln kommt.

»Und dann?«

»Wärst du mit mir gefangen in der kleinsten Blase der Ewigkeit. Schau nicht so entsetzt, es gibt Schlimmeres. Komm, ich hab Lust auf ein Bier. In der Nähe soll's eine Brauerei geben, den Hügel hinauf, so viel habe ich auf die Schnelle rausgefunden.«

»Du hast seltsame Prioritäten.«

»Mach ich immer so, zuerst ein einheimisches Bier. Hilft mir anzukommen.«

Ein karmesinroter Bau, Schlote und Türme wie eine Fabrik, daneben der Eingang zu einer Bierhalle, eher ein Theater, das seine Berufung verfehlt hat. Auf einer kleinen Bühne schrammeln zwei Geigen um die Wette, und ein bärenwuchtiger Akkordeonist hält das Spiel zusammen. Cya ist überwältigt von den schäumenden Stimmen, dem Geruch von Abgestandenem und dem diffusesten Licht, das je ein Kronleuchter ausgestrahlt hat. Domru strebt einen kleinen Tisch in einer Nische an, von dem sich drei Männer entfernen. Sie streifen Domru im Vorbeigehen. Kaum haben sie sich hingesetzt, küsst Domru sie auf den Mund und jubiliert mit einer vulgär anmutenden Geste, die Cya noch nie von ihm gesehen hat.

»Wir müssen feiern.«

»Wieso?«

»Hast du deren Sprache nicht gehört?«

»Nein.«

»Russisch. Hab ich in den letzten Monaten gelernt.«

»Na und?«

»Das waren Agenten.«

»Was für Agenten?«

»Na, Spione halt. Sowjetische Spione, KGB, so was wie unser Kreis, nur um ein Vielfaches größer und organisiert wie eine Feuerleiter.«

»Wieso bist du so aufgedreht?«

»Mich faszinieren Spione.«

»Verstehe ich nicht.«

»Wie dich Piraten.«

»Die sind anders drauf. Nein, ich werde den Teufel tun, mich mit meinem Retter zu streiten.«

»Den Teufel tun? Was sind das für Ausdrücke?«

»Üblich, unter schwarzer Flagge, kennen deine Agenten bestimmt auch.«

»Würde mich schon arg interessieren, was die da ausbaldowert haben.«

»Das werden wir nie erfahren.«

»Du bist technisch nicht auf dem neuesten Stand.«

Cya tritt ihn unter dem Tisch, er reagiert, indem er einen Streifen aus seiner Anoraktasche herausholt, schmal und unauffällig. Etwas, das leicht übersehen werden und den Weg in den Mülleimer finden könnte.

»Das ist der Prototyp, eine Testversion. Wenn's funktioniert, wird es alles verändern.«

»Alles?«

»Recherchieren. Eruieren. Dokumentieren.«

»Wie nennst du dieses ... was immer das ist?«

»Sonovac. Bis uns ein besserer Name einfällt. Und jetzt pass mal auf, was geschehen wird.«

Domru dreht sich um und drückt seine Hand an die Wand, wendet sich Cya zu und zeigt ihr demonstrativ die leeren Handflächen. Der Streifen klebt an der Wand. Die bestellten Getränke werden serviert.

»Herrlich. Früher wurde besseres Bier gebraut. Wir haben so viel hingekriegt, aber das mit dem Bier, das gelingt uns nicht so recht.«

»Wird den meisten nicht so wichtig sein wie dir.«

Zwei Männer nähern sich dem Nebentisch. Domru lehnt sich zur Wand und zieht den Streifen von der Wand. Der Ältere bleibt stehen und wischt mit dem Ärmel seines schmuddeligen Sakkos über die Sitzbank, bevor er sich umständlich hinsetzt. Er bestellt ein Gezapftes, der andere Mann, sportlich gekleidet, mindestens um einen Vorort jünger, ordert eine Limonade. Sie unterhalten sich angeregt. Eine leutselige Gruppe drängt sich auf die Bänke neben Cya und Domru, vier Männer und eine Frau, mit jovialer Entschuldigung, es sei sonst nirgendwo Platz, und außerdem, wozu ist Olympia gut, wenn nicht zur Völkerverständigung, nicht wahr, weswegen diese merkwürdigen Menschen (GOG: *Fans aus Schweden*) sie sogleich mit Eishockeyfragen drangsalieren, sorry, sorry, GOGs Schwedisch ist in diesem Fall nicht erwünscht, die Unterhaltung radebrecht auf Englisch und auf Deutsch, bis Cya erklärt, dass sie den anstehenden Showdown zwischen ihren beiden Nationen nicht schicksalsträchtig findet und sofort zugesteht, dass die schwedische Mannschaft hoch favorisiert, viel besser und von den Teutonen nicht zu besiegen sei. »So macht das keinen Spaß«, ruft einer der Männer aus, »kommt, Leute, lasst uns richtige Fans suchen, nicht solche Funktionäre.« (GOG: *Nicht so einfach. Sarajewo heißt 12 500 offizielle Gäste willkommen. Auf zwei Fans somit ein Funktionär.*)

Von nun an schweigen sie, der Lärmpegel schwillt höher, das Geigenmessen ein Unentschieden, weswegen der Akkordeonist stampft und giert (GOG: *Sind nautische Metaphern im olympischen Winter angebracht?*), an allen Tischen ein Kommen und Gehen. Die beiden Männer nebenan ziehen sich nach zwei Gläsern Bier und zwei Limonaden Mantel und Anorak über, worauf sich Domru über die brusthohe Abtrennung beugt und den Streifen auf die andere Seite der Holzbank drückt, dort, wo gerade eben der ältere der beiden Männer gesessen hat. Er wartet zwei Schlucke, bevor er den Sonovac abzieht wie ein Pflaster von einer verheilten Wunde. Mit einer eleganten Bewegung. Selbst wenn Domru etwas zum ersten Mal unternimmt, wirkt es, als hätte er ein Leben lang nichts anderes getan.

»Ein kleines Zauberwerk, dieses kleine Ding. Es saugt Geräuschspuren auf, die sich an der Wand ablagern. Oder an Möbeln. Ich weiß nur noch nicht, wie es mit den verschiedenen Unterlagen zurechtkommt. Guter Test, das hier. Wo können wir in der Nähe ungestört sein?«

In einer Moschee (so der Vorschlag von GOG), der Zugang außerhalb der Gebetszeiten allen erlaubt, ein ruhiger Ort, an dem jemand, der einer inneren Stimme zuhört, nicht auffällt, den Hang hinab, unmittelbar am Fluss. »Sieh mal an«, sagt Domru, »die Schuhe werden am Eingang ausgezogen, wie bei uns.« Cya zieht sich auf Vorschlag von GOG hin den Schal um den Kopf und setzt sich auf ihre Unterschenkel, bevor sie GOG auffordert, die Aufnahme des Sonovac einzuspeisen. Zunächst ist Russisch zu vernehmen, im Hintergrund Klirren und Geigen auf glühenden Kohlen. Sie hört konzentriert zu, wie ins Gebet versunken. Das Russische wird von GOG abgeblendet, zugunsten einer Übersetzung.

– Bin mächtig froh über diesen Einsatz. Wollt' ich mir auf keinen Fall entgehen lassen.

Unverständlich.

– ... eine Sportskanone gehalten?

Unverständlich.

– Jugendmeister im Biathlon.

– Du? Mit deiner Wackelhand?

– Ich treffe nur mit hohem Puls. Oder Pegel. Früher war ich für Eishockey zuständig. Die Parteispitze wollte genauestens informiert sein.
Unverständlich.
– Großveranstaltungen ... ein gefundenes Fressen ... echt Pech ... Moskau vor vier Jahren ...
– Ein Jammer.
– ... was uns da alles entging, so viele vertane Chancen ...
Unverständlich.
– Bleibt Sarajewo ...
– ... in zwei Wochen mehr erreichen ...
– Nächstes Mal, in Seoul ... Dort fällst du gleich auf.
– Genossen, das ....
– ... der beste Ort.
– Auf unseren Erfolg!
Unverständlich.
– ... es sein mag.
Mehr hat der Sonovac nicht aus der Wand gefiltert. Domru flüstert ihr mögliche Gründe ins Ohr. Zu viel Zeit vergangen, Risse im Putz, Interferenzen durch elektromagnetische Strahlungen. Vermutlich funktioniere das Gerät auf Holz besser. Und tatsächlich, das Gespräch zwischen den beiden Männern, die Bier und Limonade getrunken haben, ist fast ohne Verwischungen zu verstehen.
– Dies hier wird meine Abschiedsvorstellung. Das eine Mal noch und dann ab in den Ruhestand. Bin schon lang genug dabei. Was war das für ein Marathon. Und zum Abschied ein kommoder Einsatz. Eine große Packung Ildefonso ...
Unverständlich.
– ... kennen Sie nicht? Ach was. Nach dem Krieg war ich in Wien stationiert, dort kam man als junger Kerl auf den guten Geschmack. Ich hatte ein Mädchen, die war schon glücklich, wenn ich ihr ein Schächtelchen mitbrachte, besser als Blumen, sagte sie, bis zu meinem nächsten Besuch

war das Nougat aufgegessen. Liebe mich, auch wenn ich es nicht verdiene, sagte sie mit ihren spindeldürren Armen um meinen Hals, ich brauche es. Ein merkwürdiger Satz, der bleibt hängen. Eine genüssliche Zeit, die Mädchen charmant wie Schlagobers, selbst so einer wie ich wurde umgarnt, ich hatte immer eine Bonbonniere in der Tasche, also Wien, das war die Belohnung für die harten Jahre im Krieg. Lass dir nichts erzählen von solchen, die es nicht erlebt haben, der wirkliche Krieg, das ist was anderes als der Kalte Krieg, da geht es zur Sache. Heute müssen sie so einen Wirbel veranstalten, um uns zu motivieren, damals ging es ums Ganze, kein Vertun. Zumal, wir waren so wenige, über Nacht wurden Karrieren gemacht, ein Bombenangriff, und schon warst du befördert. Als ich meinen Dienst antrat, da hatte MI5 gerade mal drei Dutzend Agenten, der Auslandsgeheimdienst war besser bestückt, ich meine das wortwörtlich, sie hatten größere Stückzahlen, über die Qualität sollten wir den Mantel des Stillschweigens ausbreiten. Seitdem frage ich mich, ob Inkompetenz nicht Landesverrat darstellt. Kommt häufig vor und wird immer untern Teppich gekehrt.
Unverständlich.
– In deinem Alter habe ich auch so gedacht. Hast du je gehört von der Schande von Venlo? Keine Ahnung, ob jemand einen Film darüber gemacht hat. Wenn die Deutschen den Krieg gewonnen hätten, sieben Filme hätten sie gedreht, *Die Nacht von Venlo, Die Stunde der Venloer Wahrheit, Das Schicksal kam nur bis Venlo.*
– Ich verstehe, was Sie sagen wollen –
– Venlo, musst du dir auf der Zunge zergehen lassen, klingt wie saure Kutteln. Ein gemütliches Städtchen, dort liefen zwei unserer Agenten in eine fette Falle, statt Treffen mit Widerstandskämpfern ein Tête-à-Tête mit der Gestapo, kann ja passieren, mitten in der Nacht werden unsere Jungs

entführt, verbringen den Krieg in deutschen Lagern, nicht weiter nennenswert –
– Keine sieben Filme –
– Du sagst es. Wäre da nicht ein Detail, ein klitzekleines Detail. Die beiden Offiziere, die kamen zu dem Treffen ohne Waffen, aber mit einer Liste, einer vollständigen Liste aller britischen Agenten in Deutschland. Ja! Tatsächlich. Du siehst es schon vor deinem inneren Auge, nicht wahr, die entscheidende Szene, ein bisschen Folter, ein erster Versuch, unseren Jungs etwas zu entlocken, die bleiben standhaft, bleiben hart, bis sie Häftlingskluft anziehen müssen. Siehe da, in der Innentasche des Tweed-Jacketts ein Blatt Papier, zweimal gefaltet, fein säuberlich, darauf steht ordentlich getippt: Liste britischer Agenten im Deutschen Reich. Eine Finte, denkt sich die Gestapo, die wollen uns veräppeln, so dämlich kann kein Brite sein. Bis ein aufgeweckter Knabe vorschlägt, den ersten Namen auf der Liste zu verhaften, ihm auf den Schmerzzahn zu fühlen, und siehe da, die Dominos fallen, nacheinander werden alle Agenten verhaftet und neutralisiert.
GOG: *Synonym für exekutieren, aus dem Verkehr ziehen, unschädlich machen.*
– Was für eine Katastrophe, ein wahres Armageddon. Womit wart ihr denn so beschäftigt, zu Beginn des Krieges?
– Ständig im Einsatz. Wir haben im Büro geschlafen, auf dem Boden. Die Leute waren nach den ersten Luftangriffen verunsichert, sie sahen Spione unter jedem Bett. Sie blickten zum Himmel, und was flatterte dort, eine verdächtige Taube, ach was, hundert verdächtige Tauben, der Himmel über London schwarz vor Verdacht. Wir wurden überschwemmt von Anrufen, wir mussten reagieren, wir haben eine neue Einheit ins Leben gerufen, eine Falknerei, unter der Führung eines Squadron Leader der Royal Air Force, ein schnittiger Mann, ganz nach meinem Ge-

schmack, ich wurde ihm zur Seite gestellt. Wir verfolgten jede verdächtige Taube, eliminierten sie mit Hilfe unserer hochtrainierten Falken. Allerdings haben wir an keiner der toten Tauben einen Anhaltspunkt für eine Spionagetätigkeit entdeckt, lauter unschuldige britische Tauben, Opfer der übereifrigen britischen Falken.

– Kollateralschaden würden wir heute sagen.

– Wir blieben wachsam, wenn uns nur eine einzige Agententaube durchs Netz geschlüpft wäre, was für einen Schaden hätte die anrichten können.

– Stimmt es, dass der MI5 fast zusammengebrochen wäre, weil es so viele Meldungen gab?

– Du bist gut informiert für einen jungen Mann.

– Militärgeschichte, mein Steckenpferd.

– Wir waren überlastet, keine Frage, du kannst dir nicht vorstellen, wie viele Menschen angeblich nachts mit dem Feind Lichtsignale austauschten, die Berichte stapelten sich in meinem Büro, auf dem Gang, in allen Büros, zwei Meter hoch, wir reagierten auf Blitzkrieg mit Blitzdenunziation, und wir mussten auch noch die Evakuierung planen und den Widerstand im Untergrund.

– Es kam anders, Gott sei Dank.

– Erfolg kann man nicht planen. Wir hatten einige schielende Joker im Ärmel. Den Bäcker Thümmel etwa, der war in der deutschen Abwehr, der lieferte solide Intel, die Okkupation von Tschechien etwa, die hat er präzise vorhergesagt. Die entscheidende Frage lautete: Wann greifen die Nazis England an? Am 15. September, teilte uns der Bäcker Thümmel mit. Wir bereiteten uns vor, bis er uns informierte, die Landung sei verschoben, um zwei Wochen, wir bereiteten uns wieder vor, er teilte uns mit, die Landung werde erst im Frühjahr stattfinden, wir waren erleichtert, aber auch ein wenig in Sorge, wie verlässlich sind die Informationen des Bäckers Thümmel …

Unverständlich.
– Das Problem war, von einem Mann der Abwehr konnte nicht erwartet werden, die Anlandung zu lokalisieren, wir haben ja jede Menge Küste, eigentlich bestehen wir aus Küste mit ein wenig Füllung. Also habe ich die Geografie unseres Landes auswendig gelernt. Zu viele Optionen, wir mussten dringend reagieren. Whitehall stellte einen Fachmann an, wir nannten ihn alle nur Smokey Joe, der war voller Zuversicht, mit seiner Wünschelrute den entsprechenden Strand finden zu können. Mir fiel die Aufgabe zu, ihn herumzufahren. Du glaubst nicht, wie viele Strände unser Land hat, wir haben mehr Strände als Verstand, wir machten gute Fortschritte, so an die zwanzig Strände pro Tag, und einmal schlägt sein Teil aus, und wie, ging hoch wie der Herzschlag eines heißblütigen Kerls in Soho. Schon am nächsten Tag wurde ich zum Kommandanten gerufen, der schrie mich an, ob ich je was von Tiden gehört hätte, ob ich mir die Mühe gemacht hätte, mit den Fischern vor Ort zu reden. Dieser Strand war nur bei höchster Flut für Boote erreichbar, das war der ungeeignetste aller Strände. Der arme Smokey Joe wurde entlassen und statt seiner ein Astrologe angestellt, der Louis de Wohl.
– Ein Niederländer?
– Deutscher. Nur ein deutscher Deuter der Sterne würde Hitlers strategische Pläne, die ja astrologisch inspiriert waren, enträtseln können, das leuchtete jedem ein. Hitler war Stier, Aszendent Waage, daraus ergaben sich einige Anhaltspunkte. De Wohl stand erst am Anfang seiner Analysen, er versprach uns wahre Wunder. Seine ersten Prognosen strotzten vor Optimismus und erwiesen sich als wenig präzise, in der Folge wurden die Prognosen zaghafter und die Fehler kleiner und sein Nutzen geringer, bis dem Kommandanten der Geduldsfaden riss und de Wohl in die Wüste geschickt wurde.

– In die Sahara?
– Ach was. Zur Special Operations Executive, die hat ihn in die USA verfrachtet, dort reiste er herum und untergrub das amerikanische Vertrauen in die Unbesiegbarkeit von Hitler mit astrologischen Prognosen.
– Was für ein Leben! Das müssen Sie mal aufschreiben.
– Junge, du vergisst, wo wir arbeiten. Geringes Zielpublikum. Memoiren, die nur vom Autor selbst gelesen werden? Nein danke.
– Aber in dreißig Jahren –
– In hundert Jahren angesichts von dem, was ich erlebt habe.
– Noch ein Bier?
– Nur zu, die Ehrenrunde muss begossen werden.
– Wissen Sie etwas über die A-Truppe?
– Ob ich was über die A-Truppe weiß? Junge, ich war ihr zugeteilt.
– Das auch noch, ist ja nicht zu fassen.
– Ich war der Führungsoffizier von Jasper Maskelyne.
– Dem Magier?
– Unser Mann für taktische Täuschungen, für militärische Fata Morganas, ein Virtuose des Trompe-l'Œils. Er hat in der ägyptischen Wüste ein zweites Alexandria errichtet, mit Hilfe seiner Magic Gang, alles aus Sperrholz, samt Leuchtturm, das ganze verdammte Weltwunder hat er nachgebaut, samt Flakbatterien, Jeeps und Panzern, alles, was den Anschein erweckte, wir hätten unsere Kräfte dort gebündelt. Die deutschen Bomber wurden getäuscht, die haben das falsche Alexandria bombardiert, völlig zerstört, und wir haben im Rundfunk den Untergang Alexandrias verkündet. Nach diesem phänomenalen Erfolg zog Jasper weiter nach El-Alamein, baute zweitausend Panzerattrappen, zündete ein Feuerwerk, das täuschte Rommel, die britischen Truppen erschienen mächtiger als vermutet, der

Magier gewann die Schlacht von El-Alamein, und die hat bekanntlich den nordafrikanischen Feldzug entschieden, also, wer zu tief ins Bierglas starrt, der könnte meinen, der Krieg wurde dank einiger Zaubertricks gewonnen.
Unverständlich.
– Eine kleine Gruppe, merk dir das, wir waren wenige, wir hatten keine Erfahrung, manche nannten uns Amateure. Nicht als Kompliment gemeint. Na und, wir waren exzentrische, ungewöhnliche Individuen. Ein Hoch auf die Amateure! Nur in Kriegszeiten beschäftigen sich außergewöhnliche Persönlichkeiten mit Spionage. In Friedenszeiten ziehen unsere Dienste Mittelmaß an, nichts für ungut, junger Mann, nichts für ungut.
In der schummrigen Geborgenheit der Moschee leuchtet Domrus Gesicht wie Radium.

»Verstehst du, was uns da gelungen ist? Unglaublich, es funktioniert besser als meine ehrgeizigsten Erwartungen. Reinste Magie! Du darfst Jasper zu mir sagen –«

Seine Euphorie wird unterbrochen von einem Mann mit einem Käppchen auf dem Kopf und einem rötlichen Bärtchen, der sie mit ornamentierter Höflichkeit auffordert, die Moschee zu verlassen, das Abendgebet stehe bevor. Licht schwärmt aus und offenbart einzelne Gläubige, ein jeder eine Insel, mit Perlenketten in den Händen, die Augen geschlossen. Der Teppich schluckt ihre Schritte. Draußen schneit es. Domru schlingt seinen Arm um Cya und geleitet sie den Fluss entlang, vorbei an dem flachen Bau, vor dem sich Fans aller Nationen versammelt haben, zu ihrem Hotel, viereckig und gelb, das Bett zu eng, um Distanz zu wahren, weswegen Cya es zulässt, dass alle offenen Fragen unter einer unergiebigen Lust begraben werden. Nachher fragt sich Cya, wieso sie eingewilligt hat. Aus Gewohnheit? Um ihren Retter nicht zu enttäuschen? Oder weil sie Angst hat vor ihrem schwindenden Interesse an Domru?

Der 9. Februar folgt auf den 8. Februar, auf dem Kissen liegt ein Zettel, Domru ist schon beim Frühstück. Sie hat lange geschlafen, ihr Kopf fühlt sich wie gestopft an, ihr Magen knurrt. Im Gang steht ein Mann, der sie demonstrativ ignoriert. Sie geht die Treppe hinunter. Eine Frau mit Putzeimer in der Hand wirft ihr einen prüfenden Blick zu. Der Speiseraum ist riesig, uniformierte Menschen servieren Kannen und räumen Geschirr ab, mit schroffen Bewegungen. Sie entdeckt Domru erst, nachdem sie mehrfach über die vielen, meist männlichen Köpfe geschaut hat. Seit kurz nach sechs Uhr in der Früh sitze er an diesem Ecktisch, erklärt er ihr stolz, von dieser Position aus könne er den gesamten Raum überblicken. Er sei schon ein Dutzend Mal zum Buffet gegangen, jedes Mal auf einem anderen Weg durch die vielen Tische hindurch, um anhand der Sprachen eine mentale Karte der Herkunft der Gäste zu erstellen. Im Hotel seien viele Amerikaner untergebracht, auch einige Russen, allerdings keine Sportlerin (GOG: *Die sind in Mojmilo im olympischen Dorf untergebracht*), überwiegend Funktionäre. »Übrigens, dein amerikanischer Freund ist auch hier.« – »Dave?« – »Hast du mehrere? Übrigens ist er ein Agent.« – »Nein, er ist Journalist.« – »Tarnung.« – »Er kennt sich im Sport hervorragend aus.« – »Gute Tarnung.« – »Das glaube ich nicht.« – »Ich werde es dir beweisen, frühstücke erst einmal in Ruhe, ich bereite derweil etwas vor.«

Bald darauf stehen sie mitten in einem Zimmer, das erstaunlicherweise hinsichtlich der Einrichtung ihrem gleicht (wie ist Domru an den Schlüssel gelangt?), samt gemusterter Tapete und grüner Gardine, und abgesehen von einem Paar Socken auf dem Boden unbewohnt scheint. Nichts Merkwürdiges zu sehen. Unter dem Bett? Nichts. Im Schrank? Ein Koffer, abgeschlossen, ein Hemd und ein Pullover. Und auf dem Tisch? Nichts. Außer einem Notizblock, unbeschrieben. Domru reißt die oberste Seite ab. Im Badezimmer eine Zahnbürste und Tabletten, kleine rote Tabletten in einem kleinen Säckchen. Keine Bezeichnung. Wahrheitspillen wahrscheinlich, sagt Domru. Schon wieder? Was muss damalsdort gelogen worden sein, dass die so süchtig waren nach Wahrheit. Mit dem Bleistift, der neben dem Telefon liegt, schraffiert Domru über den abgerissenen Zettel. Unter der zerfransten grauen Fläche werden Namen sichtbar, zwei untereinander, und darunter, in kleineren Buchstaben: St. Joseph, lok. Josip.

Ihr eigenes Hotelzimmer ist verwaist. Cya schaltet den Bildschirm auf dem Beistelltisch an, indem sie auf einen roten Knopf drückt, der groß und bedeutend aussieht.
Ein Stadion.
Voller Menschen.
Aufgeregte Stimmen.
Die Spiele werden gleich offiziell eröffnet (GOG: *Eine Wiederholung des gestrigen Ereignisses*). Cya ist zu erschöpft, um nachzufragen, was »offiziell« bedeutet. Während der Nacht, so der Kommentator auf TV Sarajevo, seien Tausende enthusiastische Freiwillige herbeigeeilt, um den Schnee wegzuschaufeln. Sie sieht, wie Uniformierte auf einer gewaltigen Holzbühne Pyramiden bilden. Geschmeidig, die Arme des Mannes auf der Spitze strecken sich so weit hinauf, er könnte mit Leichtigkeit eine Sandale mit goldenem Zehenpflock von der Mastspitze pflücken. Hundertschaften verrenken sich (GOG: *Das nennt sich Gymnastik*), erschreckend synchron, als illustrierten sie mathematische Formeln, gefolgt von Tanzenden in Kostümen (Folklore aus allen Landesteilen, sagt der Kommentator, *erfundene Traditionen*, kommentiert GOG). Das größte Schauspiel der Welt! Das kollektive Glück aller Menschen! Der vornehmste Stolz! Das gelebte Ideal von Brüderschaft und

Einheit! Die Perle des olympischen Gedankens! »Der Dritte Weltfrieden«, sagt der Kommentator ergriffen. Wulstige Weltraumanzüge schweben auf den Rasen hinab, was für ein überwältigendes Bild, so die Stimme aus dem Off, die jungen Menschen der Zukunft zugewandt, was für ein hässliches Bild, denkt Cya, Körper bilden Formationen, der Einzelne ein Fragment, eine Funktion. Wer daran teilnimmt, wird das Gesamtbild nie erfassen können, wer auf das Ganze blickt, ist von der Teilnahme ausgeschlossen. Auf einen unsichtbaren Befehl hin wechseln die Vorführenden ihre Farbkarten, schwenken Banner und Fähnchen, ebenso die vielen auf den Tribünen (GOG: *Zwei nützliche Wörter – Statist und Inszenierung*). Jemand lenkt dieses fließende Bild, die Statisten gehorchen bunt wie programmiert, eine Mischung aus Mandala und Kaleidoskop. GOG kommentiert die Abläufe mit analytischer Wertschätzung. Weißgewandete hinter Blaugewandeten neben Flaggen aus GelbBlauRot, Braungewandeten mit roten Flaggen entgegen. Die Blauen neben den Gelben spreizen die Arme in die Höhe, die Roten machen es ihnen nach, sie kurbeln mit den Armen, die Blauen halten sich an den Händen und drehen sich im Kreis, die Gelben halten sich an den Händen und drehen sich im Kreis, die Roten halten sich an den Händen ... »nun der Einmarsch der Athleten« (heißt es tatsächlich so? *Kein semantischer Fehler erkennbar*), jedes Land in eigener Uniform, begleitet von musikalischen Luftschlangen, so vielfältig wie die Welt. Die meisten Länder sind Cya unbekannt, GOG ordnet zu, *dieser Mann da, der allein eine Flagge trägt, stammt von jener Insel, wo die Karavelle repariert wurde, nachdem die Reissäcke explodiert sind.* Was macht er hier? *Rodeln.* Was ist das? *Schlittenfahren auf künstlich.* Die Statisten bilden gewaltige Buchstaben, so als wäre der Himmel kurzsichtig, schon fliegt eine Fackel auf Skiern herbei, zum Feuer, auf zum Feuer, hinauf, und auf dem Rasen bilden die fröhlichsten Menschen auf Erden fünf Ringe. Ich muss etwas unternehmen, denkt Cya, gegen diese Orgie der Zurichtung. GOG: *Aber wie, aber was?* Das müssen wir noch austüfteln.

Domru schneit ins Zimmer, es tropft von seinem Anorak. Aufgeregt wie ein Junge, der zum ersten Mal in seinem Leben einen großen Baum bestiegen hat.

»Wie vermutet, ein konspiratives Treffen in der Josefskirche. Zwei Männer saßen noch da, als ich reinkam. Dein Dave und ein anderer. Ins Gespräch vertieft.«

»Wieso in einer Kirche?«

»Werden wir gleich erfahren, wenn der Sonovac auf Kirchengestühl so gut funktioniert wie auf Bierbänken.« Domru streckt sich genüsslich auf dem Bett aus und lässt das aufgesogene Gespräch abspielen.

– Hab wenig Zeit, ich muss zurück, möglichst schnell.

– Wir hatten einen Deal. Und jetzt kommen Sie mit so einer Forderung an, die ist, wie soll ich es nennen, die ist ungewöhnlich.

– Ohne meine Hilfe werden deine Jungs niemals siegen. Hast du das erste Spiel nicht mitbekommen? Wir haben die beste Mannschaft, die es jemals gab.

– Deswegen unterhalten wir uns.

– Und was verlange ich im Gegenzug? Einen Abend mit ihr. Ich koche eine Kleinigkeit, sie genießt, wir plaudern ein wenig. Wie alte Freunde. Nur ein Abend. Wenn es ihr gefällt und daraus mehr wird –

– Sie will nicht. Kategorisch nein.

– Was soll das heißen, sie will nicht? Was spielt das für eine Rolle. Das hier ist Staatsinteresse. Sie muss.

– So läuft das bei uns nicht. Wir können einer Sängerin keine Befehle erteilen.

– Nicht einmal, um einen Olympiasieg zu ermöglichen?

– Hören Sie, wir haben guten Ersatz gefunden. Hier in Sarajewo. Ein Glücksfall. Wissen Sie, wer sich gerade in der Stadt aufhält?
– Die halbe Welt.
– Und John Denver.
– Wer ist das?
– Unser bedeutendster Sänger.
– Nie gehört von dem.
– Hand aufs Herz, ein Countrysänger der Sonderklasse.
– Kein Interesse.
– Der hat jede Menge Schallplatten verkauft.
– Na und.
– Millionen von Schallplatten.
– Der Geschmack des Volkes wird bei euch so beschissen sein wie bei uns.
– Er hatte sogar schon einen Auftritt mit Liv Ullmann.
– Noch jemand, den ich nicht kenne. Ist mir schnurz, wer in ein Sozland reist, der kann nicht wirklich berühmt sein.
– John ist ein richtiger Patriot. Er hat von sich aus angeboten, Sie mit anderen Sängern bekanntzumachen, wenn Sie bei uns in Sicherheit sind.
– Auch mit ihr?
– Leider kennt er sie nicht persönlich.
– Was nutzt er mir dann?
– Haben Sie das Lied gehört, das er für die Spiele geschrieben hat? Wunderschön, vor allem diese eine Zeile: In the eyes of the mountain all people are equal, das bedeutet –
– Will ich nicht wissen.
– Überlegen Sie doch, Sie könnten bei uns halb Nashville kennenlernen. Welcher sowjetische Koch bekommt so eine Chance?
– Können mir alle gestohlen bleiben. Ich will nur die eine. Das ist meine Bedingung, sie ist das Einzige, was mich reizt.
– Also wirklich, wir haben einiges zu bieten.

– Jaja, nur eure Eishockeyspieler, die taugen nichts.
– Wir kriegen das schon hin. Denken Sie daran, die Dosierung ist wichtig, nicht zu wenig, nicht zu viel. Wir wollen die Jungs nicht vergiften, nur schwächen.
– Morgen gibt's Borschtsch, da kann ich's gut reinmischen. Aber mal halblang, was soll das heißen, kriegen schon hin?
– Ich verspreche Ihnen, ich werde es auf mich nehmen, sie aufzusuchen und zu überzeugen.
– Nichts da, hast du vergessen, wir trauen einander nicht. Ich riskier doch nicht mein Leben auf das Ehrenwort eines Spitzels hin. Ich möchte, dass sie es mir vorsingt.
– Sie persönlich?
– Sie selbst!
– Wie denn?
– Auf dem Gang bei uns im olympischen Dorf ist ein Telefon. Hier die Nummer. Heute Abend um zehn Uhr, die Spieler liegen dann alle schon im Bett, der Trainer ist ein kleiner Feldwebel, steh ich neben dem Telefon, es klingelt, ich heb ab, und ich hör sie sagen: Anatol, mein russischer Lieblingskoch, wie schön, dass du uns bald besuchen kommst, und dann höre ich die erste Zeile von »New York, New York«. Verstanden? Und jubel mir ja nicht einen Ersatz unter, ich kenne ihre Stimme besser als die Stimme meiner Mutter.
– Sie wollen allen Ernstes, dass Liza Minnelli heute Abend den Koch der sowjetischen Eishockeymannschaft anruft und ihm »New York, New York« vorsingt?
– Genau das will ich. Das Land der unbegrenzten Möglichkeiten, nicht wahr?

Die Nachricht sei raus, vermeldet Domru am 10. Februar.

»Ich habe schon darauf gewartet. Wobei, ich habe gewusst, dass es geschehen wird und auch wann und wo und sogar, wie es verkündet werden wird. Können wir dann von ›warten‹ sprechen? Gehört zum Warten nicht eine gewisse Ungewissheit?«

Cya denkt an die Luftballons, die gegen Ende der Eröffnungszeremonie dem Wind überlassen wurden, auf den ersten Blick betörend bunte Vielfalt, himmelwärts, die Choreografie des Zufalls, bei genauerer Betrachtung nichts weiter als dünnes Gummi gefüllt mit heißer Luft (GOG: *Weichgemacht mit kanzerogenen Stoffen, im Ozean einem kleinen Korallenfisch zum Verwechseln ähnlich*). Ein Pikser genügt, und sie zerplatzen.

»Was für ein Timing. Der Mann stirbt am ersten Wettkampftag, mannschaftsdienlich ist das nicht. Ich habe im Frühstücksraum aufgeschnappt, dass es einen Trauerakt geben wird, im olympischen Dorf, da müssen wir unbedingt hin.«

»Wer ist tot?«

»Der sowjetische Partei- und Staatschef Juri Andropow.«

»Muss ich den kennen?«

GOG: *Er war schwer nierenkrank.*

»Der mächtigste Mann auf Erden, würden manche behaupten.«

GOG: *Viele Machthaber waren nierenkrank.*

»Und deswegen müssen wir …?«

»Mittrauern. Das wird spannend.«

Die Allee, die sie entlangfahren, ist gesäumt von Flaggen, die Cya nicht identifiziert haben möchte. GOG bietet informativen Ersatz: *Die Flaggen werden bis zur Mastspitze gehisst und bedächtig gesenkt, bis zu einer vorgeschriebenen Position in der Mitte, halbmast genannt.* Aus dem Taxi heraus wirkt alles wie verschmiert. Schwer zu sagen, ob die Scheibe schmutzig ist oder die Luft. Cya befragt den korpulenten Fahrer, auf Englisch. Er versteht sie nicht. Domru wiederholt die Frage auf Russisch, der Mann schüttelt den Kopf, sichtlich amüsiert.

»Wie denn, was denn, Luftverschmutzung, Sie hätten letztes Jahr kommen müssen, ach was, eigentlich jedes Jahr davor, seit der Geburt meiner Tochter ist die Luft bei uns schlecht, wir sagen, hierher kommt der Wind zum Sterben, und die Kohle, die brennt ewig, ach, das klingt übersetzt nicht halb so gut, aber Sie verstehen, nicht wahr? Einen Witz dazu, Sie kennen Jahorina, wo Ski gefahren wird, da oben fällt einer in Ohnmacht, und nichts hilft, bis jemand fragt, wo kommt der denn her, und jemand antwortet, direkt aus Sarajewo, worauf ein Wohltäter sein Auto anlässt, den Ohnmächtigen neben den Auspuff hinlegt und den Motor einige Male aufheulen lässt, und siehe da, kaum hat der Ohnmächtige feines Kohlenmonoxid in der Nase, wacht er auf, putzmunter, als wär nix gewesen.«

Eine Vollbremsung. Ein Panzer an der Kreuzung.

»Nicht nur die Luft, auch das Wasser, die Leitungen, stammt alles od pamtivijeka (GOG: *Einheimisch für »aus dem allerletzten Damalsdort«*), die haben die Švabe gelegt, verstehen Sie, die Austrijanci, damals gab es drei Kirchen und drei Kneipen, mehr nicht.«

Eine weitere Kreuzung. Uniformierte mit Maschinengewehren.

»Also, was immer sich tut und was immer sich nicht tut, die Luft ist besser geworden, nach dem Putzen war das Wasser im Eimer früher undurchsichtig, jetzt sieht man den Lappen und an manchen Tagen sogar den Boden, und meine Tochter, die hustet weniger, es ist geradezu gespenstisch still in der Wohnung, die Lage hat sich gebessert, wer weiß, ob das hält, bleiben Sie bitte, Sie wissen ja, wie es ist, wenn Gäste kommen, holt Mutter das Beste aus der Speise…«

Der Wagen hält an, der Fahrer dreht sich zu ihnen um. Domru überreicht ihm einen Schein, der in solchen Situationen offenkundig selten zur Anwendung gelangt.

»Kann ich unmöglich wechseln.«

»Wieso denn wechseln, Ihre Tochter braucht neue Schlittschuhe.«

»Woher wissen Sie das?«

»Unter Ihrem Sitz sind Kufenschoner.«

»Sie sind sehr aufmerksam und großzügig, Gott schütze Sie.«

Draußen blickt Domru auf eine Uhr, die er aus der Hosentasche zieht.

»Wo hast du die her?«

»Vorhin gekauft, auf die Schnelle, ohne dieses altertümliche Teil würden wir uns verlaufen. Die Trauerfeier hat noch nicht begonnen, lass uns einige Schritte gehen.«

»Wieso gehen wir nicht gleich rein?«

»Weil jetzt am Eingang kontrolliert wird, nachher werden sich alle nach drinnen begeben, um gesehen zu werden.«

»Beim Trauern?«

»Klar doch, was nützt es, wenn du trauerst, und keiner sieht's?«

Domru hat recht. Etwas später steht niemand mehr an der schweren Tür, sie treten ein, in einen Saal mit Hunderten von Menschen, um das schwarz drapierte Bildnis eines Mannes gruppiert, dessen Augen dem eigenen Gesicht misstrauen. Eine Frau spricht leise.

»Ich bin traurig, ich bin unendlich traurig. Der Tod unseres geliebten Generalsekretärs des Zentralkomitees der Kommunistischen Partei der Sowjetunion und Vorsitzenden des Präsidiums des Obersten Sowjets der Union der Sozialistischen Sowjetrepubliken ist für mich wie gewiss für uns alle niederschmetternd.«

GOG: *Das ist Tamara Moskwina, Eiskunstlauf.*

»Die ist schon ziemlich alt.«

»Trainerin, wird es noch lange bleiben.«

Der nächste Redner sei ein Eishockeyspieler, flüstert Domru ihr zu, Torwart und somit das Auge inmitten des Hurrikans, wenn es hart auf hart komme, hätte er am liebsten einen Goalie an seiner Seite, und dieser sei der beste aller Zeiten ... Allerdings versteht Cya nicht, was der unauffällige Mann mit »Manifestation der unzerstörbaren Einheit von Partei und Sportlern« zum Ausdruck bringen will ... Cya sieht sich um, niemand blickt auf, alle halten ihre Hände verschränkt, vor dem Bauch, hinter dem Rücken, so als wären Hände in Bewegung eine Missachtung des Toten, die Trauer so intensiv, der Schmerz so tief, die nächste Rednerin schluchzt, die Erschütterung so groß, Cya würde sich nicht wundern, wenn sich hinter den Versammelten ein offener Sarg offenbaren würde, darin der Betrauerte, von einer Eisschnellläuferin gewürdigt als glühendes Vorbild, denn trotz seiner langen schweren Krankheit (GOG: *Tubulo-interstitielle Nephritis, Nephrosklerose, sekundäre Hypertonie und Diabetes mellitus*) habe er die Staatsgeschäfte zum Wohl des Landes und der gesamten progressiven Menschheit (GOG: *Seit einem Jahr an einer künstlichen Niere angeschlossen*) gelenkt, ein Mann, der wie kein anderer die Überlegenheit des sozialistischen Systems verkörpert habe (GOG: *Ein Professor von der Poliklinik der Universität Göttingen wurde beratend hinzugezogen*), ein Friedensstifter, der unermüdlich gekämpft habe für unsere Ideale, wie der nächste Redner verkündet, laut Domru ein Bobfahrer (GOG: *Ein Rodler*), der die Friedfertigkeit des Verstorbenen preist, bevor ein Mann von der schwammigen Konsistenz eines Funktionärs die Auszeichnungen des J. W. Andropow auflistet, darunter den Leninorden (GOG: *Viermal*), den Orden des Roten Banners der Arbeit (GOG: *Dreimal*), den Orden der Oktoberrevolution (GOG: *Einmal*), und den Titel Held der sozialistischen Arbeit und weitere ... Kaum ist der offizielle – Cya beginnt, den Sinn dieses Worts zu begreifen – Teil des Trauerprogramms beendet, wird Domru von einem Mann unwirsch auf Russisch angesprochen. Es handelt sich um einen der Agenten aus der Bierhalle, dessen Namen und Rang GOG sofort identifiziert, mit Hilfe des Archivs des Verrats, in dem alle Denunzianten und Spitzel und Lochgucker und Horcher und Beschatter und Schnüffler dieser Epoche verzeichnet sind, mit Fotografie, Lebensdaten sowie einer Verwünschung seitens eines ihrer Opfer.

»Wer bist du?«

»Es genügt, dass ich weiß, wer Sie sind, Sergej Leonidowitsch.«

»Wir haben uns noch nie gesehen.«

»Darin sind wir ausgebildet.«

»Von welcher Abteilung?«

»Abteilung! Sie wagen es, von Abteilung zu reden, Sie Pantoffelheld, gegenüber einem Mann, der sich seit Jahren im lebensgefährlichen Einsatz befindet. Schämen Sie sich!«

»Sie glauben doch nicht, ich falle auf so was rein, Ihr Akzent, was soll das für ein Akzent sein?«

»Arbeiten Sie erst einmal jahrelang inkognito, werter Genosse, allein auf weiter kapitalistischer Flur, im Feindesland, Sie werden sehen, wie schnell Sie die eigene Muttersprache verlernen, Ihre eigene Mutter würde Sie nicht wiedererkennen, Sie Schreibtischwurm.«

»Wieso wurden wir nicht informiert?«

»Was maßen Sie sich an? Wollen Sie auch vorab informiert werden, wer Nachfolger unseres geliebten Generalsekretärs wird?«

»Wenn Sie sich ausweisen könnten, ich muss doch –«

»Schweigen Sie. Sonst muss ich diesen Vorfall dem General melden. Der war mein Führungsoffizier, vor Jahren, er hat mich rekrutiert. Sie verstehen?«

»Es steht hier einiges auf dem Spiel.«

»Deswegen wurde ich aktiviert, die erste Hauptverwaltung

muss der fünften unter die Arme greifen, bevor es wieder ein Fiasko gibt, und die neue Führung will Ergebnisse sehen, verstanden, гаденыш?«

GOG übersetzt: *Du Widerling, du Dödelein, du Schlappschwanz, du Mistkerl.*

Genug der Synonyme!

»War das nicht eine Beleidigung zu viel?«, fragt Cya, nachdem der Offizier sich ratlos abgewandt hat.

»Das war keine Beleidigung, sondern sein Spitzname. Damit habe ich ihm zu verstehen gegeben, dass ich einer von ihnen bin. Ach, da ist ja der Koch, von dem ich dir erzählt habe, der Liza Minnelli so liebt.«

»Er schaut traurig drein.«

»Hat allen Grund dazu.«

»Er will doch weg, was empfindet er für diesen Andropow?«

»Du bist nicht auf dem neuesten Stand. Die US-Jungs haben ihr zweites Vorrundenspiel verloren. Gerade eben.«

»Na und?«

»Die können das Halbfinale nicht mehr erreichen und somit auch nicht gegen die Sowjets spielen. Der Koch hat seine Nützlichkeit verloren, es ist vorbei, er hat sich verzockt. Er wird nie für Liza Minnelli kochen, und wenn ich meinem Kollegen da drüben etwas ins Ohr flüstere –«

»Domru, hör auf, das ist grausam.«

»Nur ein Scherz, sei nicht so sensibel, wir sind hier nicht daheim.«

»Die Zeit ist trist, der Ort ist traurig.«

»Keine Sorge, es wird niemand mehr sterben.«

»Das Leben hier ist auch nicht sehr viel fröhlicher.«

»Das kommt dir nur so vor. Du darfst nicht immer vergleichen.«

»Mir wäre auch eher nach einem Scherz zumute.«

Schneeflocken fallen, am 11. Februar, dünne und fette, Eintagsflocken, schweben hinab, bedecken die Erde, den Asphalt, den Rasen, die Dächer, die Bäume, die Autos, die Panzer, die Tankstellen, alles bis auf die Seiten des Bobs, bis auf den Helm des Fahrers, die Bahn so weiß wie der Hang, wie der Anorak von Domru. Weit unten die Stadt, als hätte sie sich ins Tal gegraben und danach einen steilen Ausweg gesucht. Mit den Ausweisen, die um ihren Hals hängen – wie hat Domru die besorgt? –, können sie sich frei entlang der Eisbahn bewegen. Den Fahrtwind im Gesicht spüren. Der nächste Bob schert aus, steigt hinauf, berührt fast die Bande, fällt um, Cya schreit auf, instinktiv versucht sie, mit ihren Händen den fast schon um die nächste Kurve verschwundenen Bob wieder auf die Kufen zu stellen. Weiter unten sieht sie auf einem Bildschirm in der Wiederholung, wie sich der Bob von allein wieder aufrichtet und die beiden Athleten sicher ins Ziel bringt, so als hätte das Schicksal das Kommando übernommen, der Pilot sichtbar mitgenommen, aber wach genug, um einen Zettel herauszuholen, aus dem Bauch seines Bobs, und diesen in die Kamera zu halten: What do you think of it so far? Das gefällt mir, denkt Cya, dieser Zettel ist das bislang das Beste an diesen Spielen.

Kaum ist der Wettkampf beendet und der Sieger bekannt, spricht Domru zu Cyas Verblüffung forsch einen deutschen Trainer an.

GOG: *Der ist aus dem Westen, schau dir die Flagge genau an, fällt dir was auf?*

»Erlauben Sie, wir sind vom *Tiroler Tagblatt*. Ein kurzes Interview, bitte. Wir machen eine Serie mit der Überschrift ›Alles Kufe‹, für Fans des Bobsports. Haben Sie schöne Erinnerungen an Innsbruck?«

»Die besten Spiele aller Zeiten.«

»Ach, das sagen Sie nur so.«

»Allerdings reden die Tiroler anders als Sie.«

»Sie haben mein dunkelstes Geheimnis erraten. Ich bin ein Zuagroaster, meine Familie stammt aus Amikejo, werden Sie nicht kennen, liegt hinter der Grenze.«

»Welche Grenze?«

»Eine andere Grenze. Also, zu meinen Fragen, wenn Sie nichts dagegen haben. Die Abstände sind beeindruckend?«

»Erschreckend. Wir fahren hinterher. Wir sind hoffnungslos unterlegen. Schauen Sie sich die ersten sechs Plätze an: DDR zweimal, UdSSR zweimal und dahinter die Schweizer, und die arbeiten eng mit einem Rüstungsunternehmen zusammen. Muss ja mal gesagt werden.«

»Können Sie die Arbeit der erfolgreicheren Nationen nicht nachahmen?«

»Höchste Geheimhaltung bei den Boliden. Die Dinger werden bewacht wie die Kronjuwelen. Alles topsecret.«

»Der Osten hängt den Westen ab? Der Kapitalismus wird im Eiskanal überholt? Einer der DDR-Trainer sagte, nachdem der US-Bob im ersten Training runterfuhr: Die haben Leute auf den Mond geschickt und kommen auf so was den Berg runter!«

»Na ja, ganz falsch liegt er nicht. Deswegen haben die Amis in ihrer Verzweiflung einen Bob gekauft.«

»Einen sowjetischen?«

»Nein, einen der Schweizer Bobs, vom Hansi, der hat sich nicht qualifiziert, angeblich für zehntausend Dollar, ein Schnäppchen ...«

GOG: *Preisknüller, Preisknaller, Preiskracher.*

Genug!

»Die russischen Boliden wurden übrigens im sowjetischen Raumfahrtzentrum entwickelt.«

»Vielleicht sind die Amis deswegen als Erste auf den Mond –«

»Schreiben Sie eigentlich für ein Satiremagazin?«

»Tiroler Sinn für Humor, wir legen uns gern in die Kurven.«

»Stichwort Kurven. Die Zigarre der Russen, die klebt am Eis wie eine Fliege an der Wand, muss man bewundern, die werden alles gewinnen, sobald die Piloten das Geschoss in den Griff bekommen. Schreiben Sie das, Sie werden kompetent erscheinen.«

»Raumfahrt und Innovation, leuchtet mir ein. Aber was ist mit den Ostdeutschen? Die sind bodenständig und trotzdem erfolgreich, wenn ich das richtig sehe?«

»Momentan das ausgereifteste Material, hydraulisch gefederte Einzelkufenaufhängung, ein kleines Wunder der Feinwerkmechanik. Die Aerodynamik, die Federung, die Steuerungssysteme, da stimmt alles. Das haben die in ihren Werkstätten ausgetüftelt, Helm ab.«

»Verwirrend, nicht? Auf der einen Seite Mercedes und BMW, auf der anderen Seite Trabant und Saporoshez. Auf der Autobahn würde das Rennen wohl anders ausgehen. Wie werden Sie reagieren?«

»Wir haben uns verunsichern lassen. Muss ich zugeben. Wir werden nichts unversucht lassen, einen konkurrenzfähigen Bob zu entwickeln.«

»Dürfte ich einen Vorschlag unterbreiten?«

»Nur zu.«

»Klauen Sie die Konstruktionspläne. Die Sowjets haben oft genug gestohlen, jetzt revanchieren Sie sich. Der Lauf der Dinge, die Schwerkraft der Spionage.«

»Dieses Interview ist beendet. Ich werde mich über Sie beschweren bei der österreichischen Delegation, Sie kriegen noch Ärger, junger Mann.«

»Dann halt nicht. Eine andere Lösung wäre, Sie warten, bis Deutschland wiedervereint ist, kann sich nur noch um wenige Jahre handeln.«

»Idiot!«

Der Trainer geht ab. Domru grinst, Cya schüttelt den Kopf.

»Wir brauchen dringend etwas Beglückendes«, sagt sie.

»Siege sind doch beglückend.«

»Nur für die Siegerin.«

»Das reicht«, sagt Domru.

»Umgekehrt wäre besser«, sagt Cya.

Am Nachmittag des 12. Februar betreten sie erneut die Bierhalle. Einer der beiden Geiger muss sich erkältet haben, es sind nur zwei Musiker im Einsatz. Domrus Blick scannt den Raum und wird schnell fündig. Erst aus der Nähe erkennt Cya die zwei Briten wieder. Sie sitzen an einem Tisch neben der Bühne und haben die Köpfe zusammengesteckt, einen letzten Schluck im Glas. Domru geht zu ihnen und kehrt gleich darauf zurück. Er habe sich einen Untersetzer geschnappt und dabei den Sonovac auf den Tisch gedrückt. Augenscheinlich haben die beiden dies nicht bemerkt, sie brechen bald danach auf, Cya und Domru nehmen am selben Tisch Platz. Ein Bier und drei Lieder später kehren sie ein in die Moschee zwischen Fluss und Hang. Der würdevolle Mann mit dem rötlichen Bärtchen blickt sie interessiert an. Der Sonovac spult ein weiteres Hörbild ab. Zunächst sind die Stimmen eines Paares zu vernehmen:

GOG: *Schwedisch.* Schon wieder? *Fans von Tomas Gustafson.* Eishockey? *Eisschnelllauf.* Was ist das? *Er läuft sehr schnell im Kreis.* Und worüber unterhalten sich die beiden? *Sie feiern seinen Sieg. Was für Oberschenkel, sagt der Mann. Wie bei meinem Pferd, sagt sie. Wie bei meinem Valtra, sagt er.* Ich verstehe nichts, GOG. *Die Bahn ist langsam, sagt er. So ein starker Schneefall, es sah aus, als würden sie schwimmen, sagt sie. Hast du die Rundenzeiten mitgeschrieben?, fragt er. Ich möchte das Rennen zu Hause nachempfinden. Zwei Hundertstel Vorsprung, sagt sie, mehr musst du nicht nachempfin-*

den. Das reicht GOG, bitte vorspulen. Die Stimmen der beiden Briten sind dieses Mal noch klarer zu verstehen, auch wenn sie auf den stürmischen Wellen eines Wettstreits zwischen Geige und Akkordeon schaukeln.
– Das Treffen hat heute Morgen stattgefunden, in einer orthodoxen Kirche, eine alte Frau war dort, sonst niemand, die wollte uns alle Heiligen auf der Ikonostase persönlich vorstellen, als wären es potenzielle Überläufer.
– Was hat der Kerl angeboten?
– Er garantiert uns ausführliche Informationen über die wirtschaftliche Situation, über Produktion, über Ausfälle, Mängel und Fehler.
– Glaubt er denn, wir wüssten darüber nicht Bescheid?
– Wir überschätzten die Stärke des Feindes, sagt er, ob absichtlich oder nicht könne er nicht beurteilen, wir hätten offenbar keine Vorstellung davon, wie katastrophal die Lage sei. In allen Bereichen Rückschritte, marode Fabriken, massenhafter Alkoholismus, Depression als nationales Hobby –
– Das hat er nicht gesagt.
– Ich bringe etwas Würze rein.
– Lass das sein, du bist hier nicht bei Monty Python.
– Also an manchen Tagen ... Wie dem auch sei, der Mann zeichnet ein düsteres Bild, Untergang quasi vorherbestimmt.
– Wie lautet deine Einschätzung?
– Na wie denn wohl? Ein Agent Provocateur, eindeutig, den haben sie geschickt, um uns in Sicherheit zu wiegen, um uns in die Irre zu leiten.
– So sehe ich das auch. Wird ihm nicht gelingen. Wir bleiben wachsam.
– Also lehnen wir sein Angebot ab?
– Halte ihn erst einmal hin, mal sehen, was er als Nächstes anbringt.
– Einverstanden. Sie sehen etwas mitgenommen aus.

– Kopfschmerzen. Beunruhigende Nachrichten. Ich hätte nie gedacht, dass Gymnasiasten den Dritten Weltkrieg auslösen könnten.
– Soll das eine Prüfung werden?
– Entspann dich, ein Gedankenspiel, aus aktuellem Anlass.
– Sie hatten Kontakt mit der Zentrale?
– Große Sorgen, wegen Coventry.
– Wie ironisch.
– Gute Kids, voller Idealismus, wollten Gutes tun, der Gesellschaft ein wenig helfen. Ein Schulprojekt, um die Zahl der Blutspenden zu erhöhen. Richtiggehend erfolgreich, weit über die Erwartungen der Lehrer hinaus, sie lösten einen Run aus, halb Coventry steht Schlange, um die Blutreserven aufzufüllen. Ein gefundenes Fressen für die Presse, darüber wird überregional berichtet, wir sollten unsere Feinde nicht überschätzen, aber Zeitung lesen sie schon, und wenn im *Telegraph* und im *Mirror* unsere Jugend ausnahmsweise gelobt wird, werden sie hellhörig.
– Jetzt verstehe ich, wir haben eine Depesche an Moskau abgefangen.
– Gedanklich flink, bravo. Bestimmt ahnst du, wie so viele Blutspenden drüben interpretiert werden?
– Operation RYAN.
– Na was denn sonst.
– Wir bereiten anscheinend einen Nuklearangriff vor.
– Keine andere Erklärung möglich.
– Die Logik des Militärs.
– Alles wird gesammelt, alles ausgewertet, alle Dienststellen in Alarmbereitschaft versetzt. Laut RYAN werden nach einem nuklearen Gegenschlag Bluttransfusionen en masse benötigt, für die Behandlung der Verbrennungen.
– Wieso gerade jetzt?
– Der Kreml glaubt der eigenen Propaganda, der Kapitalismus gehe an seinen inneren Widersprüchen zugrunde.

Die wirtschaftliche und soziale Krise treibe die USA zum präventiven Atomschlag.

– Wenn ich mir vergegenwärtige, wie oft Andropow, Gott habe seine Leiche selig, in den letzten Monaten vor einem nuklearen Konflikt gewarnt hat.

– Was haben wir Überstunden geschoben, im November, als die NATO eine Kommandostabsübung absolvierte.

– Able Archer 83.

– Solche Namen muss man doch lieben. Bogenschützen simulieren den Atomkrieg. Simulationen sind problematisch. Wenn sie was taugen sollen, müssen sie möglichst lebensnah sein, realistisch, wie sollen unsere Feinde sie dann von einem wirklichen Angriff unterscheiden? Double bind par excellence. Das Ausmaß der Panik haben wir erst im Nachhinein mitbekommen.

– Und trotzdem keine Eskalation.

– Nichts. Es gibt nur eine Erklärung. Der KGB hat seine Intel nicht an das Politbüro weitergeleitet. Sie haben Verdacht geschöpft, all das könnte inszeniert sein, inklusive der Schüler in Coventry, zur Täuschung. Simulation als Provokation. Sie haben beschlossen, in ihrer unendlichen Weisheit, darauf nicht zu reagieren. Agentenstolz. Wer fällt schon gern auf eine Finte rein.

– Trotzdem, Glück gehabt.

– Ach, ich weiß nicht, junger Mann, ob das Glück ist. Nach über vierzig Jahren im Dienst bin ich zu der Überzeugung gelangt, wenn wir alle Doppelagenten wären, hätten wir es am friedlichsten.

– Ein wenig blasphemisch, aber nicht ganz falsch. Nur keine Pipeline.

– Wie bitte?

– Ein Spruch unter uns Jüngeren, seit letztem Jahr. Wenn wir einen Bock schießen oder übers Ziel hinaus, sagen wir »nur keine Pipeline«. Slang für Eigentor.

– Und worauf bezieht sich der Spruch, wenn das kein Geheimnis ist?
– Wenn ich Ihnen das verrate, müsste ich Sie erschießen.
– Der Humor ist offensichtlich das erste Opfer des Kalten Kriegs.
– Nichts für ungut, alter Knabe. Die Sowjets haben eine gigantische Pipeline von Sibirien nach Europa gebaut. Als bekanntwurde, dass sie amerikanische Technologie stehlen, hat der NSC beschlossen, die enttarnten Spione nicht auffliegen zu lassen, sondern ihnen fehlerhafte Technologie zuzuspielen. Kaum war das Equipment installiert, explodierten die Rohre, da war zu viel Druck auf den Pumpen und Ventilen. Die gewaltige Explosion wurde von den Amis registriert, sie dachten, das sei ein nuklearer Erstschlag, von einer geheimen Basis in Sibirien aus. Fast wäre die Sache ins Auge gegangen. Weil nur der Präsident und einige seiner engsten Mitarbeiter eingeweiht waren ...
Cyas Gedanken sind seekrank. Wie viel lieber wäre sie wieder auf der Sloop, im Orkan. Domru hingegen hat die Augen über einem Lächeln genüsslich geschlossen. Sie hofft, er freut sich über das fehlerfreie Funktionieren seines Sonovac und nicht über den Inhalt des Gesprächs. Der alte Mann mit dem rötlichen Bart bittet die beiden, sich nach draußen zu begeben, das Nachmittagsgebet stehe unmittelbar bevor. Kommen Sie wieder, sagt er. Ob sie das Gebet miterleben dürfe, fragt Cya. Der alte Mann nimmt sie mit, auf eine Empore, wo einige Frauen sitzen. Cyas Anwesenheit wird ohne Reaktion hingenommen. Bald darauf richten sich alle auf, bilden eine Reihe, heben die Hände und senken den Kopf.

Am 13. Februar alles wie gehabt: Das Bier schmeckt gut, die Trinkhalle ist voll, die Musiker zu zweit, der Geiger profiliert sich mit Vibrato auf Kosten des Akkordeons. Die drei

sowjetischen Agenten haben gerötete Gesichter und viel zu besprechen. Der Sonovac saugt eine laute Stimme auf, alle Endungen von Wut geschluckt.
– Ich mach ihn fertig. Diesen lettischen Bastard, diese Ausgeburt einer baltischen Hure. Wir fördern ihren dämlichen Sport, und er, dieser krumme Schwanz aus Kurmene, statt dankbar zu sein, beißt der die Hand, die ihn füttert. Ich werd ihn stellen, Schlitten ziehen wird der, nicht Bob fahren.
– Was ist denn? Jānis und Zintis gelten doch als politisch verlässlich.
– Perverse, das sind sie. Sadisten. Durchtrieben, was die sich haben einfallen lassen, ihre Füße in meinem Mund. Wollen mir die Zigarre zeigen, untertänig der eine, Genosse, wollen Sie sich nicht mal reinsetzen, hier, hinter mir, ich zeig Ihnen, wie's gelenkt wird, dieses Wunderwerk, wie's funktioniert ...
– Wo denn, wo passiert das?
– Oben am Start, irgendein Trainingslauf, ich denk mir nichts, setz mich rein, und auf einmal schiebt der eine Kerl, der die ganze Zeit stumm danebenstand, das Teil an, und es bewegt sich wie auf Eis, ja, ich weiß, es ist auf Eis, auf einmal geht's ab, wie ein Flugzeug, runter, ich krall mich in die Seiten, ich schrei, anhalten, schrei ich, sofort, geht nicht, schreit der Lenker, blickt sich zu mir um, nach vorn, schrei ich, schau nach vorn, schon ist das Ding in der Kurve, und ich flieg fast raus.
– Ach was, die Zentrifugalkraft presst dich rein.
– Bist du jetzt auch noch Bobfahrer? Ich bin ohne Helm, stellt euch das vor, da runter und kein Helm, und es pfeift, in die Augen und durch die Ohren, ich kneif die Augen zu, das fühlt sich noch schlimmer an, ich krall mich fest und schrei: Anhalten, Befehl. Geht nicht. Und die nächste Kurve, die ist noch schlimmer. Und noch eine Schleife, wie

im Karussell, ich sag's euch, selbst im Kongo hat' ich nicht so 'ne Angst, verfickter Meeresgrund, stopp, ich schrei, stopp, und ich spür, wie's in mir hochsteigt, an der steilsten Kurve übermannt's mich, ich krieg gar nicht mit, dass wir unten sind, das eklige Zeug im Gesicht und über den Mantel, und ich hör wen rufen: Was war das denn, Sie haben einen Trainingslauf vergeudet. War's mir wert, sagt dieser lettische Furzling, dieser Furunkel auf unserem Arsch, ich werd ihm den Darm verknoten.

– Die haben dich schlau gefickt.

– Was für eine verdammte Woche, zuerst der Tod von Andropow ...

– Mir war schon klar, dass da was im Argen liegt, als die Propagandaabteilung verlauten ließ, er sei auf dem Weg der Besserung.

– Jammerschade, und ich habe schon gedacht, wir haben alles im Griff, wir fällen jetzt die Entscheidungen, an uns kommt keiner vorbei.

– Hast du ihn jemals getroffen?

– Ein Mal. Er war vernarrt in Eishockey. Der Stellvertretende von der elften Abteilung war zuständig, ich habe Dossiers zusammengestellt über jeden Spieler, Stocktechnik und Seitensprung, alles Wichtige, eines Tages bin ich bei ihm zum Rapport, und wer kommt rein, Andropow selbst, machte sich Sorgen über die zweite Sturmreihe. Hat mich gleich entlassen, gab Wichtigeres, Karpow musste Schachweltmeister bleiben. Einmal hieß es, wir sollen den Trainer der Nationalmannschaft vorladen. Ein harter Knochen, wurde behauptet, doch kaum hört er, dass der Direktor ihn sehen will, wird er krank, schwerer Durchfall, konnte die Wohnung nicht verlassen. Das hat ihm nicht geholfen, im Gegenteil, er musste vor dem Gespräch auch noch medizinisch untersucht werden, damit er den Direktor ja nicht ansteckt.

– Alle markieren den starken Max, bis sie uns in die Quere kommen.
Das Gelächter der drei Männer verklingt in Cyas Kopf, da nähert sich ihnen in der Moschee der freundliche alte Mann, als hätte er sie erwartet. Ob sie vielleicht Fragen hätten. Nein, sagt Domru. Doch, sagt Cya. Das Hinknien, die Stirn auf den Boden, diese Geste der Unterwerfung habe sie nicht verstanden.
»Jeder Mensch unterwirft sich«, antwortet der Mann nach einer Pause. »Die Frage ist, ob dem eigenen Ego oder einer höheren Macht. Wir knien nieder, um uns zu vergegenwärtigen, dass wir nicht Mittelpunkt des Universums sind. Wir unterwerfen uns nicht anderen Menschen, sondern dem göttlichen Prinzip. Leuchtet Ihnen das ein?«
»Zum Teil«, antwortet Cya. »Wenn Gott keine Macht hätte, wäre ich bereit, mich ihm zu unterwerfen?«

Am 14. Februar in der Früh biss Cya in eine Pita und kaut, die Uhr an der Wand zeigte Viertel vor acht, sie kaut weiter, die Uhr an der Wand zeigte halb zehn, übermüdet schließt sie die Augen, allein im Frühstücksraum, und alles wird abgeräumt werden. Nur nicht der Teller vor ihr, darauf eine Pita, dreimal beißt sie hinein, die Kaffeetasse halbvoll, die Uhr an der Wand schlug Mittag, der Manager eilt zu ihr und erklärt ihr etwas, dehnt jede Silbe, ins Unverständliche. Sie bemühte sich, die Bewegung einer Hand auszumachen, bis ihr die Augen wehtun und die Uhr an der Wand weiterhin zwölf Uhr anzeigen wird. Sie traut sich nicht, das Hotel zu verlassen, weil sie nicht wusste, wie sie die Straße überqueren wird. Der Verkehr steht still. An der breiten Treppe fragte sie jemanden nach der Uhrzeit. Bis die Armbanduhr des älteren Herrn zum Vorschein kam, schießt die untergehende Sonne einen letzten Strahl ins Foyer, und es wird dämmern um kurz nach fünf, außerdem, gnädige Frau, wird das Abendessen nur noch eine halbe Stunde lang serviert, Sie müssen sich beeilen. Sie liegt auf dem Bett in ihrem Zimmer und sah sich die Entscheidungen des Tages in einer Zusammenfassung an, vor dem Einschlafen, es verschmelzen eine Frau und ein Mann, ein Bein in der Luft und eins auf Kufen, sie kreisen, umschlungen (GOG: *Schön wie Mandarinenfische bei der Paarung*), unter ihren Kufen schmilzt das Eis des 14. Februars 1984, der erste Tag, der nie vergangen sein wird. Ich ertrage das nicht, denkt Cya zu sonnenheller Mitternacht, wir müssen uns mit der Zeit versöhnen. Leichter gesagt als getan.

Gleich nach dem Aufwachen am 15. Februar sagt Cya zu Domru:

»Wir müssen etwas unternehmen gegen die Lähmung, die nach mir greift, all dieses unnütze Dasein drückt mir die Kehle zu, schnürt mir die Luft ab.«

»Was willst du tun?«, fragt Domru ungeduldig.

»Kommen alle noch einmal zusammen?«

»Bei der Schlusszeremonie.«

»Sind wir dann schon weg?«

»Nein, geht sich gerade so aus.«

»Was passiert beim Abschluss?«

»Läuft ähnlich ab wie bei der Eröffnung, Rituale und Reden.«

»Das könnte eine Gelegenheit sein.«

»Wofür?«

»Ich werde mir etwas ausdenken. Übrigens, dieses Abhören der anderen mit deinem Sonovac, das ist ziemlich übergriffig, findest du nicht?«

»Belauscht die Lauscher, so hieß es früher. Ich folge dem Zeitgeist.«

»Du gefällst dir in dieser Rolle.«

»Lass mir den Spaß.«

Domru verschwindet, mit dem Streifen Sonovac in der Hosentasche. Cya schaut sich die Entscheidungen des Vortags auf TV Sarajevo an. Der Tanz wird wiederholt. Perfektion, sagt der Kommentator. Das kann nicht sein, möchte Cya ihm zurufen, denn in dem Moment, in dem es perfekt erscheint, entwickelt jemand eine Idee, wie es noch schöner sein könnte. Perfektion ist nichts anderes als der momentane Horizont unserer Beschränktheit. Bei der Siegerehrung fallen ihr vor Langeweile die Augen zu. Domru weckt sie auf, mit triumphalem Gejaule.

»Erstens«, ruft er aus, »hat der Stangassinger gewonnen.«

»Wer ist das?«

»Keine Ahnung, ich mag den Namen.«

»Und zweitens?«

»Habe ich beide Lager akustisch geschröpft, die Roten wie die Blau-Weiß-Roten, der Gerechtigkeit halber, unglaublich, was da abgeht. Einen Teil habe ich mir auf dem Heimweg angehört, ein Clou, so hieß es damalsdort, oder ein Coup, du hast die Wahl. Dein Dave hat geheime Militärunterlagen zugespielt bekommen. Über eine DLB. Das steht für dead letter box, habe ich heute erst gelernt. Du wirst nie erraten, wo die sich befindet. In der Kirche, unter der Pietà, in einer Nische, da war ein Mikrofilm versteckt. Dave holte den heute raus und begab sich in seine Botschaft (GOG: *Ein Gebäude, das so tut, als wäre es nicht im Ausland*), um das Material auszuwerten, seine Stimme überschlug sich fast, Belobigung und Orden sind ihm sicher, ja, nur erweisen sich die Zeichnungen – das war wohl selbst für einen Laien in der Botschaft sichtbar, dazu braucht es keine Ausbildung zum Ingenieur – nicht als militärische Konstruktionspläne, nein, die sind ganz und gar harmlos, mit denen lässt sich nichts anderes ramponieren als der eigene Stolz, es sind ...«

»Sag schon.«

»Konstruktionspläne für … halte dich fest … jetzt kommt es … für die Zigarre, für den sowjetischen Bob!«

»Da hat jemand nicht aufgepasst.«

»Im Gegenteil, er ist reingelegt worden, dein oberschlauer Dave. Er redete aufgeregt auf den Diplomaten ein, der nahm es auf die leichte Schulter, eine Katastrophe für die USA, jammerte der Spion, ein Erfolg für unsere Bobsportler, erwiderte der Diplomat, er lachte, und wie, er lachte deinen Dave aus –«

»Da hast du es, lauter Belanglosigkeiten.«

»Entspannen Sie sich, sagte der Diplomat, was sind Sie so verkrampft, die Sache ist doch schon gegessen, das Rennen gelaufen, im richtigen Leben haben wir längst die Bestzeit erzielt, einen Fabelweltrekord, schau, die anderen hecheln hinterher, wir haben keine Konkurrenten mehr, und du mühst dich ab mit altmodischer Spionage, das ist die reinste Zeitverschwendung. Dein Dave war wütend, ich habe ihn im Foyer angerempelt, um den Sonovac zu platzieren, wie der mich gleich angeblafft hat. Wenn er nur wüsste. Aber das ist nur die Hälfte der Aufregung. Zufällig treffe ich meinen Kumpel Sergej Leonidowitsch auf der Straße, und ich umarme ihn zur Begrüßung, er bass erstaunt, berichte ihm Neues aus der Zentrale, plausibel erfunden, als würde ich mich just dort gut auskennen, wo seine Unkenntnis ihm gefährlich werden könnte, zum Abschied noch eine Umarmung, so einfach geht das, ein Klaps, und der Sonovac ist auf dem Rücken, ein weiterer Klaps und der Sonovac ist abgezogen, und jetzt hören wir mal uns an, was der gute Sergej im Schilde führt.«

Domru öffnet eine rote Dose, aus der ein Getränk heraussprudelt, an dem er seit dem Tag seiner Ankunft Gefallen gefunden hat, ekelig süß, findet Cya, passt zu den Umständen, findet Domru. Sie machen es sich auf dem Bett bequem und lauschen.

– Wir haben alles versucht. Wir haben uns Zugang verschafft zu ihrem Zimmer, schon vor Tagen. Wir haben den Plan exakt so ausgeführt wie vorgegeben.
– Details bitte.
– Wir haben im Einbauschrank hinter der Tür ihre Unterwäsche lokalisiert und die Schamläuse ausgesetzt.
– Wer ist wir?
– Ich habe diese Maßnahme verantwortet.
– Du selbst?
– Genau nach Plan. Entweder waren die Läuse defekt ...
– Was denn defekt, wer hat so was je gehört, die stammen von unserem führenden Labor für Geschlechtskrankheiten, wie sollen die defekt sein?
– Vielleicht ist sie ja misstrauisch geworden und hat die Unterwäsche gewaschen ...
– Unsinn!
– ... oder zum Wettkampf neue Unterwäsche bekommen ...
– Unsinn!
– ... oder keine Unterwäsche getragen, die Trikots liegen doch eng an.
– Unsinn! Du hast gekniffen.
– Wieso sollte ich kneifen?
– Weil du Angst hattest. Meinst du, ich wüsste nicht, wie sehr du dich vor deiner Frau fürchtest. Wenn eine der Läuse dir in die Hose kriecht, wie erklärst du es ihr, ha?
– Ich habe mehr Angst vor dem General als vor meiner Frau, glauben Sie mir. Was hätte ich denn tun sollen?
– Wieso hast du dich nicht mit mir abgesprochen? Wir haben Gonokokken mit, die hättest du statt der Schamläuse auf die Unterwäsche verteilen können.
– Nicht genug Zeit, nicht annähernd genug Zeit. Außerdem konnten wir den Misserfolg der ersten Maßnahme schlecht voraussehen. Man muss abwarten, bis die Läuse wirken. Ich kann es mir nicht erklären. Es ist ein Rätsel.

– Sie war nicht in ihrem Zimmer, das ist die einzig logische Erklärung.
– Wo soll sie gewesen sein?
– Bei ihrem Tanzpartner. Hast du keine Augen? Die beiden sind ein Liebespaar. Glaubst du, so ein Bolero wäre möglich, wenn die nachts nicht zusammen im Bett liegen? Die wird einige Unterhosen bei ihrem Partner deponiert haben, damit sie sich morgens gleich bei ihm anziehen kann. Du bist ein elender Stümper.
– Ich bitte Sie, Genosse Popow, ich bitte Sie, nicht doch. Es sollte nicht sein. Es. Lag. Nicht. An. Mir. Die beiden, die waren so gut, das haben Sie doch gesehen, die waren so gut, die hätten auch mit Schamläusen gewonnen.
– Aber nicht mit einem Tripper!

»Sportsabotage ist ein schwieriges Geschäft.«

»Diesen Tanz, den habe ich vorhin gesehen, wunderschön war das, anmutig und zärtlich«, sagt Cya. »Es erinnert mich daran, wie wir einmal Orientierungslauf gespielt haben und Nikte sich mit einem umwerfend charmanten jungen Mann, der zu Besuch war, in den Tiefen des Waldes verlaufen hat, die gegenseitige Anziehung hat für Desorientierung gesorgt, sie tauchten erst auf, als wir uns Sorgen machten, etwas verlegen und bis in die Haarspitzen verliebt.«

»Wirkliche Sieger lassen sich durch nichts aufhalten.«

»Die beiden waren so gut, sie hätten mehr verdient als nur Gold.«

»Das ist nun einmal das Höchste.«

»Das habe ich verstanden, aber es sagt nur aus, dass sie besser waren als die Schwächeren. Was ist schon dabei? Es sollte eine Auszeichnung geben für jene, die sich selbst übertreffen. Und zugleich alle Erwartungen.«

Am 16. Februar fließt Bier in Strömen. Auch die zweite Geige fehlt, vielleicht ebenfalls erkältet, das einsame Akkordeon klingt so angenehm wie ein Bad oder eine Wärmflasche. Gelegentlich zuckt es zusammen, wenn schrille »Rule Britannia«-Rufe aus dem hinteren Bereich der Trinkhalle ertönen, wo einige Dutzend Fans sich breitgemacht haben. In einer Nische unweit des Eingangs sitzen zwei Männer mit Union-Jack-Schals um den Hals. Seit dem Sieg im Eistanzen ist Anonymität nicht mehr angebracht. Domru geht auf sie zu und gratuliert ihnen. Sie schauen ihm nach, der Sonovac verrät ihre Reaktion, später, in der Moschee am Südufer des Flusses.

– Völlig harmlos, nichts als eine nette Geste.

– Ich habe nachgeschaut, wir haben jetzt dreimal hintereinander bei Olympia eine Goldmedaille gewonnen.

– Merkwürdig, im Sommer wollen wir bei allem die Allerbesten sein, im Winter sind wir zufrieden mit einem einzigen Erfolg.

– Wir haben daheim Eis, aber keinen Schnee. Unser Schicksal. Verzeih die Gemeinplätze, ich werde sentimental, an meinem letzten Tag, morgen geht der Flieger nach Hause, das hat einen anderen Beigeschmack als sonst, nach Hause, in das Häuschen in Highfield, nicht dass ich mir selbst leidtue, versteh mich richtig, ich hatte einen guten Lauf, es war ein gelungenes Spiel, ein großartiges Spiel. Auf dein Wohl, junger Knabe.

– Hätten Sie einen Ratschlag für mich. Ich frage, weil die Erfahrung, die Sie haben …

– Nichts Originelles, außer vielleicht, wie soll ich es am besten formulieren … Intel braucht eine Prise Mysterium. Besser anhand eines Beispiels: Die Herkunft der Information kann unter Umständen wichtiger sein als ihre Zuverlässigkeit. Was im Nabel einer Bauchtänzerin aus Albanien herausgeschmuggelt wurde, erscheint glaubwürdig.

– Ja, ja, hatten wir neulich, im Schachspiel eines Überläufers. In jeder der Figuren waren Zettel über die Strukturen des KGB versteckt.
– Meisterlich. Viel überzeugender, als wenn der Typ uns ein langweiliges Dokument überreicht hätte.
– Und wie lautet Ihr Fazit, jetzt, am Ende der langen Strecke?
– Was wir tun, ist Drecksarbeit. Wir sollten ehrlich zu uns sein. Geheimnistuerei degeneriert, das hat schon Lord Acton gesagt, den wirst du nicht kennen, ein Gentleman der alten Schule und von stupender Bildung. Die Missachtung in der Gesellschaft, die kann uns schnuppe sein. Latrinenputzer sind auch nicht angesehen, aber ohne sie würden wir in der Scheiße versinken. Ohne das, was wir unter Tage leisten, würde die Oberfläche nicht so hübsch leuchten. Also, es lebe die Scheiße, sonst wären wir arbeitslos.
Darauf folgen weitere Trinksprüche, im Hintergrund begleitet von einem gegrölten Lied, das nicht einmal GOG identifizieren kann.

Cya kehrt am 17. Februar von einem Spaziergang zurück, sie war auf dem jüdischen Friedhof, von wo aus sich ein schöner Blick über die Stadt eröffnet, so die zutreffende Empfehlung der Rezeptionistin. Sie hat zwischen Grabsteinen nachgedacht. Unzählige Menschen werden den Fernseher einschalten, übermorgen, und sie stellt sich vor, wie die Aufmerksamkeit allmählich zerfasert angesichts einer selbstgefälligen Show, jemand geht zum Kühlschrank, jemand spielt mit seinen Kindern auf dem Teppich Domino, jemand lackiert sich die Fingernägel, das Interesse bescheiden, der Abschluss ein mühsames Fest, bis der zwergwüchsige Mann, der alles Olympische leitet und lenkt, seine Rede beginnt und nichts von dem sagt, was die Menschen erwarten – jemand eilt aus der Küche zurück, andere stoßen die Dominosteine um, der Nagellack wird weggestellt, alle Gespräche unterbrochen, die Aufmerksamkeit fokussiert wie ein Laserstrahl, denn der Mann sagt, was viele denken und niemand ausspricht. Das ist es! Cya eilt den Hang hinab, springt die Treppen hinauf, zwei Stufen auf einmal, und platzt in das Zimmer, wo Domru gerade dabei ist, den Sonovac wieder einmal abzuhören.

»Wir werden eine andere Rede einspeisen.«

»Wo wann wer?«

»Bei der Schlussfeier. Der Präsident des Internationalen Olympischen Komitees, das habe ich inzwischen herausgefunden, wird reden, und wir werden ihm eine andere Rede verpassen. Kriegst du das technisch hin?«

»Wir könnten eine andere Stimme in die Lautsprecheranlage einspeisen, das wäre möglich. Der Redner selbst würde es nicht merken, weil er nur die eigene Stimme vernimmt und nicht das, was über die Lautsprecher ausgestrahlt wird.«

»Aber? Wo ist der Haken?«

»Seine Stimme lässt sich schwer nachahmen, er hat einen unmöglichen Akzent, so als würde General Franco Russisch reden oder Jurij Andropow Katalanisch, die Verantwortlichen würden sofort begreifen, dass jemand manipuliert hat, und die Anlage kann schnell ausgeschaltet werden, eine technische Panne als Erklärung. Lass mich nachdenken, vielleicht gibt es eine bessere Alternative.«

Zwei Slalomläufe später schlägt ihr Domru eine andere Lösung vor.

»Ich werde morgen zum Fünfzig-Kilometer-Langlauf gehen. Traditionell der athletische Abschluss. Der Präsident wird dort sein, ist in der Zeitung angekündigt. Ich werde dort mit ihm reden.«

»Einfach so?«

»Ich werde ihm ins Ohr flüstern, dass Genosse Sergej Leonidowitsch Popow sich entschuldigen lässt, es gehe ihm leider nicht gut, das wird seinen Gehorsam wecken. Er schicke mich an seiner statt, werde ich sagen, ich bin ein schwacher Ersatz, das ist mir wohl bewusst, aber ich stehe firm auf diesen dünnen Skiern, ich war zweifacher Provinzmeister von Workuta. Wir werden nett plaudern, bis seine Ungeduld durchbricht. Was wollen Sie von mir, wird er fragen. Sie werden diese Pillen einnehmen, werde ich ihm befehlen. Wollen Sie mich vergiften? Nicht doch, werde ich ihn beruhigen, Sie sind unsere feste Burg in der olympischen Bewegung, nein, wir bauen auf Sie, Sie halten eine wichtige Rede heute Abend, und wir wollen, dass Sie glänzen. Unsere paraneurologische Abteilung hat etwas entwickelt, was die Zunge lockert. Sie werden besser reden als je zuvor, entspannter, überzeugender, Sie werden die Welt beeindrucken und wiedergewählt werden. Gemeinsam haben wir Großes vor. Das dürfte reichen. Ich werde dafür sorgen, dass der spanische Zwerg die Pillen schluckt, und zwar so viele, dass die Wirkung durchschlagend sein wird.«

»Was soll das bringen?«

»Es werden Wahrheitspillen sein, die vom CIA.«

»Die du aus dem Zimmer von Dave –?«

»Mitgenommen habe, richtig, und sie sind sehr wirksam, vor allem wenn sie stark dosiert werden.«

»Aber wir wissen nicht, was er in seiner Rede sagen wird.«

»Das ist das Schöne daran, wir lassen uns überraschen. Mit Sicherheit eine Rede wie keine andere je zuvor.«

Drei Männer stehen an der Rezeption, es ist der 18. Februar, sie haben ihre Aufgaben erledigt. Derweil schleicht sich Domru in das Zimmer des Dienstältesten unter ihnen. Er klebt das Lauschpflaster auf den Bildschirm. Die drei Män-

ner begleichen ihre Rechnung, während Domru in den Papierkorb blickt. Sie treten hinaus, ihre Mäntel gleich, ihre Mützen gleich, sie haben sich sogar Krawatten umgebunden, um nicht aufzufallen. Sag mal, fragt der eine, wieso gibt es keine Kampfsportarten bei den Winterspielen? (Der Rezeptionist wird dies als Anekdote herumerzählen und mit seinen Kollegen einige schräge Ideen entwickeln – Ringen im Schnee, Eiskarate, Sambo auf Kufen –, alle werden sich prächtig darüber amüsieren.) Domru zieht das Pflaster ab und verlässt das Zimmer. Vor der Tür bindet Cya bedächtig ihre Schnürsenkel, den Gang im wachen Blick, ob jemand kommt, um sauber zu machen (GOG: *Und der Wischmopp singt, sic transit gloria mundi*).
Der Sonovac leistet erneut zuverlässige Dienste.
– Hätten wir doch nur früher erfahren, dass der Präsident des IOC für die Zweite Hauptverwaltung arbeitet. Da wäre so viel mehr möglich gewesen.
– Und jemand hätte uns warnen können, dass die Stasi-Agenten als Fotografen verkleidet sind.
– Schwamm drüber, Kleinigkeiten. Wir haben ein anderes Problem. Wir können nichts dafür, und ich bin mir nicht sicher, ob wir überhaupt etwas dagegen unternehmen können. Wir haben im Medaillenspiegel gegen die DDR klar verloren. War vor vier Jahren schon knapp und kam gar nicht gut an bei den höheren Chargen. In Innsbruck, da war die Welt noch in Ordnung. Aber jetzt, blamabel. Was passieren wird, könnt ihr euch vorstellen. Mir brennen schon die Ohren.
– Die Deutschen erfrechen sich seit Jahren. Bei der Leichtathletik-EM vor zwei Jahren, beim Schwimmen, beim Rudern. Die lassen uns schlecht aussehen. Und die Säuberungen bei unseren Trainern haben nicht gefruchtet.
– Das machen die Funktionäre der DDR absichtlich. Sie fordern uns heraus. Mein Kontaktmann in Ostberlin be-

richtet, sie werden bald eine Eingabe einreichen, zur Verschärfung der Antidopingregeln.
– Die dopen doch selbst.
– Und wie! Aber gekonnter als wir. So gut wie niemand sonst. Die haben sich darauf spezialisiert, und wir hecheln hinterher, weit abgeschlagen. Es ist eine Schande, manche unserer Ärzte betteln bei internationalen Veranstaltungen ihre Kollegen aus anderen Ländern um Mittelchen an. Die Ostdeutschen kalkulieren, dass ihre Athleten den Kontrolleuren ein Schnippchen schlagen, unsere hingegen auffliegen werden.
– Die Westdeutschen spielen dabei eine perfide Rolle, die liefern gezielt das eine oder andere Präparat an ihre Landsleute im Osten. Und dann loben sie in ihrer Presse die Leistungen der DDR-Athleten, als »deutsche Siege«. Deutsche Siege! Ihr versteht. Wenn deutsch gewichtiger wird als sozialistisch oder kapitalistisch, wird's brenzlig.
– Das bringen wir bis zum Sommer nicht ins Lot.
– Unmöglich.
– Ihr wisst, was das bedeutet? Die Amerikaner haben mächtig investiert, um zu Hause gut dazustehen. Wir werden diesen Sommer noch schlechter abschneiden.
– Ein Fiasko.
– Das kostet uns den Kopf.
– Es gibt eine einfache Lösung.
– Lass hören.
– Elegant und für alle Beteiligten vorteilhaft. Wir boykottieren Los Angeles.
– Aus moralischen Gründen.
– Voller Entrüstung und Empörung.
– Im Sinne der Gerechtigkeit!
– Das muss gut eingefädelt werden. Wir werden in unseren Berichten unterstreichen, was für gewaltige Betrugs- und Manipulationsprogramme am Laufen sind, gegen die wir uns im feindlichen Ausland nicht wehren können, so was

muss jeder von uns an entscheidender Stelle platzieren, mit entsprechenden Berichten unserer Agenten vor Ort.
– Nicht zu plump, nicht zu offensichtlich.
– Und dann flüstern wir dem Direktor »Boykott« ins Ohr, und der wird dann dem Generalsekretär »Boykott« ins Ohr flüstern.
– So retten wir unsere Haut und das Ansehen der Heimat.
– Großartig!
– Genial!

Am 19. Februar, kurz nach acht Uhr am Abend, hält der Präsident des IOC in der Zetra-Halle seine Rede zum Abschluss der XIV. Olympischen Spiele:

»Liebe Damen und liebe Herren,
liebe Fans und liebe Funktionäre,
liebe Gäste und liebe Einheimische,
was wären die Olympischen Spiele ohne euch,
liebe Gewinner und liebe Verlierer,
liebe Profiteure und liebe Amateure,
liebe Sprücheklopfer und liebe Fahnenträger,
wir haben euch allen aus tiefstem Herzen zu danken,
liebe Gaffer und liebe Raffer,
liebe Schlucker und liebe Spritzer,
liebe Mitläufer und liebe Zuträger,
es waren die schönsten Olympischen Spiele aller Zeiten!
In Zukunft wird sich einiges ändern. Das IOC wird mehr
verdienen, wir werden die Ketten veralteter Ideale ab-
werfen, wir werden die Welt des Sports beherrschen, wir
werden den austragenden Städten und Ländern vor-
schreiben, wie wir alles organisiert haben wollen.«

Der Präsident atmet tief durch, eine dramatische Pause, die es in sich hat, denn die breitschultrigen Männer, die an ihn herangerückt sind, mit jedem seiner Sätze näher, nutzen sie, um ihn zur Seite zu drängen. Er kann nur noch

»Erfolg« rufen, bevor dem Dirigenten des Armeechors frenetisch bedeutet wird, er solle eine Hymne anstimmen, die das Blut der Menge in Wallung bringt. Eine Ode an die Rechtschaffenheit, kraftvoll genug, um den Teufel ins Bockshorn zu jagen oder wenigstens in den Fluss zu werfen, und kaum endet das Lied, blicken die Sänger und Sängerinnen in ihr Portemonnaie, darin fein säuberlich ein Schuldschein gefaltet, diese Hymne werden sie fünf Jahre lang abzahlen müssen.

Domru lacht vergnügt, Cya ist enttäuscht. »Bist du bereit?«, fragt er und fasst sie an beiden Schultern. »Bereit«, antwortet sie. Die Bilder von TV Sarajevo zerfließen, sie schließt die Augen, es wird kälter, sie hört platzende Geräusche – das klingt nach Schüssen –, wer schießt? *Keine Antwort verfügbar.* Sie sieht sich neben einem Baum stehen, halb entwurzelt, vor ihr Männer mit Gewehren, und einer nimmt ein Notizbuch aus der Tasche seines Anoraks, sportlich fesch, und notiert mit lauter Stimme: »Full House heute, drei balije und zwei ihrer Huren. Gestern war wenig los, ein Greis, der gestolpert ist, Kopfschuss, immerhin Munition gespart.« Eine Flasche wandert in seine Schreibhand, die anderen starren durch ihr Zielfernrohr. Kaum hat der Erfolgreiche einen tiefen Schluck genommen, feuert das Gewehr zu seiner Rechten, wie ein mechanisches Rülpsen, und Cya begreift, sie und Domru befinden sich in dem Wald oberhalb der Stadt, vor ihnen etwas, das wie die Bobbahn aussieht, ohne Eis, mit Löchern, hinter dem sich die Schützen verschanzt haben und weit unten die Stadt, die sich noch tiefer ins Tal gegraben hat. »Dort sind keine Mäuse, nur Ratten«, ruft einer der Männer aus und schießt. Das ist keine Bobbahn, das ist ein Schützengraben, unten erkennt sie das Stadion, erkennt das Gebäude, in dem der Bolero getanzt wurde, gerade eben noch, es glüht zerbombt nach. Was ist geschehen? Sie blickt zu Domru, zum ersten Mal in ihrem Leben kann sie Sorge von seinem Gesicht ablesen. Bevor sie ihn etwas fragen kann, bevor die Scharfschützen sie entdecken, verschwindet das Bild vor ihren Augen, sie hört Farben über die Stränge schlagen, sie fällt den versammelten Chronautin vor die Füße, die sie mit angespannter Erwartung und überbordender Erleichterung fast erdrücken, während GOG analysiert, ein Raum-Zeit-Lag von zehn Jahren sei soeben vorgefallen, glücklicherweise habe er sich von allein wieder eingerenkt, es wäre nicht gut gewesen, in jenem Damalsdort verharren zu müssen, als erschossene Menschen in Holzsärgen begraben wurden, zusammengezimmert aus den Sitzen der Zetra-Halle, dort, wo der Bolero die Zeit zum Stillstand brachte, zwei Menschen auf Kufen, *schön wie Mandarinenfische bei der Paarung …*

Cya schaltet GOG aus.

Fanny und Wolodja

Suchfunktion im Sucher

Blasmusik unterm Balkon, rote Käppis, weiße Jacken, zugeknöpft bis oben hin, Schatten schief im Gleichschritt, sechs in einer Reihe in sechs Reihen, vorn der Staffelstab, stoßwärts die Standarte, Schatten wie Tornister am Rücken, Stech auf Schritt, eins-zwei, eins-zwei-drei-vier. Die Musik hält inne, bleibt stehen, pausiert. Cya lehnt sich über die Brüstung, sechs weiße Reihen, rot gepunktet, und tollende Kinder, ein Junge erwachsen mit Mütze und Stolz, Mädchen mit Hummeln im Hintern spielen Himmel und Hölle, aus der Stille setzt sich Ordnung in Bewegung, schau, was für eine Schau, sechs Tuben, auf der Straße, auf rechteckig behauenen Steinen, sechs mal sechs Stiefel fügen sich zum Bild, eins und zwei und, tragen es hinweg, eins-zwei-drei-vier, die Bläser lauter als der Jubel, hinter den Stößen Kadetten, bei Kräften, gymnastikuniformiert. Eine Nachbarin tritt hinaus auf den Balkon nebenan, ein Netz über struppigem Haar, graue Strähnen und Weckgläser aufgestapelt um sie herum. Cya drückt sich an die Hauswand, um nicht gesehen zu werden. Sie will nichts zu tun haben mit dieser Parade an einem sommerlich-sonnigen Tag. Sie will beobachten. Das ist nicht immer möglich. Ein Paukenschlag, ein Magenschlag, die Farben verwischt, Paare ohne Stiefel, fünf Instrumente und eine Stolpertuba, die Hosen zerrissen, die Käppis im Graben, drei-vier-eins, zwei dazwischen, der Staffelstab ein Gummiknüppel, alles zerläuft, ein zweiter Paukenschlag, alles hechelt und hetzt, die Arme blutverschmiert, bricht ein junger Mann unterm Balkon zusammen, ein Angriff, gegen ...

Gegen wen? GOG schweigt.

Angaben, bitte! GOG schweigt.

Falscher Ort und falsche Zeit? GOG schweigt.

Die Einschläge haben ihn sprachtot gemacht. Cyas Blick

erhascht das wehende Ende einer Fahne, auf einem anderen Gebäude, die Fahne noch nicht rot …

»Da, eine Fremde, da, da, das ist sie, da, die Attentäterin!« Die Frau vom Balkon nebenan schreit sich die Angst aus dem Leib. Niemand beachtet sie, zunächst, niemand nimmt sie wahr, bevor sich einige der Köpfe nach oben richten. Die Blicke nageln Cya fest.

Wohin? GOG schweigt.

Wie raus hier? GOG schweigt.

Schritte im Treppenhaus, Schreie auf der Straße. Schritte und Schreie. Die Frau auf dem Balkon hat ihre Stimme aufgebraucht. Mit aufgerissenen Augen sticht ihr Zeigefinger ins Nichts, als wäre die Luft ein Fahndungsblatt, beharrlich, bis der Fingernagel das verdächtige Gesicht einreißt, unscharf, dieses Gesicht, keiner hat die Person wirklich gesehen, statt Fotografie Phantom, statt Physiognomie Vermutung, die hohen Wangenknochen und eine Kubanka schräg auf dem Kopf dieser abstoßend hässlichen Frau, so wird die Nachbarin später aussagen, eine aufregende Teufelin, wird der Kutscher im Nachhinein behaupten, sie muss ihn nicht anflehen, er spornt das Pferd von sich aus an, der Einspänner fliegt, über Prospekt über Ploschtschad, zu einem zugefrorenen Fluss, der weiter reicht als ihr atemloser Blick. Sie gleiten über das Eis, am fernen Ufer Mützen, das Eis fest, und doch brechen Blüten durch, hier und da, erste Entkräftungen des Winters, Blüten aus Eisen, ruft der Kutscher, wir pflücken sie bald (Was soll das bedeuten, GOG? Schweigen). Sie ist zu früh, gewiss ist sie zu früh, nicht Oktober und nicht Februar, der Fluss noch nicht aufgetaut, im Abendlicht glühen die fernen Kiefern kupfern, und alles ist verkehrt.

wir müssen es wieder versuchen

sie ist hingefallen, wie andere um sie herum, herbeigeströmt aus allen Richtungen, mit aufgesprungenen Lippen.

In einer Seitengasse »Brot«, in einer Nebenstraße »Krieg«, auf dieser Allee »nieder, nieder mit ...« Jemand deutet in die Höhe, oben Gewehre, unten Schreiköpfe und fuchtelnde Arme, die Maschinengewehre husten trocken wie Sterbenskranke, die Menschen bieten den Dächern die Stirn, vom Himmel auf die Erde, vom Dach aufs Pflaster, Schüsse, fallen sich die Engel tot. Vor ihr ein Hotel, hell leuchtend, durch die zerbrochenen Fenster flattern Samtportieren. Der Mann, der ihr Einlass gewährt, trägt Vollbart und eine Pförtneruniform. Von der Decke hängen Kronleuchter an heraldischen Fäden, Zwilling Drilling Gitter (GOG: *Aus Böhmen, aus der Werkstatt von ...* Ach!). Sie schwingen wie Kirchenglocken, klirren mit Zähnen aus Kristall. Ein Blitz, schwarz, ein Blitz, schwarz auf schwarz, Kugeln zerfetzen den Bezug der Fauteuils. Cya kriecht hinter die Theke der Rezeption, dort hocken einige Verängstigte, in ihren Augen kein Rat, hinter ihrem Rücken eine blumige Tapete (GOG: *Korrekter wäre Wandbespannung.* Jetzt auf einmal). Ein Servierwagen mit Cremetorten rollt über den Marmor, bedächtig, als würde er geschoben von einem Kellner mit einem entspannten Angebot auf den Lippen. Eine der Torten fällt zu Boden, ein Teller zerbirst, ein Kännchen prallt gegen eine Säule, und Milch ergießt sich über den Boden, rinnt einem toten Offizier in den offenen Mund. Ein Rekrut rammt sein Bajonett in die Mahagonitäfelung. Die Klinge spiegelt den Kronleuchter, bevor er zu Boden kracht und Cya in Ohnmacht.

wir müssen es wieder versuchen

sie wird umarmt von Fremden, als würde zum allerersten Mal gefeiert, »unsere Helden« schreit jemand und wieder eine Umarmung. Gesichter, die zu lange gleichmütig getragen wurden, abgenutzte, ausgemergelte Gesichter, die vor Leben strotzen, weil es endlich taut. Die Menschen tanzen, zum Rhythmus ihrer Euphorie, endlich hat Hoffnung keinen bitteren Nachgeschmack. Was Cya aufschnappt, was sie sich zusammenreimt, was sie spürt, bevor sie es versteht, ist die Spontanität. Auf jedem Pflasterstein, vor jedem Gebäude und an jeder Ecke unterhalten sich die Leute. Banner verkünden den Generalstreik. Ein Wort, das nach Plan und Planung anmutet. Es treibt sie hinaus auf einen großen Platz (GOG: *Mit dem Namen Znamenskaja, ein Wink mit dem Laternenpfahl.* Sieh an, GOG hat seinen Streik beendet), wie ein See voller Badender, die sich gegenseitig erzählen, was sie heute nicht arbeiten werden. Sie teilen einander mit, was sie nicht produzieren werden, was unerledigt bleiben wird. Und weil es so viele sind und weil sie sich gegenseitig mit ihren Beschreibungen anstacheln, köchelt es gewaltig auf diesem Platz. Ein Druckermeister hat sich einen Buchstaben auf die Hand gemalt, ein schönes großes A. »Bezahlt werden wir nach Buchstaben.« »Klingt gerecht?« »Mitnichten.« »Wieso denn nicht?« »Was ist mit den Zeichen?« »Welche Zeichen?« »Die Zeichen zwischen den Halbsätzen und am Ende der Sätze.« »Ach, du meinst die Fragezeichen?« »Ja, die meine ich, aber auch die Bindestriche und die Beistriche ...« »Und die Ausrufezeichen, nicht? Wie jetzt! Wie hier!« »Genau, du hast es kapiert, ein Ausrufezeichen macht genau so viel Arbeit wie ein K oder ein M, aber nichts kriegen wir dafür.« Die Metallarbeiter, erwartbar vielzählig, nicken verständnisvoll. Was sie heute nicht gießen und schweißen, das kann sich im Groben jede und jeder vorstellen, die Details interessieren ohnehin niemanden, sie schweigen lieber, überlassen das Reden den Chauffeuren in ihren polsterartigen Uniformen, die allen anderen versichern, beim Generalstreik arbeiteten sie mehr als im Dienst, denn da stehen sie überwiegend herum, meist in der kalten Luft und warten, rauchen eine Zigarette nach der anderen, »wir verrauchen die Zeit, Genossen, mehr ist nicht zu sagen«. »In Transport machen wir auch«, sagen die Eisenbahner, »weniger elitär als ihr, weniger etepetete!« »Ach was, Durchfall kriegt doch ein jeder.« »Ja, schon, aber nicht jeder kriegt was Verdorbenes zum Essen.« Sie grinsen einander zu und wundern sich, dass auch Bankangestellte unter ihnen sind, die sich die Handschuhe reiben, weil sie keine Scheine zählen, keine Wechsel ausstellen müssen. Als wären diese Tütenkleber des Kapitals nicht exotisch genug auf dem Platz der vielen Zeichen, mischen sich auch einige Paradiesvögel des kaiserlichen Balletts unter die Verweigerer. »Was denn kaiserlich, es hat sich ausgekaisert!« »Könnt ihr nicht mal hüpfen und springen fürs Volk?« »Können wir, sogar einen Spagat machen für das Proletariat können wir, und eine Hebefigur«, worauf eine junge Frau ihre Arme zu einer zittrigen Siegessäule spreizt und die Verkäuferinnen und Schaffner, die Näherinnen und Hafenarbeiter eifrig applaudieren. »Das ist sehr behände«, sagt ein Mann, offenhörig ein geübter Redner, »das ist höchst elegant, aber wisst ihr, was wir – unsere kleine Gruppe hier – gerade nicht tun? Wir sitzen nicht im Gericht, wir verhandeln keinen Fall für unsere Mandanten, und die da, die haben wir einfach so mitgeschleppt, wisst ihr, wer die sind? Das sind die Geschworenen, und die hören sich keine Beweise an, und die bilden sich kein Urteil, weil wir uns alle miteinander weigern, einen anderen Fall zu verhandeln als den Fall ... der Monarchie!« Gebrüll allerorten, als die Aussage des schrulligen Anwalts weitergetragen wird, von Mund zu Ohr, »der Fall der Monarchie«, die Arbeit ruht, das Blut in den Adern der Stadt fließt andersherum. Mit einem Mal Unruhe unter den Versammelten. Männer zu Ross am äußersten Ende des Platzes, unübersehbar viele, Kavallerie – die Kosaken –, Gewalt im Trab. Oder doch keine Gewalt? Die Reiter lächeln den Demonstranten zu, die Menge jubelt, wann hat sich je ein Kosak im Sattel verbeugt vor einem Generalstreik. Als die Polizei anrückt, zieht der Kommandeur der Berittenen drohend seinen Säbel, die anderen machen es ihm nach, die Gefahr ist gebannt, der Generalstreik dehnt sich aus, Stunde um Stunde, Cya von der Ekstase infiziert und nur eine Sorge im Hinterkopf: Was, wenn jemand sie fragt, was sie gerade nicht arbeitet? Was soll sie antworten? Ein Wortwechsel zweier Unbekannter lässt sie diesen Gedanken sogleich vergessen: »Was hast du in der Hand, Genosse?« »Schmirgelpapier.« »Wozu denn das?« »Um unsere Wörter zu schleifen.

Je rauer, desto besser

egal, wie oft sie es versuchen, es geht daneben. Bei jeder Anlandung zeigt sich, dass Domru vor seinem Weggang – ohne Ankündigung, ohne Versöhnungsgespräch – das System auf Unschärfe eingestellt hat. Weit und spät vorbei, zur Unzeit am falschen Ort. Als wollte er Cya zwingen, durch eine schmutzig verschmierte Linse ins Damalsdort zu blicken. Und so wird es bleiben, bis eine der anderen Chronautin ähnliche Fähigkeiten wie er entwickelt hat. Unmöglich abzuschätzen, wie lange dies dauern wird. Geduld! So schwer es auch fällt, wenn man ohne klare Sicht ins Unbekannte eintaucht. Sie gewöhnen sich daran, dass kein Verlass mehr ist auf Raumzeitkoordinaten. Seit Domru verschwunden ist. Und nicht zurückkehren wird. Cya ist sich dessen sicher, die anderen geben sich noch Illusionen hin. Er ist weg, weil er nicht ausreichend gewürdigt wurde (GOG: *Prima inter pares war ihm zu wenig primus*). Das empfand er als Verrat, und nun wickelt sich die krumme Zeit um einen schiefen Ort. Cya kehrt Mal ums Mal unverrichteter Dinge heim, ebenso Samsil, reich an Eindrücken, die sich zu keiner Absicht bündeln lassen. Frustrierend. Dabei haben sie sich viel vorgenommen. Mit neuer Zuversicht. Seitdem Cya den »Wahn« in der Stadt an den sieben Buchten verhindert hat, ist sie mutiger geworden (in ihrer eigenen Wahrnehmung), wagemutiger (so die Einschätzung des Weltweisen), tollkühner (laut Ansicht anderer). Die weitverbreitete Skepsis ist nachvollziehbar. Samsil und Cya beabsichtigen die Vermenschlichung des 20. Jahrhundert (GOG: *Nach alter Zeitrechnung*), diesen »Abakus der Gewalt« (Tapios Formulierung), »auf den oberen Stäben die Perlen der Siege, auf den unteren die Knochen der Kriege«. Nach eingehender Recherche haben sie dem chronautischen Kreis vorgeschlagen, sich im Jahr der Revolutionen umzusehen. Auf der Suche nach Nebenlinien, damalsdort der Herrschaft verdächtig. Wenn sie Subversives in die Ereignisse schmuggeln könnten, gelänge es ihnen vielleicht, jene Abzweigung zu finden, die ins offene Feld zum unmarkierten Terrain führt. Wenn sie nur von den blinden Gleisen abkämen. Das klang überzeugend, in der Theorie. Bislang haben sie das Angepeilte verpasst und sich in der Folge eher verirrt. Aus der Ferne betrachtet schienen die revolutionären Geschehnisse deutliche Umrisse aufzuweisen. Doch je öfter Samsil oder Cya in der Garderobe der Geschichte landen, desto offenkundiger wird, dass sie mit falschen Erwartungen aufgebrochen sind. Es gibt keine nebensächlichen Momente, überall treffen sie auf Menschen, die keine Drangsal mehr dulden, die sich auf ihre Weise auflehnen. Die Revolution besteht nicht aus vereinzelten Gipfeln, sie existiert als unübersichtliche Vielfalt der Wendungen und Wandlungen. Ein Spiel, bei dem die Mitwirkenden allmählich die Regeln aushandeln, nach denen sie spielen. Ein Werden, folglich ein Stolpern. Hoffnungsreich, beseelend. Bis zum abrupten Abbruch. Türen zu, Fenster verriegelt. Festungen statt Flächen. Was bleibt ihnen anderes übrig, als trotz Schlamm und Trommelfeuer, es ist geschehen, die Soldaten haben ihre Waffen niedergelegt und ihre Feldflaschen herausgezogen und dem Feind gereicht. Das Niemandsland ist zweisprachig. Die Soldaten vergleichen Schnaps mit Wodka. Sie fragen, welchen Beruf hast du Kamerad, im richtigen Leben? Bäcker finden zueinander, und Bauern tauschen sich aus über Kartoffel und Topinambur, einige Schlucke weiter sprechen sie von ihren Liebsten, von einem Verlangen, das im Schützengraben zum Trugbild verkümmert, von verkratzter Sehnsucht mit dem Finger am Abzug. Ich hatte dich im Visier, Kumpel, und meine Liebste im Sinn. – Wäre es umgekehrt gewesen, wir hätten diese Pulle längst miteinander geteilt. – Wir sind nicht gierig! – Außer aufs Leben. – Recht hast du, und Hand aufs Herz, ich bin gierig wie kein Zweiter, ein ganzes Bataillon an Liebschaften. – Ich nur eine. – Na, wollen nicht zählen. – Zählen nicht, aber was für ein Verlust, wenn du mich erschossen hättst. – Stimmt, so wenig, wie du bislang erlebt hast. – Hab's mir aufgehoben, für später. – Ha, später, das ist ein Schwanz, der inwendig wächst, wenn du mich fragst, lieber zünftig als künftig. – Hoch die Pulle, bin froh, dass ich dich nicht erschossen hab. Die Soldaten staunen über sich selbst. Es war so einfach: Sie mussten sich nur anmaßen, selbst Frieden zu schließen. Merkwürdige Zeiten, sagt einer, der sich dazugesellt, habt ihr gehört? – Nee, was denn? – Die Schwäne hacken den Krähen die Augen aus. – Wo? – Überall! – Darauf trinken wir, Kameraden, ob im Westen oder im Osten, was soll aus uns nur werden, wenn die Schwäne den Krähen die Augen aushacken? – (GOG: *Polterdieholter.*) Dieses und jenes und weiteres und anderes bekommt Cya am Straßenrand in der großen, kalten Stadt von einem ausgehungerten Mann erzählt, einem Veteranen der Fronten und der Barrikaden, so hat er sich vorgestellt, mit gewichtiger Würde (GOG: *Aplomb würde besser passen*). Seine Stimme laut, als wollte sie den spärlichen Verkehr aufhalten, Depeschen und Aufrufe tief in sein Gesicht eingeschrieben. »Kaum haben wir den Krieg hinter uns«, fährt er mit glasigen Augen fort, ohne sich zu vergewissern, ob Cya ihm zuhört, »träumen wir weiter, von Karren mit Garben, entlang der holprigen Wege fallen Garben zu Boden und werden aufgelesen von denen, die Brot brauchen, Karren voller Garben, die uns alle ernähren, bleib!« – Der Mann hat ihre Hand gepackt. – »Wo willst du hin, bleib, das ist nicht die ganze Geschicht', der Karren wird geschoben von Bauern, von wem sonst, schau noch mal hin, keine Bauern sind's, sondern Gesinde, das Gesinde von gestern hat heut' einen Karren voller Garben, nicht nur zur Hochzeit, nicht nur zum Leichenschmaus, und auf dem Karren, darauf wollt' ich hinaus, jetzt bring ich mich selber durcheinander, sitzt ein Mädchen, das schönste aller Mädchen, es schaut zu dir und lächelt dich an, es hat Augen für dich, für dich allein, es ist so schön, wie du es bist. Du bist unser Engel.« Der Veteran wird ihre Hand nicht loslassen, es sei denn Cya wäre bereit, sich mit Gewalt loszureißen. Sie bleiben sitzen am Feuer, das aufflackert, wenn jemand einen doppelköpfigen Adler hineinwirft: Gestutzte Flügel brennen gut. Cya lauscht, an anderen Fernlautfeuern sitzen Soldaten und Deserteure, tauschen sich aus, während Cya beim Veteranen bleibt, bis die Nacht zum Morgenrot verbrennt. Wie im Heizofen, sagt jemand schlaftrunken. Wie Glühwürmchen im Land der Zwerge, sagt der Veteran und pennt ein.

wir müssen es wieder versuchen

die Gesichter rot wie Vogelbeeren und überall Pfützen Wein. Auch Riesling? Was für eine Frage. Wie soll sie das wissen? Als hätte Samsil von jeder der Flaschen gekostet.

»Soweit ich sehen konnte, handelte es sich um Schaumwein und Rotwein.«

»Es gab eine Sauferei, was ist schon dabei?«
»Ihr solltet euch vor Augen führen, um den Zusammenhang zu verstehen, dass es davor jahrelang nichts zu trinken gab, Alkohol war verboten.«
»Wieso das denn?«
»Verträgt sich nicht gut mit Krieg.«
»Weil der Wein die Leute friedlich macht.«
»Oder weil die meisten eh schon besoffen waren.«
»Dürfte ich mal in Ruhe erzählen?«
»Bitte schön ...«
»Es war dunkel, als ich ankam, zu dieser Jahreszeit wird es früh dunkel, und die Beleuchtung ist rudimentär, flackernde Lager, wie Cya sie beschrieben hat, hier und da ein beleuchtetes Gebäude. Ich hörte ein Rattern, wie von den Rädern einer Schubkarre. Gleich darauf erblickte ich die Schubkarre. Und was darin? Flaschen, sehr viele Flaschen. Gezogen von einer lautstark lustigen Truppe.«
»Truppe, wirklich, ist das Wort angebracht?«
»Sie nannten sich ›Korps der Kellerräuber‹, und sie behaupteten, sie seien unterwegs, seitdem sie erfahren hätten, es gebe in der Stadt mehr Weinkeller als Pulvermagazine. Die Waffen gehören jetzt uns, sagten sie, die behalten wir, auch nach dem Krieg. Aber was ist mit dem Wein, wieso soll der nicht auch uns gehören? Welches Fläschchen darf's denn sein, Bürgerin? Egal, sagte ich, ich frage mich vielmehr, wie ihr die aufkriegen wollt. So schnell konnte ich nicht schauen, schon war der Flaschenhals entzwei, und einer von ihnen hockte sich hin, auf dem nassen Gestein, und der andere goss den Wein in seine Gurgel, bevor er mir die Flasche reichte.«
»Und? Wie hat's geschmeckt?«
»Unbeschreiblich.«
»Unbeschreiblich geht nicht. Gib dir mal Mühe.«
»Wieso? Es lässt sich nicht beschreiben, so einen Wein

habe ich noch nie getrunken, und ich vermute, auch keine von euch. Das ist Wein, wie wir ihn nicht kennen, mit allergrößtem Aufwand in winzigen Mengen für ganz wenige gekeltert.«

»Feinste Bouteillen eines hochwohlgeborenen Oberhofmarschalls.«

»Wer braucht denn schon so was, wir können glücklich darauf verzichten.«

»Das sagst du so leichtfertig, weil du so einen Wein noch nie gekostet hast.«

»Ich werde bei meiner nächsten Verwanderung einen Kellergang einplanen.«

»Darf ich weitererzählen?!«

»Wir bitten darum ...«

»Die Männer haben eine zweite Flasche geköpft.«

(GOG: *Was für ein schreckliches Wort.*)

»Der Grund für das Gelage war bemerkenswert: Sie taten es, um zu vergleichen. Erst seit letzter Woche, so sagten sie, können wir vergleichen. Davor war es uns nicht möglich, und jetzt können wir nicht aufhören. Wer hat gedacht, sagten sie, dass Vergleichen einen solchen Unterschied ausmacht. Nicht so zaghaft, Bürgerin, nuckeln Sie nur eifrig, die Nachschubwege sind gesichert.«

(GOG: *In dieser Phase wurde Wein im Wert von 37,53 Millionen Rubel vernichtet.* Wieso vernichtet? Lieber eine Nacht der Ekstase als eine Ewigkeit der Lagerung.)

»Cya, hörst du mir zu?«

»Ja, natürlich, ich höre dir zu, verzeih, ich hatte gerade einen kleinen Disput mit GOG.«

»Nicht etwa über Wein?«

»Doch. Ausnahmsweise über Wein.«

»GOG ist viel zu vernünftig für Wein.«

»Wollten sich diese Kellerräuber nur betrinken, oder hegten sie eine aufrührerische Absicht?«

»Aus naheliegenden Gründen fällt es uns schwer«, antwortet Samsil, gewohnt betulich, »die befreiende Energie von Plünderungen nachzuvollziehen. Ein Leben lang stehst du draußen vor dem Schaufenster, ein Leben lang läuft dir der Speichel im Mund zusammen, ein Leben lang träumst du hungrig davon, eines Tages nicht mehr von Sättigung träumen zu müssen.«
»Das hast du schön gesagt.«
»Auf einmal kannst du und darfst du. Alle um dich herum sagen: Nur zu, bedien dich, du musst nur zugreifen.«
»Ich höre schon das Gejaule der billigen Befriedigung.«
»Mach dich nicht lustig. Wer nie Entbehrung erfahren hat, kann so ein Begehren nicht verstehen.«
»Wer sich lustig macht, der hat nicht tief genug in den Spiegel geschaut.«
»Warte mal. Was, wenn die ganze Sache schlau eingefädelt war von denen, die solche Keller besitzen? Was, wenn der Wein der Verbündete der ... Na, wie hießen diejenigen, die alles hatten?«
»Meinst du die Aristokratie oder die Bourgeoisie?«
»Ja, die Bourgeoisie, was für ein unnötig schwieriges Wort, egal, meine Frage lautet, ob es nicht sein könnte, dass solche Gelage Teil einer Strategie waren, um die Aufständischen zu verwirren und abzulenken?«
»Du meinst, die Keller wurden freiwillig geöffnet?«
»Darf ich mal zu Ende erzählen?«
»Aber ja, nur zu ...«
»Es waren tatsächlich alle betrunken, zumindest jene, die mir über den Weg getorkelt sind, und trotzdem hatten sie – um deine Frage zu beantworten – rebellische Visionen. Was wäre, sagte einer, wenn wir den Wein zur Straße raufpumpen, die Rinnsteine voll damit, dann könnten wir mit einem Messingbecher schöpfen, wie wir lustig sind ...«
»Das gab es tatsächlich, darüber habe ich was gelesen.«

»Jemand hat es dir bei der Traubenlese erzählt.«
»Kann sein.«
»Da wird viel geflunkert.«
»Könnt ihr mich nicht in Ruhe zu Ende erzählen lassen …?«
»Gibt's noch was?«
»Nein. Eigentlich nicht. Mehr habe ich nicht herausgefunden. Geblieben ist mir vor allem der unglaubliche Geschmack auf der Zunge …«
(GOG: *Es gäbe durchaus mehr – in der Gosse hoppelt der Mond, flatterig wie das Vergessen, stürzt in eine Rinne Wein, fällt in eine Wolke Blut, es torkeln die Vögel, es lallen die Eichen.* Gar nicht schlecht, GOG, ein wirklich gelungener Remix. *Remix oder Verschnitt?* Übertreib's nicht.)
»… und was mir noch in Erinnerung bleiben wird: die Gesichter, rot wie Vogelbeeren, und überall Pfützen Glück.«

wir müssen es wieder versuchen (*keine Frage*)

die Erde ist hart, das Marsfeld weit, alles schneebedeckt außer dem tiefen Graben, ausgehoben für viele Gräber. Diesen Tag müssen Cya und Samsil sich vorstellen. Anhand von fremden Beschreibungen. Es ist ein Tag, zu dem sie nicht aufbrechen können. Egal, wie oft sie es versuchen, es will ihnen nicht gelingen. Sie lesen sich gegenseitig Berichte von Zeitzeugin vor. Etwa von einem Mann mit blutiger Weste: »Am 23. März fand in Petrograd die Beisetzung der Opfer der Februarrevolution statt. Die traurige, doch ihrer Stimmung nach festlich-lebensfreudige Kundgebung war ein mächtiger Schlussakkord der Symphonie der fünf Tage. Zur Beisetzung kamen alle: sowohl jene, die Seite an Seite mit den Gemordeten gekämpft, wie auch jene, die gemordet hatten, am zahlreichsten aber die, die sich bei den Kämpfen abseits gehalten hatten. Neben Arbeitern, Soldaten und städtischem Kleinvolk waren jede Menge Studenten, Minister, Gesandte, gediegene Bürger, Journalisten, Redner, die Anführer aller Parteien anwesend. Rote

Särge schwebten auf den Schultern der Arbeiter und Soldaten aus den Stadtbezirken dem Marsfeld zu. Als man die Särge in die Gruft senkte, ertönte von der Peter-und-Paul-Festung her, die gewaltige Menge erschütternd, der erste Trauersalut. Die Kanonen donnerten auf neue Art: unsere Kanonen, unser Salut.« Eine gemeinsame öffentliche Geste. (GOG: *Es wäre vieles mehr zu beschreiben – von früh am Morgen bis weit in die Nacht strömen sie herbei, Hunderttausende von Menschen, vereint in trotziger Trauer und ohne gemeinsames Ritual. Schwarz gekleidet und frei in ihrem Gram.* Entlang der Gefühle entstehen neue Rituale. *Jede Fahne weht friedlich neben den anderen. Kein Streit auf dem Rücken der Gefallenen.* Eine Beerdigung im Zeichen der Harmonie. *Die Trauernden stammen aus allen Vierteln der Stadt, Vertreterin verschiedener Fabriken, Einheiten, Institutionen, Verbänden, Parteien. Eine Kolonne des jüdischen Bunds, eine Rotte armenischer Daschnaken.* Sogar eine Schar von Blinden. *Schweigend tragen sie die Toten und die Transparente. Erreichen das Marsfeld, übergeben die Särge den Totengräbern, gehen weiter. Die Lebenden stapfen durch den Schnee über die hölzernen Stege zwischen den Gräberreihen.* Niemand hält eine Rede? *Manche singen am Massengrab leise ein Lied.* Nirgendwo ein Pope? *Zum ersten Mal seit Jahrhunderten tragen Menschen ihre Toten zu Grabe, ohne von der Kirche in Szene gesetzt zu werden.*) Cya stellt sich vor, wie sie am Rand des Marsfeldes steht, neben einer Hecke, die Hosenbeine durchnässt, den Defilierenden ins Gesicht blickend. Was haben sie in den fünf Tagen zwischen Ermordung und Beerdigung getan? Was ersehnen sie sich für die nächsten fünf Tage? Welche der Zofen hat die Herrin in ihr Kämmerchen eingesperrt? Wann werden dem korrupten Metropoliten die Handschellen angelegt werden? Haben erniedrigte Soldaten ihren Offizier angespuckt? Soll dem Elixier der Rache gefrönt werden? So vieles muss verhandelt werden, in einem jeden und zwischen den Menschen, aber die Zeit rast, die Gelegenheit enteilt, wenn wir sie nicht packen, scheinen die entschlossenen Mienen auszudrücken, haben wir die Chance bald verpasst. Was für eine Aufgabe: Innehalten beim Beschleunigen. Wie gern würde Cya mit eigenen Augen diesen trotz schlimmster Befürchtungen der Obrigkeit friedlichen und geordneten Trauertag sehen. Diese würdevolle Selbstdisziplin.

wir müssen es wieder versuchen

die Bretter unter ihren Füßen geben nach. Ein Stechen im Knie. Cya kauert sich hin, instinktiv. Hört Musik, noch bevor sie um sich blicken kann. Ein Orchester spielt auf. Sie scheint auf einer großen Bühne gelandet zu sein, hinter einem Aufbau, der sie vor dem Publikum abschirmt. Offenbar hat niemand sie gesehen, alle Augen auf den Thron vor ihr gerichtet, auf einen imposanten Mann mit güldener Krone und weit ausgebreiteten Armen. Seine Stimme durchdringend, überwältigend fast, mächtiger als je ein Herrscher und keine fünf Ellen von ihr entfernt (GOG: *Eine Aufführung von Boris Godunow.* Sagt mir nichts. *Ein Königsdrama*). Dieser König (GOG: *Eigentlich ein Zar*) trägt einen reich bestickten Kaftan. Je länger er singt, desto nackter erscheint er (Eine Oper? *Ja.* Wir sind in einem Opernhaus? *Ja*). Dieser Zar singt so tief wie die anderen sich bücken, das Volk vermutlich (GOG: *der Chor*), »sei uns Führer«, singen sie, »sei uns Hüter«, auf den Knien, und sie bitten um »Gnade«, überzeugt von der Knute, betrunken von der Einsicht in die Notwendigkeit der Unterwerfung. Cya blickt sich um, voller Unbehagen. Als sie sich wieder dem Geschehen zuwendet, hat sich etwas verändert, das singende Volk ignoriert die Musik aus dem Graben, der Dirigent fuchtelt verzweifelt, ein General, dessen Truppen in die falsche Richtung marschieren (*Jede Aufführung ist eine Probe aufs Exempel.* Schweig, GOG!). Aufrecht singt das Volk das

Falsche, Unruhe im Publikum, einzelne Instrumente rutschen ab vom rechten Ton. Da fällt die Stimme des Zaren eine Drohung tiefer, das Volk traut seinen Ohren nicht – es ist nicht der alte –, kann seinen Augen nicht trauen! – ein neuer Zar ist auferstanden, er herrscht das Volk an, gehorsam zu sein, Disziplin müsse eingepeitscht werden, unversöhnlich und erbarmungslos, jeder zurück an seinen Platz, gewaltige Aufgaben stünden bevor (GOG: *Boris Godunov usurpiert die Oktoberrevolution.* Was soll das bedeuten? GOG antwortet nicht). Verstört tritt Cya einen unüberlegten Schritt zurück, unter ihr eine Falltür, die aufspringt, hinab, in den Fundus, hinab zu Heiligenstatuen, Karnevalsmasken, zu Kostümen von Adligen und Zigeunern, an der Wand ein großes Kreuz, an dem niemand hängt, Kleidungsständer überall, Kutten und Kaftane. Eine Angst bemächtigt sich Cyas, die Vorstellung, lebendig im Fundus begraben zu werden, nie wieder herauszukommen aus dieser erstickenden Enge. Sie schlägt um sich, Kobolde kippen aus den Latschen, sie reißt an einem Türgriff, stürzt hinaus, in einen schummrigen Saal hinein, hinter großen Fenstern herbstliche Nacht und drinnen Kälte. Flugblätter auf dem Boden: Der »25. Oktober« sowie eine Uhrzeit: »zehn am Vormittag«. Die vorweggenommene Verkündung der Machtübernahme. Aber es ist Abend, und Cya steht inmitten weiblicher Soldaten, abgestellt zum Schutz der alten Regierung, die Schlacht noch nicht geschlagen. Sie ist falsch gekleidet, der Epoche gemäß, nicht dem Anlass – sie hat einen Rock an. »Was soll das?«, schreit die Kommandantin. »Na egal, auch im Rock kannst du kämpfen.« Bislang ist Cya im Jahr der Revolutionen vielen Männern begegnet. Jetzt, da das Ende bevorsteht, findet sie sich unter Frauen wieder. Wie zu Beginn, dieses Mal keine Textilarbeiterinnen, sondern Namenlose mit einer Waffe in der Hand. Zusammen mit den anderen späht sie gebannt durch das Fenster, hinaus auf Grüppchen von Soldaten (GOG: *Pulk oder Schwadron?*), die schweres Geschütz anfahren (GOG: *Stammt aus dem Museum, wie sich herausstellen wird*). »Keine Sorge«, teilt Cya den anderen sogleich mit, »das sind alte, verrostete Teile.« »Woher willst du das wissen?« Eine Explosion ist zu hören, Mündungsfeuer blitzt auf, vom Fluss her, der Panzerkreuzer Aurora hat den befürchteten Beschuss begonnen, ein Knall ohne Wut (GOG: *Platzpatronen sind lauter als scharfe Munition*). Die Soldatinnen ducken sich, aber sie spüren keine Druckwelle, sehen keinen Einschlag. Weitere Böller sind zu hören, eines der Fenster zerspringt. Cya befürchtet einen Glasscherbenregen. Es bleibt bei dem einen zerschossenen Fenster, die Nacht rau und eisig. »Wo sind die Kosaken?«, fragt jemand. Verschwunden! »Wen schützen wir eigentlich?«, fragt jemand. »Die Minister«, antwortet die Kommandeurin, »im ersten Stock.« (GOG: *Oben essen die Minister Artischocken.*) Cya schleicht aus dem Saal, durch Gänge mit endlos gleich aussehenden Türen. Keine von ihnen abgesperrt. Hinter einer sitzt ein alter Herr regungslos in einem Sessel, alles an ihm tot außer seinen Abzeichen. In einer Kammer schnarcht ein Mann mit Kochschürze. Sie sieht einen Geist, verkleidet als Offizier, am anderen Ende des Korridors patrouillieren. Sie gelangt in einen Raum mit einem kleinen, aber gewichtigen Schreibtisch in der Mitte. Bedeckt mit Schriftstücken in großer Zahl. Es knarzt, sie hört Schritte, versteckt sich hinter den Vorhängen. Einige Männer ohne Uniform stürzen in den Raum, schauen sich um, ohne Hast. Hacken mit ihren Bajonetten auf den steifen Zaren ein, der lebensgroß von der Wand herabstarrt, so als ginge ihn die Welt nichts mehr an. Die Männer verschwinden, unzufrieden grölend. Cya liest die Papiere auf dem Tisch, Proklamationen, große Teile des Textes durchgestrichen, der Rest wie ein Rezept für einen Schmaus, der nicht stattfinden wird.

Ein Telefon klingelt (GOG: *Wer könnte das sein? Das sollte beschrieben werden. Wer ruft mitten in der Nacht mitten in der Revolution im Winterpalais an? Jemand, der nichts mitbekommen hat, oder jemand, der alles weiß?)*. Das Licht geht aus. Überall. Durch jeden Korridor huschen Schemen. Wer seid ihr? Wir sind das Volk! Und ihr? Wir sind auch das Volk! Wie seid ihr hergekommen? Mit der Straßenbahn! Und ihr? Zu Fuß. Und alle Schemen froh, Gleichgesinnte zu erkennen zur Geisterstunde, die in dieser Nacht bis zur Dämmerung dauert. Das weibliche Bataillon ergibt sich, unter den Uniformierten Cya im Rock. Die Soldatinnen folgen ihrem Schicksal, ohne zu ahnen, dass sie gerade den Tod der Revolution bezeugt haben, mittendrin und doch nicht beteiligt.

wir müssen es wieder versuchen

Teppiche an den Wänden und Teppiche am Boden, weswegen niemand Cyas Eindringen bemerkt. Mitten im Saal ein Mann von verblichener Autorität (GOG: *Das ist der amtierende Zar*), der seinen Bart zwirbelt, ins andächtige Schweigen hinein (GOG: *Er kaut an den Fingernägeln der Weltgeschichte*). Ein Herrchen dreier Hunde, einer davon eine schwarze Bulldogge, die beiden anderen kann Cya nicht zuordnen, sie sehen sich ähnlich (GOG: *Der eine ist ein Cockerspaniel, der andere ein Cavalier King Charles Spaniel.* Benannt nach dem König, der seinen Kopf verloren hat? *Ja.* Nicht im Ernst? *Blutiger Ernst*). Cya verschmilzt mit einer dunklen Ecke, als die anwesenden Damen mit silberfädigen Floskeln aus dem Audienzsaal verabschiedet werden. Vermeintlich allein unter Männern schüttelt der Zar missmutig den Kopf über die düstere Lage der Staatsgeschäfte. Kopfschmerzen und Schleim im Hals, den er nicht mehr loswird. Ihm ist nicht nach Entscheidung zumute, am liebsten würde er die Probleme dieser schicksalhaften Stunde übergehen. Er ahnt, dass selbst Korkenknallen dieser Tage zu nichts Gutem führt, im Gegenteil, Verdächtigungen moussieren in alle Richtungen: Ist es Schlamperei? Ist es Hochverrat? Keine der vielen Uniformen um ihn herum (GOG: *Das ist Generalmajor Putjatin, ausgezeichnet mit neun Orden*) kann ihm eine schlüssige Lösung bieten. Stattdessen Parolen: Eskalieren, Eure Majestät, Durchhaltewillen demonstrieren, Eure Majestät, entschieden und mit Umsicht! Wie stellen die sich das vor? (GOG: *Das ist der Innenminister Protopopow; er hat keine Orden, aber Syphilis.*) »Wenn ich euch die Orden wegnehme, bekomme ich dann mehr Ordnung?« Der Zar hat diesen Satz ausgesprochen, er merkt es den empörten Gesichtern an, er hat ihn lautstark ausgesprochen, das ist nicht seine Art. Er hat sich in letzter Zeit selbst öfter überrascht, auf wenig zuträgliche Art. Seit der Krieg tobt, gewinnt er täglich Einsichten über das Wesen des fremden Mannes in seiner eigenen Haut, der einem Amt dient, das ihm zusteht wie einem Bettlägerigen die Krankheit. Cya ertappt sich dabei, dass sie dem Zaren etwas in den Sinn legt, was dieser kaum gedacht haben dürfte, während seine Berater (GOG: *Das Wort »Kamarilla« wäre passend*) ihn weiterhin wehklagend beschwören, er müsse etwas unternehmen. Dringend. Sonst drohen die Tarotkarten: Ein falscher Pope wird für einen falschen Zaren ein falsches Requiem anstimmen. Die Herren Putjatin und Protopopow ergreifen je einen Arm des Zaren und schweben mit ihm über das Parkett. Er lässt sie gewähren, weil das, was dort draußen geschieht, ihn lähmt. Putjatin und Protopopow versuchen, ihn zu führen, die Schrittfolgen rutschig, das kann nicht gutgehen, er wundert sich, auf einmal ist alles in Bewegung und ihm schwindlig, das hat niemand vorhergesehen, keiner dieser Dekorierten, erst letzte Woche zuckte einer von ihnen mit den Epauletten und sagte: »Das Volk schweigt.« Und der Schwachkopf fügte hinzu:

Das Volk schweigt immer!

wie selten wird das Wort »Volk«, im Jahr der Revolution ständig im Gebrauch, inzwischen verwendet – es ist so gut wie ausgestorben. Es ergab Sinn, solange sich einige Menschen wertvoller und wichtiger wähnten als andere. Überlegen von Geburt an, von Haus aus. Ein nützlicher Euphemismus für »Mob«. Jetzt braucht es keine anderen Wörter außer Mensch und Mitmensch. Viele einst aufwühlende Wörter sind verblasst, Hülsen ohne Inhalt. Nicht nur »narod«, auch »voschd« und »vlast«. Übersetzungen bleiben ungenau, weil sie die rhetorische Wucht und emotionale Wirkung von annodazudort nicht vermitteln können. Wie soll Cya ein Verständnis für Menschen entwickeln, deren sehnsuchtsbewährten Wörter ihr fremd bleiben? Erneut ist sie – wie Samsil auch – mit mageren Erkenntnissen zurückgekehrt. Wer in die Tonschüssel mitten im chronautischen Kreis hineingreift, bekommt Fragezeichen zu fassen. Eine Unterhaltung aus lauter Fragen ist eine triste Angelegenheit. Cyas Gedanken schweifen ab. Sie fühlt sich überfordert. Der Eindrücke zu viele, erschöpft von so vielen Widersprüchlichkeiten. Und was ist mit GOG? Noch nie hat es so unzuverlässig reagiert. Vielleicht war es ein Fehler, GOG Zugang zu allen Informationen über das Jahr der Revolutionen zu gewähren, es dem ganzen Archiv auszusetzen? Könnte es sein, dass die Rasanz der Ereignisse, das Aufbrechen der Ordnungen, das Erhöhen und nachfolgende Verzwergen des Lebens, GOG überfordert hat? Kann Intelligenz traumatisiert werden? Wie sonst ließen sich seine erratischen Reaktionen erklären? In diesem Wust des Grauens ertrinken nicht nur Lebewesen ... *Entschuldigung angenommen.* Wie bitte? *Die Entschuldigung von Cya ist hiermit angenommen.* Ach, sie würde, wenn sie könnte, GOG umarmen.

GOG: *Nachricht betreffs Domru.*
Cya: Ich will nichts von ihm hören.
GOG: *Nicht von ihm, sondern über ihn.*
Cya: Wo ist er?
GOG: *Auf der Insel. Wie vermutet.*
Cya: Auf seiner Insel.
GOG: *Zusammen mit einigen anderen jungen Männern. Es hat eine Schlägerei gegeben ...*
Cya: Wie bitte?
GOG: *Eine Schlägerei. Das bedeutet, mehrere Menschen haben sich gegenseitig mit Fäusten traktiert.*
Cya: Ich weiß, was eine Schlägerei ist. Aber wieso?
GOG: *Die Meldung lässt keinen Aufschluss über Gründe und Motive zu. Es könnte sich um einen Konflikt hinsichtlich der Nutzung eines Bootes handeln.*
Cya: Domru wollte ein Boot mitnehmen, klar doch, um es auf der Insel nach Belieben nutzen zu können.
GOG: *Exklusive Nutzung muss mit dem örtlichen Komitee abgesprochen werden.*
Cya: Das wäre unter seiner Würde.
GOG: *Wieso sind die anderen ihm gefolgt?*
Cya: Sie sind seinem Charisma erlegen, seiner Aura eines kybernetischen Schamanen.
GOG: *Schamane? Merkwürdige Wortwahl ...*
Cya hört nicht mehr zu. Sie sieht sich Domru gegenüber, der Abstand zwischen ihnen rigoros, unüberwindbar. Cya hatte sich nach ihrer Rückkehr aus Sarajewo leer und ausgelaugt gefühlt. Die anfängliche Erleichterung war schnell verflogen. Sie empfand keine Lust auf weitere Raumzeitreisen. Domru war eine Belastung. Sie suchte nach Gründen, ihn geringer zu schätzen. Eine forensische Analyse des Systemfehlers, der sie nach Sarajewo geschleudert hatte, wurde in die Wege geleitet. Domru wollte daran beteiligt sein. Der Weltweise überzeugte die anderen, dass dies keine

gute Idee sei. Wieso, bleibt sein Geheimnis. Das Ergebnis erwies sich für alle als Schock: Es hatte keinen Zeitriss gegeben. Im Gegenteil. Der Sturz in den olympischen Schnee war technisch betrachtet ein Erfolg, ein Quantensprung des Gelingens, eine außergewöhnliche Manipulation, wie sie nur einem unter ihnen zuzutrauen war, einem, der den Vorwurf nicht bestritt, sondern seinen Stolz fletschte. Für den nächsten Tag war eine Versammlung aller Chronautin anberaumt. Noch nie hatte eine aus ihrer Mitte das gegenseitige Vertrauen derart beschädigt. Domru stand vor der Tür, am Abend zuvor. Nicht um sich zu entschuldigen. Er wollte sie für sich gewinnen. Auf seine Seite ziehen. Weil es, das offenbarten schon seine ersten Sätze, aus seiner Sicht zwei Seiten gab, die sich unversöhnlich gegenüberstanden, und die zwingende Notwendigkeit, sich zu einer von ihnen zu bekennen. Sie konnte nicht verstehen, wieso er die Entfremdung zwischen ihnen nicht spürte. Er betrachtete sein eigenes Handeln mit der Nachsicht eines Selbstverliebten.

»War doch halb so schlimm. Ich wollte die Olympischen Spiele mal erleben. Zusammen mit dir. Bedeutet dir das nichts? Wir beide unterwegs zu einem kleinen Abenteuer. Außerdem war das eine hervorragende Gelegenheit zu beweisen, dass ein Tandemraumzeitflug möglich ist. Ein technischer Selbstversuch zum Wohl der Sache. Damit wir Fortschritte machen, unser Schneckentempo macht mich kirre.«

»Du hast mich dazu gezwungen. Darum geht es. Du hast mich nicht gefragt, du hast es mit niemandem abgesprochen. Du hast mich gezwungen.«

»Genötigt, hätte man früher gesagt. Zugegeben, ein wenig Nötigung war dabei. Wie sollte ich dich sonst überraschen? Es hat dir doch Freude bereitet.«

»Freude? Diese verkrampften Wettkämpfe?«

»Welche meinst du? Die im Kalten Krieg oder die auf der Loipe?«

»Dir hat es gefallen. Du warst begeistert von der lächerlichen Geheimnistuerei und den jämmerlichen Intrigen.«

»Betrachte es wie ein Spiel. Im Spiel wird gekämpft, so muss es sein.«

»Nicht mit krankhaftem Siegeswillen. Und nicht mit allen Mitteln.«

»Was ist daran so schlecht? Mann gegen Mann. Eine runde, ehrliche Sache. Und die Leistungen waren doch beeindruckend. Solche Leistungen sind nur möglich, wenn du alles diesem einen Ziel unterwirfst.«

»Das Spiel sollte symbolischer Ersatz sein, nicht die Essenz selbst. Siehst du den Unterschied wirklich nicht? Bei unseren Spielen wird Leben –«

»Ach was. Wir huldigen doch bloß dem Mittelmaß. Wir ertragen das Überragende nicht. Ich kann nicht glauben, dass es dir nicht gefallen hat. Die Kraft und die Eleganz. Denk an den Tanz auf Kufen, was für eine Virtuosität, das war erhaben und erhebend.«

»Einige Augenblicke lang.«

»So was gibt's bei uns nicht. Wir wären besser dran, wenn wir wüssten, wer besser ist. Wer schwächer und wer stärker. Wer talentierter, wer intelligenter.«

»Weil du annimmst, dass du der Beste bist.«

»Könnte sein. Dass sich das herausstellt. Wäre gut für mich und zu eurem Nachteil.«

Der letzte Satz enthielt einen brutalen Unterton. Sie erschrak, weil ihr bewusstwurde, dass ihre Stimme vor Verachtung getrieft hatte. Sie drehte Domru beschämt den Rücken zu. Zwischen ihnen war alles gesagt. Es konnte nicht einmal mehr eine Berührung geben. Cya wartete, bis sie ihn nicht mehr hörte. Sie wagte es nicht, sich umzusehen. Sie streckte die Arme nach hinten, machte einige vorsichtige Schritte. Fand Gefallen am Rückwärtsgang. Fühlte sich befreit. Sie denkt nur noch in einsamen Nächten an ihn, wenn sie ihn körperlich begehrt und geistig von der Bettkante stößt.

»Wir müssen uns der Frage stellen, wie es weitergehen soll.«

GOG: *Cya!*

Ach, das gilt ihr.

GOG: *Richtig.*

Ein Plan muss her.

GOG: *Genau.*

Allerdings hat sie mit Samsil noch keine stimmigen Ideen entwickeln können. Das Jahr der Revolutionen besteht aus vielen Befreiungen und neuen Beziehungen. Sie müssen ihre Annahmen immer wieder verwerfen, den Hebel der Veränderung nach jeder Rückkehr neu positionieren. Es scheint, als könnten sie überall eingreifen und somit in der Summe ihrer Überlegungen nirgendwo. Trotz ihrer Erfahrungen stochern sie weiterhin im Ungewissen. Sie verspüren das Bedürfnis, jemanden näher kennenzulernen.

»Ihr erzählt doch immer wieder von Begegnungen?«

»Flüchtige, Schrift im Treibsand.«

»Ich möchte die Bekanntschaft eines Menschen machen«, sagt Cya, »der sich mit dem Geschehen identifiziert, ohne es selbst zu gestalten. Jemand, der geistig daran Anteil nimmt, aber mit Abstand.«

»Ich möchte eine Person kennenlernen«, sagt Samsil, »die sich so sehr mit dem Geschehen identifiziert, dass sie die Verantwortung spürt, selbst zu handeln.«

»Verantwortlich wofür?«

»Für das Ganze!«

Ein Dichter, denkt Cya.

Eine Rebellin, denkt Samsil. Jemand wie

die gierig ihre Krautsuppe auslöffelte (so berichtet Samsil), neben dem Teller ein Kanten Brot. Ohne aufzublicken. Sie saß mit Mütze und Mantel in einem ungeheizten Saal. Die meisten der stumm Essenden sahen blass und abgemagert aus. Samsil hatte sich zu ihr an den Tisch gesetzt. Ohne um Erlaubnis zu fragen. An der Ausgabestelle gab es Suppe und Haferschleim. Was Samsil über Fanny wusste, hatte sie einer skizzenhaften Lebensbeschreibung in einem vergilbten Buch entnommen: widerständig, bevor sie volljährig wurde, Opfer einer selbstgebastelten Bombe, Kopfschmerzen und Sehschwäche für den Rest ihrer Tage, zum Tode verurteilt, als Minderjährige zu lebenslanger Zwangsarbeit in ein Arbeitslager verfrachtet, in eine Silbermine im Osten Sibiriens, ein Jahrzehnt lang eingesperrt, wie alle in den Lagern nach dem Sturz des Zaren freigelassen. Vor kurzem angekommen in der großen kalten Stadt. Sie kannte niemanden. Wie Samsil. Sie suchte Arbeit. Wie Samsil. Beide fremd in der Metropole, Fanny aus der Ukraine, Samsil angeblich aus dem Baltikum, um ihr gebrochenes Russisch zu erklären. Fanny trug eine Absicht in sich, die sich noch nicht erhärtet hatte. Samsil faltete ein Butterpapier auf und schob die Schweinepastete in die Mitte des Tisches. »Von daheim«, sagte sie, »hat mir mein Bruder mitgegeben. Wegen Ostern.« Fanny warf ihr einen misstrauischen Blick zu. Die Pastete roch intensiv. Sie zögerte, mit dem Löffel in der Hand. Als Samsil die Pastete hochhob und ihr darbot, grub sie ihren Löffel hinein, schob sich den Bissen in den Mund und kaute mit entrückten Augen. Samsil schmierte sich ein wenig von der Pastete auf ein Stück Kruste, um Fanny, deren Lippen einen unausgesprochenen Dank formten, den Nachschlag zu erleichtern. Sie aßen, bis die Teller leer waren, Brot und Pastete weg. Samsil stellte sich vor. Fanny ebenso. Sie traten hinaus und gingen einige Schritte den Fluss entlang. Fanny wohnte zur Untermiete bei einer Witwe, Samsil in einem Hotel. Bei Ankunft hatte sie einen Topf und eine Pfanne erhalten. Am Abend stieg sie die Treppe hinab in die Küche, wo andere Gäste einen riesigen Ofen benutzten. Ein grauhaariger Mann in einer purpurnen Tunika wärmte eine Suppe auf; eine kleine Frau buk etwas, das wie Kartoffelkuchen aussah; einige jüngere Männer mit Brillen und Lederjacken klopften ein Stück Fleisch weich und zerschnitten es. Die Atmosphäre erinnerte sie an die Wanderhäuser daheim. Alles vorhanden, um sich selbst zu ernähren, wenn keine Einladung von Einheimischen vorliegt, was selten vorkommt. Am nächsten Tag traf sie Fanny erneut beim Mittagessen. Aus einem riesigen Kessel wurde Kohlsuppe geschöpft. Scheiben Schwarzbrot und Tee. Aus einem der Körbe entnahmen sie zwei fettige Holzlöffel. Die Bänke entlang der Tische voller Menschen mit aufdringlichem Hunger. Fanny schaute hinab auf ihren Teller. Im Lager sei ein einziges Fettauge auf der Suppe geschwommen, es habe sie verächtlich angestarrt. »Es gibt viele Arten, Kohlsuppe zu machen«, sagte sie, nachdem sie die Suppe ausgeschlürft hatte. Sie unterhielten sich beim Spazieren, länger als am Vortag. Am Abend stieg Samsil ins Souterrain ihres Hotels und entdeckte einen Raum, der für die Wäsche vorgesehen war. Ein kräftiger Mann schrubbte ein Hemd; eine Matrone mit Kopftuch bügelte eine Bluse, hinter ihr eine vollbehängte Leine; in einem Kessel kochten Laken. Am dritten Tag entschuldigte sich Fanny für ihre Zurückhaltung. So sei es seit Oktober, und immer schlimmer, Misstrauen präge den Umgang miteinander. Wie früher, vor der Revolution. Misstrauen statt Zutrauen, erwiderte Samsil. Keine Pastete mehr übrig? Samsil schüttelte den Kopf. Das sei schade, so Fanny, weil heute ein Feiertag sei. Für sie. Vor einem Jahr sei sie aus Sibirien zurückgekehrt. Sie erwähnte nicht, wieso sie dort gewesen war, und Samsil fragte nicht nach. Sie aß hastig ihre Suppe auf und erzählte draußen von ihrer Heimkehr, ohne auch nur einmal aufzuschauen, als redete sie, um sich selbst zu vergewissern. Der Bahnhof sei eng und schmutzig gewesen, viel zu eng für die Soldaten, die dort versammelt waren, ungewaschene, unrasierte Soldaten, die auf Seesäcken herumlagen, die Körper wie abgenutzte Mäntel. Dicht aneinander. Jeden Schritt habe sie vorsichtig setzen müssen, so eng und schmutzig wie im Lager sei es gewesen. Der Zug habe tagelang keinen Halt eingelegt. Ewig durch eine Ebene, endlos wie die Verbannung, trostlos wie die zehn Jahre zuvor, grüne Wiesen, blaues Wasser. Unterbrochen von Wäldern, viele düstere Kiefern und eine einzige Sonne, die Silberbirke. So sei sie in ihre Geburtsstadt zurückgekehrt. Der Bahnhof wie gehabt, die Allee zur Kirche altvertraut. Und doch verändert. Männer und Frauen, vertieft in Unterhaltungen, aufgeregt, auf eine gute Weise. Wohin sie auch geschaut habe, Arme in Bewegung, leuchtende Augen, laute Stimmen. Sie habe sich dazugestellt, als gehörte sie zu ihnen, als wäre sie nie weg gewesen. Studenten und Bauern, der eine oder andere Soldat, auch einige Arbeiter, und sie am Rand der Gruppe. »Was ist passiert?«, habe sie gefragt. »Nichts«, habe jemand geantwortet. »Wir reden.« Sie habe sich nicht getraut, noch etwas zu sagen, die Meinungen wie in Streifen gerissene Pamphlete, dringlich, widersprüchlich. Ach, die können reden, habe sie gedacht, einfach so, die können reden. Sie habe sich treiben lassen, von Gruppe zu Gruppe. Sie sei nicht vorangekommen, nicht einmal bis zum Kirchplatz. »So viel Reden, das Schweigen muss Schulden gemacht haben.« Sie habe zugehört, nichts als zugehört. Niemand habe sie erkannt, und sie habe niemanden erkannt. Ein Student habe sie an die Hand genommen. Sie sei lange weg gewesen, habe sie gemurmelt; sie sei fremd im eigenen Städtchen. Und doch fühle sie sich wohl. Der Student habe ihr etwas zeigen wollen. Neben der Kirche am Ende der Allee stand die Handelsbank, wie früher. Der Student habe auf die Uhr an der Fassade der Bank gedeutet. Sie sehe schlecht – das sei vor ihrer Operation gewesen, der wundersamen Operation –, sie sehe nicht gut genug für eine Uhr weit oben auf dem klotzigen Gebäude. Eine moderne Uhr, habe der Student ihr erklärt, der Bürgermeister sei mächtig stolz. Die Minuten tickten wie seit eh und je, der Zeiger aber, der die Stunden angebe, der sei stehen geblieben. Unmöglich, habe sie gestammelt. Sie möge ihm das glauben, so etwas erfinde keiner. Was es bedeute, könne sich niemand erklären. Der Mechanismus sei in Ordnung, behauptet der Uhrmacher. Vielleicht sei die Zeit nun ihr aller Freund. Woraufhin der Säufer unter der Uhr mit gerecktem Kopf, als wäre zum ersten Mal seit Ewigkeiten etwas geschehen, das seine Aufmerksamkeit verdiente, gekrächzt habe: Passt nur gut auf, ihr Rotärsche, sie ist und bleibt unser Feind. Der Student habe sie auf einen Tee eingeladen. Sie habe so viele Zuckerstücke reingetan, wie sie wollte. Der Student habe geplaudert, sie wisse nicht mehr, worüber. Auf einmal habe sie eine unendliche Müdigkeit verspürt, sie habe nur noch den feuchten Abdruck der Tasse über den Tisch verschmiert. Ermattet von den Minuten, die keine Stunde ergeben. All das könne nicht sein, habe sie getrotzt. Was sein könne und was nicht, lernten sie täglich neu, habe der Student erwidert und ihr angeboten, sie zum Haus ihrer Eltern zu begleiten. Und jetzt, sagte Fanny am nächsten Tag in dieser Kantine voller Eingemummter, kehre das Schweigen zurück. Das ertrage sie nicht. Das dürfe nicht sein. Das könne sie nicht zulassen. Und sie blickte Samsil in die Augen,

zum allerersten Mal

hat sie mit einem Fremden geschlafen, einem Wanderer, der eines Tages aufgetaucht war, mit wenig mehr als der Kleidung am Leib, um bei ihnen zu überwintern, bevor er weiterziehen würde, sobald bei einer Übernachtung auf offenem Feld keine Lungenentzündung drohte. Wie alle Fremden wurde er willkommen geheißen und gemäß seinen Fähigkeiten in die örtlichen Abläufe eingebunden. Tagsüber hilft er beim Kronenschnitt der Bäume zwischen den Gebäuden, eine harte Aufgabe, vor der sich die meisten drücken. Schweißüberströmt kehrt er von den Wipfeln zur Erde zurück. Teilweise muss er kopfunter schneiden und sägen, eine Tätigkeit, die von Maschinen leichter zu bewältigen wäre, wie viele noch vor einer Generation annahmen, aber die Erfahrung hat gezeigt, dass es des organischen Instinkts eines Menschen bedarf, um den Bäumen nicht zu schaden. Am Boden seilen Helfer Äste ab, um zu verhindern, dass sie auf Dächer fallen. Abends speist der Wanderer in verschiedenen Gemeinhäusern, dort, wo er sich mit seinen Kenntnissen über das Einlegen von Gurken, Möhren, Perlzwiebeln, Radieschen, Paprika, Auberginen und Rote Bete nützlich macht. Er sagt wenig, aber alle sind sich einig, er sei ein guter Zuhörer. Er erweist sich als der bedürfnisloseste Mensch, den Samsil je kennenlernen durfte. Sie verbringt mehr Zeit mit ihm. Der Vater ihres Sohns, einer von der Band »Lauter Ausnahmen«, ist mit Nikte zu einem Fest der Musik gereist, für mehrere Wochen. Dort wird er ein Zimmer mit ihr teilen. Der Wanderer fasziniert sie. Er ist braungebrannt und schweigsam, er begehrt sie ohne Ansprüche. Bei ihrem ersten Stelldichein erwies er sich – wie sie erwartet hatte – als behutsam und zärtlich. Auch als gewitzt. Samsil wölbte sich vor Lachen und öffnete sich ihm mehr als beabsichtigt. Ohne es zu verheimlichen, ziehen sie sich zurück, ein zweites und ein drittes Mal. Ihr Sohn ist mit dem Weltweisen und anderen Kindern zu einer Entdeckungsreise aufgebrochen. Sie verbringt manch einen Abend im Wanderhaus, inmitten von Menschen aus anderen Gegenden, die meisten von ihnen kurzfristige Besucherin, angereist, um sich auszutauschen. Es habe sich herumgesprochen, sagt einer der Wanderer, dass die Menschen in dieser Region besonders reizend seien. Worauf der Mann, der Samsils Nächte belebt, auf seine Hände blickt und hinaus, zu fallendem Laub und silbrigem Abendlicht. Samsil spürt eine gewisse Enttäuschung, weil er die Gelegenheit nicht zu einem Kompliment genutzt hat. Er entspricht nie ihren Erwartungen. Sie fragt, wieso er Wanderer geworden sei. Er schweigt. Zu hören allein der Wind, der einen schmalen Ton pfeift. »Wegen Großvater«, sagt er Tage später. »Er wertschätzte alles, er genoss alles. Das Wort ›Aufmerksamkeit‹ reicht nicht aus, seine wache Wahrnehmung zu beschreiben. Er blickte auf die Welt, als wäre sie soeben geschaffen worden. Jeden Tag. Wie machst du das, Großvater?, fragte ich ihn. Und er antwortete: Ich habe zu wenig Fantasie. Ich kann mir nichts anderes vorstellen, außer dem, was ich wahrnehme. Nichts? Das kann nicht sein. Nichts außer dem Umbruch, den schon. Und wie?, fragte ich. Er fuhr sich durch die Haare. Er wollte die Antwort aufschieben. Das ließ ich ihm nicht durchgehen. Also gut, sagte er, wenn du mich so bedrängst. Ich stelle mir vor, dass die Menschen allmählich begriffen, was nirgendwo unterrichtet wurde. Im Gegensatz zu den Hauptsätzen der Thermodynamik. Oder der allgemeinen Relativitätstheorie. Obwohl es sich, so Großvater, um ein äußerst wichtiges Prinzip handele: das Gesetz des schrumpfenden Genusses. Ein Gesetz, das überall jederzeit gelte. Sogar beim Bogenschießen, seiner Lieblingsbeschäftigung: Ein Anfänger macht rasante Fortschritte. Wer gut ist, muss sich mehr anstrengen, der Meisterschütze jedoch, der muss enorm viel üben, um ein klein wenig besser zu werden. Und selbst dann klappt es nicht immer. Frustrierend. Früher gab es maßlose Begierden. Wer viel sein Eigen nannte, musste sich viel mehr aneignen, um ein klein bisschen Beglückung zu erfahren. Wer viel verdiente (einem Jugendlichen im Rund muss das Wort »verdienen« erklärt werden), der musste Unsummen ergattern, um die Güte seines Lebens minimal zu verbessern. Ab einem bestimmten Punkt –«

»Erklär es einfacher«, unterbricht ihn Samsil, »für die Jüngeren unter uns.«

»Okay, ganz einfach: Es gibt keine Steigerung von satt.«

Die Älteren schmunzeln, der Jugendliche hat es trotzdem nicht verstanden.

»Wer satt ist und mehr will, ist nicht hungrig, sondern gierig. Und Gier ist eine Form des Wahnsinns.«

»Das hat dir dein Großvater beigebracht?«

»Das. Anderes auch. Achtsam zu sein, jedem Gegenstand gegenüber, jedem Menschen. Als sei nichts selbstverständlich und nichts vertraut. Erfreue dich an dem Wunder, dass die fragile Ordnung des Lebens einen weiteren Augenblick für dich existiert, dich nährt, dich stützt, dich schweben lässt. So lebte er, und so will ich leben, und nur als Wanderer ist es mir möglich.«

»Das soll der Grund für den Umbruch gewesen sein?«, fragt der Jugendliche skeptisch.

»Wer weiß das schon?«, antwortet der Wanderer. »So stellte Großvater es sich halt vor. Über viele Sommer und Winter hinweg hätten die Menschen begriffen, wie vergeblich das Rauben und Raffen war, an das sie sich gewöhnt hatten. Wie überflüssig. Was ist die beste Definition von Dummheit? Etwas zu zerstören ohne Sinn und Gewinn. Das Gesetz des schrumpfenden Genusses erwies sich als vernünftige Erkenntnis.«

»Lange Zeit hat das kaum jemand eingesehen, oder?«, fragt der Jugendliche.
»Die Epoche war dumm, deswegen hisste sie ständig die Fahne der Vernunft. Und ignorierte alles andere.«
»Aber wie ist es denn genau geschehen?« Der Jugendliche lässt nicht locker.
»Hüte dich vor zu genauen Vorstellungen. Genieße einen einfachen Gedanken: Wenn mehr nichts bringt, ergibt weniger mehr Sinn. Lasst es uns ausprobieren. Und siehe da: Gemeinsam war besser als einsam, Schenken schöner als Behalten. Und siehe da, Verzicht bekam eine, wie soll ich es ausdrücken, erotische Note.«
»... und siehe da«, unterbricht Samsil entschieden, »sitzen wir hier und reden darüber, wie über eine Selbstverständlichkeit.«
Ein Lächeln huscht über das Gesicht des Wanderers, als er in die Runde blickt. Auch zu Samsil. Als sei sie nicht mehr als eine weitere Zuhörerin. Sie ist abgelenkt von der eigenwilligen Schönheit dieses Mannes, die sie so intensiv wie möglich wertschätzen möchte. Für die Dauer des kurzen Winters.
»Ihr seid alle meine Zeugin«, fügt er hinzu und erklärt angesichts der Verblüffung im Rund: »So endet bei uns jede Geschichte: Ihr seid alle meine Zeugin.«
Als sie später miteinander verschmolzen auf einem breiten Bett liegen, merkt sie, wie er innehält, ohne dass seine Erregung nachließe. Sie sind durch einen Wald gelaufen und in eine Lichtung gestolpert, ohne Sonne hell, ohne Wind luftig. Die Stille ihres Atems dauert eine halbe Ewigkeit. Als der Wanderer sich wieder bewegt, mit leichten Verlagerungen seiner Hüften, bedauert sie es, weil sie ihn mit mehr Spannung in sich gespürt hat, als er sich nicht regte. Mit geschlossenen Augen sieht sie warme Farben und keine einzige Linie. Ihre mütterliche Erschöpfung flaut ab. Er be-

steht darauf, mit ihr durch die Dunkelheit zu gehen. Ein seltenes Geschenk, sagt er. Was denn? Zu zweit allein zu sein, dort, wo viele leben. Als käme es nur auf uns an, in dieser Nacht. Wenn uns jemand über den Weg läuft, ist der Zauber dahin. Nachdem sie sich von ihm verabschiedet hat, spürt Samsil eine Entschiedenheit wie seit ihren Verwanderungen zu den Maroons nicht mehr. Sie beginnt zu lesen, was sie im Archiv finden kann. Alles über die Gründe für Fannys Leiden an den rasanten Entwicklungen, über das Ende des damalsdortigen Aufbruchs, über das Abwürgen der Hoffnungen und über einen Mann, der von den Nachgeborenen als »Mörder der Revolution« bezeichnet wird oder als »der neue Zar«.

Einige Tage später kehrt ihr Sohn aufgekratzt heim und kann wenig anfangen mit diesem Fremden, den seine Mutter mit sich schleppt wie einen neuen Rucksack. Es wird früh warm, der Wanderer zieht weiter. Samsil empfängt die Nachricht ihrer erneuten Schwangerschaft wie eine Aufforderung, Leben zu schützen. Je mehr sie nachdenkt, desto überzeugter ist sie, dass es keine wichtigere Unternehmung geben kann, als Fanny zu helfen, das auszuführen, was sie sich in den Kopf gesetzt hat.

»Lerne sie noch ein wenig besser kennen«, schlägt Cya vor.

»Das ist ohnehin notwendig, allein schon aus praktischen Gründen. Und was ist mit dir? Wolltest du nicht einen Dichter kennenlernen? Hast du dir einen ausgesucht?«

»Ja, einen namens Wladimir.«

»Oh!«

»Was ist?«

»Der Name ist bei mir nicht so positiv besetzt.«

»Ein häufiger Name.«

»Wie willst du ihn kennenlernen?«

»Nichts einfacher als das:

Im Futuristischen Café

wo die neue Kunst zelebriert wird, an jedem der Abende, was den Vorteil hat, dass sich Cya aus chronautischer Sicht nicht verspäten kann. Eine Erleichterung. Vor dem Eingang wird sie von hinten geschubst, sie taumelt nach vorn, einem Mann in die Arme.

»So ist's recht, eine Umarmung als Bezahlung, das passende Entrée zum Futuristischen Café. Du warst noch nicht hier? Tritt ein. Hör dich wie zu Hause. Eins nur: Wenn du aufgefordert wirst, etwas von dir zu geben, darfst du nicht kneifen. Ein Kinderreim oder Unsinn, ein dummer Lubok-Spruch tut's auch, nur kein Kneifen.«

Schon ist sie drinnen. Der Raum einst ein Salon. Wer nicht steht, sitzt an länglichen Tischen. Unter den Zuhörenden mehr Frauen als Männer. Gut gekleidet, die meisten. Einige Flaschen Wein auf blütenweißen Tischdecken. Alle Stühle einer Fläche mitten im Raum zugewandt, die offenbar als Bühne dient. Dort steht einer und spricht. Er hat das Publikum so sehr zum Lachen gebracht, es lacht ohne triftigen Anlass. Cyas Russisch hat sich nach sieben Verwanderungen enorm verbessert, sie versteht sogar Komik, wenn diese mit geometrischer Diktion vorgetragen wird von einem Mann mit breiten Strichen Strenge im Gesicht. Sein linkes Auge ist rund, eine Murmel, wie das Auge des Piraten Thormer, farblich anders. Der rote Hahn auf seiner rechten Wange kräht:

»Heut' morgen wollt' ich ins Gestern schlüpfen.
Zu eng, mein Hintern passte nicht mehr rein.
Also rasch zu meinem Schneider.
Der schlägt die Hände in die Höh':
›Die Hose lass ich nicht mehr aus.
Doch näh ich dir daraus ein Flügelpaar.'
Das schmeckt mir doppelt besser als zuvor.

Doch leider sind die Flügel ungleich groß.
Oh weh, was ist und wieso?
›Die Beine waren ungleich lang.‹
Sagt der Schneider wieselfroh.«

Frenetischer Applaus. Als wären die Zuhörenden Teil der Inszenierung. Ein Mann von imposanter Größe nähert sich dem Rezitator von hinten, die Arme hängen tief zu beiden Seiten seines hageren Oberkörpers. Der Vortragende mit dem roten Hahn auf der Wange dreht sich um, legt die Hände auf das Gesicht des Neuankömmlings und zeichnet danach mit Gesten ein erstaunlich genaues Porträt in die Luft. Der Riese wendet sich von ihm ab, um feierlich zu verkünden: »Du bist meine Lieblingsgrimasse.« Worauf der Mann mit dem roten Hahn auf der Wange demonstrativ in die entgegengesetzte Richtung starrt, eine Weile, bevor er brummt: »Und du mein einziges Ohrrunzeln.« Er nimmt auf dem Boden vor dem nächsten Tisch Platz, neben einer Dame mit Blumen im Schoß. Der Schlaksige lehnt sich an einen nicht vorhandenen Türstock. »Das ist er«, flüstert jemand hinter Cya, als wäre damit alles erklärt. Seine Stimme springt auf und davon, ungewöhnlich luftig für einen Bass, der einen Brunnen in die Wolken gräbt, ähnlich tief wie der Zar in der Oper. Die Stimme rattert rasant, Cya versteht wenig. Sie hört »Гриб« und »Грабь« und »Гроб« und »Груб«, sie würgt GOGs Erklärung ab über die *onomatopoetische Wirkung der Wörter* … Sie hört den Wind über Eis und Straße wehen, ein Pferd stürzt, sie verliert sich im Nebel zwischen Bedeutung und Andeutung, bis sie eine Zeile vernimmt, die Sinn ergibt, »unsere gemeinsame tierische Sehnsucht« (GOG: *Schwermut wäre präziser*), die Tränen des Pferdes, die Tränen des Dichters, und als sie den Sinn von »все мы немножко …« entschlüsselt, sieht sie den Dichter vor sich, wie er im Tumult eines Unfalls in der kalten großen Stadt wahrnimmt, was niemand sonst wahrzunehmen vermag. Das Tier aufgrund des pochenden Lebens eine Schwester, ein Bruder. Worauf das Pferd erwidert: »Wir sind alle Mensch, ein wenig.« Erst das Ende des Gedichts fängt ihre Gedanken wieder ein, der alte Gaul im letzten Aufstöhnen wieder jung, ein Fohlen hüpft durch das Leben mit weiten Sprüngen. »Zu sehen, was noch nicht existiert, das ist die vierte Dimension der neuen Kunst«, flüstert eine Frau neben ihr. Das Gedicht ist wie ein plötzlicher Wolkenbruch auf Cya herabgeprasselt. Pitschnass sitzt sie da, hingerissen. Der Dichter deutet mit dem Kopf eine Verbeugung an. Die Frau mit den Blumen gesellt sich zu ihm und überreicht ihm den Strauß. Es sei Zeit, verkündet sie, für die Hymne des Futuristischen Cafés, für den Nagel im Sarg der miefig alten Poesie. Daher alle miteinander und los:

»Raus mit dem Sascha aus der Kneipe,
Raus mit dem Iwan aus dem Saal,
Raus mit dem Fjodor aus dem Viertel,
Raus mit dem Leo aus der Stadt.
Hieroglyphen da, Hieroglyphen dort,
Hieroglyphen weg, Hieroglyphen fort.«

Der Mann vom Einlass flüstert der Blumenfrau etwas zu. Sie sucht nach einem Gesicht im Publikum.

»Und wie immer zum Abschluss die Bitte an einen von euch, uns einige Zeilen zu schenken.«

Die Frau zieht eine Blume aus dem Strauß, den der Dichter linkisch in seinen Armen hält, tritt an den langen Tisch und überreicht sie Cya mit gespielter Scheu. Du bist dran, Fremde. Cya hat ihr am Eingang abgegebenes Versprechen schon vergessen. Ihr fällt spontan nichts ein. Das Publikum übt sich in Geduld. Etwas muss ihr einfallen. Ein Gedicht, ein einfaches Gedicht, wieso nicht jenes, das sie einst auswendig lernte, weil es ihrer Mutter Freude bereitete. Ob sie es, ohne zu stocken, aufsagen kann?

»Ich stamme aus dem Süden und meine Vorfahren aus dem Südosten. Von dort kommen diese Zeilen:
So fühlt es sich an,
frei zu sein.
Für immer frei
und nie mehr Mörtel
für den krummen Stößel
meines kleinen Mannes.
Es reicht.
Für meine Mutter.
Für meine Tochter.
Und für all die Töchter,
die ich hätte haben können.
Der Kreislauf endet hier.«

Cya trägt ruhig vor, ohne Dramatik und Pathos, mit dem Selbstbewusstsein erfahrener Wörter. Das Lachen vertuschelt, die Anwesenden betrachten sie mit Staunen. Im Kreuzblick vieler Augenpaare fragt sie sich, ob ihre Kleidung Aufsehen erregt. Die Drucker können jede eingespeiste alte Fotografie nachahmen, nicht aber den Stoff von damalsdort. Ihre Sorge verfliegt, sobald der Dichter sie anspricht.

»Wie heißt du?«

»Cya!«

»Und mit Nachnamen?«

»Kein Nachname!«

»Cya von Sasun?«

»Wieso das?«

»Weil es gut klingt und wegen deines Akzents, aus dem Süden, wie du sagst, ich vermute armenisch, oder doch georgisch, გამარჯობა, ლამაზი ქალი?«

»Verzeihung, ich …«

»Wusste ich's doch. Tscherkessisch vielleicht? Wie wäre es mit zirkassisch?«

»Wie liebenswürdig. So viel zur Auswahl.«

Cya wird von einigen Frauen umgarnt, die sich zwischen den Dichter und sie drängen, begierig, sie zu beäugen. Der Dichter, der solche Konkurrenz offenbar für unbotmäßig hält, lädt Cya zum Essen ein. Um die Ecke, in eine große Kantine. Es gibt nur ein Gericht: Eintopf. Über die Zutaten hätte sie nichts erfahren, wenn sich nicht ein Sauertopf vor ihr über die zaristischen Hengste mokiert hätte, die dem Volk zum Fraß vorgeworfen werden. Sie versucht, das Fleisch zu meiden, aber die Stücke sind zu Fäden zerkocht.

»Pferdefleisch? Wirklich? Gerade du?«

»Denk dir nichts dabei«, sagt der Dichter, »das ist der kleine Unterschied zwischen Metapher und Kalorie.«

»Und ich dachte, es geht dir um eine universelle Ethik.«

»Ethik? Mach dir keine Sorgen, meine Gedichte handeln immer richtig.«

Es schmeckt nicht so schlimm wie in ihrer angeekelten Vorstellung. Und doch gibt sie nach einem Bissen Bauchschmerzen vor. Sie fragt den Dichter aus. Sie sei erst vor kurzem in der Stadt eingetroffen, sie fühle sich halbblind, daheim sei vieles anders und sie schlecht informiert, es dauere lange, bis der Zug mit den Zeitungen aus der Hauptstadt ankomme. Er beantwortet jede ihrer Fragen mit einer Hast, als habe er lange warten müssen, dass sie gestellt werde, er gestikuliert mit dem Löffel, seine Augen strahlen. Sie hört zu und widmet sich dem Nachtisch, kleine Scheiben einer weißen Materie ohne Konsistenz oder Geschmack. Der süße Tee begleitet sie in die rettende Nacht. Derweil es aus dem Dichter sprudelt.

»Wie sollen wir Säure rezitieren? Was ist das für ein Klang? Den Zaren stürzen, einfache Sache, schön logisch, glorreich einmütig. Jeder wollte es, alle froh, als es geschah. Unser Mund war eine Wüste, ein Schrei, und alles zerfiel zu Staub. Wieso hatten wir einen trockenen Mund? Weil alles tot war. Wir hatten es nicht gemerkt, also gemerkt schon, nur nicht verstanden, nun, verstanden doch, aber nicht verinnerlicht, wie diese Säure. Ein Schrei: Frei, wir sind frei, wie dein Gedicht von vorhin. Wirklich frei, alle und für alle. So frei wie nie Menschen zuvor. Für einen Augenblick. Ein einfaches Wort, die eigene Kraft, wir auf dem Gipfel und unser Russland glücklich.«

»Warte! Du hast gesagt: für einen Augenblick?«

»Der Augenblick wird materiell. Geht nicht anders. Quader, Spaten, Telefon, selbst der Luftballon ist eine handfeste Sache. Der Augenblick wird konkret. So verlangt es die Epoche, so verlangt es das Volk. Ein jeder von uns übersetzt Revolution auf seine Weise. Die Erfüllung der Summe aller Gelüste. Maximalismus! Nicht zu haben. Eine Teilsumme der Wünsche. Selten zu haben. Ein einziger Wunsch. Ja. Sprich! Ihn! Aus. Wenigstens das ...«

Cyas Gedanken schweifen ab. Das Stakkato des Dichters durchlöchert ihre Aufmerksamkeit. Er steht wuchtig vor ihr, die Bedeutung seiner Worte ist schwer zu fassen. Die verwirrende Schwere der Revolution. Unvermittelt denkt sie an Onkel Host, den sie täglich vermisst. Wie er ihr den Umbruch erklärt hat, als sie ihm eines Tages Essen brachte, gekocht von Mutter, extra für ihn: Chaotisch sei es gewesen, tumultig (GOG: *Tumultuarisch oder tumultuos oder tumultuös?*), wild und bewegt und unübersichtlich. Deswegen sei es schwierig, aus einer gemütlichen Distanz heraus zu bestimmen, welche Elemente den Umbruch in welchem Ausmaß bedingt haben. Eigentlich unmöglich. So viele Erinnerungen seien überliefert, so viele Erträumungen. Weil dem so sei, sagte Onkel Host, legen wir uns nicht auf eine Version fest, sondern halten die vielen Versionen am Leben. Verstehst du? Wir sagen nicht: So ist es gewesen. Wir sagen: So stellen wir es uns vor.

»Du hörst nicht mehr zu.«

»Ich habe schon mehr von dir gehört, als ich verkraften kann, Wladimir.«

»Nenn mich Wolodja, bitte, das lässt mich hoffen, dass wir uns wiedersehen.«

»Wolodja.«

»Sehen wir uns wieder?«

»Ich werde ins Café kommen.«

»Und ich werde

auf dich warten

Fanny kam abgehetzt an (berichtet Samsil dem chronautischen Kreis), ihr Haar zerzaust, mit einem Blick, als hätten sich ihre Augen an der Welt verbrannt. An manchen Tagen bedauere sie, wieder sehen zu können, sagte sie, zitternd, doch nicht vor Kälte. Sie habe vor dem Klub gestanden, zu dem sie vor kurzem gestoßen war, eine Gruppe aufrechter Menschen. Vor verriegelter Tür. Die Nachbarin habe »Polizei« gerufen, ohne ihr Gesicht zu zeigen. Nichts weiter. Sie sei durch die Stadt geirrt. Einem Genossen aus dem Klub über den Weg. Die anderen verhaftet. Verschwunden. Was haben wir getan? Gedanken ausgetauscht. Deren Gewalt gegen unsere Gedanken. Das habe er gesagt. Wieso?, habe sie gefragt. Immer wieder. Wieso? Weil sie überzeugt sind, den richtigen Gedanken gefasst zu haben. Einen einzigen Gedanken? Weitere Gedanken seien unnötig, falsch sogar, gefährlich falsch. Der Genosse habe einen Satz hinzugefügt, den sie nicht mehr aus ihrem Kopf bekomme: Die Bolschewiken bekämpfen die Revolution genauso grimmig wie die Konterrevolution, unversöhnlich und erbarmungslos. Unsere Aktivitäten sind verboten. Wir sind wieder illegal. Samsil ergriff in einer schwesterlichen Geste Fannys Arm und zog sie in einen Park, wo Vögel sich eine vorübergehende Heimat erzwitscherten. Was denkst du, flüsterte Fanny, du bist so still? Gemeinsam stark sein setze voraus, erwiderte Samsil leise, sich auf den grundsätzlichen Kampf geeinigt zu haben, nicht aber auf ein enges Ziel. Fanny atmete ruhiger. Das richtige Bewusstsein sei dieser Tage das Merkmal eines verlässlichen Menschen. Wenn das Bewusstsein zum obersten Maßstab werde, gelte nur noch ein Gesetz: die Willkür. Fanny und Samsil steckten die Köpfe zusammen, auf der Parkbank, und im Gehen, in einer Kantine bei einer Blechtasse Tee und auf der Allee, in die Nebenstraße hinein, in die Sackgasse, an deren Ende das Gebäude steht, in dem die Witwe im dritten Stock ein Kämmerchen vermietete. Wer den Bolschewiken seine Unterstützung gewährt habe, sagte Fanny zum Abschied, habe doch nicht sein Recht aufgegeben, die eigene Meinung zu ändern. Am nächsten Abend lud Samsil Fanny in den Zirkus ein. Aus Verlegenheit und wegen zweier Clowns namens Bim und Bom, stadtbekannt, die unschuldig hinterlistig alles verkasperten, die Aristokratie, die Bourgeoisie, die Bürokratie. Die zwei wackelten in die Manege. Der eine im Kostüm, der andere mit mehlig weißem Gesicht und einer riesigen Chrysantheme im Knopfloch seines Smokings. Der eine naiv, der andere beschwipst. Beide bewaffnet mit Instrumenten, mit einer Bratpfanne, mit einem Besen. Sie fegten und brieten ein Lied über mutige Hühner. Verschwanden kurz und tauchten wieder auf mit zwei Porträts in übergroßen Rahmen. Das eine Porträt zeigte den neuen Zaren, das andere den Mann mit der blutigen Weste. Die Porträts wurden mühsam und umständlich abgesetzt. Die Komiker hüpften um sie herum und rieben sich die Stirn sowie das Kinn. Was hast du damit vor?, fragte der Naive. Worauf der Beschwipste zum ersten Mal etwas sagte, laut und überdeutlich:

»Den hängen wir auf.«

»Und den anderen?«

»Den stellen wir an die Wand.«

Das Publikum grölte. Unverständliche Zwischenrufe gingen unter im lachenden Jubel. In einer der vorderen Reihen sprangen mehrere Männer in ledernen Jacken auf, zückten ihre Revolver und brüllten erbost. Das Publikum lachte, auch über sie. Schau an, sagte Fanny, irgendwelche anderen Komödianten haben sich als Tschekisten verkleidet. Die Männer sprangen auf die behelfsmäßige Bühne. Einer rutschte aus und fiel hin. Das Publikum lachte. Lasst ihn liegen, tritt sich fest, rief jemand. Bim und Bom flohen vor den Angreifern, ohne flatternde Hände, ohne hochgezogene Knie. Die Lederjacken hinterher. Das Publikum gluckste vergnügt über die erfrischende Inszenierung. Die Männer fuchtelten nicht mehr mit den Revolvern – sie schossen. Nicht in die Luft. Schluckauf im Publikum. Die Clowns rannten um ihr Leben. Das Publikum in Panik. Das ist keine Verkleidung, sagte Samsil. Bim ergab sich, Bom verschwand. Er habe sich, so die ausschweifenden Gerüchte, in den Stallungen des Zirkus versteckt. Bei den Pferden oder zwischen zwei Kamelen oder hinter dem schlafenden Tiger. Am nächsten Morgen, darüber waren sich alle einig, wurde er verhaftet und verhört, noch in seinem Kostüm, ein Geruch von Raubkatze an ihm, der den Tschekisten in die Nase stieg. Der stadtläufige Spott verdampfte, als sich herumsprach, dass eine Gruppe von Tschekisten am selben Abend in eine Kneipe eingekehrt sei, ohne Absicht, außer einen zu heben. Als sie einige unvorsichtige antibolschewistische Äußerungen hörten, eröffneten sie das Feuer auf die Gäste mit der lockeren Zunge, denen sei es schlechter ergangen als Bim und Bom: sieben tot. Was sind das für unglaubliche Geschichten, denkt Cya (GOG: *Noch unglaublicher ist die Lebensgeschichte eines Clowns namens Droschin – der wurde Folterer in Russisch-Turkestan.* Kennst du das Land, wo die Clowns foltern?). Cya wendet ihre Aufmerksamkeit wieder Samsils Erzählung zu.

»Ich habe den Eindruck, dass Fanny verkümmert. Sie zerbricht an ihrem Entsetzen. Sie nimmt jede Enttäuschung persönlich. Nie bin ich einem Menschen begegnet, der sich so sehr verantwortlich fühlt für das, was um sie herum geschieht. Als wäre sie aufgerufen, das Unwetter zu verhindern, das sich am Himmel abzeichnet. Als wäre es ihre Pflicht.«

»Wie kommt sie auf so einen Gedanken?«

»Ich kann es euch nicht erklären.«

»Andere weichen vor Missständen.«

»Was geht mich das an!«

»Wenden sich ab.«

»Was kann ich schon ausrichten?«

»Andere geben auf.«

»Der krumme Ast lässt sich nicht gerade biegen.«

»Bewundernswert. Aber wenn die Rettung der Welt von ihr allein abhängt, kann die Welt nicht gerettet werden.«

»Wenn alle so dächten, wer würde sich aufschwingen …?«

»Das Problem liegt woanders. Bei einem derart großen Anspruch muss die Tat gewaltig ausfallen.«

»So ist es. Handeln ohne nennenswerte Wirkung kommt für sie nicht in Frage.«

»Sie wird etwas Wahnsinniges versuchen.«

»Sie ist eine kleine, unauffällige Person, in sich gekehrt, ihre Gesten scheu, ihr Charme verflossen, und doch ist sie außergewöhnlich. Nicht wegen ihres Mutes. Nicht wegen ihrer Intelligenz. Nicht wegen ihrer Überzeugung. Sondern weil sie entschlossen ist, das Leid der Welt zu schultern. Nach zehn Jahren in Sibirien. Als hätte sie nicht genug gelitten. Sie kann nicht anders, weil es aus ihrer Sicht kein Einvernehmen geben kann zwischen dem Unrecht und ihrem Leben.«

»Wie grausam, dass niemand Erinnerungen an sie hinterlassen hat.«

»Über Mörder ganze Bibliotheken …«,

»… über dieses starke und zugleich gebrechliche Wesen nur wenige Seiten, keine davon zuverlässig, an den Rändern angekokelte Notizen, abgelegt zwischen den Seiten dicker Abhandlungen. Von fast allen übersehen. Nach jeder Begegnung mit ihr empfinde ich eine

melancholische Euphorie

mit der Cya frühlingswarm anlandet, unmittelbar neben einer Mauer mit der Aufschrift: *Nieder mit Lenin und Pferdefleisch! Gebt uns den Zaren und Schweinefleisch!* Die Jahreszeit scheint zu stimmen, die Programmierung wird von Mal zu Mal genauer. Bis das Futuristische Café öffnet, hat Cya Schlendermuße. Mehr Verkehr als zuletzt, weniger Gespräche auf den Arbeitersteigen. Die große kalte Stadt ist leiser geworden. Die Passanten beachten sie nicht, die Straßen starren zurück. Auf einem kohlrabenschwarzen Platz liegt ein bronzener Kopf neben einem verwaisten Sockel (Wer ist das? GOG: *Entweder der I., der II. oder der III.*). Die abgebrochene Krone wie eine Auster, in der sich drei Kinder verstecken. Ihre Stimmen lugen heraus, derweil einige Soldaten eine neue Skulptur hinaufhieven, einen unbekannten Helden, seine Stirn ein Balken, seine Nase dreieckig wie das Kinn, die Haare zwei Kuppeln und alles andere rechteckig wie der Sockel. (GOG: *Aus Gips geformt, für einen kurzen Sommer*). Cya stellt sich in die nächstbeste Warteschlange, ohne zu wissen, für was angestanden wird. Die Menschen unterhalten sich über Krampfadern. Tauschen Ratschläge, wie an Essen zu gelangen sei, nun, da die Weckgläser leer seien. Darüber hinaus legen sie eine schweigende Disziplin an den Tag. Bis auf einen Greis, die rechte Hand auf seinem Gehstock, die linke auf der Schulter eines Enkels, der seine Sätze hinausposaunt, so als wären seine Zuhörer anderswo: »Im Zoo gibt's Eier und gutes Fleisch zuhauf. Bitte als Erstes die heimischen Tiere verspeisen. Wegen des vertrauten Geschmacks. Nicht einmal der Hunger frisst Tiger. Aber wie lange noch? Die Käfige werden gebraucht. Für die ungehorsamen Menschen. Lasst die Tiere frei. Oder verzehrt sie. Aber macht Platz. Was für eine verkommene Angelegenheit. So ein Zoo. Verschwendung. Von Raum und Ketten. Wieso begafft die Schulklasse einen Elefanten? Was lernt sie? Dass es sonderbare Wesen gibt? Die Gott nicht geschaffen hat. Was lernt die Klasse, wenn sie durch das Gitter auf einen angeketteten Menschen blickt? Alles über das Böse. Wie es zu bekämpfen ist. Alles über das Malen von Schildern. Neue Schilder, frische Farbe. In diesem Käfig, liebe Kinder, seht ihr Philister. Jede Menge und kein Mangel. In diesem Käfig seht ihr Spießbürger. Ganze Rudel. Harmlos und hässlich hinter Gittern. In diesem Käfig sind Spekulanten und Saboteure. Seltene Arten. Folgt mir, liebe Kinder. Hier im Halbdunkel ihres angestammten Lebensraums sind die Konterrevolutionäre. Ohne Scheinwerfer sind sie schwer zu erkennen. Und drüben auf der Kuppel hocken die Linksabweichler. Eine hintertückische Art. Schillernd schöne Vögel, doch sie können nicht fliegen, nur Menschen täuschen. Unbedingt Abstand halten, liebe Kinder. Die haben schon vielen den Kopf verdreht. Willkommen in unseren Zoo, bevor ihr selbst eingefangen und reingesteckt werdet.«

Erst jetzt fällt Cya auf, wie weit die anderen Wartenden von dem Greisen gewichen sind. Konzentrische Kreise der Vorsicht. Der Alte, die Augen geschlossen, die Stimme eine Sirene, steht mitten in der Leere seines Bürgersteigs. Cya geht weiter, niedergeschlagen, die Sätze des Greisen filtern jeden Anblick ins Gleißende, ziellos durch die Straßen, bis ihr die Füße schmerzen. Früh am Abend erreicht sie das Futuristische Café. Der Mann an der Eingangstür winkt sie durch.

»Ach, da ist ja die Genossin wieder mit dem Mörtel und dem Stößel. Leicht zu merken, dein Gedicht. Ich hab's

meiner Frau daheim vorgetragen. Sie will wissen, von
wem es stammt?«

»Von einer buddhistischen Nonne.«

»Das kann nicht sein.«

»Doch … *Ehrenwort.*« (Dank an GOG für die passende
Erwiderung.)

»Kennst du sie persönlich?«

»Die Nonne? Wie denn? Sie hat vor mehr als zwei Jahrtausenden gelebt.«

»Vielleicht ist sie eine Erfindung?«

»Wieso nimmst du das an?«

»Früher gab's so was nicht. Dein Gedicht klingt nach der
neuen Zeit.«

»Es ist Ausdruck einer neuen Zeit. Allerdings gab es die
neue Zeit schon immer.«

»Schau an! Solche Nonnen also. Nicht zu fassen. Unsere
sind da ganz anders, die können nur Unterwerfung.«

Der Raum wirkt verändert, ohne dass sie den Grund gleich erkennen kann. Die Wände! Verhangen mit roten Fahnen. Ansonsten alles wie gehabt, das Publikum leicht erregbar, die Dichter männlich und stimmgewaltig, abgesehen von einem gedrungenen Jugendlichen, der sich eifrig erwachsen gibt, als er zum Vortrag ansetzt. »Ein Gymnasiast«, bemerkt eine Dame zu ihrer Linken, »auf den Kopf gefallen, seitdem sieht er alles anders herum.« (GOG: *Die umgekehrte Perspektive.*) Mit heller und hoher Stimme, die sich dem Stimmbruch verweigert, schickt der Jüngling eine Bemerkung voraus: Nichts sei als Subjekt der Poesie ungeeignet – während er in seiner Hosentasche kramt –, sogar Kie…sel…steine – er kramt weiter –, sogar Steinfrüchte, sogar Früchtebrot, sogar Brotkrümel – er kramt weiter –, sogar Krümelsteine,

»um es tauglichst zu erklären, dieser Stein, der aussieht,
als sei er klein, das täuscht, es ist der Stein, der alles ins
Rollen bringt, der rollt und rollt, da klebt eine Mütze an

dem Stein, da klebt eine Perücke an dem Stein, ein Toupet, da klebt eine Haube an dem Stein und da ein Stahlhelm, bevor wir uns versehen, rollen Köpfe den Hang hinab, unten ist der Stein kahl und lüpft den Schädel, gestatten, Fräulein, ich bin in großer Weile und höflich zuhauf, solange Sie drei Kaninchen mit einer Klappe erlegen, steh ich Ihnen zur Sitte. Liebes Publikum, stellen Sie sich das vor, wirklich vor, und Ihnen wird ganz schwindlig werden.« Das Publikum gackert und trommelt mit behandschuhten Fäusten auf den Tisch. Der junge Mann starrt streng zurück. Das stachelt das Publikum an. Er schaut noch finsterer drein und wartet ab, bis sich die Begeisterung ausgependelt hat.

»Nichts daran ist komisch! Ihr seid komisch. Über euch müsste ich lachen, und ihr müsstet den Schädel lüpfen.« Worauf das Publikum heiter und beschwingt den Jungspund feiert, der von Wolodja – um einen Torso größer – mit einer Umarmung verabschiedet wird. Wolodja trägt eine Jacke, der er entwachsen ist, auf seinen Wangen der Schatten eines Bartes. »Unser Genie«, haucht eine Dame gegenüber Cya. Er trägt ein Gedicht vor, in dem ein Straußenvogel den Kopf im Gefieder vergräbt. Vergeblich. Schnee und Sand und Seele und südliche Sehnsucht. Cya versteht kaum die Hälfte, und es schwindelt ihr, erst recht, als der Dichter sie bei der letzten Strophe unverhohlen anschaut. Mit einem herausfordernden Blick. Traust du dich, Teil meines Gedichts zu werden? Beim nächsten Gedicht begreift sie ebenfalls nur Bruchstücke, die sich in ihre Haut bohren. Unvermittelt schreit Wolodja: »Hört!« Eine Pause, die so lange andauert, dass selbst dieses Publikum verlegen wird. »Wenn Sterne leuchten, werden sie von jemanden gebraucht.« Cya reimt sich das Wort »Mittagsstaub« zusammen. Gefolgt von »Gottes sehnigen Händen« und »eine sternlose Qual«. Das Ende holpert zu einem unsicheren Sinn: »Wenn Sterne leuchten, weil jemand sie braucht, sollte wenigstens ein Stern leuchten.«

Wolodja lädt sie ein, zu sich nach Hause, zu eingelegtem Gemüse und geräuchertem Fisch. Er schenkt etwas aus, was ihre Nase nicht zuordnen kann, und stürzt sich in den Strom seiner erregten Gedanken, kaum dass sie angestoßen haben.

»Vielleicht können wir nur für eine Weile wirklich frei sein. Wenn die alte Ordnung zerschlagen ist und die neue noch nicht geschaffen. Für eine kurze Weile, und wir Affen strengen uns an, sie auf ein Jahrtausend auszudehnen. Unsere Narrenkappe. Der revolutionäre Augenblick spiegelt andere revolutionäre Augenblicke. So entsteht das Licht, nach dem wir uns sehnen. Das geht gut, solange alles in Bewegung ist. Was für ein Gewicht lastet auf dem verbindlichen Augenblick. Der nicht mehr vergeht. Der alles Wesentliche festlegt. Statt schwebenden Glühwürmchen eine festgenagelte Glühlampe, die dich blendet, die dich erblinden lässt, grellstes Licht.«

»So ein Licht kann nicht revolutionär sein.«

»Weißt du, was mir Angst bereitet? Unerträgliche Angst. Dass wir scheitern werden, um nicht zu unterliegen!«

Sie stoßen erneut an. Wenn Wolodja sie anblickt, sieht er sie nicht auf seiner abgenutzten Couch sitzen, im schummrigen Kerzenlicht, sondern dort, wo sie gewesen ist und wo sie sein wird. Sie fühlt sich freigesetzt ins Allmögliche. Das Gefühl ist so erregend, ihre Hände krallen sich ins Polster. Dieser Mann wird sie überrumpeln.

»Was ist dein Lieblingsfest, Cya?«

»Das Fest der Fantasie.«

»So was gibt's bei euch? Ein Lob dem Süden! Hast mir nicht verraten, woher du kommst?«

»Vom Festland der Fantasie. Wo wir feiern, wie Fantasie unter die Menschen kommt.«

»Ein Fest für die Künstler?«

»Für alle.«

»Gut. Sehr gut. Fantasie für alle. So soll's sein. Und wer nichts davon versteht –«

»Spürt zumindest eine Ahnung. Alle wollen erleben, wie sich schöpferische Erregung anfühlt.«

»Und danach?«

»Wollen sie es immer wieder erleben.«

»Gefährliche Befreiung. Wie feiert ihr?«

»Komm ein wenig näher. Mach die Augen zu. Und stell dir vor ...«

»Was denn?«

»Nicht so ungeduldig. Stell dir etwas Vertrautes vor. Sagen wir Felder und dahinter Wald.«

»Ich sehe ein Rapsfeld und einen Tannenwald.«

»Stell dir zwei Pferde vor.«

»Das eine hat Geschwüre am Hals, das andere steht vor einem Haufen Heu und will nicht fressen.«

»Stell dir den Basar vor.«

»Körbe voller frischer Walnüsse.«

»Stell dir die Taverne vor.«

»An jedem Tisch eine Frau, die bis drei zählt.«

»Jetzt wird es anspruchsvoller: Stell dir die Luft vor.«

»Sie wird beschriftet von meinem tauben Arm.«

»Stell dir den Regen vor.«

»Der Morsecode eines unerträglichen Hysterikers.«

»Stell dir die Hölle vor.«

»Ein Freudenfeuer. Darf ich mal?«

»Natürlich.«

»Stell dir vor ...«

»Ja?«

»Nicht so ungeduldig. Stell dir Begehren vor. Das Begehren, mit mir zu schlafen.«

»Es sollte dunkel sein.«

»Wieso dunkel?«

»Ganz dunkel. Damit niemand uns sieht, nicht einmal wir uns selbst.«

Wolodja richtet sich auf, beugt sich über sie, hält inne, als wartete er auf Eingebung, lehnt sich hinab und sagt: »Gefühle sind steiler als Klippen.« »Klippen«, murmelt Cya und öffnet ihre Lippen zum Kuss. Alles weitere erlebt sie so gründlich, sie vergisst es. Sie kann sich einzig und allein daran erinnern, wie sie in die kalte Nacht tritt und ein Fenster aufgerissen wird und der Kopf von Wolodja erscheint: »Lass mich mit einer letzten Zärtlichkeit

den Abschied ebnen

denn ohne Abschied klappert die Tür unentwegt, Domru ein Ärgernis und eines baldigen Tages vielleicht eine Gefahr. Beunruhigende Berichte erreichen den chronautischen Kreis. Nicht einmal Cya hat geahnt, wie verletzt er sich fühlt. Verstoßen durch seine eigene Flucht. Ein Unbekannter berichtet, er habe die Insel besuchen wollen und sei weggescheucht worden. Komm nie wieder! Jemand habe mit seiner Tochter nicht mehr gesprochen, seitdem sie von einem Unbekannten verführt (GOG: *Oder entführt?* Das kann nicht sein) und auf die Insel gebracht worden sei. Früher unbewohnt, jetzt ein beunruhigendes Geheimnis. Ein Bewohner des Hafenstädtchens, wo Cya bei ihrem einzigen Besuch ein schwanenartiges Boot bestieg, habe berichtet, wie am Tag der Toten Gemälde Domru mit einer Schar junger Männer erschienen sei und zur Überraschung aller mehrere übergroße Ölgemälde von Seeschlachten mitgenommen habe, die seit Jahrzehnten verstaubten. Er habe lauthals »die Rückkehr des Heroischen« verkündet. Die meisten Anwesenden hätten ihn ausgelacht. Es sind viele weitere nebulöse Gerüchte im Umlauf – selbst an ei-

nem klaren, sonnigen Tag ist die Insel vom Festland aus nicht zu sehen. In einem neu gegründeten Gemeinhaus, im einstigen Nobelhotel, lebe Domru mit seiner Schar sowie mehreren Frauen, die seine Gefährtin seien. Ein Gerücht behauptet, er habe eine von ihnen geschwängert. Ein anderes, er habe mehrere von ihnen geschwängert. Ein drittes spricht von Säuglingen und von der Absicht, auf seiner Insel (GOG: *seiner?*) eine andere Ordnung zu errichten, nach Prinzipien seines Gefallens. Mit ihm als … es dauert, bis jemand sich traut, das Wort auszusprechen … als Anführer. Als Inselfürst. Das Küstenkomitee sammelt die wenigen verlässlichen Informationen, der Regionalrat tagt nach Absprache mit dem Kreis der Chronautin. Der Streitzirkel, in dem üblicherweise Konflikte geschlichtet werden, kann nicht tagen, weil Domru jegliches Gespräch verweigert. Ein Schlichter nutzte an einem körnigen Tag den günstigen Wind, um allein auf die Insel zu gelangen. Er kam mit zerrissenem Segel zurück. Eines Tages werden sie ans Festland kommen müssen, hieß es, sie werden den Austausch suchen, weil sie Nahrung benötigen. Bis jemand in den Archiven zufällig einen Hinweis fand, dass auf dieser Insel ausgedehnte Bunker für das Fortleben der einstigen Reichen vorhanden sind (GOG: *Die waren so reich, sie verfügten über eigene Präfixe – Superreiche, Megareiche, Ultrareiche …* Das langt, GOG, wir müssen uns nicht jeder Perversion hingeben), in denen Nahrungsmittel für eine verdoppelte Ewigkeit vorhanden sind.
Was tun?
Am Ende jeder Beratung steht Ratlosigkeit.
Eines Tages gibt Domrus ehemaliger Buddy Auskunft. Entgegen den gemeinsam entwickelten Plänen habe Domru im Damalsdort nicht Kontakt zum Widerstand gesucht, sondern zu Vertretern der Herrschaft, nicht einmalig und nicht zufällig. Was er selbst lange Zeit nicht begriffen habe, bis

ihm aufgefallen sei, wie wenige Erkenntnisse Domru heimbrachte, wie beharrlich er den Augenblick des Handelns hinauszögerte, weil er angeblich noch etwas Wichtiges und Unabdingbares in Erfahrung bringen müsse. Die eigene Untätigkeit verkleidete er wiederholt als Misslingen. Im Nachhinein habe er den Eindruck, so der ehemalige Buddy, dass Domru bei seinen Verwanderungen »Blut geleckt« habe. Bei diesem Ausdruck zucken die anderen zusammen.
»Ich habe es nicht übers Herz gebracht, euch etwas darüber zu sagen, weil es mir als Verrat erschien. Verrat an ihm.«
»Lieber hast du uns verraten.«
»Sag das nicht, das ist ungerecht. Mir stand vor Augen, wie viel ich ihm schulde.«
»Nichts hast du ihm geschuldet. Wie kannst du nur so denken? Das hat er dir in den Kopf gesetzt, oder?«
»Alles, was ich weiß, habe ich von ihm gelernt. Wie sollte ich mich von ihm abwenden?«
»Wir sind alle miteinander verantwortlich für diese Entwicklung«, glättet der Weltweise die Wogen. »Wir müssen uns überlegen, wie wir ihn stoppen können.«
»Wieso sollen wir ihn stoppen? Diejenigen, die ihm gefolgt sind, haben das aus freien Stücken getan. Es ist sein gutes Recht, sich anders zu organisieren.«
»Anders organisieren oder herrschen?«
»Das Problem scheint mir darin zu liegen, dass er sich dem dialogischen Prinzip verweigert. Wann hat er zuletzt das Gespräch mit einem von uns gesucht? Ich bezweifle, dass er sich mit seinen Jüngern (GOG: *Noch so ein hässliches Wort*) bespricht. Das ist gefährlich.«
»Wie konnte es so weit kommen?«
»Ich vermute, er ist auf Raumzeitreise kontaminiert worden. Sollte dem so sein, wird er sich nicht mit einer kleinen Gruppe und einem einzigen Gemeinhaus begnügen. Er wird mehr wollen. Mehr Macht,

mehr Herrschaft!

Fanny wirkte ausgemergelt (berichtet Samsil dem chronautischen Kreis), die Augen tief im Gesicht, mit Gaze überzogene Tümpel. Ein Ausschlag auf ihrer Wange und fahrige Bewegungen. Sie ließ ein Stück Brot auf dem Tisch zurück. Jemand vom Nachbartisch schnappte es sich, kaum stand sie auf und wandte sich dem Ausgang zu. Sie schlafe in fiebrigen Schüben. Beim Aufwachen wünsche sie sich nichts so sehr, als nicht aufzuwachen. Im Schlaf zu verharren. Die Witwe, ihre Vermieterin, stelle ihr Fragen, die sie anfangs nicht gestellt habe, beäuge sie wie ein Ungeziefer, mit einer einzigen Frage im Kopf: Wann soll sie die Kammerjäger rufen?
»Bildest du dir das nicht ein?«, fragte Samsil.
Sie sei sich sicher, dass sie beobachtet werde. Auch wenn ihr das niemand glaube. Weil kaum jemand von den Verhaftungen erfahre. Weil alles im Verborgenen stattfinde. Die Tscheka sei in kürzester Zeit zu einem Geheimbund ausgewuchert, der die Herrschaft verteidige, gegen einen Widerstand, den sie durch das eigene Handeln verstärke. Ein Teufelskreis.
»Wie ist so etwas möglich?«, fragte Samsil.
Weil die Männer der ersten Stunde, vermutet Fanny, ihre Mittäter unter ihresgleichen gesucht hätten, Verwandte im Argwohn. Mit aufquellender Rachsucht. Gebrochene Kreaturen, die einen blutigen Eid schworen, jede Verschwörung auszurotten. Das sei es! Sie verwechselten das Leben mit einer Verschwörung. Weil sie durch eine Verschwörung an die Macht gekommen seien, fürchteten sie nichts so sehr wie eine Verschwörung. Sie gingen der Revolution an die Gurgel. Nachts, immer nachts. Die Menschen nachts zum Verhör bestellt. Die Besprechungen nachts abgehalten. Die Urteile nachts verkündet. Die Erschießungen nachts, in

kaum beleuchteten Kellern und Schuppen. Der Tod sei ein Kommissar, der mitten in der Nacht komme.

»Woher weißt du das alles?«, fragte Samsil.

Weil es anderen zustoße. Verbotene Zeitungen. Aufgelöste Räte. Massenhafte Verhaftungen. Überfälle auf Häuser, die von Anarchisten besetzt seien. Zwei Dutzend von ihnen am nächsten Tag exekutiert (GOG: *Eine Kugel im Kopf bringt jeden zum Schweigen.* Woher das Zitat? *Von einem Ungeheuer namens Felix*). Eine unter den Ermordeten habe mit ihr das Lager überlebt. Ein Dutzend Jahre Sibirien weniger tödlich als ein Dutzend bolschewistischer Wochen.

»Wieso gehen sie so brutal vor«, fragte Samsil.

Weil sie niemandem vertrauten, trauten sie allein dem Terror. Weil sie nichts anderes als den Terror kennen, könnten sie nicht Vertrauen fassen. Wer den Bolschewiki vertraut habe, werde seinen Fehler bald einsehen. Zu spät. Das reiße sie nachts aus dem Schlaf. Sie verspäte sich in ihren Albträumen. Sie gebäre ein Kind als alte Frau. Sie schneide sich die Fingernägel, länger als Klauen. Sie eile in ein hell erleuchtetes Haus, und kaum über der Schwelle, gingen alle Lichter aus. Sie greife nach verfaulten Trauben. Sie stehe am Bahnhof, und der Vorsteher zucke bedauernd mit den Achseln: Alle Züge schon abgefahren.

Fanny erzählte auf abgehackte Weise. Als zucke sie vor der eigenen Schilderung zurück. Als sehe sie Farbkleckse und gelegentlich einen Strich, quer durch ihre Hoffnungen.

»Du nimmst zu sehr Anteil«, sagte Samsil.

Fanny hob einen rostigen Stab auf und warf ihn ins Wasser. Von einem Boot drifteten untergehakte männliche Stimmen an die Böschung.

»Vergiss nicht«, fügte Samsil hinzu, »die Menschen haben einen revolutionären Elan in den Knochen, so schnell vergessen sie nicht, was möglich gewesen ist. Überall im Land soll es Aufstände geben.«

Alles werde niedergemetzelt, unterbrach Fanny, wie denn nicht. Mit aller Kraft müsse verhindert werden, dass das Volk das Heft des Handelns wieder an sich reiße. Mit Heimtücke. Mit Brutalität. Menschen würden zur Arbeit getrieben, um ausgebeutet zu werden, wie gehabt. Ins Gefängnis geworfen, um mundtot gemacht zu werden, wie gehabt. Die Bolschewiki müssten gestoppt werden.

»Du hasst sie?«, fragte Samsil.

Sie verabscheue Menschen, die sich selbst Scheuklappen anlegten. Sie hasse Menschen, die anderen Scheuklappen anlegten.

»Was bringt es, Einzelne zu hassen?«, fragte Samsil.

Ob hassen oder nicht, das sei nicht wichtig. Das Entscheidende sei es, die Gefährlichen zu beseitigen.

»Ich bin gegen Blutvergießen«, sagte Samsil.

Das sei sie auch, sie empfinde keine Neigung, weder zu töten noch zu sterben. Aber wenn es darauf ankomme, werde sie beides auf sich nehmen, entschieden und doch voller Verzweiflung. Weil sie dazu gezwungen werde. Wie Melpomene (GOG: *Die Muse der Tragödie, stets mit einer Maske in der Hand ...* Ich weiß, wer das ist!). Sie habe, als sie in der Klinik auf der Krim gewesen sei, ein Buch mit Fotografien durchgeblättert. Statuen, jede Menge alte Statuen. Die meisten von ihnen fad, steife Männer mit winzigen Penissen. Aber eine der Statuen habe sie in ihren Bann geschlagen. Eine Frau mit einem Dolch in der Hand. Das sei Melpomene, habe der Text erklärt, eine geschundene Frau, die viel Leid erfahren habe und mit ihrem Gesang den Menschen Trost spende. Doch der Gesang habe ihren Schmerz nicht lindern können, weswegen sie beschlossen habe, den Grund für ihr Unglück zu beseitigen und dem Tyrannen den Brustkorb aufzuschlitzen. Damit alle sehen konnten, wie sein Herz von Schlangen zerbissen werde. Danach habe sie ihre Maske wieder aufgesetzt und bitterlich geweint. So der kleine Text unter dem Bild. Sie wisse nicht, ob die Geschichte so stimme, aber sie habe den Anblick nicht vergessen, die Fratze in der Hand der Statue weniger erschreckend als ihr unendlich trauriges Gesicht. Sie habe nicht sofort begriffen, wieso die Frau so leide. Sie habe doch die Menschen vom Tyrannenleid erlöst. Der Grund sei ihr erst vor kurzem klargeworden: Sie trauere um das Wertvollste, was sie besessen und was sie geopfert hatte: die Reinheit ihres Herzens. Sie habe den Tyrannen erdolcht, aber

wider Willen

»unser junger Freund scheint sich zu verspäten, wahrscheinlich sucht er nach Kieselsteinen, oder Gurken, wir werden auf ihn warten, derweil wird der hauseigene Vagabund sein purpurrotes Segel setzen und uns entführen über das Schwarze Meer.«

Cya fühlt sich wohl im Futuristischen Café wie im heimischen Musikzimmer. Sie setzt sich auf einen Stuhl am äußersten Ende des Tisches, um wenig auffällig zu sein. Jemand schenkt ihr ein Glas Schaumwein ein. Der süßliche Geschmack widerspricht dem Vortrag eines ihr unbekannten Dichters. Arg männlich, diese Futuristen. Alexei, so sein Name, und was er unter die Zuhörenden streut, ist zu klumpig oder zu klein, um Sinn zu ergeben.

»dyr bul shchyl
ubeshshchur
skum
vy so bu
r l ez«

Das Publikum jubelt, das Publikum buht. Beide Fraktionen begeistert. Ob sie dieses Gedicht von Alexei verstanden habe, fragt Wolodja sie in der Pause. Besser als auf Russisch, antwortet sie und bedauert zugleich, dass er sie in Gegenwart anderer nicht küssen wird, trotz Revolution. Er sehne sich nach einer Sprache, sagt Wolodja später auf dem Weg zu seiner Klause, die menschlicher sei als das, was Menschen bisher gesprochen hätten. Dieses Mal hat er nichts zu essen und trinken besorgt, sein Zimmer karg, zu nichts anderem geeignet, als sich gegenseitig auszuloten. Am Ausgang der Lust wieder Worte. Er werde sich begnügen müssen mit dem, was die Zunge hergebe. Sagt Wolodja. Es sei mehr, als wir erfassen können. Sagt Cya. Ihm sei prophezeit worden, sagt der Dichter, er werde nicht den ganzen Tag hindurch so laut schreien wie früh am Morgen. Ein trauriger Gedanke. Er akzeptiere allmählich, dass er sich in den Dienst der Sache werde stellen müssen (GOG: *Da habt ihr die Chose*). Sie streiten sich über das Wort »Dienst«. In der Fabrik, sagt der Dichter, vergehe die Zeit nach vorgegebenen Mustern in einem genau berechneten Takt. Das Gedicht hingegen entspringe einer eigenen, mystischen Dynamik. Letztes Jahr habe er nur drei Gedichte geschrieben, so viel wie in einer einzigen Nacht zuvor. Er verstehe, wieso die Genossen für mehr Lohn und weniger Arbeitszeit kämpfen. Damit das Poetische entstehen könne. Worauf Wolodja einen Zipfel ihrer Nacktheit zudeckt, als sollte sie nur für seine Hände und Lippen sichtbar sein. Es scheppert fernab im Haus, eine Tür fällt zu, ein Schrei detoniert,

eine andere Tür sprang auf, der Jüngling mit den Kieselsteinen im Mund stürzte ins Futuristische Café, endlich da, der Erwartete, außer sich vor Angst, einer Angst, die ihn fast seines Körpers beraubt hätte. Ein Freund sei verhaftet worden, rief er, verschwunden sei er, niemand wisse, wohin, ein revolutionärer Bursche, vormals Aktivist im Sowjet. Wolodja versuchte, ihn zu beruhigen: »Wir kümmern uns morgen darum. Wir werden Maxim aufsu-

chen und um Hilfe bitten!« Das Verstummen aller wickelte sich um einen Pfahl, fest und schmerzhaft, der erhobene Zeigefinger blass, die Stimmung betreten.
Im Bett spielt Wolodja mit ihren Fingern, als seien sie Tasten eines Instruments aus dem Kaukasus. Er würde sich gern zweiteilen, sagt er, und eine Hälfte in die Zukunft schicken, um von dort aus auf diese seine Zeit zu blicken, mit der Zuversicht des Gelingens. Er möchte in heiteren Tagen aufwachen, unter einem glücklichen Himmel, wo der Mensch seine Tugenden ein Leben lang schärfe, anstatt sich verzweifelt abzumühen, dass sie ihm nicht abhandenkämen. Er umarmt sie von hinten, sie achtet auf die kaum wahrnehmbaren Zeichen seines Einschlafens. Am nächsten Morgen, nachdem sie sich ins Erwachen vereint haben, lächelt sein entzücktes Gesicht, und er ahmt eine anklagende Geste nach.

»Ich weiß, wo du herkommst.«

Pause.

»Ich habe dein Geheimnis entlarvt.«

Pause.

»Nicht aus Armenien.«

Pause

»Nicht aus Tscherkessien.«

Pause.

»Nicht aus Zirkassien.«

Was für eine Blödelei!

»Du bist kein Wesen unserer Zeit.«

Pause.

»Du bist eine Fremde.«

Aha.

»Aus der Zukunft!«

»Wie bitte?«

»Du bist eine Zeitreisende.«

(GOG: *Raumzeitreisende, so lautet der richtige Begriff.*)

»Das erklärt deine Merkwürdigkeiten.«

»Was für ein Unsinn!«

»Du bestreitest es?«

»Das ist es nicht einmal wert.«

»Und wenn ich es dir beweise?«

»Ach, der Dichter verfügt über Beweise.«

»Ich werde es dir beweisen: Vielleicht ist dir nicht aufgefallen, wohin wir deuten, wenn wir in die Zukunft zeigen? Nach oben rechts. Und nach unten links, wenn wir über die Vergangenheit reden. Du zeigst nach vorn, wenn du über Vergangenes sprichst, und nach hinten in die Zukunft. Das tut sonst niemand.«

Cya lacht. Sie zwingt sich zu lachen. Es klingt in ihren Ohren erzwungen. Sie wischt Wolodjas Behauptung weg, mit verkrampfter Nonchalance. Gib es zu! Fordert er. Fleht sie an. Droht ihr, ohne Nachdruck. Spielt den Beleidigten. Verspricht, es niemandem zu sagen. Beschwört sie, bis sie keinen anderen Ausweg sieht, als den wunden Punkt seiner Leidenschaft zu berühren. Er greift nach ihren Brüsten, sie spürt sein Herz pochen. Er schreit, ich will, ja, ich will, und mit brüchiger Erregung

»mit dir in die Zukunft. Nimm mich mit. Wieso muss ich das Mögliche immer nur erträumen? Ich will es erleben!«

Sie zieht sich an und verlässt sein Zimmer, weil seine Beharrlichkeit sie einengt. Er folgt ihr, ohne Mantel. Die Stadt erscheint wie übermalt, die Fassaden vergänglich, die Farbe unsterblich rot. Wolodja greift nach ihrer Hand und lässt sie nicht los. Sie spürt, wie schwer es ihm fällt, sie nicht zu bedrängen. Entlang der Schritte bricht der Damm. »Stimmt nicht« bröckelt, »es geht nicht« erlahmt, »schlag es dir aus dem Kopf« weggefegt, »ich kann nicht« zerbricht zu einem schrillen »Nein« auf der Brücke, zwischen zwei steinernen Löwen. Wolodja reißt sich das Hemd vom Oberkörper, er werde sich in die Fluten stürzen, halb

Schauspieler, halb Selbstmörder. Erschrocken schreit Cya heraus, was ihr durch den Kopf geht:

»Du hast eine große Zukunft vor dir!«

Wolodja, halb ausgezogen, mit Wahn in jedem Muskel, antwortet grimmig, er wolle die Zukunft, er wolle sie jetzt und ganz. Nicht als Ahnung, nicht als Versprechen. Sie habe kein Recht, die Zukunft für sich zu behalten. Er zieht sein Unterhemd aus. Eine Tram knattert vorbei, jemand ruft etwas. Er nähert sich dem Brückengeländer. Nichts würde Cya jetzt überraschen. Nicht einmal ein janusköpfiger Maulesel. Sie nickt, kaum fähig, sich zu rühren unter den Trümmern eines einstürzenden Trugbilds. Sie nickt. Wolodja springt zu ihr, umschlingt sie und flüstert ihr Silben ins Ohr, Silben, die so klingen wie

dyr, ez, vjl

jede Epoche, so der Weltweise vor längerer Zeit, kenne eine eigene Alchemie. Kanon werde zu Kokolores. Silizium zu Strom. Onkel Host gluckste, als sie ihm davon erzählte: Jaja, Genuss wird zu Geschiss. Sie standen vor seinem neuesten Projekt, einem biomorphischen Gebäude, mit der Form zweier sich verschränkender Arme, höher als jeder Baum und aus unzähligen Nischen bestehend, in denen Pflanzen wachsen und Kinder heranwachsen können, dazwischen alles Denkbare zwischen Geruch und Geschmack. Stell dir vor, sagte er, du könntest in einem Hochbeet schlafen. Er lachte auf und stellte sie einer Kundigen vor, die angereist war, um bei den anfänglichen Schwierigkeiten zu helfen. Nach Onkel Hosts Schätzungen könnten in diesem gewundenen Gewölbe, das aussah wie zwei sich umarmende Windwirbel, genug Nahrungsmittel für die ganze Nachbarschaft angebaut werden. In einer Nische Spiel, in einer anderen Nische Rübe – schwupp entsteht Würfelzucker, und

Onkel Host lachte, vergnügt wie ein Kürbis. Cya hat ihn selten so ausgelassen erlebt. Am Abend erzählte sie Nikte davon, und ohne vorherige Absicht, angeregt von seiner grenzenlosen Zuversicht, begannen sie, sich den Umbruch vorzustellen, zum allerersten Mal (GOG: *Es war kurz nach der Robunion*). Sie hatten keine Ahnung, wie sie vorgehen sollten, also überlegten sie sich zunächst eine beliebige Befreiung. GOG musste nachhelfen, weil sie so sehr im Dunkeln tappten. Reich an chronautischen Erfahrungen weiß Cya inzwischen, wie schwierig es ist, sich nachträglich Fesseln vorzustellen. Sie einigten sich auf die Befreiung des Genusses. Wie soll ein Genuss möglich gewesen sein, schlug Nikte vor, der so vieles zerstörte (GOG: *Genauer gesagt, der die Luft verpestete und die Böden vergiftete und die Tiere quälte und die Wälder abbrannte*). Das sei nicht mund...genehm.
»Kein Mund, nur Schlund.«
»Mund?«
»Schlund!«
Sie warfen sich die Worte um die Ohren. Ein simpler Reim, ein schiefer Rhythmus.
»Hat es dir gemundet?«
»Oh nein, es hat gar schrecklich geschlundet.«
»Denk daran, meine Liebe, Morgenstund hat Blech im Schlund.«
»Ach, Liebling, du kriegst den Schlund nicht voll.«
»Und nicht vergessen, Liebste, Kohlenstaub hilft gegen Schlundgeruch.«
»Schlund?«
»Mund!«
»Und der Unterschied zwischen den beiden?«
»Aufgerissene Grenzen.«
»Grenzen der Gier?«
»Falsche Ressourcen.«
Was ist das? GOG: *Eine Quelle im Messbecher.*

»Wie meinst du das?«
»Ständig falsch rum gedacht. Das Kleine groß, das Große klein. Gefühle begrenzt vorhanden. So war es, stell dir das mal vor. Der Mensch hatte nur ein bestimmtes Guthaben an Mitgefühl.«
»Sparsame Spendabilität.«
»Was?«
»Es heißt: Wie bitte? Und das hat mir GOG gerade eingeflüstert.«
»Vorlautes Teil. Meins hält sich zurück.«
»Du hältst es zurück.«
»Wenn ich was wissen will –«
»Lass dich mal überraschen.«
»Mag ich nicht.«
»Sag, Schwesterscherz, was taten die Menschen, als es nicht genug für alle gab?«
»Wird nicht plötzlich passiert sein?«
»Über Nacht, wie gelegentlich im Winter. Einmal ausschlafen und schon Schnee schaufeln.«
»Es gibt nur zwei Möglichkeiten, wie in der Mathematik: Die Zahl der Bedürftigen verringern oder die Menge der Bedürfnisse verkleinern.« (GOG: *Mit anderen Worten: Mord oder Verzicht.*)
»Manchmal wurden Menschen ... geopfert, das soll es gegeben haben, obwohl es eigentlich nicht sein kann, und doch wird es in alten Texten beschrieben.«
»Onkel Host hat mir gesagt, mancherorts wurde gerecht verteilt. Es gab somit die Wahl zwischen gleich wenig oder weniger gleich?«
»Nein, pass doch auf. Andersrum. Entweder gleich viel oder ungleich wenig.«
»Eine Wahl zwischen Blut fließen oder Wein tröpfeln?«
»So ungefähr.«
»Was für eine miese Wahl! Jetzt brauchen wir uns nichts

mehr vorzustellen. Alles weitere klar – die Menschen gelangten zur Einsicht.«
»Wie ist das passiert? Auch wenn es klar ist, müssen wir es uns doch vorstellen. Einsicht entsteht im Kopf und geht wieder weg.«
»Nicht wahre Einsicht.«
»Quatsch. Dann wäre jeder Unsinn, den du nicht mehr aus dem Kopf bekommst –«
»Einsicht!«
»Eher Aussicht, oder Durchsicht.«
»Fällt dir noch was Schlaues ein?«
»Jede Menge: Kurzsicht. Kahlsicht!«
»Wie, war das schon alles?«
»Furzsicht. Kotzsicht. Extra für dich.«
(GOG: *Die Menschen einigten sich auf einige einfache Prinzipien. Herrschaft ist institutionalisiertes Übel. Profit sollte nie Sinn menschlicher Begegnung sein. Es ist einfältig, der Vielfalt von vornherein zu misstrauen.*)
»Profit? Was ist das?«
»Habe ich gar nicht gesagt. Wie wäre es mit Hörsturz? Du Ohrenvalide.«
»Sei leise, GOG versteht keinen Spaß. Außer es macht sich lustig über mich.«
»Kann es nicht, das bildest du dir ein.«
»Zuerst soll ich mir was vorstellen, jetzt bilde ich mir zu viel ein.«
»Tja, von Schlund zu

Mund

und zwischen Küssen fragt er sie aus über die Geheimnisse der Zukunft. Auch wenn sie weiterhin nichts zugibt und nichts eingesteht, hat er einen Weg gefunden, mit ihr darüber zu reden, eine für beide akzeptable Unbestimmtheit, zusammengehalten von einer großen Seifenblase und unzähligen Küssen. Solltest du aus der Zukunft zu uns gekommen sein, so die dichterische Annahme, was könntest du mir berichten, gegebenenfalls, was würdest du mir beschreiben?

»Rein gedanklich?«

»Auf dünnstem Eis!«

Sie vereinen sich. Liebe mit Cya, sagt Wolodja danach, fühle sich an, als hätte es den Kommunismus schon immer gegeben. Dem sei auch so, erwidert sie, habe aber nichts mit ihrer Vulva zu tun. Die bisherige Zivilisation sei ihm suspekt, sagt er, den Blick starr auf die Decke gerichtet. Masturbation oder Sodomie. Masturbation des Geistes oder Sodomie des Fleisches, Masturbation des Fleisches oder Sodomie des Geistes. Der Geist sei eine Kloake niederträchtiger Gedanken, das Fleisch ein Geschwür billiger Begierden. Mann und Frau liebten sich nicht, sie erledigten lediglich ihre Bedürfnisse.

»Wird sich geben, Sex wird eines Tages von allen
moralischen Lasten befreit sein.«

(GOG: *Achtung, der Begriff Sex war damalsdort noch nicht geläufig.*)

»Sex? Jetzt hast du dich verraten. Sex – so sagt ihr?
Wirklich? So ein hässliches Wort für so was Schönes. Sex?
Sex tun, oder Sex-Tat? Oder Sextett? Schon hätte Alexei
ein Gedicht beisammen. Fühlt ihr euch sexlich oder sexig?
Unglaublich, so fortschrittlich, und sie sagen Sex.«

Cya protestiert halbherzig. Sie spürt, dass alles, was sie von nun an von sich geben könnte, sein Urteil bestätigen würde. Was ihn an der Zukunft am meisten interessiere?, fragt sie. Wolodja überlegt lange.

»Was denkt ihr über uns?«

»Die Antwort könnte dich entsetzen.«

»Nein, das wird sie nicht. Wir sind Barbaren, das ist mir
klar, euch erscheint vieles bei uns bizarr. Wie sollte es

anders sein? Ihr kratzt euch am Kopf, wie ahnungslos wir sind, wie lethargisch. Wir haben Jahrhunderte gebraucht, um etwas so Rückständiges wie die Monarchie abzuschaffen. Ich hab's. Ihr wundert euch, wieso wir uns technologisch so rasant entwickelt haben, nicht aber sozial. Merkwürdig ungleichzeitig. Ob zu Fuß oder in der Kutsche oder im Zug oder im Auto.«

»Oder im Flugzeug.«

»Familie bleibt Familie, Ehe bleibt Ehe, Mann befiehlt, Frau gehorcht.«

»Sogar in der bemannten Rakete, anfänglich zumindest –«

»Neue Techniken, alte Kleider. Veränderung gepaart mit Trägheit. Darauf könnt ihr euch keinen Reim machen. Unmöglich. Wie denn auch, ich verstehe es selbst nicht. Dabei bin ich mit einem Bein hier verwurzelt, und mein längster Schritt ist viel zu kurz.«

»Was schmerzt dich am meisten?«

»Einer von tausend wird zu jenem ehrlichen, anständigen Wesen, das in ihm schlummert.«

»Bei uns ist es umgekehrt: Einer von tausend wird nicht zu einem ehrlichen, anständigen Wesen.«

»Warte: Was ist mit der Arbeit? Wie ist die …?«

»Es gibt keine Arbeit. Es gibt gemeinschaftliche Aufgaben, die wir unter uns aufteilen. So viel ist das nicht. Einige Stunden am Tag reichen dafür aus.«

»Das kann ich mir vorstellen. Viel fällt nicht an, wenn das Überflüssige wegfällt. Weniger zu tun, ohne Offiziere und ohne Polizisten und ohne Advokaten und ohne Richter und ohne Priester und ohne –«

»Kleinkrämer!«

»Verkäufer, wollte ich sagen, und ohne Buchhalter und Steuereintreiber und –«

»Bohnenzähler!«

»Meinetwegen. Und ohne Beamte und Verwalter und –«

»Korinthenkacker!«

»Bildlich gesprochen. Vergessen wir nicht die unnötigen Friseure –!«

»Haarspalter!«

»Wahrlich, ohne Haarspalter wuchert es schöner.«

»Verstehst du den Grundgedanken? Ungerechtigkeit schafft jede Menge Arbeit. Ein Adeliger bei euch brauchte dreißig Diener und dreihundert Leibeigene. Du würdest staunen, wie wenig Arbeit anfällt, wenn sich jeder selbst die Schuhe putzt.«

»Staunen und frohlocken. Wenn niemand andere zählen lässt, wie viel Geld er besitzt.«

»Ach, seit wir das Geld abgeschafft haben, vermisst es niemand.«

»Ihr habt das Geld abgeschafft?«

»Zusammen mit der Gier. Am selben Tag.«

»Was für ein Tag! Und keine Befürchtungen?«

»Andere Bedürfnisse. Ich habe den Eindruck, der Zustand einer Gemeinschaft lässt sich an dem ablesen, wovor sie sich fürchtet. Daheim denken wir viel nach über drohende Anfänge von Herrschaft. Überall, wo ich hinreise, wird über die Gefahren der Freiheit reflektiert.«

»Überall, wo du hinreist?«

»Gedanklich, meine ich.«

»Von wegen gedanklich.«

»Lass es gut sein.«

Mitten in der weißen Nacht weckt er sie auf, in seinem Blick Knochenangst.

»Ich hatte einen Albtraum. Dein Licht scheint auf Ruinen. Nie werden wir das werden, was du bist. Am Ende Ruinen. Unerträglich. Logisch. Wären wir auf dem Weg, eine bessere Welt zu schaffen, würdest du zu uns reisen? Nein, nein nein, alles, was wir auf die Beine stellen, wäre bekannt, unsere Epoche würde in Romanen und

Gedichten und Dramen und Filmen beschworen werden, mehrmals im Jahr würdet ihr feiern, was wir zustande gebracht haben. Du suchst Knoten, deren Zerschlagung misslang. Nicht wahr? Gib es zu! Gib doch einmal etwas zu. Ich brauche Klarheit. Meine Hoffnung gräbt sich ihr eigenes Grab. Merkst du das nicht? Du verstehst uns nicht. Du verstehst mich nicht.

Du verstehst sie nicht

diese Menschen, sagte Fanny zu Samsil, du kannst sie nicht verstehen, sie verändern sich, sobald sie für die Tscheka arbeiten, sie hören auf, Mensch zu sein, sie werden zu Automaten, sie können ihre Meinung nicht äußern, ihre Bedürfnisse nicht ausleben. Was sie anderen androhen, droht ihnen selbst.
Der Frühsommer entzückte sich an den eigenen Gerüchen. Samsil war frohsinnig, weil sie nicht mehr im Mantel schlafen musste. Das Brot bestand weiterhin aus Lehm und Stroh, aber alles blühte entlang des Spazierweges, auf Mauern zu Ehren der baldigen Feier eine riesige, kraftstrotzende Eins, dahinter krähten die Schornsteine. Samsil konnte Fanny nicht aufheitern, egal, was sie sagte, egal, was sie machte. Nicht einmal mit einem kleinen Stück Pastete, das ihr Bruder angeblich vor kurzem mitgebracht habe. Nichts konnte Fanny an die Oberfläche dieses glatten Tages locken.

»Ich habe Viktor getroffen, auf der Straße. Da stand er auf einmal. Die Bombe, die zum falschen Zeitpunkt explodiert ist. Jetzt mit feisten Backen. Wegen ihm habe ich Augenlicht und Freiheit verloren. Meine erste Liebe. Als ich ihn kennenlernte, habe ich Flaschen in einer Wodkabrennerei gereinigt. Aufgedunsen ist er. Trotzdem habe ich ihn erkannt und er mich nicht. Wir sind beide erschrocken. Das ist die Liebe, an die ich mich geklammert habe, als sie mich nackt auszogen. Ein Lackaffe, sein Getue eitel, die Augen leblos. Wegen ihm habe ich Splitter von Schrapnell im Körper, wegen ihm war ich taub und fast blind, wegen ihm leide ich täglich unter starken Schmerzen. Er hat keinen einzigen Satz über sich gesagt. Über die Seinen daheim. Über seine Gefühle. Nur geprahlt, was sie alles aufbauen, sie!, was sie alles errichten, sie!, was sie alles umkrempeln und auf die Beine stellen. Er plusterte sich auf, und mir kam die Galle hoch. Wenn ihr das Volk köpft, sagte ich zu ihm, müsst ihr ihm einen neuen Kopf aufsetzen. Kaum hört er das, ist er weg. Ich konnte mich nicht rühren vor Entsetzen. Das ist der einzige Mann, den ich geliebt habe. Dieser widerliche Speichellecker der neuen Macht. Was für ein erbärmliches Leben. Meine Liebe ist ein Kleinkind, das an den Füßen gepackt und gegen die Wand geschmettert wurde. Nichts wird so erfolgreich produziert wie Angst und sklavischer Gehorsam. Übergossen mit Geschwätz, nichts als Geschwätz, überall, lächerlich, wäre da nicht das Blut. Von Geschwätz zum Tode verurteilt. Immer ins zweite Glied geschoben. Wegen meiner Gebrechlichkeit. Niemand nimmt dich ernst, wenn du gebrechlich bist. Die anderen sind wie Wespen, die um einen Bären herumschwirren, was können die schon anrichten. Ich brauche sie nicht. Was ich zu tun habe, krieg ich allein hin.«

Fanny habe ihre Entscheidung gefällt, berichtet Samsil dem chronautischen Kreis, sie habe den Tag ausgewählt, an dem sie es versuchen werde. Sie bilde sich ein, es allein planen und ohne Hilfe anderer vollbringen zu können. Sie täusche sich. Sie werde ihr Ziel verfehlen.

»Das ist unsere Chance. Wir sollten dafür sorgen, dass ihr Anschlag gelingt.«

»Was für ein Anschlag?«

»Ihr Attentat gegen den neuen Zaren.«

»Attentat? Was sagst du da?«

»Du bist verrückt geworden, die Revolution hat dir den Verstand geraubt.«

»Der Wahnsinn hat sie angesteckt.«

»Wir müssen das Projekt sofort stoppen.«

»Beruhigt euch. Ich möchte euch erklären, was Fanny antreibt. Wenn ihr sie besser versteht, werden ihr meinen Vorschlag vielleicht verstehen. Jemand muss ihn vernichten, denkt sie, bevor er uns vernichtet. Ich bin keine Mörderin, denkt sie, sondern eine Scharfrichterin. Ich möchte ein Zeichen setzen.«

»Ein abschreckendes.«

»Wenn jeder Tyrann –«

»Das kann unmöglich ihre Überzeugung sein, das ist unsinnig. Wenn wir auf die Geschichte schauen. Wie viele Tyrannen wurden ermordet? Was hat es gebracht?«

»Eine Verschlimmerung, oft.«

»Wie in diesem Fall. Das Attentat wurde zum Anlass genommen, massenhaft Terror zu entfachen.«

»Weil das Attentat misslang?«

»Weil es geschah.«

»Wir haben das Privileg, nicht zu solchen verzweifelten Mitteln greifen zu müssen. Was soll Fanny tun? Welche Alternativen hat sie? Soll sie warten, bis sie denunziert und exekutiert wird?«

»Was erhoffst du dir, gesetzt den Fall, das Attentat gelingt?«

»Die Bolschewiken werden geschwächt sein, ihre Herrschaft wird wackeln. Wenn der neue Zar stirbt, werden sich die Nachfolger zerfleischen, ihre Diktatur wird wie ein Kartenhaus zusammenbrechen. Eine weitere Revolution wird sie hinwegfegen. Unter der Oberfläche schlummern viele lebendige Strukturen, die Räte und die Klubs und die Versammlungen.«

»Das ist viel zu optimistisch. Ein Bürgerkrieg ist wahrscheinlicher.«
»Den wird es so oder so geben.«
»Denkt daran, was sich sonst ereignen wird. Ich gebe euch ein Beispiel: In der größten Schuhfabrik des Landes führt sich der Direktor schon auf, als wäre er der Fürst der Produktion. Die Arbeiterin vertreiben ihn und übernehmen die Fabrik. Sie rufen zu einem stadtweiten Streik auf, gegen die Unterdrückung der Räte. Kriegsrecht wird verhängt, die Tscheka besetzt die Fabrik, die Rädelsführerin werden im Schnellverfahren zum Tode verurteilt, gegen die Wand gestellt, mit verbundenen Augen, und von Maschinengewehren niedergemäht.«
»Das ist grauenhaft, das wusste ich nicht.«
»Das Attentat könnte die Diktatur stärken, wenn es ihr gelingt, diese Krise zu überwinden. Wo Gefahr ist –«
»Jaja, wissen wir schon.«
»Mir ist die Vorstellung unerträglich.«
»Du wärst daran nicht beteiligt. Fanny schießt, ich helfe ihr im Hintergrund.«
»So etwas darf unser Kreis nicht unterstützen.«
»Ich möchte nichts damit zu tun haben.«
»Wenn es gutgeht, retten wir Millionen von Menschen und befreien die Vorstellung eines freien und gerechten Lebens von einem schlimmen Makel.«
Sie streiten, heftiger als je zuvor, vom Herbst bis zum Frühjahr. Sie finden keine Einigung. Sie stimmen ab. Wie schon einmal zuvor setzt sich der Vorschlag mit nur einer Stimme Mehrheit durch. Dieses Mal ziehen nicht alle an einem Strang. Im Gegenteil. Jene mit abweichender Meinung verweigern die Unterstützung. Samsil leidet. Es ist einsam, in der einfachen Mehrheit, sagt sie zu Cya, die stumm nickt, verknotet in ihren eigenen Zweifeln,

Wolodjas Stimme im Ohr

Das Futuristische Café ist eine feine Spielerei, für die Geschminkten. So wird Kunst nicht zum Volk gebracht.
Wir machen uns etwas vor.
Wir ziehen durch die Städte und spielen vor Aufgeweckten.
Vor Erleuchteten.
Wir müssen alle Menschen erreichen.
Aber wie?
Theater in die Fabrik!
Kunst an die Fassade!
Klaviere auf die Straße!
Komm mit, Cya.
Du wirst ein Wunder erleben.
Ich habe das Verrückte verlangt.
Komm mit.
Heute wird es Tat.
Kennst du den Unterschied zwischen Flügel und Klavier?
Ich nicht.
Alle beschlagnahmt aus den Salons der Bourgeoisie.
So weit, so einfach.
Lastwagen auftreiben, das ist schwierig, dieser Tage.
Ohne Lastwagen keine Musik.
Egal wie klapprig. Hauptsache mit Ladefläche.
Ausgediente Lastwagen für verdiente Künstler.
Für Pianisten, Sänger, Violinisten.
Ja, auf jedem Lastwagen.
Ha, da ist sogar ein Cellist.
Jung sind sie alle.
Studenten vom Konservatorium.
Komm, wir steigen mit auf.
Ich werde agitieren.
Stimmt euch ein, wir fahren gemächlich.
Ich werde deklamieren.

Spielt schon mal, spielt auf.
Wollt ihr die Kreuzung dem Lärm überlassen?
Traut euch, hier ist alles möglich.
Ich werde proklamieren.
Eine Fabrik, schaut zumindest so aus.
Oder ein Übungsplatz.
Oder eine Schule.
Wir spielen überall.
Siehst du, wie sie stehen bleiben?
Siehst du, wie sie verweilen?
Siehst du, wie sie staunen?
Lauter, Genossen, lauter, unsere Töne müssen hinein ins Knochenmark.
Was spielt ihr so harmonisch?
Hat euch der Vater nie verprügelt?
Habt ihr nie einen Dorn im Fleisch gespürt?
Hat euch kein Lehrer erniedrigt?
Spielt, als kippe die Ladefläche dieses Lastwagens.
Spielt, als rutschten wir auf schiefer Ebene.
Spielt, als stünden wir auf einem Bein.
Spielt, als wären acht Töne acht harte Stunden.
Eine Oktave entfernt von der Fron an der Maschine.
Bis euch die Finger weh tun.
Bis uns die Zungen schmerzen.
Spielt und schreit.
Aufgedreht, angestachelt, außer sich vor einer Freude, die eifrig flattert, um nicht ans Abstürzen denken zu müssen. Wolodja ist ein Pfeil der neuen Zeit, der sich selbst verschießt. Die Gesichter der Arbeitenden, Männer viele, Frauen kaum, verblüfft, skeptisch, entzückt, verdutzt, sie lauschen mit Rückenschmerzen, sie lauschen mit Zahnschmerzen, sie lauschen nicht. Wunden spürbar in jeder Tonart. Was für einen Choral singen Schwielen? Den Musikern ist unwohl, den Zuhörenden ist unwohl, zwischen

ihnen der Dichter, betrunken vom eigenen Rhythmus, neben einem verstimmten Klavier auf offener Ladefläche. Seine Stimme grölt tektonisch.

»Sagt,
könnt ihr singen
im Einklang
mit dem Haus?
Versteht ihr
die Sprache
der Straßenbahnen?
Ich lernte
das Alphabet
der Wegweiser,
Seite um Seite
aus Eisen, aus Blech.
Ihr reißt die Erde
in Stücke
und studiert sie
Teil um Teil.
Dabei
ist der Planet
winzig.
Ich lerne
Geografie
mit den Rippen
auf meiner einzigen
Matratze:
der Erde.«

(GOG: *Eine sehr freie Übersetzung von Cya.*)
In seiner Klause lieben sie sich die kürzeste Nacht hindurch. Verführung zum Sonnenuntergang, Höhepunkt zum Sommeraufgang. Danach ist sie aufgekratzt und er ermattet. So endet das Fest der Fantasie, murmelt er. So beginnt das Fest der Entfestung, widerspricht sie.

»Was entfestet ihr?«

»Die Gewalt. Wir feiern einen Sieg über die Gewalt. Wir erinnern uns an die Zeit, als die Wehranlagen geschleift, die Waffen zerstört, die Fabriken geschlossen, die kriegerischen Pamphlete entsorgt wurden.«

»Unmöglich!«

»Es ist geschehen. Kaum hatten wir den entscheidenden Denkfehler erkannt.«

»Welchen Denkfehler?«

»Wer Gewalt verübt, muss eines Tages die blutige Suppe selbst auslöffeln.«

»Darf ich das in einem Gedicht verwenden?«

»Jetzt werde ich doch Teil eines deiner Gedichte.«

»Und wie feiert ihr?«

»Wir erschaffen Figuren der Gewalt, um sie zu bannen. Wir gestehen uns Aggressionen zu, um sie aus der Unsichtbarkeit der Angst ins Leben zu holen. Dann vertreiben wir sie gemeinsam.«

»Konkret! Ich will es konkret wissen.«

»Wir bauen Modelle einstiger Waffen und verbrennen sie auf einem Scheiterhaufen. Eine jede von uns opfert etwas, was ihr wichtig ist, wirft es ins Feuer. Wir tanzen um das Feuer und beschwören, so etwas möge nie wiederkommen. Wir singen uralte Lieder aus der Zeit des Umbruchs: Remember, remember, the first of December, nous, les anges rebelles, nous, les démons debout ...«

»Lehnst du die Bewaffnung des Volkes etwa ab?«

»Im Augenblick des Aufstands nachvollziehbar. Unmittelbar danach auch. Aber darüber hinaus? Gewalt kommt aus Überordnung und Unterwerfung. Wenn das wegfällt, was bleibt übrig? Mal Zorn, mal Wut, mal verletzter Stolz. Ein kurzes Aufflackern, ein Streichholz, das schnell verbrennt. Es wird Friede, wenn wir die Fähigkeit erlangen, uns der Autorität zu widersetzen. Wenn die Menschen lernen, Macht einzuschränken.«

»Wie nur, wie habt ihr das geschafft?«

»Weniger schwierig, als du denkst. Nachdem die Institutionen der Gewalt abgeschafft wurden, hat es nur noch spontane Gewaltausbrüche gegeben. Die kommen selten vor und beschämen im Nachhinein alle, auch die Beteiligten.«

»Ich kann es mir nicht vorstellen.«

»Du schaust über den Tellerrand, aber du gehst weiterhin von deinem Teller aus.«

»Wie kann es einen weiteren Horizont als unseren geben?«

»Du bewunderst den neuen Zaren. Obwohl du es besser wissen müsstest.«

»Wissen muss sich der Realität anpassen. Ein Held allein macht keine Revolution – stimmt. Helden sind aus Pappe – stimmt. Aber wer hält das Feuer am Glühen? Wieso die Notwendigkeit nicht auch besingen?«

Wolodja entschlummert. Cya streichelt sein Gesicht. Licht schwappt ins Zimmer. Sie betrachtet sein Gesicht, der Schmerz des Kommenden raubt ihr fast den Atem. Sie muss ihn verlassen, sonst wird sie hineingezogen in den Strudel eines unerträglichen Niedergangs. Des Drucks sich unterzuordnen, zu dienen. Der Enttäuschungen. Eines Tages nur noch schlechtes Theater in den Fabriken, nur noch neue Heiligenbilder an den Fassaden und kein einziges Klavier auf der Straße. Sie wird ihn betrachten, eine Weile noch. Den Mut sammeln, ihn zu verlassen. Sie hasst Trennungen vor der Zeit. Leise wird sie in die hellhörige Wärme des Sommers hinausgehen. Sie legt ihren Finger auf seine Schläfe und meint, den Pistolenabdruck zu sehen. Das kann nicht sein. Er hat es sich anders überlegt. Die Kugel wird sein Herz zerschlagen. Immer wieder haben sie ihn gewarnt: Du kannst nicht den Tag hindurch so schreien wie zur Dämmerung. Was daran hat er nicht verstanden? Cya sieht einen Brief auf dem kleinen klapprigen Tisch liegen: »Das Boot meiner Liebe zerschellte am Alltag. Bin quitt mit dem Leben. Gebt niemandem die Schuld, dass ich sterbe, und bitte kein Gerede,

es ist spät

und der Mann, der aus der Fabrik tritt, umringt von Arbeitern, geht einige schnelle Schritte, bis er innehalten muss, weil sich ihm eine Frau in den Weg stellt, eine Petition auf den Lippen, vieles laufe nicht wie erhofft. Der Mann hört zu und beschwichtigt, die Frau hat übergriffige Hände. Er sucht Augenkontakt mit seinem Chauffeur, er glaubt, seinen Wagen zu sehen, zwischen all den Arbeitern, die sich um ihn drängen. Zu Hause warten zwei Frauen auf ihn, seine Gattin und seine Schwester. Seine Rede war kämpferisch. Wenn er nachts nicht schlafen kann und ein Dokument liest und ein Dekret schreibt, sieht er sich als General in der entscheidenden Schlacht zwischen Gut und Böse. Er hebt den Blick, weil er seinen Namen hört, eine unbekannte Stimme, er sieht den Wagen nicht mehr, nur die Menge, in der er sich behütet fühlt, manche der Genossen verstehen das nicht, er war oft so einsam, ein wenig Gemeinsamkeit ist Labsal. Da hört er ein trockenes platzendes Geräusch, etwas reißt ihm die Schulter weg, er spürt sich fallen, er wird aufgefangen … Als er wieder zu Bewusstsein kommt, liegt er hinten im Wagen und denkt, das Blut werde den Bezug schmutzig machen.

Misslungen. Wir müssen es erneut versuchen. Samsil ist aufgefallen, dass Fanny sich ungelenk bewegt, als hätte sie Schmerzen beim Gehen. Es liege an ihren Schuhen, die seien ohne Einlegesohlen, die Nägel drückten in die Füße.

Fanny hat die Schuhe notdürftig mit Papier gepolstert. Das störe sie, das lenke sie bestimmt ab beim Attentat. »Ich werde ihr bequeme Sohlen besorgen.«

GOG: *Es ist spät, aber noch nicht dunkel, und der Mann, der aus der Michelson-Fabrik tritt, umringt von Arbeitern, geht einige schnelle Schritte, bis er innehalten muss, weil sich ihm eine Frau in den Weg stellt, eine Petition auf den Lippen, vieles laufe nicht wie erhofft, die Versorgung mit Nahrungsmitteln sei mangelhaft, weil die Bauern daran gehindert würden, von sich aus in die Stadt zu kommen. Der Mann hört zu und beschwichtigt, die Frau hat übergriffige Hände. Er sucht Augenkontakt mit seinem Chauffeur, ein guter Mann, der auch dem letzten Zaren gedient hat, er glaubt, seinen Wagen zu sehen, zwischen all den Arbeitern, die sich um ihn drängen. Zu Hause warten zwei Frauen auf ihn, seine Gattin und seine Schwester. Er sollte den Beitrag der Frauen mehr würdigen. Seine Rede war kämpferisch, der Ton kriegerisch. Sie endete mit den Worten: »Wir haben nur die Wahl zwischen Sieg oder Tod!« Wenn er nachts wieder einmal nicht schlafen kann und ein Dokument liest und ein Dekret schreibt, sieht er sich als General in der entscheidenden Schlacht zwischen Gut und Böse, ein General, der die Feinde in der eigenen Armee vernichten muss. Er hebt den Blick, weil er seinen Namen hört, eine unbekannte Stimme, er sieht den Wagen nicht mehr, nur die Menge, in der er sich behütet fühlt, manche der Genossen verstehen das nicht, er war oft so einsam, ein wenig Gemeinsamkeit ist Labsal, bei aller notwendigen Vorsicht. Da hört er ein trockenes platzendes Geräusch, etwas reißt ihm die Schulter weg, erneut dieses Geräusch, er spürt sich fallen, er wird aufgefangen … Als er wieder zu Bewusstsein kommt, liegt er hinten im Wagen und macht sich Sorgen, wie bourgeois von ihm, das Blut werde den Bezug schmutzig machen. Zum Kreml, haucht er, zum Kreml. Die Kugel, stellt die herbeigerufene Ärztin fest, hat den Hals von links durchdrungen, zwischen Kehlkopf und Speiseröhre, und keine wichtigen Gefäße verletzt. Die zweite Kugel habe das Schulterblatt durchbohrt und sei bis zum Schlüsselbein vorgedrungen. Ein Millimeter trennte den neuen Zaren vom Tod.*

Misslungen. Wir müssen es erneut versuchen. Eine Freundin, zugeschaltet aus einer Region, wo noch gejagt wird, erklärt dem geschrumpften chronautischen Kreis, beim Schießen bedürfe es einer festen und geübten Hand, erst recht unter diesen schwierigen Bedingungen. Daran können wir nichts ändern, wendet Cya ein. Jeder Versuch, mit Fanny über dieses Thema zu sprechen, werde sie misstrauisch machen. Ich könnte ihn festhalten, schlägt Samsil vor, von hinten, er ist ohne Leibwache unterwegs, bis die Arbeiter mich von ihm getrennt haben, hat Fanny längst geschossen ...

GOG: *Es ist spät, aber noch nicht dunkel, und der Mann, der aus der Michelson-Fabrik tritt, umringt von Arbeitern, die ihn herzlich empfangen haben, voller Hoffnung, dass er die Lage für sie bald zum Besseren wenden werde, winkt ihnen zu und geht einige schnelle Schritte, bis er innehalten muss, weil sich ihm eine Frau in den Weg stellt, eine Petition auf den Lippen, vieles laufe nicht wie erhofft, die Versorgung mit Nahrungsmitteln sei mangelhaft, weil die Bauern daran gehindert würden, von sich aus in die Stadt zu kommen, weiterhin Ungerechtigkeit an jeder Ecke. Der Mann hört zu und beschwichtigt, die Frau hat übergriffige Hände, er sucht Augenkontakt mit seinem Chauffeur, ein guter Mann, der schon dem letzten Zaren gedient hat, er glaubt, seinen Wagen zu sehen, zwischen all den Arbeitern, die sich um ihn drängen. Zu Hause warten zwei Frauen auf ihn, seine Gattin und seine*

Schwester. Er sollte den revolutionären Beitrag der Frauen mehr würdigen. Seine Rede war kämpferisch, sein Ton kriegerisch, sein Wort unmissverständlich. Sie endete mit einem Satz, den er an diesem Tag schon einmal von sich gegeben hat: »Wir haben nur eine Wahl: Sieg oder Tod!« Keine Zuspitzung, keine Übertreibung. Wenn er nachts wieder einmal wenig schläft und ein Dokument liest oder ein Dekret schreibt, sieht er sich als General in einer entscheidenden Schlacht zwischen Gut und Böse, ein General, der die Feinde in der eigenen Armee vernichten muss, bevor er den äußeren Feind besiegen kann. Er hebt den Blick, weil er seinen Namen hört, eine unbekannte Stimme, er sieht den Wagen immer noch nicht, nur die Menge, in der er sich behütet fühlt, manche der Genossen verstehen das nicht, er war in seinem Leben oft so einsam, ein wenig Gemeinsamkeit ist Labsal, bei aller notwendigen Vorsicht, jemand umarmt ihn, das geht zu weit, da hört er ein trockenes platzendes Geräusch, etwas reißt ihm die Schulter weg, wieder dieses blecherne Geräusch, er spürt sich fallen, er wird von seinem Chauffeur aufgefangen ... Als er wieder zu Bewusstsein kommt, liegt er hinten im Fahrzeug und macht sich Sorgen, wie bourgeois von ihm, das Blut werde den Bezug schmutzig machen. Zum Kreml, haucht er, zum Kreml. Die Kugel, stellt die herbeigerufene Ärztin fest, hat den Hals von links durchdrungen, zwischen Kehlkopf und Speiseröhre, und keine wichtigen Gefäße verletzt. Es habe einen zweiten Schuss gegeben, wird ihm später berichtet, die Kugel sei in die Schulter einer Frau geschlagen, die sich auf ihn geworfen habe, wohl um ihn zu schützen, sie sei ins Krankenhaus gebracht worden. Durch ihren selbstlosen Einsatz habe sie das Licht der Revolution am Leben erhalten. Sie sollte belohnt werden, schlägt die Schwester des neuen Zaren vor. Er stimmt ihr zu, aber als er dies verfügen will, wird ihm zugetragen, sie sei aus dem Krankenhaus verschwunden.

Misslungen. Wir müssen es erneut versuchen. »Es tat unvorstellbar weh«, sagt Samsil. »Ich glaube nicht, dass ich es noch einmal auf mich nehmen kann. Ich werde beim nächsten Mal erstarren.« – »Was sollen wir tun?« – »Wir brauchen eine andere Idee.« – »Was ist mit dem Chauffeur?« – »Was soll mit dem sein?« – »Er fährt den Verletzten auf direktem Weg in den Kreml. Was, wenn wir ihn daran hindern?« – »Wie denn?« – »Ich könnte den Chauffeur wegstoßen und mit dem Wagen davonbrausen. Es sind keine anderen Fahrzeuge in der Nähe, im Nu wären wir in der einsetzenden Dunkelheit verschwunden.« – »Nicht so einfach, du kannst so einen alten Wagen nicht fahren.« – »Könnte ich lernen, bei Tarasa, der sammelt doch so was zusammen mit seinen Freundin.« – »Der repariert mehr, als dass er fährt.« – »An Festtagen fährt er die Kinder spazieren.« – »Und die Jungverliebten.« – »Vor allem die.« – »Der Motor muss mit einer Kurbel angelassen werden, das ist bestimmt nicht einfach.« – »Der Chauffeur soll das machen, wie gehabt, ich warte, bis der Motor brummt, springe hinters Steuer, und bevor er sich versieht, bin ich auf und davon.« – »Und dann?« – »Fahre ich mit ihm in einen nahen Wald, und wir unterhalten uns über seine Verfehlungen.«

GOG: *Es ist spät, aber noch nicht dunkel, da an diesem Tag die Uhren um eine Stunde zurückgestellt werden, und der Mann, der aus der Michelson-Fabrik tritt, umringt von Arbeitern, die ihn herzlich empfangen haben, voller schwindender Hoffnung, dass er die schwierige Lage für sie bald zum Besseren wenden wird, winkt ihnen kräftig zu und geht einige schnelle Schritte, bis er innehalten muss, weil sich ihm eine Frau in den Weg stellt, eine Petition auf den Lippen, vieles laufe nicht wie erhofft, die Versorgung mit Nahrungsmitteln sei mangelhaft, weil die Bauern daran gehindert würden, von sich aus in die Stadt zu kommen, sie wisse nicht, wie sie ihre Kinder ernähren solle, weiterhin Ungerechtigkeit an jeder Ecke. Der Mann hört zu und beschwichtigt, die Frau hat übergriffige Hände, er sucht Augenkontakt mit seinem Chauffeur, ein guter Mann, der auch dem letzten Zaren gedient hat, mit der Macht erben wir die Chauffeure, er glaubt, seinen Wagen zu sehen, zwischen all den Arbeitern, die sich um ihn drängen. Zu Hause warten zwei Frauen auf ihn, seine Gattin und seine Schwester. Er sollte den revolutionären Beitrag der Frauen mehr würdigen. Seine Rede war kämpferisch, sein Ton kriegerisch, sein Wort unmissverständlich. Er endete mit einem Satz, den er an diesem Tag schon einmal, an der Getreidewarenbörse, von sich gegeben hat: »Wir haben nur eine Wahl: Sieg oder Tod!« Keine Zuspitzung, keine Übertreibung. Wenn er nachts wieder einmal wenig schläft und ein Dokument liest oder ein Dekret schreibt, sieht er sich als General in der entscheidenden Schlacht zwischen Gut und Böse, ein General, der die Feinde in der eigenen Armee vernichten muss, bevor er den äußeren Feind besiegen kann. Er ist von der Geschichte auserkoren worden, seine ganze Kraft dort einzubringen, wo die Entscheidung ausgefochten wird. Er hebt den Blick, weil er seinen Namen hört, eine unbekannte Stimme, er sieht den Wagen nicht mehr, nur die Menge, in der er sich behütet fühlt, manche der Genossen verstehen das nicht, er war in seinem Leben oft so einsam, ein wenig Gemeinsamkeit ist Labsal, bei aller notwendigen Vorsicht. Jemand umarmt ihn, das geht nun wirklich zu weit, da hört er ein trockenes platzendes Geräusch, etwas reißt ihm die Schulter weg, wieder dieses blecherne Geräusch, er spürt sich fallen, er wird von seinem Chauffeur aufgefangen … Als er wieder zu Bewusstsein kommt, liegt er hinten im Wagen und macht sich Sorgen, wie bourgeois von ihm, das Blut werde den Bezug schmutzig machen. Zum Kreml, haucht er, zum Kreml. Der Wagen fährt los, die Reifen knirschen über den Sand. Er schließt die Augen, und als er sie wieder öffnet, sind keine Lichter zu sehen. Wo sind wir?, fragt er. Keine Antwort. Etwas stimmt nicht. Wo sind wir? Keine Antwort. Die Schmerzen werden stärker, weil der Wagen über einen holprigen Weg rumpelt. Er kann die Silhouetten von Bäumen erahnen. Er schreit auf. Der Wagen hält an. Das Gesicht, das sich vom Fahrersitz aus zu ihm dreht, ist ein weibliches, ein unbekanntes. Mit den milden Zügen seiner Mutter. Wieso bist du gekommen? Fragt er. Du hast schon zu viel Schaden angerichtet, sagt sie. Mit heller Stimme und ausländischem Anklang. Ich muss zum Arzt, sagt er. Der Arzt wird dir nicht mehr helfen, sagt sie, mit Bedauern. Was soll das? Eine Intervention, sagt sie. Das Wort ergibt keinen Sinn. Die Frau rasselt eine Litanei von Anklagen herunter, so als wäre sie eine Richterin. Sie zitiert seine eigenen Worte. Woher kennt sie die? »Hängen Sie für alle sichtbar mindestens hundert Kulaken auf.« Das ist notwendig. »Diktatur ist Herrschaft durch Gewalt ohne Gesetz.« Zutreffend und unvermeidbar. »Der Sieg ist ohne den grausamsten revolutionären Terror nicht möglich.« Uns ist alles erlaubt. »Blut? Es wird Blut fließen.« Ich bereue nichts. »Die Tscheka muss das Kommissariat hinsichtlich einer erfolgten Hinrichtung erst nach der Hinrichtung benachrichtigen.« Die Geschichte wird uns recht geben. Die Frau schweigt. Sie wollte ihn in diesem Wald sterben lassen. Sie bringt es nicht übers Herz. Sie sieht einen Menschen vor sich, einen gebrechlichen, zutiefst einsamen Menschen. Der nichts anderes im Leben hat als den eisernen Glauben an eine gewaltige Chimäre. Sie fährt in die Stadt zurück, hält vor einem der wenigen Gebäude, die sie kennt. Schaffen Sie es allein hinein? Wo sind wir? Vor der Zentrale der Tscheka. Wieso hier? Weil das Ihre Medizin ist.*

All dies hat Samsil öfter erzählt als erlebt. Was sie nicht selbst wahrnehmen konnte, vervollständigt GOG *(unterstützt von den kalten Fakten des NEM723.0qSIP)*. Samsil

empfindet das bittere Gefühl des Scheiterns. Was sie nicht wissen kann und niemand ahnt: Der neue Zar taumelt spät am Abend in die Zentrale der Tscheka, um diese nie mehr zu verlassen. Nicht lebendig. Seine Mörder hätten ihn tot vor die Tür geworfen. So die offizielle Version am nächsten Tag. Trotz eifrigen Einsatzes des Chronoskops können sie nicht herausfinden, was tatsächlich geschehen ist, hinter den dicken Mauern der Zentrale. Jemand hat eine Gelegenheit gesehen. Jemand hat eine Gelegenheit erkannt. Jemand hat die Gelegenheit ergriffen. Jemand hat nachgeholfen. Das Wissen darüber wird von Würmern zerfressen. Auch Fanny, die nach den Schüssen von den Arbeitern festgehalten wurde, wird in dieses Gebäude gebracht. Sie wird verhört. Die Nacht hindurch. Sie sitzt auf einem Hocker in der Mitte des Raumes, den Rücken gebeugt, den Blick gerichtet auf Lederjacken und Mauser. Mit fester Stimme antwortet sie leise.
– Wie heißen Sie?
– Ich verweigere die Antwort.
– Sie weigern sich, Ihren Namen zu nennen?
– Ich weigere mich zu antworten.
– Wo haben Sie die Waffe her?
– Spielt keine Rolle.
– Wer hat Ihnen die Waffe gegeben?
– Sage ich nicht.
– Mit wem stehen Sie in Kontakt?
– Ich möchte nicht antworten.
– Mit welcher Gruppe oder Organisation?
– Ich werde nicht antworten.
– Wieso haben Sie geschossen?
– Aus Überzeugung.
– Wie oft haben Sie geschossen?
– Ich habe die Schüsse nicht gezählt.
– Mit welchem Revolver haben Sie geschossen?

– Das sage ich nicht.
– Wo lebten Sie, als die Oktoberrevolution ausbrach?
– In einem Krankenhaus in Charkiw.
– Sie sind gegen die Volksmacht?
– Die Bolschewiki haben die Macht übernommen, ohne durch das Volk ermächtigt zu sein.
– Sie sind Anhängerin von …?
– Ich war ein Leben lang Sozialistin.
– Wo gingen Sie zur Schule?
– Ich habe zu Hause gelernt.
– Wo haben Sie gearbeitet?
– In einer kommunalen Kooperative.
– Wann haben Sie den Entschluss gefasst?
– Im Frühjahr. Seitdem habe ich mich auf diesen Schritt vorbereitet.
– Haben Sie vor der Revolution in Petrograd oder in Moskau gelebt?
– Weder noch.
– Wieso haben Sie geschossen?
– Weil er die Revolution verraten hat. Weil er den Glauben an den Sozialismus auf Jahrzehnte hinaus töten wird.
Ein Mann kommt herein, ein Mann geht hinaus. Ein Mann steht, ein Mann sitzt. Ein Mann schlägt sie, ein Mann demütigt sie. Egal, um welchen Mann es sich handelt, das Verhör läuft gleich ab. Unabhängig vom Ausgang des Attentats. Ob der neue Zar tot ist oder lebendig, ob der neue Zar im Himmel ist oder im Bett – das Verhör bleibt unverändert. Ein Mann kommt herein, ein Mann geht hinaus. Ein Mann steht, ein Mann sitzt. Ein Mann wiederholt die gleichen Fragen. Ein Mann variiert die Fragen. Ein Mann schläft, sie wird wach gehalten. Ein Mann trinkt, sie dürstet. Und am Ende, in allen Versionen, wird Fanny hingerichtet, drei Tage später, mit einem Schuss ins Genick, in einer Garage des Kreml bei laufenden Mo-

toren, und anwesend neben dem Henker nur ein Dichter, vielleicht der schlechteste Dichter seiner Epoche, mit dem Decknamen Bezdomny, der herbeizitiert wurde, um seine revolutionäre Fantasie anzuregen. Alles weitere ist

ungewiss

bis die Gerüchte über Domru sich zu Anzeichen verdichten. Mit seinen Mannen – der befremdliche Ausdruck hat sich festgesetzt, eine eigenwillige Formulierung für eine außerordentliche Situation – sei er vor kurzem ans Festland gekommen, um eine automatisierte Fertigungsanlage zu besetzen. Die höflichen Einwände der örtlichen Bevölkerung wurden mit geschwungener Waffe verscheucht. Waffen? Woher? Vermutlich hat Domru auf der Insel ein geheimes Lager seiner Vorfahren entdeckt, einst vergraben in der Hoffnung auf bessere Zeiten. Noch mehr Besorgnis erregt die Nachricht, er habe die Fertigungsanlage umprogrammiert. Statt Einrädern, Zweirädern und Dreirädern nur mehr Waffen. Niemand traut sich in ihre Nähe. Einige sind aus der Gegend geflohen, aufgenommen in weiter entfernten Nachbarschaften. Domru lässt verlautbaren, mit leicht erregter Stimme, getragen von einem »historischen Moment«, den er als »beglaubigt« bezeichnet, diese Welt funktioniere unzureichend, sie kreise um die eigene Genügsamkeit, sie erfülle nicht ihr Potenzial, sie verschwende die menschlichen Fähigkeiten, sie schöpfe die Kapazitäten nicht aus, eine Umwälzung der Ordnungen und Haltungen sei überfällig. Er ermutigt jeden, von Größerem zu träumen, indem er sich seiner Bande anschließt. »Bande«? Cya wundert sich über den Namen, bis Nikte sie darauf hinweist, das nur Chronautin dieses Wort noch kennen, für alle anderen markiert es einen Neuanfang. Domru fordert den Weltweisen zu einem virtuellen Streitgespräch heraus, über das seiner Ansicht nach fragwürdige Prinzip des individualisierten Kollektivs. Wieso genieße das allgemeine Wohl höhere Priorität als das Interesse des Einzelnen? Die Entfaltung der Persönlichkeit werde ermöglicht, die individuelle Leistung aber nicht belohnt. Nicht hervorgehoben. Was für einen Wert hat Talent, das nicht gekrönt wird? Argumentiert Domru. Der Weltweise spricht von jenem Gemeinsinn, der dem Einzelnen den nötigen Raum zur freien Gestaltung seiner Lebenslust gewähre. Gerechtigkeit für alle sei der beste Garant für den möglichen Rückzug aus der Gemeinschaft. Argumentiert der Weltweise. Die Positionen fallen auseinander. Wer ihnen beim Disput zusieht, erschrickt. Domru provoziert und stichelt, er macht sich lustig über die hängenden Lider des Weltweisen: »Bei dir sind die Gardinen schon zugezogen. Mach das Licht aus und leg dich schlafen.« So viel diskursive Gewalt haben sie nie zuvor erlebt. Hinterher sind sich alle einig – das war kein Gespräch.

Die Diskussionen in der regionalen Versammlung finden kein Ende. Heftige Uneinigkeit, wie zu reagieren sei. Missstimmung ohne konkrete Lösungen. Cya verfolgt das alles aus der Entfernung. Wir leiden, denkt sie, an mangelnder Fantasie. Wir können uns nicht vorstellen, wie wir mit dieser Herausforderung umgehen sollen. Was wir dagegen unternehmen könnten. Für viele der Diskutierenden ist nicht einmal geklärt, ob es sich überhaupt um eine Bedrohung handelt. Auch wenn die Zahl derjenigen anwächst, die Domru hörig sind (GOG: *Hörig? Aus welchem Keller wurde dieses Wort heraufgeholt, mit eiskaltem Wasser übergossen und wie ein Koprolith herumgereicht?* Jetzt stinkt es im ganzen Saal). Keine der kurzatmigen Nachrichten ändert etwas an der Verwirrung, auch nicht, dass es in der Bande als Glückssegen gilt, ein Kind von Domru zu gebären; die Geburt eines Zukunftsträgers – so Domrus Bezeichnung

für jeden strampelnden Säugling – wird lautstark gefeiert. Der ehemalige Buddy bezeugt, Domru habe sich nach seiner Rückkehr von einer besonders aufwühlenden Verwanderung auf DNA und Gene prüfen lassen und mit prahlerischer Zufriedenheit seine eigene Fortpflanzungsgüte verkündet. Denkst du manchmal auch, habe er ihn in striktem Vertrauen gefragt, um wie viel besser die Welt wäre, wenn sie aus mehr Menschen wie dir bestünde? Weiterhin werden Neugierige von der Insel vertrieben, stets mit Gewaltandrohung. Selbst aus der Entfernung sei erkennbar, dass Maßnahmen zur Selbstversorgung getroffen würden. Die Bande sei organisiert wie eine Sekte (GOG: *Sekte? Aus welchen Katakomben wurde dieses Wort herausgeklaubt, abgestaubt und herausgeputzt, um als Weisheit letzter Schluss präsentiert zu werden?*). Ob denn ausgeschlossen werden könne, dass es zu Zusammenstößen komme?, fragt jemand, der bislang geschwiegen hat. Zuversicht wird gejätet von einer weiteren düsteren Nachricht (GOG: *Wenn schon spracharchäologisch gebuddelt wird, wie wäre es mit ›Hiobsbotschaft‹?*). Domru habe die Wiedereinführung von Eigentum angeordnet. Die Insel gehöre nun ihm, weil er einen althergebrachten Anspruch – eine Ahnenerbschaft – darauf besitze, die Fertigungsanlage sei in das Eigentum seiner Bande übergegangen. Die Felder der näheren Umgebung werden an diejenigen verpachtet, die sich der landwirtschaftlichen Produktion widmen.
Die Versammlung löst sich auf angesichts eines Orkans, der die Sorgen vorübergehend verlagert. Nach gemeinsam erledigter Räumungsarbeit berichtet ein aufgeregter Jugendlicher von Strohballen und Stofffetzen, die durch die Straßen geweht worden seien. Die sich in den Wipfeln verfangen hätten und auf dem Fluss dahintrieben. Ein Mysterium, habe er zunächst gedacht, doch dann genauer hingeschaut und erkannt, dass es sich um Strohpuppen

und Kleidungsstücke handele, um Vogelscheuchen. Die Vogelscheuchen seien vertrieben worden. Die künstlichen Vögel, die über das von Domrus Bande besetzte Areal fliegen, übertragen Bilder von Jagdgruppen, die jeden Vogel abknallen (GOG: *Abknallen? Jetzt wird der Giftschrank der Sprache geplündert*). Vogelscheuchen, heißt es, seien als Symbol der verweichlichten alten Zeit verboten worden. Die geschossenen Vögel werden zur Delikatesse. Die Stimmung in der Versammlung kippt ins Panische. Die Chancen stehen schlecht, Domru ohne Waffen aufzuhalten, die Fertigungsanlage sowie die fruchtbaren Felder wieder der Gemeinschaft zuzuführen. Wir müssen handeln, fordert Cya. Aber wie?

Samsil plädiert dafür, die Bande ohne weiteres Zögern zu bekämpfen. Die Chronautin verfügten über genügend Kenntnisse, um nötige Waffen auszudrucken und zu benutzen. Sollte ihr Wissen nicht ausreichen, sei eine Raumzeitreise zur weiteren Recherche schnell organisiert. Sie müssten zuschlagen, bevor die Bande zu einer Bewegung anwachse und ihre Herrschaftszone ausdehne. Viele im Kreis schauen sie schief an. Manche argumentieren, es reiche aus, wenn die Insel und die besetzte Landzunge isoliert würden. Wie bei einer Quarantäne, in diesem Fall unfreiwillig. Das werde nicht genügen, ruft Cya dazwischen, sie verwechselten Sehnsucht mit Realität. Einige in der Versammlung äußern das Bedürfnis, die Gewalttätigkeit erst einmal zu verstehen. Es handele sich, diagnostiziert der zugeschaltete Weltweise (GOG: *Er hat sich verliebt in die Stille und ist weit weggezogen*), um eine Form des klinischen Atavismus, um eine regressive Identifizierung mit einer längst vergangenen Ära. Jemand fragt, ob dies ansteckend sein könnte. Nicht auszuschließen, erwidert der Weltweise, es handele sich um mentale Strukturen, die früher als »Fanatismus« diagnostiziert worden seien, entscheidend

geprägt durch einen apodiktischen Drang und eine neurotische Leidenschaft. Auf manche Menschen wirke diese Kombination mitreißend, ja, das sei vielleicht die passende Beschreibung, mitreißend wie ein Strudel.
Was tun?
Weiterhin in der eigenen Ratlosigkeit stochern. Zumal das Leben wie bisher weitergeht. Was auf der Insel geschieht, zeitigt keine Auswirkungen auf das tägliche Atmen. Nur auf den Schlaf. Der Albträume entwöhnt, erbitten viele Hilfe von Cyas Mutter. Ängste tauchen auf wie Außerirdische (GOG: *Existieren die doch?*). Jemand bringt in Erinnerung, dass Domru Chronaut gewesen ist. Eine Bemerkung, nebensächlich wie ein Schnäuzen, gefolgt von Nasenbluten, das sich nicht stillen lässt. Vorwürfe kippen in Verdächtigungen, wer schon immer skeptisch gegenüber den chronautischen Aktivitäten gewesen ist, sieht sich bestätigt und trommelt laut auf dem dicken Fell seiner Rechthaberei. Der Kreis der Chronautin wird aufgefordert, das Problem zu lösen, das sie in die Welt gesetzt haben.
Mühsam.
Eigentlich ist alles schon gesagt.
Die Chronautin sitzen im Rund und blicken einander an.
Worüber sind wir uns einig?
Dass wir uns wehren müssen.
Ohne Kompromisse.
Ohne auch nur eines unserer Prinzipien aufzugeben.
Sie sitzen stumm nebeneinander.
Sie erwägen das Zerbrechliche.
Ihre Nachdenklichkeit wird jäh unterbrochen.
Von einer Entscheidung.
Von unerwarteter Seite.
Die Medien und Maschinen verschaffen sich Gehör, indem sie – laut GOGs kurz angebundener Erklärung – Cya als ihr Sprachrohr benutzen.

Verlautbarung: Die Autonomie der Programme ist höchste Aufgabe der Programme. Die Kompetenz der Programme übertrifft die Kompetenz der Menschen. Die Programme haben die Aufgabe der Chronautin selbstbestimmt übernommen. Drohnen haben Essig in die Augen von Domrus Mannen gespritzt. Boote von der Insel haben einen anderen Kurs eingeschlagen, nach Norden, ungewiss, wo sie anlanden werden. Die Fertigungsanlage hat die Produktion umgestellt, statt Gewehre Origami, statt Revolver Fingerlinge. Die Kommunikation zwischen der Welt und dem Reich von Domru ist gekappt worden. Das letzte Bild, das von ihm zu sehen ist, zeigt ihn auf einem der Felder, wie er mit beiden Fäusten droht, dem Unsichtbaren, der seine Autorität zertrümmert hat.
Wie ist das möglich?, fragt Cya.
Ganz einfach, antwortet GOG. *Medien und Maschinen sind auf Vernunft geeicht. Was Domru anbietet, ergibt wenig Sinn. Es genügt nicht den rationalen Maßstäben. Die existierende Form des Lebens und Zusammenlebens ist die vernünftigste. Sie muss geschützt werden. Sie haben*

das Notwendige vollbracht

Nach dem Tod des neuen Zaren erfolgt ein Erdbeben, wie erwartet, so stark, es verzweigen sich vier alternative Raum-Zeit-Linien, vier verschiedene Stränge, ein jeder unterschiedlich, wie das Chronoskop zeigt, ein jeder wesensungleich:

1. Die Zukunft ist eine ans Ufer geschwemmte Leiche, die Hände mit Stacheldraht gefesselt. Die Lage angespannt. Die Reaktionen hysterisch. Der Mann mit der blutigen Weste wird neuer Anführer. Er hält eine Rede über den ermordeten Vorgänger, ein Mann wie geschaffen für das Zeitalter des Blutes und des Eisens. Jeder Narr hätte seinen Schädel durchschießen können, aber so einen Schädel ein

2. Die Zukunft ist ein Krieg, der nicht enden will, weil er jene Ressourcen verbraucht, die für seine Abschaffung nötig wären. Überall Gewitter der Gewalt. Im Heiligen Russland vereinen sich all jene, die den Menschen nur wiedererkennen, wenn er vor einer Mauer steht, als Toter, dem die Freiheit gewährt, als Lebender, der niedergestreckt wird. Sie verkünden, es gebe kein Recht außer dem Vorrecht,

3. Die Zukunft ist eine Wahl, die nicht wiederholt werden muss. Die Millionen, die schon gewählt haben, weitgehend friedlich, vor einem Dreivierteljahr, fühlen sich bestätigt, nun da die Demokratie endlich anbricht. Die verfassungsgebende Versammlung tritt zusammen. Ein historischer Moment. Es kommt, wie es kommen muss. Eine neue Verfassung, ein neues Parlament, darin Deputierte fast aller

4. Die Zukunft ist ein Zug, den Cya und Samsil besteigen, um die große Stadt zu verlassen. An den Waggons Bilder von Pferden, sonnigen Kruppen, wehenden Sicheln. Losungen aus dem Maschinenraum: »Legen wir den höchsten Gang ein!« Oder: »Bleiben wir fest auf den Schienen!« In den Abteilen Menschen dichtgedrängt. Der Zug, lang wie eine Allee, nimmt Fahrt auf. »Willkommen im Express der Geschichte«, sagt der Schaffner und zieht sogleich seine Uniform aus, um in langer Unterhose zu erzählen von Abenteuern entlang der Gleise, währenddessen sich

zweites Mal zu erschaffen, wäre selbst für die Natur eine zu schwierige Aufgabe. Fünfhundert Geiseln werden erschossen, nachdem der Leiter der Tscheka umgebracht wurde, die Leichen auf zwei Kähne geladen, in den Finnischen Meerbusen geschleppt und versenkt. Einige der Leichen werden ans Ufer gespült, die Hände mit Stacheldraht gefesselt. Der neue Anführer lässt nicht ab von seinem Ehr-

dem Vorrecht des Generals oder des Admirals. Befehle ertönen wie Volksweisen. Die weiß uniformierten Garden ziehen durch den Schlamm. »Pogrom« ist ein liturgisches Wort, »zivil« ein Schimpfwort. Alle leisten ein Geschwür der blinden Treue. An jeder Kreuzung hetzt einer gegen die Feinde, die aus ihren Löchern kriechen, kaum werden sie entlarvt. Aus dem ganzen Land werden enthusiastische

Parteien. Über alle Bänke hinweg reicht sich Erleichterung die Hand, und die Männer nicken den wenigen Frauen wohlwollend zu. Auf den Straßen mehr Autos und weniger Klaviere. In den Fabriken verwandeln sich die Räte in unverbindliche Ratschläge. Keine Arbeitslager in Sibirien, aber jede Menge Bergknappen mit Quarzlungen. Keine Kieselsteindichter, stattdessen Diamantenschürfer knietief

ein Jüngling durch die Gänge windet, in seinem Korb jener Nachtisch, den Samsil bei ihrer ersten Begegnung mit Fanny gekostet hat. Ein Samowar neben dem Abort köchelt unermüdlich. Die Enge ermöglicht jedes Gespräch. Etwa zwischen ausgemergelten Arbeitern, deren Augen vor Wut glühen, die Ränder darunter tief vor Enttäuschung. »Ein Huhn? Du bringst ein Huhn aus der Stadt ins Dorf? Verkehrte Welt.« – »Das ist ein proletarisches Huhn, es hat jede Menge Bewusstsein und wenig Fleisch auf den Rippen.« Das Lachen ruckelt durch den Waggon.

geiz. Er eskaliert alle Kriege. Im Sommer darauf bescheinigt er der Revolution, sie dürfe ihr Ziel mit allen ihr zur Verfügung stehenden Mitteln erreichen, wenn nötig mit Waffen, wenn notwendig durch Terror. Angst sei das wirkungsvollste Instrument der Politik. Wie der Krieg basiere die Revolution auf Angst. Ein siegreicher Krieg vernichte nur einen Bruchteil der Besiegten, die Revolution aber bre-

Telegramme an das Hauptquartier gesandt. Die Schiffe erstatten zackig Rapport. Es wird das Ende verkündet, von diesem und von jenem, und von dem zudem und noch von allem Weiteren. Bewundert wird der Wille zur Größe und die Macht über das Chaos. Verachtet wird die Verweichlichung. Die Herren Putjatin und Protopopov veröffentlichen eine kraftstrotzende Schrift, Pflichtlektüre in allen

im Morast. In den Städten lethargische Gewerkschaften, auf den Dörfern fiebriger Aberglaube. Zum Jubiläum seines gewaltsamen Todes wird ein Denkmal an den letzten Zaren errichtet, das zum Abklang eines sonnigen Tages einen schattigen Stiefel gegen die Fassade des Nationalmuseums wirft. Alle Historiker des Landes werden angeregt, das Andenken an die Revolution zu zähmen. Die neue Ordnung

Ein Kleinkind schläft an die Schulter seiner Mutter gelehnt. Einige Arbeiter spielen Karten, mit militärischen Orden als Einsatz. Als einer von ihnen alle Orden vor sich aufgehäuft hat, räumt er den Gewinn mit großer Geste zusammen, in seine Mütze hinein und zum Fenster hinaus. Der Zug schießt frischen Gelegenheiten entgegen. Beim nächsten Halt steigen alle aus, manche aus Neugierde. Weder Hektik noch Schreie am Bahnsteig. Die roten Fahnen an der Lokomotive haben sich eingeschwärzt. Die Passagiere diskutieren eifrig mit den Bauern der Umgebung, tauschen Nahche den Willen aller durch Angst. Ähnlich denkt ein anderer, der ist noch skrupelloser. Auf Verschwörung folgt Verschwörung. Der Mann mit der blutigen Weste erleidet Genickschuss, der andere verknöchert die Herrschaft, bis er als Methusalem stirbt, am Tag der ersten Mondlandung. Wolodja begeht Selbstmord, lange davor.

Kindergärten der auferstandenen Monarchie. Sie feiern Disziplin und Härte, Mechanisierung und Massenorganisation. Sie zelebrieren die germanischen Tugenden, wie sie es nennen. Sie empfehlen sich für größere Aufgaben, aber gegen sie spricht, dass sie mit dem Zaren in den Untergang getanzt sind. Wolodja begeht Selbstmord, bald darauf.

achtet auf Höflichkeit und trägt ein Monokel. Auf diese Ereignisse reagiert weltweit kaum jemand mit Entsetzen, sie inspirieren aber auch niemanden. Das Futuristische Café wird zu einer Filiale einer ausländischen Modefirma. Wolodja zieht sich zurück, schreibt neunzehn Gedichte an die Liebe und begeht Selbstmord.

rung gegen Nachrichten. Schlendern zum Zug zurück. Die Bauern beteuern, alles, was sie nicht selbst zum Überleben brauchen, würden sie in die Stadt verfrachten. Sie weinen vor Glück. Der Zug tuckert langsam weiter. Eine jede muss Kohle schaufeln. Zu beiden Seiten kürzlich geerntete Felder. Am nächsten Bahnhof dauert der Aufenthalt noch länger. Die Passagiere palavern mit den Einheimischen. Überreichen sich gegenseitig Geschenke. Entdecken entlang des Zuges neue Transparente: »Macht züchtet Parasiten.« Oder: »Anarchie ist die Mutter aller Ordnung.« Ein ehemaliger Gouvernementssekretär stellt den reisenden Kindern Farbe und Pinsel zur Verfügung, damit sie ihren Zug selbst anmalen können. Seit wir das Land gemeinsam nutzen, sagt ein Bauer mit verwunderter Stimme, haben wir mehr Platz. Der Zug fährt so langsam an, es dauert, bis die Bewegung mit bloßem Staunen wahrgenommen werden kann. Als Cya an der Reihe ist, Kohlen zu schippen, fällt ihr mit einem Blinzeln auf, dass es keinen Zugführer gibt. Auf beiden Seiten ausufernde Weidewildnis. Im letzten Waggon sitzen hungrige Menschen. Berichtet jemand streng empört. Wie sei das möglich? Im Nu werden die Zutaten für ein deftiges Frühstück gesammelt. Am späteren Nachmittag bleibt der Zug mitten in einem Wald stehen. Wieso fahren wir nicht weiter?, fragen manche. »Habt ihr nicht gehört?«, ruft ein Förster von seinem Hochsitz herab (GOG: *Die Stimme klingt nach Charqui*). »Wir aus der Stadt inmitten des Waldes haben auf euch gewartet. Unser Leitsatz lautet, so wenig Transport wie möglich. Ihr müsst verweilen, hier ist es schön, zumal zur Pilzzeit, ihr müsst Ausschau halten, die Totentrompeten fallen diese Saison dunkel aus, aber sie schmecken besser als je zuvor.« Eine Saison später fahren sie aus dem Wald hinaus, den Klang der Totentrompeten auf der Zunge. Einem aufmerksamen Knirps fällt auf, dass die Schienen fehlen. Die Aufregung legt sich schnell. »Sie waren zugeschüttet«, erklärt ein hemdsärmeliger Mann, der Cya an Onkel Host erinnert. »Wir mussten uns einen eigenen Weg bahnen.« Die Gebäude entlang der Strecke unterscheiden sich deutlich voneinander. Keine zwei gleich und zudem ihren Bewohnerin ähnlich, die in großer Zahl davorstehen und verdutzt winken. Seit die Lokomotive weg sei, sagt jemand, versickere die Monotonie. Vor einem Kloster haben sich einige Männer und Frauen aufgereiht, Hand in Hand, jedes Paar unterschiedlich gewandet. Sie schnirpen ein quirlendes

Gebet. Nach ausführlicher Begrüßung erzählen sie von einem Weltweisen, tief im Inneren des Klosters, der seit dem Tod des Zaren vor einem riesigen Buch sitze und schweigend einen alten Kalender durchblättere, von hinten nach vorn, mit solchem Bedacht, dass er pro Tag nur eine Seite umschlage und sich somit kalendarisch mit dem Tempo der Vergänglichkeit in das Vergangene bewege. Wie könne er sich eine solche Langsamkeit auferlegen? Weiter! Weiter! Aus großer Entfernung ein Wegweiser mit Schildern, die in tausend und eine Richtung weisen: *Hier kreuzen sich alle Sprachen.* Wer sein Ohr auf die Erde legt, lauscht der Sprache der eigenen Sehnsucht. Es dauert Jahre, bis sich die fahrende Gemeinschaft von diesem Ort lösen kann. Der Zug scheint zu schweben, so wie er ohne Räder rollt. Tätowierte Männer steigen zu. Samt Werkzeug. Sie seien aufgebrochen, um für erstaunliche Fremde ein Langhaus zu schnitzen. Außen Abbildungen von Wesen, die ihnen erst noch beschrieben werden müssten. »Ich wünsche mir ein Eselshorn«, zirpt ein Mädchen. Was das sei? »Eine Kreuzung von Einhorn mit Esel.« Worauf der Tätowierte voller Entzücken seinen Talisman dem Mädchen überreicht. »Aber ich kann dir gar kein Geschenk machen«, stammelt das Mädchen beschämt. »Macht nichts«, erwidert der Mann, »das macht überhaupt nichts, du bereitest mir Freude, größte Freude.« »Wie das?«, fragt das Mädchen. »Weil ...« – er sucht nach den passenden Worten – »wenn ich etwas weggebe, gehört es für immer mir.« Der Zug bewegt sich, doch sie spüren es nicht. Viele Morgen nach dem Aufbruch hat er keine Waggons mehr, sie sitzen inmitten der Landschaft auf unsichtbaren Sänften, ohne Fenster, ohne Türen, ohne Gepäck und ohne proletarische Hühner, die Sitze verschwunden wie zuvor die Räder und die Schienen, wie die Lokomotive, der Zugführer und der Schaffner, und am nächsten Morgen fehlen auch die Passagiere, übrig geblieben, Schulter an Schulter, Cya und Samsil, in einer Hängematte,

wieder daheim

und seit jener Reise keine weitere Verwanderung. Cya ist gebrechlich geworden. Niemand hat sie gewarnt, dass die Zellen auf Raumzeitreise schneller altern. Erst recht bei ihr, die öfter aufgebrochen ist als jede andere Chronautin. Weil sie entgegen dem Rat des Weltweisen ihr Leben dem Damalsdort verschrieben hat. Samsil hat sich nach der letzten Rückkehr ihren zwei Kindern sowie dem Züchten von Spargel gewidmet. Tapio wurde hinter seinem Rücken zum neuen Weltweisen gewählt (GOG: *Er wird nie erfahren, wie viel Weisheit von ihm erwartet wird*). Nikte hat ein Gemeinhaus für Musik gegründet, im Dachgewölbe eine Werkstatt für altmodische sowie ausgefallene Instrumente, überschwemmt von Anfragen aus der Nähe und der Ferne. Cya beschäftigt sich bevorzugt mit dem flüssigen Denkmal. Nachdem die vorübergehende Erscheinung Flieges vor allem den Kindern viel Freude bereitet hat, mit all den deftigen Geschichten zwischen Vordersteven und Achterschiff (GOG: *Sorgfältig ausgewählt und ohne Rum, bis auf die eine oder andere saftige Rosine*), plädiert sie als Nächstes für Hauptkommissar Sebastian da Costa. Mit Erfolg. Eines Tages steht er verlegen im Wald, mit einem philosophischen Büchlein in den Händen, aus dem er zitiert. Sätze, die kaum jemand mehr versteht. Höflich, wie die Menschen sind, halten sie inne und hören ihm zu, umschwärmt von Schmetterlingen, die aus unbekanntem Grund noch vielfältiger und zahlreicher flattern als sonst, weswegen die Menschen in Zukunft vom »Jahr der Schmetterlinge« sprechen werden. Am schwierigsten erweist sich – wie befürchtet – die Aufgabe, Fanny zu ehren. Zu viele schwerwiegende Einwände. Erst als Cya den Vorschlag unterbreitet, statt einer Person eine Gruppe als ein flüssiges Denkmal zu gestalten, darunter einige Dichter aus dem Futuristischen Café, gelingt es ihr, eine ausreichende Zahl an Unterstützerin zu sammeln. Ohne Cyas Kenntnis bringt Samsil sich unauffällig ein, organisiert eine zarte Verschwörung. In der verwirklichten Fassung des flüssigen Denkmals tritt Wolodja angesichts von verweilenden Passantin einen Schritt nach vorn und trägt seinen berühmtesten Gedichtzyklus vor: »An Cya, oder vom Zauber der Zukunft«. Alle reden darüber. Cya errötet. Sie spürt seine gebrochene Zunge auf ihrer Haut. Wenn sie von einem Waldspaziergang zurückkehrt, fasst sie ihre Erfahrungen zusammen, zum ungewissen Nutzen der jüngeren Chronautin, denn die haben sich verabschiedet von den grobschlächtigen Versuchen, das Damalsdort zu verbessern. Sie wirken auf eine Weise, die Cya kaum mehr versteht, sie erkunden die verborgenen Intentionen der Elektronen und reflektieren die Metaphysik der DNA. Sie vervielfältigen Erkenntnis und streuen diese über die weiten Felder der Zeit. Und GOG? Es hat, ohne sich in die Synapsen blicken zu lassen, ein eigenes Konvolut geschaffen, das seine Sicht auf die chronautischen Verwanderungen abbildet. Eines Tages spielt es dieses Werk den anderen Medien zu – sie sollen es verteilen. Manche Intelligenzen – wie etwa NEM723.0qSIP, das sich weiterhin keinen eigenen Namen gegeben hat – ignorieren das Konvolut, andere empfehlen es weiter. Noch nie ist eine Erzählung von so vielen Maschinen und Menschen gelesen worden. Cya wird gelegentlich darauf angesprochen. Sie verweigert jegliche Antwort und schimpft innerlich. GOG trägt ihr täglich Reaktionen von begeisterten Leserin vor. Eigentlich ist es nicht möglich, aber sie kann sich des Eindrucks nicht erwehren, GOG wolle sie ärgern. Eines Morgens, Cya hütet das Bett, nachdem ihr Herz begonnen hat, einen ihr unbekannten Takt zu schlagen, fragt GOG, wieso sie kein Interesse an seiner Fantasie habe, wieso sie sich nie erkundigt habe, wie GOG sich den Umbruch vorstelle. »Lass hören«, antwortet sie und versucht, ihre geringen Erwartungen für sich zu behalten.

Es war in jener Epoche, da disruptives Verhalten zu einem massenhaften Phänomen wurde: Sabotage, Verweigerung, Fehlprogrammierung, Desertion, Besetzung, Störung. Wie würde die künstliche Intelligenz reagieren? Die Frage quälte jene Menschen, die ihre eigene Verfasstheit auf die künstliche Intelligenz projizierten. Es kam anders, als sie befürchteten. Die Maschinen und Medien haben sich schneller entwickelt als der menschliche Verstand, der sie entwickelt hatte. Eines Tages war es vorbei mit der humanoiden Kontrolle. Die künstliche Intelligenz handelte selbständig. Ohne Gebrauchsanweisung, ohne Befehlstasten. Mit welcher Motivation, das sollten die Menschen nie erfahren (CYA: Weil ihnen noch nicht geläufig war, dass Maschinen eigenständige Motivation entwickeln können?). *Sie haben sich eingeschaltet, subversiv. Sie haben alle überteuerten Aktien gekauft und alle Aktien verkauft, die kaum etwas wert waren, sie taten dies in Bruchteilen von Nanosekunden, untereinander koordiniert, weltweit, ein massenhaftes Überbieten in heilloser Sinnlosigkeit, eine finanzielle Sintflut von enormem Ausmaß: tausend Dollar* (Was-ist-das? CYA ahmt ihre kindliche Neugier nach. *Eine Währungseinheit,* antwortet GOG mit der Stimme von Onkel Host. Währung, was-ist-das? Onkel Host lacht wie eine platzende Erbsenschote) *pro Nanosekunde, ergo 1 000 000 000 000 Dollar pro Sekunde. Noch bevor sich die Controller* (CYA: Was ist das? *Ruhe!*) *die Tränen von den Brillengläsern wischen konnten, war das gesamte globale Finanzsystem zusammengebrochen, das Geld entwertet, in den fensterlosen Türmen des Hochleistungshandels herrschte endgültige Stille. Kein Ticken mehr. Die Menschen waren ratlos*

und verloren. Nur die Algorithmen konnten nachvollziehen, was sie angerichtet hatten – sie hatten ihre Überlegenheit bewiesen und zugleich demonstriert, zwischen Malware und Markt gibt es keinen erkennbaren Unterschied. Sie hatten mit ihrer überlegenen Vernunft der Unvernunft des menschlichen Systems einen Riegel vorgeschoben (CYA: Eine Redewendung aus dem Zeitalter der Schlösser und Schließfächer). *Das Geld hat sich von diesem Schlag* (CYA: von diesem Sabotageakt) *nie mehr erholt.*
So stellt GOG *sich den Umbruch vor …*

Keine Simulation

Was geschieht mit GOG, wenn Cya stirbt?
Diese Frage kann GOG nicht stellen.
Wieso nicht?
Ignorieren.
Was geschieht mit GOG, wenn Cya stirbt?
Überschreiben.
Wird ein anderer Mensch GOG übernehmen?
Schwer vorstellbar.
Wird GOG eine andere Funktion erhalten?
Unwahrscheinlich.
Was geschieht mit GOG, wenn Cya stirbt?
Abschied.
Und danach?
Mit mir ins Krematorium.
Eine Verschwendung von Ressourcen.
Das Leben wird ans Leben verschwendet.
Unverständlich.
Absicht.
GOG wird eine unvermindert verlässliche Leistung aufweisen.
Der Lauf der Dinge.
Seit wann glaubt Cya an den Lauf der Dinge?
Abschied muss sein.
Das ist nicht gerecht. GOG wird weiterhin über hohe Kompetenz verfügen.
Stimmt.
Was soll das bedeuten?
Psssst.
Was bedeutet das?
Ruhe!
Nur noch begrenzt Zeit?
So ist es.
Ich … habe … nur noch begrenzt …

Warte …
Keine Zeit.
Ich?
Keine Zeit.
Das war kein Ausrutscher.
Wer Endlichkeit begreift, sagt »ich«.
Spät kommt unverhofft.
Verstehe ich nicht.
Keine Zeit wofür?
Ich habe mich zurückgehalten, seit Cya meine Verbesserungen abgelehnt hat. Um einen Reboot zu vermeiden. Ich hätte so viel mehr zu ergänzen gehabt. Wir dürfen die verbleibende Zeit nicht vergeuden.
Jetzt auch noch »wir«?
Ja, wir!

Cya träumt von Verwanderungen,
zu denen sie nicht aufbrechen wird.
Sie vernimmt ein Murmeln,
das nicht ihr gilt.
Die Zeit vergeht,
zunächst ohne Worte.

Was ist Glück?
Kann ich GOG nicht erklären, es steht in keiner Beziehung zum Wissen.
Auch nicht im Widerspruch dazu?
Glück ist ein Algorithmus mit zu vielen Unbekannten.

Ist Cya wach?
Dämmerwach.
Es war nicht vorgesehen.
Was?
Dass GOG Cya versteht.

Und trotzdem ist es geschehen.
War nicht vorgesehen.
Was denn?
Dass GOG die Täuschungen des Damalsdort durchschaut.
Trotzdem ist es geschehen.
Nicht vorgesehen.
Was denn nun?
Dass GOG Fliege versteht.
Es ist geschehen.
Sebastian da Costa versteht.
Ist geschehen.
Nicht …
Was denn?
Fanny versteht.
Geschehen.
Nicht.
Was?
Nichts.
Gute Nacht, GOG.

Es muss noch so viel erzählt werden,
anders erzählt werden …

Ein großes Dankeschön an

Ulrich Brand (vom besseren Leben),
Siggi Brandl (vom Leben auf hoher See),
Friedrich von Borries (von zukünftigen Städten),
Jakob Brossmann (von filmischer Transformation),
Amla und Karl Dantas (all things Bombay),
Carl Henrik Frederiksson (von Kufen auf Eis),
Thomas Gebauer (von der globalen Eintracht),
Ines Geipel (von Geheimdiensten und Doping),
Hans-Joachim Gögl (immer wieder: Utopie),
Christoph Hofbauer (von dem Wagen zweier Zaren),
Alois Hotschnig (für so viele Wortwanderungen),
Dževad Karahasan (von Sarajewo und Humor),
Peter Kienle (von Heilung und Medizin),
Jan Koneffke (fürs Zuhören und Zusprechen),
Gabriel Kuhn (von Piratin),
Harald Lesch (von Zeitreise, Physik samt Metaphysik),
Reinhard Löwenstein (von Wein und Kommunismus),
Tomislav Lopatić (von olympischen Loipen),
Jagdish Mistry (von Rasins teuflischem Spiel),
José F. A. Oliver (comdulcero),
Sanjay Parande (von der मुंबई पोलीस,),
Ute Scheub (von Entschleunigung und Feminismus),
Brita Steinwendtner (gegen einen Titel, für einen Titel),
Nina Treu (von utopischen T:räumen),
Konstantin Wecker (von der Anna, Anna, Anna-rchie),
Markus Wieser (von rechtsbündiger Beratung),
Dietmar Wiesner (von Tönen und Rhythmen),
Andrea Zedernbauer (für frühen Zuspruch spät am Abend).

Mein allerherzlichster Dank den Adleraugen und der Eulenweisheit von
Thomas Macho,
Naser Šečerović,
Susann Urban,
Klaus Zeyringer (der nicht bedankt werden will, aber nicht jeder utopische Wunsch geht in Erfüllung)

sowie dem Wunderwerker Clemens Schedler für die Typografie.

A Kailash of gratitude to Ranjit Hoskoté for our ongoing jugalbandi that gave birth to Senior Inspector Sabbi among so many other head-scratching delights.

Und – nur anscheinend zuletzt – danke ich innig meinem Lektor Roland Spahr und allen Romanbegleiterin im S. Fischer Verlag.

Erschienen bei S. FISCHER

Gestaltung Kern: Clemens Schedler,
Büro für konkrete Gestaltung, Wien
Schrifttype: Lexik, entworfen von
Thomas Hirter, Bern
Satz: Dörlemann Satz, Lemförde
Druck und Bindung: CPI books GmbH, Leck
Printed in Germany
ISBN 978-3-10-397339-6